酷威文化

图书 影视

翻车指南

酱子贝 —— 著

上册

江苏凤凰文艺出版社
JIANGSU PHOENIX LITERATURE AND ART PUBLISHING

目录
Contents

第 一 章	变声器	001
第 二 章	战神	025
第 三 章	共战	045
第 四 章	竞技场	079
第 五 章	强制 PK	109
第 六 章	隐情	131
第 七 章	帮派副本	151
第 八 章	歌唱大赛	179

第九章	醉酒	195
第十章	机缘石	223
第十一章	烟花	243
第十二章	拒收	265
第十三章	出气	279
第十四章	朋友	301
第十五章	新队友	321

Chapter

1

第一章

变声器

景欢从机场出来时，恰巧一阵风吹来，糊了他一脸。

他抬头，天色已经阴沉下来，今早天气预报才发布了消息，说是台风将于晚上登陆，满市这会儿就已经开始起风了。这种天气，飞机基本飞不成，但他表姐还是执意订了去美国的机票，说是一刻都待不下去了，今天能飞就飞，不能飞她就住在机场安排的酒店里。

景欢刚坐上车，手机就响了。

"欢欢，你姐走了？"他的室友高自翔问。

景欢现在听什么都不顺耳："你姐才走了。"

高自翔："你别这么敏感行不？我的意思是，你姐真去美国了？"

外面开始下小雨，景欢看着车窗上的雨点，闷闷地"嗯"了一声。

高自翔道："唉，你姐是真惨，不过要我说也不至于，网络上的事情，一拔网线谁还认识谁？为了这点儿事出国，真不值得。"

一想起表姐离开的原因，景欢就一肚子气："你现在非要跟我提游戏里那群人？"

"不是不是。""姐控"惹不得，知道他心情不好，高自翔赶紧打住，换了个话题，"行了，你送完机就赶紧回宿舍。今天宿舍里还有一位受伤的人呢，我一个人应付不来。"

景欢蹙眉道："谁受伤了？"

"咱宿舍就三个人，你说还有谁？"高自翔的话音刚落，景欢就听见那边传来一声类似猪叫的哽咽声，高自翔忙说："哎哟，浩儿你别哭了，先擦擦眼泪。"

听出是他的另一个室友陆文浩的声音，景欢发动了车子："浩儿怎么了？"

"这事说来话长，你先回来吧。"高自翔说。

陆文浩吸了吸鼻涕，说："买打酒回来，欢欢。"

把车停好，景欢钻进旁边的小卖部，知道那俩人的酒量，就买了三瓶啤酒，往衣服里一藏就回了宿舍。

刚打开宿舍门，景欢还没来得及进去，就听见里面传来陆文浩的哀号:"他为什么要这样对我?!"

"她怎么对你了?"景欢问。

陆文浩就坐在宿舍中央,大腿上放着抽纸,是真在哭。

高自翔正头疼呢,见到他就像见到救星,赶紧从椅子上蹦了起来,说:"你可算回来了。"

景欢关上门,把塑料袋递给他,问:"到底怎么了?"

高自翔看向陆文浩:"你说还是我说?"

陆文浩有些胖,这会儿气得脸都红了,大喊:"我不说!"

"行、行、行,我说、我说,你别哭了!"高自翔叹了口气,"你还记得浩儿那网恋对象吗?"

"二十四小时连着麦,我晚上睡觉都能梦见自己在听他们秀恩爱,你说我忘没忘?"景欢顿了顿,"怎么,分手了?"

高自翔严肃地点了点头。

"我还以为什么大事……"景欢松了口气,开始脱外套,"别哭了浩儿,不就是失恋,男儿有泪不轻弹。"

"关键不只是那个。"高自翔表情尴尬,"你应该知道浩儿在游戏里给那网恋对象花了多少钱吧?"

陆文浩玩的游戏叫《九侠》,一个火了十年的传奇游戏,出了名地耗时耗钱。景欢几年前也玩过,知道那破游戏光一套时装就得上千块,他天天听那女生语音时找陆文浩要衣服,陆文浩为人大方,对方几乎次次得手。

"买时装而已,能花多少?"为了安慰室友,景欢尽量把事往小了说。

陆文浩哽咽着道:"他这半年来的修为点都是我帮他点的。"

景欢:"那也还好,小几万。"

陆文浩哭声渐大:"他身上的八件紫装,六件是我给他买的,其中一件我还给他上了十五段宝石。"

景欢无奈地上去拍了拍陆文浩的肩,说:"浩儿,咱们要像个男人,绝对不能干分手找前任算账的破事。"

陆文浩本来都缓过来了,景欢这么一提,那股劲儿又上来了,"我当然不会!我哭的是那点儿钱吗?!我哭的是他骗我!我哭的是这半年来付出的真心和感情!"

景欢问:"她骗你什么了?"

高自翔听不下去了,道:"那人是个男的。"

"嗐,多大点儿事,不就是个男的……"景欢安慰到一半,卡壳了。

陆文浩:"嗷呜呜呜——"

景欢愣住了:"男的?!"

高自翔:"你就别重复第二遍了,没见我们宿舍楼都要被淹了吗?"

"不是……"景欢震惊地问,"那声音,能是个男的?!"

他是听过陆文浩跟那个网恋女友语音聊天的,女生的声音甜甜腻腻的,每句话都还带着尾音,跟裹了层糖似的,撒娇的时候能把他激起一身鸡皮疙瘩。

"是变声器。"高自翔说,"早上他女朋友估计忘了开那玩意儿,用男声向他要新时装,听对方撒娇我差点儿原地去世……那声音比我的还粗犷,听起来三十岁都不止。"

陆文浩哭岔了气。

景欢一下也不知该说什么,只能问:"你们没视频?"

"没有,就看过照片。"陆文浩说,"他承认了,是假照。"

都到这地步了,那骗子难道还能否认吗?!

景欢无语:"你视频都没开过,就给人家充了那么多钱?"

"这很正常。"高自翔起开啤酒,递给陆文浩,"网恋图的不就是见面前的期待和幻想吗?只是浩儿太倒霉,一下就碰上了这么狠的人,我以为最毒的人也就是发假照片……"

陆文浩吸了吸鼻子,道:"我也不是心疼钱,就是特难受,还恶心!我把号都给删了!"

高自翔闻言一惊,道:"删了?!你疯了啊浩儿?!"

"就删了号,装备和宠物都还留着。"陆文浩擦了擦眼泪,"你是不知道,我那号跟他是侠缘名,还绑定了永久侠缘!"

《九侠》有两种特殊的侠缘系统,两位异性可以在凤凰处结成游戏侠缘,结成侠缘后双方都可以获得侠缘称谓和侠缘技能。另一种结成侠缘方式就是永久侠缘,男女双方在结成侠缘后可去凤凰那里申请结契,结契后,两个游戏账号除非上架寄售、申请删号,否则关系永久保留。

高自翔说:"算了浩儿,这次你就当是给自己一个教训,一个坑咱不跳两次,以后打死不网恋,杜绝第二次被欺骗!"

陆文浩泪眼汪汪地问他:"不网恋我还玩什么游戏啊?"

"不网恋怎么就不能玩游戏了?"高自翔反驳他,"我玩《九侠》这么多年,也没网恋过啊!"

陆文浩:"那是因为你有个青梅竹马的女朋友!"

高自翔一噎,目光转向身边的人,说:"那你看欢欢,他以前也玩了好几年《九侠》,不也没跟人网恋吗?"

"我要是跟景欢一样长这么帅,这么多姑娘追我,那谁还网恋啊?再说,网恋怎么了?你看景欢的表姐多好看啊,条件这么好,不也在网恋……"陆文浩聊着聊着,没了声。

高自翔头疼地扶了扶额。

完了,踩雷了。

景欢沉默地听着,没做出任何反应,也没出声。

陆文浩:"不是,欢欢,我就是说顺嘴了。我今天这么倒霉,你就别跟我计较了。"

景欢回过神,突然拉了把椅子坐到陆文浩身边,问:"浩儿,你现在真的很难受吗?"

陆文浩怔了怔:"什、什么?"

景欢想了想,道:"如果我给你两个选择,一是网恋被男人骗,二是账号因为 Bug(漏洞)被永久封禁,你会选哪个?"

"二啊!"陆文浩满脸莫名其妙地问,"你问这个干什么?"

网恋被骗而已,能比销号还难受?

景欢抱着椅子靠背,若有所思。

高自翔隐约觉得不对,问:"欢欢,你想干啥?"

桌上的手机突然响了一声,陆文浩拿起来看了眼,一口气差点儿没上来,抬手就掐自己的人中。

两人赶紧上前扶住他,景欢接过他的手机一看。

小宝贝:"我想了一个中午,还是觉得很难过。我是真的很高兴认识你,可惜我们的缘分就只能到这里了……"

小宝贝:"我把我的真人照片发给你吧,希望你能一直记得,这个傻傻的男孩一直在地球的某一处关注着你。"

照片里,中年男人有些发福,发旋已经白了一小块,眼底还含着泪水,正望着镜头。

高自翔道:"这男的真不是人!杀人诛心!浩儿,浩儿你挺住!"

这一轮照片攻击,去了陆文浩的半条命,他垂死病中惊坐起,大喊:"老子要把他删了!我要弃掉这个QQ号!这个QQ号已经脏了!"

景欢正满腹心思,一听这话赶紧上手拦他:"等等浩儿,我有话跟他说。"

陆文浩感动了:"怎么了欢欢,你要帮我骂他吗?"

"骂人做什么?在这种人身上浪费时间没意思。"景欢把手机拿过来,低头一阵噼里啪啦地打字。

高自翔凑上去看,问:"那你拿浩儿的手机干什么?"

小宝贝:"浩浩,你怎么不回我?"

LWH:"在?"

小宝贝:"浩浩!我在!"

LWH:"变声器链接发我一下。"

景欢当然没有拿到变声器链接,对方丢了一句"好歹曾相识,你就这么折辱我",然后把陆文浩的QQ号给拉黑了。

陆文浩知道后呆滞了几秒,而后崩溃地道:"什么玩意儿?他拉黑我?他还有脸先拉黑我?!我要人肉搜索他!我跟他拼了!"

"人肉搜索犯法,不至于啊浩儿。"高自翔头疼,"行了,删都删了,你别想了。人活一辈子,哪儿能不遇到点儿挫折,你说是吧?"

陆文浩:"我这是挫折?"

"是天劫,过了这一关,你这辈子就妥了。"景欢接道,"浩儿,你的游戏账号在哪个区来着?"

"天赐良缘。"陆文浩报上区名,拿起纸巾给自己擤鼻涕,"怎么了?"

景欢摇头:"没事。"

他打开收拾到一半的行李箱,把桌上的杂物全放了进去。

陆文浩搬动椅子坐到他身边，道："欢欢，你今天就搬走啊？我都这么惨了，你也不留下来多陪我几天？"

学校规矩森严，把一群大学生当高中生管，一到晚上又是门禁又是断电的，要不是学校不允许大一新生在外住宿，景欢老早就搬出去了。所以刚升大二，他就火速租了学校附近的小区房。

景欢说："不留了，我怕你这几天看到男人都烦。"

景欢收拾好行李时，高自翔刚好吃完一份自热火锅。高自翔站起身道："欢欢，我帮你搬过去。"

景欢给行李箱上好锁："不用，我叫了辆三轮车，就在楼下等着呢。"

高自翔坚持道："那我帮你把东西搬下楼。"

因为刚开学没几天，被褥什么的景欢也打算过去再换上新的，所以行李不多，一个人搬绰绰有余。

楼道里，高自翔抱着景欢的电脑，试探地问："欢欢，你还好吧？"

景欢挑眉："我有什么不好的？"

高自翔和景欢的关系很铁，两人初中就是同学，所以高自翔对景欢的情况还算了解。景欢家境不错，长得帅，人也好相处，妥妥的天之骄子。要说他哪一点最奇葩，就只有"姐控"属性了。

景欢的姐姐名叫梁冉，景欢初中为她打架，高中帮她买奶茶、送饭，大学帮她占图书馆位置——要不是知道点儿内情，高自翔肯定得多想。

据说景欢小时候差点儿被人拐卖，是梁冉拼死把人拽着，手脱臼了都不愿意放，才把他这条小命给拽了回来。自那之后，景欢就只有一个原则——惹他可以，招惹他姐不行。

所以当高自翔得知梁冉在游戏里被渣男骗了感情，还被渣男的原配满服务器追着骂"小三"后，就一直担心景欢会做什么极端的事。

结果出乎意料，景欢一点儿反应都没有，甚至满脸平静地把梁冉送去了机场。

"欢欢，你姐的事都是游戏里的，一堆数据而已，你别太当真。"高自翔说，"你姐过段时间肯定就回国了。"

景欢把行李放到三轮车上，回头道："问你件事。"

高自翔："什么？"

"你怎么知道我姐出事了？"

高自翔一顿，表情变来变去，犹犹豫豫地说："就、就道听途说。"

景欢蹙眉："说实话。"

高自翔有点儿后悔自己跟着下来了。他本来还想糊弄过去，但见景欢一脸认真，便不敢瞒说了，只得老实地道："那女的发了好多个全服喇叭，刷了你姐好几天吧，我就……凑巧看见了。"

景欢深吸了一口气，道："全服喇叭？"

高自翔忙说："对，不过这两天已经没刷了，估计消停了。"

景欢站了一会儿，才道："知道了，你上去吧。等我收拾好房子，再请你们过来吃饭。"

高自翔点了点头，想想还是不放心，把景欢今天对陆文浩的劝告又说了一次："那什么，景欢，人肉搜索犯法的，你知道吧？"

景欢坐上车道："知道。都是游戏里的事情，我不会拉到现实来解决。"

高自翔微微松了口气，又总觉得哪里不对劲。他还没来得及细想，小三轮就已经出发，往校门外开去了。

景欢租的房子有一百多平方米，是新房，没人住过。他到的时候，房子已经被打扫干净了。他把行李箱里的东西都收拾出来，然后打开电脑，娴熟地把《九侠》放到了下载列表中。冲个澡出来，游戏正好下载完毕，他看着桌面上《九侠》的客户端图标，一时有些恍惚。

景欢对《九侠》这个游戏并不陌生，他是《九侠》最早的那批内测用户之一，游戏开服至今十年，他玩了六年。

离开《九侠》快四年，景欢这次回归，并不是为了游戏本身。

梁冉前阵子在《九侠》里认识了一个男人，两人如同其他游戏玩家那般相遇、相知、网恋。梁冉特别重视这个网恋男友，甚至准备在情人节动身去跟对方见面。谁知就在情人节前一天，突然有个自称"正宫"的女人出现，在世界频道追着梁冉刷了好几天，甚至把梁冉和那个男人的聊天记录放到了论坛上，引导无数《九侠》玩家一同辱骂梁冉，几乎可以称作一场小规模的"网络暴力"。梁冉不仅"被小三"，还被推到了风口浪尖，但那个男人却一次也没出面，任由事情发酵。

梁冉是从小被弟弟和长辈捧在手心上长大的，从没受过这样的委屈。这事发生后，没几天她便崩溃了，一狠心删掉了自己的游戏账号，出国散心去了。景欢知道这件事后,差点儿没去把《九侠》总公司烧了。

景欢越想越气,尤其他刚得知对方还刷了全服喇叭,那玩意儿跟服务器喇叭不同,发出去的消息所有服务器的玩家都能接收到。这事梁冉没跟他提过,估计是不想他硌硬。

怪不得他姐会删号!

景欢面无表情地打开《九侠》,输入自己的小号账号和密码,进入名为"镜花水月"的服务器。镜花水月是他姐所在的服务器,景欢在知道这件事的第一时间就下了决心——游戏的事游戏里解决,他要在游戏里杀那个渣男千百遍,逼到对方道歉退服为止。

但事情没有他想得这么简单。《九侠》这个游戏能火到现在,根本原因就是游戏里有非常多的玩法。你可以在里面成为PK(对决)高手、副本达人、打造巧手、帮派首领、江湖名商等,每种玩法都有属于它的魅力,任玩家们选择。

而每个玩家的梦想,无非是登上所在服务器的实力榜。实力榜也依次分许多种:高手榜、富豪榜、人气榜、名气榜、帮派首领等。在别的区,这些榜单上几乎全是不同玩家,毕竟冲榜单实在不容易,很少能有人兼顾。

镜花水月服务器是全服唯一的例外。

景欢之前就在官网上查过,在这个服务器里,除了"帮派首领"以外,其余榜单的榜首全被同一个名为"心向往之"的玩家给占领了。

景欢刚上线,就见旁边两位挂机摆摊的玩家正在聊天。

[附近] 或许有一天:"我才几天没上,心向往之那件事就这么结束啦?"

[附近] 岚bb:"'小三'都删号了,还能有什么后续。"

[附近] 或许有一天:"我还指望能反转呢。其实心向往之这人特别花心,谁都撩,账号又没结成侠缘,这事指不定谁是'小三'。"

[附近] 岚bb:"你怎么知道?"

[附近] 或许有一天:"因为他来撩过我啊,不过当时是别人在上我的号。他还撩过我的朋友,她每天挂着侠缘称谓,心向往之都敢撩,差点儿没把她侠缘气死……"

[附近] 岚bb:"还有这事……她侠缘没说什么吗?"

[附近] 或许有一天:"他哪敢说什么?打又打不过。"

景欢按下技能快捷键,几秒施法后,回了门派。

官网去年年初发布过一张心向往之的人物属性截图,还有好几场对方在竞技场里的 PK 视频。这两个人说得没错,目前放眼整个《九侠》,恐怕都没人打得过他。

对方操作好倒不是景欢顾忌的,他在四年前就在别的服务器登顶过高手榜,对自己的游戏操作非常有信心。但……他想打造一个超越心向往之的账号,最少也需要三年时间,更不用说这几年里对方的实力也会一直提升。

正因如此,景欢的第一个报仇计划只能暂时搁置。但没关系,他临时想到了一个比把对方杀得退出游戏还要毒辣的计划。

景欢打开《九侠》的官方交易所,点击账号筛选,开始勾选自己想要买的游戏账号关键词:所在服务器,镜花水月;要求等级 150,最高级;修为及辅助技能全满;角色性别,女。

看着屏幕上筛选出来的女性账号,景欢挑起嘴角,凉凉地笑了。

心向往之,我来了。

为了不打乱各区物价,《九侠》并没有开放转服务器的功能,一个号出生在哪个区,那就只能在哪个区玩。一旦某个区人数较多,官方就会关闭那个服务器的注册通道。这个规则在同行中是个异类,但神奇的是,《九侠》运营了十年,各大服务器愣是没有一个鬼区。

除此之外,游戏就没有多少限制了——你可以转门派、转造型、重新改变人物的五官造型,当然,前提是你得有钱。

因为改变空间大,所以景欢挑号时比较注重角色的修炼点和基础技能,毕竟这些不只费钱,还需要花不少时间。

景欢没什么选择困难症,对比了十来分钟就把号定下了,价格三千五百金(游戏内货币),是个空号,装备和宝宝一个都没有,很合他的心意。他喜欢一步一步慢慢变强的感觉。

付完钱,景欢打开微信,找出自己某位卖网络设备的好友,让对方给他推荐一款能把他的声音变成萝莉音,他一出声就能把人哆退三公里的那种变声器。没过多久对方就发了个店铺地址过来,景欢连商品简介都懒得看,直接买了最贵的那一款,然后连上他那上千块的麦克风试了试音，满意地给了个五星好评。

现在他就差最后一步——脸。

《九侠》跟其他网游一样，是有捏脸系统的。景欢虽然没看过新号长什么样，但新号新气象，自然是什么都换一遍才让人玩得舒畅。他打开淘宝搜索栏，输入"九侠捏脸数据"，挑好评率最高的那家店铺，直接敲了对方的客服。

客服小鸡："您好，客服小鸡为您服务。请问您需要什么帮助呢？"

天天开心："给我捏张脸。"

客服小鸡："好的亲亲，请问有什么要求或者参考吗？"

景欢哪有什么要求，想了想，开始输入。

天天开心："要一张男玩家看到就走不动路的脸。"

客服心说，我要有这本事还开这破淘宝店？

客服小鸡："亲亲能不能说具体一点儿呢？"

天天开心："行吧，要可爱活泼又性感妩媚的，不要太嫩，也别太老，最好再带点儿朦胧感。其他的你随便发挥吧。"

电脑那端的客服深吸了一口气，转头狠狠地捶了几下鼠标旁的发泄玩偶。

客服小鸡："亲亲抱歉，您提的要求我们恐怕做不到呢。但是没关系！淘宝还有很多厉害的同行，建议您去找这家店铺呢。"客服麻利地把对家的店铺链接发了过去。

景欢一连敲了四家客服，终于遇到一家肯接单的店铺，花九百九十九块钱捏了一张脸后，满意地打开了游戏。

他买的角色名字十分文艺，叫"你别皱眉"，点击进入游戏后，纤细貌美的角色出现在汴梁河畔。

汴梁河畔是等级较低的野图，这儿的怪几乎没什么人杀，到处都是小怪，景欢才动了两步，就触发了战斗模式。

他买的号门派叫普陀山，是仙族奶妈。因为仙族女性角色比较好看，加上门派技能单一，不需要过多操作，所以普陀山自然而然地成了许多女玩家的门派首选，但普陀山刷怪慢，PK时能操作的空间非常小，所以景欢并不喜欢这个门派。

他轻轻"啧"了一声，丢出技能灭了两个小野怪，准备用技能回师门。

　　"相思不顾"对您发起了强制 PK。

　　一张符纸从天而降,是人族的门派技能,封印符纸。
　　景欢一怔,手上反应十分快,躲过了这张符纸。谁知他刚挪到另一个位置,又有一张大网围了过来,景欢来不及躲,被这张大网牢牢困住。
　　几个人出现在他面前,手上的武器熠熠发光,能看出装备都不差,其中两个封系职业都还在蓄力他们的封印技能。
　　景欢疑惑地在附近频道发了个问号。
　　[附近] 相思不顾:"死骗子,又回来找死?"
　　对方开口就恶言相向,景欢很快反应过来,估计是账号原主人的旧恩怨。
　　[附近] 你别皱眉:"号换人了。"
　　[附近] 相思不顾:"又来这套,你当我们都是傻子?回回上你当?"
　　无缘无故挨了顿骂,要不是这号还有点儿特殊用途,得保持形象,景欢都要忍不住骂人了。
　　[附近] 你别皱眉:"我半小时前买的,有购买记录。"
　　[附近] 相思不顾:"你哪回没有购买记录?我告诉你,有我相思在这个区一天,你就永远别想出安全区!"
　　景欢还想说什么,对方已经挥鞭攻来。对面站着五个人,景欢买的又是个空号,根本挨不了几刀。
　　景欢坐直身子,熟练地运用每个角色通用的招式——翻滚、跳跃、升空,一个个躲过他们的技能。
　　[附近] 你别皱眉:"你讲讲道理呀!"
　　[附近] 相思不顾:"我跟你这个女骗子没什么道理好讲。"
　　[附近] 你别皱眉:"不是,这号真换人了……要我怎么说你才会信?!"
　　刚打完这行字,景欢一不小心按错了键。
　　完了。

只见游戏界面上，较弱的身板狠狠地挨了一斧头，他的血量瞬间只剩下一丝丝。

[附近] 相思不顾："要么还钱，要么死到掉级，你自己选。"

说完，对方乘胜追击，景欢也没再挣扎，很快就被杀回重生点。景欢还没从这场莫名其妙的死亡中回过神来，就见左下角弹出一个大大的服务器喇叭。

[喇叭] 相思不顾："闲人阁二十四小时追杀玩家你别皱眉，老规矩，跟她组队刷本的人，误伤不负责。"

什么情况啊？！景欢站在重生点沉思了会儿，然后骑上坐骑，朝论坛 NPC（非玩家角色）的方向奔去。有人的地方就有江湖，《九侠》的游戏世界就算是一个小江湖。同样，有江湖便有摩擦，而消息最灵通的地方，就只有论坛了。

景欢往下翻了一页，便找到了关于自己……哦不，是关于这个账号的帖子。

"闲人阁全服追杀女骗子你别皱眉。"

景欢草草看了两眼，总算知道这号为什么刚登录没多久，仇人就追上门来了。

原号主是个骗子。她两年前先是骗了一个小帮派的帮主，把对方的账号给洗了，连带着帮派资金也被她转移走。东窗事发后，她把号挂上了交易所，拍拍屁股走人了。

不承想事到这里还没完，没过半个月，号就被人买走，买家声称自己是海归白富美，想找个厉害的帮派一块儿刷本、PK，没多久就混进了本服第一大帮闲人阁，并且成功勾搭上了帮派里的某位大神，两人结了侠缘，开开心心地玩了大半年。结果大神某次出差回来，发现自己的账号被洗了不说，他的侠缘还用他的名义找帮派的兄弟姐妹们借了不少钱和装备，再次销声匿迹。

直到有人发现她借钱的卡号跟原号主用的卡号一模一样，大家才反应过来——这号从头到尾就没换过人！

看到这里，连景欢都不得不佩服了。这人有这能耐，干点儿什么不好啊？

骗钱还骗感情，这事惹怒了闲人阁的众大神，帮派上上下下两百号人开始二十四小时无间断地蹲守你别皱眉。你别皱眉被杀了两回后，再次把账号挂上了交易所。闲人阁咽不下这口气，发了无数个全服喇叭和官网论坛帖子，声称只要有人敢买此号，不论号是否换人，照杀不误。这事导致这号一度滞销，价格一降再降，终于遇上了一位闭眼买号的倒霉蛋——也就是他自己。

怪不得这号的价格这么划算。

景欢面无表情地把帖子拉至最后一层，只见最新回复上面写道——

1932L："本服两大渣女，一是你别皱眉，二是冉心，这两人可以凑个组合出道喽。"

景欢把层主的ID记在了心里。刚刚被杀都没皱一下眉头的人，现在恨不得穿过屏幕，和对面的人当面好好比试一下。

相思不顾的喇叭刷了整整三十条，世界频道上都热闹起来。世界聊天频道是供本服玩家使用的频道，在上面发送的消息本服务器的在线玩家都能看见。

[世界] 乱花迷眼："什么情况？你别皱眉重出江湖了？之前骗的钱花完啦？"

[世界] 本命芝芝桃桃："让我看看这次又是哪个帮派遭受苦难！"

[世界] 风比我自由："皱眉大姐您这是何苦呢，换个号重来不行吗？非要死在一个号上？"

[世界] 本命芝芝桃桃："楼上住口！不要乱出主意！万一她听进去了呢？"

世界频道上吵吵嚷嚷，刷屏速度快到让人连一句话都看不清，以至于黄色字体的系统公告刷过去许久之后，玩家们才反应过来。

系统公告：玩家"你别皱眉"使用更名石，将姓名更改为"小甜景"，从今往后，"你别皱眉"玩家正式更名为"小甜景"。

[世界] 本命芝芝桃桃："……"

[世界] 乱花迷眼："……"

[喇叭] 小甜景："最后说一遍，此号换人，追杀随意，乐意奉陪。"

服务器喇叭一发出去，景欢就后悔了……他这语气会不会太不像个妹子该有的样子了？

于是，他在众人还处于震惊中时，又火速补发了一条喇叭。

[喇叭]小甜景："当然，能不打架就最好啦，和谐万岁！"

这句话前面还跟了个哭泣的颜表情。

这两条喇叭一发，世界上就更热闹了，有看戏的，也有骂你别皱眉不要脸的。

[喇叭]相思不顾："从今天起，全服悬赏你别皱眉，杀一次一百金，杀十次一千两百金，带截图找我拿钱。"

嚯，真有钱。景欢在安全区里边刷日常任务边感叹。

《九侠》游戏场景分三种区域：竞技场、可战区域、安全区。在竞技场中，玩家可以对场内任意人或队伍发起PK，死亡没有损失，是个切磋场景；每个野图和几座小城是可战区域，在这些地图里，玩家可以对任意人或队伍发起强行PK，死亡会掉金钱和经验；而安全区，顾名思义，只要你待在属于安全区的地图里，就不会受到任何攻击。

《九侠》共有九座大城，其中只有三座城池是安全区，副本、高经验场景、活动NPC几乎都在野图里。这意味着景欢如果想避战，那就连经验都不能刷了。

杀他一次一百金，折合人民币一百块，这对很多玩家来说就是天上掉钱，景欢闭着眼都能猜到世界频道里此刻有多么热闹。这要是换作别人，可能会选择把这个角色重新挂上交易所，再另外买一个账号，毕竟这号现在是被全服追杀，未来一周估计都过不上什么安生日子。

但景欢不会，这账号是他真金白银买来的，他没做任何亏心事，凭什么因为这些破恩怨让自己再折腾一遍？再说，他刚上号就被杀回重生点，这笔账他还记着呢，必须得让那群人还。

景欢把角色随便挂在杂货店门口摆摊，清理一些号上自带的廉价杂物，然后缩小游戏界面，再次打开了《九侠》的交易所。他原本不急着买装备，但照现在这个情况来看，不提升属性是不行了。

景欢家境颇好，每月的零花钱都很多，自己又是学生，平时花不了什么钱，两三年攒下来，也是一笔可观的数目，所以在买装备这件事上，他还是挺有底气的。

逛完交易所，景欢打开游戏界面，被里头的场景吓了一跳。

只见他的摊位旁边挤满了人,人数多到他的游戏界面都有些卡顿。

[附近] 追风少年:"你们猜她现在正在干吗?"

[附近] 本命芝芝桃桃:"估计在看帮派信息,挑下一个出手对象吧。建议各帮近日看好你们的帮主,别到时候家底都被她骗走。"

[附近] 哥哥大不大:"我排着队,拿着杀你别皱眉的号码牌。最近缺钱打宝石,各位兄弟能不跟我抢不?"

玩家们在当前频道聊得热闹,对话框挤满了游戏界面,景欢优哉游哉地看了一会儿。

[附近] 本命芝芝桃桃:"话说回来,我是真想听听你别皱眉的声音。我听说特别嗲,还是萝莉音。"

[附近] 追风少年:"真的假的?不过也是,要是声音不好听,她也没办法骗人啊。"

[附近] 莫问归期:"来、来,我开个庄,就赌你别皱眉一周内会不会卖号。"

[附近] 哥哥大不大:"肯定会!"

[附近] 小甜景:"我赌不会,在哪儿下注?"

这话一出,游戏里的玩家安静了大半天。

[附近] 追风少年:"……"

[附近] 本命芝芝桃桃:"我的乖乖,你是真抗压,一看就是能干大事的人。建议去《英雄联盟》职业战队打上单。"

[附近] 小甜景:"谬赞。我暂时不会出安全区,你们就别围在这儿了,很打扰我做生意。"

[附近] 不弃:"什么生意?"

[附近] 小甜景:"自己点开摊位看,强化石、变身卡、分解符什么都有。"

[附近] 莫问归期:"不是,你这卖得也太贵了吧?比商人还黑!"

[附近] 小甜景:"爱买买,不买走开。"

[附近] 莫问归期:"……"

景欢嗤笑一声,刚要打字,就见人群中冒出一句——

[附近] 本命芝芝桃桃:"兄弟姐妹们快转移战场!仙萌萌在论坛发帖撕心向往之了!"

一石激起千层浪。

景欢还没反应过来，就见身边的人一个个火速消失，瞬间杂货店门口就只剩下他一个人。景欢的视线停留在"仙萌萌"这个名字上，目光冰凉。前段时间，就是这个仙萌萌不断发喇叭、刷世界频道，逼得梁冉放弃游戏出了国。

景欢收起摊子，飞到了论坛 NPC 身边。

仙萌萌发的帖子名字叫"心向往之，是我看错你了"，密集又矫情的文字凑在一起，起码有三千字，实质内容却枯燥得很，就是说她和心向往之线下见面的事。

她表示心向往之真人和游戏上说的年龄不吻合，订飞机票都是她出的钱，甚至连他们在一块儿时的伙食费、游玩费，心向往之也用卡限额的借口，让她帮忙代付。最关键的是两人见面一结束，心向往之在游戏里就不理人了，还拉黑了她的微信和电话号码，简直翻脸无情！

帖子下面众说纷纭。

1L："我怎么觉得可信度不高呢？心向往之应该不会不舍得机票钱吧？"

5L："前面的不知情就别开麦了行吗？摸摸萌萌。"

6L："亲友团有病？不让人说，那她发来论坛干吗？"

32L："我倒觉得楼主说的话是真的，心向往之确实挺渣的，我身边的姐妹几乎都被他撩过。"

39L："前段时间心向往之不是还出轨了？对象是那个叫冉心的。"

心向往之当然是渣男，不然也不会招惹梁冉。

景欢翻帖子翻到一半觉得无趣，直接把论坛关掉了，打算趁大家都在"吃瓜"的空当去野图 NPC 领任务做。在这个游戏中，玩家想提升账号属性不仅需要钱，还需要大量的经验去提高装备属性上限，只靠安全区里做的那几个日常任务根本不够。

他刚走到任务使者身边，就看到游戏界面的右上角有一个闪闪发亮的玩意儿，像是神器的浮夸特效。

看清后，景欢不禁有些震惊——毕竟几年前在他的区，神器还只是个在官网介绍上才能看到的东西，那会儿《九侠》都运营五年多了，愣是没有一个玩家能锻造出来。想打造出一把神器，玩家得杀得过战神，出得起锻造材料，还要有逆天的运气。

很多人第一关就过不去，景欢也杀过战神——不吃不喝在电脑桌前待了八个小时，血瓶都嗑光了才杀过的，最后只做出了一把垃圾中的垃圾，气得他那一整周都吃不下饭。

他当即关掉NPC的对话界面，直奔向那抹黑色亮光。因为对方跟他同样在做野图任务，这会儿正在帮NPC除草，所以景欢才走了两步就看清了对方的游戏角色。准确来说，是一个背影。

男性角色穿着最新款黑色古风长袍，一头红发彰显着魔族的身份，手里握着漆黑幽暗的长剑，搁哪儿都是最亮眼的造型；头顶上挂着闪闪发光的称谓，就俩字——战神。景欢再往下，看到了角色名字——心向往之。

心向往之？！

景欢登时坐直了身体。只见心向往之在原地站了一会儿，然后突然蹲到了地上，开始除草。

景欢惊叹——不是，论坛都把您挂成晾衣竿了，您还有心思在这里除草呢？

对方果然具有渣男风范，心态极稳，不服不行。

不过这正是景欢一直等待的机会。实际上在他的计划中，买号之后的第一件事，就是要加心向往之为好友。现在也不晚，他点开心向往之的对话框，按下添加好友选项。

对方暂时关闭了添加好友功能，添加失败。

景欢看乐了。他玩《九侠》六年多，还是头一回知道游戏里有这种破设置。他打开当前频道刚想说话，界面上突然弹出一行黄字。

"元气小蚊香"对您发起了强制PK。

景欢反应极快，立刻弹跳躲过了从身后飞来的攻击技能，刚刚没来得及打完的话也被他一时手滑发了出去。

[附近] 小甜景："哥哥？"

攻击他的男人一顿，停下了动作。

[附近]元气小蚊香："哥哥在呢，妹妹速速受死！"

哪里来的傻子？景欢皱眉，蓄力技能正准备反击，临到头又突然想起什么，鼠标跟着想法往右边一滑，取消了施法。

[附近]小甜景："你也是来杀我的吗？"

[附近]元气小蚊香："废话，现在谁不想杀你？"

说完，元气小蚊香又对他丢出了一个技能，景欢再次躲开。

[附近]小甜景："嘤嘤嘤，我只是买了个号，也没做错什么，为什么非要杀我？"

元气小蚊香看着眼前的人物一边嘤嘤嘤，一边干脆利落地躲开自己的所有技能，哑口无言。

[附近]元气小蚊香："妹妹你别跑了，我不杀你，别人也要杀你，我们肥水不流外人田。"

[附近]小甜景："我刚刚才充了两百金，是我一个星期的零花钱，死了就全掉没了呜呜，你能不能放过我一次啊？"

[附近]元气小蚊香："不行。"

景欢一边躲一边找人，就在跟这个傻子纠缠的时间里，心向往之早不知道去哪个角落继续除草了。他记得这个任务得除三次草才算完成，刚刚看到的不会就是第三次吧？

在他使用了十二次跳跃之后，终于在角落找到了拎着神器的男人。

心向往之这会儿已经不除草了，而是在做另一个任务——清怪。

觉得卖惨卖得差不多了，景欢开始打字。

[附近]小甜景："战神哥哥救救我！"

心向往之施法杀怪，头也没回。

[附近]小甜景："战神哥哥在不在？"

元气小蚊香火速赶到现场，看到这一幕，心里不禁有点儿慌——心向往之不会想跟他抢这一百金吧？

虽然一百金对心向往之来说不过是九牛一毛，但对方如果想杀小甜景，那还不是动动手指头的事？这等于白给啊！想到这里，元气小蚊香加快了丢技能的速度，景欢就在心向往之周围一蹦一跳的，不仅一点儿伤都没受，甚至能抽出空来打字。

[附近] 小甜景:"战神哥哥帮帮我吧,我把身上的两百金都给你。"

[附近] 元气小蚊香:"我杀你你也就掉50%的钱!你这生意做得有点儿亏本吧?!"

[附近] 小甜景:"可是我还要掉经验啊,经验比钱还宝贵!"

[附近] 元气小蚊香:"那你直接把两百金给我,我不杀你了还不行?"

[附近] 小甜景:"我才不要呢,你这个大坏蛋!"

[附近] 元气小蚊香:"……"

景欢都躁烦了,心向往之还是没一点儿动静。

他是不是没看见啊?不对啊,按理说自己挑的位置刚刚好,心向往之是能看到他们两个人的对话的。

景欢犹豫了下,视线放到了那群野怪身上。

元气小蚊香丢技能丢累了,刚要打字骂人,就见娇弱纤细的女性角色在地上打了个滚,终于放出了这几分钟来的第一个攻击技能,但技能瞄准的对象不是他。只见一张细网直直朝右边飞去,漂亮地击中了心向往之打了两分钟的野怪,造成伤害79,野怪应声倒地。

[无名城] 玩家"小甜景"成功击杀了拦路侠盗,并在其身上搜出了稀世珍宝"藏宝图"一张!

这野怪有个特殊限制,不论玩家的攻击属性有多高,对它都只能造成极小的伤害,这也是心向往之在此地驻足两分钟的原因。

结果这怪就被景欢一个79伤害的技能给杀死了,还掉了这个地图最珍稀的"藏宝图"。来做这个任务的玩家,大半是冲着这个宝物来的,而且这玩意儿是绑定物品,无法交易,只能自己用。

心向往之此时终于有了反应,他往前走了一小步,然后再次停留在原地。

[附近] 元气小蚊香:"讲真,我觉得你这比我还过分。"

景欢后悔了,他刚刚就该把这话痨送回重生点!

[附近] 小甜景:"啊啊啊……天哪!哥哥,我不是故意的,我的技能放歪啦……"

心向往之依旧没有回应。景欢"啧"了声，这人怎么回事啊？他都这样了，对方竟然连句话都没有？

眼见元气小蚊香又朝他丢出一个技能，景欢刚要动，就见界面上弹出一行字。

玩家"心向往之"对您使用了缚仙索。

景欢蒙了一下，眼睁睁地看着自己被缚仙索禁锢在原地，生生吃下了元气小蚊香的大招，掉了 20% 的血。

[附近] 小甜景："哥？！"

心向往之回过头，手上长剑轻晃，看上去非常冷漠。

[附近] 心向往之："下辈子别当骗子了。"

说完这句话，男人在原地施法三秒，离开了野图。

景欢呆滞了几秒，才后知后觉地感到愤怒——你这个渣男有资格说我？

两人都没想到心向往之会出手，一时间都愣了愣。

景欢在心里把心向往之全家上下问候完，咬牙切齿地用八国语言默念了几遍脏话。

缚仙索是高级野图爆出来的道具，能禁锢目标六秒。六秒，够他吃这元气小蚊香的一套技能了，可元气小蚊香丢出大招后也不动了。

[附近] 元气小蚊香："你怎么是狐仙洞？你转门派了？"

方才景欢丢出的天罗网是狐仙洞才有的技能。元气小蚊香点开景欢的角色资料看了眼，果然，门派上明晃晃地写着"狐仙洞"三个字。狐仙洞和普陀山不同，虽然同样是治疗，但狐仙洞更注重封印和辅助，治疗量极少。这门派技能复杂，施法范围非常小，以至于门派玩家处于两个极端——要么玩得很好，能进行全服 PK 的那种；要么差到连任务怪都封印不上，菜鸟一个。

元气小蚊香犹豫了下，刚要继续打字，却见小甜景身上的黄色绳索骤然消失，女性角色猛地从地上蹿起，粉红色的火球状技能直直地朝他飞来！

元气小蚊香吓了一跳，立刻跳跃躲避，直到他落地了才发现——

自己竟然落在了火球攻击的方向。

不，准确地说……是小甜景事先算好了他的走位。

[附近]元气小蚊香："等等……"

小甜景却并不搭理他，反手就召唤出召唤兽。狐仙洞门派的攻击技能只能清怪用，真正PK还得依靠召唤兽。

景欢召唤出了一只额上印着梅花的小白狐，屁股后面有九条尾巴。这只召唤兽叫九尾仙狐，是九阶神兽，交易所上最便宜也得上万金。

九尾仙狐抖了抖尾巴，朝元气小蚊香丢了几个火球，他的血条立刻少了一半。

[附近]元气小蚊香："等等！"

[附近]元气小蚊香："等等……姐！我错了姐！"

小甜景没说话，朝他丢出另一个封印技能。他完全没法动弹，只能傻傻地站着吃九尾仙狐的伤害。

电脑前，景欢正在认真地研究狐仙洞的技能。

狐仙洞门派比较冷门，他以前没玩过，技能上上下下加起来有二十来个，光技能简介就够复杂的。

[附近]元气小蚊香："姐！我刚卖了只召唤兽，身上两千多金……算我求你了，放我一马！"

[附近]小甜景："谁是你姐？"

[附近]元气小蚊香："……"

这跟刚刚撒娇讨饶的是一个人？

[附近]元气小蚊香："那妹妹，妹妹你别杀我，我给你五百金，好吧？"

[附近]小甜景："谁缺你这五百金？"

[附近]元气小蚊香："是，我一看就知道您不缺钱。"

[附近]小甜景："我要一千五百金。"

[附近]元气小蚊香："你这也太过分了吧妹妹！"

[附近]小甜景："你刚才不是还想要我两百金吗？"

[附近]元气小蚊香："我那当然是开玩笑的，怎么会真找你要钱呢！"

[附近]小甜景："少废话，你就说给不给吧。"

元气小蚊香咬了咬牙。这游戏有个破规则，就是在玩家向别人发起强制 PK 后，如果被反杀，不仅金钱、经验掉得更多，还有小概率会掉自己身上的装备。

　　他打开物品栏，看着自己身上发光的装备，只觉得一阵肉疼——这谁敢赌啊？！

　　"元气小蚊香"给了您一千五百金。

　　钱到账，景欢动动指头，把狐狸召回来了。

　　这些人动不动就想杀人，他不治治对方不行。

　　拿了钱，他没再废话，直接飞回了主城，把元气小蚊香一个人留在了那儿。谁承想他还没走多久，右下角的好友图标突然闪了闪。

　　[密聊] 元气小蚊香："[委屈] 原来这号真换人了。"

　　景欢一愣，这才想起打开好友列表。他从上线到现在一直在忙别的，压根儿没时间看这个。果然，元气小蚊香就在他的好友列表里。

　　[密聊] 小甜景："你怎么会是这号的好友？"

　　[密聊] 元气小蚊香："我和原主人一起刷过任务。我刚刚看了一下你的操作，还真不是她能打出来的。"

　　景欢震惊了。这人明明跟原号主是好友，居然还想杀他，甚至向他要钱？！他刚刚就该直接把那两千金全拿走。

　　[密聊] 元气小蚊香："你是男的吗？"

　　景欢的火气瞬间消散。

　　[密聊] 小甜景："啊，我哪里像男的了？"

　　[密聊] 元气小蚊香："呃，因为很少看到女的操作这么好。"

　　[密聊] 小甜景："你误会啦，你的操作真的不怎么样，很多女生能把你当弟弟捶呢。"

　　[密聊] 元气小蚊香："……"

　　[密聊] 元气小蚊香："唉，其实我刚才不想杀你，但我看到闲人阁有一个精英队在附近做任务，你迟早被发现，那这钱还不如让我来赚。而且你想想，闲人阁那队伍五个人呢，你再厉害也杀不过啊，这么算来，还是我救了你！"

[密聊]小甜景:"好呢,既然误会搞清楚了,那我们就和平互删、感恩有你吧。"

[密聊]元气小蚊香:"别、别、别,我还有事跟你说。你看,现在闲人阁开了悬赏,你这号根本不能用了,不如在卖号之前,赚他们一大笔!"

景欢发了个问号过去。

[密聊]元气小蚊香:"你脱了装备让我杀,得到的赏金我俩五五分,怎么样?"

[密聊]小甜景:"……"

[密聊]元气小蚊香:"那不然三七?"

[密聊]小甜景:"呵呵。"

[密聊]元气小蚊香:"二八吧,你好歹让我赚点儿啊妹妹。"

[密聊]小甜景:"行呀,但要是人家失手把你杀了,爆了装备,你可不能怪人家呢!"

[密聊]元气小蚊香:"你就当我没说,再见。"

Chapter

2

第二章

战神

入住新家几天后，景欢终于抽空去了趟超市。家里空空的也不行，他挑好生活用品后，逛到了食品区。

景欢的母亲是位厨师，他从小耳濡目染，做些家常小菜不成问题。而且他答应了高自翔他们，等安顿好后，要请他们来家里吃饭。

高自翔打电话来："在哪儿啊欢欢？"

景欢其实不喜欢别人喊他欢欢，像在叫女生，可是不论怎么威逼利诱他们都改不过来，只能随他们去了。

"食品区，你们在结账台等我吧。"

结完账，高自翔和陆文浩自觉接过了袋子。

"欢欢，房子到底是买的还是租的？看起来不像有人住过啊？"到了景欢家，高自翔四处看了看。

"租的，新房，以前是没人住过。"景欢随手套上围裙，"你们就在外面等着，电视能开。"

景欢随便做了几道家常菜，陆文浩吃了一口便直嚷嚷："欢欢，你有这手艺早说啊！早说我还找什么女朋友啊，反正跟着你也有饭吃，还这么香！"

高自翔："你想跟欢欢混？那你得去问问我们系花同不同意，她可惦记欢欢很久了。"

景欢不跟他们贫，吃到中途突然停下，看向陆文浩："浩儿，问你件事。"

陆文浩擦了擦嘴："你说。"

景欢说："你不是网恋过几回吗？在游戏里，你喜欢找什么样的女生？"

陆文浩想了想，道："声音甜、爱撒娇、会唱歌的女生吧。"

高自翔评价："俗气！"

"喊，你懂什么，这辈子就死你发小身上了。"陆文浩反击。

景欢默默吃饭。这三点，他好像都挺符合的？

变声器在，声音甜没问题；撒娇……他也能学；至于唱歌，初中那会儿爱出风头，他参加过学校的十大歌手比赛，还拿了季军。

聊了一会儿，高自翔突然岔开了话题："对了欢欢，一会儿吃完我没法帮你洗碗了，得赶回寝室，我跟帮里的人约了七点钟杀战神。"

景欢挑眉："杀战神？你要打神器？"

"嗯，这不全服PK马上开始了嘛，我再去试试，万一打出神器来，冠军还不是妥妥的？"高自翔叹了口气，"但是我还差好多锻造材料，区里今年有三支队伍要出战，个个都想提升硬件，材料还要靠抢……我太难了。"

景欢听完，若有所思地点头道："行，没事，我买了洗碗机。"

把两人送走，景欢回到电脑前，就见好友图标在不断地闪烁。

[密聊]元气小蚊香："景妹妹，干吗呢？"

那天聊完景欢本打算删好友，元气小蚊香却表示自己在闲人阁里有小号，可以随时帮他打探消息。景欢考虑了会儿，也就把他留着了。

[密聊]小甜景："刚吃完饭。问你件事。"

[密聊]元气小蚊香："什么事？"

[密聊]小甜景："区里每年都是谁去打服战？心向往之？"

服战就是全服PK，一年一次的PK盛宴，夺冠奖励是奖杯、游戏称谓和金钱。每个服务器只能有一支队伍出战，如果该服务器里有多支队伍报名，就得先打内战，胜者才能代表本服务器出战。

[密聊]元气小蚊香："啊？没有啊。心向往之不打服战的。"

景欢怔住。有着那么身极品装备和那些顶级召唤兽，他居然不参加服战？

[密聊]元气小蚊香："心向往之几年前打过一次，夺冠了，再后来就没报过名了。区里这几年都是相思不顾的队伍出战的。"

[密聊]小甜景："这样呀，那好可惜。我觉得他去参加，我们服务器一定能夺冠的。"

[密聊]元气小蚊香："不一定，他一个人厉害没用啊，打PK是五个人的事。你看他连个帮派都没有，平时跟他刷经验的队友我也调查过，都是任务号，他想要出战，就只能选择加盟闲人阁了吧。"

[密聊]元气小蚊香："嘿！你别说，上次他会出手，是不是就因为想加入闲人阁啊？如果真是这样，那你可完蛋了，你听过他的绰

号没？"

[密聊] 小甜景："什么绰号？"

[密聊] 元气小蚊香："狐仙杀手！他有一次去全服竞技场玩 1vs1，匹配到了全服第一狐仙洞，哇……那狐仙被他杀得毫无还手之力，一点儿优势都没有。"

景欢嗤笑了一声，那是那个狐仙洞太菜。

[密聊] 小甜景："真厉害！大神不愧是大神！"

[密聊] 元气小蚊香："嘿嘿，那可不。对了妹妹，你这几天有没有想通一点，我们到底要不要一块儿赚钱发财？"

[密聊] 小甜景："不要，就那点儿钱，我才看不上呢！"

关掉对话框，景欢便准备去刷日常任务。

[喇叭] 心向往之："一百金收金雀羽毛，月沉城城主直接交易，量大可加价，密聊。"

喇叭一出，世界立刻沸腾了。

[世界] 本命芝芝桃桃："心向往之出现了！"

[世界] 仙萌萌："呵呵。"

[世界] 乱花迷眼："等等，金雀羽毛不是锻造神器用的吗？向神都有一把神器了，怎么还在收这个？"

[世界] 哥哥大不大："向神，就是个渣男。"

而景欢的目光则锁定在"密聊"二字上。可以密聊，这意味着心向往之打开好友聊天了？！

他立刻试了一下，果然，加上好友了。虽然是单方面的好友，但只要对方在他的好友列表里，他就能发送消息。

[密聊] 小甜景："哥哥！"

三分钟过去了，对方都没有回复。

[密聊] 小甜景："哥哥你理理我呀，你不是在收金雀羽毛嘛 [委屈]。"

[密聊] 心向往之："城主直接交易。"

[密聊] 小甜景："哥哥，我没有金雀羽毛，但我这里有个赚钱的办法，能让你日入上千金！羽毛这么贵，刚好可以给哥哥回回血！"

电脑的另一头，向淮之看完这行字，微微蹙眉。这语气，跟几年前专门盗 QQ 号行骗的骗子有什么区别？这人看来还是个惯骗。

羽毛也收得差不多了，他正准备关掉好友功能，对方又发了条消息过来。

[密聊] 小甜景："现在闲人阁在悬赏我呢，杀我一次一百金，我把装备脱光了给你杀吧哥哥。"

[密聊] 心向往之："……"

[密聊] 心向往之："不。"

[密聊] 小甜景："为什么不啊？我很好杀的！我不还手的！"

[密聊] 心向往之："不缺钱。"

向淮之迟疑了一会儿，继续打字。

[密聊] 心向往之："为什么要让别人杀你？"

[密聊] 小甜景："啊。没有别人，我只找了哥哥，别人杀不了我，我逃跑很厉害的！"

[密聊] 心向往之："为什么找我，因为抢了我的怪？"

[密聊] 小甜景："不是的。"

[密聊] 心向往之："……"

[密聊] 小甜景："因为我是您的迷妹啊……啊，突然好害羞……"

[密聊] 心向往之："……"

[密聊] 小甜景："我私底下看了很多你的竞技场视频，操作太帅啦！我会玩这个游戏，也是因为你。"

好！标准答案！一百分！景欢！你太强了！

景欢一遍遍看自己发的消息，越看越满意。

对面的人迟迟没回复，景欢不禁发笑。呵，对方肯定已经紧张到不知道要回复什么了。他必须乘胜追击，景欢一个字一个字地打：虽然买到了一个……风评不是很好的号，也花了我大半的零用钱，这段时间只能靠泡面过日子，但能在游戏里看到你的身影，我就觉得值得啦！

天哪，这是什么感人肺腑的发言，景欢把自己感动了。他想了想，又在句尾加上了一个可爱的游戏表情。

完美！发送！

在他按下发送键的同时，一行黄字弹了出来。

玩家"心向往之"拒绝收信，发送失败。

向淮之关掉好友功能后，整个游戏界面清净了许多。他飞到仓库使者旁，把刚刚收到的金雀羽毛全塞了进去。

对床上铺突然探了个脑袋出来："渣男，收了多少羽毛啊？"

听见这个称呼，向淮之头也没回地道："怎么，想去重生点逛逛？"

路杭立刻打住："啧，你这人，怎么一点儿玩笑都开不起？快，说正题，收多少羽毛了？"

"够了。"向淮之道，"以后自己的东西自己收。"

"我这不是因为异地登录被系统限制交易了嘛……每次放长假回来都要经一遭，你又不是不知道。"路杭边说话边上号，话说到一半才察觉不对，"等等，我十分钟前才让你帮我收的羽毛，怎么这么快就收够了？你多少钱收的？"

向淮之："一百金。"

路杭气到吐血："商会遍地七十金的东西！你一百金收？！"

"遍地？你去商会看看，找得出一百个来我把号送你。"

"打造一次神器也就只需要一百个！"

向淮之挑眉："一次？你以为游戏是你家开的？你打十次可能都出不来一件像样的东西。"

路杭右眼皮直跳，问："所以你到底收了多少？"

"没数。"他没数，那起码得有一仓库。

路杭倒吸了一口冷气，冷静地拿起自己的手机，翻看银行卡余额。

"放心，这些算我自己收的，七十一个卖你。"向淮之淡淡地道。

路杭握拳大喊："我以后再也不叫你渣男了！你是我哥，永远是我哥。"

向淮之听笑了："滚蛋。"

路杭："对了，我都忘了采访你，当渣男的滋味怎么样？"

"挺好。"

路杭一脸不信，向淮之也懒得解释。

他没瞎说，确实挺好的，这段时间没有PK队伍来联系他，也没有帮派来拉拢他，就连给他丢好友申请的女生也变少了。

您的好友"路迢迢"上线了。

"哎！异地登录限制解除了！我能组队了！"上号后，路杭在对床嚷嚷，"快来，我带你刷任务去，这个时间点刚好有活动。"

活动时间经验双倍。向淮之"嗯"了一声，接受了路杭的队伍邀请。

《九侠》平时除了特殊活动和高级副本是多人参与，其他普通活动、PK 等常规玩法大多是五人组队。向淮之打开队伍一看，队伍里除了他们俩，其他三个都是妹子。

[队伍] 落落小宝贝："……"

[队伍] 爱是分你吃："啊，这……"

[队伍] 纪小年："呃。"

[队伍] 路迢迢："怎么了？"

[队伍] 爱是分你吃："没，路路，这是你的朋友啊？"

[队伍] 路迢迢："是啊，我的好兄弟，心向往之你们不认识？他的名字就挂在排行榜上呢！"

[队伍] 纪小年："就算之前不认识，这两天也认识了。"

旁边传来路杭的爆笑声："哈哈哈，老向，我怎么觉得这么一折腾，你在区里比之前更红了呢？"

向淮之懒得理他，打开物品栏，检查自己身上携带的药。

"喀喀。"路杭连上耳麦，轻咳两声，然后打开《九侠》的内嵌语音系统，故意压低声音问，"能听见吗？"

向淮之被这突如其来的男低音惊得起了鸡皮疙瘩，微微蹙眉，摘下一边的耳机。

"啊……听得见。"

"我们去杀新活动呀？难吗？"

"杀不过怎么办啊？"

一听见女生的声音，路杭就像是打了鸡血："没关系，有我在呢，不会让你们死的。前面小怪随便杀，到了 Boss（最终怪物），你们直接往我身后躲就行。"

还没等女生们回答，向淮之便道："路杭，先关麦。"

路杭道："没事，我用的按键说话，她们听不见你的声音。"

"你叫来的都是些什么人？"向淮之打开她们的资料，其中两个等级都还没满，最关键的是，"三个奶妈？怎么，这么大还没断奶吗？"

"哎呀，这活动我查过，不难。"路杭说，"没办法，我得带侠缘啊，你就当是帮帮兄弟。"

向淮之顿了顿，道："哪个是你侠缘？"

路杭镇定地道："这个还说不准。"

向淮之沉默了。

《九侠》逢年过节就会推出相对应的节日活动，玩法不同，唯一共同点是经验多和奖励丰富。

就在其他玩家刷活动时，一个在主城挂机许久的小狐仙突然动了。只见小狐仙快速收起摊位，"嗖"的一下骑上坐骑，快马加鞭地赶到驿站，出发去了野图。

景欢快憋坏了，倒不是心急刷经验。他前前后后玩了这么久的《九侠》，一直就不是个喜欢挂机刷任务的主。

他想去挖那天"抢"来的藏宝图。

侠盗藏宝图是特殊物品，掉率极低，反正像他这样的"臭手"当年刷了半个多月都没爆出一张来。据官方介绍，侠盗藏宝图能挖出许多意想不到的物品，景欢见过挖出一文不值的加血包子的，也见过挖出万金难求的珍贵材料的。正是因为其中的不确定性，才会让人感觉紧张和兴奋。

与此同时，闲人阁的帮派聊天室里——

[帮派]血色暗影："报告！我的小号在西梁河畔看到了小甜景！"

[帮派]脉脉不语："这女骗子专门挑我们刷活动的时间出城！"

[帮派]春肖："我还在战斗里，过不去。帮里有人能去一趟吗？"

[帮派]仙萌萌："我去吧，有没有谁跟我一块儿呀，我自己有点儿害怕。"

[帮派]脉脉不语："没事仙仙，那号是空号，你随便杀她。"

[帮派]仙萌萌："我知道……只是我第一次杀人，难免有些怕。唉，要不是我最恨这些骗感情的人，我都不想掺和的。"

[帮派]脉脉不语："哈哈，那你去吧，刚好当泄气了。"

仙萌萌很快组好了一支五人队伍，赶到西梁河畔时，他们就看到小甜景的人物角色正握着把铲子……在锄地。

"她在挖藏宝图！"队里的人说，"快点儿打断！我们杀了她之后，没准儿还能把藏宝图爆出来！"

于是景欢挖到一半，就被攻击技能生生地给打断了。

景欢烦躁地皱了皱眉，也没看清来人，立刻丢出分身技能想逃。他之所以会转门派，不仅因为狐仙洞操作有趣，最关键的是这门派贼能跑。不仅移动速度快，还有各种各样的障眼法技能，逃跑技能一流，以至于竞技场里的狐仙洞最常见的操作就是卖队友。

后面的人反应比他慢了一拍，他都快跑出图了，他们才想起来要追。

景欢眼见就要迈进安全区了，突然听见身后传来一句话，"没事仙仙，这次没杀到，下次我还陪你来堵她，杀到你舒服为止。"

看起来像是对方忘了把语音播放范围改成队伍内了。

游戏中，晃着狐狸尾巴的成女动作一顿，突然不跑了。

景欢回过头，果然，追杀他的队伍中站着一个萝莉，游戏ID正是"仙萌萌"。

"哈哈，她居然回头了，是不是网卡了啊？"

"怎么这么能跑……"

"管她的，掉线更好，掉线她没法手动回重生点，我们能守着等她复活继续杀。"队伍里的驯养师立刻拉出召唤兽，"快，术士先封人。"

术士忙丢出封印符纸，不承想符纸还在去的路上，对方就先一步跳跃起来，并召唤出了九尾仙狐。

队里的法师笑了："什么意思？她还想反打呢？"

"又是哪里骗来的九尾仙狐啊？"

这时，仙萌萌突然开麦："小甜景，你站着别动，让我们杀一次就行了，我也不守你的尸。只是你以后别再骗人了，真的很丢我们女人的脸。"

队友："哈哈，仙仙你说话也太软萌了。"

"你别笑啦。"仙萌萌羞涩地道，"我是认真地在劝她。"

话音刚落，小甜景再次有了动作。

景欢蓄力半秒，封印蛛网从角色的掌心中跳跃而出，直逼向他们，站在前面的术士和法师下意识地走了下位。

蛛网径直穿过他们两个，直直朝身后罩去——命中队伍里的治疗和尚。和尚一愣，还没来得及有所应对，小甜景便瞬间消失了。

"是隐身瞬移！快点儿走位！"队里的术士反应过来，大喊了一声。

但他还是说晚了。

仙萌萌前几秒还在慢悠悠地给队友丢加成 Buff（增益系的各种效果），转眼身边就缠满了蛛网。她愣住了，道："这是什么？！"

"完了，你快挣脱，快点鼠标左键！这是 Debuff（减益系的各种效果），能封印并降低你的人物属性……"术士震惊了。这人竟然打出了瞬网连招，甚至在几秒钟的时间里缠上了这么多层蛛网？！

仙萌萌着急了："我挣脱不开……"

就在这时，九尾仙狐依照主人的命令，对着仙萌萌所站的位置吐出了火焰。仙萌萌本身装备就不算好，又被挂了这么多层 Debuff，这一把火直接把她的命都烧没了。

系统公告：玩家"仙萌萌"因强制 PK 时不慎被对方击杀，遗失了碧玉飘带。

公告出现的同时，小甜景再次回头跑路，几人这才后知后觉——这人从头到尾都没想过要反打，而是想要打掉他们其中一个队友！

几人从震惊中回神，纷纷忍不住骂脏话，拔腿便追！

"天哪！"地图另一头，路杭睁大眼惊叹道，"老向，刚刚那操作你看到没？！"

向淮之没吭声。

他们早早便做完了任务，现在正在轮野图，方才那一幕反杀的戏，被他们看得清清楚楚。

这狐仙洞的操作确实非常不错。但……谁能告诉他，为什么这狐仙洞的名字会叫小甜景？

路杭还在说："啧啧啧，这么多层网，水色服务器那第一狐仙都不一定能打出来吧？"

"只要对手不是我，他就打得出来。"向淮之收回目光，"任务还刷不刷了？"

"刷。哎，不是，你就不想再看看？"

"不想。"

行吧。路杭轻点鼠标，正准备离开野图，就见前边那个小狐仙为了躲避术士技能，忽然一个转头，直直地朝他们这儿冲过来。

"咦！过来了！"路杭眯起眼，凑到屏幕前，"等等，小甜景……这名儿怎么有点儿耳熟？"

队里的女生提醒他："是被闲人阁追杀的那个女骗子。"

路杭恍然道："哦，对！是她！那什么……现在女骗子的业务能力都这么高的吗？"

向淮之看着朝他们飞来的小狐仙，突然想起那天被抢的野怪，心里隐隐有些不安，问道："到底走不走？"

路杭："走，这就走，你急什么……"

"啊。"一个陌生的女声突然钻进两人的耳麦中。

不是很甜腻的声音，听起来清脆悦耳，莫名让人觉得舒服。

此时，这道声音里满是惊喜和兴奋："哥哥——"

路杭一愣，好半天才意识到声音是从小甜景那儿传来的。

路杭："她在叫谁？"

向淮之："不知道。"

话音刚落，就见小甜景突然从空中折返，带着她身边那只白色的小狐狸，直直地往心向往之身上扑去。

"战神哥哥！救命啊！"

拥有区内唯一的战神称谓的向淮之："……"

后面的四人到达现场时，看到的就是小甜景往心向往之身上冲去的这一幕。

这声"哥哥"都快把路杭的心脏给叫麻了，他问向淮之："你确定不认识？"

游戏中，加入队伍后有两个选择，一是人物跟着队长走动，不需要操作；二是自己操作，但只能在限定范围内活动。

向淮之按下快捷键解除跟随，往后一挪，躲开了从天而降的人，回答道："不认识。"

景欢压根儿没想过心向往之会接住他,所以在落下来的前几秒,用跳跃在旁边的悬崖上踩了一脚,毫发无损地落在了心向往之跟前。

他粗略地看了眼心向往之所在的队伍,嗯,足足三个奶妈。

为了泡妹,对方连杀怪的效率都不要了,果然是渣男作风。

景欢心里埋汰着,手上操作着游戏人物磨磨蹭蹭地往心向往之身后一躲,语气十分委屈:"战神哥哥……有人在追杀我。"

闲人阁的人刚好听见他这句话,在队内快速交流了一下。

"心向往之?他怎么会在野图?"

"没见队里三个妹子吗?他估计在泡妞呢!啧,仙仙是真惨。"术士顿了顿,又道,"不过……这小甜景的声音真好听啊。"

"废话,不然你以为帮里那位大神怎么栽的?!不过她和心向往之又是什么关系啊?"

"不知道啊。那我们现在怎么办?心向往之出手的话,我们估计打不过吧……"

因为被反杀有惩罚措施,队里的人都有些犹豫了,站在原地迟迟没有出手。

"别急,我问问。"术士说罢,把频道调成当前。

"向……心向往之。"他把那句"向神"吞进了肚子里,"你认识她?她刚才把仙仙的装备给爆掉了。"

向淮之皱眉。

[附近]心向往之:"仙仙是谁?"

在场除了路杭以外的人顿时都站着不动了,长久的沉默仿佛是在说两个字——渣男。

[附近]小甜景:"是仙萌萌先追杀我的,我自卫反杀有错吗?"

[附近]小甜景:"战神哥哥,他们就是想爆掉你送给我的藏宝图,可太坏了。我才不让他们得逞呢!"

在场的人又沉默了。

路杭实在忍不住了,笑得前俯后仰:"信物都送了,你还说不认识?!"

向淮之黑着脸纠正:"不是送。"

是抢,对方用 79 伤害的技能,从他眼皮子底下抢走的。

闲人阁的人又开麦了:"心向往之,现在的意思是这事你要掺和?"

[附近]心向往之:"不。"

[附近]小甜景:"看到没?!我哥哥的意思是让你们现在滚蛋!他可以考虑不杀你们[发怒]!"

向淮之发了个问号。

[附近]小甜景:"哥哥发问号了,你们再不跑,也得掉装备[捶桌]!"

术士是这次追杀队伍的队长,他原本就已经被仙萌萌掉装备的事镇住了,有些畏首畏尾,现下一看,也有些拿不准了。

"行,你们等着。"丢下这句话,他用门派技能原地吟唱半秒,带着队伍迅速离开了现场。

刚要打字的向淮之觉得有些无语,对方就这点儿胆子也敢来追杀别人?

游戏中,小狐仙在他身边跳来跳去的,还用游戏里的人物动作给他跳了个舞。

[附近]小甜景:"谢谢哥哥,我都快吓死了呜呜呜。"

向淮之本想说什么,键盘敲到一半却又停了。算了,他跟女骗子纠缠个什么劲儿?

反倒是路杭来兴趣了。

[附近]路迢迢:"你怕什么?你这操作,他们又追不上你。"

[附近]小甜景:"刚才是被吓到超常发挥了,还好战神哥哥在。"

[附近]路迢迢:"那藏宝图真是老向给你的?那玩意儿不是绑定的吗?"

向淮之蹙眉:"你废话怎么这么多?还下不下本?"

"哎呀,我就问两句。"路杭说,"你不觉得这女的很有意思吗?"

"不觉得。"

[附近]小甜景:"嗯嗯,我本来想挖出好东西就给战神哥哥送去,结果才挖到一半,闲人阁的人就来了……"

路杭一拍大腿,道:"行啊老向!人家妹子对你死心塌地啊!"

向淮之冷笑道:"嗯,不然你跟她谈场恋爱?被洗号的那种。"

向淮之不关心八卦,平时连喇叭都不会细看,女骗子这事还是路杭告诉他的。

当时路杭还信誓旦旦地说：套路，一定是套路，这号绝对没换人！

"不是，你看她说的，藏宝图挖出什么来都给你。你刷了这么多天的任务，不就为了爆藏宝图吗？"路杭道，"就算她是女骗子，这波咱也不亏！"

向淮之确实需要藏宝图。准确来说，他需要的是用藏宝图才能挖出来的珍稀材料——附魔灵珠。可惜他刷了这么多次任务，只爆过一次藏宝图，还被小甜景抢走了。

[附近] 小甜景："哥哥，你缺的是附魔灵珠吧？我能挖出来的！"

[附近] 心向往之："……"

[附近] 路迢迢："绝了，你怎么知道？！"

[附近] 小甜景："我看了这几天的系统公告，哥哥一直在刷轮回任务，应该是想孵化灵兽？"

向淮之没说话。他的确在做孵化灵兽的任务，而任务的最后一环就需要附魔灵珠。

附魔灵珠是可交易物品，但获得方式只有通过藏宝图挖宝，而且爆出的概率并不高——至少目前，他们区的交易所上一颗都没有。

世界上也有钱办不到的事。

景欢在他们身边组了个队伍。

"哥哥。"景欢掐着嗓子叫了一声，耳麦里的回音把自己的脑仁都震疼了，"一起去挖藏宝图吗？你不来，我怕一会儿又被杀了……"

向淮之倒不是非要她把藏宝图还给自己。只是如果真如她所说，她又被闲人阁的人追杀，把藏宝图给爆没了，那他没日没夜地刷任务的那几天就白费了。

他犹豫了一会儿，脱离队伍，申请加入小甜景的队伍："我去一趟。"

挖藏宝图这么刺激的事，路杭也想去凑凑热闹。"哎，妹子，顺便带上我……"他话还没说完，小甜景就已经带着向淮之跑出了他的视野范围。

"啧，一个大老爷们儿这么难哄。"景欢盯着队伍里的人，嘴里碎碎念道。

[队伍] 小甜景："战神哥哥，你刚刚在做什么任务呀？"

[队伍]心向往之:"野图本。"
[队伍]小甜景:"噢噢。你带三个奶妈下本,不会很难杀吗?"
[队伍]心向往之:"不会。"

呵,当然不会,三个妹子陪你下本,你在电脑前脸都要笑开花了吧,死渣男。

[队伍]小甜景:"也是,我都忘啦!哥哥是超强输出!"

为了围观他们挖藏宝图,路杭忍痛放弃队伍里那三位女朋友预备役,跑下床来坐到了向淮之身边。

"老向,快说,你和小甜景到底什么时候认识的?你干什么了让人家对你这么死心塌地?"

向淮之:"真不认识,骗你有钱拿?"

路杭狐疑地盯着他。

向淮之:"野图见过一面,她把我的侠盗抢了。"

路杭惊了:"这世界上还有人能抢你的怪?"

"当时在打电话,没注意。"向淮之犹豫了一下,"而且之前我还以为她是个男的。"

路杭:"啊……"

向淮之看着正在队伍频道里不断输出"彩虹屁"的小狐仙,道:"现在哪有女的会这么说话?"

[队伍]小甜景:"战神哥哥,你的脸捏得好好看,这得是多巧、多好看的手才能捏出这种游戏人物呀[星星眼]!"

[队伍]小甜景:"马上到藏宝图坐标了,我好紧张。"

[队伍]小甜景:"[有人吗]?"

[队伍]小甜景:"唉,哥哥不说话的时候也很帅……"

路杭扑哧一笑:"我觉得……还挺可爱?"

向淮之懒得理他。

好友消息突然亮了起来,向淮之随手点开。

[密聊]仙萌萌:"你竟然和那个女骗子在一个队伍里?"

[密聊]仙萌萌:"呵呵,饥不择食了?"

[密聊]仙萌萌:"她刚才把我的装备爆了,你知不知道。"

向淮之扫了一眼,直接把对话框关了。

路杭:"哎,你好歹回复一句。"

"不回,麻烦。"

路杭纳闷了,道:"她到底知不知道你的号前几个月不是本人?"

向淮之说:"知道。"

该说的他都跟仙萌萌说了,但仙萌萌就是不信,一口咬定了他玩金蝉脱壳,不想负责,还在外面把这事添油加醋地乱说一通。

路杭还想说什么,手机忽然响了,他接起来应了两声,往宿舍门外走去。

"战神哥哥。"耳麦里传来女生的声音,小甜景小心翼翼地问,"你在不在呀?我们到藏宝图坐标了。"

[队伍]心向往之:"嗯。"

[队伍]小甜景:"那我要挖啦。"

[队伍]心向往之:"嗯。"

因为是组队,景欢按下藏宝图后,队伍里的两个游戏角色开始一块儿锄地。

景欢拿起手边的水杯喝了一口水,心里琢磨着该怎么让心向往之加他的好友。

景欢压根儿就没想过能挖出好东西。他可是连打神器都能打出一把绝世垃圾的祖传"臭手"。

附魔灵珠?他配吗?

挖宝进度条消失,景欢还没回神,游戏界面上率先弹出了一行瞩目的黄字——

您一铲子挖塌了妖怪的房子,惹怒了避世妖王(珞珈山132.72)!请立刻前往封印![要求玩家:小甜景、心向往之。限时四十八小时。]

系统公告:惊世奇闻!玩家"小甜景""心向往之"在珞珈山挖宝时不慎挖塌了妖怪的房子,无家可归的妖王正在珞珈山132.72寻衅闹事!

全服系统公告:镜花水月服务器玩家"小甜景""心向往之"触发了侠盗藏宝图的隐藏任务[妖王之怒]。

两个当事人还没反应过来，世界频道就先炸了锅，刷屏速度快得惊人，不锁屏都看不过来。

[世界]风比我自由："我玩通宵出现幻觉了？"

[世界]我似尘埃："心向往之和小甜景？渣男和惯骗？高手过招？强强对决？决战紫禁之巅？"

[世界]早点睡："等等？妖王之怒是什么隐藏剧情？！"

[世界]本命芝芝桃桃："我就想问问这两个人是什么奇怪组合？我就出门吃了顿饭，一个小时，'吃瓜界'就容不下我了？"

[世界]落落不知羞："呵呵。知情人士出来给大家透个底，这藏宝图还是心向往之送给小甜景的。"

[世界]跟世界晚安："但是藏宝图不是绑定物品吗？这怎么送啊？"

[世界]超喜欢露露："肯定是组队一块儿打的呗，心向往之是个狠人啊，这得刷多少次任务才能爆藏宝图？堪称渣男界标杆了。"

[世界]爱吃饺子："对象还是小甜景，暖天暖地暖骗子，渣男我爱了。"

景欢震惊之余，眼睁睁地看着世界频道上的玩家们把他和心向往之的故事一口气写到了心向往之携新欢出逃，小甜景卷着彩礼跑路。

这都编到哪儿了？

他把鼠标移到任务栏上，想看一眼任务提示。

隐藏任务是《九侠》里的特殊设置，在刚开服的时候经常有玩家触发，但到后面就非常少了。反正景欢玩了这么久，别说触发了，就连见都没见过，对这个任务的了解几乎为零。

任务提示上只有简单的一句"请前往珞珈山 132.72 封印妖王"。

[队伍]小甜景："哥哥……我是不是闯祸了啊……"

向淮之没在第一时间回复，因为他快被路杭的叫声震聋了。

"我的天！隐藏任务！"路杭激动得差点儿把手机摔了，"藏宝图居然也有隐藏任务？你赚大发了啊！本来奖励就高，再爆个隐藏，那还要什么附魔灵珠啊？！给你直接爆把神器都有可能！"

"不可能，隐藏任务从来没出过装备奖励。"向淮之打断了他的臆想。

"行吧，神器是夸张了点儿……"路杭凑到他身边，"你快问问小甜景，她之前说的话还算不算数？"

"什么话？"

"还能是什么话？她不是答应了，挖出什么都送给你吗？"

向淮之没应他。

目前他对附魔灵珠以外的东西并不感兴趣，会跟着小甜景来挖图，也是想着万一对方真挖出附魔灵珠，那他应该可以按市场价第一时间买下来。

"战神哥哥？"耳机里再次传来小甜景的声音，"我果然闯祸了。"

向淮之将手放到键盘上，刚打了两个字便删掉了。

他按下说话键，道："没有。"

景欢一愣，心说这人的声音怪好听的啊？没有刻意压低或者放沉，是非常平常的语调，却听得人心里舒服。

也是，没这条件，这人都做不了渣男。

景欢委屈地道："可是世界频道上的人都在骂我。"

向淮之没打开世界频道，自然不知道上面已经乱成一锅粥了："屏蔽就好。"

景欢："嗯，屏蔽啦……那我们现在怎么办，这个任务要做吗？"

向淮之同样看了眼任务栏："先等等。"

"可是任务时间只有四十八小时哎。"

向淮之打开官网："隐藏任务的时限都是四十八小时，我先去查一下资料。隐藏任务死亡是按正常死亡情况处理的，贸贸然去，可能会被杀掉级。"

"Boss这么恐怖吗？"景欢一顿，而后兴奋地道，"哥哥，你的意思是会帮我杀Boss？"

向淮之陈述事实："任务上有我的名字，没我你触发不了战斗。"

景欢在心中冷笑，嘴上则甜甜地道："谢谢哥哥！"

向淮之："我去查一下资料，你明天下午在不在？"

"在的哥哥。"景欢乖乖地道，"我随时在。"

"那就先定在明天下午，多留些时间，以免一次杀不过。"向淮之将鼠标移到离开队伍的选项上，"那先这样。"

"哥哥等等！"景欢赶紧叫住他，"我们要互相加好友吗？不然到时候怎么联系呀？"

向淮之眉头跳了一下："嗯。"语气听起来非常不情愿。

看着成功加到列表里的好友，景欢冷笑了一声，心说：行，你就先嫌弃着，以后有你被小甜景迷到癫狂，求而不得的时候。

Chapter **3**

第三章
共战

次日，景欢去了趟学校。早上他有一堂课，那老教授把他当作点名关注对象，不去不行。

高自翔早早给他占了座，景欢到时，高自翔和陆文浩两人脑袋挤在一块儿，不知道在说些什么。

景欢问："干吗呢？"

高自翔说："在看大新闻。"

景欢不甚在意地回："什么新闻？"

"说了你也不感兴趣，关于《九侠》的。"

景欢侧目："说来听听。"

"其实也没什么大事，就是其他服务器有人挖藏宝图，挖出了隐藏任务……这游戏都运营十年了，居然还有没被触发的隐藏任务，你说搞不搞笑？"高自翔把手机放好，"昨晚游戏界面突然弹出个全服系统消息，我们帮当时正集体下副本呢，全看傻了。"

景欢万万没想到，这事传得也太快了吧？

他收回目光："不就是个隐藏任务吗？这有什么稀奇的。"

"哈？你好意思说这个，你见过隐藏任务长啥样吗？"高自翔嘲笑他。

"我……"景欢顿了一下，心想：我怎么没见过？你现在看的公告截图里的任务就是我触发的！但他嘴上却说，"没见过。"

高自翔拍拍他的肩算作安慰："其实吧，这事的看点也不全在隐藏任务上，是触发任务的人……"

高自翔说到一半，突然意识到什么，立刻住嘴了。

景欢问："谁？"

"没、没谁。"高自翔顿了顿，"反正都不是什么好人，一个渣男，一个女骗子，两个人都臭名昭著，算是凑一块儿了。"

景欢一阵无语，委婉地道："有些事你不要只听片面之词。"

"可不是我胡说，那服务器的人都这么传的。那女骗子还被区里的大帮追杀呢，估计平时连号都不敢上吧。男的也不是什么好东西，要不是账号有点儿实力，早就被追杀了。"提到渣男，高自翔就替好友的姐姐感到不满，"要我说，这俩人能被区里的人骂成这样，都是自己作出来的，活该。"

景欢没想到大清早还要挨好友的骂，头疼地道："闭嘴吧您。"

陆文浩闲着无聊，又打开《九侠》论坛刷新了一遍。

谁知他这一刷新，就刷出了些不得了的东西来——镜花水月服务器玩家发的帖子。

"天哪，一大早收到了系统消息，我只能说，闲人阁帮派实惨！"

楼主没有废话，反手就直接发了一张游戏截图——

系统消息：本区玩家"小甜景""心向往之"成功触发了[妖王之怒]隐藏任务，该隐藏任务与服务器安定度有关，两位玩家若在四十八小时内成功封印妖王，本区安定度上升两百点；若任务失败，则扣除一百点安定度。四十八小时内，区内玩家们可在锻造大王处通过"贡献材料"给"小甜景""心向往之"增加装备属性强度，为区内建设添一份力，为勇士们加油助威！

服务器安定度是非常重要的服务器属性之一，对各大帮派的影响极大——安定度降低，会大大提升帮派被盗贼抢劫的概率，严重时甚至会摧毁帮派的药田。

这意味着，区内各大帮派必须在这四十八小时内各匀出一点儿材料……来给小甜景、心向往之"加油助威"。

此时此刻，平时热闹非凡的闲人阁帮派频道安静异常，气氛凝重。

系统消息出来后的十分钟内，帮里无一人发言。

也不知过了多久，频道里终于有了反应——

[帮派]莫问归期："那这两天……咱还追杀小甜景吗？"

一人提及此事，其他不敢说话的人立刻跟着发问了。

[帮派]林深见鹿："是啊，还杀不杀了？之前仙仙的装备被爆的事我们还没报仇呢！"

[帮派]春肖："我没想明白，你们五个人去围剿小甜景，让她跑了也就算了，怎么还被带走了一个？"

［帮派］脉脉不语："哎呀，谁知道那小甜景这么阴险，这也是没法避免的事啊！"

［帮派］春肖："为什么不能避免，队伍里两个奶妈，走位躲一下技能，完全不可能被反杀。"

春肖是闲人阁副帮主，女的，和闲人阁女帮主相思不顾关系特别好，所以相思不顾不在的时候，帮派的事基本是春肖在管。

［帮派］脉脉不语："肖肖，仙仙可是为了帮我们帮派杀人才死的，还被爆了装备……你不能这么说吧？"

［帮派］春肖："我只是在陈述事实。"

［帮派］仙萌萌："对不起啊［落泪］，我当时也没想到，回过神来想加血的时候，就已经被狐狸秒死了……"

［帮派］春肖："以后去杀人的时候要自己多留点儿心，不然被反杀，不只自己容易被爆掉装备和经验值，帮派名声也会受损。"

春肖发完这句话，直接把游戏界面最小化，在QQ讨论组里继续跟区内其他几个大帮派商量隐藏任务的事。

天下第一帮主："我刚刚去NPC那里看了一下，这破任务要的都还是高阶材料！《九侠》真没意思，这不是强制消耗我们的内存吗？！"

画楼南畔帮主："那真不巧，我们帮前阵子刚开了经验大本，没剩多少高阶材料了。"

破天帮主："画楼南畔你真有意思，你们帮派资产库里明明还有一堆高级材料，以为大家瞎呢？"

画楼南畔帮主："破天你又放卧底来我们帮！"

破天帮主："胡说八道，是熟人给我截的图！谁给你放卧底了？你也配！"

画楼南畔帮主："怎么着？有本事设立敌对帮派啊！"

闲人阁帮主："要打等事情解决了再打，不要在这里吵架，浪费大家的时间。"

闲人阁帮主："废话不多说。我拟出来的方案是每个帮派出仙须草一百株、鱼心丸二十颗、火凤之睛五个。我们闲人阁比你们多出20%的材料。有意见的人现在可以提。"

她提的这些珍稀材料，得整个帮派齐心协力打上两个月才能凑出来。

不过其他帮派一听闲人阁比他们多出 20% 的材料，顿时就不觉得有多难受了。

破天帮主："你们出 120%？"

闲人阁帮主："有什么问题？"

破天帮主："嗐，没问题，就是有点儿惊讶，我原先还以为你们帮一分不出呢。等等，你是春肖还是相思不顾？"

闲人阁帮主："……"

画楼南畔帮主："应该是春肖，你这么搞，相思不顾会答应吗？"

闲人阁帮主："这个不用你们操心。那就这么说定了，半小时内把材料交上去。"

春肖丢出这句话便直接退出了讨论组，然后从好友列表里找出心向往之的名字。

[密聊]春肖："你们打算什么时候开妖王？你看到系统消息了吧，给个时间，我们好交材料。"

[密聊]心向往之："今天下午。"

[密聊]春肖："杀得过吗？"

[密聊]心向往之："不知道。"

[密聊]春肖："好的。"

向淮之没再回复。他会开好友消息，是担心那小狐仙找不到他。

"老向，你们真不需要《九侠》第一术士出面？"路杭趴在床头，撑着下巴问他。

向淮之头也没回，道："只有我和她能切进战斗。"

"我知道，我的意思是我可以开她的号来操作啊。"路杭道，"隐藏任务的难度你又不是不知道，上一个触发隐藏任务的是隔壁区的战神队伍，杀了三个小时才勉强过的。你带着小甜景去，不是去送死吗？"

向淮之道："Boss 难度会根据玩家人数调整。"

"可你带小甜景去，就等于是单挑妖王……再说，万一她逃命的时候往你脸上蹦，可不就完蛋了？"

向淮之问他："真想帮忙？"

路杭疯狂点头，这可是隐藏任务啊，谁不想去掺一脚？

"来城主这里。"

路杭立刻操控游戏角色，走到心向往之身边，问："干吗？"

向淮之把身上的物品清空，留出许多位置来，道："丢些高阶药品给我。"

路杭不说话了。

"再送我一张九尾仙狐的变身卡。"

"不是，七百金的变身卡，你怎么好意思找我要！高阶三药也贵得要死，我专门攒来杀战神的……"

向淮之挑眉："不是要帮忙吗？"

路杭道："这是帮忙吗？你这是要我的命！"

"还想不想以第一视角看封印妖王了？

"还杀不杀战神？

"以后还要不要同时带三个奶妈下本？"

路杭咬咬牙，道："你……要几个高阶药？"

下课后，景欢在路边打包了一份酸辣粉便往家里赶。

到了家，他打开电脑，正准备登录《九侠》。

您好，镜花水月服务器在线人数爆满，请您耐心排队等候。前面还有 999+ 位玩家在等待，预计等候时长三十七分钟。

景欢瞬间有种回到了十年前的错觉，《九侠》刚开服那会儿，服务器数量很少，每个玩家上号之前基本都要排几十分钟的队。但这都十年后了啊，怎么还要排队？游戏出 Bug 了？

他试着登录其他服务器，全都是秒进，只有镜花水月在排队。

三十分钟后，他艰难地挤进了服务器。刚上线，他就收到了很多条好友消息，仔细一看，还全都是来自同一个人的。

[密聊] 元气小蚊香："妹妹，你什么时候杀妖王啊？"

[密聊] 元气小蚊香："这任务时限只有四十八小时！"

[密聊] 元气小蚊香："再不开始杀就来不及了，急急急！"

……

[密聊] 小甜景："今天《九侠》服务器怎么了？我游戏好卡，登录

都要排队半小时。"

[密聊]元气小蚊香:"你总算来了!区里一下挤进来一堆新号,当然卡啊!都是注册小号来看你杀妖王的。"

[密聊]小甜景:"……"

[密聊]元气小蚊香:"现在所有《九侠》的游戏主播都在直播刷新手村任务,就为了观战你的妖王之战。"

[密聊]元气小蚊香:"妹妹!你在《九侠》里火了!"

景欢刚看完这条消息,左下角就弹出了无数喇叭,甚至还有好多全服喇叭。

[全服喇叭]别下雨了:"小甜景、心向往之你们再等等我!我的小号还差两级就出新手村了!别着急杀啊!多准备准备!"

[全服喇叭]一时网恋一时爽:"我还在排队,前面的玩家能不能下线几个,让我往前靠靠啊?"

[全服喇叭]冥冥有你:"有没有知情人士说一声,这两人到底打算什么时候开杀?观众都在直播间等一天了。"

景欢默默地点开和心向往之的聊天框。

[密聊]小甜景:"哥哥!抱歉,啊啊啊——我来晚了,上号前排了半小时的队!"

[密聊]心向往之:"来城主这里。"

景欢立刻飞了过去,到了才发现城主身边围满了人,人头攒动,他根本找不到心向往之。

[附近]本命芝芝桃桃:"来了来了!小甜景来了!终于要开杀了!"

[附近]血色战意:"小甜景怎么是狐仙洞啊?这怎么杀妖王?她看得懂门派技能吗?"

这群人到底是怎么看见他的?

"心向往之"邀请您加入他的队伍。同意,拒绝。

景欢赶紧点了同意。

[队伍]小甜景:"战神哥哥,这儿怎么来了这么多人呀?万一我们灭队了,岂不是很丢人!"

耳机里突然传来男人的声音："清空一下身上的东西。"

景欢还没反应过来，游戏界面上就出现了一堆黄字提示。

"心向往之"丢给您九尾仙狐变身卡 ×1。
"心向往之"丢给您回魂丹 ×5。
"心向往之"丢给您恢复红珠 ×10。

向淮之又道："去把身上的钱存好。"

景欢怔了怔，很快回过神来，道："我身上没放多少钱……"

"嗯"向淮之道，"你先看看这些药的功效。一会儿开杀，你就找个角落躲着，只要你不碰 Boss，Boss 就不会打你，注意一下他的范围伤害就行，记得给自己补血，不要死了。"

景欢："啊？"

"如果我倒地了，你就逃。"向淮之顿了顿，"用上次被追杀时的方法，明白吗？"

景欢眨了眨眼，终于明白过来——他这是想单挑妖王 Boss？

景欢昨儿一晚上也没白过，关电脑后，特地去找了别区玩家杀隐藏任务 Boss 的视频。

一个字，难。

五个服战玩家，药都吃空了才勉强杀过的，Boss 倒下的时候，地上已经死了一片，唯一站着的玩家还是残血，十分惨烈。这心向往之到底哪儿来的自信，觉得自己能单挑过妖王？还让他原地挂机？

他看不起谁呢？

"哥哥，这样会不会不太好啊……"他冷笑了一声，开麦，"我不能让你一个人去杀怪呀！"

向淮之正在检查身上的药品有没有遗漏，没有听出他语气里那一抹没隐藏好的嘲讽，道："没事，准备变身卡。"

变身卡是 PK 必备物品，能在限定时间内变身成游戏里的召唤兽，临时提升自己的属性。每种变身卡的效果不同，九尾仙狐变身卡是最适合狐仙洞的卡片，能增加 15% 的移速。

景欢刚收好卡，好友那儿突然闪了闪。

[密聊] 元气小蚊香："[《九侠》直播间链接：心向往之前侠缘，直播镜花水月妖王任务] 妹妹……你来看看。"

景欢刚进入直播间，就听到一道嗲甜的萝莉音。

"心向往之和我的事大家应该都听说过吧，就不要再在直播间里戳我的痛处啦。"

这声音特别熟悉，景欢看了眼直播间的麦序，果然，这直播间的主人正是仙萌萌。

他不禁觉得好笑，她自己把心向往之的名字挂在直播间的标题上蹭热度，进来还不让人提了？

"心向往之是个什么样的人？怎么说呢……刚在一起的时候他很体贴，也很为我着想，每天都上我的号帮我刷日常任务下本，还带我看风景，给我放烟花……"仙萌萌慢悠悠地回答着观众的问题，"见面的事就不说了吧，再说我要哭啦……你们问小甜景？"

仙萌萌笑了声，不掩话中的不屑，"她是个女骗子，骗了我们帮元老的装备，人品挺差的，区里的人都知道她的事，现在人人喊打呢！没准儿一会儿杀完妖王她就被人杀回重生点了。"

景欢之前只听了一回，没觉着有什么，现在多听几遍，才发现仙萌萌的声音是真的甜美，堪称宅男的梦中情音！

景欢恨铁不成钢地看了眼自己的变声器，这变声器虽说把他的声音变成女声了，但一点儿都不嗲啊！就这声音，估计连陆文浩都上不了当，更别说勾引心向往之了。

游戏里，心向往之已经把他带到了珞珈山。他们身后跟着乌泱泱一大帮人，拥挤得连游戏 ID 都看不清。

他关掉直播间，嗲着嗓子道："哥哥，我们身后跟了好多人啊。我好紧张……"

心向往之在往前走，没有理他。

向淮之最不擅长哄小姑娘，干脆不出声。

景欢撑着下巴道："哥哥，这些药都是你给我收的吗？品质都这么高，得收好久吧，你不忙吗？

"你是上班党还是在上学呀？

"哥哥你玩这个游戏多久了？

"哥哥……"

"几年。"向淮之笼统地回应了一句，打断他的话。

景欢咬牙。不是，这人什么意思？你带其他女的看风景、放烟花，搁我这儿连话都不多说一句？怎么着，我声音不甜不配说话是吧？

终于到了妖王面前，向淮之道："脱离跟随，点NPC领属性加成。"

"好呢！哥哥。"

妖王是蜘蛛造型，黑不溜秋的，看着就让人不舒服。景欢点开NPC看了眼，忍不住笑了。

闲人阁是材料贡献榜第一名，他隔着屏幕都能感觉到那帮人有多肉疼。

领了属性加成后，他再次回到队伍。

向淮之刚想问他领好了没有，就见队伍里的人说话了。

[附近] 小甜景："哇，50%的属性加成 [星星眼]！谢谢各大帮派的支持，其中闲人阁出的材料比例最高，谢谢闲人阁为我们做出的贡献 [比心]！"

向淮之觉得这就有点儿欠揍了。

[附近] 本命芝芝桃桃："……"

[附近] 春肖："呵呵。"

[附近] 莫问归期："你有事吗？"

"开了。"向淮之担心他被闲人阁原地强杀，丢出这句话后，就直接切进了战斗。

杀Boss和PK不同，玩家会被强制拉进一个战斗场景，这次系统给他们安排的地图是阴森洞穴，还挺符合蜘蛛人设的。

景欢像老大爷似的跷着个二郎腿，嘴上却道："里面好黑啊，我什么都看不清。哥哥，现在怎么办？"

向淮之不慌不忙，先看了眼Boss的属性，果然，跟他之前想的一样。

既然是二人Boss，那么战斗难度肯定会大幅度降低，在队伍没办法同时拥有治疗、术士、封印、辅助和输出的情况下，系统肯定会给Boss设置弱点。这只巨型蜘蛛的弱点就是不会治疗、物理攻击弱、没有辅助技能。反之，蜘蛛的法术伤害极高，抗封，还会封印。

"躲好。"

向淮之话音刚落,蜘蛛突然低下头,猛地吐出一口蛛网。

蛛网是朝着景欢来的,向淮之眉头微蹙,刚想开口让景欢躲,对方就先一步高高跃起,躲过了蛛网。

向淮之松了口气,开始打量附近的地形。

他们的运气太差了,偏偏就被分到了阴森洞穴这个地图。阴森洞穴是一条直线地图,里头空旷,除了一些碎石,什么也没有,这意味着地图里根本没有能让小甜景躲着的地方。

景欢也发现了这一点。蛛网在地上纠缠了六秒才消失,这要是不小心被封上两回,他基本没活路。他拿起葡萄,咬了一口,甜味在嘴里蔓延开来,"呜呜呜,哥哥,怎么办呀,这里根本没地方躲……"

Boss 已经开始群法攻击了,向淮之一个弹跳躲过火球,掏出长剑便往 Boss 脸上砍,开场就是一个暴击伤害。"没事,尽量躲着,死了我们重杀。"

直播间里,仙萌萌笑得幸灾乐祸。

"你们看,伤害都是心向往之打的,小甜景只知道到处兜圈圈……大概十分钟不到就得灭队吧。

"小甜景的操作?当然很烂,以前她的号都是我们帮的元老在帮忙玩,她自己操作,连下本都会死。

"被反杀那次是我没注意,一口奶没加上,不然不可能被她带走的呀!

"她玩普陀山或许还能加加血,结果居然转成了狐仙洞,一个连给队友加血都要靠技术的门派……真的很蠢啊!"

话音刚落,就见正躲着 Boss 的技能的小甜景忽然一个转头,在西南方向放了一口血池。

其他奶妈门派的加血技能都是指定目标,不会 Miss(未击中),只有狐仙洞的技能需要预测队友的站位,一旦放偏,就等于浪费技能。这对玩家的技术要求很高,毕竟在 PK 场合下,队友都是四处移动的,并不会站在原地等一口奶。

仙萌萌笑了:"你们看……"

她话还没说完,就见心向往之从天而降,不偏不倚地踩到了血池上，血条恢复了一小截。

仙萌萌笑容一僵，半响才道："这应该是心向往之看准了血池跳过来的。"

但很快，她就说不出话了。

十分钟过去，小甜景的每一个血池都能精准地丢到心向往之的脚下。

一次两次还能说是心向往之技能接得好，十来次……没人能在和 Boss 激战的情况下，还能一直分神去接血池。

最令她惊讶的是，开杀这么久了，小甜景竟然一直是满血状态！

[附近] 本命芝芝桃桃："这血池丢得牛啊！"

[附近] 情不知所起："开挂了吧？这到底是心向往之接得好还是小甜景丢得好？"

[附近] 化雪："难道最牛的不是小甜景的走位吗？！她一滴血没掉，这也太夸张了吧？"

[附近] 脉脉不语："吹什么呢？这不正常吗？她可加了 15% 的移动速度。"

[附近] 元气小蚊香："向神的伤害真猛……"

外面的人分不清，战斗中的人却十分清楚。

路杭紧盯着游戏界面，惊叹连连。

向淮之再次吃到一口鲜美的血池，不禁挑了挑眉，道："谢谢。"

景欢甜甜地道："不客气，哥哥。"

其实丢血池对景欢来说没什么难度，他对技能预判一向很准，而且他的视线大部分时间在心向往之身上。

别说，渣男虽渣，操作却好，能在打出最大伤害的前提下躲避大部分 Boss 的技能。这换作别人，估计早被 Boss 打趴下了，一百口血都奶不回来。

半小时后，Boss 终于进入暴走状态，这也意味着 Boss 只剩下 5% 的血量了。

"小心，"向淮之道，"它要放大招了。"

他刚说完，就见蜘蛛精突然高高一跃，无数只小蜘蛛蜂拥而来，遮挡住了所有游戏界面。

外面观战的群众瞬间沸腾了。

[附近]超喜欢露露:"这技能动画也太恶心了吧!我杀《九侠》美工!"

[附近]风比我自由:"这是什么技能?没见过啊。"

[附近]莫问归期:"官网两分钟前更新 Boss 资料了!这是蜘蛛精的大招,小蜘蛛命中玩家就能将其封印并造成三倍伤害!"

[附近]脉脉不语:"哈哈,那岂不是灭队了?"

"这是犯规吧?完全不给玩家准备时间啊!"路杭一拍桌子道。

"没事。"向淮之倒很淡定,"现在知道套路了,灭队了就重杀,无所谓。"

几秒后,蜘蛛大军消失,玩家们终于能看清地图里的情况了。

只见小甜景弯着腰,手上的爪刺牢牢固定在泥土中,做出了一个刚好能容纳他们两个人的法术护盾。

这是玩家们公认的狐仙洞最鸡肋的护盾技能——范围极小,蓄力时间长,并且只能在施法者脚下使用。对大部分玩家来说,有这开盾的工夫,还不如早些躲开。

可现在,小甜景用这个鸡肋技能,安安稳稳地保下了心向往之。这意味着小甜景得在 Boss 放大招之前就跳到心向往之身后,并且提前六秒蓄力,才能做出这样的操作。

当前频道瞬间安静了,路杭也微微张着嘴,半天没吭声。只有向淮之扬起嘴角,轻声说了句:"漂亮。"

景欢回过神来,只觉得自己的手指尖正在微微发麻。他已经好久没打过这么刺激的副本了,是真的吃力,最后会去挡一下大招,也只是抱着试一试的心念,还好,赌对了。

我真牛,景欢心道。

他这操作,还需要什么心向往之啊,他自己就能单挑 Boss 好吧?

"啊!"他感受着自己的心跳,连语气都沾上了快乐,言不由衷地欢呼道,"哥哥夸我啦!"

心向往之轻巧一跃,双手举起长剑,直直戳进了蜘蛛的头顶,蜘蛛挣扎着号叫了两声,轰然倒地!

> 系统消息：恭喜"小甜景""心向往之"成功封印闹事妖王，获得"妖王杀手"称谓。

蜘蛛精倒下的那一刻，身边立刻爆出一个大宝箱。

无视围观群众的惊叹和质疑，向淮之道："去捡。"

景欢怔了怔，道："啊？我捡吗？"

"嗯。"

杀 Boss 最激动人心的时刻，莫过于开奖励。

景欢赶紧操作着人物到宝箱面前，猛地坐下。

[附近]小甜景："信女愿一生吃素，只求 GM（Game Master，游戏管理员）爆神器、兽魂、附魔灵珠、神器制造书、龙爪之印 [敲木鱼]……"

向淮之："……"

走完流程后，景欢满心期待地挪动鼠标，轻轻地按下左键。

> 恭喜您成功封印了现世妖王"蜘蛛精"！蜘蛛精收拾包袱回家后，留下了"香喷喷的包子（低阶药品，使用后可恢复气血100点）"一份，请少侠笑纳！

景欢："啊？！"

景欢："不是……游戏策划，你妈……"

向淮之："咳。"

景欢正要口吐芬芳，话到嘴边又硬生生地吞了回去，愤怒又委屈地改口："你妈买菜必涨价！"

末了他还嫌不够："全都死贵！超级加倍！"

听见这句话，向淮之先是微微怔了怔，然后没忍住，轻笑出声。

"包子？！这也太过分了吧，连个保底奖励都没有？这玩意儿杂货店一铜钱十个……"路杭见他在笑，惊恐地道，"你干吗？被气傻了？"

"没。"游戏界面还在播放剧情动画，向淮之赶他，"看也看完了，你该走了。"

"骗了我这么多药，用完你就赶我走？"路杭啧啧调侃道，"果然是渣男。"

向淮之："那三个奶妈的 ID 我可都还记得。"

"行，惹不起您老人家，我这就走，刚好七点还有场球赛，我最讨厌晚上打球了，不戴隐形眼镜什么都看不清，还要跟那群跳广场舞的奶奶抢球场。"路杭说到一半，目光不自觉地放到向淮之的小腿上，"你的腿还疼不疼啊？"

"早不疼了。"向淮之说，"给我带份凉皮回来。"

"行。"路杭迅速换上球衣，拿着手机便出去了。

宿舍门关上的同时，游戏动画播放结束，界面回到了珞珈山上。他们身边围满了人，对话框一个遮着一个，让人根本看不清在说什么。

而此时，向淮之的好友图标正不断闪烁着。

[密聊] 春肖："杀完了就解散队伍吧。我们帮派的五个队伍在外面等着，要杀小甜景。"

[密聊] 心向往之："……"

向淮之打开组队界面，看了眼队伍里的小狐仙。

"小甜景"丢给您包子 ×99。

"哥哥，对不起呜呜，没给你爆到好东西。"小甜景的声音从耳机里传来，"说好挖出什么都给你的，你别嫌弃它们，好歹能加血呢！"

向淮之一向不喜欢多管闲事，玩《九侠》这么久，甚至连帮派都没加过，刷经验的队伍都是野队里认识来的，就连竞技场也从来只玩 1vs1。路杭不止一次嘲笑他，把大型交互网游玩成了单机游戏。

他关掉组队界面，重新打开好友对话框。

[密聊] 心向往之："你们确定这个号没换人？"

[密聊] 春肖："确定了，是换人了。之前的号主打不出这种操作，当然，不排除她找了代打的情况。但不管换没换人，我们都是要杀的。"

[密聊] 心向往之："区霸？"

[密聊] 春肖："不敢当。她之前把我们帮的人的装备爆了，不杀，帮里的人有意见。"

向淮之关掉对话框，带着小狐仙，往传送人那里跑。

[密聊]春肖:"什么意思,你要插手?"

[密聊]心向往之:"我没道理把队友踢出去给你们杀。我们队里只有两个人,你们想强杀,随意。"

[密聊]春肖:"……"

他们是只有两个人,这次闲人阁在外蹲守小甜景的都是帮里的主心骨,五队围剿两人,胜率非常高。但胜率高是一回事,他们就怕像之前的仙萌萌一样被反杀,还掉装备,围剿的人身上都是极品装备,不可能去冒这个险。

另一头,景欢狠狠地咬了一口辣条,正准备清点号上的药品,好友忽然闪了闪。

[密聊]元气小蚊香:"妹妹!你怎么还在珞珈山散步呢?!你知不知道五个队伍在你屁股后面跟着,就等着杀你呢!"

景欢往后看了一眼,还真是。

不过他玩的狐仙洞,怕什么追杀?再说,就算真死了,他身上也没什么可掉的。

想到这里,他开了麦,说:"战神哥哥,你还在不在呀?"

"嗯。"向淮之把人带到安全区,才应了一句。

"变身卡和药钱一共多少,我还你。"景欢打开九侠的充值界面。

向淮之拒绝:"不用。"

"那不行,你都帮我杀了妖王,没道理还让你帮我出药钱。"

不想再在这种事情上纠缠下去,向淮之道:"你看着给吧,我没花钱。"

向淮之顿了顿,突然问:"你之前玩过《九侠》?"

"没玩过。"景欢老早就编好了说辞,"不过我玩过其他游戏,跟《九侠》类型一样,所以觉得特别容易上手呢!我刚刚是不是打得还不错?"

向淮之丢出一个音节:"嗯。"

景欢心想,我刚刚那天神降世般的操作,谁见了不惊叹,谁见了不竖拇指?你就给我来个"嗯"?!

"那哥哥,"景欢压低声音,话里带上了几分卑微之意,"我以后能跟你一块儿下本吗?"

向淮之没答话。

"我扔治疗很准的,你刚刚也看到了!什么本我都能杀,肯定不会拖你们的后腿的!"景欢顿了顿,"啊……哥哥,还是你嫌我被追杀,太麻烦了?"

向淮之:"副本 NPC 那里有团队招募,在副本场景里待着,不会被杀。"

他的言下之意是,在副本里不会被追杀,景欢可以去找别人组队。向淮之婉拒得十分明显,换作别人早知难而退了。

景欢委屈地道:"可是我就想跟你下本,哥哥。"

[队伍] 小甜景:"[号啕大哭]。"

[队伍] 小甜景:"[撒泼打滚]。"

[队伍] 小甜景:"[嘤嘤嘤]。"

向淮之被这些表情包刷得头疼,又莫名觉得好笑。

"为什么非找我?"向淮之问。

耳机那头传来一阵窸窣声。

景欢放下辣条,然后用紧张又害羞、充满少女心的语气,轻轻地道:"因为……我就是为了哥哥你才来玩的《九侠》呀!"

向淮之沉默了一会儿,才道:"再说吧。"

丢下这句话,心向往之的游戏人物解散了队伍,从人群中匆匆飞走了。

景欢回味了一下自己刚刚说出的话,摇头"啧啧"。

妙啊!多亏了陆文浩以前天天和他那位前侠缘连麦,景欢从中学到了不少,撒娇和卖萌都是信手拈来。

景欢正打算回门派刷日常任务,屏幕上突然弹出一条消息。

"仙萌萌"对您发起了"私聊"申请。同意,拒绝。

私聊是《九侠》里一种非好友之间的对话方式,和密聊的感觉差不多,区别是在对话发起前需要申请,若一方拒绝,则无法开启私聊。

景欢点了同意。

[私聊] 仙萌萌:"在不在?"

[私聊] 小甜景："啊？"

[私聊] 仙萌萌："你和心向往之是什么关系？"

[私聊] 小甜景："这个跟你没关系吧？"

[私聊] 仙萌萌："呵呵，你想缠着他是不是？"

[私聊] 小甜景："咦……很明显吗？[疑问][可爱]"

仙萌萌看着这两个表情冷笑，跟谁卖萌呢？

[私聊] 仙萌萌："你省省吧，他看不上你。"

[私聊] 小甜景："这个你说了不算吧，姐姐。"

[私聊] 仙萌萌："叫谁姐姐，我跟你很熟吗？"

[私聊] 小甜景："我前两天才把你的装备爆掉，当然不熟啦，这不是你来私聊我的吗？"

[私聊] 仙萌萌："算了，我不跟你计较。我来是想劝劝你，眼睛放亮点儿，心向往之就是个大渣男，你最好离他远点儿。"

[私聊] 小甜景："啊，姐姐，我以为你会明白我呢。"

[私聊] 仙萌萌："明白什么？"

[私聊] 小甜景："男人不坏，女人不爱 [害羞]。"

[私聊] 小甜景："姐姐你不要劝我了，我心意已决。"

[私聊] 小甜景："在我心里，我已经是向哥哥的人了 [捧心]。"

景欢只顾着硌硬仙萌萌，压根儿没想到，自己这三句话已经通过仙萌萌的直播画面传到了三万人在线的直播间里。

另一边，向淮之刚刷了会儿日常任务，就收到了系统提示。

好友"小甜景"向您转赠了一千两百金，已帮您放入特殊金库，请及时查收。

他飞到金库，直接把这些钱连带着自己花的那一份一起转给了路杭，末了想了想，又给小甜景转回了五百金。

虽然他们杀妖王没有得到物品奖励，但经验奖励十分丰厚，还赠送七天双倍经验和妖王加成 Buff，加上小甜景血池给得好，他的药基本没怎么吃，这五百金就等于交上车费了。

日常任务刷完，他正准备下号，仙萌萌忽然给他发了一段六十秒的语音。向淮之皱眉，连点开的欲望都没有。

[密聊]心向往之："有话直说。"

[密聊]仙萌萌："你连我的语音都不愿意听了，以前你都要我跟你连麦才肯睡觉的。"

向淮之觉得跟这人没法聊，不打算回了。

[密聊]仙萌萌："你腻了我了，准备去搞那个小甜景是吧？她倒贴成这样，你也感兴趣？"

[密聊]心向往之："我最后跟你说一遍，这号前几个月不是本人，跟你网恋奔现的人不是我。不要牵扯我，也别牵扯其他人。"

发完这句话，向淮之直接下了游戏。

刚关电脑，手机就响了，他看了眼来电显示，拿着手机去了阳台。

满城最近是雨季，向淮之看着外头的雨，接了起来："妈。"

"嗯。"那边传来麻将的碰撞声，"吃饭了没？"

"还没，你呢？"

"吃了，正在和你的几个阿姨唠嗑。"向母道，"这不是见外面下雨了，我就想打给你问问，你的腿不疼吧？"

向淮之前几个月打篮球时不小心摔了一跤，伤到了骨头，不是特别严重，就连医生都说，打个石膏休养半个月就好了。但他妈不这么觉得，硬是把他放在家里养了两个多月，骨头汤他都快喝吐了，他妈才放他回学校。

"不疼，我只是摔了一跤，又不是风湿。"向淮之靠在窗台上道，"你不如担心担心爸。"

"他有什么好担心的？"那头传来一声闷响，"嘁，不好意思啊，又和了……那向向，妈先挂了，你在学校好好的啊。"

向淮之无奈地笑了笑，说："知道了。"

翌日，向淮之有一整天的课。

一大清早，路杭一边打着哈欠，一边低头玩手机："哎，有人把你和小甜景杀妖王的观战视频发上来了，一晚上点击一万多，牛啊兄弟。"

向淮之："才一万多？"

"还不够？别人打全服PK的录像点击量都没你这个涨得快。"路杭滑动屏幕，突然看见什么，指尖一顿，赶紧拽住向淮之的衣角，把手机递过去，说，"你快看！"

向淮之低头扫了一眼："什么东西？"

"小甜景的侠缘属意大曝光！"路杭说，"对象是心向往之！"

手机屏幕上是仙萌萌的直播录像，上面播放的是仙萌萌和小甜景的私聊对话。当他看到"男人不坏女人不爱"这几个字时，嘴角微微抽搐了下，也不知该做出什么表情。

路杭憋笑到脸红："向哥哥，在？"

"滚。"向淮之一把手机丢了回去。

"怎么，小甜景叫得，我叫不得？"路杭说，"亏我还跟你睡了两年！"

向淮之纠正道："是同寝室两年，而且她没这么叫过我。"

路杭："那她平时怎么叫你？"

哥哥，战神哥哥。

这好像也没比向哥哥好到哪里去。

向淮之抿唇道："反正不是这么叫。你还上不上课？不想听就出去，不要影响我学习。"

路杭点头，把这聊天记录截图保存："行，你学习，我看看评论啊。"

片刻后，向淮之放下笔，问："评论怎么说？"

路杭："你好好学习，别分心呀。"

向淮之瞥他一眼，路杭忙道："得、得、得，也没说什么，就说小甜景倒贴厚脸皮呗！还有人在编心向往之和仙萌萌的故事，别说，编得还挺真的，比我妈看的那些电视剧厉害多了，仙萌萌被说得那叫一个可怜啊……我要是不知道原委，也得磨刀霍霍向渣男。"

向淮之："你杀不过我。"

路杭："OK。"

上完课，两人吃了顿晚餐就往宿舍赶。

向淮之洗完澡出来，就听见路杭在嚷："你折腾好了没？赶紧上号，十二点副本进度就刷新了，我们还差三个本没下呢！"

向淮之擦着头发，凉凉地道："不带三个奶妈，两个小时就能杀完。"

"不带了、不带了，这次我就喊了两个，另外一个奶妈因为声音不够甜,已经被我淘汰了。"路杭打开好友列表,翻了翻,"我再叫个输出来吧……唉,这个点,我好友里的人几乎都刷过本了。"

向淮之打开电脑,登录《九侠》。

他刚上号,就收到了小甜景的消息。

[密聊] 小甜景:"哥哥,你怎么退给了我五百金呀?"

[密聊] 心向往之:"妖王的上车费。"

[密聊] 小甜景:"不要不要!是你带我杀过的,要给钱也该是我给你啊!等我采完药就给你转回去。"

向淮之把鼠标挪到了小甜景的游戏头像上,上面显示对方的坐标在草药谷。

他飞到落霞山,打算趁路杭找人时抽空做两个任务,就见右侧迎面走来一支五人队,瞩目的是,这队玩家名字上面的称谓全是"闲人阁精英"。也不知是不是他的错觉,他觉得队长在看到他后,似乎有意无意地往他的视野外绕了绕路。

不过几秒,向淮之便明白过来了。

在《九侠》世界中,每个地图都是相互连接的,有些场景可以直接飞去,有些则不行,需要走进指定的传送口才能到达场景。草药谷就是不能直飞的场景,必须从落霞山的传送口进入。

这五个人是去追杀小甜景的。

这时,那支队伍里也不知是谁开了全屏麦克风,队里有人小声地催促:"赶紧走啊,别让心向往之看见了,万一他插手,那我们还杀什么啊!"

"谁说不可能?你们真以为小甜景是自己倒贴啊,没见心向往之昨天还帮她杀了妖王?"

"完了,我竟然开了全屏麦……"声音戛然而止。

向淮之操作着游戏人物,开始帮 NPC 临摹画卷。

闲人阁大张旗鼓地追杀小甜景,她要真有心躲,在安全区里待上一周,那帮人的追杀热情也就降下去了。可她偏偏傲得很,就是要三天两头地在安全区外晃悠,那被杀了也只能认栽,不算可怜。

他正想着,倔强玩家便发消息来了。

[密聊] 小甜景:"[恢复灵草] 哥哥我挖到了这个!杀战神应该也

需要这个材料吧？等我挖完了给你送过去。"

向淮之无语。

这人脑子里到底在想什么？

他估算了一下，从这里到她在的坐标，得走两分钟的路，那五个人应该快到了。

算了，她被杀一次也好，长长教训。人家自己都不在乎被杀，他有什么好操心的？

十秒钟后。

[密聊]心向往之："刷不刷水妖系列副本？来主城NPC，十秒内不来就开了。"

景欢采药采得正欢，看到消息后一愣，十秒？他催命呢？

吐槽完，景欢赶紧打断采药动作，原地吟唱三秒，嗖的一下回了主城。

刚赶到现场的闲人阁五人傻站在原地，眼睁睁地看着小甜景飞走，半天没回过神来。

"我都说了吧！心向往之肯定给小甜景通风报信了！你看她药采到一半都不要了！"

另一头，路杭翻遍好友，还是没叫到人："算了，我从世界频道上随便拽个路人吧。唉，水妖本我最讨厌带野人了，容易翻车。"

"不用，我叫到人了。"向淮之道，"主城集合。"

"来了！"路杭带着车上的两个奶妈飞到了主城，"你叫了谁啊？术士？法师？还是物理？"

"狐仙洞，把队长给我。"

路杭把队长职位给了他才反应过来，喊道："什么？！你叫这门派的人来干吗？给我们加油助威吗？这还不如再叫个奶妈……"路杭顿了顿道，"你叫了哪个狐仙洞？"

话音刚落，队伍界面里骤然多出一个人，熟悉的时装，熟悉的游戏人物，熟悉的狐狸尾巴。

[队伍]小甜景："[惊喜][欢呼][撒花]。"

[队伍]小甜景："大家晚上好[飞吻]！"

队里的两个奶妈相互认识，俩人原本还聊得好好的，见小甜景进来之后,立马闭麦不吭声了。

倒是路杭来了兴致,问:"你怎么把她叫来了?"

向淮之言简意赅地道:"随便问的。"

路杭兴致勃勃地盘起腿来。

[队伍]路迢迢:"晚上好,你以前刷过水妖本吗?"

[队伍]小甜景:"没有呢。"

景欢说的是实话。他确实没刷过,在他离开游戏的这四年里,《九侠》增加了不少新副本,"水妖闹事"就是其中之一。

[队伍]小甜景:"这个本很难吗?"

[队伍]路迢迢:"目前最难的本了,其实也没什么,前面的小怪都能挂机过,就是 Boss 难杀,脆皮的人容易被一波带走。"

[队伍]小甜景:"好的!"

景欢应完,顺手开了份水妖攻略,粗略地看了一眼。正如路迢迢所说,前面的小怪都是水妖的"战意",没什么威胁性,但死后会附身到水妖身上,使水妖变强,很多玩家表示这个副本清小怪十分钟,杀 Boss 两小时。

其他攻略下面的评论都只有两位数,只有水妖副本下面的评论高达四位数,都在骂策划。

不过再难这也只是个副本,任务号五人齐心协力还是能杀过的,更不用说心向往之这种配置,有这账号在里面立着,带四奶妈都管过。

景欢看攻略的这几分钟里,队伍里的人都挂着机,没人出声。

只有两个奶妈正在密聊里吐槽。

[密聊]爱是分你吃:"小甜景怎么来了?我一点儿都不想跟她下本。"

[密聊]纪小年:"我也不知道,我们这都两个奶妈了,她来有什么用?当啦啦队啊?"

[密聊]爱是分你吃:"而且这小甜景其实是个男玩家玩女号吧,你看她说话,好'绿茶'啊……"

[密聊]纪小年:"应该不是,有人听过她的声音,是女的,估计是个极品。我听朋友说这号是换人了,以前的号主操作没她好。"

[密聊]爱是分你吃:"不见得,如果她不是骗子,闲人阁怎么还在

追杀她?反正我不喜欢她!"

[密聊]纪小年:"我也是,这样说话的人我一个能打十个!咦,等会儿,我突然有个主意……"

女生的善意和敌意通常都来得莫名其妙,景欢压根儿不知道自己已经在队里树了敌。他把剩下的冰棍儿一口咬完,切回了游戏。

[队伍]小甜景:"战神哥哥,吃晚饭了吗?"

向淮之扫了这话一眼,继续低头回微信。

"小甜景找你呢。"路杭看到这一幕,忍不住道,"你也太坏了,什么年代了还装挂机?"

"你管我。"向淮之没抬头。

路杭"啧啧"两声,敲键盘。

[队伍]路迢迢:"他在挂机看电影呢。"

[队伍]小甜景:"你怎么知道呀?"

[队伍]路迢迢:"我和他一个寝室的。"

[队伍]小甜景:"啊?公司宿舍?"

[队伍]路迢迢:"不是,学生寝室!"

学生寝室?景欢疑惑地皱眉。他记得仙萌萌说过,心向往之是个三十岁的大叔啊,难道只是看着显老?

好友消息闪了起来,景欢摇了摇头,暂时把疑惑丢到一边。

[密聊]元气小蚊香:"妹妹!"

这几天景欢把好友们都清光了,只剩下心向往之和元气小蚊香,前者不用说,后者……人还挺有趣的,留着也不碍事。

[密聊]小甜景:"啊?"

[密聊]元气小蚊香:"你也太狂野了吧……不过特别给劲,哥哥支持你!你别放在心上!千万别管别人怎么说!"

[密聊]小甜景:"你在说什么?"

[密聊]元气小蚊香:"你的侠缘属意呀,我都看见了!"

景欢茫然了。他的最终目的是骗到心向往之的侠缘关系没错……但这还只是计划中的事,就心向往之现在这态度,八字两撇都没有呢!

[密聊]小甜景:"你看见什么了?"

[密聊]元气小蚊香:"不会吧,你还不知道呢?[分享链接:小甜

景的侠缘属意大曝光]！"

光看到这标题，景欢就觉得不大对劲。他点开视频，在看清对话的那一瞬间，一股难以言喻的尴尬立刻从他脚底生出，瞬间直冲到头顶！

不是……他和仙萌萌的聊天记录怎么会出现在这里？！

景欢傻眼了，被视频里自己的大胆发言惊得头皮发麻。最过分的是，这个视频还是经过剪辑的，里面只有他说的话，仙萌萌的回复全被剪掉了。

半响，景欢稍稍回神，惊魂未定地喝了口水，在心里安慰自己：冷静，千万冷静，这视频的播放量也就几百，估计大半是来看热闹的，游戏里可能都没多少人知道，更别说是心向往之了。

他心存侥幸地看了眼游戏。

[队伍]路迢迢："你呢，小甜景，你多大了？也在上学吗？"

[队伍]路迢迢："嘿？在吗？"

[队伍]路迢迢："难道因为我不够坏，你就不理我了？"

景欢现在只想杀了仙萌萌！

向淮之也看到了这句，皱眉开口："你无不无聊？非要提这个？"

"逗逗她嘛。"路杭道，"你不觉得她挺有意思的？现在游戏里的妹子一个比一个悍，吵起架来堪称世纪大战，像景景这么软萌的人已经是珍稀物种了。"见小狐仙一直没吭声，路杭喃喃道，"哎不是，她怎么聊到一半也挂机了？"

景欢当然没挂机，他只是直接离开了电脑桌前，跑去厕所洗了把脸。

那视频太羞耻了，他脸颊都在发烫。平时在心向往之面前装女人卖萌时还不觉得，突然把这聊天记录放到自己面前……他都怀疑当时他的身体是不是被别的灵魂占据了。

他刚用毛巾擦完脸，手机忽然响了起来，是微博的特关提示。

景欢的微博是块荒地，里头都是他年轻那会儿发表的"中二"言论，他懒得发新的，也懒得删除。账号里面有几十个关注人，都是朋友，唯一的特别关注，就是他姐梁冉。

他火速打开微博。

梁冉："一切都会好起来。"

附图是她拍的大海，蔚蓝一片，无波无浪。

景欢第一时间点上赞，并在下面发了一个拥抱的表情包。

梁冉很快回复了他一个哭泣的小黄人表情。

景欢看着小黄人脸上的眼泪，又想起梁冉过安检时的憔悴身影，刚才那点儿情绪瞬间被他踩在脚下，跺上几脚，然后埋土里封死了。

他坐回电脑桌前，把手机往旁边一丢。

[队伍]小甜景："抱歉啊，我刚刚去了趟洗手间……幸好还没开始杀Boss。"

[队伍]小甜景："路迢迢你好讨厌，为什么要提那件事[发怒][脸红]！"

[队伍]小甜景："难道战神哥哥也看到那个视频了？啊！我不活了啦[捂脸尖叫]！"

景欢选出游戏里所有卖萌的表情，一块儿发了出去。

尴尬？羞耻？害臊？不存在的。

那视频里的是小甜景，跟他景欢有什么关系？

向淮之看着那些卖萌的表情，觉得比看之前的高数题还头疼。

[队伍]心向往之："没看见。"

发完，他道："你再逗她，以后自己去下本。"

路杭："你不是在聊微信吗？额头上长了眼睛？"

[队伍]心向往之："准备，马上到Boss了。"

景欢坐直身子，拉出九尾仙狐。

[队伍]小甜景："我准备好啦！哥哥。"

路杭："她还有九尾仙狐呢，之前杀妖王时怎么没拉出来？"

向淮之："妖王一整场都是大范围伤害，召唤兽躲不了，拉出来送死？"

"也是，"路杭道，"我听说她这号也是几千块钱买的，看来她还是个小富婆。"

《九侠》游戏里的所有场景和人物都非常美，召唤兽也是如此，所以玩家们平时除了战斗之外，也会把它们召唤出来秀一秀。路杭和两个奶妈的召唤兽早早便被召唤出来了，路杭的召唤兽是只梅花鹿，其他两个奶妈牵的都是兔子。

景欢放下水杯,看到心向往之慢悠悠地拉出来……一枝花?

准确来说,是朵巨型的、紧紧并拢的粉色花。只见花朵在原地伫立两秒,骤然绽放,展露出里面亭亭玉立的花仙子,仙子小巧可爱,坐在花中央摇头晃脑,周身还发着光,漂亮又浮夸。

[队伍]小甜景:"哇!这是什么召唤兽,好可爱啊!"

[队伍]路迢迢:"哈哈,不认识正常,这是传说级的召唤兽玄星花仙,伤害属性很高,全服只此一只。"

景欢顿时酸了,这人的号品是有多好?连传说级召唤兽都能孵化出来?!

[队伍]小甜景:"哥哥真厉害,蹭蹭——"

景欢说完,把自动跟随关掉,游戏人物走到心向往之身边,使用了"蹭欧气"动作。

向淮之火速切入 Boss 战斗,强行结束了景欢的动作。

刚见面,水妖就给他们来了一个全图范围伤害,景欢猛地掉了一半的血量。他的装备还没拾掇好,是被打得最疼的那个。其他四个人的血量还剩大半,尤其是路迢迢,看上去只掉了 5% 的血。看来,路迢迢的账号装备也不差。

"路,给我加个伤害 Buff。"杀 Boss 就没闲心抽空去打字了,向淮之直接开麦,"都注意自己的血量,奶妈给小甜景补血,小甜景……"他顿了顿才道,"你防御吧。"

游戏里大半 Boss 是抗封的,狐仙洞技能等于废了一半,血池又不好命中,还不如防御,能抵御一半伤害。

"啊?"景欢一顿,还以为自己听错了,"我防御?"

景欢以前玩的是物理伤害门派,队伍下本、PK 都要靠他来输出,在他的认知里,让他防御,就是看不起他。

"防御。"向淮之没多说。

"好的,哥哥。"景欢耻辱地按下了防御。

路杭依言给向淮之加上 Buff,向淮之一剑刺过去,直接爆了 Boss 一万三的伤害。

景欢眼睛都看直了,现在是真想瞅一眼心向往之手上那把神器的属性了。

可战况并不容许他多想,只见水妖再次发动技能,直接瞄准全场血最少的小甜景,一个水漫金山过来,他的血量又掉了大半。景欢当即在自己脚下放了个血池,奶了一口。

向淮之余光瞥到他的血量,再次开口强调:"奶妈,加血。"

队里的两位奶妈却像没听见似的,站在地图的角落动也不动,就连她们的召唤兽也在旁边傻站着。

"哎,怎么回事?"路杭赶紧给小甜景补了个防御Buff,"完了,这两人估计在挂机……怎么办,我们跑吗?"

景欢:"可是我们跑了,她们会被Boss打死吧?"

"这时候还有心思担心别人呢……她俩也真是,明明知道快杀Boss了,怎么还在挂机?"路杭低声嘀咕了几句,然后问,"老向,现在怎么办?"

狐仙洞的血池技能是有冷却时间的,再过会儿估计血还没补上呢,小甜景就死了。

"没事,继续。"向淮之倒冷静,"你给我的召唤兽加个防御Buff。"

路杭没多问,麻利地给玄星花仙加上防御Buff。

水妖Boss最烦的一点便是会锁定全场血量最低的玩家进行攻击,必中技能,没法躲。景欢看了眼自己的血量,几乎没怎么考虑便道:"没关系,你们应该能杀过,不用管我,我身上没带多少钱,死了也不会掉太多金币的!"

话刚说完,Boss技能就又快要打到他身上,与此同时,心向往之身边的玄星花仙一下冲到小甜景身前,帮他挡下了大半伤害。

"你居然用花仙去挡伤害,暴殄天物!"路杭忍不住道,"花仙输出吧,我用鹿帮她挡。"

"你那鹿能挡几下?"向淮之反问。

路杭的梅花鹿跟景欢的九尾仙狐一样,伤害高,血少,和玄星花仙没法比,挡一下就得倒地。

景欢也没想到向淮之会用召唤兽给他挡着,愣了一会儿才想起来开口:"谢谢哥哥,呜呜,都怪我太菜了……"

向淮之:"嗯。"

景欢心道：我只是随口谦虚一句，让你附和了吗？！

路杭听得心痒痒："小景景，你也夸夸我呗，你看我给你上了这么多层 Buff。"

景欢："谢谢你。"语言官方又死板。

这时，心向往之再次给了 Boss 一个暴击，看着鲜红硕大的伤害数字，景欢立刻疯狂输出："哥哥好棒！哥哥加油！哥哥冲呀！哥哥打它的脑袋！"

路杭万万没想到，向淮之把小甜景喊来，还真是来加油助威的。

五分钟后，Boss 血量骤降，眼见就要发怒了，发怒后会跟开局一样，再次全图范围伤害，然后针对性杀人，并且伤害暴增。景欢看了眼自己的血条，心道要完，这下他可能挨不住。

就在 Boss 发怒的前一刻，心向往之突然停止了进攻。

"心向往之"对"小甜景"使用了恢复红珠。

恢复血珠，高阶药品，景欢看到自己的血条一下就被喂满了。

路杭愣住了："哎不是，几十块钱的药你就这么随便丢？一个副本而已至于吗？！而且她也不一定会死啊！"

向淮之："保险。"

水妖再次使用全图范围伤害，景欢刚回过神来，就看到一直面对他的水妖忽然转了个身，切换了攻击目标——吃了这颗恢复血珠后，他的血量已经不是队内最低的了。

Boss 这次的攻击目标是队里的奶妈之一，爱是分你吃。

爱是分你吃吓了一跳，下意识地想躲，但又立刻反应过来，她都挂机大半天了，这时候回来……恐怕太明显了。于是她只能傻站着，任 Boss 攻击。

就在她以为自己必死无疑之时，九尾仙狐突然蹿到她身前，帮她挡了伤害，紧跟着小甜景高高跃起，在她脚下放了个血池。

两分钟后，心向往之一剑劈碎水妖，战斗结束，全员生还。

[队伍] 小甜景："吓死了，我还以为我们要灭队了呢！"

[队伍] 小甜景："谢谢战神哥哥带我刷本。"

[队伍]心向往之:"顺便。"

[队伍]爱是分你吃:"刚刚我这里出了点儿急事,没来得及回来,对不起啊……"

[队伍]路迢迢:"没事,杀过了就行。"

[队伍]小甜景:"战神哥哥,我以后还能跟你们一起下本吗?"

[队伍]小甜景:"我会买装备的,不会再这么菜了!"

[队伍]小甜景:"[求求你了]。"

向淮之还没来得及打字。

[队伍]路迢迢:"OK,以后叫你!"

发完这句,路杭立刻表示:"这两个奶妈太不靠谱了,关键时刻掉链子,还不如带小甜景,无聊的时候还能跟我们唠唠嗑。"

向淮之点了点鼠标:"随你。"

[队伍]小甜景:"战神哥哥也同意吗?"

[队伍]路迢迢:"当然,他很随和的,不过我们下本不定时,到时怎么联系你啊?不然我们加个微信吧?"

微信?景欢一怔,终于想起自己遗漏了什么。他慌里慌张地打开微信一看——他的微信昵称叫"看你景哥干啥",微信头像是科比,朋友圈背景是篮球场。

这怎么看都不像萝莉萌妹的微信!

[队伍]路迢迢:"人呢?又挂机了?"

[队伍]小甜景:"没有没有!我的手机不在身边,你把你的微信号发我吧,我晚点加你。"

景欢把路杭发来的微信号记下来,正想着该怎么办才好,页面突然弹出一行消息。

"爱是分你吃"把您加为好友。

[密聊]爱是分你吃:"在吗?"

[密聊]小甜景:"在呢。"

[密聊]爱是分你吃:"刚刚对不起啊,没奶你。"

[密聊]小甜景:"啊,没关系,不用特地来跟我道歉的。"

[密聊]爱是分你吃:"总之对不起[流泪]。以后有什么需要帮忙的,可以叫我。"

景欢纳闷,这女生之前对他还爱答不理的,怎么突然变热情了?

但这不重要。

[密聊]小甜景:"啊,真的吗?我现在就有事找你帮忙!"

[密聊]爱是分你吃:"你说。"

[密聊]小甜景:"我们加个微信可以吗?"

几分钟后,景欢拿起手机,搜索爱是分你吃的微信号。

他考虑了一下,在加路迢迢的微信之前,得先修改一下微信资料,至少得像个女的吧。但他的微信好友里没几个女的,除了家人就是老师,根本没个参照。

还好,这里有个现成的。

果然,爱是分你吃的微信头像是披着橙色连帽外衣的可爱动漫人物,微信昵称是吃吃,朋友圈也是陌生人不可见,标准的女生画风。

另一个叫纪小年的奶妈还在挂机,心向往之出副本后直接把人踢了,在世界上随便叫了个奶妈过来,没人挂机,剩下的副本景欢几乎是躺着过,效率很高,半小时就做完了。

队伍原地解散,景欢把之前采到的恢复灵草和五百金一块儿丢给心向往之,便飞回了安全区。

[密聊]心向往之:"回来,丢你钱。"

恢复灵草放到商会能卖几十铜。

[密聊]小甜景:"不要钱的,哥哥,当作你带我下本的保护费。"

向淮之挑眉,他又不是黑社会,要什么保护费?算了,下次下本他再丢给她吧。

片刻后,他将鼠标挪到小甜景的头像上,看了眼对方的坐标,果然,她还是不在安全区。

[密聊]心向往之:"这段时间你能不出安全区就别出了,被杀掉级不好下本。"

[密聊]小甜景:"好的哥哥!不过哥哥你怎么知道我不在安全区?"

[密聊]小甜景:"你在看我的资料?!"

[密聊]小甜景:"啊啊啊——"

向淮之默默地关掉了对话框。

"那个奶妈挂机回来了,说是断网了。"路杭道,"哎对了,老向,你看看你的副本积分还有多少?"

每打完一个副本,系统就会赠送相应的副本积分,积分达到一定数量就可以在NPC处兑换物品奖励。

向淮之看了眼:"80。"

"80?!"路杭惊道,"那以前攒下的岂不是全被那代打换走了?他是穷疯了吗?连副本积分都偷?"

"能拿的都没剩下。"向淮之关上页面。

"还好你的装备都上了大锁,不然我肯定整死他。"路杭忍不住道,"你也太倒霉了吧,难得找一次代打就遇上这种极品,还把号的名声搞成这样。"

向淮之没应,把日常任务刷完就关了游戏,顺手打开了NBA的重播。

到了睡觉时间,向淮之躺在床上拿着手机正准备定个闹钟,就见屏幕上弹出一条微信消息来。

"小景呀"请求添加您为好友,附加消息:战神哥哥,我是小甜景!

向淮之凉凉地叫了一声:"路杭。"

路杭:"哎呀,人家小姑娘在我这里求了大半天,我也不好意思不给啊。再说,以后就是一块儿下本的队友了,加个微信也方便联系嘛!"

向淮之皱眉,点了忽略。

但对方显然不会轻易放弃。

"小景呀"请求添加您为好友,附加消息:哥哥为什么不理我?

"小景呀"请求添加您为好友,附加消息:哥哥呜呜呜我就在你的列表里躺尸,一定不烦你!

"小景呀"请求添加您为好友,附加消息:哥哥什么时候心情好了可以加我吗？

景欢侧躺在沙发上，脚丫子随意挂着，边思考写什么附加消息，边往自己嘴里丢了颗葡萄。

手机猛地振了一声，他心底一喜，忙关上申请页面——

陆文浩："[猫咪wink]不好意思，我这里没有备注，请问你是谁呀，妹妹？"

小景呀："你猜。"

陆文浩："隔壁班的妹妹？"

小景呀："不是。"

陆文浩："酒吧里加的？"

小景呀："也不是。"

陆文浩："难道是狼人杀俱乐部里的？"

景欢沉默，突然觉得陆文浩被网骗，好像也不是那么冤。

陆文浩："怎么不说话了妹妹？"

景欢举起手机，按下语音键，用沉得不能再沉的声音，一字一顿地道："我是你干爹。"

几秒后，陆文浩的语音电话立马弹过来了。

陆文浩惊魂未定地道："你有病啊！你这是什么头像？！怎么比我前女友的头像还粉嫩？还有你的朋友圈是怎么回事？为什么发了一堆布娃娃的照片？"

"你才有病呢！"景欢吐出葡萄籽儿，"不会看聊天记录？还有，你那不叫前女友。"

陆文浩："我每天都清空聊天记录，没的看。"

"渣男行为。"景欢评价。

"我这是习惯，还不是之前那骗子老喜欢上我的社交软件检查……呸，不说他了。"陆文浩说，"你的微信怎么变这德行了？"

景欢从容地道："大冒险输了。"

"玩得挺大啊你。"陆文浩深信不疑，"对了，这个周末我和翔翔在寝室煮火锅，你到时候过来，顺便带点儿酒。"

"行，中午还是晚上？"

"当然晚上啊,中午多没情调。你早点儿过来,把电脑带上,我们开黑。"

手机又振了振,有了陆文浩这一茬,景欢也激动不起来了,八成又是哪个来嘲笑他的头像的。

向:我已经通过了你的好友请求,现在我们可以开始聊天了。

陆文浩:"你是不知道,你刚走没两天,隔壁寝室那几个臭小子就天天挑衅我和阿翔,真的是欠教育。我们必须教他们做人,把他们摁在泉水里摩擦……"

"挂了。"景欢打断他的话道。

"让他们哭着叫爸爸……什么?就挂了?等会儿,我还有话……"

不等他说完,景欢直接把语音电话给挂了,然后打开表情包,想先跟心向往之打个招呼。

但他忘了,微信不是《九侠》,没有那么多可爱的自带表情包供他挑选,他存在微信里的大多是搞笑动图。于是他直接把陆文浩发来的猫咪表情包转发了过去。

对面自然是没有回复的,就连"正在输入"的字样都没有。景欢点开他的朋友圈看了眼,资料是空的,朋友圈倒是有那么两三条,全是篮球场的照片。

没收到回复,景欢也不在意,大晚上的还是睡觉要紧。

他们来日方长,慢慢来。

Chapter 4

第四章
竞技场

次日，向淮之刚下课回寝室，就见路杭背着包从宿舍出来。

"老向！"见到他，路杭忙上前两步，"刚好，跟你说一声，今天我妈过生日，我得赶回家一趟，晚上的竞技场没法陪你打了……怪我，我也是今天才想起来这事，刚才还被我爸骂了一顿。"

为了保证账号能稳定地排在榜首，每周的竞技场，向淮之是必须打的。以前他只打 1vs1，但前两周《九侠》更新维护后修改了竞技场的机制，打 2vs2 及以上的档位会获得一定的积分加成。

他的账号前几个月被代打瞎弄，积分已经掉了不少，这周向淮之再不爬分，高手榜排名就得往下掉。所以他和路杭约好了，以后都一块儿打 2vs2。

"没事，你回去吧，我打 1vs1 也一样。"

"别啊，我看了新制度，1vs1 赢一场就加三分，其他档位赢一场加七分呢，你要打 1vs1，高手榜排名肯定得被下面的人超。"路杭劝他，"不然你先找个人应付着，我微信加了好几个高手榜的人，我帮你问问？你要什么门派的？"

"不用。"向淮之摇头，"没事，你回去吧，我自己看着办。"

回到寝室，向淮之打开《九侠》，去游戏公告栏那里逛了逛，果然跟路杭说的一样，1vs1 的积分被削减了许多。

向淮之打开好友列表看了眼，玩《九侠》这么多年，游戏好友还是有一些的，但交流得不多，很多是加上就没聊过天的，跟陌生人没什么区别。他来回扫了两遍，决定还是打 1vs1，积分少没关系，多赢几场就行。

因为不需要找队友，他还有充足的时间去做几个日常任务。

他操控着游戏人物往城外走，刚走到传送点，就看到一个熟悉的小狐仙正坐在城门口，狐狸尾巴一摇一摆，像在挂机。

向淮之指尖一顿，鬼使神差地多看了对方几眼。

[附近] 小甜景："战神哥哥！"

向淮之：成吧，原来这人不是在挂机。

[附近]小甜景:"你要去做日常任务吗?"

[附近]心向往之:"嗯。"

[附近]小甜景:"好嘞,您慢走。"

[附近]心向往之:"你坐在这里干什么?"

[附近]小甜景:"我也想去做日常任务来着,可是外面蹲了好几个闲人阁的人,我不敢出去。我估算着再过一会儿竞技场就开始了,等他们走了我再去刷日常任务。"

[附近]小甜景:"我聪明吧[推眼镜]。"

向淮之没吭声。他不明白,这小狐仙明明被追杀得这么惨,怎么还能每天乐呵呵的?这换作是别人,恐怕早就换号走人了。

[附近]心向往之:"聪明。"

[附近]小甜景:"嘻嘻,哥哥你快去做日常任务吧。"

[附近]心向往之:"被追杀成这样,连日常任务都做不了,还有什么好玩的?你没想过卖号?"

[附近]小甜景:"啊?没有呀,我好不容易才能跟你一块儿下本,才不卖号呢!"

[附近]心向往之:"走了。"

丢下这句话,心向往之便立刻走进了传送门,去了城外。

景欢正打算换个姿势继续驻守城门,就见传送口一亮,一身黑袍的男人重新出现在他面前。

景欢一愣,这人怎么又回来了?他正要打字问,就见男人头上冒出一行字。

[附近]心向往之:"打不打竞技场?"

景欢又愣住了,好半天才想起来打字。

[附近]小甜景:"哥哥,你是在跟我说话吗?"

[附近]心向往之:"这里还有谁?"

身边经过的路人:"……"

[附近]小甜景:"可是我的装备还没买齐呢。"

[附近]心向往之:"会逃命就行。"

[附近]小甜景:"……"

他什么意思?这人难道打算让他在竞技场里逃一晚上?

景欢刚想冷嘲热讽两句,就见传送口一亮,是外面守着的闲人阁精英发现不对,查探敌情来了。

向淮之扫了那人一眼,点了组队。

[附近] 心向往之:"进来。"

小狐仙立刻站起身来,游戏人物还拍了拍屁股,转头便进了心向往之的队伍,两人一块儿飞走了。

那位闲人阁精英一愣,立刻往帮派里通风报信。

[帮派] 林深见鹿:"报——小甜景进了心向往之的队伍!"

[帮派] 心里的姑娘:"她为什么会进心向往之的队伍?"

[帮派] 莫问归期:"我朋友告诉我……小甜景昨天还和心向往之一起下本来着。"

[帮派] 只争朝夕:"不会吧,难道他们俩真有点什么?"

[帮派] 仙萌萌:"不可能。心向往之眼光很高的啦,应该是小甜景求他带她下本吧。没事,再过十分钟心向往之就要去打竞技场了,到时候你们可以放心去杀小甜景。"

[帮派] 天上星:"那个……心向往之带着小甜景进了竞技场2vs2的场地,我看到他们了。"

[帮派] 莫问归期:"……"

[帮派] 心里的姑娘:"……"

满屏的震惊。

[帮派] 脉脉不语:"没事,大不了今晚狙击小甜景的计划暂时取消。我们往好的地方想,心向往之带小甜景一定会输,那我们的副帮主就能登顶高手榜了!"

[帮派] 天上星:"是啊,我看心向往之前几个月一直在掉分,副帮主再赢几场就超过他了。"

[帮派] 仙萌萌:"天上星你什么意思?"

[帮派] 天上星:"我怎么了?"

[帮派] 仙萌萌:"你的意思是他前几个月因为带我打竞技场,所以才会掉分是吧?"

[帮派] 天上星:"我不是这个意思……我怎么知道他前几个月带的是你啊?"

[帮派]仙萌萌:"我们天天待在一起,你不知道?"
[帮派]天上星:"待在一起又怎样,你们结成侠缘了吗?"

帮派:青龙堂主"仙萌萌"把"天上星"请离了闲人阁。

[帮派]莫问归期:"哎哟……不至于吧。"

帮派:"相思不顾"开启了全体禁言。

[帮派]相思不顾:"不要吵架,仙仙你自己冷静一点儿。今晚散了,该干吗干吗去,明天我再开聊天。"

景欢压根儿不知道他俩组队的事让闲人阁闹腾了好一会儿,甚至没来得及拒绝,就被人拽到了竞技场里。

讲道理,他虽然迫切地想跟心向往之接触,却一点儿都不愿意来竞技场陪心向往之掉分。就他现在这身装备,还打竞技场呢,来给人当活靶子差不多。更何况他还没把狐仙洞的技能摸透,这破门派的技能也太多了,眼花缭乱,想真正上手,怎么说也得花上半个多月。

"哥哥,"他踌躇了下,装作害怕地道,"要不你还是叫别人吧?我、我从来没打过竞技场呢。"

"没事,凑个人头。"向淮之说。

景欢沉默着想:要不是我打不过你,我早就跟你翻脸了。

见他沉默,向淮之想了想,又补了一句:"不会让你掉初始积分。"

景欢其实也不是太在意积分,就算掉光了,等他把装备买回来,照样能打上去,他只是单纯不喜欢输。玩游戏就是图个高兴,要是他在游戏里都被人追着打,那还有什么好玩的?

"那好吧。"景欢道,"我离队买点儿药。"

话音刚落,他的界面上就弹出许多小提示,是向淮之在给他丢药。

"我喊你来的,药我出。"向淮之言简意赅地道。

"谢谢哥哥。"景欢坐直身子。他许久没打竞技场了,这会儿突然来了,还是有些兴奋的。

他下意识地环顾四周,顿时有些无语。他们身边站着的,居然大半是闲人阁的人。

其实向淮之刚才说的也不是没有道理,今晚的竞技场还真能当作他的逃命现场。还好竞技场的模式是随机分配,要是玩家之间能自主发起战斗,那他们今晚恐怕连喘口气的时间都没有。

到了七点半,竞技场正式开放,向淮之点下匹配按钮的瞬间,就迎来了他们今天的第一轮对手。

对面是两个男玩家,一个治疗一个物理输出,跟景欢这边的阵容有点儿像。对面的人没想到会匹配到心向往之,明显一顿,还没来得及反应,就见心向往之提着剑直直冲向了他们的治疗。

治疗吓了一跳,下意识地往右边走位,没想到这一挪,刚好挪到了心向往之的剑上。心向往之也没客气,直接一个二连击就攻上去了。

9113这个鲜红的数字爆了出来,治疗倒地不起。

景欢无语:这是什么魔鬼伤害?就算他们匹配到的玩家不强,也不至于……一刀一个治疗吧?

[附近]你是什么垃圾:"大神,我才2200分,为什么会匹配到你?"

在竞技场中,系统会自动匹配实力相当的对手,也就是取两人的积分的平均值,然后进行匹配。由于景欢这号的积分太低,加上向淮之的账号之前不断地输,他们匹配的就都是些低分对手。

心向往之没应他,转身继续杀输出,输出知道打不过,干脆放弃挣扎,站着让他杀。

[附近]你是什么垃圾:"大神,出去能等十秒钟再匹配吗?[流泪]我不想再遇到你们了。"

最后心向往之一剑落下,你是什么垃圾没了说话的机会,直接飞出了PK场景。

直到回到等候场地,景欢才想起来说话:"哇,哥哥,你好厉害。"

耳机那头自然是没有回应的,心向往之站在原地一动不动。

景欢正要开口问,就见匹配界面弹了出来,他们已经进入了下一轮战斗。

原来,刚刚他是在等十秒啊。

接下来几把几乎都和第一局的战况相似,心向往之的装备太强了,就算叫个新人来操作他的号，没准儿都能赢。他们匹配到的对手要么是被心向往之虐死的，要么就是开场便退出了，几场打下来，景欢除了丢血池，没做别的事。

这局战斗结束后，竞技场频道有了第一条系统消息。

恭喜"心向往之""小甜景"击败了"听雨声""风来陪"，达成了三连胜！

春肖看了眼时间："竞技场刚开始七分钟，他们就三连胜了？"

"小甜景的积分低，他们匹配到的都是菜鸟，当然容易赢。"耳麦里的女声细弱，还带着一丝不快，"你为什么又在关注小甜景？"

春肖无奈："我只是无意中看到了。"

"那上次他们杀妖王呢？你也是无意中把帮里的材料贡献出去的？"这女声的主人正是相思不顾，春肖一解释，她不仅没消气，反而更恼火了。

春肖："不交材料，帮派就要进强盗。"

"那就让他们进啊！最多不就损失块药田？"

春肖皱眉，这局战斗结束后，他把长发绑起来，耐心地道："我们扩充一块药田很不容易，能避免的麻烦，为什么不去避免？"

相思不顾说："可我就是不高兴，她算什么呀？骗我们帮里的元老就算了，还想勾搭你？"

"那是上任主人的事，这次账号应该是真换人了。"

"上次那人不也是这么说的？结果还是那个骗子，我反正不会信了。"相思不顾噘嘴道。

她话音刚落，游戏界面就猛地一变，她们匹配到了新一轮对手。

春肖一眼就看到了那身黑袍和那把闪得刺眼的神器。

[附近] 相思不顾：小'绿茶'，又勾搭新男人带你上分？"

[附近] 小甜景："'绿茶'不敢当……"

景欢还没打完字，就见相思不顾一挥魔棒，直接照着小甜景的脑门来了一招五雷轰顶。

见自己的角色头顶上冒出几朵乌云来，景欢赶紧操控鼠标走位躲避。

向淮之提剑迎上去，挡在了小甜景身前，道："躲好。"

景欢买号后竞技积分便重置了，连胜三把后，系统认为他的隐藏实力很高，加上心向往之在队里，会匹配到春肖也并不奇怪。

向淮之稍稍皱起眉头，对面两人都是服战玩家，他没报名的几年里，都是她俩带着队伍代表服务器去打全服 PK 赛的，操作不差。

这局，他们不一定能赢。

"哥哥，我记得相思不顾前段时间也是个狐仙洞吧？"景欢往后一躲，"怎么现在变成法师了？"

"今年法系加强，可能她为了接下来的服战转了门派。"向淮之道。

两人在地图中央相撞，互相中了对方的攻击技能，向淮之装备好，并且躲掉了相思不顾的好几个技能，十来秒下来，相思不顾没了一半血条，而向淮之只掉了 30% 的血量。

"哥哥真棒！"景欢立刻拍马屁，并丢出一口血池，"哥哥快喝血！"

向淮之呛了一下："好好说话。"

景欢愣了愣，然后冷笑。果然，满脑子垃圾思想的人！

他无辜地道："我是在好好说呀。"

血池不偏不倚地送到了向淮之脚下，他的血量立刻上升了一小截。

景欢："哥哥，我中了！"

话音刚落，就见一直未动的春肖稍稍抬了抬手，相思不顾的脚下冒出一朵莲花，"噌"的一声，直接把她的血条喂满了。

景欢不说话了。

向淮之见他沉默，不知怎么的，忍不住笑了声，然后淡淡地道："春肖是普陀山，装备属性全都加治疗效果，门派差距，不是你的问题。"

竞技场这东西有输有赢，向淮之倒是看得开。他看了眼地图，考虑着要不要强行杀春肖，毕竟只要春肖在后面站着，他就很难解决相思不顾。

这时，小甜景突然从他们身边跑过，速度飞快，跳到大石头上，干脆利落地丢出一只浅色蜘蛛，蜘蛛直奔向春肖，是狐仙洞的封印技能。

春肖见状，第一反应便是往右跳跃，谁知她刚落地，蜘蛛就停到了她的脚尖前，并迅速吐出蛛网封住了她的法术。

这小甜景居然预判了她的走位。

是了，狐仙洞其实并不是奶妈门派，这个门派更大的特点是灵活和封印，封印技能十分齐全，唯一的缺点就是施法范围太小，技能命中率不高，比血池还坑。

"哥哥！我封上啦！她用不了法术了！"景欢脱口道，"我棒不棒？"

"棒。"向淮之应得很快，"快跑。"

景欢一愣，还没反应过来对方话里的意思，就见春肖拎着的飘带猛地变成了两把长剑，人加快速度朝小甜景冲了过来。

他操纵角色立刻躲开，春肖一剑劈到石头上，大石头应声而碎。

"她是暴力型奶妈。"向淮之慢悠悠地说出了接下来的话。

已经把自己送到春肖脸上的景欢：你不早说！

看着小狐仙在场地里蹦来跳去的，向淮之莫名觉得喜感，但时间一长，便发现不对。

春肖会选择玩暴力奶妈，有个原因便是她的预判能力很强，不依靠技能范围也能打到敌人，但几分钟过去，小甜景竟然只挨了一下。

"呜呜呜——她还在追我！"景欢问，"哥哥，你那边怎么样了？打得过吗？"

你打不过就投降，打得过就赶紧杀了来帮忙啊！

这春肖实在太吓人了，好几下他都是堪堪躲过的，加上他太久没打PK了，着实吃力。

那边没声音，但游戏人物还在动，景欢又催促了一遍："哥哥？"

半晌，向淮之突然道："你看一下自己的技能栏。"

景欢："看了，怎么了？"

"有个粉色的技能，叫情丝。"

"嗯？"

"丢春肖脸上。"

景欢看了眼情丝的施法范围，道："哥哥，这技能的施法范围还没我的指甲盖大……"

"我暂时过不去。"向淮之言简意赅地道，"封住生，失手死。"

景欢咬了咬牙，弹跳了两块石头后，迅速回身丢情丝，毫不意外地……没封中。他放软语气道："哥哥……"

"继续。"向淮之说，"你就把她当作我。"

"什么？"

"你就当是在给我丢血池，慢慢丢，别着急。"

景欢自动忽略了他后面那句话。

把春肖当成心向往之？

别说，春肖虽然是个成女形象，但和心向往之一样，穿着黑色的时装，手里也都是长剑。

向淮之抽空看了看那头，小狐仙仍旧被追着砍，尾巴在空中一晃一晃的。

他突然觉得自己有些傻，怎么会把希望放在小甜景身上。他正打算丢下相思不顾，先去把那小狐仙解救出来，就见一直在往前跑的人突然回了头，听话地丢出了情丝。

情丝这次稳稳地命中了春肖，春肖立刻被禁锢在原地，无法动弹。

向淮之挑眉，刚想赞一句漂亮，诡异的一幕就发生了——只见小甜景封中春肖后，并没有急着回到安全位置，而是抽出了手中的鞭子，狠狠地往春肖身上一甩！

一个鲜红的"1"字出现在春肖身上。

情丝的封印时长只有七秒，七秒后，春肖再次砍到了小甜景身旁的石崖，小甜景趁机再丢出一次情丝，命中，然后抽出鞭子，对着春肖又是一鞭，这次打出来的伤害是"2"。

向淮之："你在干什么？"

[附近]春肖："……"

[附近]春肖："你行。"

景欢如梦初醒，心说完了。

"你不是让我把她当成你吗？"他磕磕巴巴地解释，"我就、我就忍不住，想多碰碰你！"

向淮之无言以对。

虽然没有回应，但景欢也越说越顺口："想和哥哥打情骂俏……的意思。"

向淮之觉得自己可能都快免疫了："哦。"

"可是她好像误会了，怎么办呀……"

"没事。"向淮之解决了相思不顾，立刻冲过来，"跑远点儿。"

身为暴力型奶妈，春肖的弱点就是抗性低，两人你追我赶了一会儿，向淮之就把她的血量磨得差不多了。

景欢见状，忙道："哇——哥哥，我们是不是要赢了？"

向淮之正要应他，就见春肖底下的小蜘蛛消失了——法术封印时间到了。

景欢是第一次用狐仙洞打竞技场，还没习惯，没能瞬间再把封印补上，只见春肖秒切飘带，轻轻地晃了晃手，并没有选择给残血的自己补血，而是直接用了救人技能。

向淮之心道不好。

只见倒地的相思不顾被救了起来，立刻对景欢用出了她的门派大招。

大招是必中技能，三下法术连击，景欢的装备还没凑齐，瞬间被这三下法伤清空了血条，小狐仙骤然倒地，大大的尾巴把整个游戏人物都遮住了。

[队伍] 小甜景："呜哇！"

心向往之是输出门派，没有救人技能，好在春肖的技能冷却时间长。他道："别急，能赢。等我把相思不顾杀了再用药拉你，不然你会被控尸，你起来后先把春肖封上。"

他还没说完，眼前便闪出一行提示。

由于"春肖""相思不顾"认输，您直接获得了本场比赛的胜利。

恭喜"心向往之"击败了"春肖""相思不顾"，达成了四连胜！

而景欢由于战斗结束时处于死亡状态，不仅没获得积分，还被倒扣了3点积分。

很明显，对面的人是为了不让他拿分才选择逃跑的。这种战术很早就有，不过很少人用，毕竟太阴损了，输就是输，实在没必要来这一出。几乎每一年，《九侠》里都会出现这个战术引发的对骂事件。

景欢叹了声气，他可真够冤的。

向淮之："抱歉。"

景欢愣了愣："嗯？怎么了？"

"没把你救起来。"向淮之问，"扣了多少分？"

"没事啦，是我自己忘了补封，而且只扣了3分。"

向淮之"嗯"了声，"带你打回来。"

景欢还没明白这是什么意思，心向往之就先在游戏里开了口。

[附近] 心向往之："再打一场。"

因为其他队伍都还在战斗中，所以休息室里此时只有他们和春肖的队伍在，他这话显然就是说给她们听的。

[附近] 春肖："可以。"

[附近] 相思不顾："怕你们？"

[附近] 小甜景："等等！和气生财、和气生财！我们不如趁这个机会把话说清楚吧，打打杀杀的多不好。"

景欢一点儿也不想穿着这身垃圾装备跟这俩人PK，赢得靠运气不说，万一输了，岂不是丢脸死了？！

[附近] 相思不顾："我和你有什么好说的？你之前还想勾搭春肖，别以为我不知道！"

景欢有些没搞明白。

[附近] 小甜景："勾搭春肖？我们都是女的，我怎么勾搭她呀？！而且那些都是原主人造的孽，跟我没关系啊姐妹。"

[附近] 相思不顾："我不信。"

[附近] 小甜景："你不信来听我的声音，肯定和原主人一点儿都不像！"

[附近] 相思不顾："你开变声器了吧？"

可恶，被说穿了。景欢决定换一个切入点。

[附近] 小甜景："我才没有呢！"

[附近] 小甜景："你们闲人阁平时欺我杀我辱我，我都忍了！"

[附近] 小甜景："但你不可以在我的大神面前编派我！"

[附近]小甜景："我的心、我的灵魂、我的侠缘，都是战神哥哥的！我才没勾搭春肖呢！"

这句话刚发出去，相思不顾和春肖都还原地没反应过来呢，景欢的界面骤然一变——他们切进了战斗。

向淮之看不下去了，直接点了匹配。他眉头一抽一抽的，突然觉得自己刚刚可能是疯了，居然还想带这小狐仙把分赢回来。

竞技场的开放时间是七点半至九点半，路杭回到寝室的时候，就见向淮之只戴着一边耳机，操控着游戏人物手起刀落地把对手一剑送出了PK场景。

路杭把书包放到床上，抱怨道："你说现在这些大人都是怎么想的？过个生日要把全家人都叫来，围一大桌，跟吃年夜饭似的。你今晚跟谁打的竞技场？没我在，是不是疯狂掉分……我的天？"

路杭看清向淮之队里的人后，把那些碎碎念都咽了回去。

九点半，竞技场准时关闭，所有等待中或是在战斗的队伍瞬间全被系统赶到了竞技场传送人这儿，一时间城头站满了人。

向淮之开了口，在对队里的人说话："走了。"

他说完之后没给队里人反应的机会，直接解散了队伍。

[附近]小甜景："谢谢哥哥带我打竞技场！哥哥拜拜！"

这对话框突兀地冒了出来，让身边的所有玩家都愣住了，好半会儿也没人飞走，还在城头挤着。

向淮之头也不回，第一个离开了场景。

路杭咳了两声，装嗲："谢谢哥哥带我打竞技场！"

向淮之："你是鹦鹉精？"

而且调子他学得一点儿也不像，如果是小甜景，必然得在最后一个字那里拖个长长的尾音。他听了两个小时，险些神经衰弱。

"我就学一声，你别攻击我。"路杭搬了椅子坐到他身边，"老向，你有情况啊！你居然带小甜景打竞技场？！她的装备齐了吗？你为了带妹，连分都不要了？"

"狐仙洞不依赖装备。"向淮之道，"没掉分。"

"没掉分？"路杭想了想，"哦，她的号积分重置了，你们匹配到的都是菜鸟吧？有游戏体验吗？"

说小甜景是菜鸟也不准确，前三把的对手确实不强，但遇到春肖她们后，他们再匹配到的就都是 2500 分以上的对手了。

不过自从小甜景渐渐熟悉狐仙洞的 PK 技能应用后，他们一把也没输过。倒是她好几场都差点儿被闲人阁的人阴死，好在有了前车之鉴，每当一场战斗快打完时，小甜景就开始满地图地跑，誓死不出现在敌人的施法范围里。

不得不说，这小狐仙的操作比他想象中要好得多。

"跟 1vs1 没差。"向淮之道。

路杭的电脑是常年不关的，《九侠》里有个场景叫蓬莱仙境，在蓬莱仙境中挂机，每三分钟能获得一次经验，虽然少，但聊胜于无。他坐到电脑前，看了眼挂机时间里收到的好友消息。

"怎么可能没差，景景妹妹这么健谈……"路杭看着新收到的消息，皱眉道，"相思不顾怎么密聊我……哎，老向，她居然问我你和小甜景是什么关系。这我该怎么答？"

向淮之挑眉："你还加了相思不顾？"

"是啊，之前她想拉我去闲人阁来着，我嫌那帮派破事多，就没去。还好我没去，不然我和小景景现在得多尴尬。"路杭抬眼问他，"你快说，我要怎么回答她？"

向淮之把号丢到蓬莱仙境，起身去洗漱，丢下一句："朋友。"

[密聊] 路迢迢："他们是朋友啊，怎么了？"

[密聊] 相思不顾："不可能，小甜景刚刚还在竞技场跟心向往之腻歪了。"

还有这事？！路杭回头看了眼正在洗漱的向淮之，"啧啧"摇头。

小伙子，不老实啊。

[密聊] 路迢迢："你难道没听过一句话？"

[密聊] 相思不顾："什么？"

[密聊] 路迢迢："先是朋友后是妹，最后变成小宝贝。"

[密聊] 相思不顾："……"

[密聊] 路迢迢："反正我事先跟你说一声，小甜景最近经常跟我们下本，你们帮里的人别杀到我们头上，不然后果自负啊。"

正在漱口的向淮之猛地打了个喷嚏，心想，快入冬了。

周末，景欢提着一袋子食物和酒回了学校寝室。

他刚走进寝室，就听见高自翔在喊："快、快、快！给我一口血池！不然我要被 Boss 集火了！又没中……你到底会不会玩狐仙洞？！"

陆文浩："你行你来啊！这破门派技能范围就那么小，三个血池能吃到一个你就该拜菩萨了！再说了，技能没有冷却时间吗？"

景欢把袋子放下，瞥了眼空荡荡的简易饭桌，问："锅呢？"

陆文浩匆匆瞥了他一眼，道："欢欢你来了？这么早？等会儿，我们在下 25 人副本。"

景欢："你怎么又在玩《九侠》，不是删号了？"

"你知道的，我这学期没什么课，天天无聊得要死，就买了个号来陪翔儿下本。他的队伍马上要打服战了，缺一堆材料。"说到这里，陆文浩"哼哼"两声，"结果他不感谢我就算了，还天天嫌弃老子的操作！"

高自翔："不是，你知道他买了个什么门派的号吗？狐仙洞！他这不是故意搞我？让他转门派他还不乐意。"

景欢手上一顿："狐仙洞怎么了，不是挺强的？"

"强的都是别人，就他，连血池都不会放。"又一个血池放空，高自翔忍无可忍，"打完这个本你就给老子去换门派！"

景欢懒得听他们吵架，道："合着我出吃的喝的，还得等你们这两位大爷打完游戏才能吃上饭？"

"马上结束了，再等十分钟……不，五分钟。"高自翔说，"我们的锅被 102 寝室借走了，还得去找他们拿。"

景欢后悔了。他就该自己买个锅和底料，在家里自己煮了吃完事。

他重新拎起袋子，转身就要走。

"哎，欢欢，你要去哪儿？"高自翔赶紧叫住他。

"回家吃火锅。"

"别啊！"高自翔说，"我们马上打完了，哥！你就坐一会儿，五分钟绝对搞定！"

景欢抬手看了眼表，道："五分钟没打完，我把你们的网线拔了。"

说完，他把袋子丢到洗漱台上，打开宿舍大门。

陆文浩："不是说五分钟吗，怎么还要走……"

"拿锅。"景欢头也没回地道。

景欢到102敲门，过了好一会儿里面才有响声，门被打开，一股味儿从里面传了出来。

景欢忍不住微微皱眉，克制住了捂鼻子的冲动。

"哟，景欢，你怎么过来了？稀客啊。"开门的是他们专业的同学，大家一起打过篮球，不熟。

景欢："嗯，来拿我们寝室的锅。"

"哦对，我马上给你拿，等一下啊。"对方转身走进宿舍。

景欢透过门缝看到了里面的情况，别的不说，光是厕所门外丢着的那一堆臭袜子，就让他没了大半胃口。

那人很快回来了，把锅递给景欢，道："不好意思啊，本来想早点儿还的，打游戏打忘了。"

"没事。"

景欢边上楼边打量手上的锅。

他如果没有看错的话，锅盖上那一抹橘红色……该不会是102吃火锅蹭上的辣油吧？锅是他搬出去前被借走的，算来也有两个星期了，这还洗得掉？

他干脆重新去买一个得了。

景欢想了想，决定先看看锅里面的情况再做打算。他走到楼梯间的窗口边，把锅放到窗沿上，顺手打开了锅盖。只见一只黑中带橙的异物正安静地躺在锅中央，尤为瞩目。感觉到动静后，它迅速在锅内转了一圈，证明了自己的活力。

景欢毫无防备地跟它正面交锋，先是呆滞了几秒，然后腿蓦地一软，差点儿站不住。他张嘴想叫，却发现此时他被吓得连声音都发不出来了。

他用最后的力气，猛地把锅抛到了天上！

景欢这辈子最怕的东西就是虫子，就连在游戏中看蜘蛛模型他都会觉得抗拒，更别说那玩意儿就活生生地出现在他的手指边缘！有那么一刻，他甚至觉得自己快休克了。

锅被摔到地上，发出清脆刺耳的碰撞声，蟑螂从锅里爬出来，找不着路似的四处乱窜。景欢被吓得火速后退，紧跟着一脚踩空，心脏都仿佛停了一拍——他撞到了一堵肉墙上。

景欢松了口气,还好……不至于摔死。

身后的人也吓了一跳,不过他反应极快,为了防止景欢继续跌落,迅速伸手托了一下景欢的腰,把人稳稳扶住。

"没事吧。"后面的人问。

这声音非常熟悉,景欢几乎是下意识地道:"没事,谢谢哥……"

两人同时一顿。

景欢立刻回神,在心里骂了句脏话:王八蛋心向往之,天天在他耳机里唠唠叨叨的,害他现在听谁的声音都像他。

他转过头,跟身后的男生打了个照面,真挚诚恳地说:"谢谢哥们儿。"

由于姿势问题,景欢转过头,只能看到对方的耳朵。他们靠得很近,他还能闻到对方身上那股淡淡的肥皂香。

"不谢。"身后的人说,"能起来吗?"

景欢一怔,在确定那只蟑螂已经跑得没影之后才敢站直身子。

"不好意思啊。"他转过身,终于看清了这个被他撞到的倒霉同学。

单眼皮,高鼻梁,穿着黑色 T 恤,站在比他低的台阶上都能跟他平视。

景欢先是盯着男生的脸看了几秒,然后才想起来问:"那什么,我没撞疼你吧?"

"没有。"向淮之也多瞅了他几眼,心想这男生的睫毛怪长的。

"那就好,我刚刚没站稳。"景欢不好意思说自己被虫子吓到了。

向淮之其实看到了全过程,把他甩锅的姿势都看清楚了。他点头道:"嗯,能让让吗?"

现在景欢占了一边,他的锅占了另一边,几乎要把楼道堵死了。

"哦,好。"景欢立刻让出位置来,这锅,他反正是不可能再碰了。

向淮之正要上楼,就被人抓住了衣服。

"同学,等等。"景欢说,"我刚刚那一下撞得挺重的,你要是一会儿感觉哪里不舒服,就到 312 寝室找我。"

向淮之点了点头,道:"知道了。"

目送着恩人离开,景欢盯着地上的锅,正愁着该怎么办,一抬头就对上了两个熟人的目光。

高自翔和陆文浩就站在三楼的阳台上,正透过楼梯间的窗户往他这边张望,也不知道看了多久。见景欢发现他们,两人下意识地就想躲。

景欢冷笑一声,抬手先是指着高自翔,又指了指陆文浩——你,还有你。

然后他把手并在一起,在脖子上做了个抹喉的动作——都得死。

陆文浩和高自翔把脑袋抵在护栏扶手上,哐哐磕头。

最后是舍管阿姨听见了动静,跑过来把锅没收走了,还警告了景欢几句,说是学校严令禁止学生在寝室做饭。

菜都买好了,今晚不煮就得坏,景欢站在楼梯上自我宽慰了大半天,才挪动步子往校门外的小卖部走去。

他买了锅回去,刚打开寝室门,就见简易餐桌上摆满了洗干净并切好装盘的生肉和菜,啤酒也满上了,属于景欢的那杯,杯沿上还装饰着一颗车厘子。

"大哥,您回来了。"高自翔迅速走到门边,摆出迎宾的姿势,"小弟们恭候您多时了!"

陆文浩就站在餐桌边说:"欢迎大哥上座!"

景欢那点儿气早就在路上耗没了,笑骂了一句:"滚。"

三人落座,想起刚才那一幕,陆文浩还是心惊胆战的:"这破宿舍楼梯台阶这么高,你要是真摔下去,摔出什么毛病来,那我只能以身相许了。"

景欢:"别,赔钱就行,我对你没兴趣。"

"那刚好,老子也是。"陆文浩把火锅底料倒进去,"不过向淮之还挺牛的,你这样撞上去,他都能站那么稳,不是说他的腿伤着了吗?"

高自翔:"那都多久之前的事了,估计早好了。"

景欢:"向淮之?谁?"

"你的救命恩人啊,刚刚站你身后那男的。"高自翔把辣椒递给他,"你不认识他?"

景欢想了想:"他是我们系的?"

"不是,隔壁系的,大三学长,这个学期搬我们楼来了,就住我们楼上522。"高自翔说,"哦对,你不经常去西门篮球场,估计没遇见过他。他打篮球特别厉害。"

"据说他还是学霸来着,关键……"陆文浩拖了个长音,"人长得特帅,我校风云人物,我还以为你认识。"

"抱歉,我校风云人物,我只认识我一个。"锅里的辣汤已经开了,景欢特地买了跟之前那个不一样的锅,总算有了点儿胃口。他边说边夹起一块毛肚放进去涮。

"臭屁。"高自翔笑他,却没反驳,"那风云人物,你到底什么时候回来跟我们一块儿玩《九侠》?"

景欢动作一顿:"为什么突然说这个?"

"哪儿就突然了?我们之前说好的,三个人要一起去打全服PK,一年多了都没实现!"高自翔似是想起什么,道,"而且我听说今年会增加特别牛的全服PK奖励。"

景欢:"你在哪儿听说的?"

"我们帮主认识游戏内部人员。"

这种消息十有八九是假的,景欢没在意,"哦"了声:"再说吧,我最近没空。"

高自翔点头:"要不是我看过你的课表,我差点儿就信了。"

"真没空。"

"那你说说,你忙什么呢?"

他忙着治渣男。

景欢喝了口酒,道:"反正就是忙,忙完再说吧。"

吃饱喝足,景欢再三警告二人不准把锅借出去后,才离开了寝室。

景欢回到家,刚打开游戏,好友消息就闪个不停。

[密聊]元气小蚊香:"妹妹,好消息!闲人阁不追杀你了!"

景欢一愣,看了眼四周,这才发现平时刚上线就来蹲守他的那几张熟面孔,今儿都不在。

[密聊]小甜景:"为什么啊?"

[密聊]元气小蚊香:"呃……这个我也不太清楚,帮主直接发的帮派公告,说是让我们齐心协力地收集材料,别把时间浪费在你身上了。"

景欢抽了抽嘴角,到底是谁在浪费谁的时间啊?!

不过这样也好,他现在还有正事要做,被追杀确实很麻烦。

他去城外做了两个日常任务,一路通顺,甚至都有些不习惯了。

[密聊]路迢迢:"在?"

[密聊]小甜景:"在的,怎么啦?"

[密聊]路迢迢:"下本吗?二十人本,你的大神也在。"

[密聊]小甜景:"要去的!哪儿集合?"

路杭道:"来凤凰祠。"

向淮之刚飞到凤凰祠,就看到了凤凰身边的小甜景。他没说什么,申请入本。

"心向往之"加入二公子娶亲副本。

"小甜景"加入二公子娶亲副本。

[副本]路迢迢:"都准备好了吗?OK我就开本了。"

[副本]爱是分你吃:"嗯。"

[副本]本命芝芝桃桃:"嗯。"

[副本]相思不顾:"……"

[副本]小甜景:"嗯嗯!"

团内其他群众都忍不住在心里惊呼,这是什么死亡列车!

[副本]路迢迢:"先说好,爆高级材料要给团员分红,爆好东西摇骰子,有异议的现在可以退团。"

这是大型副本的默认规定,半分钟后,没人说话,也就是没有异议,路杭便开启了副本。

二公子娶亲这个副本必须使用"神秘请柬"才能触发,获得"神秘请柬"全凭运气,有时刷完其他副本会有极小的概率掉落,路杭下午刚爆出了请柬,就火急火燎地开刷了。

副本虽然难度不高,但流程非常琐碎,路杭担心路人不靠谱,找的都是好友列表里的人。

副本的聊天频道里谜之沉默,没人说话。副本第一环是单人寻物任务,二十个人很快便做完,径直切换到下一轮任务。

众人刚进入传送门，景欢的游戏界面猛地一变，他被拽到了一个特殊场景里，是二公子的府邸外。

门口侍卫："小甜景"大人，您看起来十分面生啊！这样吧，既然您自称是二公子的夫子，那便让我来考考您。

以前景欢嫌烦，从没刷过这个副本，毫无防备地点下了"好"这个选项。

门口侍卫：请问湿纸巾属于什么类型的垃圾？

景欢在心里吐槽：这破游戏也太与时俱进了吧。

耳机里安安静静的，大家或许是懒，又或许是知道团队里有人跟小甜景不和，谁也不敢去打破这怪异的氛围，副本团队的语音频道里无一人说话，也没人提示他。景欢扫了眼答案，松了口气，还好，答案很明显。

他毫不犹豫地选了"湿垃圾"。

门口侍卫：来人！赶走这个冒牌货！

[副本]爱是分你吃："湿纸巾是干垃圾……"
[副本]小甜景："你怎么知道我选了什么？[震惊]。"
[副本]路迢迢："这是随机环节，任意抽取一个玩家挑战，其余玩家原地等着。"
[副本]小甜景："意思是你们都看得见？"
[副本]路迢迢："是的，我们都在看着你呢。不过没关系，这个答题不限次数，加油[打气]！"
[副本]小甜景："好呢[微笑]！"

门口侍卫：请问副本第一环，你们一共寻找了多少件物品？
a.71件；b.99件；c.69件；d.视频回放。

这谁记得住啊?景欢直接点了视频回放。

门口侍卫:没有回放!来人!赶走这个冒牌货!

[副本]相思不顾:"我倒要看看你第几个问题能答对。"
你行你上啊?景欢气鼓鼓地点了下门口侍卫。

门口侍卫:飞流直下三千尺的下一句是?

终于遇上个会的了,景欢回忆的同时,忍不住低声碎碎念:"飞流直下三千尺……"
"不及汪伦送我情。"心向往之的声音适时传来。
对、对、对,就是这个。景欢下意识地跟着这句话做出了相应的选择。

门口侍卫:来人!赶走这个冒牌货!

队伍陷入了短暂的沉默。
心向往之:"你还真信?"
景欢很愤怒:你又是什么类型的垃圾?
路杭坐在床上笑得前仰后合,整张床都跟着他的动作一颤一颤的。
"老向你太不是人了。"
"你是人,怎么不提醒她?"向淮之道。
"我也想提醒她啊,但前几个题我是真不会,你忘了,前几天我才因为丢错垃圾被阿姨罚了钱。"
向淮之没应,看小甜景站在门口侍卫面前,背影仿佛比刚才看到题目时还要绝望。他刚刚也是从这个背影中看出些滑稽来,才没忍住蹦了那一句。
[副本]心向往之:"怪我。"
废话,不怪你难道还怪我?害老子在相思不顾面前丢人!我杀了你!

景欢咬牙切齿地敲键盘，发出噼里啪啦的声音。

[副本]小甜景："呜呜呜！哥哥坏坏！"

[副本]心向往之："……"

终于过了这个环节，景欢松了口气。他以后再也不刷这个破副本了，经验少，事情还多，十万个大神在他都不来。

这个副本的主要任务是要救下被二公子强行带回府的新娘子，所以他们大半时间在寻人寻物，很少触发战斗，经过半小时的打听，他们终于获得了线索。

只见任务栏上写着"恭喜你们获得了'柳姑娘的花轿路线'，速速乔装打扮前往长安城，破坏这场喜事！（要求二人组队，限时二十分钟。）"

景欢还没来得及细看，物品栏里就多了一件任务道具。他将鼠标挪过去一看，是一件大红色的喜服。

"谁拿到了喜服？"路杭问。

[副本]小甜景："我。"

"又是你，"路杭忍不住笑了声，"行吧，那你把衣服换上。"

换衣服？要干吗？

见她站着不动，路杭明白了，解释道："你没刷过这个本吧？那我给你讲讲，你得选个队友组成结婚队伍，去撞柳姑娘的花轿，然后我们趁乱去抢新娘。你只要坐在花轿里挂机就好了，很轻松的。"

[副本]小甜景："选队友？谁都可以选？"

路杭："是的。"

仿佛感应到什么，向淮之敲字：我挂会儿机……

字还没来得及发出去，小狐仙就已经跳到了他身前，并邀请他加入队伍。

她的邀请这么明显，如果拒绝了，怕是会损小姑娘的面子。向淮之叹了声气，点击同意，并顺手删掉了对话框里的字。

向淮之刚进入队伍，身上就多出了一件喜服。他没多想，直接右键换上。

就在两人同时点下选项的一瞬间，花轿出现，他被系统强行安到了马上，小甜景也被塞进花轿，队列慢悠悠地朝城中心进发，团队里的其他人就跟在花轿身边，等待机会。

"哥哥，"景欢打开队伍里的语音，此时他说话，只有心向往之能听见，"你一会儿要去打竞技场吗？"

向淮之："嗯。"

他原以为她是想让自己带她，没想到小甜景听了之后，只是说了句："嗯嗯，哥哥加油。"

向淮之沉默了会儿，问："你不想去？"

景欢随口道："想呀，可是我的装备太垃圾了，去了也是给别人送分。"

"你要想去，我带你。"

景欢一愣，这人什么时候变得这么好了？

"不了吧，我不想害你掉分呢。"

向淮之其实没有别的意思，只是后来想了想，小甜景毕竟是为了他来玩游戏的，虽然他没有义务对她负责，但力所能及的事情，他也不会吝啬。

不过既然对方拒绝了，他也不会再勉强："嗯，随你。"

景欢坐在花轿里，连风景都不能看，无聊得要命，只能继续找心向往之聊天："战神哥哥，你为什么没加帮派啊？"

"麻烦，不想加。"向淮之顿了顿道，"以后别这么叫我。"

景欢："那我叫你什么呀？战神？心哥哥？之哥哥？"

向淮之听得头疼，一时间又想不到什么合适的称呼，只得无奈地从里面挑出最正常的那个："叫哥哥就行。"

坐在他身后的路杭简直不敢相信自己的耳朵。

他那天就是随便说说，向淮之还真认妹妹去了？！

景欢："嗯呢哥哥！"

向淮之："别用这种语气叫。"

景欢："那怎么叫呀？"

"不用装哟。"向淮之直截了当地道，"用平时的声音说话。"

路杭觉得这种标准的直男发言换哪个女生听了估计都受不了。但景欢不会，他不再吊着嗓子，就像是个敬业的淘宝客服，完美配合客户的要求，"好的哥哥，你听这样可以吗？"

女生的声音有些哑,确实没刚才那么嗲了,倒多了几分御姐味,顺耳多了。

向淮之:"嗯,你把你身上的装备发我看看。"

景欢听话地把装备全发到了队伍频道里。

向淮之随便扫了两眼就没再往下看。小甜景真没谦虚,她身上的装备都是凡品,就连最好的那把武器也只是件蓝装,一颗宝石没上,怪不得那天在竞技场会被相思不顾三下带走。

"有空就多去下本,会爆装备,随便爆一件都比你身上这套好。"向淮之说,"你是狐仙洞,主堆封印命中率、移动速度和治疗属性。"

景欢听了大半天才明白过来,这心向往之是在教他玩游戏?

说来也奇怪,他发觉自从他们一块儿打完竞技场后,心向往之对他的态度就好像温和了许多,平时和他打招呼也都能收到回复,虽然简短,但总比视而不见要好。

景欢:"嗯嗯,谢谢哥哥,我最近会勤下本的。"

三言两语间,花轿已经冲到了街中央,狠狠地撞上了柳姑娘的轿子,霎时间兵荒马乱,队友们动作干脆利落,没半分钟就把新娘子抢走了。

"OK,稳妥。"路杭道,"再去推个 Boss 就结束了,Boss 不难,大家随意操作。"

三分钟后,Boss 二公子轰然倒地,同时,游戏中出现了一个丢骰子的界面,是系统的副本奖励机制,二十个人丢骰子,谁点数大,物品奖励归谁。

说是丢骰子,也就是点一个按钮罢了。景欢按下去,丢出了三个一点。

"豹子,牛。"路杭道。

景欢已经习惯了。

最后,心向往之以十七点数获胜,界面消失的那一刻,系统弹出一条消息来。

[副本]玩家"心向往之"见义勇为,拔刀相助,成功从二公子手下救回了柳姑娘。为表感谢,柳姑娘取出了珍贵的[九梵莲花]

赠予"心向往之"。

景欢登时就酸了,心向往之这号品会不会也太好了?随便打个本都能爆紫装戒指?

他点开看了眼戒指的属性,倒吸了一口气,治疗+18,耐力+17,附加状态好事成双——战斗中有概率让治疗的治疗量加倍。虽然概率很小,但一场PK能爆一次双倍就足够了。这是一件非常完美的普陀山装备。

[副本]爱是分你吃:"[柠檬]。"

[副本]小甜景:"[柠檬]。"

[副本]本命芝芝桃桃:"有钱的人只会更有钱。"

按照规矩,向淮之给团里每个人都丢了分红。

[副本]春肖:"心向往之,这治疗戒指你开个价。"

春肖正好是普陀山,看到这装备的第一眼就想要。

[副本]心向往之:"不卖。"

[副本]春肖:"为什么?你又用不上。"

[副本]心向往之:"用得上。"

[副本]春肖:"行吧,那你哪天想卖了再联系我。"

景欢原本也想找心向往之买这戒指,戒指虽然更适合普陀山,但狐仙洞也能用,可看见这对话后,他很快就打消了念头。

副本原地解散,景欢把号挂到主城摆摊,然后打开交易所,慢悠悠地看起装备来。他其实还蛮喜欢打竞技场的,而且没套好点儿的装备,干什么事都不方便。

可惜此时交易所上好的装备太贵,便宜的又太垃圾,他翻了大半天,最后还是一无所获。

[密聊]心向往之:"在哪儿?"

[密聊]小甜景:"在主城摆摊呢哥哥。"

[密聊]心向往之:"坐标。"

[密聊]小甜景:"(10,11),怎么了哥哥?"

向淮之飞到主城,果然看到小狐仙正坐在地上,头顶上顶着一个大大的招牌——甩卖甩卖吃不起饭了。

他收回目光,动动手指头,把身上的九梵莲花丢了过去。他刚刚去仓库拿了些下本获得的存货,把这玩意儿上到了五段宝石,总算是勉强可以用了。

景欢看到对方丢过来的东西,先是一愣,然后才想起来打字。

[密聊]小甜景:"哥哥……是丢错了?"

[密聊]心向往之:"没。"

[密聊]小甜景:"哦哦,多少钱呀,我转给你。"

[密聊]心向往之:"不用,你拿着刷任务,打竞技场也能用。"

[密聊]小甜景:"等等?哥哥……"

[密聊]小甜景:"这难道是送给我的……"

向淮之快速敲了个字,回复。

[密聊]小甜景:"侠缘信物?!"

[密聊]心向往之:"嗯。"

两条消息一前一后,同一秒出现在对话框里。

向淮之不明白,这一句话分三次发是什么坏毛病?

[密聊]小甜景:"啊啊啊——谢谢哥哥!我一定会好好珍惜的!我给它上十五段宝石!绝不让它的耐久掉下三百点!晚上也会抱着它睡觉的[转圈][飞吻][可爱][亲亲]!"

向淮之被这些表情弄得眼花缭乱。

[密聊]心向往之:"不是侠缘信物,有条件。"

[密聊]小甜景:"哥哥你说!"

[密聊]心向往之:"以后给我发表情,一次不准超过三个。"

[密聊]小甜景:"好吧[亲亲]。"

[密聊]心向往之:"[亲亲]这个表情也不准发。"

[密聊]小甜景:"喔……"

景欢多看了几眼新拿到手的戒指,这戒指属性好,随随便便都能卖个好价钱,算是大礼了。

他不喜欢白拿别人的东西,原本是打算付钱的,但转念又想——他玩这个游戏的目的不就是坑心向往之吗?

光骗感情没意思,他还要谋财!他要这个渣男人财两失!悔恨终生！一辈子不敢再在网上乱骗小妹妹！

这么一想，景欢就没那么心虚了。

景欢把戒指加上物品锁，穿在身上，游戏里的人物形象手上立刻多出了一枚浅蓝色的莲花戒指，熠熠发光，还挺好看的。这也是《九侠》的特色之一，所有装备穿在身上都会有相应的实物展示，以便满足用户们的外观需求。

景欢盯着自己的角色半天，突然想起这个账号上有不少时装。

这号最大的亮点其实就在时装上，《九侠》所有限量时装都有，都是绑定的绝版服装，不像修为技能可以随时练，这样一来，以后卖号的时候还能保值，这也是他当时选择买这个账号的最大原因。

他打开衣柜，挑出一件蓝色的绝版小裙子换上。

他看着人物角色，"啧啧"摇头。这么可爱的游戏角色，谁见了不想和她发展发展呢？

他随手把形象截图，隐藏起游戏 ID 后发到了他们寝室的讨论组里。

陆文浩：我反复看了几遍群名……不是，你发这干啥？

小景呀：刷朋友圈刷到的，好不好看？

陆文浩打开照片看了几眼，小声嘀咕："这衣服也太土了吧，最丑的限量裙子了。"

陆文浩：这是谁？

小景呀：我玩《九侠》时的女神，好不好看？

陆文浩：婀娜多姿，仙女下凡，倾国倾城。

景欢满意了，发了个竖着的大拇指过去。

他只顾着聊天，微信的对话框挡在游戏界面前，完全没发现自己的角色身边正站着几个熟人。

仙萌萌她们是做任务时路过的，见到小甜景，她立马停下脚步。

在她队里的小姐妹也立刻反应过来。

[队伍] 纪小年："真倒霉，怎么干什么都能看见她？她这衣服也太丑了吧……等会儿，你们看她手上，是不是九梵莲花？"

游戏里，只要有玩家在任务过程中获得高价值物品，都会被系统播报到世界频道上，所以之前在线的玩家都知道心向往之做任务时爆了个紫装戒指。

［队伍］爱是分你吃："还行,虽然不是很好看,但这裙子好歹是限量。去做任务吧,再不做来不及了。"

［队伍］纪小年："怎么,你听不得我们说你朋友啊?"

［队伍］爱是分你吃："什么意思?"

［队伍］仙萌萌："你刚刚不是还跟她一起做了副本吗?"

［队伍］纪小年："是啊,之前也是,说好一起坑她,最后怂了,让我自己当恶人。"

队里其他两个男生不好插嘴这些事,立刻挂机装不在。

爱是分你吃明白了,怪不得这段时间这俩人总是刻意忽略她,她们之间的小群组也再没有人说过话。

［队伍］爱是分你吃："我只是觉得我们不能在不确定的情况下,故意去破坏别人的游戏体验。"

［队伍］纪小年："当初说讨厌她的人是不是你?"

［队伍］爱是分你吃："是,我是讨厌她装嗲,但她没碍着我,没干什么伤天害理的事,还在副本里救了我,而我觉得自己做错了,所以向她道歉,这事情有问题吗?"

［队伍］纪小年："你的意思是我有问题咯?"

［队伍］爱是分你吃："我没这个意思。"

［队伍］纪小年："那你觉得她对仙仙的侠缘装嗲就没问题了?"

［队伍］爱是分你吃："我觉得心向往之顶多只能算是仙仙的前侠缘吧。"

［队伍］仙萌萌："行了,说够了?你的意思就是支持小甜景,不支持我了是吧?"

［队伍］爱是分你吃："我什么时候支持过小甜景了?我不是一直在帮你说话吗?当时你去论坛发帖挂心向往之,我还用大号去帮你骂了几十条回复。"

［队伍］仙萌萌："那我谢谢你帮过我。但是有件事我要跟你说清楚,我从来没和心向往之分手,我们只是吵架了,他不愿意来哄我,我才想用舆论逼他一把,并不是真的结束了。所以小甜景就是个勾引别人的侠缘的'小三',明白吗?"

景欢又在讨论组里聊了一会儿,让高自翔明天帮他占上课位置后,才把微信关掉。

他看了眼自己摆在货架上的东西,一件未卖,不禁嘀咕:"生意不景气啊……"

他倒不缺钱,是这号上买来时就有许多没用的杂物,虽然不值几个钱,但丢了也可惜,所以他闲着没事就摆出来卖。

他正想收摊走人,就见旁边站了位穿着粉色小裙,十分眼熟的小萝莉。萝莉既没摆摊,也没动,景欢想了想,敲键盘。

[附近]小甜景:"咦。"

[附近]爱是分你吃:"原来你在啊。"

[附近]小甜景:"刚回来,你在等我吗?"

[附近]爱是分你吃:"唉,不是,跟朋友吵了一架,站这里发发呆。"

[附近]小甜景:"吵架可不好呀[可爱]。"

我是为了谁啊。爱是分你吃看着景欢那句话后面的表情,也生不起气来。

[附近]爱是分你吃:"对了,你手上的戒指哪里来的?"

[附近]小甜景:"[脸红]讨厌!你不是知道吗?"

[附近]爱是分你吃:"你多少钱买的?"

[附近]小甜景:"哥哥送我的,不是买的。"

爱是分你吃皱着眉敲键盘,想问小甜景知不知道心向往之和仙萌萌之间的事。但字敲到一半,她又删了。

算了,在当前频道聊这些不合适,而且她现在心情不好,也没工夫去掺和别人的事。

[附近]爱是分你吃:"哦,我去做任务了,下次有空再聊。"

[附近]小甜景:"好的,祝你和朋友早日和好[挥手]。"

Chapter 5

第五章

强制 PK

新的一周,男寝室楼的公告栏上贴上了最新的"违规名单",312光荣上榜,位居榜首,后面的原因写着:"带锅进寝室煮火锅,屡教不改,实在可恶!"

"可恶"二字放大加粗,能看出宿管阿姨有多愤怒。

路杭跟向淮之说这件事的时候,向淮之第一个想到的就是那天在楼道口遇见的男生。他如果没记错的话,对方当时报的寝室号好像就是312?

"你在听没啊,向哥哥?"路杭见他没吭声,又问。

"滚,"向淮之道,"叫谁哥哥?"

"哦,小甜景叫得,我叫不得,我明白。"路杭说,"向向,我俩也买个锅来寝室煮火锅吃,怎么样?"

向淮之:"怎么,你想去跟312竞争宿管阿姨的心?"

"原来你在听啊。"路杭笑了,"那两个学弟也挺惨的,据说是被罚款了,锅也被没收了,连火锅底料都没留下。"

锅又被没收了?

向淮之问:"你认识他们?"

路杭:"认识啊,不过不熟。他们寝室的人都玩《九侠》,上次在游戏见面会见过,都挺强的,可惜跟我们不在一个区。"

向淮之边上游戏边听他碎碎念,刚进入《九侠》世界,右下角的好友消息就闪了起来。

不是留言,是对方在守着他上线。

[密聊]仙萌萌:"向哥,小甜景的戒指是不是你送她的?"

[密聊]心向往之:"嗯。"

"不是,她怎么还来找你,还叫你哥?"路杭说到一半,顿了顿才道,"等等,你把那个紫装送给小甜景了?大手笔啊向向!你是不是对小甜景有意思了?"

向淮之:"没有。"

"我才不信。"路杭道,"谁会无缘无故地给别人送钱?"

"我拿着没用。"

"那也能卖钱啊！随便把它挂上交易所，没几分钟肯定被秒。"

向淮之语气自然："小钱，懒得摆，提现太麻烦了。"

"是，动动手指输个银行卡号和提款密码的事，都能把您老人家累死。"路杭道，"快，她回复了，看看她说什么。"

[密聊]仙萌萌："我们之间的事情还没说清楚，你就跟别人乱搞，这不合适吧？"

[密聊]心向往之："说得很清楚了。"

[密聊]仙萌萌："好，你说前段时间号不是本人在上，我信。但你也说过愿意补偿我，对吗？"

"什么？补偿她什么？这事跟你有什么关系？"路杭莫名其妙地问。

"毕竟是在我号上发生的事。"向淮之淡淡地道。

[密聊]心向往之："嗯，你说。"

对面的人回得极快，像是早就想好了，没有一丝犹豫。

[密聊]仙萌萌："我们结成侠缘关系。"

向淮之缓缓打出了一个问号。

[密聊]心向往之："你还没睡醒？"

看到这条消息，仙萌萌咬着牙，心底满是不甘。她在这个区待了五年，也关注了心向往之五年，他从一开服便在万人之巅，名字永远高挂在各大榜单上，可望而不可即。

哪个女生没幻想过跟一个万丈光芒的男人在一起呢？所以当心向往之那点儿温柔流露出来时，她根本无法抵抗，闭眼便往前冲了。其实心向往之的长相并不合她的心意，甚至让她感到厌恶，但她还是心甘情愿地为他掏钱。临别时她赖在男人怀里，非要对方答应回去后在游戏上娶她。

有的时候，仙萌萌甚至搞不清楚自己到底是喜欢心向往之账号背后的真人，还是喜欢这个虚拟的游戏人物。

她没想到的是，两人刚分别，她甚至还没下飞机，就被对方拉黑了微信。她去质问游戏上的心向往之，对方冷冰冰地告诉她，账号前几个月是代打在玩，并不是本人。几个月的朝夕相处成了一场笑话，心向往之不会和她结成侠缘，甚至不会再跟她出现在同一个队伍里。

最让她受不了的是，心向往之身边有了别的女人，先是冉心，后是小甜景。那只小狐仙三天两头跟在心向往之屁股后面，他们并肩打竞技场，一块儿下本，心向往之甚至送了她一件紫装……

[密聊]仙萌萌："只是结成侠缘，不是在一起，我只想要一个侠缘称谓。"

"我发现这女人真的很奇怪，换作其他人上当受骗，第一反应不是该去找骗子吗？她为什么老缠着你不放？"路杭无奈地道，"而且你的账号前几个月的画风明显不对劲吧？你现在随便发个喇叭澄清，我保证全服的人都相信你。"

这是实话，向淮之在这个区玩了这么久，玩家们对他的印象就只有实力强、低调、有钱。除了收东西，心向往之这号基本不在世界频道和喇叭上冒泡。

这事刚发生那会儿，还有许多好友来问他是不是被盗号了，向淮之不置可否，沉默以对，反倒把渣男这个名头坐实了。

向淮之："没必要。"

女生脸皮都薄，让全服的人都知道她和另一个女生被代打骗了，不合适。而且这事并不会对他产生什么负面影响，至少目前来说是这样的，他甚至因为这件事省去了不少麻烦，没什么不好的。

[密聊]心向往之："我说的补偿是指补偿你之前付的机票钱。"

[密聊]仙萌萌："我只是想要个称谓，这都不可以？你在哪座城市，我们见面谈，行吗？"

路杭惊了："这女人疯了吧？你们才聊了多久，她就约你见面了？"

[密聊]心向往之："不需要那些赔偿，就不用再谈。"

[密聊]仙萌萌："行，那我要别的补偿，游戏道具，OK？"

[密聊]心向往之："说。"

[密聊]仙萌萌："我要九梵莲花，你送给小甜景的那个。"

向淮之只看了一眼，就把对话框关了。

路杭："嘿，有意思，她这是非要拆散你和小甜景啊。我路迢迢第一个不答应！向向，我看钱你也别给了，赶紧把她删了完事。"

向淮之侧目："你好像很喜欢小甜景？"

"也不是，我只是觉得她这人挺好玩的，每天看她说话我都能乐死。"路杭道。

向淮之点头:"那你去追她,让她天天对你说话。"

"行啊,等她上号,你让她来追我,她肯定听你的话,到时我保准给她大哥哥般的照顾。"

"正经点儿。"向淮之扫了他一眼,"你还要在我后面站多久?窥屏上瘾了?"

"喊……行、行、行,我走。"

向淮之骑上马,去野图打材料,随意一瞥,就看到系统提示。

您的好友"小甜景"上线了。

几秒后,他的好友消息亮了起来。

[密聊]小甜景:"哥哥,今天下本吗?"

[密聊]心向往之:"嗯,刷完日常任务。"

[密聊]小甜景:"好的哥哥,等你刷完了喊我,我随叫随到。"

日常任务很快做完,路杭组了个日常任务副本队。

"小景景,"进了副本,路杭看到她身上的时装,忍不住开麦吐槽,"把这身衣服换了吧。"

景欢问:"为什么呀?"

"这也太丑了。"

景欢皱眉,没看出哪儿丑,反驳道:"这不丑呀,和哥哥送我的戒指特别搭!"

路杭:"啧啧,说到这戒指,刚才啊……"

向淮之打断他,下车组了个队伍,道:"一会儿我去拿法宝。"

"行,"路杭识趣地闭嘴,"小景景,你跟他一块儿去?"

这副本有一环需要两个人去捡法宝,没难度,不需要战斗力。

路杭话还没说完,景欢就已经迅速离队,上了向淮之的车,两人一前一后地往场景外走去。

"哥哥。"景欢献宝似的把戒指发到队伍频道里,"你快看,我把戒指上的宝石镶到七段啦!"

向淮之点开一看,果然是。

一颗七段宝石要好几百金,他犹豫了下,道:"不需要把宝石打这么高。"

"也不高啦,我之前答应过你,要把它上到十五段的。"

十五段宝石更昂贵,向淮之说:"这戒指现在是你的东西,你想给它打多少宝石都行。"末了,他又问,"打了宝石,你还有钱吃饭?"

景欢刚要回答,突然一愣——等等,他为什么会没钱吃饭?

撒的谎多了,景欢一时有些反应不过来,半晌才斟酌着,试探性地开口:"啊?"

"你是学生吧。"向淮之道,"不是说一星期只有两百块零花钱吗?"

景欢下意识地咬了咬拇指……这是他哪年哪月编的故事啊?怕对方起疑,他轻咳了一声:"是、是这样,哥哥你怎么知道?"

"之前你被人追杀的时候说过。"向淮之道,"你是高中生?"

景欢这时才想起来,是被元气小蚊香追杀的时候,他为了引起心向往之的注意,随口编的。这人是什么脑子?就这么句话,都能记到现在?

"不是,我上大学了。"就他这玩游戏的时间,想把自己说嫩点儿都难,景欢脑子运转得飞快,十来秒便编出了一个完美无缺的故事。

只见他吸了吸鼻子,泫然欲泣道:"哥哥,是这样,其实我父母早就离婚了,还各自有了家庭和孩子。对他们来说,我只是一个多余的存在……上个月我跟他们吵了一架,就再也没找他们拿过钱,加上我之前的存款全用来买号了,现在只能靠打工过日子。因为我是在校学生,工资很少,再减去吃穿住行,一个星期就只能挤出两百块……"

景欢都不忍心往下说了。

天哪,我也太惨了吧?!简直闻者伤心,见者落泪,这么可怜无助的少女,哪个男人能忍住不关爱!

果然,那头的人听完后便沉默了。

景欢坚强一笑,道:"没关系哥哥,你不用为我担心,我一定会努力,靠自己的双手去开拓美好的新人生!而且打工店的老板对我很好的,经常给我送泡面……"

"你这么做不对。"

"偶尔还送我一根火腿肠……嗯?"景欢愣住了。

"明明已经这么拮据了,你还花这么多钱来玩游戏,网瘾太大。"向淮之冷酷地说。

景欢无语:"我……"

"如果你真的想出人头地,应该多花时间看书,而不是耗在游戏上。"向淮之想了想道,"游戏一天玩三小时,足够了。"

"不是……"

"三小时,够你刷日常任务和下本了。"

"那个……"

"晚七点到十点?"

"我……也不是非要开拓新人生。"景欢强撑着笑,一字一顿地道,"能快快乐乐地过日子,我就很满足了。"

交了法宝,他们回到了队伍里,开始速推 Boss,刚切入战斗,一条喇叭弹了出来。

[喇叭]仙萌萌:"找个帮派。本人普陀山,修为技能满,操作过得去,能给管理位的帮派私我。"

景欢愣了愣。他没记错的话,仙萌萌应该是闲人阁的吧? 他按右键点开对方的资料,发现帮派那一栏不知何时已经空了。

[队伍]路迢迢:"吃吃,你的小姐妹怎么退帮了?"

[队伍]爱是分你吃:"不知道,可能是因为相思把她的堂主下了吧。"

[队伍]路迢迢:"我其实一直好奇,虽然相思不顾这人比较任性,但春肖还是蛮理智的,为什么会让仙萌萌当堂主?"

因为当时仙萌萌对相思不顾说要拉拢心向往之进帮,所以需要一个能拉人的职位。心向往之的实力和名气摆在那里,哪个帮派不希望他加入? 就算是闲人阁,在渣男事件之前,也愿意八抬大轿地把他请进来。这不是什么秘密,但当事人在这里,爱是分你吃也不好直说。

[队伍]爱是分你吃:"这个我不太清楚。"

仙萌萌是个女主播,每天直播间的观众都有好几万,虽然这观众量有不少水分,但名气还是有的,她这喇叭一出,世界立刻闹腾起来。

[世界]爱吃小龙虾:"仙仙怎么退帮了? 闲人阁不是挺好的吗?"

[世界]落花翩跹:"我听说仙仙的堂主职位被撤掉了?"

[世界]送你十里红妆:"仙仙来我们帮,给你副帮主。"

[喇叭]仙萌萌:"原因就不要问了,我不想再提,会显得自己很傻,只能说道不同不相为谋,各自安好吧。要区里排名前十五的帮派,其余的就不要私聊我了,谢谢。"

原本还没什么,仙萌萌这么一说,还真像是被欺负了似的。

景欢冷冷地看着她这几条喇叭,当初仙萌萌就是倚仗着这点儿人气,用网络舆论把他姐逼退游戏的。虽然之前爆了她一件装备,但他并不觉得解气。

他收回目光,刚想给心向往之加口血池,就见屏幕上弹出一条消息。

"秋枫"把您添加为好友。

[密聊]秋枫:"在吗?"

[密聊]小甜景:"在,有事?"

[密聊]秋枫:"之前的事情我都听说了,这次找你,是想给你道个歉。"

[密聊]小甜景:"啊?"

[密聊]秋枫:"之前害你被追杀,实在对不住,我这几天刚好有事没能上线,不然我会阻止这场闹剧。"

景欢似有所感,打开对方的资料看了一眼。

秋枫,术士,称谓是"闲人阁白虎堂主"。

[密聊]小甜景:"你是……"

[密聊]秋枫:"哦对,忘了自我介绍。你好,我是你这个号的游戏前侠缘,那个被骗、被洗号的倒霉蛋。"

[密聊]小甜景:"你好,我是那个因为买到你前侠缘的号被骂、被追杀的倒霉蛋。"

看到这回复,秋枫笑出声来,看来春肖说得没错,这号确实换人了,连说话语气都完全不一样了。

[密聊]秋枫:"实在抱歉,我朋友也只是为我抱不平,气急了。你死了多少次,掉了多少钱?我赔给你。"

[密聊]小甜景:"算啦,没死多少次,还给他们省了不少追杀费。"

[密聊]秋枫:"哈哈,你很有意思,被这样杀还能跟我说说笑笑的。"

[密聊]小甜景:"你也很有意思,被骗个精光还有勇气跟这个号对话呢。"

[密聊]秋枫:"行吧。确实,我是被骗了不少钱,这账号这几年来的限量时装和点卡,全都是我买的。"

景欢在秋枫身上看到了陆文浩的影子,忍不住有些同情他。

[密聊]小甜景:"没事,吃一堑长一智,就当给骗子交学费了。"

秋枫一愣,没想到这人还会反过来安慰他。

[密聊]秋枫:"嗯,我已经恢复过来了。"

[密聊]小甜景:"对了,既然你为这号付出了这么多金钱,我替她还些给你吧?"

[密聊]秋枫:"啊?"

[密聊]小甜景:"她给这号留了很多东西,我的仓库都放不下,丢了也可惜。刚好,你拿走吧。"

想想也不会是什么好东西。

[密聊]秋枫:"好啊,你来凤冥谷。"

这会儿刚好打完Boss,队伍解散后,景欢正想往那边飞,又突然想起了什么。

[密聊]小甜景:"不行,你来主城吧,那不是安全区。"

[密聊]秋枫:"哈哈哈,OK。"

秋枫的人物形象是位书生,白衣翩翩,手上晃着折扇。

他看到小甜景身上的衣服,越发想笑。这号上有那么多时装,她怎么就刚刚好选到最丑的这套?

他正想着,屏幕上弹出许多条黄色的系统消息。

"小甜景"给了您高级传送符×3、月亮石×1、无名之钥×4。

这都是一堆摆摊都难卖的小玩意儿,秋枫不禁发笑,看来这个新号主还挺实诚的,把这些破玩意儿看得这么重,还非要拿来"安慰"他。

忽然，游戏界面的右下角出现了一闪一闪的浮夸特效。秋枫定睛一看，原来是神器的光芒，长剑漆黑幽暗，发着浮夸的光，正被人轻巧地握在手上。

是心向往之。

他正要收回目光，黄字突然停了下来。

[附近]小甜景："哥哥[飞吻]！"

向淮之停下身回想了一下，他上次有没有把这个表情禁掉来着？

[附近]心向往之："嗯。"

[附近]小甜景："你要去哪儿呀？"

[附近]心向往之："拿药打竞技场。"

[附近]小甜景："噢，好，你去吧。哥哥加油[打气]！"

向淮之正准备走，就看到了站在小甜景对面的秋枫。他如果没记错的话，这个秋枫好像是你别皱眉的侠缘。

[附近]心向往之："你在干什么？"

[附近]小甜景："啊，我在丢垃圾呢[可爱]。"

[附近]秋枫："……"

[附近]小甜景："前面这个小伙子被我这号的上任主人骗啦，特别可怜，我就想着把前任主人留下来的东西丢给他，警示他，以后不要再被骗了。"

[附近]秋枫："我谢谢你。"

向淮之挑眉，轻轻地笑了一声。小姑娘，损人还挺厉害的。

[附近]小甜景："哥哥慢走，哥哥拜拜！"

秋枫觉得这个女生特别有趣，等东西丢完，他正打算说点儿什么，结果消息都还没来得及发出去，小甜景就拍拍屁股飞走了。没有"慢走"也没有"拜拜"，对方连个表情包都没给他留。

他把身上的东西全部塞到仓库里，然后给春肖发消息。

[密聊]秋枫："春肖，小甜景和心向往之是怎么回事？"

[密聊]春肖："怎么，你也被小甜景闪瞎了双眼？"

[密聊]秋枫："哈哈，什么意思？"

[密聊]春肖："没什么，小甜景好像在倒追心向往之吧。"

[密聊]秋枫："看出来了，不过她疯了吗？她追谁不好，追心向往

之？不是说他是个渣男吗？"

［密聊］春肖："嗯，巧了，小甜景就好这一口，越坏的男人她越喜欢。"

［密聊］秋枫："……"

景欢不知道自己的"特殊癖好"已经被传得尽人皆知，他一大早起来，高自翔和陆文浩就一人坐一侧，在他的耳边喋喋不休，比台上的老教授还能说。

景欢打了个哈欠："我快困死了，你们能不在我耳边唠叨了吗？让我清净一会儿，算我求你们兄弟俩了。"

"谁跟他兄弟俩？"陆文浩问，"等会儿，你昨晚干什么去了？九点的课都犯困？"

景欢昨天跑锻造材料任务到半夜，埋头苦干两小时，屁都没刷出来。

在《九侠》中，想打造武器装备，必须有相应的锻造材料，书铁可以在玩家那儿买，但有些零碎的小材料只能靠刷任务获得，这破设置，简直就是在为难他们这种手臭的人。

他往后一仰，合眼道："没干吗，看电影看晚了。"

陆文浩长长地"哦"了一声："怎么样，有什么好东西要跟兄弟们分享的？"

"少恶心，我看的是正经电影。"

"哎，欢欢。"陆文浩翻着微信群，"313又约我们打球，怎么说，去不去？"

景欢睁眼："什么时候？"

"就今天，下午四点，我们刚好下课，就在楼下的篮球场。"

景欢想了想，自己好像很久没运动了，尤其最近总是坐在电脑前，容易觉得乏力。

"行，我中午回去带球衣来。"

下午，向淮之上完课，前脚刚离开教室，就看见三个男生从教室旁边的厕所里蹿了出来，身上都穿着刚换上的球衣。

站在中间的男生衣服还没穿好就被其他两人匆匆拽出来了，他的衣服大半还贴在腰上，露出一截白皙劲瘦的腰。

"向向，干吗呢？"路杭从教室里出来，问。

向淮之收回目光，道："没，准备回去。"

"别啊，四点都没到，回去这么早干吗？"路杭抱着球，"我要去一趟篮球场，怎么样，一块儿去？虽然你暂时还不能打，但至少能感受感受气氛。"

向淮之看了眼时间，确实还早，而且他也好久没踏进球场了。

"行。"

两人去了离教学楼最近的东篮球场，他们很少来这里，今天也只是因为路杭跟学弟约了球赛，所以才过来一趟。

刚到球场，路杭就往场地里跑，向淮之随便挑了个位置，刚落座手机便响了。

小景呀："哥哥，今天我有瑜伽课，晚点才能回去，如果你们要下本的话不用等我。"

向："嗯，我今天也有事。"

发完这句，向淮之余光扫到那件熟悉的黄色8号球衣，是他刚刚在教室门口瞧见的男生。在阳光下，男生的皮肤显得更白了，完全不像是常年打篮球的肤色。

男生转过身来，向淮之微微一怔，认出了这是那位在楼道丢锅的学弟。他之前就近距离看过对方，男生是标准的双眼皮、高鼻梁，头发黑得特别纯粹，此时嘴角正微微上翘着，不知道在和身边的人说什么。

向淮之的目光不自觉地追随着他，等他回过神来时，学弟已经在和朋友之间的小球赛中得了二十多分。他额头上已经出了些细汗，浸到了眉毛，他忍不住拿手拽起衣摆胡乱地在额上擦了擦。

向淮之看到他不经意显露的腹肌，匀称不夸张，正正好，看起来很健康。

在心里评价过后，向淮之回过头，专注地看起路杭的比赛。

景欢快一周没打球了，累得直喘，打了一会儿就下了场，拿起矿泉水往嘴里灌。

"欢欢！"陆文浩没上场，压低声音道，"你不觉得今天篮球场里的妹子特别多吗？"

景欢环顾四周，说："是挺多。怎么，我的人气又高了吗？"

"又装。"陆文浩嗤他，往旁边一指，"没看见一尊大佛坐那儿呢？"

景欢侧目，看到了恩人的脸。

"今天也不知道刮的什么风，把向淮之都吹到咱篮球场上来了，真是罕见……哎？欢欢，你去哪儿？"

景欢头也没回地道："打招呼。"

听见脚步声，向淮之正要转头，来人就先一步坐到了他身边，跟他保持着刚刚好的距离。

"学长。"景欢笑了笑，"又见面了。"

"嗯。"见他过来，向淮之有些意外，"有事？"

"没事，刚好看见你，就想跟你打个招呼。"景欢不露痕迹地看了眼他的腿，"那什么，我听说你的腿受伤了，抱歉啊，我上次撞得这么狠……有没有觉得哪里不舒服？"

听说向淮之有腿伤后，景欢就一直惦记着这件事。自己毕竟也是个一百多斤的大男人，这么撞上去还真够呛。

向淮之微笑："没事，已经好得差不多了。你不用一直道歉。"

"那就好。"景欢松了口气，"学长是来打球的吗？"

"不是，看朋友打球。"向淮之抬了抬下巴，"那边。"

景欢跟着看了一会儿，有个高个子男人的球技显然比周围的人好一点儿，而且眼生，一看就知平时不怎么来这个球场。看到一半，景欢突然想起什么，解锁手机瞄了眼，然后敲了一行字，利索地回复过去。

与此同时，向淮之的手机响了一声。

景欢一顿，下意识地看向声源处。

而向淮之捏着手机，正在认真看球，并没有要看消息的意思。

"欢欢！"不远处，高自翔在叫他，"好像快下雨了，我们提前回去？"

景欢抬头看了眼，天色阴沉，看起来是有场雨。他站起身道："那学长，我先走了。快下雨了，你也早点儿回去吧。"

"好。"

待男生走远后，向淮之才慢悠悠地解锁手机看消息。

小景呀:"哥哥,刚刚在上瑜伽课没看手机。那太好啦,我们今天还是可以一起下本呢。"

小景呀:"我现在回去了,那我在游戏里等你噢。"

路杭正打在兴头上,肯定是叫不走的,最后还是等雨滴落下来,他才愿意挪身。

回到寝室,两人都湿透了。路杭知道自己有罪,不敢跟向淮之争浴室,乖乖地在外面等他出来。

洗完澡,向淮之用浴巾擦了会儿头发,才把电脑打开。

八点,已经错过了竞技场,不过这段时间他已经把积分打回来不少了,所以少去一场也没问题。

他看了眼好友图标,没任何动静。

几分钟后,他打开好友栏,确定小甜景在线。平时一上线就秒给他发消息的人,今天怎么突然安静了?

他正想着,好友图标突然闪烁起来。

[密聊] 爱是分你吃:"在吗?十万火急!"

[密聊] 心向往之:"嗯。"

[密聊] 爱是分你吃:"仙仙带着一队人去杀小甜景了。"

向淮之发了个问号过去。

[密聊] 爱是分你吃:"真的,就在黑木森林,你能过来吗?"

景欢确实被仙萌萌逮住了,实际上他一进黑木森林就看到了紧跟在自己身后的队伍,原本以为他们只是来做任务的,毕竟……

[附近] 小甜景:"前不久才被我爆了装备,怎么还不学乖呀[疑惑]?"

[附近] 仙萌萌:"少废话,我当时那是在挂机。"

景欢打字打到一半,被迫停下来躲技能。

仙萌萌这次是有备而来的,带了两个术士和两个刺客,很标准的杀人阵容。

很快,围观的人渐渐多了。景欢有些奇怪,黑木森林不是什么大图,怎么会突然聚集这么多人?

[附近] 本命芝芝桃桃:"居然还在打……"

[附近] 纪小年:"今天无限追杀'小三'小甜景,感兴趣的玩家欢

迎来《九侠》直播间 8121 观看。"

景欢立刻明白过来,原来仙萌萌开着直播。

仙萌萌此时就站在队伍的最末端,把防御、持续加血 Buff 全都给自己打上后,慢悠悠地说话了。

[附近] 仙萌萌:"我看你这次怎么跑,你狐仙洞再快,比得过刺客?"

他是比不过,这是黑木森林,刺客在这个图里的移动速度简直变态到不像话。

景欢心道:心向往之,你到底是什么眼光?!

术士不断往景欢身上丢符咒,景欢躲是躲过了,但每次躲过之后,后背都会被刺客狠狠地戳一剑,他的血池又供应不足,血量并不乐观。

[附近] 本命芝芝桃桃:"那什么,我怎么觉得小甜景的走位好强……换作我,早被术士封得动弹不得了。"

[附近] 追风少年:"不是你觉得,而是她确实很强,我在竞技场跟她和心向往之打过,我方输出根本碰不到她。"

[附近] 云朵朵:"不是,我怎么觉得这么奇怪呢?仙萌萌大张旗鼓地要杀小甜景,结果开战后就一直躲在后面不动?她还给自己叠加这么多防御属性,不至于这么怂吧?"

[附近] 纪小年:"不明白事情经过的人不要多嘴啊,爱看看,不看就走。一直说闲话的人,小心下一个杀的就是你。"

景欢看了眼自己身上的钱,有些心疼。为了打装备,他刚从交易所买了四百块钱的游戏币,死了得掉足足二百块呢。

景欢时刻记着他的游戏内人设,这可是小甜景一个星期的零花钱,事后一定要拿这件事好好跟心向往之卖一回惨!

[附近] 小甜景:"你敢不敢跟我 1vs1 单挑?"

[附近] 仙萌萌:"花钱就能解决的事,我为什么要跟你单挑?"

围观群众越来越多,玩家们的意见也开始各不相同,有说景欢活该的,也有说仙萌萌过分的,一时间玩家头顶上冒出的对话框都快把这森林一角给淹没了。

[附近] 小甜景:"哦。"

应了这句话后,景欢突然不跑了。只见她在原地坐了下来,身上立刻中了一张术士的定身符。

[附近]小甜景:"来吧,要杀快杀,速度一点儿。哥哥还等着我去下本呢。"

这无疑戳到了仙萌萌的痛处。

[附近]仙萌萌:"你以为我只杀你一次就会让你走?"

[附近]小甜景:"能杀到我一次,都算是你走狗屎运了,大姐。"

挑衅完,景欢在心里叹了一口气。他才过了没几天的安生日子,又要结束了。他甚至在想这号是不是有点儿克他,他玩《九侠》这么多年,可从来没被追杀过一次。

仙萌萌没再说话,也不知道她在语音里说了什么,那两个刺客突然同时冲了上来,看样子是打算将他一击毙命。

景欢正心疼那两百金呢,就见游戏界面里突然弹出一个提示框。

"心向往之"邀请您加入他的队伍。同意,拒绝。

这人是什么时候来的?景欢一愣,下意识地点了同意。

玩家在野外 PK 是不会被拉进特定的 PK 地图的,随时可以加入队伍或是接纳队员,打大群架的时候经常出现队友死了,从重生点又跑回来加队伍重新 PK 的情况。而现在他进了心向往之的队伍,说明仙萌萌对他发起的强制 PK,也落到了心向往之的头上。

只见心向往之从人群中跃出,落到了小甜景身前,他手中的武器突然变成了巨型大刀挡在前头,刺客丢出的暗器全落到了刀身上,哐哐坠地。

围观群众瞬间惊呆了。

[附近]雨儿:"心向往之是什么时候来的,完全没有看到?!"

[附近]本命芝芝桃桃:"看来是我们的对话框太强大,连神器的光芒都能掩盖。"

[附近]民民冲啊:"心向往之这不是公然打仙萌萌的脸吗?!好狠一男的。"

[附近]天意弄人:"那没办法,新欢旧爱打起来了,他肯定是要割舍一个的。"

景欢稍稍回神:"哥哥……"

"能封一个术士吗?"向淮之问。

景欢瞬间明白了他想做什么,道:"可以。"

"我突右边,把右边的术士封上。小心刺客,别被带走。"

几乎就在心向往之说完的那一秒,两人同时有了动作,齐齐冲向了右侧。

右侧的术士吓了一跳,还以为自己要被杀了。

但并没有。

小甜景冲到他面前,猛地给他放了一招蛛网,他措手不及,直接被封了法术。

心向往之把手中的刀重新切换成长剑,"噌"的一声从他身侧掠过,直奔向最后的仙萌萌!

在场无一人反应过来,只见长剑劈裂了仙萌萌的金甲仙衣,硬生生砍到了她身上,连击四次后,她身后的翅膀仿佛失去了活力,轻轻地颤抖了两下,随着人物一块儿重重倒地。

　　系统公告:玩家"仙萌萌"因强制 PK 时不慎被对方击杀,遗失了"孔雀羽灵"。

仙萌萌的发钗被爆掉了。

这反转来得太突然,仙萌萌死得也太迅速,战斗结束了,观众却一个都没离开,就连仙萌萌请来的杀手团队也站在原地许久没吭声。他们专接杀单人的单子,营业这么多年,还是第一次发生这种情况。

大家好不容易回过神来,正准备敲字表达激动情绪的时候,只见"咻"的一下,方才站在地图中央的两个人早不知道飞去哪儿了。碍于心向往之在,杀人团队也并不敢去追。

向淮之把人带回了主城,也是回了主城后,队里的人才终于有了动静。小甜景转了个身,狐狸尾巴随着她的动作晃动。

紧接着小甜景发了一个感叹号在队伍频道里。

向淮之眉毛一跳,像是突然感觉到了什么。

[队伍] 心向往之:"我走了。"

[队伍]小甜景:"啊啊啊——哥哥你好牛!小女子无以为报,就只能以身相许了!我、我、我……我为你做牛做马!为你洗衣做饭!当然!给你当侠缘也可以!完全OK!"

[队伍]心向往之:"……"

[队伍]小甜景:"我这一辈子!为哥哥痴!为哥哥狂!为哥哥哐哐撞大墙!"

向淮之离开的动作一顿,他觉得还是把小甜景那些奇奇怪怪的念头摁灭在摇篮里为好。

[队伍]心向往之:"她会杀你,是因为我。"

[队伍]小甜景:"啊?"

[队伍]心向往之:"你应该清楚吧,如果不是因为我,你不会惹上这种破事,是我连累你。"

向淮之沉吟片刻,继续敲字。

[队伍]心向往之:"我是个渣男。"

小甜景瞬间就站着不动了,看起来呆呆的。

她这是傻了?向淮之将手指头搭在键盘上,等了一会儿,然后敲字:所以以后……

[队伍]小甜景:"渣男怎么了?"

[队伍]心向往之:"……"

[队伍]小甜景:"渣男多好啊?!"

[队伍]小甜景:"渣男上暖'绿茶'!下暖萝莉!二十四小时温柔在线!七十二小时暖心待机!在一起不查短信!分开绝不纠缠!经期会冲红糖!睡前会说晚安!"

[队伍]心向往之:"……"

[队伍]小甜景:"天哪!渣男就是这个世界上的宝物!我永远爱渣男!"

发完这段话,景欢火速打开淘宝,搜索"发泄减压神器",下单购买,确认地址,这一系列动作操作下来不超过一分钟。

这是人说得出来的话吗?都是生活逼我的,都是心向往之逼我的。景欢在心里默念数遍,才冷静下来继续输出"彩虹屁"。

[队伍]小甜景:"所以哥哥你不要妄自菲薄呀[牵小手]!"

向淮之简直快看笑了,这女人睁眼说瞎话的本事已经到了可以称作超能力的地步。而且按她这么说,她找的人该是路杭才对。

无声地笑了一会儿,他敲键盘:我不是渣男。

手刚放到发送键上,他又突然收了力。几秒后,他按回删键,把内容全部删掉了。

[队伍]心向往之:"好。"

景欢起身去给自己泡了杯茶,茶叶是他妈妈非让他带来学校的,说特别下火。他本来还不大乐意带,没想到还真派上用场了。

回来时,他竟然还在心向往之的队伍里,两个人在主城里傻站了半天,连姿势都没变过。他们在的正好是主城玩家摆摊最多的地方,可此时,那些卖家竟然给他们空出了一块小小的空地,两人站在这里十分突兀,就像是展览品。

有那么一刻,景欢甚至怀疑,他们就是下一对上论坛被"818"的男女主角。

哦不,他顶多算个女配。

向淮之没走,是因为他正在跟爱是分你吃密聊。

[密聊]爱是分你吃:"其实仙仙以前不这样的……我跟她认识好几年了,她虽然性格比较张扬,但心不坏,只是认识你之后……她现在已经下线了,也不肯接我们的电话,如果可以,你能帮忙联系一下她吗?我知道这事是她做得不对。我不是想要你安慰她,只是想确定她没事。"

[密聊]心向往之:"没空。"

发完这句,向淮之便关了对话框。

然后他就见自己身边的小狐狸脱离了跟随,正在他身边绕圈圈。

[队伍]心向往之:"生气了?"

景欢愣住。他刚刚发了好多个表情,心向往之都没回复,他还以为对方是在挂机。

[队伍]小甜景:"什么?"

[队伍]心向往之:"仙萌萌的事。"

对方不提还好,一提景欢的火气又上来了,刚才要不是心向往之赶到,他是真的会被仙萌萌杀掉,而且还是当着区里玩家和直播间观众的面被杀。

掉钱事小,主要还丢人。

景欢平日里挺让着女生的,但那也不代表他是受气包,要不是自己现在有别的事要做,他非要帮她把网瘾给戒了。但在心向往之面前,他肯定不会这么说。

[队伍]小甜景:"我怎么会跟女人计较呢[可爱]?"

[队伍]心向往之:"你不也是女生?"

[队伍]小甜景:"我的意思是,大家都是女同胞,女人何苦为难女人?而且我向来不是个记仇的人,love&peace(热爱和平)!"

发完这句,景欢重重地叹了口气。他好好一个七尺男儿,就这么被逼成了"双面娇娃"。

[队伍]心向往之:"知道了。这段时间竞技场都没去?"

[队伍]小甜景:"没去,分太高了,匹配到的都是大神。"

景欢还以为心向往之又想带他去打竞技场,谁承想对方下一句是……

[队伍]心向往之:"嗯,那你加油。"

[队伍]小甜景:"好呢。"

[队伍]心向往之:"刷日常任务去了,以后她如果还追杀你,直接微信喊我。"

[队伍]小甜景:"哥哥还会来救我吗?"

[队伍]心向往之:"会来。"

景欢微怔。他原本只是想撩一撩对方,没想到心向往之居然真答应了。

发完这句话,向淮之便解散了队伍,飞离主城,准备去做刚才没来得及做完的日常任务。

"向向!小甜景被你的前侠缘强制PK了?!"路杭在身后大喊。

向淮之头也没回地道:"我没有前侠缘。"

"你还去把人救了……"路杭也不知道在跟谁聊刚才的事,眼睛瞪得贼圆,"你居然把仙萌萌反杀了?!她还掉了装备,真够倒霉的……不是,这种事你怎么能不叫上我呢?"

向淮之:"我一个人就够,叫你干什么,去当啦啦队?"

"你带狐仙洞打竞技场的时候可不是这么说的。"路杭说,"好歹我也是区里第一术士,当时如果我在场,我们仨能把他们整个队都端掉!"

向淮之:"珍惜你这第一术士的位置吧!"

路杭问:"什么意思?"

"秋枫回来了,他的修为点好像只少你两万?"向淮之拖慢声音道,"竞技场积分也只差一点儿……"

路杭一听,火速打开榜单检查,边看边说:"完了完了,他不是旅游散心去了吗?怎么修为点一直在涨?!"

向淮之:"他们帮派是有固定代打的,工作室性质,办公室就建在相思不顾家隔壁,虽然 PK 不行,但刷修为点很快。"

几年前闲人阁来拉拢他时就跟他说过这些事。

"办公室就在他们帮主家隔壁?那挺好的,你当初要是在闲人阁就好了,至少不会像现在一样,想算账都找不着人。"

明天还有早课,向淮之打完竞技场就把号挂到蓬莱仙境,准备睡觉。

手机突然响了一声,是路杭拉了个微信讨论组,就三个人。

他看了眼讨论组成员,说:"你闲着没事干?"

路杭:"哎呀,这不是方便我们以后下本吗?"

讨论群的界面空空荡荡的,暂时还没人说话,向淮之从成员列表里找出小甜景,点进了她的朋友圈。

小甜景的微信从头像到朋友圈背景都是粉色的,看得他有些眼花,朋友圈只显示最近一个月的内容,现在上面只有两条动态。

"雨好大,还好回来得早~[图片]。"

句子末尾用了个波浪号,照片拍的是被雨水打湿的窗户,角度正好,很有意境。

第二条动态只有图,没有内容,是一个九宫格,从头到尾都是粉色调的布娃娃。不知怎么的,他总觉得这色调和小甜景不搭,但小甜景又确确实实是个很嗲、很爱撒娇的女生。

向淮之退出小甜景的朋友圈,打算去看球赛,余光却瞄到了小甜景的微信号——Kobe824。

科比，8号、24号球衣？

向淮之脑中莫名其妙地出现了那个学弟的身影，白瘦、爱笑、穿着黄色8号球衣。

小甜景这种女孩子，竟然也会喜欢篮球，喜欢科比？

想想也不可能。这个想法只在他的脑中存活了三秒，便迅速地被他抹去了。

Chapter **6**

第六章

隐情

这天下课，景欢跟陆文浩他们去下馆子，刚落座，陆文浩就问："欢欢，你怎么偷我朋友圈里的图啊？"

前几天下雨，他拍了张窗户的照片发朋友圈，正喜滋滋地想看有多少人点赞呢，一刷新就傻眼了，景欢把他的图给偷走了不说，还自己加了串文字。

"还用了个波浪号，也太娘了吧！"

景欢："我拍得没你那张好看。"

别看陆文浩是个五大三粗的东北爷们儿，拍起照来还真讲究，经常双膝跪地，就为了找一个好角度。景欢道："而且波浪号哪里娘了？你和你前侠缘聊天的时候，不也经常用波浪号？"

"你偷我的图就算了，还要攻击我？"陆文浩受伤地道。

"临时借用，等用完了就删。"景欢用下巴指了指菜，"这不请你吃饭当谢礼了吗？"

陆文浩一扬小胖手，喊："老板娘！菜单！这边加菜！"

景欢笑了声，把目光放到高自翔身上，问："你在干吗？吃顿饭光看你玩手机了。"

高自翔叹了声气："群里在分配刷帮派副本的队伍呢。帮里这么多人，好几个都有私仇，队伍不好分，吵了大半天了。"

景欢喝了口水："帮派副本？"

"是啊。"高自翔头也没抬地道，"哦，你不知道呢吧，今天《九侠》官网放出了下周的维护内容，推出了好几个新的帮派副本，五人本、二十人本都有，要求必须跟帮派里的人刷，经验很高，奖励也不错，最主要的是还会掉锻造材料，算是第二个获得锻造材料的渠道了。"

景欢缺的就是锻造材料，闻言先是一喜，又立刻蔫了——他没有帮派。

而且小甜景这个角色，别说加帮派了，不被别人追杀都是好的。

他正在想办法，手机突然响了一声，是那个三人讨论组的消息。

小路小路永不迷路："@ 小景呀，景景今天啥时候回来？"

小景呀:"吃完饭就回去啦,怎么了吗?急着下本?"

小路小路永不迷路:"不是,我就是问问。不着急,我还在看帮派副本的官方介绍,你慢慢吃啊。"

小景呀:"嗯嗯,这个新副本对帮派有什么要求吗?我也想找个小帮派刷一刷[抹眼泪]。"

小路小路永不迷路:"说什么呢,你跟我们一块儿啊!"

小景呀:"啊?我太菜了,会拖累你们吧……向哥哥愿意带我?"

路迢迢直接发了一张图片过来,是一张游戏截图。

[喇叭]心向往之:"找个帮派刷帮派副本,除了帮派满级外没什么要求,三个人,门派奇牙山、术士、狐仙洞。我这边三人一队,不拆,有位置再密。"

景欢愣愣地看了半天,没想到心向往之居然会把自己捎上。

心向往之的号的名声虽然已经被败坏了不少,但实力仍在,各大帮派只是不再大力招揽他了,并不是不想要他。景欢都怀疑心向往之的游戏私信会被撑爆。

景欢回过神来,打开表情想卖萌,看到自己存的一堆NBA球星搞笑表情包后,放弃了。他用手肘碰了碰陆文浩:"浩儿。"

陆文浩扭头:"干吗?"

"把你微信里那些可爱的表情包发我点儿。"

陆文浩古怪地看着他,问:"你要这个干啥?"

景欢还没来得及解释,陆文浩恍然大悟道:"欢欢,你最近泡姑娘呢吧?"

高自翔立刻放下手机,道:"什么玩意儿?谁追姑娘?哪个姑娘?"

"又是偷我的照片,又是发布娃娃的,你说,你是不是泡了个特喜欢粉色的二次元妹妹?"陆文浩问。

高自翔:"真的假的?你喜欢那种类型的女生?"

景欢本来还烦着怎么忽悠这俩人呢,他们就自己把理由送上门来了。

"对啊。"景欢一本正经地道,"可人家妹妹看不上我,我这不是想办法呢吗?行了,先别废话,赶紧把表情包发我,回消息这么慢,我还追什么人?"

"行、行、行。"陆文浩火速打开微信，倾囊相助。

景欢把图片全存了下来，然后挑了一张两只小猫咪相拥的图片发到了讨论组里，还@了心向往之。

向淮之暂时没空去看这张千挑万选出来的表情包。他的喇叭刚发出去，游戏界面瞬间就被加好友的消息撑爆了，不过半分钟，他就收到了四十多条消息。

镜花水月开服数年，区里的满级帮派多得满地跑，帮派之间的差距也就只在成员实力和药田数量这两块了。

与此同时，世界频道也炸了锅。

[世界]持续充钱："向神居然找帮派了？！"

[世界]等风来："废话，帮派副本出了，大神肯定也是要刷的啊。"

[世界]布丁点点："等会儿……重点不该是狐仙洞吗？该不会就是那个狐仙洞吧……"

[世界]等风来："我也觉得是那个狐仙洞！"

[世界]哥哥大不大："肯定是，这还用猜？"

玩家们心照不宣地打起了哑谜。

"这些人说话也太搞笑了，"路杭看得津津有味，"小景景可以啊，她才买号多久，全区的人都快认识她了。"

向淮之没搭理他，也没看世界频道。他打开消息，通过了众多玩家的私聊申请，一条条地耐心看，然后给予回复。既然来的都是满级帮，那么他要看的，自然是各帮开出的条件。

[私聊]愿你快乐："向神在吗？考虑进我们画楼南畔吗？帮里三个药田任你采，炼药室也每天给你开。"

[私聊]流星哥："向神，来我们破天，画楼南畔给你开多少好处，我这边都比他们多出一成。"

[私聊]愿你快乐："向神，破天那帮派是不是也私聊你了？我跟你说，他们帮开药田特别慢，帮里还天天搞内战，在论坛闹过好几次呢，你可千万别去他们那里！"

[私聊]流星哥："对了，向神我提醒你一下，画楼南畔这帮不靠谱，每次打帮战出的都是阴招，是全区帮派的公敌，你最好别去那个帮。"

这两个帮向淮之知道，天天互开敌对帮派，三天两头就打架，还是算了。他继续往下看,终于挑到一个还不错的,帮派名叫"天下第一",也算大帮,条件虽然开得没前两个帮派好,但胜在和平,不爱搞事。

Love&peace,想起那天小甜景说的,他嘴角微翘,准备跟这个帮主谈具体事宜。

[私聊]秋枫:"在吗?"

[私聊]心向往之:"不了。"

[私聊]秋枫:"考不考虑来闲人阁?"

两人的消息几乎同一时间发出。

[私聊]秋枫:"兄弟,你好歹让我先把话说完再拒绝嘛!"

[私聊]心向往之:"嗯。"

[私聊]秋枫:"三块药田,炼药室每天开,精英位置。"

[私聊]心向往之:"不考虑。"

[私聊]秋枫:"能问问原因吗?"

[私聊]心向往之:"开的条件不是最好的。"

[私聊]秋枫:"那还能谈。"

[私聊]心向往之:"你们和我的队伍里的狐仙洞有过节。"

这才是真正的原因,秋枫早猜到了。他也是和春肖谈了谈,才决定来联系心向往之的。

[私聊]秋枫:"之前的都是误会,我已经跟帮里的人好好解释过了,我保证绝对不会再有类似的事情发生。"

[私聊]心向往之:"还是算了。"

[私聊]秋枫:"别啊,我直说吧,我们找你,是想拿这个副本的首杀。"

官方出副本介绍的同时,也在下面放出了通关副本的相应奖励,其中一条便是"帮派副本将分时段放出,区内获得副本首杀的帮派将获得五十点荣誉值、五点社区维护度、三个月内药田扩充速度提高20% 等奖励;率先通关的队伍 100% 获得高级材料奖励"。

有了这些帮派属性,再加上之前拉开的差距,闲人阁就算一整年不刷帮派任务,在帮派排行榜上都能稳居首位。

[私聊]秋枫:"你去别的帮,高级材料奖励肯定得上缴帮派,我们帮不强制,大家一起摇骰子,你们摇到了就是你们的。你们队伍的

术士应该在准备锻造神器吧？那应该很缺高级材料。你也别顾虑太多，小甜景这么可爱，肯定不会记仇的。"

她是不记仇，但被追杀了这么久，肯定是有点儿小脾气的。

向淮之原本还想拒绝，但看到秋枫说高级材料用摇骰子的方式决定归属后，打字的手一顿。

他不缺这点儿高级材料，多刷任务总能刷出来，但难保他的队友不想要。于是他打开微信讨论组，冷漠地扫完前面的聊天记录后，把他和秋枫的对话截图发了进去。

景欢此时正在回家的路上，看到图片，恨不得打死之前的自己。好好的，他为什么非要给自己立不记仇人设啊？！

让他进闲人阁，不就等于让小绵羊自己蹦跶进狼群吗？！闲人阁现在是说好了不杀他，以后呢？万一那相思不顾哪天脑子一抽，又觉得他是那位女骗子，那还不得把他摁在帮派场景里轮了？

小景呀："他们真的不杀我吗？我还是很怕，嘤嘤嘤。"

他都说得这么可怜了，心向往之应该能意会吧？

小路小路绝不迷路："别怕！路哥哥保护你！有我俩在呢，他们肯定不敢杀你。还是你讨厌春肖她们，不想和她们一个帮？"

小景呀："我怎么会讨厌她们呢？我没记仇，只是有点儿害怕而已啦[委屈]。"

向："知道了。"

知道了？他知道什么了？景欢还想问，陆文浩在前面又催了一声。他犹豫了一下，把手机放回口袋，打算等回家了再考虑怎么拒绝。

他到家后打开电脑，利索地开了游戏，谁知刚进入游戏界面，就弹出了一封帮派邀请函。

您的好友"心向往之"邀请您加入帮派"闲人阁"。同意，拒绝。

景欢生无可恋地按下了"同意"。

帮派公告：欢迎"小甜景"加入闲人阁帮派！

今天闲人阁帮派的聊天频道非常冷清，自心向往之和路迢迢进帮后，就没什么人再冒过泡，难得有一两个说话的，也都是在聊天频道里收东西的游戏商人。

小甜景进帮后，连商人都不说话了。

景欢给心向往之发了条密聊，对方没回复，坐标也一直挂在同一个地方，估计是有事正在挂机。

今天的日常任务在出门前就刷完了，景欢干脆飞去心向往之挂机的地方，在他身边无聊地转圈圈。就在景欢准备去找部电影看时，帮派频道终于跳出来一条新消息。

[帮派]莫问归期："天哪！我朋友傍晚给我发了张图，心向往之居然在喇叭上找帮派！你们都看到了吗？"

[帮派]本命芝芝桃桃："期期，你刚上线？"

[帮派]莫问归期："对，我刚到家，桃子看到喇叭了吗？"

[帮派]莫问归期："等会儿，你让我继续说！心向往之还非得带个狐仙洞一起进帮，还不让拆队！我敢打赌，那狐仙洞肯定是小甜景！他俩绝对有一腿！"

[帮派]本命芝芝桃桃："……"

[帮派]小甜景："……"

[帮派]莫问归期："怎么了你们？今天帮里怎么这么冷清啊，人都去哪儿了？对了，心向往之最后去了哪个帮？"

[帮派]小甜景："谁知道呢，那要看哪个帮开的条件好啦！"

[帮派]莫问归期："嘿嘿，实不相瞒，我偷偷加了心向往之的好友，我去看一眼他现在的帮派。"

之后两分钟，莫问归期都没再出现。

[帮派]小甜景："看完了吗？心向往之去哪儿啦？"

向淮之刚打了个电话回来，正好看到这句话，也懒得再翻记录，顺手就回了一句。

[帮派]心向往之："在这儿。"

[帮派]莫问归期："我[下跪磕头]……对不起，我刚刚可能瞎了……"

[帮派]本命芝芝桃桃："阿期，你真的是个人才。"

[帮派]听雨声:"我笑到隔壁阿姨过来敲门警告我公寓楼里不准养鸡。"

帮派频道瞬间热闹起来,景欢也笑了好一会儿,正想继续打字,就被左下角突然弹出的喇叭给打断了。

[喇叭]相思不顾:"打扰大家,有件事需要说明一下。之前闲人阁和小甜景之间有些误会,导致双方闹得不太愉快。经查证,'小甜景'即'你别皱眉'这个账号确实换人了,我从前说的'认号不认人'也只是气话,并不是真的不讲道理。对这段时间给小甜景带来的各种麻烦,我表示抱歉,并愿意赔偿她的死亡损失,也衷心欢迎小甜景、心向往之、路迢迢加入我们闲人阁,希望大家能够共同努力,共筑美好帮会。"

景欢看完这消息彻底愣住了,什么情况?

他心里隐约有个想法,立刻打开心向往之的聊天框,连卖萌都顾不上,连发了几个问号过去。

[密聊]心向往之:"看到喇叭了?"

[密聊]小甜景:"嗯,但是为什么啊?"

[密聊]心向往之:"我们入帮的条件,还委屈吗?"

景欢茫然,他什么时候说过觉得委屈了?

片刻后,他才想起自己刚刚发在讨论组里的委屈表情包。

[密聊]小甜景:"不委屈了。"

[密聊]心向往之:"好。"

景欢将手指搭在键盘上,紧紧地盯着这个"好"字,半天才回过味来。

他迅速往后一靠,大脑里拉响了警报——来了!这渣男开始释放他的魅力了!

景欢猛地喝了口水,飞到了帮派传送门边,准备回帮派内部看看。

他刚被送至帮派内部,就见身边有位白蛇娘子,正慵懒地躺在棕色木椅上,轻摇着手中的蒲扇,白色的蛇尾巴悠闲地垂在地上,正是价格最贵的那位帮派车夫。

帮派场景被设计得美轮美奂,有瀑布、彩虹、古风阁楼等大型道具,并不比游戏中那些情侣圣地差,也只有细心的女生才能做得这么好看了。

他突然想起自己在老区的帮派，帮主是个大老粗，他们的帮派场景就是一片空地，除了药田，一无所有。

难得见到这么漂亮的场景，景欢想了想，干脆不用车夫了，打算徒步在里头走走看看，结果才走两步，身边就多出一个人，黑衣红发，手上拿着一把熠熠发光的漆黑长剑。

小狐仙的脚步立马停了下来。

[附近]小甜景："哥哥！"

[附近]心向往之："嗯，在这里干什么？"

[附近]小甜景："这个帮派的风景太好看啦，我打算随便逛逛。"

向淮之回了个"嗯"，就准备飞走。

"小甜景"邀请您加入她的队伍。同意，拒绝。

[附近]小甜景："哥哥一块儿看吗？"

向淮之玩了这么多年《九侠》，很少逛游戏里的风景，其实《九侠》最初就是以极高的游戏画质和优美的古风设计而闻名的。两年前，游戏运营方甚至出过一部动画，播放量非常高。但他对这个并不感兴趣，还是更喜欢《九侠》里面的PK系统。

路杭正在帮派频道里跟其他人聊天。他一向自来熟，去哪儿都聊得开。聊到一半，他突然想起什么，抬头欲问，就见向淮之不知何时已经带着电脑上了床。

向淮之盘腿坐着，背脊抵在墙上，看着腿上放着的电脑，戴着耳机，目光淡然。

路杭说："老向，下个月中不是有四天假吗？我们出去玩两天怎么样？"

向淮之："再说吧。"

"那你记得早点儿做决定啊，晚了连机票都订不着了。"路杭道，"你在哪儿呢？来帮我过个任务，这破任务得两个人才能切入战斗。"

向淮之看着在自己身边蹦蹦跳跳的小狐仙，道："我在忙，你随便拉个路人做。"

路杭愣了愣，问："你在忙什么？"

"炼药。"

路杭"哦"了声："行吧。"

景欢带着心向往之左逛逛右看看，到了一条小溪边，停了下来。

"哇，哥哥，你看这溪里，"小狐仙蹲了下来，"有好多鱼！"

[队伍]心向往之："嗯，看见了。"

景欢由衷地道："真厉害，做这么大个场景要多少钱啊？"

[队伍]心向往之："几千块。"

景欢感慨道："帮主真有钱，怪不得当时舍得出这么多钱追杀我。"

向淮之一时分辨不出来她是在夸赞还是在埋怨，犹豫了下，敲字。

[队伍]心向往之："抱歉。"

景欢愣了愣："怎么了？为什么突然道歉……"

[队伍]心向往之："之前误会你是骗子。"

"没事啦，换作我，我当时也不会相信的。"景欢顿了顿，又道，"哥哥，你不能说话？"

[队伍]心向往之："嗯，室友在。"

"哦。"

景欢坐着无聊。他是打算看风景没错，但也只是随便看两眼，没打算真把它逛个遍。他想了想，突然开口道："哥哥，我能不能问你件事呀？"

[队伍]心向往之："什么？"

"就是你和仙萌萌……"景欢舔了舔唇，"你和她是什么关系啊？她为什么会突然追杀我？"

[队伍]心向往之："没什么关系。"

景欢安静地等了一会儿，都没等到他的第二句解释。

于是他又问："我听别人说，之前还有个叫冉心的……又是怎么回事呀？"

[队伍]心向往之："不认识。"

臭小子！你现在得亏是在游戏里！要是你在我身边，不立刻把你打趴下我跟你姓！

景欢有气没处撒，憋了半晌，突然操控着人物站起身来，对心向往之做了"投怀送抱"这个动作。小狐仙丢下鞭子，往男人身上扑了过去，因为角度选得好，小甜景正好落在心向往之的怀里。

景欢一遍又一遍地用这个动作，在心里默念——撞死你！踩你脚！捶你脑袋！拽你头发！

向淮之懒得躲开，两人就这么面对面地站着，一遍又一遍地重复这个动作。

直到一个白衣书生出现在屏幕右下方。

[附近] 秋枫："那什么，我就路过。你们这难道是在？"

两人同时说话。

[附近] 心向往之："不是。"

[附近] 小甜景："在增进感情哟。"

[附近] 秋枫："我酸了，我走，不打扰你们。"

小狐仙终于停下了投怀送抱的动作，朝他挥了挥手。

秋枫看着这个熟悉的角色正在对别的人撒娇，一时间也说不明白自己心头的情绪。他收回目光，截图，把图片发在了帮派的微信群里。

秋枫："以后在帮派场景里谈恋爱的人一律收门票钱！一次二十金！拿来给其他单身帮众买'狗粮'！"

本命芝芝桃桃："我双手赞成！"

大梦一场："我也赞成！不过说到这里，他们两个人怎么还没进群？"

春肖："心向往之说晚点儿进。"

路杭早就在群里了，先是跟着发了句"赞成"，后才慢悠悠地滑上去看秋枫发的图。图片里面紧紧贴在一块儿的两个人，看起来怎么就这么眼熟呢？

"老向？"路杭把电脑屏幕转过去，质问对床的向淮之，"这就是你说的'在炼药'？"

向淮之抬起头看了一眼，从容地道："炼完药随便逛逛，有问题？"

路杭："没问题。那你们逛完了吗？抱够了没？快到下本时间了。"

向淮之"嗯"了声："我问问她。"

[队伍] 心向往之："风景看够没？"

[队伍] 小甜景："嗯嗯。"

[队伍] 心向往之："队长给我，去下本了。"

[队伍]小甜景:"好。"

以前心向往之这个号是有任务固定队的,固定队长正是那个骗子代打,后来代打跑路了,队伍自然就解散了。

他们三人在主城集合,路杭叫上了爱是分你吃,还差一个人。

[帮派]路迢迢:"大闹天宫本有人来吗?缺一人!"

[帮派]秋枫:"我来,哪里?"

[帮派]路迢迢:"主城。"

秋枫很快就进了队伍,几人简单打了个招呼后就进了本。

景欢刚才跟心向往之聊了几句关于他姐的事,心情一下就低落了不少,也没心思再卖萌装乖了,进了副本之后一直没说过话。

路杭却不打算放过他们。

[队伍]路迢迢:"小景景,你刚才和向向看风景去了?"

[队伍]小甜景:"嗯,你怎么知道?"

[队伍]路迢迢:"帮派微信群里发的。"

[队伍]小甜景:"哦哦。"

[队伍]路迢迢:"怎么了你,今晚情绪不高啊?"

[队伍]小甜景:"没有,我在看剧呢。"

[队伍]路迢迢:"行吧,这本不难,你看吧,挂好自动就行。"

景欢正准备开一局别的游戏打发时间,就见聊天频道里弹出一条消息。

[队伍]秋枫:"你们什么时候结成侠缘?"

[队伍]小甜景:"谁和谁?"

[队伍]秋枫:"你和心向往之。"

[队伍]小甜景:"我们没有要结成侠缘啊……"

[队伍]秋枫:"那你们刚刚?"

[队伍]小甜景:"就是随便逛逛,哥哥怎么会跟我结成侠缘呢?"

景欢敲字:虽然我是很想啦,但哥哥好像还没对人家动心呢……

[队伍]秋枫:"哦,那意思是我还有机会?"

心向往之和小甜景同时在队伍频道发了个问号。

[队伍]路迢迢:"不是,老哥,啥意思啊,什么机会?"

[队伍]秋枫:"追小景的机会啊。"

队伍频道立刻安静下来。

向淮之打了个问号，正准备发送，想了想，又把这问号删掉了。他看向自己身边的小狐仙，小狐仙也站着半天没动，显然是被吓着了。

[队伍]秋枫："哈哈，怎么都不说话了？"

[队伍]小甜景："我好像不认识你……"

[队伍]秋枫："你这么说也太伤人了，我们明明聊了好几次。"

[队伍]小甜景："聊得也不是特别愉快吧？"

[队伍]秋枫："不会啊，我觉得你特别可爱。"

[队伍]小甜景："你对我这个号还没有PTSD（创伤后应激障碍）？"

[队伍]秋枫："她是她，你是你。而且我们刚认识，又在一个帮，以后还有很多时间能互相了解嘛！"

秋枫把自己都说乐了，看着小狐仙的背影，光是这么瞧着，都觉得特别有意思。

他笑了声，正准备再逗逗她。

[队伍]小甜景："你是好人我不配，祝你找到下一位。"

路杭笑得整个床铺都在震动。

"小景景真是个人才，我服了，真服了……秋枫是好人她不配，那她追你是什么意思？"路杭故意挑事，"向向，有没有觉得自己被内涵了？"

说完，他抬头想看看向淮之是什么反应。

就见向淮之一点儿也不恼，垂着眼睫，一边嘴角微微挑起，笑道："有点儿。"

另一边，秋枫先是一怔，然后大笑。

原先他只是想跟小甜景开个玩笑，但现在是真起了兴趣。

[队伍]秋枫："什么人设我都会，加个好友你不亏。"

景欢顿觉，这是棋逢对手啊！

[队伍]小甜景："只能给你好友位，心有所属你别追。"

发完这句话，景欢动了动手指头，把秋枫的好友加上了。

"这俩人，说话都一套一套的啊！"见他们突然安静下来，路杭问，"怎么没声了，不会加好友密聊去了吧？"

秋枫确实密聊给景欢发了个表情包，但景欢没回。他不说话，是因为回复班级群的消息去了。

好友图标亮了亮,他原以为又是秋枫,便随手点开。

[密聊]心向往之:"我把你拉进帮派群?"

[密聊]小甜景:"你在里面吗?"

[密聊]心向往之:"在。"

[密聊]小甜景:"那我也要进!"

微信一振,一个新的群聊跳了出来。群聊里有一百六十九个人,景欢更改了群备注,再切回去,屏幕上就已经刷满了聊天记录,都是在欢迎他和心向往之的。

心向往之没吭声,景欢想了想,还是决定打个招呼。

小甜景:"大家好[伸出爪子]。"

芝芝桃桃:"你好。"

秋枫:"小甜景为什么不回我密聊……"

景欢心想,还问为什么,当然是因为不想回你了。他每天光是装女人都够累了,哪还有精力去应付一个追求者?这么想着,他握着手机,琢磨该怎么委婉地让这人离自己远点儿。

群里的帮众一时间都摸不着头脑——小甜景不是跟心向往之……?怎么他们堂主说的话这么暧昧呢?

也就莫问归期心大,特地冒泡调侃了一句。

莫问归期:"堂主,你这就不厚道了啊。"

秋枫:"我哪里不厚道了?"

莫问归期:"小甜景是跟向神一块儿进帮的哟。"

芝芝桃桃:"阿期,你是真不怕死。"

秋枫:"哈哈,没事,虽然我和小景景暂时还没有什么,但我还是得说明一下,小景景可是单身。"

莫问归期:"牛。"

群里冒泡的人渐渐多了起来,景欢心想,这哥们儿能被骗这么多钱还真不冤。

他把群消息看完,然后把对话框关了,想当作没看见,谁知他刚缩小界面,耳边又响起了微信提示音。

心向往之:"@小甜景。"

心向往之突然冒泡,刚才聊得热闹的人立刻又都不说话了。

小甜景:"在呢哥哥,哥哥怎么了?"

心向往之:"给我加一口血。"

小甜景:"来了来了!"

路杭一直在偷偷观察群聊天,看到这里乐了:"不是,向向,你的血条起码还有70%呢,副本都快结束了,你非让人回来给你加什么血啊?"

向淮之面不改色地道:"想杀快点儿,赶着刷日常任务,怎么,不行?"

为了方便玩家们快速过本,每个门派都有相应的杀怪加成,向淮之所在的门派加成便是血量越多,对任务怪的伤害就越高。

路杭看着小甜景蹦蹦跳跳地给向淮之加血,点头道:"行,您说什么都行。"

做完副本,路杭原地解散队伍,景欢正准备飞走,向淮之就单独组了队并邀请他。

景欢立刻蹦进队里:"怎么了哥哥?"

心向往之没说话,直接带着队伍飞去了仓库NPC身边,几秒后丢给景欢一颗八段宝石,用来嵌在戒指上的。

[队伍]心向往之:"才发现仓库里有。"

这八段宝石的价格都快接近四位数了,景欢说:"谢谢哥哥,多少钱,我给你。"

[队伍]心向往之:"不用,我拿着没用。"

"那不行,你都送我戒指了,没道理连宝石都要你出。"景欢拒绝。

不是他客气,他的目标不是这区区的小几千块钱,如果收了,倒像自己贪对方的钱似的。

向淮之却没想那么多,宝石是他今天逛街时看见别人摆着的,价格比市价要便宜几十金,他眼睛都没眨一下就买了。

[队伍]心向往之:"不要就丢给路迢迢。"

"那不行,哥哥给我的东西,我绝不给别人!"景欢顿了顿,又道,"可是哥哥,你为什么老送我东西?"

不等心向往之回答,景欢先自己脑补起来:"难道你看上我了?!"

"所以才想为我花钱?"

"还送我戒指?"

景欢后知后觉地道:"天哪,你送我戒指原来是这个意思吗?!"

向淮之:"……"

景欢:"等会儿!哥哥!你什么都不用说,我答应!我们立马去结成侠缘!结成侠缘的费用我出!红轿钱我出!宴席我来办!你只要骑上我红轿前的马儿就好!"

听对方越说越离谱,向淮之忍不住开麦打断对方的臆想:"三百金卖给你,钱你方便什么时候都行。"

"噢。"景欢丢钱的时候,小声道,"你真的不考虑考虑吗哥哥?实在不行,我们先结个侠缘试试也可以的。"

话音刚落,景欢就听到一道短促的轻笑声,是心向往之在笑,声音低低沉沉的。

"不考虑。"他说,"我不在游戏里结成侠缘。"

景欢愣了愣,半晌才道:"你以前从来没结过?"

"没有。"

景欢心想也是。渣男都喜欢跟人搞暧昧,完了还不负责,连个红轿都不愿意请女生坐,实在过分。

两人交易完后,心向往之便把队伍解散了。

景欢去铁匠铺把宝石打到戒指上,正准备去跑日常任务,好友消息突然亮了起来。

[密聊] 爱是分你吃:"有空聊聊吗?"

[密聊] 小甜景:"有,怎么啦?"

[密聊] 爱是分你吃:"没事,就是想代仙仙给你道个歉。"

[密聊] 小甜景:"不用啦,她可能也不想别人替她道歉。"

[密聊] 爱是分你吃:"也是。唉,其实她以前不是这样的,可自从跟心向往之在一起后,整个人就有些变了。"

景欢表示理解,在事情发生之前,他也不相信他姐会因为男人变得这么脆弱。

他顺手刷了一下爱是分你吃的个人资料,才发现她的头像下方的"帮派"一栏竟然是空的。

[密聊] 小甜景:"咦,你的帮派怎么没了?"

[密聊] 爱是分你吃:"哦,没事,刚刚我把帮派退了。"

[密聊]小甜景:"为什么呀?你在的帮派不是挺厉害的吗?"

[密聊]爱是分你吃:"不想待了。"

这段时间,纪小年一直在帮里散播她"叛变"到小甜景那边的谣言,还把仙萌萌负气下线失踪的事怪到了她头上,跟其他几个人联合起来,在帮派频道里对她阴阳怪气、冷嘲热讽的,说的都不是什么好话。她自己也不是什么好性子,一气之下就把帮派退了。

[密聊]小甜景:"可是马上就要出帮派副本了,你不刷吗?"

[密聊]爱是分你吃:"再找吧。"

景欢想起什么,敲字。

[密聊]小甜景:"你等会儿,先别加帮派啊,我去问问我们堂主!我刚刚看了眼成员数目,闲人阁还有好几个空位呢!"

[密聊]爱是分你吃:"啊,不用麻烦了,我不做也行的。"

[密聊]小甜景:"不麻烦,你等我一会儿。"

[密聊]爱是分你吃:"好……"

景欢当然没去找堂主。他和闲人阁的人不熟,还有旧仇,当然是能不打交道就不打交道。

他去找了在帮派里聊得很开的路迢迢。

[密聊]路迢迢:"吃吃吗?她退帮了?为什么啊,我记得她和她的小姐妹在一个帮派啊。"

[密聊]小甜景:"女生之间的事情很复杂的,你别问啦。可以加她吗?"

[密聊]路迢迢:"当然可以,等会儿啊,我去跟向向说声,让他跟春肖谈。闲人阁不是小帮,我才进来一天,肯定不能随便拉人。"

[密聊]小甜景:"可哥哥也是刚进帮呀!"

[密聊]路迢迢:"那不一样,你哥哥恐怕管春肖要个堂主,春肖都肯给。"

[密聊]小甜景:"哥哥真厉害!"

路杭笑了声,把事情跟对床的向淮之说了,得到肯定的回答后,又开了小甜景的对话框。

[密聊]路迢迢:"搞定。"

[密聊]小甜景:"嗯嗯,路哥,我能不能问你件事,你和哥哥是一

块儿来玩《九侠》的吗？你们玩了多久了呀？"

[密聊]路迢迢："他先来的，我比他晚半年吧，我们玩了八年多了。"

[密聊]小甜景："哇，这么久。可我怎么觉得哥哥身边好像没什么小伙伴？"

这是景欢一直以来的疑问，心向往之一看就是《九侠》的老玩家，可在这段时间里，除了路迢迢，他就没见过心向往之有其他的朋友。

[密聊]路迢迢："这个，怎么说呢。其实你哥哥之前有挺多朋友的，手下还带了个帮派。只是后来……出了点儿小事，他就不喜欢在游戏里交朋友了。"

景欢一愣，想继续追问，但再详细一点儿的，路迢迢就不愿意说了。

对方这要说不说的劲儿把景欢的好奇心全都挑了起来——到底是什么事，能让一个人连游戏朋友都不想交了？

他嘴上应着"嗯嗯，毕竟是哥哥的隐私嘛"，手上却轻车熟路地打开了著名"吃瓜"圣地——《九侠》论坛。

《九侠》论坛是个神奇的地方，每天人流量大得惊人，甚至有不少不玩游戏的人也会来这里逛逛。原因无他，只因为这地方实在是有太多"瓜"了，三天两头就出一个"818"帖，只有大家想不到的，没有里面"8"不出来的，内容刺激劲爆，很多比那些娱乐圈的料还有意思。

景欢玩《九侠》的时候不常逛这地方，倒是前段时间他姐出事，气得他一天要刷好几遍论坛，短短几天时间，就把论坛的功能全部摸熟了。他偷偷打听过，心向往之自镜花水月开服就在玩，一直都很有名气，心向往之这号如果出了什么事，一定会在论坛留下痕迹。

景欢用账号登录论坛，找出搜索功能，输入"心向往之"四个字，几秒后，搜索结果出来了。

足足二十八页，有好几个热帖，景欢被这帖子数量吓到了。他知道心向往之有名气，但没想到会这么大。他直接忽略掉心向往之和仙萌萌的帖子，点到最后一页，打算从最早的翻起。

"镜花水月高手榜第一新鲜出炉：心向往之，奇牙山。"

"报——心向往之刷出神器了！属性未知，会不会是《九侠》第一物理装备？！"

"一件普普通通的时装，为什么能被心向往之穿得这么帅？"

连看了几页的"彩虹屁",景欢有些茫然,能在这种爆料性质的论坛里做到几页相关帖都是夸赞和吹"彩虹屁"的人,他只见过心向往之这一个。他刚刚搜了其他服务器的几个大神的ID,全是喷子和感情爆料,也有"818"主角,而心向往之在那件事之前,居然一点儿污点都没有,干干净净,受众人仰慕。

他回神,继续点击上一页,仍旧是满屏的夸赞。他匆匆扫了一眼,兴致缺缺地准备翻页,就看到最底下沉着一个帖子——"听说心向往之解散帮派了?"

景欢眼睛一亮,有了。

这栋楼有三百多条跟帖,帖子是六年前发的,三百多条跟帖在那时已经到热帖的程度了。

主楼:"有人来说说这是怎么回事吗?非常好奇!"

1L:"帮众现身说法,今天早上确实收到了解散帮派的信息,但具体怎么回事就不清楚了。"

57L:"是的……我也是一觉醒来才发现帮派没了,以后没办法近距离瞻仰大神了!"

99L:"怎么冒泡的帮众都不知道解散帮派的事?那心向往之也太不负责了吧,别人的帮贡怎么办?"

111L:"回99L,你错了,大神很负责的,虽然没提前告知,但是按照帮贡的数量给大家补偿了金币,据说只多不少。"

172L:"所以这么多楼过去了,解散帮派的原因呢?!"

景欢也发出了同样的疑问。

怎么连这种楼也全是"彩虹屁"啊?!

他翻到最后一页,终于在377L,也就是本帖的最后一层楼里找到了一些蛛丝马迹。

377L:"其实没什么大事,好像是大神的同袍把大神给坑了,还坑了不少钱,加上大神上学忙,管不过来了,才解散的。"

这楼之后再没有回复,是因为论坛管理员把这帖子的回复给关了。

看完这一层楼,景欢顿时失去了兴致,撑着下巴把网页关掉。

同袍,在《九侠》里类似于结拜的意思。而他只想看心向往之的八卦故事,对兄弟吵架的事不感兴趣。

Chapter

7

第七章

帮派副本

第二周,《九侠》更新,帮派副本将在周二中午十二点全服放出。

大学食堂里人来人往,饭香四溢。

"欢欢。"高自翔大大咧咧地揽住景欢的肩膀,"你明天中午有空没?江湖救急!"

景欢看着自己饭盒里多出来的狮子头,弯腰朝打饭的阿姨笑道:"谢谢阿姨。"

然后他才直起身来说:"没有。"

"别啊,你好歹问问我是什么急事啊!"

景欢挑了个位置坐下来,打开饭盒,道:"你说。"

"明天中午帮派副本就出来了,我队伍里缺个人……"高自翔说,"你来帮我们下本吧?"

景欢好笑地道:"我又没号,怎么帮你下本?"

"你开我女朋友的号啊!我女朋友明儿要去做指甲,没空,而且她操作也不太稳定。"高自翔顿了顿,又道,"不,你开我的号吧,你玩输出厉害,我女朋友的号是奶妈,你估计不会。"

景欢挑眉:"谁说我不会奶妈了?"

"啊?那你要想玩奶妈也行。"

"不想,不去。"景欢扒了口饭,"明天我真有事,去不了。"

高自翔蔫了:"什么事啊?能不能往后拖一拖?"

"不能,跟你这事一样急。"景欢拿纸巾擦了擦嘴,看向食堂里的奶茶店,"喝不喝奶茶?我去买。"

高自翔:"喝,给浩儿也买一杯,他为了明天下本,现在正在寝室苦练狐仙洞呢。你说他是不是脑子抽了,我让他玩之前的门派他不肯,非说要把狐仙洞练好……你干吗?"

景欢朝他摊开掌心,道:"我帮你排队,浩儿为了帮你下本加强训练,你请我们喝杯奶茶不过分吧?"

高自翔默默地把自己的饭卡递了过去。

奶茶店排队的人很多,景欢要不是真馋,也懒得排。他站在队伍最末尾，抬头看着菜单，在考虑是买奶茶还是咖啡。

他前面排着的是个女生，穿着吊带和长裤，分不清是在过什么季节，不过一眼望去，这搭配确实好看。女生长发及腰，露出的肩膀圆润白皙，身上散发出淡淡的香味。景欢不好意思靠得太近，一直跟她保持着一人的距离，拿出手机打算问陆文浩喝点儿什么。

女生正在和同伴说笑，不知道说到什么话题，两个女生互相戳起了对方的小肚子，女生经不住痒，笑着连退好几步。

景欢先是觉得香味浓了一些，抬头看到那头乌黑长发，才知道原来是洗发水的味道。怕碰到不该碰的，他下意识地往后退，结果才退出第二步，就撞上了后边的人，左脚也狠狠地踩到了那人的鞋上。

后面的人吸了一口凉气。

景欢一愣，赶紧把自己的脚收回来，转身道："对不起……学长？"

"嗯。"向淮之低头看了看自己的鞋，因为踩得狠，鞋头都变形了。

撞了别人两次，景欢是真的挺不好意思。他说："抱歉啊，我没注意到后面有人。"

景欢顺着他的视线低头，见白色鞋头沾上了灰，更愧疚了："我去拿张纸……"

他说着便想离开队伍，向淮之伸手拉住他的手臂，道："不用擦，没事。"

"不行，你这球鞋这么贵。"

"真不用。"为了转移他的注意力，向淮之看向前头，"你再不往前走，要被插队了。"

景欢下意识地"哦"了一声，往前走了两步。

他上次在篮球场就确定了，不是他被蟑螂吓出的错觉，向淮之的声音跟心向往之的声音确实特别像。

这么一想，连名字也挺像的。

"学长，"景欢转头问了句废话，"你也来买奶茶吗？"

向淮之垂眼道："咖啡。"

景欢这才发现向淮之比他高了不少，对方起码有一米八五，骨架显然也比他的要大，在他眼前挡着，他几乎看不见向淮之身后的人。

"你喝什么咖啡？我请你。"景欢道，"当作道歉。"

向淮之没有让别人请客的习惯，摇头道："不用，我自己买吧。"

"美式？"景欢问，"还是摩卡？"

"美式……"

"好。"景欢侧了侧身子，给他让出点儿位置，"你站我身边来吧学长，一会儿方便拿东西。"

向淮之犹豫片刻，往前走了一步。

接过景欢付了钱的咖啡，向淮之道："谢谢。"

"不谢，是我该谢谢你，上次在楼梯上救我一命。"景欢笑道。

他笑起来时眼睛会微微弯起，像月牙，牙齿整齐洁白，让人看得很舒服，向淮之没见过哪个男生笑得比他还好看的。

景欢突然想起什么来似的，拿出手机，道："对了学长，我们加个微信吧？以后可以一块儿打球……之类的。"

向淮之回神，点头："可以。"

景欢打开自己的二维码，刚要递到向淮之面前，就见向淮之握着手机，按了两下解锁键，眉头微微蹙起。

"不好意思。"向淮之把手机收起来，"手机正好没电了。"

景欢没在意，男生一般没有记微信号的习惯。他把二维码关掉，道："那下次吧，下次碰见了，我们再加。"

景欢回到饭桌边，高自翔立刻探过头来问："欢欢，你刚才是在跟向淮之聊天？"

"是啊。"景欢把奶茶给他，"你的。"

高自翔用吸管戳破塑料盖，问："你什么时候跟他这么熟了？"

景欢摇头："不熟。"

高自翔"哦"了声："我还以为你们之前就认识。"

景欢打了个哈欠。他昨晚玩游戏玩得太晚，今早又八点起床上课，一直困到了现在。"平时都碰不见，怎么认识？"

要是高中还好，大家每天都按时按点上课，容易撞见。但在大学，上课的时间、地点不一样，就连用的球场都不是同一个，他在这里上了一年多的学，那天在楼梯间才第一次见到向淮之。

"玩游戏认识的呗。"高自翔咽下珍珠，"向学长也玩《九侠》的。"

景欢有些意外："真的？"

"真的，我认识他的室友，也玩《九侠》，好像还是大神，之前在玩家见面会上见过。"高自翔说。

景欢问："他们在哪个区？"

"好像是在群星璀璨？记不清了。"

景欢点头，喃喃道："看不出来。"

"看不出来什么？"

"向淮之居然也玩游戏。"

高自翔乐了："你以为你看起来就像网瘾少年了？"

景欢也笑，低头把剩下的红烧狮子头一口吃光。

向淮之回到寝室，顺手拿起洗漱台旁边的布，擦了擦鞋面。抹布是干的，擦不干净，他索性放弃，打算等有空了再送去洗。

"你的鞋怎么了？"路杭从浴室出来，边用毛巾搓头发边打量，"哟，印子挺明显，被踩了？谁踩得这么狠？"

向淮之："一个学弟。"

"学弟？哪个学弟？你还认识学弟呢？"

向淮之这才发现他并不知道学弟的名字，只记得他的朋友叫他"欢欢"。

"问这么多干什么？"他道，"材料收齐了？"

"没，"提到这个路杭就沮丧，"喊了一上午，连个密我的人都没有，你说我想打把神器怎么就这么难？"

向淮之说："我当初收了半年才把材料凑齐。"

才收了一个月就已经把材料准备得七七八八的路杭瞬间感到满足了。

向淮之坐到电脑前。他出门前把号挂在了蓬莱仙境的角落，而此时，他的角色面前坐着一只小狐仙。

蓬莱仙境地图这么大，也亏她能找到。

向淮之把手机充上电，刚开机，就听见微信轻轻"叮"了一声。

小景呀："[加油]挑战不喜欢哥哥的第一天！"

小景呀："挑战失败！"

向淮之失笑。

小景呀:"哥哥在干吗?哥哥那里今天天气好吗?哥哥一会儿能不能带我下本?"

话末还带着好几个爱心,向淮之都习惯了,把问号删掉。

向:"能。什么时候上?"

小景呀:"我挂在蓬莱仙境呢,等我吃完午饭,马上回寝室。[照片]在喝奶茶。"

向淮之随意扫了一眼小甜景发来的图,几秒后,目光再次回到照片上。

照片的主角是一杯奶茶,只喝了一半,被摆在橙色的饭桌上。这家奶茶店是全国连锁的品牌,很多地方都有,包括他们的学校食堂,但这橙色的桌面和露出一角的窗户,他似乎二十分钟前刚路过,甚至还记得照片里窗户上贴着的那张家教招聘小广告。

向淮之意外地挑眉。小甜景是他的校友?

"你看什么照片这么入迷?"路杭经过时瞥了他一眼,"自拍?"

向淮之把图片关上,答:"不是。"

路杭没在意,道:"哦,我下午有课,号挂在蓬莱仙境里,如果掉了你就帮我登一下。"

"嗯。"

向淮之操作着游戏人物飞离蓬莱仙境,心不在焉地开始刷日常任务。

若只是奶茶和饭桌就算了,那个小广告……他今天还特地留意了一下,应该不会弄错,而且小甜景也说过自己是大学生。

这是巧合,还是故意?几秒后,他否定了后者,小甜景在游戏里这么黏他,如果对方知道他们同校,现实里不可能一点儿动静都没有。

向淮之只考虑了半分钟,便下了决定。如果他们真的同校,那这事不能让小甜景知道,游戏里跟着也就算了,万一现实里也缠着他,他是真的不太会应付女孩子。

而要想瞒着小甜景,他就得把路杭也瞒着。

"我回来的时候顺便把饭买了吧,你想吃什么?"路杭丝毫不知自己已经被室友移出信任名单了。

半晌得不到回音,他又叫了声:"向向?"

向淮之抬眼:"嗯?你吃什么,顺便给我带一份就行。"

路杭走后,向淮之拿起咖啡抿了口,刚放下杯子,就见游戏里的好友图标闪了起来。

[密聊]秋枫:"向神,明天抢首杀的队伍分配好了,你去帮派界面看看。"

帮主分配好的队伍会在帮派界面显示。向淮之打开看了一眼,五人队有他、路迢迢、爱是分你吃和两个不认识的帮众。

虽然他不认识,但ID眼熟,都是高手榜上的人。

二十人队更是几乎集齐了闲人阁里的所有高手,配置完美,无可挑剔。

向淮之扫了一眼便把界面关了,连这些人的门派都懒得细看。

[密聊]心向往之:"我入帮前说了,路迢迢、小甜景跟我一队,不拆。"

[密聊]秋枫:"我知道,但是后来我们商量了一下,普陀山还是要比狐仙洞稳一点儿……而且这只是明天拿首杀的阵容,拿了首杀,我就把她换回来。你放心,小景在我的队伍里,我会保护她的,而且我们队伍也不弱,说不定到时候是我们先你们一步。"

[密聊]心向往之:"没得谈。"

[密聊]秋枫:"别这样,我也是为大局着想,而且你不是总嫌小景景吵吗?"

[密聊]心向往之:"要么把她换过来,要么我们四个退帮。"

[密聊]秋枫:"OK,等春肖来了,我就让她换人。你知道的,只有副帮和帮主有权限。"

秋枫把聊天记录直接截图从微信上发给了春肖,春肖回复得极快。

春肖:"知道了。我之前就跟你说过,心向往之不会同意让小甜景去其他队伍的。"

秋枫:"唉,我看他平时也不怎么搭理小甜景啊。"

春肖:"他是不搭理,简单粗暴,都是直接送东西的,那戒指你忘了?行了,我现在去换,你也别逗小甜景了,还是你真跟那号较上劲儿了?"

秋枫:"当然不是,改了名换了脸,在我心里就不是那个号了,我是真觉得小甜景这人有意思。"

春肖："哪里有意思？"

秋枫："怎么说呢……跟她随便聊两句，下个简单副本，我都觉得比跟别人玩有意思。游戏嘛，不就图个好玩。"

春肖："那你加油。希望你别跟心向往之对上，大家都是一个帮的，我和相思不好办。"

秋枫："哈哈哈，如果心向往之真对小甜景有意思，我们也只会公平竞争，不会打起来，放心。"

向淮之没想跟秋枫竞争。他只是觉得，自己带进帮的人，肯定得自己带着。而且秋枫的队伍里有相思不顾，他就更不可能让小甜景过去了。

他刚谈完这事，小甜景就给他发了个可爱的表情，说自己回来了。

他没回，直接飞到了对方身边，把人拉到了队伍里。

"哥哥中午好。"景欢乖巧地打招呼。

"嗯。"向淮之说，"把你的副本列表分享给我。"

[队伍]小甜景："[玩家小甜景的副本清单]。"

向淮之点开看了一眼，亮着的副本都是他带着她做的，其余都是灰色，表示该玩家这周没做过。

这人难道没了他，就不会自己去做副本了吗？

景欢仔细听了听，发现心向往之和向淮之的声音虽然相像，但心向往之的似乎更低沉一些。

明明是相似的声音，一位是大好人学长，另一位却是绝世渣男，让人唏嘘。

"路迢迢在挂机，那个奶妈也不在。"向淮之想了想，"我带你去做别的任务？"

景欢说："哥哥说什么是什么。"

景欢原本以为是低经验的琐碎任务，毕竟两个人能做的任务有限，没想到向淮之带着她直接一路走到了战神NPC面前。

"哥哥……"他赶紧开口，"这个任务太贵了吧？"

战神任务，没有人数限制，经验高，但是每领一次任务都要消耗一金，因为做一次任务的花费颇多，且其他获得经验值的方式也不少，所以几乎没人会做，就连景欢以前缺经验的时候，都不会选择战神任务。

"我自己缺经验。"向淮之说。

景欢只好闭嘴，安静地当他的跟屁虫。

或许是收了钱的缘故，这任务特别简单，有时候领到的任务甚至不用打架。

做了两个小时，景欢喝掉最后一口奶茶，问："哥哥，我们要刷到什么时候呀？"

"都行。"向淮之问，"你有事？"

"嗯。"景欢如实道，"我今天想打竞技场，想早点进场地找队友。"

打竞技场的玩家大多自带小伙伴，他没几个小伙伴，爱是分你吃又是个奶妈，他们两个一起去竞技场只有输的份，所以他只好组野队。

向淮之顿了顿，道："怎么突然想打竞技场？"

在竞技场打到 2000 分，系统会送一个随机的绑定装备做奖励，装备最低是蓝装，最高能爆橙装。

"明天不是要去下帮派副本了吗？我想看能不能爆个能用的装备，先应付着……"他小声道，"总不能太拖你们的后腿。"

景欢本来想直接去交易所买装备的，奈何之前立了离家出走的打工少女人设，害得他现在不敢在游戏上乱花钱不说，好几个晚上还要装作出门打工的样子。

有钱不能花，太惨了。

向淮之："你组野队，只能是反向冲分。"

景欢："那也得试试呀！"

向淮之直白道："不用试，会在竞技场组狐仙洞的，都不怎么聪明。"

话虽然难听，但景欢不得不承认，他说的是事实。

会玩狐仙洞的玩家实在太少，随便组个奶妈，都要比狐仙洞靠谱。

景欢皮笑肉不笑地道："那我再想想办法吧。"

向淮之沉默了会儿，道："真想打？"

景欢顺嘴应道："嗯。"

"那我带你。"

"啊？"景欢愣了愣，"那路哥怎么办？"

"他的队友很多,不用担心他。"

路杭回来,听见自己的大腿要去带别人上分,顿时有种被爸爸抛弃了的感觉。

不过听说是小甜景后,他就没那么在意了,反而惊道:"什么?2000分的装备奖励她还没拿到?那你赶紧去,争取今晚给她打上去。"

七点二十,景欢准时出现在竞技场,进了心向往之的队伍。

路迢迢跟他叫来的小伙伴就站在他们旁边。

[附近]路迢迢:"小景景!"

[附近]小甜景:"在呢!"

[附近]路迢迢:"一会儿如果遇到我,记得给我放水,不然我要掉下榜一了!"

景欢看笑了,路迢迢还真是不要面子,竟然在附近频道说这种话。

[附近]小甜景:"不行!我和哥哥永不认输!"

这边说不通,路杭决定走另一条路,只见他探出头,对坐在对面书桌前的室友说:"向向,一会儿要是咱排到了,你演一手啊,反正小甜景看不出来。"

他的室友挑起嘴角,扯出一个无情的笑:"一会儿要是遇见了,你就自己跑吧。

"省得浪费武器耐久。"

不知道是不是路杭的祈祷起了作用,排了一晚上,他们两队都没碰上面。

景欢今晚打得很爽,换了新戒指,他的治疗量"噌噌"直升,很多场直到PK结束,心向往之的血条都是满的。

向淮之也发现了,不知道是不是这段时间勤玩勤练的缘故,小甜景的操作进步飞快,尤其是封印的命中率,准到吓人。

她的操作和意识非常好。

他甚至觉得她不比路杭差多少,还比士多了个加血技能,他根本不用顾忌自己的血量,也不用顾忌对方的封印,只管输出就能赢。

又是一局PK结束,向淮之取了药,突然问:"你之前玩的是哪款游戏?"

景欢一愣,报了个和《九侠》风格类似的网游名字,问:"怎么了?"

"没事。"向淮之看了眼时间,"药取好,还来得及打最后一场。"

景欢应了声好,迅速把背包里的药补满。半分钟后,他们切进了今天的最后一场 PK。

[附近] 秋枫:"小景景 [害羞]。"

站在他们对面的正是秋枫,他身边的队友是区内输出榜前十的玩家。

秋枫还在敲键盘,想再跟小甜景聊两句,就见对面的人干脆利落地拔剑,径直朝他们脸上冲来。

秋枫动动指头想把心向往之封了,却收到系统提示"你已被封印,无法使用法术",秋枫一愣,这才终于注意到自己的情况。只见他脚下蹲守了四只小蜘蛛,还都在兜圈子——他被小甜景封住了。

小甜景什么时候封住他的?他就敲了几个字而已啊!

秋枫不再开玩笑,坐直了想正经打 PK。

可惜一开场就被控制实在太伤,他从封印中出来,只能选择去控制心向往之来保自己的输出,但心向往之走位好,他封三次都不一定能中一次,于是转头想封小甜景。

然后他就发现他还不如去封心向往之。

狐仙洞在 PK 中的移动速度以前有这么恐怖吗?

十分钟后,他带的药嗑了七七八八,血条仍旧回不过来,已经无力回天了。

"狐仙洞这门派太恶心了,不封我的法术和物理,就定我身……"队里的输出开麦抱怨。

他就像个沙袋,被定身在原地挨心向往之的打。

秋枫也打得有些难受,打开当前麦克风,半开玩笑地说:"小景景,你平时那么可爱,怎么 PK 场里这么狠?就不能给我放放水?"

景欢一愣,立刻在队伍频道里表明自己的立场:"哥哥,我跟这人一点儿都不熟。"

心向往之"嗯"了声:"知道。"他把手中的刀切换回剑,利落地消耗掉对方输出的最后血条。

秋枫放弃挣扎,也不复活队友了,问:"小景景,真舍得这么虐我?"

几秒后,他才终于得到回复。

耳机里的声音清脆好听，没有之前那个"你别皱眉"的声音甜，但听着让人舒服。"你没听过一句话吗？"

秋枫愣了愣，道："什么话？"

小甜景冷酷地说："美丽的玫瑰，都是带刺的。"

秋枫心道：那你这刺，倒是也扎一扎心向往之啊？

随着秋枫飞出战斗场景，景欢的游戏界面里弹出一行黄字。

恭喜您竞技场积分达到2000分！听说武二郎有礼物要送给您，快去看看吧！

"哥哥。"景欢立刻拍马屁，"我到 2000 分了，今晚赢了好多分呀，哥哥真厉害！"

时间刚好走到九点半，竞技场关闭，玩家们被强制传送到竞技场门口。

只有队长才能点NPC，向淮之把队长职务给小甜景，道："去领奖励。"

景欢："好。"

景欢走到 NPC 身边，在心里默默祈祷，不求橙装，不求极品，只求加治疗和移动速度属性的就行，蓝装他也可以接受！

您确定要领取积分奖励吗？（绑定奖励，每个账号只能领取一次。）

景欢闭着眼点下"是"，然后微微睁开一条缝——

恭喜您获得了"素锦仙衣"。

蓝装，玩家能获得的奖励中最差的一个等级。

向淮之喝了口水，在听路杭的碎碎念。路杭在竞技场输了秋枫一场，气得念叨了半小时。

十来秒都没见队伍里的人说话，他刚要开口问，小甜景就把获得的装备属性发在了队伍频道里,向淮之看了一眼,普普通通的蓝装,没加属性,垃圾货。

景欢快气死了,竞技场的积分奖励虽然很难爆极品,但出垃圾的概率也很低,系统基本都会意思意思,给件符合玩家门派的装备,怎么轮到他就是这破玩意儿?!

[附近]小甜景:"呜哇——"

[附近]心向往之:"没事,3000分还有一次奖励。"

[附近]小甜景:"我觉得我这辈子都刷不出好装备了,哥哥[快哭了]。"

[附近]心向往之:"不会,下一次就出了。"

[附近]小甜景:"真的吗[快哭了]?"

[附近]心向往之:"嗯。"

[附近]小甜景:"可我哪儿打得到3000分啊!呜哇——"

[附近]心向往之:"我在,能打到。"

[附近]小甜景:"哥哥以后还带我打竞技场吗?我都这么惨了,你不能骗我。"

[附近]心向往之:"不骗你。走了,去下本。"

[附近]小甜景:"好[擦眼泪][拥抱]。"

刚打完竞技场的众人目瞪口呆地看着这场诡异的对话。

"不是……"路杭也傻了,"向淮之,你为了泡妞,连'儿子'都不要了?"

"都带你到榜一了,你还不知足?"向淮之头也没回地道,"人总要学会长大。"

路杭也不是非要他带,只是好奇。他问:"你真跟小甜景在一起了啊?"

向淮之:"没有。"

"那你们刚才还在竞技场门口打情骂俏?"

而且他们在当前频道都这么说话了,语音里指不定到了什么程度呢!

向淮之蹙眉,品了一下这个成语,道:"安慰而已。"

路杭"哦"了声:"那你安慰安慰我。"

"行。"向淮之道,"等你爬到 4000 分,系统给你爆一件垃圾装备,我也安慰你。"

路杭想了一下:"那也太惨了,算了,我们去下本吧。"

几人一块儿下了两个本就停了,打算今晚早些解散,为明天下帮派本做准备。

"明天上午我和向向有课,大概十点回来。"路杭开麦道,"那我们十点十分集合,商量下本的事,OK 吗?"

[队伍]爱是分你吃:"OK。"

[队伍]小甜景:"我也没问题!"

解散后,景欢躺上床,给心向往之发了个晚安的表情,然后才慢悠悠地开始看今天的群聊。

寝室三人那个讨论组里已经 @ 他一晚上了,他当时在打竞技场,没顾上回复。

小景呀:"怎么了?"

高自翔:"干吗去了,我们都讨论完了你才出来。"

小景呀:"忙,讨论什么了?"

陆文浩:"[分享链接:山上的人间天堂——山溪度假村欢迎您]。"

景欢打开陆文浩分享的网页链接,是个度假村的推广,地点就在他们市的某座山上,坐车过去只要一小时。

陆文浩:"泳池温泉原生态!房价五折!下个月有四天假,我们一块儿去吧?"

小景呀:"不感兴趣。"

陆文浩不跟他多打字啰唆,直接打了个语音通话过来,动之以情晓之以理,先是说他们大学就四年,不一块儿出去玩几回以后都没机会了;又说高自翔父母出差,长假回家没人管,可怜得要死,非要让景欢跟他们一块儿去。

景欢听得头疼,想想就几天假,不回家也没什么,松口道:"行吧,去几天?"

"OK!"担心他反悔,陆文浩立刻去酒店网站订房间,"去三天吧。我们就订个双人房,三个人挤一挤?"

景欢拒绝:"我自己一间房,帮我订间大床吧。"

他不喜欢跟人挤着睡,而且……他得带着电脑去,玩游戏时有人在身边不方便。

事情就这么定了,挂掉语音通话没多久,陆文浩就把酒店的订单短信发了过来。

不过是一次心血来潮的旅行,景欢扫了眼短信,便关机睡觉。

次日,景欢没课,随便煮了碗面当早餐,吃完便坐到了电脑前。

他刚上游戏,就收到了好友消息。

[密聊]秋枫:"来帮派YY,8372。"

虽然游戏里有内嵌语音,但玩家们还是更喜欢用另一个叫YY的语音软件。毕竟YY里能变声,能创房间,还能开伴奏,各方面都比游戏语音要方便。

景欢用几分钟下好了YY,输入号码进入频道。

YY频道里此时居然有一百二十二个人。景欢心想,大帮就是大帮,一大早都能有这么多活人在。

"秋枫今天换耐属性吧,这种大本战斗场景都不大,你带移动速度没用。"是一个叫"肖"的马甲在说话,女声语气淡然,像是在讨论下本的事,"宝贝,你上号了?"

名为"相思"的紫马甲开了麦:"上了,我好困哪……YY里这个ID21934是谁?0级新号?"

景欢凭着ID认出了这两个人,确定自己的变声器在YY上也奏效后,才小心翼翼地开麦问:"听得见吗?"

"听得见。"秋枫说,"小景?"

"是我。"景欢把自己的昵称改成了小甜景。

相思不顾动动手指头,给他套上了黄色马甲,问:"早,你们队伍的人来了吗?"

景欢还是第一次和相思不顾心平气和地说话,甚至有些不习惯。他道"吃吃来了,我叫她过来,其他人也马上到。"

春肖"嗯"了声:"队伍都分配好了,还有两小时开本,大家有什么疑问现在说。"

景欢没打算参与这些人的聊天,打开交易所,想看看有什么物美价廉的装备,能让他捡个漏。

YY 里的帮众正在瞎聊,也不知道是谁起的头,聊到了唱歌的话题。

"相思唱歌很好听,桃桃也是,还有仙仙……唉,帮里是不是好久没办活动了?"

"是啊,我记得上次唱歌活动,我们 YY 来了一万多人!"

"那可不,咱们帮派的名气摆在那里,歌也是真的好听。"

"说到这里,"秋枫顿了顿,"我们帮最近又来了几个新妹子,是不是该来一次才艺表演?小景?"

景欢突然被点名,愣了愣:"什么?"

"现在副本还没开呢,不然你给我们唱首歌?"秋枫说,"你的声音这么好听,唱歌一定不赖。"

景欢:"我……我不会唱。"

"怎么可能?你肯定会,别害羞。"秋枫笑道,"我这里还有好多 YY 礼物,你唱两句,我全送给你。"

景欢对礼物不感兴趣。他买变声器是为了勾引心向往之,不是用来唱歌拉人气的。他刚想拒绝,秋枫就先一步开启了 K 歌模式,还把他给送上了麦序。

景欢蒙了,一时间也不好直接下麦。

秋枫以为她害羞,笑道:"没事,你随便唱,没人敢说不好听……"

"在干什么?"不冷不热的声音响起,打断了秋枫的话。

大家这才发现房间最下方多了个白色马甲,名字是 ID21935。

景欢一下认出了心向往之的声音,像是见到了救星,忙打招呼:"哥哥早!"

向淮之把马甲名字改成心向往之,然后问:"嗯,上号没?"

"上了,挂在你旁边呢!"

"进队。"

"来啦!"

秋枫一时无言。

他怎么觉得,小甜景跟心向往之聊天时的声音,要比跟自己说话时嗲得多……

相思不顾给向淮之也上了个黄马。

"每个队伍的房间都开好了,就在频道下面。"春肖说,"房间名是队长的名字，等副本快开的时候大家记得进自己的房间聊，别打扰到其他队。"

她话音刚落，就听见心向往之淡淡地道："下来。"

说完，心向往之就跳到了写着他的名字的房间。大家还没反应过来呢，就见小甜景火速跳下麦序，头也不回地去了心向往之的房间。两人离开的时间加在一起不超过三秒。

看着两个紧挨着的马甲，春肖淡定地道："秋枫，我觉得你还是算了吧。"

没人去接春肖的话，因为她话音刚落，有个名为"仙萌萌"的白色马甲进了频道。

仙萌萌出现的刹那，所有人都安静下来，紧跟着，帮派频道被聊天刷爆。

[帮派]本命芝芝桃桃："我晕。"

[帮派]似水流年："我感觉到了一丝尴尬。"

"挺热闹。"仙萌萌第一眼就看到了小房间里的两个人，语气凉得可怕，"相思，你居然把我的YY管理都下了？"

相思不顾："是你自己退的帮，帮派的YY马甲当然只有成员才能拿。"

仙萌萌："退了帮，我们就连朋友都不是了，是吗？"

"在你要求我们继续追杀小甜景，不杀你就退帮的时候就已经不是了。"春肖没给她留情面，毕竟当初仙萌萌刷喇叭时，也从没顾及过闲人阁，"你有事吗？"

仙萌萌嗤笑道："没事我就不能来了？这YY频道的活跃度一半是我的粉丝给你们带来的，我来这里挂个机，不过分吧？"

春肖："随你。"

得到回复，仙萌萌没再说话，就这么挂在了频道里。

其他帮众都被这修罗场吓坏了，两分钟内走了个干净，全去了自己的YY房间。

景欢当然也看到了仙萌萌。他庆幸这YY房间是上了锁的，白马甲没有密码进不来，不然看仙萌萌这架势，非进来跟他闹一场不可。一想到跟女生语音吵架的场景，他就觉得头皮发麻。

景欢正想着,就见仙萌萌突然跳到了他们头顶的房间。

景欢还没反应过来,仙萌萌的马甲名字突然变了——当小三快乐吗?

景欢麻木地想,世界上快乐的人这么多,为什么不能多我一个?

其他帮众简直是"吃瓜"都吃不过来,在自己的房间里聊得热火朝天。

本命芝芝桃桃:"这是我第一次离'818'现场这么近!太刺激了!"

追风少年:"会吵起来吗?"

红杏:"不会吧?心向往之他们的房间是锁起来的,仙萌萌进不去啊。"

YY公告:"当小三快乐吗?"被管理员"小甜景"踢出了YY频道。

本命芝芝桃桃:"是个狠人。"

红杏:"还真敢踢……"

几秒后,"当小三快乐吗?"再次进入频道。

YY公告:"当小三快乐吗?"被管理员"心向往之"踢出了YY频道并禁止该ID进入频道七天。

路杭把早餐吃完才紧赶慢赶地上了号。他俩今早都起晚了,早餐没吃两口就赶去上课,饿了他一个多小时。他登录YY,找相思不顾要了个黄马,进入他们队伍的小房间。

"怎么就你们两个人?"他问,"我们的其他队友呢?"

向淮之:"不知道。"

路杭这才发现另外两个队友都在别人的房间里。

他丢下一句"我去问问",就跳到了别的房间。因为副本还没开始,这房间里有很多人,看起来还挺热闹。

"吃吃、归期,你俩是我们队伍的人,怎么跑别人的房间来了?"

路杭插进聊天里。

语音里安静了一瞬,就听爱是分你吃小声道:"我不敢进去。"

路杭愣了,问:"啊?为啥?"

爱是分你吃如实说:"我怕听见什么不该听的话。"然后被心向往之踢出频道,并赠送七天禁入套餐。

其实不只是"吃瓜"群众,就连景欢自己也挺惊讶的。

他不太会用 YY 这玩意儿,以前玩《九侠》时虽然也用过,但只会"F2 说话"这个功能,连踢人都不熟练。他刚想踢仙萌萌第二次,系统就提示他"该游客已不在频道内"。

心向往之已经先他一步把人踢了,甚至还封禁了 ID。

那一刻,景欢的心情特别微妙。

第一个念头是,这该死的渣男又开始攻略他了。

然后他又感慨——渣男不愧是渣男,和仙萌萌好歹也是"爱过"的关系,现在却当着一百来人的面说踢就踢,一点儿情面都不留。

"哥哥。"他叫了一声。

向淮之语气未变:"嗯。"

"她刚刚的名字是在骂我吗?"景欢故意放低声音,"她之前就威胁过我,我下意识地……就把她踢了,她会不会又来追杀我啊?我有点儿怕……"

怕?向淮之想了想,总觉得自己从来没在小甜景这个人身上看到过"怕"这种情绪。

"不会,"他道,"她杀不了你。"

景欢还想深入讨论这个话题,就见房间里多出三个人,是路杭把队友叫过来了。他嘴唇微张,最后还是没有往下说。

他们先刷的是五人副本,二十人本下午三点才放出。队伍五人分别是他、心向往之、路迢迢、爱是分你吃和莫问归期。

他们几个人经常在一起下本,只有莫问归期是临时分来的。在其他帮众眼里,挤在那四人中间的莫问归期就像个小可怜,大家隔着屏幕仿佛都能感觉到他的无助。

莫问归期确实挺无助的,之前心向往之他们刚进帮时闹出的乌龙就不说了,最令人尴尬的是他还追杀过小甜景。

小甜景甚至跟他打过商量——某次在城门，小甜景问他能不能让她出去领个日常任务。

他当时说了啥来着？哦，他发了个菜刀的表情。想到这里，莫问归期更加生无可恋了。

"法师属性发公屏上看看。"心向往之的麦克风亮了亮。

莫问归期不敢耽搁，火速发了。

"哇，2000法功，真厉害。"小甜景突然开口，惊叹道，"怪不得以前打我那么疼，你这法功，得上高手榜了吧？"

莫问归期："……"

"我没记错的话，归期是法师前五吧？怎么，你们在竞技场碰见过？"路杭问。

"没有啦。"景欢轻描淡写地道，"只是之前被他追杀过。"

"扑哧——"路杭没忍住，笑出声来，"这样啊……"

莫问归期："我现在道歉还来得及吗？"

"啊？没事啊，只是误会嘛。"景欢笑眯眯地说，"不过是守了我七十一小时十三分钟而已，我不会记仇的哟。"

莫问归期无言以对。

向淮之笑了声，把队伍拖到主城NPC处，道："先来集合，还有一个多小时，我们先去下个本。都来主城仓库这里。"

片刻后，莫问归期进入队伍。

[队伍]小甜景："欢迎[菜刀]。"

[队伍]莫问归期："……"

[队伍]小甜景："啊哦！发错表情啦。欢迎[可爱]。"

几秒后，莫问归期面对着队伍里的小狐仙，用了下跪叩拜的人物动作。

景欢满意了，操控着小狐仙，对他点了点头。

多了个输出，他们的下本速度快了不少，一个多小时就清了两个副本。

十一点四十分，相思不顾发了条帮派公告，让大家在副本NPC处做好准备。

向淮之不紧不慢地把队伍拉到NPC那里，帮派副本的NPC是只蚌精，新形象——小女孩躺在贝壳里吐泡泡。

NPC附近简直就是人挤人，帮派两百号人，全在这里了。

[附近]追风少年："谁踩着我的脚了！"

[附近]本命芝芝桃桃："你能不能不要这么土？"

[附近]小甜景："趁乱摸一摸哥哥的小手！"

[附近]本命芝芝桃桃："……"

[附近]春肖："……"

大家站在一块儿，根本分不清哪句话是谁说的。但小甜景不一样，她永远是人群中最好认的那一位。

向淮之说："看看装备都穿对没，准备进去了。"

"到这个时候了，官方都没放出副本攻略，肯定很难。"路杭坐直身子，瞥了自己身边的小狐仙一眼，"小景景，你别紧张啊，好好操作。"

景欢跷着二郎腿，嘴里嚼着口香糖，用害怕的口吻说："好，我努力，我的手都在发抖呢，呜呜呜——"

他怕什么。在老服，他永远冲在开荒的第一线，老服的开荒玩家名单上至今还躺着他的ID，江湖人称"开荒小王子"。

几分钟后，副本正式开放，可不知为何，在场的队伍都还站在原地，十几秒过去了，无一队切进副本界面。

路杭问："向向，干吗呢？副本开了！"

向淮之看着面前的对话框，蹙眉道："进不去。"

只见NPC对话框里写着："好的，本公主收到你的申请了。"

其他人显然也进不去，不少玩家急躁起来。

[附近]相思不顾："为什么进不去？"

[附近]本命芝芝桃桃："该不会出Bug了吧？只有我们区Bug？我还想着我们帮会不会拿全服首杀呢……"

[附近]爱是分你吃："我们也进不去……"

"得，凉了。"路杭叹了口气。

景欢说："不一定。"

路杭："现在连副本都进不去，怎么不一定？修复都不知道要多久呢！"

"或许，副本已经开始了？"景欢看了眼NPC，"你没发现NPC变了吗？"

向淮之也察觉到了，贝壳里的小姑娘不知何时换了个姿势，手里拿着宝珠，正在细细观赏。

路杭看了一眼，还真是，只是之前被玩家的形象挡着，不容易发现。

他正想继续问，就见贝壳里的NPC突然打了个哈欠——

  蚌精公主：嗯，今天吃谁比较好呢？就你吧，玩家"春肖""小甜景""本命芝芝桃桃"……

看到自己的名字，景欢还没反应过来，就见眼前的场景猛地一变，他被拽到了某个不知名场景里。

是一片海，四周什么也没有，连游戏按键都消失了，聊天频道也只剩下"副本"这个频道，他一个人坐在海中央，像是陷入了某个游戏Bug里。

  蚌精公主：把"小甜景"裹上鱼蛋液，混入鱼目，下油锅炸至金黄酥脆再捞出，我和父王都爱吃，隔壁的龙王都馋哭了！只是她这一身人类味道实在脏臭，先放在海水里腌制九天吧[嫌弃]！

景欢："……"
与此同时，向淮之的屏幕右上角也多出了一行新任务。

  副本任务：闯过重重关卡，拯救你们的队友小甜景吧！任务时间还剩五百四十分钟。

五百四十分钟，九小时，看来在副本里，一天等于一小时。
"哥哥……"耳麦里的声音听起来害怕又无助，"我被锁在海里了。"
向淮之"嗯"了一声："知道。"
路杭安慰她："没事，多爽啊，能躺着过副本。"
但这副本显然并没有那么简单。向淮之试着点了一下NPC，根本没法切入战斗。

他们四个人都试了一下，终于搞清楚这副本的设置了——在五个玩家中随机挑一名玩家进水牢，其他四名玩家进行闯关任务。有意思的是，这闯关任务并不是组队完成，而是单名玩家进入闯关，该名玩家闯关失败后，另一名玩家继续接上，直至完成九道关卡。

"意思是，如果一名玩家连续过了九关，那副本就结束了？"路杭蒙，"那还搞什么团队副本？直接开单人副本不就行了？"

向淮之抿唇："没那么简单。"

他话音刚落，就见秋枫进入了他们的YY房间。

"在吗？"秋枫道，"你们闯关得谨慎选人，我们队的输出刚进入第一关，三回合就被Boss杀出来了。"

"什么玩意儿？！"路杭说，"三回合？你们队的输出不是挺强的吗？！"

"嗯，但这副本第一关的Boss对物理伤害免疫。"秋枫面无表情地说。

YY里的人都沉默了。

攻略没出之前，没人知道这九关Boss到底是什么破设置，只能硬着头皮上。

"没事啦，万一闯关失败，你们就退本去重新组队吧。"景欢打破沉默道，"这破副本最多也就关我九小时，我看几部电影就结束了。"

首杀不首杀对他来说还真不重要。

"别说丧气话啊。"路杭摩拳擦掌道，"我们先试试，万一过了呢？第一关Boss对物理伤害免疫是吧？没事，莫问归期先进去。"

莫问归期没废话："OK。"

"行，"秋枫说，"我们这边继续闯关，到时候把Boss属性发给你们，你们如果提前进了第二关，记得跟我们说一声。"

景欢坐在海里，就像是个局外人，听着他们聊天。

很快，系统公告刷出来，莫问归期成功闯过了第一关。

大家还没来得及高兴，十分钟后，莫问归期闯第二关失败。

爱是分你吃紧跟上，但也没过第二关，这个副本对奶妈实在不友好。

爱是分你吃："抱歉，就差一点点。"

"没事。"路杭气势满满,"大爷我来打破僵局。"

虽然不是输出门派,但身为第一术士,路杭确实很有本事,一连闯到了第四关,才因为遇到抗封印的 Boss 而被杀了出来。

队伍里只剩下心向往之没有挑战了。

"开荒本来就不是一次能过的。"见 YY 里气氛低迷,景欢想了想,开麦安慰道,"下次一定能过。"

"没下次。"向淮之说。

这个副本太麻烦,拿到首杀后,他绝对不会再做第二次。

景欢愣了愣:"嗯?"

"你去看一部电影。"向淮之把手中的剑切换成大刀,然后操控着游戏人物,一刀砍下蟹将的大钳子,继续说道,"看完,就出来了。"

景欢默然,又开始了是吗?

他看着坐在海上孤立无援的小狐仙,叹气:"好呢哥哥,那我挂会儿机?"

向淮之:"嗯。"

房间里的其他人听见他们的对话,总觉得有种微妙的感觉。

路杭把那两句话放在嘴里嚼了嚼,道:"老向,你这是撩人家小姑娘呢?"

向淮之头也没回地道:"不要总用你那渣男眼神看我。"

景欢尝试了所有按钮,还联系了客服,确定自己不能观战心向往之的战斗场景后,认命地缩小了游戏界面。

他用电脑登录微信,点开寝室讨论组。

小景呀:"你们开荒怎么样了?"

高自翔:"别提了,这游戏越来越变态了,这是什么破副本?专门给开荒增加难度呢吧?我准备了这么长时间,一进副本就直接让我坐牢[图片]?"

景欢点开图片一看,高自翔的游戏人物正坐在海里发呆。他笑了一声,看来不止自己倒霉。

陆文浩:"得了吧你,躺着过副本还不开心?那么想要游戏体验,那你来玩我的号啊!"

高自翔:"滚蛋,你这个臭狐仙洞。"

景欢觉得自己受到了攻击。

小景呀:"你真不是人,2019年了还在搞门派歧视,活该坐牢。"

陆文浩:"就是就是!"

高自翔:"讲道理,这游戏里谁不歧视狐仙洞?"

心向往之就不。这念头在景欢脑袋中出现一瞬,便很快被他挥开。

这两个人明明在同一个房间,却能在讨论组里吵起来,也是种本事。景欢挑拨离间、火上浇油了两句,然后闭群走人,深藏功与名。

YY里许久没人说话,他打开一看,原来房间里只剩下他和心向往之,其他人都已经去别的房间玩耍了。

YY最顶上有个"K歌大厅",挑战副本失败后两小时内不能下新本,开荒失败的玩家闲着无聊,都在那里站着,一个小房间里有七十多个人。

实在无聊,景欢打开《九侠》的官方论坛,想看看有没有拿了首杀的玩家发攻略帖。结果别说攻略帖了,整个首页看下来,全是在骂策划的,景欢正准备关网站,余光一瞥,看到一个醒目的红色标题置顶帖。

"第七届《九侠》歌唱大赛开办啦!"

发帖时间是两分钟前,回帖人数已经有一百多,可见热度之高。

这活动在景欢玩老号时就有,因为奖励好且受关注度高,所以每年都办得热热闹闹的。

景欢顺手点进帖子,看了眼参赛流程,赛制跟往年没什么差别,每个人都可以报名,其他玩家在游戏里的活动界面就能直接听歌投票。

他两三眼略过内容,直接跳到了奖励那里。

第一名:奖金三万元,全服限量坐骑"紫凤"一只,获得演唱《九侠》新主题曲的机会。

第二名:奖金两万元,全服限量坐骑"紫凤"一只。

第三名:奖金一万元,全服限量坐骑"紫凤"一只。

参与奖:音频通过审核的参赛者,每人可获得最新限量时装"泡泡鲤鱼"一件。

景欢总算是知道这帖子为什么能这么火爆了。物以稀为贵,任何东西前面加个"限量",就能轻松提起消费者的兴趣。游戏中也是如此,限量的时装、坐骑、宠物同样深受欢迎。而这次，官方推出"参与奖"，很明显就是想让玩家们踊跃参加、积极报名。

景欢看着活动界面，突然觉得有些头疼——他买的这个号之所以这么贵，卖点就在它拥有《九侠》开服以来的所有限量时装。

这也意味着，《九侠》接下来出的限量时装他也得入手，否则账号会大大跌价。

但是……参加歌唱比赛什么的，压根儿就不在他的计划里，就连以前他玩老号的时候也从来没参加过这种娱乐性质的活动。

"在不在。"耳机里传来心向往之的声音，把景欢拉回了神。

景欢抬手把网页关了，道："在呢哥哥……怎么了？"

"准备出去了。"

景欢一愣，立刻打开游戏界面，刚好看到系统弹出几条公告来。

　　副本公告：恭喜玩家"心向往之"成功闯过第九关，完成了本次副本任务！

他这才磨蹭了不到半小时，心向往之就杀完了？

景欢的四周仍是一片海，他试着按了按鼠标，还是不能动。他正想开口问，就见黑袍男人提着被幽光笼罩着的大刀，一步步走进场景，朝他走来。

　　"心向往之"邀请您加入他的队伍。同意，拒绝。

景欢点下同意，小狐仙一跃而起，跳到了心向往之的身后。

　　系统：恭喜来自闲人阁帮派的"心向往之""路迢迢""爱是分你吃""莫问归期"连斩九关，从蚌精公主手中救出了"小甜景"！达成镜花水月服务器副本"蚌精作乱"的首杀！

系统消息刚刷出没几秒，他们的YY房间里立刻跳下来不少人，都是来围观的。

路杭刚刚只顾着听人唱歌了，压根儿没看向淮之是怎么过的关。"二十分钟就杀完了？还是首杀……向向牛！"

景欢回过神，跟着说："哥哥牛！"

"你是怎么杀的？"秋枫也震惊了，"第八关不是双抗 Boss 吗？你怎么过的？"

双抗属性，意思是玩家的物理和法术攻击对 Boss 造成的伤害会大幅减少。

向淮之道："没有很抗，打得动。"

秋枫半晌无言。他们已经灭队了，就灭在第八关，是队里第二个物理攻击职业切进去的，在 YY 里哭诉自己砍 Boss 一刀才掉三百血。

"赶紧赶紧。"路杭催促，"点 NPC，拿奖励。"

首杀百分之百掉落高价值奖励，不过掉落几个、掉到谁那儿，就说不准了。

景欢对领奖励这个环节一点儿兴趣都没有，正准备去泡杯咖啡提神，就见屏幕上跳出好几行系统提示——

您获得了 7718372 点经验值、433 铜钱、"紫水晶"×1。

景欢一愣，还没反应过来，他们一行人就因为副本结束，被系统自动送回了主城城门。

房间里安静了几秒钟，就听见爱是分你吃大喊："小景！分红！"

紫水晶是强化装备的高级材料，百分百提升装备属性，交易所上都很难见到这玩意儿。

景欢也愣住了，打开行囊，反复确定几遍后，喃喃道："哥哥……我爆了高级材料。"

"嗯，看见了。"向淮之说。

"你这运气逆天了！"路杭说，"看来之前杀妖王得的包子和昨天爆的那个垃圾货都是为你今天的好运在做铺垫呢！"

向淮之解散队伍，正准备去补药下二十人本。

"小甜景"给了您紫水晶×1。

[密聊]小甜景:"今天也要把我的爱意和好运给哥哥!"

向淮之想丢回去,却发现对方开了拒绝接受物品的功能。

[密聊]心向往之:"好运不要随便给别人。"

[密聊]小甜景:"不嘛。哥哥你打在神器上,能提好多属性的!我的装备都是垃圾货,拿着也没用。"

[密聊]小甜景:"别给我钱啊,我不要。不过……如果哥哥真觉得不好意思,那可以给我点儿别的[害羞]。"

[密聊]心向往之:"你想要什么?"

[密聊]小甜景:"想跟哥哥挂侠缘称谓……"

[密聊]心向往之:"换别的,或者把水晶拿回去。"

[密聊]小甜景:"那我暂时保留这个权利,以后想到了再跟你要,行吗哥哥?"

[密聊]心向往之:"嗯。"

YY里,路杭还在催:"小景景,快分红,我沾点儿喜气一会儿去下二十人本!"

景欢:"好,等我一下,我去钱庄取钱。"

"咦?"莫问归期愣了愣,"向神怎么突然丢钱给我?"

爱是分你吃:"向神也给我了……"

向淮之:"分红。"

路杭:"你弄错了吧,是小景景爆了高级材料。"

"就是帮她给的。"向淮之看了眼时间,道,"都去拿药,两点五十帮派门口集合。"

Chapter 8

第八章
歌唱大赛

相较于五人本，新出的二十人本就轻松得多，是最简单的副本模式，一路清小怪直至杀 Boss，没有任何阻碍。队里输出充足，首杀拿得异常轻松，首杀奖励落到了春肖手里，也是个高级材料，不过远远比不上紫水晶。

做完副本，队伍里的人都累得不行，商量过后，决定晚上不下本了。

景欢打包了几份麻辣烫，回了趟寝室。

高自翔因帮派没拿到首杀，一脸难过："我们跟别人就差了两秒，两秒！"

"专心吃饭，别纠结了。"景欢掰开筷子，看向电脑前的陆文浩，"浩儿？"

平时最贪吃的人头也没回地道："马上来，等我看完这视频。"

景欢问："他在看什么？"

"还能看什么，心向往之的首杀视频呗！"高自翔说。

景欢顿了顿，道："那有什么好看的？一个普通副本而已。"

"副本普通，但一个人过五关就不普通了，你是没看到他砍双抗 Boss 的样子，一个字，"高自翔抬眼道，"牛。"

景欢忍不住瞥了眼陆文浩的电脑屏幕。

视频中，心向往之的角色刚结束战斗，一路走向海底，停在了小狐仙身边。

陆文浩关掉视频，坐到他们身边，道："心向往之太帅了，他这得是全服第一物理攻击吧？"

高自翔："早就是了。"

"尤其是他杀完 Boss 后，提着刀去接他们队的那个女玩家……"陆文浩摇头"啧啧"两声，"讲真，我要是那个女的，那一刻肯定想嫁给他，以身相许懂不懂？"

高自翔："不懂。"

"你就是没情调，可怜你女朋友跟你这么多年，连束玫瑰花都没收过。"陆文浩转头，"是吧，欢？"

景欢面不改色地咽下鱼豆腐，点头道："嗯，我要是那女玩家，就拿紫水晶当作戒指，当场向他求婚。"

"就是，直接求婚！"陆文浩被辣得嘴唇发疼，喝了口水，突然察觉不对，"等等……紫水晶？什么紫水晶？"

景欢顺口道："首杀奖励啊。"

"他们的首杀奖励居然是紫水晶？！"高自翔瞪大了眼，酸得冒泡，"我们刚刚要是快两秒，是不是也能爆紫水晶……不对，你怎么知道心向往之他们拿了紫水晶？"

陆文浩："是啊，你怎么知道？"

两人疑惑地看着面前这位已经退游戏两年的《九侠》玩家。

完了，你为什么就不能管管自己这张破嘴，景小欢。

景欢在心里碎碎念完，抬起头来道："我……听说的。"

"听谁说的？"陆文浩问，"你身边除了我们，还有人玩《九侠》？"

"以前一块玩游戏的朋友，今天在微信上正好聊了两句，他把系统公告截图给我吐槽。"景欢一脸镇定，几秒内编出了一套说辞。

好在他们俩也没多想，听完后又开始当"柠檬"。

吃饱喝足，景欢正想问他们要不要去打球，就被陆文浩拉到了电脑前。

陆文浩双手合十道："欢欢，江湖救急！"

景欢直觉没什么好事，问："救什么急？"

陆文浩打开网页："我想参加这个……"

景欢侧目一看——第七届《九侠》歌唱大赛报名页面。

景欢瞥了眼便收回目光，莫名其妙地道："想参加就参加啊。"

陆文浩："可你也知道，我这破锣嗓子，只能唱阿杜的歌。"

景欢："看不起阿杜？"

"我只是嗓子像他，唱得又没他好听，肯定拿不了奖。"

景欢听笑了："你还想拿奖？哦，参与奖应该可以。"

"我想拿这限量坐骑。"陆文浩开门见山地道，"虽然我拿不了奖，但欢欢你可以啊！你唱歌那么好听，随随便便拿个前三不是问题……"

"等等，打住。"景欢表情复杂地打断他道，"你该不会是想让我帮你参赛吧？"

陆文浩感动地看着他:"知我者,欢欢也。"

他赶在景欢拒绝之前开口:"不管最后排名多少,奖金都归你,我只要坐骑!要真拿了前三,这学期你的外卖我都包了!座位我也天天给你占!不是我的课,我也去教室帮你点到!"

这条件是挺让人心动的,尤其是最后一条。

但景欢只考虑了两秒钟,便干脆地道:"不行。"

陆文浩蔫了:"为什么啊?"

景欢指了指比赛规则上的某一条:"要去官方语音频道现场K歌,拿了前三还得去玩家见面会领奖,我没这工夫。"

高自翔点头道:"而且浩儿,你这可是在欺骗观众、欺骗评委。你说说,这种行为跟你那骗子前侠缘有什么区别?"

"哪里就那么严重了?!"一提到这事,陆文浩就激动,"我只是想要坐骑,又没骗人的感情和钱!跟那些装女人去勾引男人的男骗子完全不一样好吧!"

景欢觉得自己有被冒犯到,但很快就自我说服了,陆文浩的"前侠缘"骗人钱财,确实畜生。而他这不叫骗,叫为民除害、替天行道。可惜世上渣男这么多,他只能为小姑娘们除去一个。

"算了,我也只是突发奇想。"陆文浩仔细想想,这办法确实有些麻烦,"那我去混个参与奖吧。"

已经有不少玩家上传了自己的参赛作品,陆文浩说着说着像是想到了什么,顺手打开了比赛界面,并输入筛选条件。

性别:女玩家;服务器:天赐良缘。

景欢扯唇道:"你这也太肤浅了吧。"

陆文浩反驳:"我这叫目的明确。"

说完,他点开一段参赛音频,女生唱得婉转动听,饱含感情。

陆文浩跟评委似的装模作样地点了两下头,然后利索地向这个女玩家提交了好友申请。

景欢:"不愧是你。"

"那是。"陆文浩说完,退出来继续听别的歌。

见他连着跳过好几个作品,景欢挑眉道:"这些为什么不听?"

"嗐,你看这些都是啥歌。"陆文浩说,"《隐形的翅膀》《稻香》《勇敢》，歌都听腻了不说，还都是励志向，一看就没兴趣，没人会听的。"

景欢愣了愣，心里突然冒出一个念头来，喃喃道："是吗……"

跟着陆文浩听了会儿歌，景欢才想起回寝室的目的，问："去打会儿夜球？"

高自翔拒绝道："我可不去啊，我女朋友一会儿要给我打电话。"

陆文浩顾着回刚才那个唱歌的小姐姐的消息，压根儿没应他。

景欢放弃，起身打算走人，道："那我回去了。"

"别啊欢欢，"陆文浩叫住他，道，"干脆今晚你留下睡吧，跟我挤一挤，我们顺便说说下个月旅行的事。"

"丢着大床不睡来跟你挤，你疯了还是我疯了？"景欢摆了摆手，头也不回地说，"旅游的事你们商量吧，我都行。走了。"

回去的路上，景欢拿出手机，给心向往之发了条消息。

小景呀："哥哥在干吗？"

向："在外面。"

小景呀："哥哥在外面干吗？"

向："球场看球。"

小景呀："想看哥哥打球的样子！"

向："没打，只是在旁边看着。"

景欢心想你看吧，最好场内球员一个失手，用篮球在你头上暴扣。

小景呀："那哥哥要小心，别被篮球砸到呀。"

发完这句，景欢脑补了一下心向往之的游戏形象被篮球砸到的场景，心情莫名好了不少。

因为这个小插曲，在路过篮球场的时候，景欢下意识地往里面瞥了一眼。

球场周围有好几盏大灯，景欢能清楚地看见球场里的情况。他们学校打夜球的人一向很多，这么晚了，球场仍旧被学生们占满，这个篮球场离大三、大四的宿舍楼近，在里面打球的几乎都是学长，景欢一眼望去，没一个认识的人。

他刚准备离开，就被球场左侧的裁判席吸引去了目光。

球场里的男生穿的都是球衣，只有裁判席的长椅上坐着的人穿了一件薄薄的白色长袖，五分短裤，一双长腿随意地舒展着，正在看手中的手机。

一束灯光正好打在他身上，男生鼻梁高挺，眉目淡然，侧脸比那些杂志上的男明星还要帅。

景欢忍不住多看了几眼，就见旁边球场里的球员传球失误，篮球在空中划出一道漂亮的弧线，冲出球场，朝着长椅砸去。

他一惊，脱口道："小心——"

那人猛地抬起头来，轻而易举地单手接住了篮球，然后站起身，顺手将球丢了出去，场外三分命中。

球员先是一愣，然后双手合十，像是在道歉。

向淮之朝对方摇摇头，表示自己没事，心想小甜景的嘴巴应该开过光，而且是好的不灵坏的灵那一种。

景欢看呆了——这球都能进？

对方这反应速度也太惊人了，而且……向淮之的手掌看起来很大的样子。

他正傻站着，就见向淮之突然转过头来，两人对上了目光。

向淮之听到了那声"小心"。看到景欢，他意外地挑眉，还没来得及做出什么反应，就见男生站在球场的铁网外，朝他挥了挥手。

向淮之犹豫了两秒，抬手挥了挥，算是回应。

然后小学弟便笑着转身走了，还握着手机，不知道在跟谁聊天。几秒后，他的手机振了振。

小景呀："哥哥平时打球吗？会投三分吗？能单手接球吗？"

换作平时，这种略显花痴的问题，向淮之八成不会回答。

向："嗯。"

小景呀："啊啊啊！好想看！哥哥打球一定特别帅！"

向："不帅。"

小景呀："不管不管！在人家心中，哥哥就是最帅的！"

"向向，你刚才在跟谁挥手？外面偷看你的学妹啊？"路杭从球场上下来，大汗淋漓地问他，"跟小甜景聊天呢？"

不怪路杭偷看，是小甜景的头像粉到刺眼，实在太好认。

向淮之按灭手机，问："打完了？"

"嗯，赢了。"路杭看了看他的腿，说，"你到底什么时候才能打球啊？"

向淮之："明天复诊。"

路杭"哦"了声："对了向向，你那耳机自带的麦克风还挺好的，回宿舍借我一下。"

向淮之问："做什么？"

"参加《九侠》的歌唱大赛。"

向淮之用怪异的目光看了他一眼。

"别这么看我啊，这次比赛有参与奖，限量时装，不拿白不拿。"路杭问，"你参不参加？"

向淮之道："没兴趣。"时装这玩意儿，动动手指付钱买还行，别的就免了。

回到寝室，路杭说干就干，借了向淮之的耳机就开始制造魔音，听得向淮之太阳穴"突突"直跳。

半小时后，路杭屏息听完自己的录音，感慨道："太好听了，我不夺冠天理难容。"

向淮之也不知道他哪儿来的自信，嗤笑了一声，拿起手机预约明天的复诊。

"哇，我们区好多人参加这活动。"路杭点开秋枫的录音，"这秋枫唱歌还挺好听，好，勉强算是我的竞争对手；春肖这个一听就是相思不顾帮她唱的；吃吃唱得真好，投一票……"

路杭说到一半，想起什么，回头问："向向，这活动小甜景参不参加啊？"

向淮之说："我怎么知道？"

"你怎么一点儿都不关心队友？"路杭碎碎念道，"她应该会参加吧？我记得她买的号是满限量的，不拿这时装，号得跌价。"

向淮之任他念叨，没应。他不太能想象小甜景的歌声。

小甜景平时喜欢在他面前装嗲，但声音并不是甜美那一类的，他甚至觉得小甜景的声音有些怪异，虽然好听，但不自然。

不过她唱得再好也与他无关，路杭刚才在他耳边鬼叫了半个小时，现在就是张学友在他面前唱歌，他都提不起兴致。向淮之看着预约成功的提示，把手机关了，关灯睡觉。

次日，向淮之复诊完毕，医生说他恢复得很好，已经可以适当地进行运动了。

几个月没打球，向淮之手有些痒，刚走出医院便拿出手机，想叫路杭把篮球带出来。结果他还没来得及拨号，路杭就先一步打电话来了。

向淮之接起，道："你这是感应到我的呼唤了？"

"哎，我疯了，我真的快笑疯了。"路杭说，"小甜景绝了，她真参加歌唱大赛了！"

"参加怎么了？"向淮之顿了顿，问道，"唱得不好？"

就算人家唱得不好，你好像也没资格笑别人吧。

"不，不是这个问题。"路杭笑得上气不接下气，"你知道她唱的什么歌吗？"

向淮之："什么歌？"

"屠洪刚老师的作品，"路杭字字铿锵地道，"《精忠报国》。"

今天有早课，景欢八点起了床，在早餐店里犯困，脑袋一垂一垂的，像在钓鱼。

他昨晚折腾了好久，研究怎么开伴奏，怎么录音，怎么上传……两个小时才弄明白。

"欢欢，你昨晚做贼去了？"高自翔用盘子把三人的早餐端来，"昨天不是走得挺早的吗？"

景欢揉了揉眼，道："没睡好。"

"怎么连声音都哑了。"高自翔坐下来，"感冒了？"

"没。"

只是昨天录歌录了好几遍他才满意，把声音唱哑了。

好歌就是难唱，景欢感慨。

他喝了两口豆浆，黏稠的甜在舌尖上蔓延，让他稍稍清醒了些。

"扑哧——"旁边的陆文浩戴着耳机，也不急着吃，目光一直放在手机屏幕上，笑得合不拢嘴。

景欢皱着眉问："他怎么了？"

"笑点低呗，从起床笑到现在了。"高自翔指了指耳朵，"这玩意儿，刷牙的时候都没摘下来过。"

景欢"哦"了一声，没在意，低头咬了一口小笼包，小笼包里的馅料充足，轻轻一咬便挤出不少汁来。

陆文浩隐约听见了他们的对话，摘下一边耳机，道："翔翔，你今早没看帮派群吧？"

高自翔摇头，道："大清早的，帮派群有人冒泡？"

"群里有人分享了首歌，是《九侠》歌唱比赛的参赛曲，别区的。"陆文浩想想就觉得好笑，"火了，才发了一晚上，几万个赞，直接登顶比赛点赞榜，你说牛不牛？"

"敢情你一早上挂着耳机，就是在听人家唱歌呢？"高自翔说，"是个女的吧？"

陆文浩："是女的……不，重点不是她的性别。"

景欢朝陆文浩那边倾了倾身子，道："让我听听，我倒要看看，什么样的歌喉能让你听一早上。"

陆文浩听话地把耳机轻轻地塞进了景欢的耳朵里。

熟悉的歌声传进耳朵："马蹄南去人北望！人北望、草青黄、尘飞扬！"

"噗——喀喀……"景欢受到了惊吓，吞咽动作卡在半途，呛得脸颊发红，慌乱地抬手把耳机甩开。

陆文浩愣了愣："怎、怎么了？"

景欢摇头，还咳得厉害，半天说不出一句话来。

高自翔赶紧递了瓶矿泉水给他，景欢接过水喝了几大口，终于缓过来了。

"没事……"他讷讷地道，"只是呛到了。"

"吓我一跳，你的脸都咳红了。"陆文浩说，"啧，我的耳机都被你甩地上了……怎么样？不错吧？"

景欢的脸哪里是咳红的，他转头，一脸愣怔地问："你刚刚说这歌怎么了？"

陆文浩莫名其妙地道："这歌，好听？"

"不是，"景欢深吸一口气，"你说什么点赞榜……"

"哦，这歌上了点赞榜第一啊，才一晚上就十来万的播放量了，说明《九侠》还没完,什么玩家流失全都是屁话。"陆文浩笑道。

景欢彻底蒙了,脱口问:"这歌凭什么能点赞第一?"

陆文浩也愣住了,反问:"什么意思啊?这不是唱得挺好的?"

景欢稍稍回神,瞌睡已经彻底跑没影了:"我的意思是……你昨晚不是说这种励志向的老歌没人会听吗?"

他昨晚回去后特地精心挑选,才挑出这首《精忠报国》,不仅励志,还正能量,是他高中班级军训时唱的,他那会儿还是领唱。

因为他有些强迫症,一段没唱好,听录音就浑身难受,所以录了好多遍才发出去。

按照他心中的计划,他这个音频很快就会被淹没在众多作品中,他不争不抢,可以踏踏实实地拿一个参与奖。

"这歌已经不在励志向的范畴里了。"陆文浩说,"这不是猎奇向吗?"

景欢自闭了。

高自翔好奇地拿起耳机听了几句,别说,歌虽然选得有些让人无语,但这女生唱得慷慨激昂,还真有那么几分气势,听多了真的上头。

"确实不错。"高自翔突然想到什么,"但欢欢唱得比她好听,我们高中军训的时候班里就唱的这首歌,欢欢是领唱,牛吧?"

"牛。"陆文浩说,"下次去 KTV 安排上!"

景欢已经没心情去听他们在说什么了。

这件事让他一整个上午都浑浑噩噩的,一下课就马不停蹄地回了家,连饭都没顾上吃。

他打开游戏,刚切入《九侠》界面的那一刹那,连带着电脑都卡顿了一下。

"哥哥大不大"申请加您为好友。

"小姐姐网恋吗"申请加您为好友。

"落叶归秋"申请加您为好友。

屏幕右侧被好友申请占满,连条缝隙都不剩,景欢玩了几年游戏,还从没见过这样的阵仗。

他正不知道该怎么办才好，左边突然弹出了一条喇叭。

[喇叭]淤泥生花："小甜景上线啦！坐标郊外（81，22）！"

景欢还没反应过来，就见无数个角色从地图外拥了过来，他身边瞬间就站满了人。

"小姐姐网恋吗"邀请您加入他的队伍。同意，拒绝。

"等天亮"邀请您加入他的队伍。同意，拒绝。

"暮色渐凉"邀请您加入他的队伍。同意，拒绝。

无数个对话框弹出来，景欢连拒绝都点不过来，游戏人物被弹窗遮得连路都走不了。他找到空隙快速飞走，逃回了游戏里的家。

《九侠》有家园系统，玩法很多，但景欢没心思折腾这个，所以他的家只是游戏中最低档的民房。

[密聊]元气小蚊香："在吗女神？"

好，连称呼都改了。

[密聊]小甜景："女神不在，我在。今天这是怎么了？"

只是一首歌而已，大家不至于夸张成这样吧？

[密聊]元气小蚊香："你在论坛被扒了。"

[密聊]小甜景："……"

景欢的第一念头是，上"818"的这一天终于还是来了。不过没关系，他愿意牺牲小我，娱乐大众。

[密聊]元气小蚊香："现在你成《九侠》男玩家心目中的女神了。"

[密聊]小甜景："《九侠》终于还是把玩家们逼疯了？"

元气小蚊香还真没瞎说。《九侠》论坛上今天冒出一个帖子，上面细数了"小甜景"这个ID诞生以来的所有经历。

先是运气不好，无知姑娘买到了臭名昭著的女骗子的号，被追杀辱骂数日终于获得清白，然后不计前嫌地加入闲人阁并为帮派拿到了首杀。

多么坚强又大度的女孩子啊！

然后是专一，她买号以来只围着心向往之转，对其他男人不屑一顾，面对心向往之的前任的追杀威胁也毫不畏惧，在直播中大胆示爱，被心向往之拒绝无数次也没有放弃。多么认真又勇敢的女孩子啊!

最后是歌喉,她唱歌好听,选歌方面既严谨又充满正能量,一看就是有爱国之心的好女孩,跟那些唱《学猫叫》《小蛮腰》的女人一点儿都不一样。多么正直又有内涵的女孩子啊!

景欢看得想掀桌,他没有立过这么多人设啊!

景欢关掉论坛,打开"拒绝陌生人消息"的功能,总算清净了很多。他传送到主城想做个日常任务,结果任务都没领上,又被一堆组队邀请占满了屏幕。

《九侠》中组队设置是不能关的,景欢在主城傻站了一会儿,步子都迈不动,只能再次灰溜溜地回家。

出名好麻烦。

他站在家里,一时间不知道该怎么办——直到他点开好友列表,看到亮着的好友名字。

[密聊]小甜景:"哥哥!"

心向往之发了个问号。

[密聊]小甜景:"好多人在堵我,我现在被困在家里,根本出不去。你能不能帮帮我,我今天一个日常任务都还没做……"

他独自一人时,其他玩家能随时邀请他进队伍。

但是如果他有队伍,就无法被邀请了,玩家申请入队时也不会弹出对话框,只要从组队界面里接受或拒绝就行,不耽误事。

偏偏在《九侠》里,一人组队不算队伍。他就算一个人组个队,也照样会被系统判定为散人,能被其他人邀请入队。

所以他现在的办法只有三个,一是等外面的人热情退散,二是下号,三是找个人来组队,带着他做日常任务。

其实景欢压根儿不指望心向往之能来帮他,自己的好友里也有其他能叫来的朋友,但他还是第一个密聊了心向往之,没别的,刚上线,先刷刷存在感再说。

他打开好友列表,思忖一阵之后,点开了爱是分你吃的对话框。

"吃吃,你在哪儿?能不能带我组个队?"

景欢刚打完字,还没来得及发送,心向往之的回复就先到了。

[密聊]心向往之:"在哪儿?"

[密聊]小甜景:"呜呜呜——哥哥真好!哥哥来我家,门牌号是1219!"

十来秒后,黑袍男子出现在场景里。

向淮之扫了眼略显简陋的小民房,组起队伍,把小甜景拉进了队里。

"先做什么任务?"他问。

几秒后,小甜景开麦了。只听她咳了一声,道:"先做门派师父的吧,哥哥。"

"知道了。"

守在家园轿夫外的男玩家们抓住小甜景出现的那一瞬间,发送组队邀请——小甜景已在心向往之的队伍中,邀请失败!

男玩家们皆沉默了,说好的小甜景死缠烂打,心向往之狠心拒绝呢?!

景欢瘫在队伍里,舒舒服服地做任务,心里想着接下来该怎么办。他是个男装女号的玩家,自然是能藏就藏,那些混论坛的人一个比一个聪明,万一被人揭穿了怎么办?

但是吧,参与奖他还是得拿的,所以不能直接退赛……

他正烦着,游戏里弹出了一行黄字。

"仙萌萌"对您发起了"私聊"申请。同意,拒绝。

景欢皱了下眉头,点了同意。

[私聊]仙萌萌:"厉害啊,男人也要,奖项也要,看把你能的。等着看复赛吧,我就不信你还能投机取巧两回。"

景欢愣了愣,打开比赛界面看了一眼,这才发现他的ID正显示在点赞榜首位,下面紧跟着的就是仙萌萌。他顺手点开仙萌萌的参赛歌曲听了听,还怪好听的。

可惜了,这人唱歌这么好听,脑子却不太好使。景欢敲字,刚想嘲讽两句,发送之前又突然想到什么,停下了手。

景欢挑眉,突然笑了一声。姐妹,是你自己送上门来的,那就不能怪我了。

向淮之也不知道自己为什么会答应来带她做日常任务,明明他自己都还差几个日常任务没刷完。

他拖着队伍,走到狐仙洞的门派师父身边,帮她交任务。突然,屏幕左侧出现了一个熟悉的名字——

[喇叭]小甜景:"仙萌萌,我自认已经对你百般忍让,你仍步步紧逼,那我也没必要再给你留面子了。在这里,我给你一个答复:歌手比赛我可以让你,点赞第一也可以给你,但是哥哥不行!不论你威胁我多少遍、追杀我多少次!我对向哥哥的心意,永远都不会改变!"

这条喇叭在游戏中飘了许久,直至到达时限才缓缓消失。

仙萌萌完全愣住了,甚至忘了顶掉小甜景的喇叭。她没想到小甜景会来这一手,瞪大了眼,半晌才反应过来。

[私聊]仙萌萌:"我们明明在私聊,你非发喇叭干什么?而且你说的话也太'绿茶'了吧?"

[私聊]小甜景:"你不是最爱刷喇叭了吗?我还以为你会比较喜欢在喇叭上跟人交流呢!再说人家哪里'绿茶'了?我说的不都是实话吗?"

仙萌萌刚要敲字回复……

[喇叭]小甜景:"仙萌萌你放心,我从来没想过跟你争什么歌唱比赛的冠军,这次参赛也只是为了拿参与奖,希望你以后不要再纠缠我了。至于别的……除非哥哥跟你去绑定侠缘,否则我是不会放弃的,要杀我请便,但下次记得雇更厉害的杀手吧。"

仙萌萌被气到七窍生烟,什么叫要杀请便?她是想杀小甜景没错,但最后被爆了两件装备的是谁啊?!

[喇叭]假面美少女:"有一说一,仙萌萌你这就有点儿过分了,你要想报仇,那去杀心向往之啊……跟小甜景有什么关系?"

[喇叭]小小温柔:"排前面的姐妹,上次还带着人去追杀小甜景,这操作真的让我看呆了。"

其实仙萌萌自己也清楚,她找人追杀小甜景、去YY骂人的事做得没理,但又有什么关系?

这是在网络世界,电脑一关,她照样回归正常生活。现实已经不如意了,总不能在游戏里也玩得不痛快,而且……自己得不到的男人,最好别人也得不到。她犹豫了下,打开某个姐妹群,把喇叭内容发了过去。

仙仙:"唉,现在我成恶人了……"

没多久,她的"好姐妹"便帮她出了头。

[喇叭]纪小年:"真有意思,现在有证据说小甜景不是之前那个女骗子吗?声音不一样没准儿是用了变声器,操作变强也可能是找了代打啊。再说,全区的人都知道心向往之和仙仙还没真正了断,她非要去插一脚,是有什么居心?"

景欢没回复纪小年。他不打算在喇叭上和人吵,只是想给自己消极参赛找个借口,顺便恶心一下仙萌萌,还有……他看了眼正牵着自己做任务的心向往之。

他都明里暗里示意心向往之这么多次了,两人的关系还停留在"队友"这一层,再这么磨蹭下去,他美好的大学时光岂不都要折在这渣男身上了?!

他决定打直球!他要对心向往之发起正面攻击!

想到这里,景欢咽下嘴里的金嗓子喉宝,甜甜地叫了声:"哥哥……"

[喇叭]心向往之:"没开始过,不用了断。"

这个喇叭把景欢的话全都堵了回去。

心向往之平时除了收东西外基本不发喇叭,加上这算是他第一次回应自己和仙萌萌之间的关系,世界一下便炸了。

[世界]小加菲:"没开始过是什么意思?!"

[世界]碎碎如意:"怎么说呢,渣男不愧是渣男?"

[世界]与你:"小甜景能不能擦亮眼睛?再不及时止损,你就是下一个仙萌萌了。"

向淮之把世界频道屏蔽掉,开麦:"说。"

景欢小心翼翼地问:"你不会生气了吧?"

不等向淮之开口,他又低声道:"我只是……太仰慕你了,不是故意要把你牵扯进来的。"

景欢长这么大都没跟谁说过这样的话。因为心虚,他声音弱得要命,但这些细节通过声卡、电线,完美地向对面的人呈现出了少女的娇羞和紧张，饶是向淮之习惯了她的热情，一瞬间也有些恍惚。

片刻后，他回过神来。

"没有。"向淮之语气如常，"不过我建议你，早点儿移情别恋。"

景欢问："为什么？"

向淮之直白地说："我不会回应你。"

这要换作其他女生，估计已经心碎一地了。

景欢撑着下巴，可怜兮兮地道："我知道……我没想过真的能和哥哥在一起，能跟哥哥一起下本、打打竞技场，我就已经很满足了。"

另一边，路杭的密聊快被撑爆了，帮里的"吃瓜"群众都来密他，想从他这里窥探一些向淮之和小甜景的内幕。

路杭一一回复"不知道"，抬头说："向向，你看小景景多痴心啊，要我说，你不如跟她试试得了。"

向淮之道："你当是在试菜？"

"也不是真的啊，游戏里结成侠缘，手续费都才一百金，多大点儿事。"路杭说，"我瞧着小景景挺可爱的，过了这个村可就没这个店了。"

向淮之："你觉得她可爱，自己怎么不去追？"

路杭嘀咕："我哪里敢抢你的人？"

向淮之刚想反驳，就见队里的小狐仙突然换了件黑色的短裙时装，连带着尾巴也被她染成了灰白色。两人站在一起，没有任何违和感。

他盯着小狐仙的尾巴看了一会儿，动动指头把她牵到了任务 NPC 附近，没再说话。

Chapter **9**

第九章
醉酒

景欢说到做到，进入歌唱比赛的复赛后便开始消极对待比赛。他不唱红歌了，改唱儿歌，而且唱得乱七八糟的，一句话能跑出三个调子。起初还有玩家觉得她有意思，给她投票，但次数多了，大家也失去了新鲜感。

见点赞数慢慢降下来，景欢终于能安心干正事了。

这天，几人又在一起下本。

[队伍] 小甜景："哥哥，我们今晚还打竞技场吗？"

[队伍] 心向往之："都行。"

[队伍] 小甜景："那我要抱哥哥的大腿！"

[队伍] 路迢迢："对了，我和老向下星期要出去一趟，那几天上线时间不稳定，可能来不及下本，你们可以先找个临时队伍刷任务。"

[队伍] 小甜景："下周？周几呀？"

[队伍] 路迢迢："周三到周六。"

[队伍] 小甜景："好巧，我那几天也要跟同学出去，你们是去旅游吗？"

[队伍] 路迢迢："爬山，你呢？"

[队伍] 小甜景："哇，真厉害。天气有些凉了，我跟同学去泡温泉。"

向淮之眼眸微动，他们会放假是因为学校下周要腾给别人做考场，并不是因为什么特殊的节假日，世上没这么巧的事，小甜景似乎真的跟他同校。

这时，爱是分你吃突然开了麦，声音听起来特别虚弱："抱歉啊……刷完这个本我可能得下了，实在撑不住，我连打字的力气都没有了。"

[队伍] 小甜景："怎么了，不舒服？"

"嗯。"爱是分你吃道，"肚子疼……你知道的。"

景欢愣了愣，他知道什么？

[队伍] 小甜景："吃坏肚子了？"

爱是分你吃顿了顿，道："就，那几天啊。"

[队伍] 小甜景："嗯？"

[队伍]路迢迢:"'姨妈'期?"

"嗯,这次不知道什么原因,肚子特别不舒服,我以前都不这样的。"爱是分你吃问,"小景,你平时痛不痛啊?"

不是,女生之间还会聊这种话题的吗?!

景欢斟酌片刻,道:"不疼呢……"

爱是分你吃惊讶不已地道:"不疼?真的假的?我身边的女生都会不舒服。"

景欢立刻改口:"就,偶尔吧,不是很严重啦!"

"是吧,不用不好意思,疼都是正常的。"爱是分你吃说,"你的'姨妈'准吗?一般都是几号?我怎么觉得你每天都生龙活虎的?"

景欢胡编乱造道:"月初。你不舒服就挂机去休息吧,我一个治疗在就可以了。"

爱是分你吃:"啊,你自己行吗?"

"没问题,我很厉害的!"景欢说,"快去吧。"

爱是分你吃挂机离开后,景欢刚松了口气,就听见手机突然振了振。

吃吃:"少女牌内置式棉棒导管,复制这段描述后到淘宝……"

吃吃:"买它!你'姨妈'不是在月初吗?!那就是下周了啊,记得带去泡温泉!放心,很好用的,没有什么异物感!也不会疼!"

景欢强撑着发了两句感谢,立马把微信关了,不好意思再多看那链接一眼。

晚上,两人一块儿去打竞技场。打完一场PK,向淮之突然问:"你下周要去泡温泉?"

景欢愣了愣,道:"对,跟同学一块儿去,怎么啦哥哥?"

"下周好像没有节假日。"

"我们学校要给考试腾场地,放好几天假。"景欢没多想,乖巧地道,"哥哥呢?你们下周也放假?"

向淮之:"没有,我们逃课。"

景欢"哦"了声,装嗲道:"那几天我能给哥哥发微信吗?"

"随你。"

自从景欢在喇叭上跟他说了那些话后,心向往之就很少回他微信了,偶尔回一次,内容也特别简短。

景欢委屈地道:"哥哥会回我吗?"

向淮之沉默片刻,才道:"有空就回。"

出发当天,景欢才开始收拾行李。

计划去三天两夜,他们没有别的安排,就冲着酒店里的招牌温泉去的,高自翔说那里有七十多个温泉池,足够让他们泡个爽。

男生收拾行李没什么讲究,景欢带了两套衣服和洗面奶,再背个电脑包就算齐活了。出门前,他给心向往之发了条消息,跟对方道早安。

陆文浩的车就停在小区楼下,车子是他妈给买的代步大众,说是上学时得低调,毕了业再给他张罗好车。不过陆文浩一般不开车,今天是惦记着要去泡温泉,才特地起早回了趟家,把车开了过来。

两人坐在车里等了好一会儿,见景欢出来,陆文浩落下车窗,道:"欢欢,你也太磨蹭了。怎么就带这点儿东西?"

"我刚才在收拾行李。"景欢道,"把后备厢打开。"

把东西放到后备厢,景欢坐上后座:"你俩搬家呢?就去三天,带两个大箱子?"

高自翔从副驾驶座位上探出头,朝他眨了眨眼:"里面有宝贝。"

景欢对宝贝没兴趣,把电脑包丢到一边,打了个哈欠。

陆文浩从后视镜里看了他一眼,问:"欢欢,你最近怎么了?天天跟通宵似的,上早课也是,一节课能打十来个哈欠,我都看困了。"

景欢这几天晚上都在刷任务。竞技场这玩意儿越打越上瘾,玩的场数越多,他就越觉得自己装备垃圾。每次一个走位失误就容易被带走,心向往之都不知道在他这里折了多少复活药。

近期区里交易所的装备都不合他的心意,景欢只好先自己刷材料,看看能不能打造出极品。

高自翔狐疑地问:"你该不会背着我们偷偷谈恋爱了吧?"

陆文浩睁大眼,道:"肯定是!我之前说要来你这里住两天你都不答应……欢欢,你是不是跟哪个小姑娘同居了?!"

高自翔点头:"怪不得每天早上都犯困。"

这都说到哪儿了?

"没有。"他戴上耳机,"失眠而已。"

景欢握着手机,反复确认了几遍,二十分钟过去了,心向往之还没回他的消息。

他说什么有空会回,都是骗人的,臭骗子。

"我听说那酒店什么设施都有,健身房、网吧、KTV……甚至有个小酒吧。"陆文浩发动车子,"我们到时候可以去网吧三连坐,叫个陪玩,四排'吃鸡'去,打完就回去泡温泉,岂不是美滋滋?"

不说还好,一说景欢就觉得手痒。他离开《九侠》后的两年里一直靠"吃鸡"续命,最近倒是没什么时间玩了。

他换了个舒服的姿势,点开手机里的直播平台,见自己唯一关注的主播没开播,打开软件大厅,想找找别的直播看。

"刚枪女神小洛米:礼物送我超甜,甜到你想谈网恋!"

这直播间的名字一下就吸引了景欢,他看了眼主播的个人资料。

对方的粉丝在直播平台里不算多,却是上周的礼物榜前十,可见对方很会吸"土豪"粉,还都能哄着让别人心甘情愿地给她花钱。

景欢十分敬佩,并抱着学习的心态点了进去。

只见女生穿着吊带,露出一大片白皙的肌肤,妆容精致,声音甜得都快能掐出蜜来:"谢谢'想喝奶茶'哥哥的小星星,我一会儿就拿哥哥给的小星星去买奶茶。"

主播在游戏里被敌人一枪爆了头:"哎呀,这些'伏地魔'好讨厌……是他们太阴险啦,才不是我菜呢!你们不准笑我!我要跟你们翻脸啦!"

主播捡到空投枪,一边上弹一边嗔道:"恶龙咆哮!嗷呜嗷呜——"

主播的"土豪"老板进入直播间时:"邱哥哥来了?哥哥上午好,刚醒吗?"

[公屏]邱哥哥:"嗯,刚睁眼就来了。给我来个早安吻。"

景欢正纳闷这早安吻要怎么给,就见女主播害羞一笑,然后嘟起嘴,对着麦克风:"邱哥哥mua——"

模拟的亲吻声有些黏腻,主播故意拖长了调子,带了许多旖旎的味道。

景欢深吸一口气，鸡皮疙瘩都快被她亲出来了，火速退出了直播间。他惊魂未定地摘下耳机，终于明白心向往之为什么不喜欢小甜景了——跟真正可爱、会撒娇、声音甜的女孩比起来，他算什么啊！

他仔细回想了一下，仙萌萌和他表姐的声音都特别甜，正儿八经的萝莉音，很显然，萝莉音就是心向往之的取向狙击。可惜，他买变声器时太匆忙，没仔细挑，这辈子是掐不出萝莉音来了。

景欢把直播软件关掉，一脸忧愁地看向窗外。

开了一个小时的车，三人终于到了酒店。

他订的是大床房，二十楼，陆文浩他们是双床豪华房，比他的房间要高几层。

办好入住，陆文浩就迫不及待地道："我们什么时候去泡温泉啊？欢欢，不然你换件衣服就出来吧，咱们中午泡一次，晚上再泡一次。"

景欢："你也不怕泡晕？我中午不泡，你们自己去吧。我补觉，晚上再叫我。"

说完，电梯刚好到二十楼，景欢跟他们挥了挥手，背着他的小背包出去了。

这个度假村建在山里，周边连家饭店都难找，选择住这儿的基本都是专程来享受生活，连酒店大门都不想出的游客。度假村为了吸引客户，从酒店设计到室内娱乐设施都做得十分完美。景欢刷卡开门，一眼便看到了窗外的山景，心情跟着放松了不少。

他走到阳台上，享受了一会儿山里的新鲜空气，然后打开电脑，娴熟地登录《九侠》。

昨晚熬得太晚，他打算补会儿觉再继续刷任务，先把号挂到蓬莱仙境里再说。

[密聊]秋枫："在？来一块儿下本吗？"

[密聊]小甜景："不啦，我有下本固定队的。"

[密聊]秋枫："我知道，但路迢迢他们这几天不是不在吗？你来跟我刷吧，我带队很厉害的。"

[密聊]小甜景："不啦，我做单人任务挺好的！"

[密聊]秋枫："好吧，那你有空记得回头看看啊。"

[密聊]小甜景："看什么？"

[密聊]秋枫:"看我啊。"

自上次景欢在喇叭上跟心向往之大胆地说了那些话后,之前那些堵小甜景的人已经跑光了,只剩下秋枫,还是时不时地来撩拨两句。

景欢想了想,敲字。

[密聊]小甜景:"好的!我先去蓬莱仙境挂机了,这里风景好,我想拍几张照片给战神哥哥看!下次聊啊,拜拜。"

景欢睡了一觉,醒来时窗外晚霞正好。

他侧躺着看了许久,才慢悠悠地抬手在枕头底下摸索手机,看到微信图标右上方鲜红色的"1"后,困意瞬间去了一半,立刻点了进去。

秋枫申请添加你为好友,附加消息:小景景,你拍的风景照能顺便给我看一看吗?

他的喜悦立刻去了一半,懒洋洋地点了同意。

景欢打开他和心向往之的对话框,最底下还是他早上发的那句"哥哥早安"。他盯着这句话发了一会儿呆,然后抬手在心向往之的头像那里戳了好几下。

回消息是社交基本礼貌,知道吗臭弟弟!

发泄完,景欢打开手机键盘。

小景呀:"哥哥在山里找到新的妹妹了吗,为什么不回我?"

吃饭时间,陆文浩打电话让他去酒店的自助餐厅,景欢到的时候,陆文浩已经吃完了第三盘食物。

"你再不来,这些菜都要被我吃空了。"陆文浩拍了拍肚子。

景欢把端来的菜放桌上,坐下道:"你少吃点儿,打篮球都要跑不动了。"

陆文浩说:"放屁,我还指望运动会为班级争光呢!"

景欢笑了声,问:"翔儿呢?"

"他跟他女朋友打电话呢,说晚点儿再吃,让我们别管他。"陆文浩刚说完,手机突然响了一声,他拿起来一看,脸上立刻笑开了花,忙放下筷子,双手回消息。

景欢喝了口橙汁，道："能不能别笑得这么猥琐？"

陆文浩道："我在跟我的女神聊天。"

"哪个女神？"

"区里第一普陀。"陆文浩得意扬扬地说，"我们下星期三就要结成侠缘了。怎么样，要不要给你个小号，让你上来观礼？"

景欢一时间不知说什么才好："怎么，好了伤疤忘了疼？不怕这次给你来个爷爷辈？"

"别胡说八道啊。她给我开过视频的，人美声甜，说的就是我宝贝。"

景欢被他这声宝贝恶心饱了，正想再损他两句，转头看到陆文浩幸福沉醉的表情，忽然灵光一闪——不是，他身边就坐着一位网恋大手，他天天到别人那里取什么经？！

景欢伸手握住了陆文浩胖嘟嘟的手腕，正色道："浩儿，你先把手机放下，我问你件事。"

陆文浩一愣，停下打字："什么事搞这么严肃？"

"就是，我有一个朋友。"景欢说，"她吧，喜欢游戏里一个男的，追一个多月了，那个男的都没什么表示。你有没有什么好的办法？"

陆文浩听完，皱眉问："你那朋友长得很丑吗？"

景欢顿了顿，道："也不算丑吧？"

"那为什么会追不到？"陆文浩问，"他们语音过没？"

景欢点头："当然！我朋友的声音虽然不甜，但也挺好听的，还特别会撒娇，天天追着那个男的喊哥哥！结果那男的跟石头似的，根本撩不动。"

陆文浩眨了眨眼："你了解得还挺清楚的？"

"她天天跟我诉苦，我当然清楚。"景欢咳了声，"行了，你到底有没有办法？"

陆文浩想了想，问："你朋友给那男的发过照片没？"

"没有。"景欢说，"她害羞。"

"怪不得。"陆文浩一拍大腿，"你跟她说，千万别害羞！给那男的发照片，稳成！"

他哪里来的照片能发？！景欢想了想委婉地说："其实她长得也不是特别好看，就……五分左右吧。"

"五分够了啊！拍完随便PS一下就有八分了，美图秀秀知道吧？千万别担心见光死，先把人骗到再说！到时候感情到位了，长相就没那么重要了。"陆文浩补充道，"哦，对了，还有，拍照片的时候还可以适当地勾引一下。"

景欢满脸古怪地看着他，心想：你为什么这么熟练？

"怎么勾引？"

"你别这么看我，我不是那个意思！"陆文浩说，"也不用太过分，就，露个大腿？露个胳膊？露个锁骨也行……这她应该能接受吧？"

景欢面无表情地道："她不能。"

陆文浩："你不问问怎么知道？"

景欢："她不是这么随便的女生。"

陆文浩彻底无语了。

吃完饭，景欢回房间换上宽松的泳裤，披着浴袍，出门泡温泉。

度假村里是有几十个温泉池没错，只是有些池子非常小，下几个人就塞满了，脚也舒展不开，于是三人在出口处商量了一下，决定分开泡。

景欢挑了个角落的温泉池便下去泡着了，温泉水滚烫炽热，浸在肌肤上又疼又爽。

景欢坐在温泉里，忍不住瞥了眼被他放在岸上的手机。十个小时过去了，心向往之还是没回他消息。可能是死了吧，景欢闭上眼，冷静地想。

几秒钟后，他睁开眼，似是做了什么重大的决定，磨磨蹭蹭地伸手拿起了手机。

向淮之在失物招领处拿回了手机。

他今早跟路杭在市里的超市逛了逛，想买些明天爬山时用的道具和食物，逛着逛着，把手机逛丢了。

晚上超市保安才联系他，说手机找到了。

回酒店的车上，路杭道："你开机看看有没有被人动过。"

手机没有被用过或强行破解的痕迹，向淮之刚开机，屏幕上就弹出了几条微信提示。

他粗略地扫了眼消息列表，犹豫几秒，先点开了小甜景的消息。

小景呀："哥哥早安。"

小景呀："哥哥在山里找到新的妹妹了吗，为什么不回我？"

小景呀："[照片]。"

小景呀："[语音]。"

向淮之下意识地先按开语音，然后才放大照片。

"哥哥，我刚刚去泡温泉啦。"小甜景的声音在车内响起，"你要记得按时吃晚饭啊，mua——"

照片中，女生的大腿浸在温泉水里，白皙纤细，膝盖形状也小巧圆润。小甜景的手机像素很高，他甚至还能看到她大腿外侧那颗小小的痣，赏心悦目。

坐在他身边的路杭一愣，作势就要凑过来："小景景说啥呢？我没听清。"

向淮之不动声色地锁上手机屏幕，道："没什么，别凑过来。"

景欢坐在电脑前，忐忑不安地再次点开自己发出去的语音，又听了一遍。

如果仔细听，能听出来女生的声音有些模糊的闷重感——是他事先用变声器录下来，再从电脑音响放出来发到微信上的。

这听起来会不会有点儿假啊？

景欢犹犹豫豫大半天，决定还是把语音撤回，结果发送时长已经过了两分钟，连撤回的按钮都消失不见了。他越来越没底气，又点开了那张被他修过的照片。

他想了想，长按转发，给陆文浩发了一份。

陆文浩："我已经是有女朋友的人了，你给我发这种图干什么？我是会看这种照片的人吗？"

陆文浩："这是谁的腿，我们学校的？微信推一下，我就看看她的朋友圈，不干别的。"

景欢没回他，心里想：看来修得还行。

手机振了振，失踪一整天的人终于有了回应。

向："以后这种照片不要乱发。"

景欢嗤笑，刚才那点儿紧张和羞耻感立刻插上翅膀飞没影了。这人一看到腿照就秒回，还装什么正人君子？

小景呀："才没有乱发！我只给哥哥发过！"

向淮之此时正在烤肉店里坐着，对话屏幕上方还是小甜景发来的腿照，为了避免被别人看到，他发消息都要把手机捂着，跟做贼似的。于是他抬手，毫不犹豫地把那张照片从他们的聊天记录里删掉，然后才继续打字。

向："今天手机丢了，刚找回来。"

景欢嫌弃地扯扯嘴，渣男借口真多。

小景呀："这样啊，吓死我了，我还以为哥哥不理我了……"

小景呀："哥哥今天去爬山了吗？"

向："没有，明天。"

小景呀："哦哦，那哥哥要注意安全[吻]。"

向淮之看着这大红唇表情，不知怎么的，又想起刚刚那条语音来。他没再回复，把手机锁屏后放好，专心烤肉。

"小甜景给你发了不少条消息吧？"路杭咽下嘴里的肉，打趣道。

他刚刚虽然没听清楚小甜景说话的内容，但最后那个亲亲倒是听全了。

向淮之："没有。"

"行了，我都听见了，她还亲了你一下。"路杭把肉翻了个面，摇头"啧啧"道，"她可真是一片情深。"

向淮之顿了顿，道："只是游戏上认识，没有你说的那么夸张。"

"游戏里怎么了，游戏里难道就没有真感情？"

向淮之哂笑道："面都没见过，在游戏里说几句话，打几场PK，就谈真感情？我看你是网恋魔怔了。"

路杭明白了，停下动作道："说了半天，你是担心小景景真人长得丑啊？不过也是，据数据统计，声音好听的女生80%不好看，有的还胖。这简单，你让她发张照片不就好了……哦不，看照片不靠谱，得直接视频。"

向淮之懒懒地抬眼道："你以为我是你？"

"不带人身攻击的。"路杭突然想到什么，笑了一声，"哦——还是你觉得小景景只是图你装备好，图你钱多？"

向淮之懒得理他，起身去倒蘸料。

回来时，就见路杭捧着手机在笑，他刚坐下，路杭就忙不迭地把手机递到他面前说："向向，你看。"

屏幕上是路杭和小甜景的聊天记录。

路迢迢："小景景，干吗呢？"

小景呀："在刷材料任务，怎么啦？"

路迢迢："我和向向在吃烤肉，你想不想看你向哥哥的照片？"

小景呀："想！我想！我可以吗？我有资格看看哥哥的盛世美颜吗？！"

路迢迢："哈哈哈你有！但这事你不能告诉他啊。"

小景呀："嗯嗯！一定不说！"

向淮之看清路杭在后面发的照片后，脸色顿时黑了一半。

路杭发的当然不是他的照片，而是一个戴着眼镜、小眼厚唇，肤色跟面前的熟牛肉有的一拼的年轻男人，笑容憨厚，傻里傻气，看起来年龄没超过二十。

"你闲出病来了？"向淮之凉凉地道，"这是谁？"

"我表弟。"路杭说，"哎呀，我就逗逗她嘛……她怎么还不回我？该不会被照片吓跑了吧？"

向淮之没应他，动动手指把照片撤回，敲字想解释。

玩笑可以开，假照片就免了。

在他解释之前，小甜景先回了消息。

小景呀："[疯狂舔屏]刺溜刺溜刺溜！"

向淮之把原先打的字删掉，发了个问号过去。

小景呀："我哥哥好帅！"

路迢迢："帅吗？"

小景呀："帅呆了，尤其是他这双迷人的小眼睛！"

路迢迢："眼睛？"

小景呀："里面带着三分冷漠，三分薄情，还有四分漫不经心……我爱了。我要把照片打印出来，贴在我的床头。"

向淮之发现，自从认识小甜景后，他仿佛只认识问号这一个标点符号了。

路迢迢："这不是我，路迢迢捣乱，乱发的。"

那头的人安静了几秒，然后——

"小景呀"撤回了一条消息。

"小景呀"撤回了一条消息。

"小景呀"撤回了一条消息。

向淮之看着这几条撤回提示，忍不住挑唇，短促地笑了声。

小景呀："呜呜呜——路迢迢太坏了……"

路迢迢："嗯，我会说他。"

给小甜景解释完，向淮之把手机丢了回去，道："下次别再跟她开这种无聊的玩笑了。"

翌日，三人照事先说好的，肩并肩去了酒店楼下的网吧。

说是来开黑，高自翔和陆文浩却齐齐打开了《九侠》，一个刷日常任务，另一个带着女朋友去看风景。

景欢不喜欢单排"吃鸡"，久违地打开《英雄联盟》，结果由于操作退步，被四个队友骂得很惨。

景欢烦躁地捋头发，看向身边的人："是谁说要来网吧开黑的？结果让我坐在这里看你们打《九侠》？"他还不如留在房间里自己刷活动呢。

"哎呀，还不是我们帮主临时说要下五星难度的二十人本，再过五分钟就开了。"陆文浩说，"马上啊，下完这个本，我们就去打'吃鸡'。"

景欢扫了眼他的屏幕，道："滚蛋，这本你们起码要下三个小时。"

"三个小时？"高自翔摇头道，"想多了，带着陆文浩，最少也要四个小时。"

陆文浩："屁！老子现在很强！"

既然出来了，景欢也懒得再回房间里，动动手指头点了三个男陪玩，打开"吃鸡"，去体会当团宠的快乐。

陆文浩："你没事吧？花钱找男人陪你玩游戏？"

"我不好意思找女生要配件。"景欢言简意赅地解释。

玩了两个多小时，景欢瞥了眼隔壁，发现陆文浩已经被 Boss 一拳头捶死了，现在正在副本角落里躺尸。

"我放只狗在键盘上，狗都比你打得好。"高自翔气死了。

陆文浩辩解道："是狐仙洞太弱，跟我有什么关系？"

"弱什么。"景欢听不下去了，"是你玩输出玩惯了，没习惯它的施法范围。"

陆文浩说："真不是，欢欢你没玩过狐仙洞，不知道这门派有多难玩……"

"谁说我没玩过？"见陆文浩复活又倒地，景欢看不下去了，起身道，"起来，换个位置，你来打'吃鸡'。"

过了十分钟，陆文浩的心思压根儿不在"吃鸡"上，他一边跑毒一边看景欢操作："这都没打到你？游戏 Bug 了吧？！"

景欢："本来就没打中，我躲开了。"

陆文浩的游戏角色是个虎头人身的魔族，只见老虎一个翻滚走位，迅速给队里的输出补了一口血池，中间一丝休息间隙都没有。

陆文浩纳闷了——明明用的技能都是同一个，为什么景欢就能丢中？

高自翔被生生奶至满血，道："太爽了……陆文浩你学学，好好学学！"

陆文浩"啧"了声："在学呢，别吵。"

半小时后，Boss 轰然倒地，景欢长吁一口气，忍不住舒展了一下手指头。

平时他跟心向往之下本惯了，习惯了对方的爆炸输出，再跟其他人下高级本就觉得特别累。

"欢欢，你也太强了。"高自翔说，"你赶紧买个号，回来当我的绑定奶！"

景欢喝了口水："不强，全靠同行衬托。"

"别谦虚啊。"身后突然传来一道声音，来人话中带笑，"你这狐仙洞是挺会玩的。"

景欢一愣，下意识地回头。他身后不知何时站了两个男生，一个穿着格子衬衫，面生，笑容温和；另一个眼皮半垂，身高腿长，穿着一件简单的黑色长T恤,是前段时间才跟他见过面的向淮之。两人的头发和衣服都湿答答的,像是刚淋了一场雨。

景欢有些恍惚。

不知道是不是这段时间跟心向往之他们下本久了,他总把别人的声音听错,向淮之的声音和心向往之很像,听这男生的声音……又有些像路迢迢。

"路哥?好巧,你们怎么在这里?"陆文浩上下打量他们,"你怎么都湿了?"

路杭叹气,伸手弹开前额碎发上的雨水,道:"别提了。我俩刚才在爬山,偏偏遇上今天暴雨。我们想开车下山吧,雨势太大,连路都看不清,只能就近来这里躲一会儿。"

陆文浩:"这几天天气预报是说要下雨来着,你们怎么挑这个时候爬山?"

路杭:"没看那玩意儿。"

景欢从桌上抽了几张纸,递给向淮之,说:"学长,你擦一擦。"

向淮之接过:"谢谢。"

路杭在两人之间看了一眼,问:"你俩认识?"

路杭是听说过景欢的,景欢在学校里有些名气,他们系好多女生喜欢去看这位小学弟打球。

"之前见过。"向淮之道。

高自翔向他介绍:"欢欢,这也是我们学长,叫路杭,跟向学长是同寝室的,就是我在玩家见面会上认识的那位。学长,这是景欢,我们的室友。"

"我知道,早听说过。"路杭兴致勃勃地问,"你们还说过我呢?说我什么了?"

"他们说你《九侠》玩得很厉害。"景欢也给路杭递上纸。

"谢了。"路杭把手臂上的水擦干,"你也玩《九侠》啊?哪个区的?我看你玩狐仙洞挺厉害的,跟我们队伍的狐仙洞有的一拼。"

景欢摇头道:"我以前玩过,退出游戏几年了。"

"学长,你的队伍也有狐仙洞?"陆文浩好奇地道,"怎么样,有多厉害?"

路杭不知道想到什么,笑了:"我们队的狐仙洞……"

他仰了仰下巴,指了指向淮之,"厉害得很,尤其在他那……"

向淮之体贴地问:"还想淋雨?"

路杭闭嘴了。

说不出为什么,景欢总觉得有些心慌,后脖颈酸酸麻麻的,不舒服。以后还是不能戴耳机玩游戏了,他想,不然以后听谁的声音都像心向往之,那还得了?

"那路哥,你们是来上网的?"陆文浩问,"还是你们也住这个度假村?"

"没,我们的酒店在市里,订晚了,这度假村早没房间了。"路杭环顾四周,"也不知道雨什么时候能停,听说这儿有网吧,就过来打发打发时间。"

网吧的电脑分布是一排四座,他们这一排只剩下景欢旁边有一个空位,坐不下他们两个人。

不过座位另一头的四个位置是空着的。

"行了,你们玩吧,我俩上机去了。"路杭说完,自然而然地走到那头,开了机子。

向淮之扫了一眼,坐到了景欢对面。

景欢戴上耳机,重新开了一把游戏。三个男陪玩在耳机里喋喋不休,景欢的游戏人物坐在车里,不需要操作,他的视线不由自主地落到了向淮之握着鼠标的手上。

向淮之的手掌很大,整个鼠标被纤长的五指握着,让人忍不住多看几眼。

景欢看够了,刚想收回目光,就见向淮之突然歪了歪脑袋,隔着两台电脑漫不经心地望着他:"在看什么?"

偷看被抓包,景欢也不觉得尴尬。他摘下一边耳机,笑了笑:"学长,你的手真大,手指头也好看。"

景欢刚说完,耳机里就传来激烈的枪声,他赶紧收回脑袋,重新戴上耳机,"我在我在,刚才在跟朋友说话……哪个点有人?OK看到了。"

听完他这无厘头的夸赞,向淮之扯了扯嘴角,然后坐直身子,登录游戏。

路杭:"我们去下本吧?下个简单的五人本,小景景在不在?我看她的号在蓬莱仙境挂着……"

向淮之没看好友列表,直接道:"不在。"

他上线两分钟了都没收到好友消息,那她一定是没在电脑前。

"行吧,你来主城,我拉个路人。"

连玩了三把"吃鸡"后,景欢便觉得索然无味,挥挥手遣散了这三个陪玩。

他往椅子上一靠,撑着下巴看陆文浩做副本。

"你去领法宝。"对面传来路杭的声音,"领完,我们在传送人处集合。"

向淮之:"嗯。"

两人的对话都很简洁,景欢越听越出神,心思也完全不在陆文浩的屏幕上了。

这声音和对话……是真像。

五人在网吧待到吃饭时间,外面仍是倾盆大雨,不少车子闪着双闪灯,驶进度假村的停车场避雨。

路杭看完情况后回来道:"这雨下得比赵薇找她爸要钱那天还要大。"

景欢更正他:"那叫依萍。"

"一个意思。"路杭叹气,"难得的假期,我难道只能在网吧里吃泡面睡觉了?"

向淮之看着屏幕桌面上的菜单,说:"不至于,这网吧里有套餐卖。"

陆文浩看了眼天气预报,说:"这雨怕是得下到明天,就算晚上停了,山上黑灯瞎火的,路面那么滑,你们还敢开车下山?"

"那还能怎么办?慢慢开吧,我实在受不了在这椅子上睡觉。"路杭伸展了一下身子,"而且我刚才问了,这儿别说空房,就连大堂都没位置坐了。"

高自翔突然想到什么,提议道:"路哥,不然你们去我们的房间睡?"

这话一出,大家都愣了愣。

"对啊。"陆文浩赞同,"我们订了两间房呢,肯定能睡下。"

景欢也是才想到这一茬,道:"我的是大床房,能再睡一个。"

路杭有些意外,毕竟他和这几个学弟还真不怎么熟,只是在《九侠》玩家见面会上聊过几句。

"方便吗?"

陆文浩笑了:"方便,大家都是男人,有什么不方便的?"

路杭看向自己的室友,挑眉,发射出一个询问的信号。

向淮之没有跟别人同床的习惯,尤其是面前这几位还都是刚认识的陌生人。但是吧,这网吧的椅子质量确实不好,坐久了全身都不舒服,而且他身上的衣服还隐隐约约散发着雨水的潮味,让人不适。

"来吧,学长。"坐在他对面的男生突然探出脑袋,弯着眼睛,热情地邀请他,"就当是我报答你之前的救命之恩。"

电梯停在二十楼,向淮之跟在景欢身后,走出电梯。

"那我先带学长去洗个澡,换件衣服。"景欢看了眼表,"七点餐厅见?"

陆文浩:"OK。"

向淮之站在他身边,突然觉得自己像是刚从幼儿园放学的小朋友,正要被景欢接走。

等到了房间,向淮之才发现问题。他道:"我没带衣服。"

"没事,"景欢指了指衣柜,"可以暂时先穿浴袍,等你洗好了把衣服烘干就能穿了。"

向淮之抿唇,目前条件有限,确实只剩这个办法了。他点头道:"好。"

等人进了浴室,景欢抱着电脑坐到了沙发上,见心向往之没在线,才慢悠悠地点开挂机时收到的好友私信。

秋枫给他发了几句问候,景欢想了想,干脆继续装不在,没回。

春肖也给他发了消息,说是发了副本首杀的奖励,让他记得去帮派金库领。

景欢回了个好,操作着小狐仙,蹦蹦跳跳地传进了帮派。

[帮派公告:"小甜景"因"副本首杀奖励"获得了一百金的帮派

奖励！]

[帮派]秋枫:"你居然不回我消息……"

他忘了领奖励会上帮派公告了。

[帮派]小甜景:"我刚回来呢,不是故意不回你。"

[帮派]秋枫:"那来下本吗?流沙河副本,这本心向往之他们下午刷过了,你不来,就只能自己去混野队了。"

心向往之下午上线了?今早他给心向往之发了条消息,对方回了句今天要爬山,两个人就没再说过话。

景欢想了想,打开微信,发了条消息过去。

向淮之从浴室出来时,景欢正盘腿坐在沙发上,腿上放着台电脑,正噼里啪啦地打着字。景欢比其他男生要白一些,裤子下露出的一双小腿在棕色沙发的映衬下,更加引人注目。

向淮之没来由地想起小甜景那张照片。不过几秒,那个画面就被他从脑中挥开。他问"我洗好了,你要去吗?"

景欢盯着一直没收到回复的聊天界面,"嗯"了声:"马上去。"

向淮之没在意,走到床前,随手拿起手机。

小景呀:"哥哥,你下午在下本?"

向淮之动了动指头,回了个"嗯"。

"叮——"景欢捧着的电脑突然响起一道微信提示音。

向淮之循声望了一眼,很快收回视线,没几秒,手机就在他的掌心里振了振。

小景呀:"哥哥下本为什么不叫我?"

向:"你不在。"

"叮——"他发出消息的一瞬间,沙发那头又响了一声。

向淮之忍不住抬眼望去,刚好看到景欢敲了几下键盘,然后按下回车键,与此同时,他的手机又振了起来。

小景呀:"你可以微信叫我啊,呜呜。"

向:"下次。"

"叮——"

小景呀:"好,哥哥今晚还打竞技场吗?"

向淮之犹豫片刻,试探性地敲字。

向:"不。"

"叮——"

向:"有事。"

"叮——"

向:"来不了。"

"叮——"

向淮之稍稍屏息，听着沙发那头的键盘声，键盘声消失的那一瞬间，他的手机又有了反应。

小景呀:"啊啊啊！哥哥连着回了我三条消息！"

向淮之沉沉地吐出一口气，又打开表情，随便点了三个表情分三次发出去。

"叮——叮——叮——"

向淮之缓缓抬头，眼神极其复杂，欲言又止地看着坐在沙发上的人。

感应到从床边射来的目光，景欢抬头，疑惑地眨眼:"怎么了学长？"

向淮之蹙着眉，盯着他腿上的电脑，良久才挤出一句:"没事。"

向淮之有一个荒唐的念头，荒唐到他自己都觉得可笑。他抿唇，转身背对着沙发上的人，点开了微信功能列表，手指尖在"语音通话"四个字上游移。

他还没来得及点下去，就听见那台电脑又开始响了。

"叮——"

"叮——"

"叮——"

然后是景欢敲键盘的声音。

向淮之看着屏幕，上面还是那三个表情，他没再继续发消息，小甜景也还没有回复他。

说不上来是什么感觉，向淮之松了口气，拿浴巾擦了擦前额的湿发。

他是疯了，才会冒出那种想法。

给景欢发消息的是陆文浩，问景欢楼下的洗衣机怎么用，还拍了张照片过来。景欢三两句就教明白了，陆文浩回了个大拇指。

陆文浩："'贤妻良母'欢，你要是个女的，大爷一定八抬大轿把你娶回家。"

小景呀："几个菜啊醉成这样，老子是女的也轮不到你，赶紧去洗你的衣服。"

景欢合上电脑，看向站在床边的人。向淮之听他的套了件浴袍，背对着他在用浴巾擦头发。他从身后这么看，对方肩宽身长的优势更加明显。

景欢说："学长，把你的衣服给我，我放洗衣机里一块儿洗了。"

雨滴打在窗户上"哐啷啷"地响，窗户被雨痕层层覆盖，景欢望出去，只能看到一片模糊的绿，于是又道："晾估计干不了，烘干吧。"

向淮之顿了顿又道："不用，我自己来。"

"没事，顺便的事，我们放一块儿洗。"景欢从行李箱里翻出衣服，想到什么，又道，"还是你有洁癖？"

向淮之摇头。他只是不好意思又住人家的房间，又让别人帮忙洗衣服，毕竟两人只见过几面，不是很熟。

看出他的想法，景欢抱着衣服笑了声："既然没有，那我就一起洗了。"

景欢拿衣服时没怎么在意，向淮之正好看到摆在最外面的那条黑色内裤。

向淮之收回视线，道："好，谢谢。"

浴室里很快传来水声，向淮之坐在床沿，鬼使神差地看了沙发一眼。

电脑安安静静地躺在上面，与他对望。

片刻后，向淮之移开眼，把那些莫名其妙的想法丢到了脑后。他边擦头发边坐到书桌前，拿起手机刷朋友圈，滑了好一会儿，才刷到小甜景早上发的朋友圈。

小景呀："天气正好 [图片]。"

是一张风景照，向淮之还没来得及细看，浴室里的水声就停了，男生拉开门走了出来。

景欢换了件黑色卫衣，下边穿着亚麻色的五分裤，刚好露出膝盖。

他的腿又直又白，虽然比其他男生的腿要细一点儿，行走时却能隐约看出肌肉线条。

景欢一出来便感受到了他的视线，于是跟着低头，盯着自己的腿看了几秒，问："怎么了吗？"

向淮之回神，满脸淡定地道："你的裤子湿了。"

景欢"嗯"了一声："刚刚没注意，蹭了一下盥洗台。"

烘干衣服后，他们便出了门，出发去了酒店餐厅。

陆文浩他们早早就在餐厅坐着了，占了靠窗的位置，能边吃边赏雨，也算有意境。

见二人肩并肩走进餐厅，陆文浩忍不住嘀咕："啧，在那边倒水的小姑娘都在偷看他们。我合理怀疑，上大学以来一直没女生追我，都是因为景欢掩盖了我的光芒。"

高自翔头也没抬地道："你想多了，单身是你自己的问题，跟欢欢可没关系。"

景欢走近时刚好听见这句，随便挑了个空位坐下来，道："说我什么呢？"

"说你帅呢！"陆文浩拍马屁。

景欢挑唇一笑，不搭理他。见向淮之倒了杯热牛奶来，他顺手拉开自己身边的椅子，方便对方入座。

原本想坐到路杭身边的向淮之脚步一顿，干脆坐下了。他问："喝不喝牛奶？"

景欢愣了愣："倒给我的？"

这是自助餐厅里的最后一杯热牛奶，向淮之没吭声，直接把牛奶放到了他面前。

景欢没客气，拿起便喝了大半。他余光扫到陆文浩脚边的黑袋子，问："这是什么？"

陆文浩"嘿嘿"了两声，说："宝贝啊。"

景欢用指尖挑开袋子看了一眼，竟然是几瓶红酒。

他无语："所以那两个大箱子都用来装这个了？"

"是啊，我从我家的酒库偷的，藏行李箱里运出来了。"陆文浩得意地道，"我已经订了KTV的包厢，我们吃完直接过去。"

景欢想了想,反正今晚他的固定下本队也不营业,点头应道:"行。"

向淮之说:"你们去吧,我就算了。"

"别啊。"路杭咽下食物,"一块儿去吧,反正你也没带电脑来,回房间有什么意思?"

向淮之不爱唱歌,也不喜欢那种场合,动了动唇,还想拒绝。

"来吧,学长。"景欢突然侧目,撑着下巴看着他,"我保证不让他们灌你酒。"

景欢是标准的双眼皮,睫毛长而密,酒店的装饰吊灯灯光映进他眼里,像在发光。

向淮之跟他对视几秒,起身道:"知道了。我去拿吃的。"

景欢也跟着起来:"我跟你一块儿去。"

两人一块儿来,又一块儿走。路杭看着他俩的背影,忍不住问:"他们有这么熟吗?"

"没吧,就上次在楼梯上的时候,向哥扶了欢欢一把。"

陆文浩对两个男人之间的友谊不感兴趣,凑到路杭身边问:"路哥,快,继续说那个故事。你们区那个臭名昭著的女骗子后来怎么样了?"

景欢说到做到,说不让别人灌向淮之酒,向淮之面前就连个酒杯都没放。背景是随机播放的音乐,声音调得很小,向淮之坐在沙发上,姿势随意,看着身边的人跟路杭划拳。

景欢看来经验比较丰富,划拳的花样他都会,路杭想换什么玩法他都能接上。

看不出来,向淮之原本以为对方是一个挺乖的男生。

不过景欢会的多,玩得却没路杭精,已经连输三局了。又输一局后,他笑着叹了口气,给自己倒满酒。

路杭也喝了不少,说:"行不行啊学弟?不行你让你旁边那人帮你喝一杯,我答应了。"

他嘴上关心着景欢,手上却不安分,帮景欢按着瓶底,硬是把酒杯添得满满的。

陆文浩:"我?没问题,欢欢,这杯哥帮你喝。"

"不,不是说你。"路杭拦他,用下巴指了指向淮之,"我说他右边这位。"

向淮之挑眉，警告般看了路杭一眼，让他别太过分，然后便想起身，准备帮景欢把这杯酒喝了。

景欢却举起酒杯将酒一饮而尽，然后擦了擦嘴道："喝完了，继续。"

景欢是从大一开始学会泡吧的，陆文浩好的不教，尽教坏的。他好几次夜不归宿，都是因为被陆文浩拽去酒吧，喝瘫了直接睡酒店。不过喝酒确实解压，次数别太频繁就行，大二开学到现在，这还是他们头一回喝酒。

半小时后，景欢的脸颊已经微微发红。

"我休息一下。"丢完这句，他扑通一下坐到沙发上，撞到了向淮之的肩膀。

"啊，又撞到你了，我怎么老撞到你？"景欢转头，两人的距离极近，"学长，你不唱歌啊？"

他身上的酒味和沐浴露味混在一起，蹿进向淮之的鼻腔。

"不唱。你少喝一点儿，脸都红了。"

景欢抬手，贴了贴自己的脸蛋，说："是有点儿热，没事，我的酒量挺好的。"

他刚说完，背景音乐的声音突然被放大，紧跟着，一个熟悉的、气势十足的前奏响了起来。

陆文浩坐在点歌台前，大声喊道："欢欢！你的歌到了！"

景欢一看显示屏——《精忠报国》。

他气笑了："陆文浩，你是不是欠揍？"

"赶紧。"高自翔把麦克风递过来，"我上次说你唱得比那个女的好听，陆文浩就是不信，你今天必须把他唱服气了！"

平时跟他们去KTV，也经常点一些好玩的歌来唱，景欢骂了两句，最后还是接过麦克风，跟着音乐唱了起来。

他唱了两句，起身走到陆文浩身边，用腿碰碰他，示意自己要点歌。趁景欢离开的空当，路杭一下蹿到了向淮之身边。

"又是这歌，我最近怎么走哪儿都能听见这歌？"路杭说，"别说，欢欢唱得还挺好听的，不过我还是喜欢小景景那一版。"

没得到回应，他疑惑地抬头："老向……"

向淮之蹙着眉，眼底混杂着各种情绪，目光锁在景欢身上，一声未吭。

唱了一会儿歌,陆文浩又张罗着玩骰子。

向淮之发现,这小学弟不仅划拳烂,骰子也玩得不怎么好。

果然,输了几场后景欢就受不了了。他们红酒、啤酒混着喝,其中他喝得最多,到后面头昏脑涨,拿酒杯时手都是抖的。

路杭也看出来了,说:"欢欢算了,这次就不让你喝了。"

他话还没说完,景欢就已经把那杯喝完了,摆手道:"没事……我还行,我去趟厕所,你们先玩,等我回来了继续。"

景欢撑着桌子站起来,因为站得不稳,还差点儿摔在向淮之身上。

向淮之:"我陪你去。"

"不、不用。"景欢踩着他的鞋走出去,喃喃道,"我自己可以……"

向淮之起身想扶他,景欢突然伸手按住他的肩膀,又踩了一脚他的鞋,说:"学长!你不用来!"

见人歪歪扭扭地出去,向淮之在去与不去间犹豫,就听陆文浩说:"没事,欢欢喝醉了跟平常差不多,不闹,还认路。上次他喝醉了,能一个人从酒店走回学校,路上也没发疯,牛吧?"

那这天赋还挺强。

十分钟过去,陆文浩摸了摸脑袋:"完了,欢欢怎么还没回来?"

路杭随口道:"他该不会是想从度假村走回学校吧?"

包间里的人瞬间沉默。

向淮之起身,道:"我去看看。"

因为是酒店内部设施,KTV 的环境并不乱,走廊的装潢精致华贵,看起来就像在某家大饭店,向淮之跟服务员问了路便往厕所赶,心里盘算着万一厕所没人,接下来该去哪里找。

结果他压根儿不用找,男生就闭着眼躺在厕所外面的沙发上,肩膀随着呼吸微微起伏。

向淮之走到他身边,二话不说把他的手臂搭上肩膀,扶着腰把人架了起来。

景欢似有所感,整个人靠在向淮之身上,蹙眉道:"我自己能走。"

向淮之闻言,稍稍松手,景欢再次瘫到了沙发上,脑袋往前一倾。

向淮之觉得好笑,垂眼看着扑在自己的腿上的人,问:"不是能走？"

景欢换了个舒服的姿势，没说话。

十来秒后，向淮之才明白这人是把他的腿当枕头了。他沉默着弯腰，再次把人架了起来。

陆文浩没说谎，景欢喝醉时确实不闹，向淮之很顺利把他扶到了电梯前，甚至能腾出一只手给路杭打电话。

"我先把人送回房了。"

路杭"嗯"了声："我们马上也回去，没出什么事吧？"

"没。"向淮之低头看了他一眼，"只是醉了。"

挂了电话，电梯也到了，向淮之走进去按下"20"。

"你在跟谁说话啊？"靠在他肩上的人突然开口喃喃地道，并黏糊糊地叫了他一声，"哥哥。"

电梯门合上的轻微响声掩盖住了景欢的话，向淮之听得不准确，蹙着眉问："什么？"

酒劲儿越来越大，景欢已经有些飘飘然了，闭着眼睛，脑子里只剩下心向往之的声音。

景欢："下次要等我，哥哥。"

向淮之听清楚了。景欢在叫他哥哥，而且男生刻意压低了声音，叫得特别软。

向淮之深吸一口气，再次问："你叫我什么？"

景欢皱眉，有些不耐烦了，但还是很乖地又叫了他一句："哥哥。"

受小甜景的影响，向淮之很清楚，"哥"和"哥哥"是两种叫法。

向淮之问："为什么这么叫我？"

景欢莫名地道："我、我不是一直这么叫你吗？"说完，他小声地打了个酒嗝。

没有，景欢从来没有叫过他哥哥。

向淮之抿了抿唇，道："你刚才让我等你？"

景欢无力地点了两下头，又想起自己点头，心向往之是看不见的，于是开口，低声抱怨："你不带我下本，我就只能去混野队，我……不喜欢混野队，也不想和秋枫他们下本。"

向淮之沉默了会儿，哑声重复："秋枫？"

"他都跟我说了，"景欢说，"你、你下午去做了大闹天宫，没叫我。"

向淮之缓缓低头，看着靠在自己肩上的脑袋。

信息量太大，他难得有些反应不过来。

"景……"向淮之想叫他的名字，最后又忍住了，"我是谁？"

景欢："啊？"

"我是谁？"

"你……"景欢再醉，也不忘拍马屁，"你是电，你是光，你是我的 super star（超级明星）。"

向淮之觉得自己可以不用再问了，但潜意识里还是觉得不可能："我是说，我的名字。"

景欢紧紧地皱起眉，这渣男又搞什么鬼？他头疼得要死，能不能不要问他这种幼稚无厘头的问题？！

"你是我的 No.1，你是——"景欢将声音拖长，给向淮之砸下一记重击，"是心向往之，是哥哥。"

Chapter **10**

第十章

机缘石

电梯门开了关，关了又开，里面的人却迟迟没有出来。

一位住在2012房的顾客走出房间，见电梯门刚好打开，加快步伐正想进去，就被里面站着的两个人吓了一跳。

只见高个子的男生满脸不解和茫然，正低头看着靠在他身上的人，而靠着高个子男生的那位，已经毫无防备地闭眼睡着了。

帅是帅，恐怖也是真的恐怖，她过来之前就隐隐约约地看到电梯那里有暖光，原以为是自己看错了，现在想来，应该是电梯门打开时透出来的光线。

女人站在门外，迟迟不敢进，也不敢说话，连呼吸都是小心翼翼的。她不知道的是，里面的人所受到的惊吓，并不比她少。

向淮之回过神来，手上一个用力，把身边的人扶稳，一言不发地走出了电梯。

到了房门前，向淮之低声问："房卡在哪儿？"

身上的人毫无动静。

向淮之叹气，弯下腰，从他的口袋里找出房卡，刷卡开门。

刚进房间景欢就睁开了眼，感觉口干舌燥。因为喝了酒，全身热腾腾的，趁向淮之插卡关门的空当，他往旁边一倒，顺势进了浴室。

向淮之抓住他："干什么？"

"不舒服。"景欢难受得要命，"想喝水，想洗脸……"

向淮之脑子里也是一片混乱，松开手让他去，却见景欢径直路过洗手台，直奔淋浴头。

向淮之冲进去时已经晚了，水从淋浴头中喷射出来，景欢的裤子被打湿一半，变成了深色。

一阵混乱后，向淮之把人从浴室里扛出来，直接丢到了床上。景欢似是觉得湿了的裤子黏在身上不舒服，开始左右蠕动。

向淮之正沉着脸用纸巾擦自己身上的水渍，突然听见身后传来一声清脆的拉链声。他一愣，回过头便看见景欢干脆利落地蹬掉裤子，然后拿起被子往自己身上一盖，再没了动静。

他是舒舒服服地睡了，向淮之却被他的几句话搅得思绪万千，理不清头绪。

其实事实已经摆在面前，可向淮之仍然……无法相信。

游戏里天天黏着他的女孩子，怎么会突然变成面前这个酩酊大醉的男生？其他不说，就连性别都对不上。

向淮之不自觉地瞥向景欢盖着的被子，一个想法冒了出来。

不行，不合适。

换个性别，床上的人都能告他性骚扰、偷窥狂了。

向淮之这么想着，手却已经搭上了被子，然后轻轻地拉起了一角。被子下，景欢修长白净的腿随意摆放着。他的腿毛很少，但从线条上看还是能认出这是双男人的腿，总之，没在照片上看到的细。

但这并没让向淮之感到庆幸，因为他在对方的大腿外侧看到了一颗小小的痣。

他死死地盯着这颗痣，半天没动作，以至于景欢觉得冷，扑腾了两下。

"叮——"

向淮之听到沙发上的电脑轻轻响了一声，景欢没关电脑。

向淮之这时候也顾不上尊重谁的隐私了，走到沙发前把电脑打开，发现里面有几个程序在运行，其中一个便叫"九侠客户端"。

向淮之点开游戏，这段时间一直缠着他的小狐仙正优雅地端坐在蓬莱仙境里，尾巴随意地散在地上，旁边绿树红花，是向淮之最常挂机的地方。

事已至此，向淮之终于不得不承认……景欢就是小甜景。

他这么一想，就连名字都对上了。

向淮之刚解决完一个问题，一堆问题又跳了出来——景欢为什么要在他面前装女生……甚至缠着他？景欢知道他就是心向往之吗？毕竟声音这么像……还是景欢一早就知道那是他的号，才会故意开女号来找他？

向淮之把游戏和现实分得很清楚，这几年身边除了路杭，没人知道他的游戏ID。

他起身，拿起手机去浴室，给路杭打了个电话。那边的人很快就接了，周边很安静，应该是回了房间。

"怎么了？"路杭喝得也不少，这会儿正犯头晕。

向淮之压低声音道："你有没有跟别人说过我游戏里的 ID？"

路杭愣了愣，道："没有啊，你不是说过不喜欢游戏和现实挂钩吗……怎么了？"

"没事。"向淮之在脑中否定了第二个可能，"睡了。"

"哎，等会儿……"

没等路杭说完，向淮之已经挂了电话。

他走出浴室，床上的人还是之前那个姿势，呼吸平稳，连呼噜都没打。

向淮之突然就冷静下来了。

小骗子都睡得好好的，他还有什么好顾虑的？而且他也不可能真把人叫起来问清楚。再说，景欢如果真的仰慕游戏里的心向往之……那也不是不可能。

越想越远，向淮之把思绪收回，犹豫片刻，把桌上的电脑放回了原位。

景欢醒来时，脑袋隐隐有些发疼。他每天都习惯发呆一段时间再起床，今天照旧，侧身躺着，盯着床头的台灯，心里烦得要死。

他昨晚一直在做梦，要命的是，梦见的还是心向往之，这人跟有病一样，一直要自己叫他哥哥。

也不知过了多久，他才恍然想起这房间里还有另一个人。

怕吵醒对方，景欢小心翼翼地转过头，没想到正好跟身后的人对上视线。

向淮之也侧身躺着，撑着下巴，幽幽地看着他，也不知道醒了多久了。不知道是不是景欢的错觉，他总觉得对方的眼里……还有挺多情绪的。

景欢还发现，他们之间就像隔了一条楚河汉界，多出来的空间足够睡下一个陆文浩。

"那什么，"景欢斟酌了一下，问，"我昨晚耍酒疯了？"

向淮之："没有。"

景欢："那是梦游了？说梦话了？磨牙了？"

"没有。"

那你为什么离我这么远？这话问出来有些奇怪，景欢想了想，还是不说了，坐起身来，揉了揉头发，道："不好意思啊学长，我昨晚好像喝得有点儿多。"

他对自己的酒量一向没什么数，现在回想起来，甚至忘记自己是什么时候醉的了。

向淮之目光复杂地问："你忘记昨天说的话了？"

景欢回想了下，说："我说了什么？"

向淮之的喉结滚了滚，许久才说："没事。"

景欢看了眼手机，已经接近退房时间了。陆文浩给他留言，说他们要趁退房之前再去泡一下温泉。

他掀开被子，翻身下床，捡起自己的裤子，毫不在意地回头道："学长，厕所我先用？"

向淮之："嗯。"

景欢洗漱完毕，觉得自己又活过来了。他一边整理行李一边问："学长，他们在泡温泉，你要不要也去泡一泡？挺舒服的。"

"不了。"向淮之坐在沙发上回消息，状似无意地问，"我记得他们说，你之前也玩过《九侠》？"

景欢点头道："是啊，玩了五六年。"

向淮之问："后来为什么不玩了？"

"家里管得严，我妈说再玩下去，我高中毕业就只能去捡垃圾。"景欢轻描淡写地道，"她说她不想成为垃圾王的母亲，就把我的网给断了。"

想起小甜景凄惨的身世，向淮之顿了顿，没再深入弃游这个话题："现在有时间了，没想过重新回来玩？"

"想过，再过一段时间吧。"景欢支支吾吾地带过，突然抬头问他，"学长，你在《九侠》的哪个区？"

我在哪个区，你不是最清楚吗？向淮之随口扯谎道："花好月圆。"

景欢笑道："《九侠》的策划真的很土，区名不是花就是月的。"

男生的表情很自然，没对他虚报区名表现出任何惊讶或怀疑。

向淮之颔首，赞同地说："是挺土的。"

收拾好行李，两人刚准备下楼退房，景欢突然想起什么，从口袋里掏出手机来。

"学长，我们加个微信吧。"景欢笑道，"以后可以一起打球。"

向淮之迟疑了会儿，拿出手机。

景欢利索地打开自己的二维码，问："你扫我？"

向淮之看着那熟悉的粉红色头像，面不改色地打开自己的微信小号，把人加上了。

雨已经停了，被大雨冲刷过后，连空气都仿佛清新许多。陆文浩等人已经办好了退房，正坐在大堂里等他们。

"欢欢，怎么样，说了你喝不过我吧？"见到他们，陆文浩"嘿嘿"地笑道。

景欢嗤笑："得意什么，下次再战。"

退房手续全部办妥后，路杭道："谢谢你们昨晚的收留啊，等回去了，学长请你们吃好吃的。"

几人一块儿去了停车场，只见路杭走到一辆路虎前，开门上车。

发动车子后，路杭落下车窗，问："你们怎么来的？要不要我送你们回去？"

"不用。"陆文浩摇头，"我们也是开车来的。"

"那行，"路杭朝他们挥手，"走了，拜拜。"

向淮之一路沉默，只有道别的时候才对窗外的人抬了抬手，就算是打过招呼了。

路虎驶出停车场，陆文浩盯着车屁股，摇头叹气道："别人的代步车是路虎，我的就是大众。"

"知足吧，我和欢欢都没代步车。"高自翔说。

陆文浩："那是你们自己懒，非要我当司机。"

三人说说笑笑地上车，出发回学校。途中高自翔突然想到什么，回头问后座上的人："欢欢，你昨晚发酒疯了？"

景欢捂嘴打了个哈欠，说："没吧？"

"我怎么觉得向淮之看起来挺累的，还有黑眼圈。"

"我也看见了，"陆文浩从后视镜里看了景欢一眼，道："倒是你，生龙活虎的，你们两个到大堂那会儿，我都怀疑自己昨晚的记忆是不是出错了……你从实招来，昨晚是不是偷偷吸向淮之的精气了？"

"滚，"景欢笑骂，"我又不是妖精，不会吸精气，只会要人命。"

向淮之此刻正坐在副驾驶座上闭眼假寐。

"怎么了你？"路杭察觉出他的疲倦，"昨晚没睡好？"

岂止没睡好，他压根儿没怎么睡。起床气萦绕在向淮之周围，他淡淡地应："嗯。"

路杭不敢烦他，没再吭声。

兜里的手机忽然振了一下，向淮之蹙起眉，缓缓睁眼。

小景呀："哥哥早——上——好——"

小景呀："今天也是喜欢哥哥的一天呢！"

景欢回到家，已经是下午了。他把顺路买回来的碳酸饮料和水果塞到冰箱，便开了电脑。

这几天都和陆文浩他们在一块儿，这周的副本几乎没怎么做，他打开好友列表看了一眼，心向往之和路迢迢都不在线，便琢磨着闲着也是闲着，干脆找个野队把之前那个遗漏的副本补上。

他点开副本界面，随机申请了几个队伍，没几秒钟就弹出系统提示，有个队伍接纳了他。

他跑到副本入口，等待队友的到来。

"秋枫"邀请您加入他的队伍。同意，拒绝。

景欢下意识地点了拒绝，对话框消失后，他才发现秋枫就站在他身边。

[附近]小甜景："怎么了？"

[附近]秋枫："做副本呀。"

景欢刚才没仔细看，现在才发现这副本门口都是他们帮的人，副本发起人则是莫问归期。

秋枫又给他发送了一个入队邀请，景欢慢吞吞地点下同意，进了秋枫的队伍。

[队伍]小甜景:"你昨天不就要做这个本了吗?"

"你不来,我就没做。"秋枫问,"能说话吗?"

能是能,但景欢懒得戴耳机了。这段时间他每天都戴好几个小时的耳机,耳朵都戴疼了。

[队伍]小甜景:"不能啊,身边有人,不方便。"

秋枫理解地道:"没事,那你打字也行。"

秋枫的声音其实挺好听的,低沉有磁性,是女孩子喜欢的那一款,可惜景欢是男的,不吃他这套,甚至嫌他吵,无情地调低了电脑音量。

大闹天宫本是低难度副本,简单易过,经验也不多,景欢盘算着一会儿进了本就挂机,半小时差不多就结束了。

但秋枫显然不是这么打算的,进了本,就一直在找景欢聊天。

"小景景,刷完本你打算干什么去?"

[队伍]小甜景:"挂机吧。"

"花这么多钱买的号,来挂机?"秋枫笑了声,"刷完了,我带你去玩。"

[队伍]小甜景:"玩什么?"

"看风景,做任务,下本,你想做什么都行。"秋枫说,"或者带你去开机缘石?"

机缘石,《九侠》中的特殊道具,类似抽奖,二十金一个,里面会开出各种各样的东西,有好有坏,不过还是坏的居多。很多玩家为了刺激,直接买几百个过手瘾,然后亏个底朝天。

景欢就玩过这玩意儿,然后发誓此生再也不碰机缘石。

[队伍]小甜景:"不!"

"为什么?"秋枫说,"我请你玩,秒一百个,你过个手瘾。"

[队伍]莫问归期:"牛。"

[队伍]本命芝芝桃桃:"大气。"

[队伍]小甜景:"真的不了,我不喜欢玩机缘石,像在给GM送钱。"

秋枫:"那……"

[队伍]小甜景:"我这里突然有点儿事,可以挂会儿机吗?"

[队伍]莫问归期:"你去吧……"

莫问归期刚发完这句话,就见小甜景的脑袋上多了三个字——"挂机中"。

向淮之回宿舍后，整整睡了六个小时，醒来时天色已暗。他拿起手机看了眼时间，顺带看到了一条微信提示。

小景呀："学长，下次一起约球。"

向淮之先是一愣，然后才想起自己回程时登录了小号，把跟大号同样的个人资料给改掉了。他的大号之前被盗过，折腾了半天才找回来，这号就是那段时间创的，只用来跟导师、家人联系，大号找回来后，这号也没再用过了。

向淮之回了个"好"，才切回大号。

手机轻轻一振，同样的微信头像出现在顶端。

小景呀："哥哥！你被逮捕了！"

这是四个小时前的消息了。

小景呀："罪名是偷心盗贼。"

小景呀："哥哥好晚才回我，你果然在山里遇到了新的妹妹吧。"

向："刚醒。"

小景呀："好懒！"

这都是谁害的？想起自己昨晚那惨不忍睹的睡眠质量，向淮之忍不住揉了揉太阳穴。

要不是证据确凿，他仍是无法相信这些话都是景欢敲出来的。虽然学弟本人性格也不差，但除了喝醉时以外，真跟"软萌"沾不上边。

小景呀："哥哥今天打竞技场吗，还是你想继续睡？"

向："你想打吗？"

小景呀："我都可以。哥哥不来，我就去 1vs1 混一混。"

向："知道了，等我。"

向淮之下床洗漱，路杭回头看了他一眼，手上敲着键盘，说："醒了？你可真能睡，不知道的还以为你昨晚通宵了。"

向淮之瞥了眼他的电脑屏幕，道："你开始跑战神任务了？"

打造神器的流程，便是收集材料——做战神任务——挑战战神。

战神任务共九十九环，一周内必须做完，难度不低。

"对啊，刚刚来了一个大商人，卖了我好多材料，终于凑齐了。"

路杭兴奋地道，"快，我们要怎么安排队伍？需要什么门派？你说，我去找人。"

"我们四个。"向淮之随意地道，"再随便叫个术士或法系吧。"

路杭点头："行，我这几天就不和你们下本了，先专心跑任务。"

向淮之洗漱完，把电脑打开，就见小狐仙一如既往地站在他身边，现在正在跳舞。他组起队伍，试探地邀请对方，没几秒小狐仙就跳进了队里。

"哥哥，"耳机里还是那个熟悉的声音，温柔乖巧地跟他打招呼，"晚上好。"

向淮之很好奇，他这声音是怎么弄出来的？《九侠》里难道也有变声器吗？

不对，景欢甚至在微信里给他发过语音。向淮之登上微信，找出那条语音记录，点开重新听了一遍。

"哥哥，我刚刚去泡温泉啦，你要记得按时吃晚饭啊，mua——"

声音和他在电脑上听的一模一样，不过多了点儿闷重感，向淮之瞬间了然。

景欢没得到回应，确定自己的麦克风没问题后，又叫了声："哥哥？"

[队伍] 心向往之："在。"

景欢："哥哥不能说话？"

[队伍] 心向往之："嗯，室友在。"

"好。"景欢操作的小狐仙在他身边转圈圈，"竞技场还有两小时才开，哥哥今天的日常任务做了没？"

向淮之睡了一天，自然没做。

"那你带着我做吧，"景欢道，"好不好？"

向淮之没应，直接牵着人去领任务，找 NPC 的途中，他总忍不住去看身后的小狐仙。

经过观察，他确认了两件事：一，学弟不知道他就是心向往之；二，学弟似乎很崇拜心向往之这个账号。

人类的本质就是慕强，"心向往之"这个账号在《九侠》中是类似巅峰的存在，景欢会崇拜也算正常，只是好巧不巧，这个游戏人物是他。

向淮之迟疑片刻，打字。

[队伍]心向往之："小甜景。"

景欢正在玩一款单机拳王游戏，刚把对面的肌肉大汉按在地上殴打，眼见就要KO（击倒）了，看到对话框，他立刻敬业地切回了《九侠》。

"怎么了哥哥？"

[队伍]心向往之："你喜欢我什么？"

这话题来得有些猝不及防，景欢一下没反应过来。

这人后一句该不会是"我改"吧？！

景欢斟酌了大半天，心向往之也很有耐心，没有开口催他。

"喜欢……"景欢顿了顿道，"喜欢你说话，喜欢听你的声音，喜欢你的游戏人物，喜欢你的操作，喜欢……"他还漏了什么没？景欢仔细想了想，"哥哥的全部，我都很喜欢！"

向淮之一噎，他不该问的。

见心向往之没说话，景欢还以为他不满意："哥哥打的每一个字……"

[队伍]心向往之："我知道了，别说了。"

景欢叹了口气。太难了，追人太难了，偏偏他还碰到个自恋狂，非要自己数一堆好处出来。

做完日常任务，还有一个小时才开放竞技场，向淮之干脆叫上爱是分你吃，决定几人先去下个本。

爱是分你吃一进队伍就忍不住跟小甜景唠嗑。

[队伍]爱是分你吃："景景，泡温泉快乐吗？"

[队伍]小甜景："快乐！"

[队伍]爱是分你吃："跟谁去的啊，有没有艳遇？"

[队伍]小甜景："几个朋友和学长。"

[队伍]爱是分你吃："学长！帅吗？！"

[队伍]小甜景："帅！"

[队伍]爱是分你吃："有没有进展？加微信没？你有没有穿比基尼？"

[队伍]小甜景:"……"

向淮之看到这串省略号,想到男生尴尬的表情,嘴角不自觉地向上挑了挑。哪里来的比基尼?

[队伍]小甜景:"不、不、不!其实也没那么帅,比起哥哥,他们就是地上的泥!"

[队伍]小甜景:"再说,我怎么可能加其他男人的微信?!我很专一的好不好!"

站在他右侧,前不久才跟他微信聊过天的向学长嘴角抽了抽。

[队伍]小甜景:"比基尼更是想都不要想!我才不是那么开放的人!我的腿只给哥哥一个人看!"

算了,这句话在某种意义上来说也算是实话。向淮之面无表情地想。

爱是分你吃都习惯了景欢的说话方式,见她这么说,刷了好几个大笑的表情。

队里其他陌生队友却是第一次见这么能吹"彩虹屁"的女生,两个人默默挂着机,只敢窥屏,不敢插话。

[队伍]爱是分你吃:"哈哈哈,我明白。对了,你今天去开机缘石了?有没有开到什么好东西?"

景欢愣了愣。

[队伍]小甜景:"我没开机缘石啊。"

[队伍]爱是分你吃:"嗯?秋枫不是说要送你一百个吗?"

[队伍]小甜景:"你怎么知道……我没要,太贵了,而且我也开不出好东西。"

[队伍]爱是分你吃:"我在帮派的微信群里看到的,哈哈。"

[队伍]小甜景:"帮派群?"

[队伍]爱是分你吃:"嗯,莫问归期说的,下午的时候吧。"

景欢明白了,莫问归期这个八卦王,一定是把他们下本时的聊天内容说出去了。他没在意,正打算给心向往之加口血,却见心向往之脑袋上顶着三个大字——挂机中。

既然人不在,他就没必要再去谄媚讨好了。景欢跷起二郎腿,拿起手边的咖啡抿了一口,切回拳王继续殴打NPC。

另一头，向淮之拿起了手机。帮派微信群因为许久未打开，消息已经飙到了 99+，他往上翻了一会儿，就找到了爱是分你吃所说的聊天记录。

莫问归期："堂主真大方，张口就要送小甜景一百个机缘石！有人送我机缘石吗？开到好的东西归你，我就过个手瘾。"

千灯："堂主在追小甜景，有人追你吗？"

哥哥大不大："那什么，我就好奇问一句，你们说的是哪个堂主啊？"

因为首杀合作得很愉快，为了把人留在帮里，春肖给了心向往之一个玄武堂主的职位。

这话一出，帮派群里沉默了几分钟。

秋枫："是我，哈哈，可惜她没收。归期想开？送你十个。"

莫问归期："晕，真的假的？"

秋枫："真的，只是以后你别再在群里说这个了，我怕她害羞，你看她都不说话了。"

莫问归期："妥！我在主城呢堂主。"

本命芝芝桃桃："堂主嫌你话多呢阿期！"

莫问归期："没事，只要送我机缘石，想说我什么都行！收到机缘石了！祝堂主和小甜景百年好合！早生贵子！"

向淮之把微信给关了。他在这区待得久了，虽然不爱八卦，但有路杭在，很多事情他还是略有耳闻的。

别看秋枫网恋被骗很可怜，实际上，上一位骗了他的钱的，是他的第十位游戏侠缘。

秋枫的结侠缘次数让路杭都甘拜下风。这人最强的一点就在于，他跟前九任都是和平解除侠缘绑定，倒是有几个人去《九侠》论坛发帖倾诉，但言辞间都在维护秋枫，好几人甚至觉得是"自己配不上他"。路杭说过，秋枫那才是渣男的最高境界。

小甜景会不会成为秋枫的第十一任侠缘？

秋枫是白衣翩翩的术士，最近在跟路杭竞争门派高手的榜一，实力不弱，PK 视频在官网上的热度也很高，似乎就在他的视频后面。

思忖片刻，向淮之收起思绪。算了，他瞎操什么心。

他正想着,就见小狐仙突然在他周围蹦蹦跳跳,用血池把他的血量加满了。

因为时间有限,他们做的是低级副本,挂机过的那种。

[队伍]爱是分你吃:"我还以为你在挂机呢。"

[队伍]小甜景:"是在挂机,不过一直在看着游戏。哥哥的血条,由我来守护!"

向淮之一顿,抬手取消挂机,一刀暴击砍死了对面的Boss。

副本结束,向淮之把队伍里的人都踢了出去,只留下小甜景,然后把人牵到了竞技场入口。

[队伍]心向往之:"还有十分钟竞技场才开,我点个外卖,你随意。"

"我就在队里挂着。"景欢也在看外卖列表,"哥哥今天吃什么外卖?"

[队伍]心向往之:"还不知道,你吃什么?"

"黄焖鸡!"景欢道,"我出门三天,馋了三天……我们学校外面的黄焖鸡特别好吃!"

[队伍]心向往之:"是吗?"

"嗯!"景欢随口丢出一句不可能实现的承诺,捏出一口娇羞的语气道,"等什么时候有机会,我请哥哥吃。"

[队伍]心向往之:"不用。"

向淮之从外卖软件上搜索出这家黄焖鸡,快速下了单。

距离竞技场开放的时间越来越近,竞技场外站着的人渐渐变多,景欢看到身边站着爱是分你吃,正想跟她打个招呼,右侧的聊天频道突然飘过一条服务器公告。

系统公告:恭喜镜花水月服务器玩家"仙萌萌"获得《九侠》歌唱大赛点赞第一名,直接进入复赛;恭喜炊烟袅袅服务器玩家"洛baby"获得《九侠》歌唱大赛点赞第二名……

[喇叭]纪小年:"仙仙是我们服务器唯一一位进入复赛的选手,大家记得到网站上给她加油点赞!"

[喇叭]点点呀:"意料之中,毕竟仙仙有硬实力在,跟某些投机取

巧，靠搞怪拿赞的人不一样。"

[喇叭]仙萌萌："点点不要这么说啦，毕竟搞怪也算是实力的一种。谢谢大家的点赞和支持，我会努力的，争取帮服务器拿回第一名。"

爱是分你吃看到了这些喇叭，心里忍不住骂了一句"阴阳怪气"。她打开小甜景的聊天框，准备安慰她两句。

[喇叭]小甜景："独自美丽，无心骂战，勿cue（网络流行词，该词经常被用在综艺节目当中，指请对方接话、表演交接转换的意思）。"

[喇叭]路迢迢："就是，再带我家小景景出场，我们可要收出场费了。"

爱是分你吃顿觉小甜景并不需要安慰。

其实景欢对喇叭吵架没兴趣，用这种方式吵架只是给其他人看热闹，在游戏中，他还是更喜欢用实力说话。要不是在队伍里挂机太无聊，他连这个喇叭都不会回。

屏幕上跳出一行黄字来，仙萌萌又想申请跟小甜景私聊。但景欢上次就把这人拉进了黑名单，她的聊天内容根本发不过来。

清净。

进入竞技场，前几把遇到的对手都不强，景欢边操作边问："哥哥，路迢迢今天怎么不来？"

因为在PK场地，向淮之终于开了麦。他微微张嘴，刻意压了压声音，道："他要跑战神任务。"

景欢愣了愣："他这么快就凑齐材料了？"

"嗯，"向淮之问，"到时要来杀战神吗？"

"要！想杀！"景欢激动地道，"哥哥能带我吗？"

向淮之本来就把他算在队伍里，见他语气这么兴奋，忍不住微微扯唇："好，定下时间告诉你。"

他突然有些好奇，景欢以前在什么区，玩的是什么门派。看他的操作，应该也是个实力派玩家。

为了表达自己的激动，小狐仙脱离控制，在他身边蹿来蹿去。

这一幕被刚结束战斗的秋枫看见了，莫名觉得挺吃味的，毕竟自己撩了半天都撩不动的人，却对另一个男人殷勤百倍，换谁都受不了。

向淮之买好药，正打算继续匹配，好友栏突然亮了起来。

[密聊]秋枫:"向神,跟你商量个事呗。"

[密聊]心向往之:"你说。"

[密聊]秋枫:"能不能把你竞技场的队友给我?我让我队里的法师去跟你,双输出也很爽。"

向淮之微微皱眉。

[密聊]心向往之:"你自己跟她说。"

[密聊]秋枫:"她是你的粉丝,我叫她过来,她肯定不愿意。兄弟,只要你别带她打就行了,剩下的我自己解决。你要是愿意帮我说句好话就更好了,毕竟她现在只听你的。万一我俩成了,你就是第一大媒人,我一定好好感谢你……哦对,你不是在收附魔灵珠吗?只要你帮我,我送你一颗,怎么样?"

他可真舍得。

[密聊]心向往之:"不缺,也没兴趣当媒人。"

"哥哥,"耳麦里,景欢疑惑地问,"是我卡了吗?你怎么站着不动了。"

"没有,马上。"向淮之微顿,鬼使神差地丢了句,"我明天可能有事,来不了,要不要帮你找个2vs2的队友?"

"啊,不用,我不想跟别人打2vs2,你不在,我就自己去打1vs1好啦。"

这当然是景欢美化过的说法,真正原因是他现在的装备不好,分段又高,跟心向往之在一块儿能屠杀全场,换个队友,那就是去送分的。没准儿他还得被队友嫌弃,不如不打。

景欢扒拉了一口米饭,问:"哥哥明天要去干吗?"

耳机里的人沉默了一会儿,景欢才听见对方道:"出去吃饭。"

不知道是不是他的错觉,他总觉得心向往之今天的声音有些奇怪,但景欢没放在心上,"噢"了一声,专心投入新一场PK。

打完竞技场,心向往之却没跟往常一样急着解散队伍,而是带着他一路穿过传送口,来到了不明异域。不明异域是安全区,是平时跑任务和买时装的地方,无法摆摊,很多玩家喜欢在这里挂机。

景欢走了两步,便看到了仙萌萌,对方正挂在异域商人旁边,在跟她的小姐妹们聊天。

景欢看了眼她身边那几个女玩家的名字，全是刚刚在喇叭上看到的熟人。

原本聊得正欢的几个女生一见到他和心向往之，立刻陷入了沉默，一看就知道是密聊去了。

这简直是大型尴尬现场。

偏偏心向往之牵着小甜景走到仙萌萌眼前停了下来，几分钟未动。

景欢忍不住道："哥哥，我们来这里干什……"

他还没问完，就见游戏里弹出一行黄字提示。

"心向往之"给了你机缘石×100。

[队伍]心向往之："开。"

打完竞技场，秋枫闲着无聊跑去YY找春肖唠嗑。

"你说她怎么就这么……铁石心肠呢？"秋枫忍不住跟她说小甜景的事，无奈地抱怨，"你看她平时在心向往之身边多活泼啊，到了我这里就一句话都不多说。"

春肖冷嗤："所以说你们男人就是贱，越得不到就越想要。说实话，你是不是就想跟心向往之抢人？"

秋枫一噎，无法否认，他确实是因为心向往之才会越来越注意小甜景的。

"好好聊天，别人身攻击啊。"他顿了顿，"也不算是吧，小甜景本身就很有趣，而且她有很多优点，性格可爱，每句话都像在撒娇，操作也不错……最重要的是，她很朴实。"

春肖语气复杂地道："朴实？"

"嗯，我下午想送她机缘石，她嫌贵，怎么说都不愿意收，"秋枫笑道，"跟其他女孩子完全不一样……"

秋枫这句话甚至没来得及说完，声音就消失在了空气中。

因为此刻，位于他游戏界面右侧的聊天框被人刷屏了。

系统公告："小甜景"撬开神秘的机缘石，获得了七色石

×1！恭喜少侠！

系统公告："小甜景"撬开神秘的机缘石，获得龙舌×1！恭喜少侠！

系统公告："小甜景"撬开神秘的机缘石，获得羊毛×3！恭喜少侠！

机缘石系统最可恶的地方就在这里，撬开机缘石有概率获得金钱、经验值或物品，而只要你获得物品，不论好坏，都会上系统公告。

像小甜景这样得了一堆垃圾物品还上公告的，无异于公开处刑。

片刻后，春肖语气中带着嘲笑，凉凉地道："是挺朴实的。"

秋枫："她可能是心血来潮？她宁愿花自己的钱都不要我的，这不是更加宝贵吗？"

"我路过不明异域的时候看见了，她现在在心向往之的队伍里。"春肖微笑，"心向往之是队长。"

只有队长才可以点NPC，跟NPC对话才能触发机缘石的购买按钮。

"所以她不是不要你的，而是只要心向往之一个人的。"春肖语气中莫名带着几分赞赏，"从某种角度来说，这确实挺朴实的。"

景欢原本是不打算收这机缘石的——他的目的只是替姐姐好好收拾一下这个心向往之的账号，谁对这破机缘石感兴趣啊？

但从陆文浩那件事中，景欢悟出了一个道理：被人骗的钱越多，知道真相后受伤就越深。

一百个机缘石，好歹也是两千块呢，换谁都能心疼一阵了。

于是景欢发出一堆"啊啊啊""哥哥你怎么这么好""哥哥我只能以身相许了"之类的话后，收下了这一百个机缘石。

只是他没想到自己可以这么倒霉，一百个机缘石屁都没开出来，反而出了一车垃圾材料，两千块就这么打了水漂。

黑心游戏，迟早倒闭。

[队伍]小甜景："我这臭手，果然还是砍了吧……我去删号谢罪！"

[队伍]心向往之："不至于。"

[队伍]小甜景："我好倒霉啊哥哥……是不是该去拜拜菩萨了？"

[队伍]心向往之："概率问题，再开一百个就能出好的了。"

景欢吓了一跳，赶紧开麦。

"哥哥别买了，我不开了！"

他是很想让心向往之人财两空没错，但他并不想让这破游戏白赚四千块啊！

向淮之指尖骤停。

[队伍]心向往之："不想开了？"

[队伍]小甜景："不、不、不开了！"

向淮之这才慢悠悠地关掉购买界面。

这一百个机缘石，就当是还景欢收留自己的人情。他们那天住的温泉度假村，一晚上房费最少四位数，一星期只有几百块零花钱的人也不知道要攒多久才够去这趟旅游。

带小狐仙过完机缘石的瘾，向淮之动动指头，用飞行符牵着人飞走了，全程都仿佛身边的"前侠缘"和她的姐妹团并不存在一样。

而私底下，这群人的群聊消息已经聊到了99+。

纪小年："这小甜景也太嚣张了吧？她是不是知道仙仙在这里挂机，才故意带着心向往之过来的啊？太坏了。"

仙萌萌："唉，算了，别提这事啦，我已经跟心向往之没有关系了。"

小麦："不至于吧？我看队长是心向往之啊，要是故意的，也该说是心向往之故意的吧？"

纪小年："小麦，你刚回来不知道，这女的真的很恶心，她还买赞！她那首《精忠报国》的赞一定是买的！我好几个朋友都说自己的号赞了这首歌，但根本不是他们点的。"

小麦："那可以举报给官方了啊，妥妥封号。"

纪小年："所以才说她恶心，怕我们举报，自己先提前找借口退赛了！"

小麦："这么嚣张，没人找她麻烦？"

纪小年："她抱着心向往之的大腿，谁敢找她麻烦？小麦，你的侠缘是第二输出，不比心向往之差多少，群里也就只有你能帮大家出出气了。"

小麦："这样吗……"

小麦："我想想办法。"

Chapter

11

第十一章

烟花

翌日一下课,景欢就打着哈欠从教室出来。起得太早,他现在只想回去好好补个觉。他往后门走,路过篮球场时忍不住瞥了一眼,一下就被背对着铁栅栏的宽肩吸引了去。

男生少见地穿了黑色球衣,头发剪得干净利落,露出的一截脖颈干净修长,此时正叉着两腿,手肘抵在膝盖上,弯腰玩手机。

向淮之此时有些烦躁。

脚好不容易休养好了,他手痒得不行,所以今早看到群里有人约他出来打球赛,想也不想就答应了,结果来了才知道有两个人因为急事来不了,空了两个位置。少人也就算了,篮球场里多的是人,随便抓几个来就行。他只是没想到大二住他隔壁寝室的那个球品极差的男生也在,直接让他的热情去了一半。

向淮之"啧"了声,心底盘算着找个理由离开。

"学长!"

向淮之一顿,回过头去。景欢站在铁栅栏外,两手扒在铁栅栏上,眼睛弯弯地看着他,笑容比秋日的风还要清爽。

"早啊,学长。"景欢眨了眨眼,"这么早就出来打球?"

他这一喊,不只是向淮之,就连向淮之身边的其他男生也忍不住回头看他。

向淮之垂眉,看了眼他来的方向,道:"嗯。刚上完课?"

景欢点头道:"是啊,准备回去补觉。"

"向哥,这谁啊,你的朋友?"旁边的男生笑着上前,自来熟地跟景欢打了声招呼,"几年级的?"

景欢道:"我大二的。"

那人走到景欢面前,叉着腰问:"学弟啊?那敢情好,会打球不?"

景欢:"会一点儿。"

"会就行,我们球赛这里正缺人,来凑个数?"

景欢看了眼向淮之,问:"学长,你也打吗?"

向淮之还没来得及找借口走人,身边的男生就抢在了他前头。

"向哥肯定打啊,他都在这里坐着等半天了,就差最后一个人了,你来我们马上开始。"

"哦……"景欢应得爽快,"行,不过我要跟学长一队,可以我就来。"

向淮之微微挑眉,把借口离开的那套说辞咽了回去。

那男生点头道:"哈哈,可以,你进来。"

景欢进场后便站到向淮之身边开始热身。他穿着一身常服,好在是短裤,脚下踩的球鞋,跑起来也不难。

向淮之扫了眼他的白球鞋,上面是一截细直的小腿,跟身边其他男生的肌肉粗腿形成了强烈对比。他收回视线,用两个人才听得见的声音说:"不想打可以直接拒绝。"

"为什么不想?"景欢疑惑地看着他,挑着嘴角道,"我本来就打算这几天约你出来打球的,没想到刚好被我撞上了。"

向淮之忽然有些不确定景欢的想法了,问:"约我?为什么?"

"因为觉得你打球很厉害。"

"你见过?"

"没见过你打球,但见过你接球。"景欢抬手,学着他那晚的样子,做了个虚空接球的手势,"酷!"

向淮之勾了勾唇角,笑了。

向淮之是那种冷漠高傲的面相,单眼皮给他添了几分冷感,笑起来时才难得柔和了点儿。

十人被分成两组,景欢跟自己队的人站在一起,商量各自所负责的位置。最后向淮之是后卫,景欢则分到了前锋。

景欢没猜错,向淮之打篮球确实厉害,一上来就连进两个三分球,直接 6∶0 梦幻开局。

这场球赛的围观者渐渐多了起来,尤其是女生的数量,她们交头接耳,目光在场内最耀眼的两个男生中流连。

景欢身高有一米七八,虽然不算高,但他弹跳力好,打前锋不在话下。他运着球,开始观察别队的前锋。

其他人都还好,就是有个男生个子高,身材壮,表情严肃,看起来不好对付。他只在心里思虑了两秒,便朝右侧突破,对方立刻上前防守。

就在那人跳起准备扣下景欢的投篮时,景欢突然一个回身,把球传到了后面。别说对手,就连队友都没反应过来,只有向淮之,不知是早有防范还是反应速度快,接过景欢的篮球后,再次果断地投了三分。

篮球入筐,13:2,碾压式比分。

向淮之挑眉,显然也没想到这球会进,他今天的手感似乎不错。

他正想着,对面的队伍申请休息,打前锋的小学弟吭哧吭哧地朝他跑来。

"学长,快,击掌!"景欢伸出自己的手掌,朝向他。

向淮之顿了顿,随他举起手掌。

景欢强行跟对方击掌后,还故意蹭了一下,笑着说:"蹭蹭手感。"

男生的手不粗糙,触感温软。向淮之还没回过神来,景欢就已经收起手,跑回自己的位置去了。

休息时间很快结束,防向淮之的人换了一个,正是之前打前锋的那个壮汉。

景欢倒没在意,向淮之喜欢投三分,那男生虽然壮实,但没向淮之高,因为体重跳起来也显得很笨重,阻拦不了向淮之。

但事情显然没那么简单。比赛继续,两分钟后,向淮之再次接到球,抬手佯装要投三分,想做个假动作再突破扣篮,前胸却突然被人狠狠一撞,被对方的手肘顶到的地方钻心地疼。

他就知道。

防守他的正是他上学期隔壁宿舍的那个人,篮球队的,打球是公认的脏,要不是身体优势摆在那里,早被篮球队打包丢出去了。

向淮之的眉头紧皱,喉间发出一声轻微的闷哼,手上动作却没停。他改变了战术,没传球,直接当作三分投了,但球没进。球哐啷落地,被对面的人抢到。

向淮之一声未吭,回身防守,冷冷地瞪了那个壮汉一眼。

壮汉耸肩,很无辜地朝他笑了笑。

半场过去,比分来到了21:10,向淮之这边仍是有压倒性的优势。

中场休息几分钟,向淮之沉着脸,正要去找那个男生的麻烦,手腕就被人攥住了。

"学长,"景欢说,"我们换个位置?我有点儿想打后卫。"

想起对方后卫的手段,向淮之道:"下次吧,已经半场了,我防他有经验。"

"我防人也很厉害的。"景欢坚持道,"让我试试吧,我就练个手,实在不行,打一节我们再换回来。"

向淮之犹豫片刻,才松口:"就一节。"

两个人回到长椅上休息,景欢拿出手机,边抹汗边看微信消息。

陆文浩:"欢欢你怎么打球去了?打比赛都不叫哥们儿?!"

小景呀:"你怎么知道我在打球?"

陆文浩:"学校群里一直在发你和向学长的照片啊,不知道才怪了。"

景欢点开一看,十多张照片,镜头瞄准的不是他就是向淮之,其他人都快糊出影分身来了。

他见怪不怪,回了句"随便打打"。

陆文浩:"不过你怎么跟这个人在一块儿啊[图片]?"

陆文浩把照片里对方的得分后卫圈了出来。

陆文浩:"这人打球很脏的,上次把我们隔壁系一个男生的眉骨都戳流血了。"

向淮之听到身边的人嗤笑了声,下意识地侧目看去,刚好看到他手机屏幕上的粉红色头像。

熟悉的头像,说的却是陌生的话。

小景呀:"我怕他?你就在学校群里蹲着,看我一会儿怎么操作就行了。"

向淮之收回了视线。

第三节比赛开始,景欢站到壮汉面前,扭了扭脖子。

"怎么又是你?"那男的看到他,笑了声,"向淮之被我防跑了?"

景欢笑了笑,说:"听说你打球很厉害,我来见识见识。"

男生哈哈大笑:"没问题,学着点儿。"

几分钟后,壮汉拿到了球,想着一定要扣个篮,好让这学弟开开眼。他自信满满地想突破,结果半边身子才过去,胸膛就被人用手肘狠狠地撞了一下。他毫无防备地痛呼出声,双腿发软,直接坐在了地上。

大家都愣了愣,忙上前去看他,只有始作俑者还站在原地,从地上捡起篮球轻拍了几下。

"你——"男生回过神来,脸都涨红了,怒瞪着景欢,"你这样撞我?!故意的吧?"

其实景欢这一下戳得并不重,反而是他自己想撞开景欢突破,故意用了大劲儿,结果反弹到了自己身上。

向淮之蹙眉上前,刚好听见景欢一脸无辜地说:"我是正当防守啊。"

"什么正当防守!"那人终于缓过来一些了,"你这是故意撞人!犯规!"

向淮之打断他,眼神凌厉地道:"嘴巴干净点儿。"

景欢倒不在意,挑起一边的嘴角,悠悠地道:"原来你也知道这样撞人算犯规啊?"

向淮之闻言一顿,漆黑的眸子望向身边的人。

原来他看见了,所以刚才才会跟自己提出换位置,自告奋勇地来防守这个壮汉?

景欢最看不惯这种球场上的小动作。上高中那会儿也有人故意在比赛里伸脚绊高自翔,后来他和高自翔回踩了对方无数脚。以牙还牙,方法幼稚但有用,那人往后再也不敢跟他俩打球了。

周围这么多人在看,男生觉得丢人,起身想找回场子,向淮之却站在景欢身前,挡住他的半边肩膀,俨然是个护着的姿势。

"向哥,他这算犯规。"男生咬牙道,"别的不说……该罚球吧?"

向淮之睨着他道:"你撞人那招用腻了,都开始学人假摔了?"

"假摔?"那人愣了愣,随即怒道,"什么假摔!是他撞的我!"

"就你俩这身板……"向淮之顿了顿,才道,"他撞你?"

向淮之这话一出,来扶这男生的人先是一怔,下意识地打量了景欢一眼,又回头看了看壮汉。

景欢的身材在男生里其实不算瘦,但跟壮汉一比,就显得瘦小得多。想起身边的人的球品,几人咳了一声,松开了扶着壮汉的手。

"算了算了,小事而已,打篮球本来就容易磕磕绊绊的。"有人圆场,

"继续吧。"

壮汉低低骂了一句,但也知道这事没法闹:"算了!"

景欢刚要回到原位,就被人抓住了胳膊。

"你回之前的位置去。"向淮之道。

"不,"景欢坚持道,"我就要打后卫。"

话音刚落,向淮之突然朝他伸出手。

男生的手在他头上游移了一会儿,又怕弄脏他的头发,最后覆在了他的后背上,带着点儿力气微微把他往前推。

"回去,"向淮之说,"听话一点儿。"

向淮之的手很大,景欢上衣单薄,能清晰地感受到他掌心传来的温热感,从脊髓缓缓蔓延到全身。

这手刚刚在他的脑袋上晃啊晃的……是想干吗?

不容景欢多想,其他人已经在催了,他回过神来,说:"知道了。"

因为比分悬殊,又出了刚才那么一个小插曲,对手都丧失了斗志。最后一小节景欢这边频频得分,最后大比分获胜。

景欢走到长椅边拿毛巾擦汗,对身边的向淮之笑了笑,道:"学长,那男的真是篮球队的?我怎么觉得完全不够打,甚至没陆文浩厉害。"

向淮之赞同地点头:"是不行。应该是学校教练看他体形好,想练练他吧。"

说到这里,景欢又想起刚才的事情来。

向淮之把汗擦干,拿起矿泉水正要拧开,手腕忽然被身边的人抓住,紧跟着,洗发露的清香混着一些淡淡的汗味,钻进了他的鼻腔。

他疑惑地转过头,就见身边的人往他这边凑了凑,紧跟着用另一只手抓住T恤衣摆,径直掀起,男生的皮肤比许多女生的还要白,上面还带着汗水滑过的痕迹。

景欢轻轻吸气,隐约的腹肌线条显露出来。

"学长,你刚刚的话就有点儿看不起我了啊,"景欢认真地道,"我也是有腹肌的好吧,虽然还不是那么明显……"

向淮之愣了几秒,才收回目光。

"嗯,"他控制着语速道,"你比他厉害。"

"那必须的,我随随便便都能在他脑袋上扣篮。"

景欢应完才觉得不对劲,向淮之这话,听起来怎么那么像在哄小孩啊。

他张了张嘴,还想说什么,一瓶未开过的矿泉水被递到他身前。女生穿着长袖加短裙,绑着两个马尾辫,身上还带着清香,一脸羞涩地看着景欢。

"学长,"她眨眼道,"这个给你。"

被女生送水对两人来说是再寻常不过的事,刚上大一那会儿,想给向淮之送水都得领号排队,向淮之冷言拒绝半学期后,这现象才渐渐消失。

向淮之抿唇,从现在这情况看来,他就像个碍眼的发光体。

景欢抬眼,笑了声:"谢谢,不过不用,我有水。"

"你的已经喝光了呀,我看见了。"女生红着脸说,"这是我刚买来的,还是冰的。"

"抱歉啊,我不喜欢喝冰水。"景欢用下巴指了指长椅上仅剩半瓶的水,"而且我这儿还有一瓶。"

女生:"可那是向学长的啊。"

"我们关系好,不在意那个,都混着喝的。"景欢这倒没胡说,他经常和陆文浩他们喝同一瓶水,嘴巴不碰瓶口就行,"是吧学长?"

向淮之微微挑眉,半晌才应道:"嗯。"

女生走后,景欢舔了舔唇,不说还好,一说他还真觉得有些渴。他左右看了看,已经没有没被开过的水了。

看到他的小动作,向淮之问:"渴了?"

"有点儿,"景欢揉了揉肚子,"那学长,我先走了,得去校门口吃点儿东西。"

看着他的动作,向淮之蹙眉道:"你没吃早餐?"

"还没,原本打算回去补觉。"景欢说完,拿起长椅上的手机,"下次再一起打球,学长。"

"等等。"向淮之叫住他,"一起去,我请你。"

没等他反应,向淮之先开口解释:"当是你带我赢球的奖励。"

十分钟后,两人并肩走进学校附近的黄焖鸡饭店。

向淮之的想法很简单,他请景欢吃顿饭,能帮对方省一点儿生活费。

"学长，这家黄焖鸡特别好吃！"景欢掰开筷子递给他，"我经常订这家外卖。"

向淮之顿了顿，接过筷子，道："我知道，有人跟我说过。"

景欢点头："那人真有眼光。"

向淮之觉得他是个人才，这都能夸到自己身上。

吃了几口，向淮之想起什么，道："上次你住的那家度假村，一晚上多少钱？我把房费转给你。"

景欢抬眼："啊？不用，那是陆文浩请客的，我没花钱。"

度假村之旅确实是陆文浩请的客，前提是景欢在他生日那天送了他一双限量版球鞋，全球才几百双，陆文浩见到后眼泛泪花，差点儿认景欢作爹。

向淮之点头，心想怪不得。

吃饱喝足后，景欢边喝汤边拿出手机，熟练地单手打字。

感觉到口袋里传来的振动，向淮之咀嚼的动作停了下来。几秒后，手机又连振了两下。

向淮之神情微妙，拿出手机。

小景呀："哥哥起床没有？今天什么时候上线呀？"

向："一会儿。"

小景呀："好的呢。[图片]你看，我在吃黄焖鸡！"

照片上的黄焖鸡饭就摆在自己面前。

明明面对面坐着的两个人却在用微信聊天，向淮之还是头一回撞上这种事。原本他想回去再回复，看到照片中露出的自己的碗筷后，向淮之鬼使神差地敲字。

向："和朋友？"

小景呀："是呀。"

向淮之盯着屏幕，不禁发笑。他是被传染了吗，怎么自己也精分上了？他刚要关掉手机，对方又回了一条。

小景呀："啊，哥哥别误会，是女性朋友！"

向淮之笑容一僵。

小景呀："是位人很好的学姐呢！"

突然变成了"学姐",还被发了张好人卡,向淮之内心五味杂陈。

吃完饭,两人走出小店,景欢的目光在对面的奶茶店上流连:"学长,想不想喝奶茶?"

向淮之很少喝奶茶,觉得太甜太腻。他侧目:"你想喝?"

"想!"景欢叹息,"好久没喝了。"

向淮之说:"那去排队。"

片刻后,景欢拎着三杯奶茶,一脸茫然地站在奶茶店门口。

方才排到自己时,向淮之问他想喝什么,他随口应了一句,只听向淮之对店员道:"三杯奶茶。"然后打开支付宝扫二维码付钱,动作一气呵成。

他原以为是向淮之自己想喝,结果奶茶做出来后,向淮之把三杯都塞到了他手里,道了别后就走了。

景欢不解地歪了歪脑袋,他刚刚看起来……有这么馋吗?

把两杯奶茶放到冰箱,景欢坐到电脑前,晃晃鼠标,电脑屏幕瞬间亮起。他出门前把号丢在蓬莱仙境,这会儿已经挂了好几万经验值了。

好友图标那里闪个不停,景欢随手点开。

[密聊] 秋枫:"小景景,在挂机?"

[密聊] 秋枫:"来了回我一下。"

[密聊] 小甜景:"我不下本。"

[密聊] 秋枫:"你来得正好,不是下本,是其他事。你就在原地等我,我去找你。"

景欢是真怕这个秋枫了,怎么拒绝都赶不走。

很快,白衣书生就走到了他身边并邀请他入队,手上一柄折扇轻晃,温和儒雅。

"小景景,吃饭了吗?"景欢刚进队伍,秋枫的声音便响了起来。

[队伍] 小甜景:"吃了,我们这是要去哪儿?"

"不能说,反正不会把你卖了。"秋枫问,"你还是不能说话?"

[队伍] 小甜景:"不能。"

景欢在跳车与不跳车之间犹豫,路过凤凰祠时甚至捏了把汗,怀疑秋枫会直接把他拖进去申请结成侠缘。他紧盯着秋枫的行走路线，以至于错过了右侧聊天界面上的玩家上线提醒。

向淮之刚上号就收到一条玩家信息，说是他预订的宝石已经合出来了。是他给景欢的戒指预订的，戒指上的宝石段数越高，狐仙洞的治疗量也就越高，打起竞技场来就会更舒服。

收到宝石后，向淮之才打开好友列表，"小甜景"三个字是亮的，对方在线。不过对方应该是在挂机，不然早给自己发消息了。

向淮之把鼠标挪到小甜景的头像上，看了眼对方的坐标，准备过去把宝石丢给他。

小甜景的头像旁写着月宫（19，21），月宫是个风景极好的野图，但地图等级低，很少有人去。

向淮之皱了皱眉，他在月宫做什么？

正疑惑着，他就见对方坐标一变——月宫（44，102）。

原来对方没在挂机。既然没挂机，他都上线这么久了，对方怎么还没发消息来？

向淮之点下主城传送人，直接传到了月宫，往小甜景所在的坐标走去。

黑袍男子走着走着，忽然一顿，站在了原地。

不远处的圆月流星前，站着一位白衣翩翩的书生和一只晃着大尾巴的小狐仙。两人距离极近，几乎贴在一起。

然后"唰"的一下，书生脚下突然绽放朵朵鲜花——是游戏里玩家自制的烟花特效。只见几百朵不同颜色的鲜花拼凑成一个爱心，中间是一个大大的"景"字，花丛四角，无数发烟花升空绽放，点亮了月宫的夜。

怎么看，这都像是一场浪漫至极的约会。黑袍男子站在场景的角落，隐在夜里，成了这景色中最多余的物件。

向淮之玩游戏这么多年，从来没接触过烟花系统，别说组装烟花了，就连烟花贩卖商的具体坐标在哪儿他都不知道。

这下小甜景应该很清楚秋枫的意图了。

换作平时，小甜景应该立刻退出队伍，可此时此刻，小狐仙站在书生的队伍里，连动都没动一下，秋枫亦然。很明显，两人正在队伍里密聊。

一瞬间,向淮之竟然有把秋枫那些"事迹"全告诉景欢的冲动。

身后,路杭跑任务都快跑吐了,碎碎念道:"这任务麻烦得要死,一环要我找十来个NPC,你当初做了多久啊……算了,我订杯奶茶提提神,向向你要不要?"

"不要。"

向淮之突然想起自己刚给小狐仙买的三杯奶茶,没准儿景欢现在正边喝着他买的奶茶,边跟秋枫对月谈心。

他收回视线,动动手指头,黑袍男子回身跑出地图,回到了主城。

他想这么多做什么?他和景欢非亲非故,不该干涉对方的事情。而且景欢有自己选择的权利,如果他的目标转移到秋枫这个账号上,以后也不会再来缠着自己了。

向淮之沉着脸宽慰自己,并打开游戏包裹,看了一眼在里面静静躺着的宝石。如果小狐仙真要跟秋枫走,那这宝石似乎就不适合再送出去了。

景欢也是第一次见到这么浮夸的烟花。他愣愣地看着脚下那个被爱心围着的"景"字,半天没回过神来。

"好看吗,小景景?"秋枫语气温柔,"我刚研究出来的,做了好多个失败品。"

"好看。"景欢惊叹道,"烟花系统居然还能这么玩?"

他以前在寝室见过陆文浩给他女朋友放爱心烟花,爱心烟花是老套路了,论坛里的教程帖多的是,但能在爱心中间拼个字的,他还真是第一次见。

秋枫闻言一笑,觉得终于看到了希望。

看看,小姑娘都被自己感动到开麦了。

"你喜欢就好。"他笑着说,"你如果愿意,我每天都给你做。"

景欢:"别,这么多花,花了不少钱吧?"

组装烟花最坑的一点是,各类物件和特效都是按个卖的,平时光做个大爱心也要两百来块钱。

"没多少。"秋枫故意轻松地道,"单个五百多,包括失败品,也就花了八百多金吧。"

他太懂怎么追女生了，首先便是要让对方知道，自己舍得为她花钱。

景欢确实被震惊到了。钱倒是其次，光是对方在这爱心图中花的心思就足够打动人了。有这本事，想追谁追不到啊？

怪不得他撩不动心向往之呢，跟秋枫比起来，他简直一无是处！比起花言巧语"彩虹屁"，还是实际行动最管用。

景欢正在自省，好友图标突然闪了闪。

心向往之发了个句号过来。

景欢愣了愣，心向往之是什么时候上线的？

[密聊]小甜景："哥哥！我眼瞎，居然没看见你的上线提示……"

看见这熟悉的语气，向淮之不自觉地松了口气。

[密聊]心向往之："刚上，下不下本？"

发完这句，向淮之打开副本列表，盘算着要去做什么本。

《九侠》一个星期重置一次副本挑战次数，但由于副本数量过多，玩家们基本做不完，所以大家都会挑高经验本做。

[密聊]小甜景："啊，哥哥，我今天先不下本啦。"

心向往之发了个问号。

[密聊]小甜景："我有点儿事要做呢！"

向淮之下意识地看了眼景欢的好友信息，仍在月宫，连坐标都不曾变过。

[密聊]心向往之："知道了。"

回完这句，他把对话框和副本界面一同关掉，面无表情地随便点开一部刚上线的电影，才看了几分钟，下方的《九侠》任务栏突然亮了起来。

自从认识小甜景后，他就没再关过收信系统，这次来找他的是个四十三级的小号。

"偷偷想念"对您发起了"私聊"申请。同意，拒绝。

向淮之选了同意。

[私聊]偷偷想念："在吗？我是仙萌萌，这是我的小号。你先别着

急拉黑我，我这次找你，是有生意想跟你谈。"

[私聊]心向往之："说。"

[私聊]偷偷想念："我知道路迢迢在跑战神任务，我是想跟你商量一下，你们杀战神的第一视角能不能用我的直播间直播？我可以付报酬。"

《九侠》虽然开服多年，但能杀过战神的队伍并不多，大多是灭几次队才勉强杀过的，因为其中的不确定性，很少会有人直播杀这玩意儿，怕灭队，更怕灭了还杀不过。

而少有的那几次杀战神直播，游客数量多到惊人。所以一得知路迢迢要杀战神，仙萌萌立刻想到了这个办法。

[私聊]心向往之："怎么给你第一视角？"

[私聊]偷偷想念："把我的号带上就好，我的装备已经凑齐了。"

是她的备胎们花了好多个日夜弄出来的。

怕心向往之不同意，她赶紧补充。

[私聊]偷偷想念："小甜景那边你放心，酬金我给四份，队里一人一份，她那份我可以多给点儿。"

[私聊]心向往之："不缺钱。"

[私聊]偷偷想念："你说过要补偿我。"

[私聊]心向往之："赔偿你经济损失可以，跟你组队不行。"

发完这句，向淮之重新打开了拒收陌生人私信的按钮。

仙萌萌在这边讨不到好，又回路杭那里哭诉去了。

路杭敷衍了仙萌萌两句，嫌找 NPC 无聊，干脆用电脑登录微信，想跟帮里的人聊聊天。

一到工作日，帮派的聊天频道就会比较冷清，只有微信里才聊得起来。

向淮之突然听见后面的人喊了一声，皱了皱眉，还没来得及问。

"这烟花做得真牛，秋枫是个狠人，我服了，彻底服了，'镜花水月第一渣男'这个称号我让给他，我不配。"路杭点开大图，喃喃道，"原来烟花还能这么弄，学到了。"

向淮之回头，今天月宫里发生的浪漫情节被秋枫截了图，发到了帮派群里。

他收回视线,打开微信开始翻记录。

秋枫:"这烟花酷不酷?"

莫问归期:"牛!"

本命芝芝桃桃:"堂主太强了……"

追风少年:"等等,重点不是这个'景'字和烟花上站着的小甜景吗?!"

脉脉不语:"堂主追上了?"

潇潇:"意料之中,恭喜堂主!等吃宴席!"

接下来就是满屏的恭喜,但秋枫没再说话,小甜景也从头到尾都没出现过。

"怪不得你今天没去下本。"路杭翻完聊天记录,一拍桌子,"小景景都跟别人跑了啊!"

向淮之没说话。

"以后小甜景是不是要去跟秋枫组固定队了?那往后下本时岂不是很无聊?"路杭顿了顿,又道,"她还跟我们去杀战神吗?"

"不知道。"

"唉,他们好像都要结成侠缘了。"路杭说,"毕竟曾经是队友,我给她送点儿什么……向向,你到时候送什么礼物给小景景啊?"

"不知道。"

"不过小姑娘脸皮都薄,能跟在你屁股后面这么久,已经很难得了。"路杭自言自语,唏嘘道,"祝她幸福吧。"

向淮之没应,沉着脸重新接上耳机,用电影的声音把路杭的嘀咕声覆盖掉。

景欢在主城天坛下待了一个下午,眼睛都看花了,才终于把事情做完。

他打开心向往之的对话框,叫了声"哥哥",对方迟迟没回,于是他点开微信,又发过去一句。

小景呀:"哥哥。"

向淮之回了个问号。

小景呀:"你在干吗呢,游戏里怎么不理人?"

向:"看电影。"

小景呀:"有时间来游戏吗?"

向:"怎么了?"

小景呀:"有事!大事!"

向:"来了。"

小景呀:"嗯嗯,我在凤凰祠等你!"

向:"……"

小景呀:"怎么了?"

向:"没,马上。"

他们这么快就要结成侠缘了?向淮之关掉视频,忽视掉心底密密麻麻说不清的情绪,控制着角色往凤凰祠跑去。

凤凰是个白发苍苍的老人,手里捏着一团红线,表情和蔼,身前还坐着一只小狐仙。

除了小狐仙,没其他人了。

见到他,小狐仙立刻从地上起来,作势拍了拍身上的灰。

[附近]小甜景:"哥哥!"

"小甜景"邀请您加入她的队伍。同意,拒绝。

向淮之顿了顿,进了队伍。

他这是什么意思?秋枫怎么不在?

"哥哥,你今天做了什么本啊?"景欢问他。

"临时有事,没做。"向淮之问,"要干什么?"

队里的人没应他,而是牵着他往外走,两人离开凤凰祠,一路走到帮派传送人身边,场景一变,两个游戏角色出现在闲人阁的帮派场地内。景欢把他带到了当初去过的小溪旁,解散了队伍。

向淮之还没来得及说话,眼前就蓦地一亮——无数鲜花从小狐仙的脚底往外蔓延,五彩缤纷,花团锦簇,不同颜色的花拼凑出一个眼熟的图案,是向淮之下午才见过的爱心图。

唯一不同的是,烟花中间的"景"字,变成了"向"。

[附近]小甜景:"当当当当!给哥哥的周三礼物!今天也是超仰

慕哥哥的一天！"

　　景欢看着自己刚学来的招数，满意到不行。他今天看完烟花后，给秋枫丢了一千金算作感谢和报酬，让对方把做爱心烟花的方法教给他。

　　借花献佛，省事不费力。

　　电脑那头，向淮之看着这烟花，迟迟没反应。

　　路杭拎着杯子路过，看清屏幕后顿时惊了，问："这？这是什么情况？"

　　向淮之回神，扯唇，语气里带着一丝连他自己都没察觉出的满意和舒心。

　　"就你看到的情况。"他道，"人还在这里，没跑。"

　　"向"字虽然比"景"要好拼，但对景欢这种拼图苦手来说，也被折腾得够呛，怕太简单，他还把"向"字中间的口做成了心形。反正怎么看怎么好看！

　　结果烟花放出来半分钟了，队里的人一点儿反应都没有。

　　景欢挑眉，犹豫地问："哥哥，你不喜欢啊？"

　　这可是我一整个下午的心血！你要敢说"不喜欢"，我……

　　景欢拿起手边的奶茶，猛吸了一口。

　　我也不能怎么样，我大不了再想别的办法。

　　"好看。"向淮之说，"就因为这个，你才一下午都挂在天坛下面？"

　　景欢道："是啊，你怎么知道我挂在那里？"

　　向淮之顿了顿，回道："看到了。"

　　见向淮之在跟小甜景说话，路杭立刻凑上去，抓起向淮之垂在一边的耳机，戴上就问："小景景，你这做得真牛！有保存烟花模板吗？给我一份？"

　　景欢愣了愣："啊，没有哎。"他都是照着今天下午的烟花截屏一朵朵加上去的。

　　"那你能不能给我发个截图？我存着以后用。"路杭笑嘻嘻地道。

　　景欢："好呀，我发你微信吧。"

　　很快，景欢就把烟花的照片发到了路杭的微信里。因为是随便截的，还把他和心向往之的游戏人物一块儿截了进去。

给路杭发完照片，景欢拖动鼠标，小狐仙在黑袍男人身边打转。向淮之沉默地看着他，刚要说什么，游戏忽然弹出一个对话框。

"小甜景"想拥抱您。同意，拒绝。

《九侠》里有很多种人物动作，其中有单人动作和双人动作，作为一款大型交友网游，游戏中双人动作的数量比单人动作的还要多，拥抱便是双人动作中的一项。

景欢只是闲着无聊，随便点一点。他下午去看了几个烟花帖子，游戏截图里的男女主角都是紧紧贴在一起的，姿势一个比一个亲密。

几秒后没反应，他便想取消邀请。他的鼠标刚移到"取消"二字上，邀请界面突然消失了。

只见小狐仙站在"向"字中间的心上，双手并拢放在胸前，娇羞腻歪地往黑袍男子身上靠去，还十分少女地翘起一条腿，尾巴都高高翘了起来，而心向往之的手则揽在了小狐仙的腰上。

您轻轻地靠在了"心向往之"怀里。

景欢蒙了两秒，然后火速截图，并在心里大笑——等以后你臣服在小狐仙的石榴裙下，我就把这照片裱起来放框里！寄你家里去！气不死你！

截完图后，景欢舔舔唇，再次发送邀请。

您对"心向往之"发出了公主抱邀请。

十来秒后，心向往之俯下身，把小狐仙抱了起来，小狐仙把头埋进了对方的胸膛里，尾巴露在外面一晃一晃的。

您对"心向往之"发出了要背背邀请。

片刻后，心向往之蹲到了小狐仙的腿边，小狐仙笑靥如花，幸福地趴在了他的背上。

您对"心向往之"发出了亲吻邀请。

两秒后。

"心向往之"拒绝了您的亲吻邀请。

[附近]小甜景:"呜呜呜!"
路杭此时要是回头,就会发现自己的室友已经点亮了《九侠》中的某种玩法。但他没有,他此时正在天坛下的烟花商人那里认真研究。他也自己组装过烟花,实不相瞒,论坛某张流传多年的烟花图正是他亲手制作的。因为有经验,景欢花了一下午才弄好的拼图,他二十分钟不到就拼好了。

他把模板截图下来,随手发到帮派群里,福利大众。

莫问归期:"这不是堂主今天发的烟花图吗?我去向堂主要模板,堂主还跟我说没保存!"

路迢迢:"是我对着小景景的截图拼出来的,厉害吧?"

莫问归期:"厉害!不过这图好像有几个花色跟堂主的不太一样?"

路迢迢:"是吗?可能小景景自己改了一些?"

莫问归期:"什么意思?小甜景难不成也做了个烟花回礼?"

路迢迢把小甜景发给他的图片转发到了群里。

帮派群安静了几秒。

本命芝芝桃桃:"我看错了吗?为什么图里是小甜景和心向往之?"

脉脉不语:"咱也不敢说,咱也不敢问。"

莫问归期:"@小甜景,哈哈哈——什么情况。"

景欢正锲而不舍地对心向往之发送邀请,心向往之都拒绝了!他"啧"了声,怎么着,游戏里都装矜持。

他正想着要不要撒娇两句,屏幕右下方就显示了微信的提醒。

小甜景:"怎么了?"

莫问归期:"你居然和心向往之在帮派里放烟花!"

小甜景:"被发现啦,帮派里风景比较好看嘛。"

本命芝芝桃桃:"啊,我们还以为你跟堂主要结成侠缘了呢。"

小甜景:"啊,我是很想跟哥哥结成侠缘啦,可是哥哥暂时还不肯接受我!"

本命芝芝桃桃:"我说的是秋枫堂主。"

小甜景:"我怎么可能跟其他人结成侠缘?!我和秋枫是朋友啦!"

秋枫:"领着一张朋友卡高调路过。"

莫问归期:"哈哈——堂主,你这不行啊。"

秋枫:"嗯,革命尚未成功,我仍需努力。"

群里一下就活跃起来,向淮之简单看了几句,再看回游戏时,才发现地上的烟花已经消失了。他组起队伍:"进队。"

景欢忙跳进他的队伍,向淮之牵着小狐仙跑到帮派车夫身边,两人传送到了帮派金库。

> 帮派公告:"心向往之"因为"征用帮派场景二十分钟",向帮派缴纳了四十金帮费。

帮派频道里立刻刷出了一整排问号。

景欢也蒙了一下,还没反应过来,就被心向往之带回了主城,对方还丢给了他一颗宝石。

景欢看了眼背包里的东西,犹疑地问:"哥哥?"

"打上去,以后竞技场治疗多一点儿。"向淮之道。

宝石等级越高,价格就越贵,景欢犹豫了下,还是收了:"好。"

每打五段宝石,装备的基础属性就会随机提高,景欢嵌上宝石后,把戒指发到了队伍里。

"哥哥,爆了最高的属性!"他激动地道。

向淮之点开看了眼,确实是最好的属性:"嗯。"

"谢谢哥哥。"然后景欢熟练地发送了变声器 mua 后缀。

向淮之脸色一僵,半晌才道:"别随便亲。"

一回生二回熟,景欢已经完全感觉不到羞耻了。

"有什么关系,又不是对别人。"他顿了顿道,"还是我的声音不好听？"

也不是不好听。向淮之表情微变，半晌才说："竞技场快开了，去试试戒指。"

"好，"景欢成功被带偏，表情疑惑地问，"可是哥哥，你不是说今天有事，不能打竞技场吗？"

他说过吗？向淮之回想了一下……好像是有这么一回事。

"还不急，"向淮之顿了顿道，"来得及打两场。"

"中途退出竞技场会扣分啊，算啦。"景欢想了想，"哥哥，不然我们去擂台打场 1vs1？"

擂台就在主城中心，站在擂台上的玩家可以随意切磋，胜利或战败都不会有任何影响。

向淮之："可以。"

景欢扁嘴："可是哥哥这么厉害，会不会一刀把我打死啊？"

向淮之淡淡地道："不会。"

两人很快到了擂台上，因为这会儿是竞技场时间，擂台上几乎没人。

景欢摩拳擦掌。他早想跟向淮之打场 PK 了，毕竟只有面对面站着，才能真正清楚对方的实力。

向淮之刚把队伍解散掉，就被景欢拽进了战斗场景。

景欢终于知道心向往之方才为什么说"不会"了。只见黑袍男子静静地站在他对面，手上握着一把白色长剑，剑身普普通通，是一把凡品——心向往之把神器给脱了。

这渣男看不起人？！景欢生气了。

[附近] 小甜景："呜呜呜——哥哥好坏。"

向淮之没应他，提着剑便冲了上去。

与此同时，帮派微信群里。

春肖："竞技场 2vs2 来个人，我输出奶妈。"

秋枫："相思呢？"

春肖："出去玩了。最好来个带控制的，走位好点儿的，直接密聊我。"

春肖最近经常匹配到心向往之他们，她和相思不顾因为没有控制，基本没赢过。

哥哥大不大:"副帮带我啊!今晚向神不打竞技场,我俩暴力输出,无人能挡!"

春肖:"你怎么知道他不打?"

哥哥大不大:"我刚刚路过擂台,看到他和小甜景在打 1vs1,就顺嘴问了一句。"

擂台? 1vs1?

春肖皱起眉头,她记得心向往之从来不去擂台。

她想了想,操控着游戏人物往擂台走去。

擂台旁此时站了不少人,比平时还要热闹,全都在观战。

春肖进入观战界面时,正好看见小甜景被砍倒在地,狐狸尾巴在地上可怜地颤了颤,再没了动静,只剩下她的召唤兽九尾仙狐还站在场上。

心向往之提着一把凡品长剑,静静地伫立在她身侧。

[附近] 小甜景:"哥哥既然赢了我,那我也只能以身相许了。"

[附近] 心向往之:"……"

[附近] 小甜景:"我在比武招亲呢,现在这么多人在,正好为我们做个见证,愿赌服输,我一定不耍赖。"

[附近] 心向往之:"你之前没说过。"

[附近] 小甜景:"现在说也一样的。哥哥,我们的日子定在哪一天?办事用谁的家园?"

看来比武招亲已经结束了。

春肖正准备退出观战,就见心向往之突然把剑背回身后,召回神兽,然后转过身——头也不回地逃离了 PK 场景。

Chapter *12*

第十二章

拒收

第二天上课，景欢坐在最后一排，戴着耳机在看视频。

陆文浩靠在椅背上，两手垂在身侧随便晃着，无聊地转过头问："欢欢，你怎么一大早就捧着手机？"

看清景欢的手机屏幕，他愣了愣："你这是……在看什么呢？"

屏幕上是《九侠》的PK视频，黑袍男子正在血虐对面的虎面男，视频标题叫"九侠第一输出心向往之 vs 九侠第一狐仙洞落久"。

"看PK。"景欢头也没回地道。

他就想不通了，虽然他的装备不好，但昨天心向往之也是换了一身凡品的，结果他不仅输了，甚至没撑过三分钟。

景欢玩了这么多年《九侠》，从未受过这等奇耻大辱。

落久虽然没有神器，但从装备发出的光芒来看，肯定也是一身神装。

大多数喜欢PK的《九侠》玩家都看过这视频，陆文浩自然也是，他跟着景欢又重温了一遍，"啧啧"道："我看过落久的装备，全是爆属性紫装，可在心向往之面前还是撑不过十分钟。"

"十分钟？"景欢点开进度条一看，果然，九分四十八秒。

"是啊，我觉得其中肯定还是有运气成分的，狐仙洞移动速度这么快，向神的命中率却高达70%。"陆文浩纳闷地问，"不过你怎么突然看起PK视频了？这么喜欢PK，倒是买号回来玩啊！"

他看视频当然是为了研究怎么样才能打败心向往之了。

缠着心向往之一段时间后，景欢觉得，没准儿还是把心向往之杀退服这条复仇之路比较好走。

唉，他的"为姐复仇"路上一片荆棘。

"买什么号，我哪有时间玩。"景欢随口应道，"马上要考试了，没心思。"

这倒不是景欢乱说，他们下周有一场考试，而他至今还没复习。

"行，那考完再说。"陆文浩想起什么，道，"你最近没出门，该不会是在偷偷复习吧？"

别说复习了,这段时间景欢只要离开教室,就连书都没再碰过。这么一提,景欢也莫名焦虑起来,道:"那是翔儿才会做的事。"

高自翔:"我可没有。这不,打算明天住在图书馆了。"

他们三个人要是在宿舍待着,面前放一台电脑,那基本没法学习,所以临到考试,都会泡在图书馆里。

"别明天了,"景欢说,"就今天下午。"

高自翔:"下午不行,我得和我的宝贝视频。"

陆文浩:"我也不行,我要陪女朋友下本。"

景欢无比庆幸自己搬离了寝室,不然每天光是"狗粮"都要吃够呛。

于是下午,景欢一个人抱着书去了图书馆。这个时间点大多数人有课,图书馆空位不少,他随便挑了个靠窗的位置坐下,然后拿出手机,准备先摸会儿鱼。

他打开和心向往之他们的三人讨论组。

小景呀:"有人吗?"

路迢迢:"在呢小景景!"

小景呀:"任务跑到多少环啦?"

路迢迢:"七十三了!后天一定能准时开杀!"

小景呀:"哦哦好的,我哥哥呢?"

路迢迢:"你就是为了问我这个吧。"

小景呀:"嘻嘻,因为哥哥没回我私聊。"

路迢迢:"看透。他刚打完球回来,在冲澡,估计是没看见吧?一会儿就回你。对了小景景,我跟你说件事,我们战神队伍差个人,我能把秋枫叫来吗?"

小景呀:"我都可以啊。"

路迢迢:"嘿嘿,那就好。秋枫装备挺好的,他来能省点儿事。"

景欢关了讨论组,刚想刷会儿朋友圈,他们寝室的群聊突然跳了出来。

陆文浩发了一张照片。

陆文浩:"欢欢,这鞋酷不酷?限量款,明早八点官网开抢!"

景欢打开图片一看,鞋身银白交错,线条简单帅气,最酷的是,鞋子侧面那个牌子标志用了特殊材料,又黑又闪。

小景呀:"酷。多少钱?"

陆文浩:"八千多!"

小景呀:"啊啊啊,买[冲啊]!"

陆文浩看着景欢那句话后面跟的表情,忍不住对旁边的人说:"翔儿,我怎么觉得欢欢最近打起字来怪娘的?"

上次景欢甚至给他们发了个脸红的表情,把两人惊得够呛,一度怀疑对方被盗号了。

高自翔头也没抬地道:"你把这话拎到他面前说,就知道他娘不娘了。"

陆文浩默默闭上了嘴。

景欢定了个鞋子开卖的闹钟,准备明天早起抢鞋。

"学长?"身后的人突然轻轻地叫了他一声。

景欢回头一看,是上次在球场上给自己送水的女生,她披着长发,穿着白衬衣、牛仔裤,手里还抱着书。

女生指了指他身边的椅子,脸颊粉红地问:"我可以坐在这里吗?"

景欢眨眼,不露痕迹地收起手机,道:"当然可以。"

向淮之从浴室出来,便看到手机上有四条未读消息。

"在你洗澡的这十多分钟里,小景景已经找到我这儿来了。"路杭打趣道,"你赶紧看看,是不是有终身大事要找你谈。"

向淮之沉默地打开手机。

小景呀:"哥哥周四好!我在上课,好困啊。"

小景呀:"哥哥在干吗?"

小景呀:"哥哥,我下周有考试,下午先去图书馆抱抱佛脚!今天可能不能跟你一块儿下本了……"

路杭顺口道:"对了,我刚刚问小景景了,她说不介意秋枫过来,那我就答应秋枫了啊。人家自告奋勇要帮我,我也不好拒绝。"

"随你。"

"唉,其实我原本想叫春肖来,又能奶又能输出,可她刚好没空……"看清身后人的动作,路杭顿了顿,问,"你去哪儿?"

向淮之套了件薄外套,说:"去还书。"

"还书?你下午不是要去下本?"

"快到期限了,"向淮之言简意赅地道,随便从桌上拿了几本书,"走了。"

因为长相好,景欢从小到大被不少人告白过。他用手撑着脑袋,笔尖抵在下巴上,心里盘算着万一身边的小学妹向他告白,他该怎么拒绝才好。

向淮之进来时看到的就是这一幕。

男生垂着眉眼,专心致志地看着桌上的书,身旁的女生正低着头偷偷看他,一缕阳光打在他们身上,像极了校园偶像剧中的场景。

就在此时,女生似乎终于鼓起勇气,转过头去对景欢说了什么。

景欢先是一愣,然后展露出略带抱歉的笑容。

向淮之收回视线,手里拿着随便挑的两本书,正打算随便找个位置坐下,就被不远处的学弟发现了。

见到他,景欢先是一愣,然后抬起手来跟他打招呼,因为图书馆里不能大声喧哗,景欢便用唇形叫他:"学长!"

向淮之犹豫片刻,还是朝他走了过去。

待他走到面前,景欢才出声问:"学长,你也来复习?"

"还书,"向淮之道,"顺便看看。"

景欢看了眼他手上的几本书,都是国外名著。

"我来复习的,下星期考试,得自救一下。"景欢问,"我们一块儿坐?"

向淮之看了眼他身边的女生。

"啊,她说要走了。"景欢解释道。

女生的脸更红了,她忙站起来道:"对,我现在就走……向学长你坐吧。"说完,女生便抱着书尴尬地离开了。

向淮之坐下时,正好听见景欢松了一口气。

"怎么,不喜欢这个类型的女生?"

景欢怔了怔:"你听见了?"

"猜到了。"

就刚刚那个氛围,女生期盼的目光一下转换成失望,向淮之一看便知是告白被拒绝了。

"算是吧……主要是我根本不认识她,答应了才奇怪吧?"景欢伸了个懒腰。

听见向淮之的声音,他就总是忍不住想起心向往之。于是他冷笑一声,脱口道:"而且我正在追别人。"

向淮之眼皮一跳,镇定地道:"是吗,我们学校的?"

"不是。"他也不知道那人在世界上的哪个旮旯里。

"他是个什么样的人?"

景欢愣了愣,随即笑道:"不是吧学长,你对这个感兴趣?"

向淮之翻了一页书,道:"随便问问,不方便可以不说。"

"也没什么不方便的,"景欢嗤笑了一声,"我在追的,是个不怎么样的人。"

"不怎么样的人?"向淮之偏头,微妙地看着他,"那你为什么还追他?"

还能为什么,他当然是别有图谋啊!

景欢也只是随便应一句,并没打算细讲。毕竟这事他连陆文浩他们都没说,更不可能告诉向淮之。待他大计达成,他装女人这件事就会随着心向往之的账号,永远封锁在《九侠》的数据库中!

"还能为什么,"景欢语气自然地道,"当然是因为喜欢了。"

向淮之表情复杂地问:"就算他是个'不怎么样的人'?"

"是啊,萝卜青菜,各有所爱嘛。"景欢转过头,好笑地看着他,"学长,你应该不会因为这样就看不起我吧?"

向淮之的目光晦暗,半晌才硬邦邦地应道:"不会。"

景欢觉得挺奇妙的。他上大二之前根本没见过向淮之,可自从他们在楼道遇到之后,似乎就一直在见面,旅游能遇见,打球能遇见,在图书馆都能遇见。想起上次向淮之请他的三杯奶茶,景欢琢磨着要不要去前台买杯咖啡感谢对方。

他转头想问,就见向淮之皱着眉,在认真地阅读。

向淮之压根儿没看名著里的内容,而是在回忆——自己到底做了什么,才会被认为是个"不怎么样的人"?

他算来算去,似乎只有仙萌萌那件事吧。他是不是该在游戏中跟景欢说清楚,省得自己在他眼中一直是个渣男形象?但如果他说清楚了，这人还会这么缠着他吗？

不会。

想起小甜景在游戏中的惊人言论，向淮之抿了抿唇。

"向学长？"

向淮之回神侧目，道："嗯？"

"你要喝咖啡吗？"景欢问，"我顺便给你带一杯？"

"嗯，"向淮之收回思绪，先他一步起身，"我去买。"

"不用，我去就好……"

景欢话还没说完，向淮之就已经把书反扣在桌上，起身往外走去。

手机忽然响了一声，景欢收回视线，点开看了一眼。

陆文浩："欢欢，一个人在图书馆寂不寂寞？不然你复习完了来找我们吧，我这里缺个下本操作手。"

小景呀："滚，不寂寞。"

他举起手机，把手边反盖着的书拍下来，发到了群里。

陆文浩："好，你果然背着我们有妞了。"

小景呀："什么妞，男的。"

陆文浩："除了我和翔儿，还有哪个男的会陪你去图书馆？"

景欢笑了一声，刚想回，就见向淮之拿着两杯咖啡朝他走来。

向淮之肩宽腿长，体形是一等一地好，走起路来都像带着一阵风，周围的女生没几个不看他的。

景欢下意识地转动手机，镜头对着向淮之，录了个三秒钟的视频，发到了群里。

陆文浩："你们只是被暴风雨逼得同住了一晚上，关系就这么好了？"

小景呀："好好说话，只是碰巧遇到的。"

向淮之当然知道他在拍自己。他把咖啡放到桌上，道："烫。"

"谢谢，"景欢回过神，举起手机跟他解释，"陆文浩问我跟谁在一块儿，我给他录了个视频。"

向淮之顺势看了一眼。

看到"同住了一晚上"这六个字，他顿了顿，收回视线。"嗯，没事。"

两个人在图书馆里待了一下午,直到图书馆的大灯亮起,景欢才浮出知识的海洋,挣扎上岸。

他叹了口气,蔫蔫地叫:"学长。"

向淮之:"复习完了?"

"算是吧。"

"下周能考过吗?"

"不能。"

"……"

"但是我努力过了。"景欢合上书,"谋事在人,成事在天,听天由命吧。"

向淮之笑了。这学弟现实中和游戏里判若两人,唯有乐观这点是一样的。

外头天已经黑了,两个人并肩离开图书馆。

"去吃顿晚饭?"向淮之语气自然地问。

景欢:"好啊,不过这次我请客。"

"不用,"向淮之顿了顿,道,"我是学长,我请。"

景欢听笑了,转头道:"要这么说,我比你小,该是我孝敬你。"

向淮之蹙眉,还想说什么,又被景欢堵了回去:"学长,交朋友讲究的就是你来我往,要是总让你请客,下次我都不好意思跟你一块儿吃饭了。"

向淮之跟他对视半晌,放弃,道:"好。"

两人去吃了家常菜,吃饭期间,景欢时不时就拿出手机敲字。

向淮之看似在淡定地喝汤,实际上口袋里的手机已经振了千百遍。

吃饱喝足,景欢付了账后,仗义地道:"学长,下次你要是去图书馆复习,可以叫上我,我陪你。"

既然他是去图书馆,那自然是为了图个清静,哪里需要人陪。向淮之心里是这么想的,面上却点头:"好。"

"那学长,我先回去了。"景欢把手机放进兜里,临走时又想到什么,说,"等等学长,我以后能不能换种方式叫你啊?学长学长的,特拗口。"

向淮之挑眉,道:"可以。"

"那我叫你什么？"景欢想了想，"淮之？之哥？淮哥？"

向淮之静静地听着，莫名觉得哪一种都不顺耳。

"你可以叫我哥哥。"

景欢愣住："啊？"

意识到自己说了什么，向淮之也是一怔，不过很快冷静下来道："我比你大，叫哥哥不是很正常？"

他说得有理有据。

景欢犹豫了下才叫道："哥哥？"

声音和向淮之平时听到的不一样，没那么嗲，也不甜，景欢明显有些不好意思，这声叫得拘谨又青涩。

可向淮之觉得比游戏里叫得要好听多了。

景欢叫了一声便觉得不对，红着脸笑道："算了，这么叫好像太娘了……我还是叫你哥吧，或者向哥？"

向淮之垂眼道："随你，回去吧。"

"哥哥！"耳麦里，女生叫得干脆，丝毫不拖泥带水，"哥哥我来晚了，呜呜呜。"

向淮之食指轻按，开启副本："没事。"

[队伍]爱是分你吃："小景，你今天不是没课吗，怎么这么晚才上线？"

一起下本的次数多了，爱是分你吃已经摸清了队友们的空闲时间。

[队伍]小甜景："我下午去图书馆复习了，下周有考试……"

[队伍]爱是分你吃："太惨了，摸摸头。对了，你看到明天的更新公告了没？"

[队伍]小甜景："还没时间看，怎么，出什么活动了？"

[队伍]爱是分你吃："出了新时装！超漂亮！"

[队伍]小甜景："哇，是限量吗？"

[队伍]爱是分你吃："不是，就是普通时装……重点是，明明只是普通时装，却比其他限量的还要漂亮！设计师今晚限定复活！我把图片发在微信群里了，你快看！"

既然不是限量，那就没什么所谓了。

景欢打开微信看了一眼，确实挺好看，可爱的灯笼造型，还送一个武器挂件。

[队伍]小甜景："是好看，这时装多少钱呀？"

[队伍]爱是分你吃："一千两百金。"

[队伍]小甜景："……"

[队伍]爱是分你吃："还好吧，送个武器挂件，所以算是两件时装的价格。"

[队伍]小甜景："算了，太贵了，等以后有钱了再买吧……"

买个鬼，景欢在心底骂道。一件破时装要一千两百金？！这破游戏怎么不干脆去抢银行，非要来祸害玩家的钱。

这事很快就被景欢丢到了脑后，以至于第二天他上号看到系统消息时，许久都没回过神来。

异域商人：恭喜少侠！"心向往之"赠送您一套"灯笼精灵"，请移步至不明异域（118，29）领取您的新衣服！

景欢眨了眨眼，把这条消息反反复复地看了无数遍。

赠送者是心向往之没错，送的是新时装也没错，但是……心向往之居然送时装给他？送戒指能说是方便下本，送宝石可以说是方便打竞技场，那他送时装算怎么回事？

景欢把这事放到心里回味了一下，感慨万千。

几个月了，他终于勉强看到了一丝丝名为胜利的曙光！

景欢打开好友列表，发现心向往之并不在线。他好心情地哼了两句歌，操控着小狐仙，蹦蹦跳跳地往不明异域跑去。

因为刚出新时装，所以此刻异域商人身边围着不少玩家，都是来买衣服的。

[附近]纪小年："好像黑色好看一点儿，仙仙你买什么颜色？"

[附近]仙萌萌："我所有颜色都买了一套。"

游戏地图就这么大，遇见熟人是常事。景欢走到人群中，打算领完衣服就走人，结果由于购买衣服的玩家过多，就连领衣服都要排队。

[附近]纪小年："七个颜色你都买了？！真有钱！"

[附近]仙萌萌:"哈哈,是羊羊送给我的啦。"

[附近]纪小年:"哎哟,那他真大方。你倒是赶紧接受人家啊。"

[附近]仙萌萌:"可我还不想,现在这样就挺好的。"

虽然只是三两句对话,却能让人一眼就明白其中的意思。景欢不打算窥探别人的隐私,奈何她们就站在自己身边,聊天还用的附近频道。

他"啧"了一声,看来这年头,没点儿家底都当不了备胎。

[附近]纪小年:"你自己看着办吧,我是觉得他比某人好多了。"

[附近]仙萌萌:"怎么又提那人……"

[附近]纪小年:"哎呀,我的错。这不是今早发现你撕冉心的那几个帖子又被人顶起来了嘛,我就重温了一遍,恶心了一早上。"

景欢领取衣服的动作一顿。

他立刻放弃排队,打开了《九侠》论坛。果然,论坛首页飘满了关于他姐的帖子。

"冉心也太恶心了吧。"

"挂镜花水月女'小三'冉心,该区的玩家注意了。"

"听说冉心心虚删号了?"

景欢脸上的笑容慢慢消失了。

他一一点进帖子查看,发现顶帖的都是同一个 ID,看言论像是个姗姗来迟的吃瓜群众,正在一边爬楼一边提问,很快就有其他玩家来为他解答,一来一去,帖子始终待在首页。

几个月过去了,这个帖子下面的谩骂居然还没有停止。

虽然早就看过这些帖子,但再看一遍,景欢仍然觉得生气,他的眼神也随着屏幕中的谩骂和某些羞辱性词语逐渐变得冷漠。

爬完楼后,他面无表情地关上网页,重新返回游戏。

向淮之刚上号,就收到一条系统消息。

异域商人:您的好友"小甜景"拒收了您的礼物,请在七日内前往异域商人(118,29)处领取退款。

他一顿，下意识地打开好友列表看了一眼，小甜景的名字静静亮着，毫无动静。

[密聊]心向往之："怎么不要时装？"

[密聊]小甜景："我哪里好意思花你的钱。"

这句话没有颜表情，也没有表情包，就连这句话后面的句号都透着一股冷淡的感觉。是他的错觉？向淮之蹙起眉，试探地打字。

[密聊]心向往之："下本吗？"

[密聊]小甜景："不。"

[密聊]心向往之："你怎么了？"

[密聊]小甜景："……"

[密聊]心向往之："心情不好？"

是，所以你现在最好不要来招惹我。

景欢把键盘当作心向往之，敲得噼里啪啦地响。

[密聊]小甜景："没有。"

[密聊]心向往之："那来下本。"

[密聊]小甜景："我身体不舒服，不想做。"

[密聊]心向往之："哪里不舒服？"

[密聊]小甜景："哪里都不舒服。"

[密聊]心向往之："具体？"

景欢快被他烦死了。

你问这么多是能治还是怎么的？主业渣男，副业医生？

心向往之继续发了个问号。

[密聊]小甜景："我那个来了。"

[密聊]心向往之："哪个？"

[密聊]小甜景："'姨妈'。"

向淮之知道他的真实性别，所以下意识地没往那方面想。

[密聊]心向往之："姨妈？亲戚？"

向淮之正要打字，就见一大波感叹号向他袭来。

[密聊]小甜景："月经啊！月经！我月经来了！月经你懂不懂？！每个月一次！腹疼腰酸那种！懂不懂？！啊？！还要我说得再清楚一点儿吗？！"

向淮之从感叹号里找字，再把字连起来一看，更茫然了。他脑子里飘过无数疑问，千言万语汇成了一个问号发过去。

景欢现在不仅看心向往之会心烦，甚至连《九侠》界面他都看不顺眼，所以干脆把游戏也给关了，躺到了床上。

他盯着天花板，愣愣地想，自己刚刚都在胡言乱语些什么啊？都怪心向往之一直在烦他，他才随便找了那么一个破烂借口。

片刻后，景欢用手臂捂眼。他刚才这么凶，会不会让前几个月的努力全都付诸东流？不能吧？心向往之应该没么小气……

景欢在床上翻了个身，把脸埋到枕头里。

管他的，他自己爽了再说！而且他刚刚也没说什么过分的话，顶多就是标点符号用得多了点儿而已，心向往之要是真生气了，那就是对方"玻璃心"！

桌上的手机猛地振了一下，景欢长长地叹了口气，姿势没变，手伸到桌上，把手机抓到面前。

向淮之："在吗？"

竟然是向淮之。

景欢眨了眨眼，有气无力地打字。

小景呀："我在，哥哥。"

小景呀："不是……我输入法多敲了个字。什么事向哥？"

向淮之："出来打夜球？"

小景呀："不去了，我犯困，准备睡了。"

向淮之看了眼时间，甚至还没到七点半。

向淮之："睡这么早，不舒服？"

明明问的是一样的话，但对象换成向淮之，景欢就不觉得烦了。

他把下巴抵在枕头上，回复。

小景呀："没有，只是昨晚没睡够，补个觉就好。"

向淮之："知道了。"

路杭打完球回来时挂了一身汗，他把上衣脱掉，随手丢进了脏衣篓里，准备进去冲个澡。

"路杭，"向淮之忽然叫了他一声，"问你件事。"

"您说。"

向淮之蹙着眉,语气迟疑地道:"如果一个经常缠着你的人,突然对你表现出不耐烦……"

路杭打断他道:"小甜景终于受够你了?"

向淮之不说话了。

见他沉默,路杭愣了愣,道:"不是吧,我只是随便一说,小甜景真跟你翻脸了?"

"没有。"向淮之有些后悔问他了,"算了,当我没问。"

或许是他想多了,景欢其实也没说什么,只是犯困,多打了几个感叹号而已。

路杭从他的表情中看出了猫腻,挑眉一笑。

既然向淮之强行终止话题,那他就非要说两句:"就你刚刚说的那种情况,其实很明显啊!"

果然,向淮之问:"什么明显?"

"追累了,心死了,不爱了。"

向淮之皱眉。

"人的好感是有限度的,得不到回应,那个限度就会越来越小。"路杭一脸深沉地道,"没人会心甘情愿当一辈子'舔狗'的,你得哄一哄啊。"

向淮之听不明白,但觉得路杭说的并不是什么好话。他皱眉道:"你才是狗。"

路杭:"那只是个流行词,我可没骂小景景是狗啊!"

向淮之:"你很臭,去洗澡。"

路杭:"好的,大爷。"

路杭拿起毛巾走进浴室,心想:对、对、对,小甜景不是您的"舔狗",我才是。

Chapter *13*

第十三章

出气

翌日,景欢一大早便醒了。

他习惯性地拿起手机,想给心向往之发句早安,结果刚打开微信就收到了表姐的消息。

表姐给他发了一双球鞋,问他喜不喜欢,景欢连忙回了句"喜欢"。

姐姐:"喜欢就行,不枉我大清早来排队给你买。你这头像和微信名是怎么回事,我翻了半天通讯录才找到你……"

小景呀:"没什么,只是玩大冒险输了。你特地排队给我买的?"

姐姐:"那不然呢?排得我腿都酸了。你的生日不是快到了嘛,我给你寄回国。"

小景呀:"你不回来?"

姐姐:"还要待一段时间,我在这里找了份工作。"

姐弟俩聊了半小时才结束对话。

景欢关掉梁冉的对话框,余光瞥到了心向往之的头像。

还道早安。昨天那点儿坏情绪去而复返,景欢在心里骂了一句,恶狠狠地按下手机锁屏键,掀被起床。

今天心向往之和路迢迢说他们满课,他们是不是真正的大学生景欢不知道,不过每个周五的白天,这两个人都确实不会出现在游戏里。

景欢登录《九侠》,一进游戏就看到身边的人都穿着新时装,在他眼前晃悠。

景欢终于感觉到了一丝丝后悔——昨天再怎么气,也不该把时装退回去的,这不是白白浪费了一个坑心向往之的钱的机会吗?

想是这么想,但他是真不在意那新时装。他按动鼠标往主城传送人处走去,打算先把日常任务做一做。

主城传送人处永远是《九侠》中最热闹的地方,大家喜欢在这里摆摊,喜欢在这里挂机,更喜欢在这里组队。

[附近]洛崽:"麒麟山副本缺人,来个狐仙洞,不收上车费。"

这个叫洛崽的成功引起了景欢的注意。

麒麟山副本是五人大本,流程烦琐不说,还得花一百金才能开启副本，通常都是队员们各出二十金。这个副本的奖励其实并不好，甚至很差，玩家们刷这个本只有一个目的——爆隐藏 Boss。

击杀隐藏 Boss 会掉落稀有材料，这副本刚出时，玩家们个个争先恐后地刷，然后被 Boss 的爆率劝退。多的是玩家连麒麟山隐藏 Boss 长什么样都不知道。久而久之，这副本就没什么人刷了。

景欢会感兴趣，是因为他正巧需要这个副本掉落的稀有材料。

不过这念头刚冒出来就被他摁了回去，他这种臭手，还是老老实实地花钱买来得省事。

游戏中，小狐仙一扭头就要离开。

"洛崽"邀请您加入他的队伍。同意，拒绝。
"洛崽"对您发起了"私聊"申请。同意，拒绝。

景欢暂时没回应第一个，第二个选了同意。
[私聊] 洛崽："来吗？不收你上车费。"
[私聊] 小甜景："不了，没那运气。"
[私聊] 洛崽："不试试怎么知道？队里都是高伤输出，做得很快。"
[私聊] 小甜景："为什么你们只要狐仙洞啊？"
[私聊] 洛崽："能封能奶，方便。"

景欢还是头一次听说带狐仙洞下本是为了"方便"的。

景欢想了想，反正路迢迢他们很晚才能回来，他可以把日常任务留到一会儿刷，于是进了队伍。

进入副本后，他随手点开队友列表看了一眼。别人他不知道，但队里的双刀流侠客他是认识的，叫最爱麦麦，是高手榜第二输出。

如洛崽所说，队伍里确实没有奶妈，唯一的妹子叫小麦，玩的是法系职业，景欢盯着这个叫小麦的萝莉看了半天，总觉得对方有些眼熟，但想了半天也没想起来在哪儿见过。

五人很快进入副本，景欢原本做好了躺过本的准备，切入游戏才发觉不对劲。

只见最爱麦麦和小麦两个人手上空空荡荡的，什么武器都没拿。

[队伍] 小麦："我和我侠缘的武器都没耐久了，用不了，不好意思。"

输出门派没了武器，打出来的伤害甚至连平时的一半都不到，偏偏紫装的装备增加耐久的过程很麻烦，这会儿去补肯定是来不及了。

[队伍]最爱麦麦："没事，就这样打，慢点儿就慢点儿了，而且队伍里不是有个狐仙洞吗？"

杀怪速度慢，意味着他们承受小怪的伤害会大幅增加，奶妈身上的担子便重了起来。

景欢茫然。他的本意是来躺本的，反倒成苦力了？

[队伍]最爱麦麦："反正你也是免费上车的，花力气操作一下，应该的吧？"

看到这句话，景欢不由得拧眉。他本来就是被团长劝上车的，怎么说得像是他为了省钱才来蹭车的？

不过只是下个本，景欢也没打算计较。

[队伍]小甜景："哦。"

这时，帮派微信群突然闪了起来，是秋枫问他下不下本。

景欢随手截了张战斗图，发在群里。

小甜景："我在做别的本呢。"

秋枫："你怎么在下这个本？经验值很低的。"

小甜景："想看看能不能刷出蜈蚣腿……"

秋枫："哈哈，那你加油。"

副本越到后面难度越大，队伍里只有景欢一个奶妈，狐仙洞本来就不是正经奶妈，治疗量比不上普陀山，还不能挂机，景欢觉得比打竞技场还麻烦。

[队伍]小甜景："小麦在不在？"

[队伍]小麦："啊。"

[队伍]小甜景："你是不是没穿衣甲？为什么怪打你这么痛？"

"她发现了，"YY私聊里，女生惊讶地道，"她这都能看出来？"

"没关系。"男人声音散漫随意地道，"发现了又怎么样？没事，你随便说。"

[队伍]小麦："我看了一下，衣甲也没有耐久了。"

下本之前不看装备耐久是最不负责的行为，平白增加队友的负担。

景欢没再应，都打到这里了，再说什么都是多余的。

终于，两个小时后，他们清完了最后一只小怪，马上准备打Boss。景欢松了口气，坐直了准备迎接Boss。

您被"洛崽"请离了队伍。

一行黄字刷出来，景欢看着这个系统提示，好几秒都没反应过来，发了个问号在附近频道。

队伍里其他四人并没有理他，而是径直切入了战斗，四个人头上出现了战斗中的标识。

景欢皱着眉点进观战，只见最爱麦麦和小麦并肩站在一起，手上的武器熠熠发光，浮夸华丽。景欢这时才终于后知后觉地发现——他被耍了。

他们让他一路当奶妈，累死累活地救了他们两个小时，临到Boss再把他踢掉。不杀Boss就没有副本进度，这个副本他等于白做。

玩了这么久《九侠》，景欢还是第一次遇到这种事。

真恶心。

他没想到的是，更恶心的还在后头。

二十分钟后，Boss倒地，系统弹出一条提示。

副本团队："洛崽"与队友们齐心协力击败了百足大王，并从其身上搜出了"蜈蚣精的邀请函"！

他们触发了隐藏Boss。

景欢被系统强行送进了蜈蚣精的洞穴，他没想到自己第一次见到这副本的隐藏Boss，居然是在这种情况下。

景欢本来就操作得有点儿烦，现在火气"腾"地就上来了。他以前玩《英雄联盟》的时候经常和队友吵架，仗着手速快，就从来没吵输过。嘴臭虽然不能改变什么，但至少能让他爽。

什么和谐游戏，今儿就不惯着你们了。

他敲了一行字，刚要发出去，就见聊天频道又跳出一条提示。

副本团队:"纪小年"加入了团队。

景欢的手停了下来,十来秒后,纪小年出现在他的视野里,加入了洛崽的队伍。

五个人一句话都没说,自顾自地切进了隐藏 Boss 的战斗。

景欢深深吸了一口气,沉默地把对话框里的话全部删掉,飞离了场景。

他登上交易所,反反复复看了许久,一连收藏了好几件紫装,然后放入购物车,购买,支付,动作一气呵成。

帮派微信群又开始闪烁。

秋枫:"[图片]小景景,这上面怎么没你?"

秋枫发的是一张战斗图,是纪小年他们杀隐藏 Boss 的截图。

小甜景:"杀到 Boss 时被踢了。"

秋枫:"啊?"

春肖:"怎么回事?"

小甜景:"没事。我去处理一下。为了不给帮派添乱,我先退帮退群了。"

丢下这句话,景欢没等他们反应过来,就把群聊给退了,紧跟着脱离帮派,一点儿也没迟疑。

他打开好友列表,翻出老朋友来。

[密聊]小甜景:"在?"

[密聊]元气小蚊香:"在呢妹妹,怎么啦?"

[密聊]小甜景:"帮我跟几个人,落单或者组队三人以下的时候告诉我。先跟两天,给你五百金。"

[密聊]元气小蚊香:"你要干吗?"

[密聊]小甜景:"杀人。"

泥人也有三分火气,他从来不当受气包,更何况他这两天心情极差,急需发泄。

[密聊]元气小蚊香:"行,你把 ID 给我。"

景欢把那五个人的 ID 全发了过去。

[密聊]元气小蚊香:"不是妹妹,别人就算了,这个最爱麦麦可是

区里第二输出，三个你可能都不够他打的。你不如专门盯其他人？"

[密聊]小甜景："不用你教我杀人[微笑]。"

元气小蚊香看着她后面发的那个表情，莫名觉得脖子一凉。

[密聊]元气小蚊香："OK，明白。"

那五个人既然都在一个队里，自然顺势去做了其他副本。

下午三点，景欢正在给九尾仙狐提高修炼点，元气小蚊香终于有了动静。

[密聊]元气小蚊香："他们刚刷完大闹天宫副本，现在解散队伍了。其他三个在安全区，小麦和最爱麦麦在刷侠缘任务。"

[密聊]小甜景："好。"

[密聊]元气小蚊香："我帮你守一下纪小年吧，她一直在动，没准儿马上出安全区了。"

[密聊]小甜景："不用，你帮我跟着最爱麦麦和他侠缘。"

[密聊]元气小蚊香："你杀不过他们的，妹妹，小心被反杀掉装备啊！"

[密聊]小甜景："你能当一个没有感情的报点机器吗？"

[密聊]元气小蚊香："好的，我一分钟报一次。"

景欢收起九尾仙狐，给自己换了一套移动速度最快的属性装备。他当然知道自己杀不过那对狗男女，但那两个人都是输出系脆皮职业，只要他手快能封上人，再躲掉他们的召唤兽的技能，想杀一个不难。

他边盘算边朝元气小蚊香报的点走去，到达他们所在的月宫，景欢正要看坐标，一个对话框忽然跳了出来，挡住了他的视野。

"心向往之"邀请您加入他的队伍。同意，拒绝。

景欢愣住了，下意识地看了眼时间，下午三点。

景欢手比脑子快，待他反应过来，自己已经在心向往之的队伍里了。

他眨眼，一下不知该说什么好，脱口叫了一声："哥哥。"

心向往之牵着他往前走。

景欢回过神，不禁在心里骂了自己一句：白让人给你报点了。

"你怎么上线了……"景欢问,"今天不是满课吗?"

队伍里的人终于有了反应,心向往之声音怪沉的:"嗯。"

"嗯"是什么意思?

没能杀到人,景欢心里遗憾得很,盘着腿,撑着下巴说:"哥哥,我昨天……"

请注意!队长"心向往之"对玩家"最爱麦麦"发起了强制PK!

战斗切入得猝不及防,别说是对面的两个人,就连景欢也吓了一跳。

[附近] 小麦:"……"

[附近] 最爱麦麦:"向神,你这是什么意思?"

景欢回神,不确定地问:"哥哥,我们这是要干什么?"

"杀人。"

向淮之的声音如常,用平时他们下本交流时的语气问他:"想先杀谁?"

景欢将手搭在键盘上,许久没说话。

向淮之也不着急,跃起用刀身拦下了最爱麦麦朝小甜景劈去的双刀,又问:"踢你的人在不在里面?"

"不在,队长是其他人。"景欢犹豫着问,"哥哥,你怎么知道我被踢了?"

向淮之说:"微信群里看见了。"

另一头,YY里,小麦的语气已经有些着急了。

"亲爱的,你不是说心向往之不会管吗?"

"没事,你没见他一直没还手吗?"最爱麦麦从惊讶中回神,"我跟他说说。"

[附近] 最爱麦麦:"说话啊,怎么回事,手滑点错了?"

与此同时,他们这场战斗也被路过的玩家们发现了。

[世界] 无人像你:"月宫(81,99)!向神和最爱麦麦打起来了!最爱麦麦带的他女朋友,向神带的是小甜景!"

[世界] 本命芝芝桃桃："我迅速赶到现场！"

[世界] 我有猫啦："真的假的？这俩人终于打起来了？！这是要争第一输出吗？"

[世界] 醉卧红尘："这还用争？最爱麦麦拿什么跟心向往之争？我比较好奇的是，小甜景为什么又在？！"

[世界] 小号123："我今天在镜花水月的某个QQ群里吃到'瓜'了！小甜景今天下午混野队上了最爱麦麦的车，杀到Boss就被踢了，最无语的是最后还爆了麒麟山的Boss，被纪小年捡了漏。"

[世界] 我有猫啦："一时间不知道小甜景是幸运还是倒霉，我至今不知道麒麟山Boss长什么样。"

[世界] 唯你渡我："我就好奇，小甜景到底为什么想不开，连最爱麦麦的队伍都敢进，我现在是真相信小甜景的号换人了。"

每个区里都有个"区霸"，区霸可以不是区里实力最强的人，但一定是区里最会装的。

最爱麦麦就是镜花水月的区霸。他看上的装备，别人不能抢；他发的喇叭，谁都不准顶；他在收的材料，其他人想收必须往后靠。曾经就有人因为下本时说了句得罪他的话，被他坑掉了Boss，还被追杀了一星期，那玩家没几天就自闭退出游戏了。

而这种事情，最爱麦麦已经干了数次，小甜景也只不过是其中一个，本区玩家早已见怪不怪了。

当然也有看不过眼的玩家，无奈最爱麦麦财力雄厚，光神装账号就有四五个，区里只有一个人能跟他抗衡，偏偏那人又异常低调，一看就知道不打算管这事。

惹不起躲得起，后来区内玩家见到最爱麦麦，都会选择绕道。

而今天，心向往之终于出面了。

镜花水月的玩家们心中感慨万千，都忍不住冒了泡。

[喇叭] 清池："向神终于看不下去要拯救苍生了？！"

[喇叭] 萍枝依依："都在激动什么？忘了心向往之前段时间'818'的事了？这只能说是狗咬狗，拯救苍生什么的就免了。"

[喇叭] 相思苦不苦："有一说一，心向往之那是感情上的渣，不是当事人都管不着。他从来没做过欺负弱小的事吧？"

景欢把视线从喇叭上收回。

"哥哥,最爱麦麦之前也做过这种事吗?"

向淮之从来没注意过这个人,把刀切换成长剑,道:"不知道,可能吧。"

见对方一直没应自己,最爱麦麦还以为是心向往之屏蔽了当前聊天。

他把游戏里的麦克风打开,问:"怎么回事啊兄弟?"

仍旧没得到回应,最爱麦麦正纳闷着,心向往之突然提剑冲来,丝毫不给他们反应时间。

心向往之一剑刺在了小麦身上,鲜红的数字跳出来,小麦的血条瞬间只剩下三分之一。

小麦吓了一跳,问:"他这是什么伤害?"

"没事宝贝,我们打得过。"最爱麦麦咬了咬牙,"他带着一个废物狐仙洞,我们等于二打一,你给自己加个法伤Buff。"

最爱麦麦从来没和心向往之组过队,加上他喜欢带侠缘打2vs2,而心向往之以前只打1vs1,所以他们俩至今没交过手。虽然看过对方的不少视频,但心向往之的实力在他这里一直是个问号。

不过,他对自己的装备很自信,自己和心向往之之间,应该就差一把神器。他早打算好了,待他刷出神器、登顶高手榜第一的那天,一定要刷上千个喇叭,还要开区宴,宴请全区的玩家吃流水席。

但很快,最爱麦麦就打消了这个念头,再一次被心向往之砍出连招暴击后,他的血量只剩下了17%。

"心向往之,你是不是开了脚本?!"最爱麦麦开麦,咬牙切齿地问,"攻击几乎全中?开脚本都没你准!"

外面的围观群众看不下去了。

[附近]本命芝芝桃桃:"向神的命中率一向很变态啊,而且玩这种神级账号怎么可能开脚本?一旦被查出来就是永封啊。"

[附近]素雪:"我也觉得不是脚本,《九侠》官网天天推荐心向往之的PK视频,如果是脚本,官方怎么可能没发现?"

[附近]小甜景:"就是就是!打不过就诬陷我哥哥,你算什么男人[发怒]!"

[附近]落花翩跹:"……"

[附近]尝一口喜欢:"您能好好打PK吗?"

[附近]莫问归期:"[分享歌曲-算什么男人-周杰伦]。"

这场战斗的胜负毫无悬念。

不到十分钟,对面就只剩下一个残血的最爱麦麦,小麦早早便被心向往之撂倒在地。而小甜景因为移动速度快,根本没吃到什么伤害,心向往之的血条也一直被小甜景奶得满满的。

"心向往之。"最爱麦麦再次开麦。

就当众人以为他要开始骂人时,对方突然低下声音道:"你杀我可以,让我复活了我侠缘,放她走,不让小甜景杀Boss是我的主意,跟她没关系。"

景欢愣了愣,心想这最爱麦麦还真是挺疼侠缘的。

不过今天这事跟小麦不可能没关系,他后来才想起来,小麦是那天在异域商人附近跟仙萌萌她们聊天的萝莉。

景欢皱眉。他又不是圣母,并不吃最爱麦麦这套,但难保心向往之不吃啊。

[附近]心向往之:"就你的人会委屈?"

一直沉默着的人终于开了口。丢出这句话后,心向往之在众人还没反应过来之前,一剑把最爱麦麦杀出了场景,地上的小麦也随之消失。

景欢怔怔地看着这句话,等回过神来时,黑袍男子已经收起剑,回到了他的身边。

他们周围人山人海,两人的角色都被覆盖了。

[附近]素雪:"这就是第一输出和第二输出的对决?索然无味。看来我们区只有第一输出,没有第二。"

[附近]非你杯茶:"不是……'就你的人会委屈'?我怎么觉得这话品起来有点儿怪呢?!"

向淮之这才后知后觉,自己刚刚说的话多有歧义。

[附近]落樱:"就你的人会委屈——我的人就不委屈了?"

[附近]本命芝芝桃桃:"对上了。"

[附近]醉卧红尘:"好像还真有点儿这个意思?!"

[附近]小甜景:"是喔?!"
[附近]醉卧红尘:"……"
[附近]素雪:"……"
[附近]小号123:"你能不能别每次都趁乱混进来?"

向淮之的眉头缓缓舒展开,他无声地挑了挑嘴角,然后在小甜景继续胡言乱语之前,牵着人飞走了。

向淮之原先是想把人带去帮派场景的,但由于景欢退了帮,被帮派车夫拒于门外。于是他把人带去了落花谷。小狐仙格外安静,乖乖地跟在他身后飞来飞去,就连到了落花谷的瀑布旁,小甜景都没有任何反应。

还在生气?

也是,毕竟刚刚小狐仙都气得要单枪匹马地去杀人了。

向淮之忽然想到什么,问:"你今天好点儿了没?"

"什么?"

景欢刚刚杀了人,现在心情舒畅多了,靠拳头解决事情就是爽。

向淮之淡淡道:"'姨妈'。"

高兴过头,景欢都忘了自己昨天那通胡扯了。

两个男生在一块儿讨论这个未免太过猥琐,景欢不自在地说:"当然好啦,已经结束了。"

向淮之"嗯"了声:"下次还有这种事,先来找我。"

景欢莫名其妙地道:"可是这种事,我每个月都有啊……"

向淮之叹了口气:"我是说被人欺负的事。"

景欢耳机质量好,男生呼吸重一点儿,都像是在他耳边吹气。他抬手揉了揉耳郭,说:"找你,你帮我出气吗?"

"刚刚不是帮你出气了?"向淮之看了眼杀手发来的坐标,队里其他三个人现在还在安全区里。

"那我能不能以身相许?"

景欢憋着笑,还要继续瞎撩。

"你就这么想跟着我?"心向往之突然开口。

景欢愣了愣,半晌才应:"对啊。"

他眨了眨眼,似乎从心向往之的语气中听出了一丝端倪。

等等……这个问题是什么意思?他们终于要成了吗?他的计划终于可以走到下一个流程了?!

景欢激动得心脏怦怦直跳,心向往之却再次陷入了沉默,许久没出声。

景欢按捺着情绪,叫了一句:"哥哥?"

那头终于有了反应,男生语气如常,应了一句:"知道了。"

景欢愣了愣:"知道了……是什么意思?"

与其让他转移目标,去缠着游戏里的陌生人,那还不如就喜欢自己,向淮之想。

网络上的虚拟成分太重,你能看到的,都是别人想给你看到的那一面,连真实都做不到,更别说其他。而且……其他男人要是知道自己的侠缘是个男的,别说接受了,不翻脸都是好的。

景欢把心思放在他这里,至少自己不会当真,也不会伤害到他,等景欢以后在现实里遇到了合适的人……

"意思是我会对你负责,只要你愿意,以后游戏上的任何事情都能找我。"

景欢想也不想地道:"那我想跟你结……"

"除了结成侠缘。"

另一头,景欢盘腿抱着电脑,满脸疑惑。这人什么意思?说要对他负责,却不肯跟他结成侠缘?那你负责什么啊?

耳机里闪过电流声,心向往之又开口了。

"不过哪天如果你看上了别人,"向淮之顿了顿,淡淡地道,"这个约定就作废。"

说完,向淮之又补充道:"不是不让你找别人的意思。"

景欢在心里把心向往之骂了千百遍,然后敲字。

[队伍]小甜景:"除了哥哥,我怎么可能看上别人啊!"

不能开麦,他怕自己忍不住爆粗口。

向淮之以为自己表达清楚了,点头道:"这段时间,我不在,你尽量别出安全区。"

就最爱麦麦那个性子,一看就不是被杀了还能忍气吞声的主,指不定会闹什么事。

[队伍]小甜景:"没事,我才不怕他呢!"

景欢是真不虚。最爱麦麦的装备虽然好,技术却是真的烂,标准的氪金玩家。他认为《九侠》能经久不衰的原因便在这里,充值数额不高的玩家如果技术好,照样能对抗氪金玩家。

当然,一分不充的玩家也不行。

"你是不怕,"向淮之看了眼自己身边的小狐仙,"身上的装备什么时候买的?"

小狐仙身上不再只有一个发光的戒指,她手里拎着紫鞭,腰间的葫芦发着白光,就连腰带都是紫装造型。

景欢愣了愣,这才想起自己之前一气之下,买了一身装备。

[队伍]小甜景:"我……我当时太生气了!"

"钱哪里来的?"

[队伍]小甜景:"生活费啊。"

"生活费够买这些?"

这是什么奇怪的对话?景欢觉得自己像是在被家里人查账。

[队伍]小甜景:"就,透支啦!这个月只能啃包子了!"

向淮之——噎。他没想到居然真的有为了游戏连饭都不吃的人。

"为什么只打字不说话?"向淮之拿起手机,"我借你一点儿,需要多少?"

景欢愣了愣:"啊?不用不用!我的饭卡里还有钱呢,而且我刚好在减肥……"

"你不胖,不用减。"

语音里安静了一会儿。景欢问:"你怎么知道我不胖?"

向淮之沉默两秒,语气自然地道:"猜的。"

花言巧语!

"真的不用啦哥哥,我们学校的肉包子真的挺好吃的,皮薄肉厚,一个才一块五!"景欢顿了顿,又道,"再说,我们又不是那种关系,我怎么能花哥哥的钱?哥哥要真的心疼我,不如圆我另一个梦,我们去凤凰祠……"

"知道了。"向淮之放下手机,道,"那你就吃食堂吧。"

景欢刚想嘤嘤两句,好友消息忽然亮了起来。

  异域商人:恭喜少侠!"秋枫"赠送您一套"灯笼精灵",请移步至不明异域(118,29)领取您的新衣服!

景欢一怔,下意识地给秋枫发了个问号。
[密聊]秋枫:"安慰礼物。"
景欢没回,而是开麦问:"哥哥,能去一趟不明异域吗?"
"怎么了?"
"秋枫给我送了套新时装,我想退回去。"
《九侠》的赠送系统有个变态规定,如果礼物在异域商人那里存放超过半小时,就会产生手续费,美其名曰"保管费"。虽然数额不大,但景欢不乐意花这钱。
心向往之没再说话,带着他离开落花谷,走到异域商人旁,景欢脱离队伍,快速把时装退了回去。
[密聊]秋枫:"一件时装而已,这都不肯收啊?"
[密聊]小甜景:"心领啦,不用破费。"
刚发出去没几秒钟,好友图标又亮了起来,景欢原以为是秋枫回复了,点开一看,却是系统才拥有的粉红色对话框。

  异域商人:恭喜少侠!"心向往之"赠送您一套"灯笼精灵",请移步至不明异域(118,29)领取您的新衣服!

这俩人是送上瘾了?
[密聊]心向往之:"收着。"
[密聊]小甜景:"我不能总收你这么贵的东西。"
[密聊]心向往之:"你如果退给我,我就送给路迢迢。"
[密聊]小甜景:"谢谢哥哥,哥哥你看我穿着好看吗?"
景欢把衣服换上。他本来不想坑心向往之这钱的,但渣男非要捧着递上来,那就别怪他没良心。
[密聊]心向往之:"嗯。今天的日常任务做了没?"

[密聊]小甜景:"你不说我都忘了。"
[密聊]心向往之:"进队,我带你做。"
景欢乐得清闲,火速上了他的队伍。
做了半小时,景欢打开外卖软件,正寻思着点什么好,他的小姐妹就找上门来了。
[密聊]爱是分你吃:"臭景景!怎么回事啊?!你怎么连帮派都退了?还不回我微信!"
景欢怔了怔,打开微信看了一眼,还真收到了不少消息。
[密聊]小甜景:"没看见……我跟最爱麦麦闹矛盾,怕牵连帮派,所以就退了。"
[密聊]爱是分你吃:"不会啊,最爱麦麦本身就和我们帮有点儿矛盾。"
[密聊]小甜景:"啊?什么矛盾呀?"
[密聊]爱是分你吃:"可以接语音吗?我在吃饭,打字不方便。"
景欢把游戏麦克风关了,跟爱是分你吃建立起微信语音,反正电脑开着,微信语音也依旧是变声器。

"他之前把闲人阁的一个小弟弟给杀得退游戏了,还跟春肖吵过架,反正闹得挺不愉快的。不过出事的时候你还没玩,不知道也正常,而且帮里很多人不喜欢他。"爱是分你吃道,"下午大家都在商量怎么帮你出气呢!"

景欢愣了愣,道:"帮我出气?"

爱是分你吃:"是啊,秋枫堂主还私底下去找过最爱麦麦,连向神都冒泡了。"

景欢有些后悔这么快退群了,问:"哥哥说了什么呀?"

"我截图发你微信上吧。"

景欢火速捧起手机看图。

莫问归期:"不是吧,真退了?没必要啊……"

本命芝芝桃桃:"那小甜景还回帮吗?"

春肖:"我和相思在度假,等我们明天回去再处理。"

秋枫:"这个最爱麦麦,上次我们已经忍过他一次了,这回又搞我们帮里的人。放心,我一定给小景要个说法。"

莫问归期:"好,堂主威武!"

心向往之:"她是我队伍里的人,我自己处理,不劳烦你。"

景欢把心向往之的话反复看了几遍,半晌才问:"哥哥还说什么了?"

"没了,就这句,"爱是分你吃"啧啧"道,"向神现在说话是真的酷,跟之前完全不一样。"

"之前?"

"是啊,就仙仙和他在一起的时候……"爱是分你吃说到一半便刹了车。

景欢这才想起,爱是分你吃曾经和仙萌萌是好友。他不自觉地挺直背脊,好奇地问:"哥哥和仙萌萌在一起的时候是怎样的啊?"

爱是分你吃吞吞吐吐地道:"就那样。"

"说说嘛。"景欢说,"我保证不乱说!"

"跟普通侠缘一样,没什么大不了的。"爱是分你吃想了想说,"也就……一天连十个小时的麦吧。"

景欢愣住了,他们有这么多能聊的话吗?!

景欢毫无感情地笑了两声:"你怎么连这个都知道?"

"仙仙经常秀,挺多人都知道的,"爱是分你吃说,"他们的微信是情侣头像,心向往之好像经常在朋友圈发她的照片,她还给我发过朋友圈截图……不过向神现在好像把微信头像换了?"

景欢想起自己那条被拒绝的好友申请,笑容更僵了。

心向往之的朋友圈也是干干净净的,一看就知是事后全删了。

"情侣头像啊……"他喃喃道。

想起自己之前吃过的"狗粮",爱是分你吃就停不住嘴:"是啊,向神之前还叫仙仙宝贝。看不出来吧?"

心向往之叫自己什么来着?除了"小甜景",景欢居然想不出别的了。心向往之居然会跟人连十个小时的麦、换情侣头像,还会叫"宝贝"?景欢简直无法把这些行为和现在牵着他走路的人联系在一起。

而且,凭什么啊?凭什么他在别人那里就换头像发朋友圈,到了自己这里却连句软话都不会说?!

景欢突然就觉得不痛快,非常不痛快。

爱是分你吃说完才发觉自己多嘴了,又说:"但是向神对你也很好呀!你看,他还帮你'杀人'。"

"他帮仙萌萌'杀过人'吗?"

听出对方语气蔫蔫的,爱是分你吃立刻道:"没有!他们在一起那段时间,连竞技场都不经常打的。"

"不打竞技场?"景欢疑惑,"那他们平时都干什么?"

"就,下本啊,看风景啊,拍照啊……"爱是分你吃咳了声,"之类的。"

这人明明什么都会!天天在他面前装什么高冷?!

挂了语音,景欢坐在椅子上,连外卖都不想点了。

这心向往之也太区别对待了吧!

[队伍]心向往之:"人呢?"

[队伍]小甜景:"在。"

[队伍]心向往之:"怎么把麦克风关了?"

因为不想跟你说话,你这个"双标狗"。

[队伍]小甜景:"没有,我刚刚在和吃吃语音呢。"

向淮之喝水的动作一顿。

[队伍]心向往之:"你们的关系很好?"

[队伍]小甜景:"当然啦,毕竟是一个队伍的。"

跟秋枫不同,爱是分你吃是女生,如果景欢喜欢的人换成她,似乎也不错。向淮之面无表情地想。

日常任务做完,两个人站在主城NPC旁边,谁也没说话。许久,向淮之才从思绪里抽身,准备打字。

"哥哥。"队里的人语气可怜兮兮地叫了他一声。

"嗯?"

"你答应过我,以后游戏里有什么事都能找你,"景欢说,"对吧?"

"嗯。"

"那你能不能陪我去拍几张照片?"

向淮之微怔:"照片?"

"嗯,"景欢不知害臊地说,"要摆着亲亲姿势的照片!"

向淮之:"拍那个做什么?"

景欢也不知道拍来干什么。

"我就想拍。"景欢说,"好不好啊,哥哥?"

十分钟后,两人到了月宫圆月前。

"小甜景"想亲吻您。同意,拒绝。

向淮之的鼠标在两个词上反复游移,犹豫不定,最后他扶了扶额,点了同意。

小狐仙侧着脑袋,狐狸尾巴晃来晃去,在他的嘴角边轻轻地落下一个吻。花前月下,良辰美景,脚边还有几只玉兔在乱晃。

向淮之盯着这画面看了几秒,手不自觉地按下了截屏键。

"哥哥。"耳麦里,女声犹不知足地叫他,"你能不能叫我一声,那什么……宝贝啊?"

说到最后,他的声音越来越小。

向淮之一噎,喉间像被什么堵住了,半晌才挤出一句:"什么?"

"在游戏里叫就好!"景欢强行装出理直气壮的样子,"这也算游戏里的事吧……"

向淮之:"不行。"

"为什么不行?"景欢不服气,"哥哥说话不算话!"

向淮之失笑,道:"哪有人会提这种要求?"

"我就会!"景欢说,"叫嘛哥哥,又不会掉一块肉。"

"不行。"

"一声!就一声!"景欢说,"一声就好啦!"

景欢打开了录音设备,盘算着要怎么说才能让心向往之同意。他打算把那声"宝贝"录下来,等揭露真相后,天天往心向往之的邮箱里寄!

见心向往之沉默,景欢小声撒娇:"哥哥,我……"

"宝贝。"

这声音猝不及防地落入耳中,景欢一下愣住了。

男生的语速很快,却非常清晰。他声音低沉微哑,本就好听,再加上语气中的无奈和纵容……没人听了能不心动。

景欢甚至有那么几秒钟的错觉——仿佛他真的仰慕心向往之。

别说，这渣男……还真有几分本事。

消化了好一会儿，景欢才恍然回神——他居然没有按录音键！

"哥哥，我……我刚刚没听见。"景欢忙说，"你再叫一遍。"

向淮之："没听见怎么知道我叫了？"

这时候您倒是聪明得很啊。

景欢："呜呜呜——再来一遍，最后一遍！"

"不行。"那头的人拒绝。

"哥哥……"

"别撒娇……没用。"向淮之哑声道，"我先挂会儿机，有事微信找我。"

发完这句话，向淮之捏着杯子起身倒水。

他刚接满水，寝室的门忽然开了。

"累死我了，我当初就不该跟你一起选课，每周五都累成狗。"路杭满脸疲惫地走进来，"你今天竟然还早退，知不知道我一个人坐着有多无聊？走的时候跟阵风似的，我还以为你的号又被盗了……"

向淮之眼皮都懒得抬："滚。"

路杭笑了声："开个玩笑嘛，小景景的事解决了？"

"嗯。"

"怎么解决的？"

"杀了。"

"杀了……"路杭坐到电脑桌前，闻言一愣，"杀、杀了？杀谁了？"

向淮之喝完半杯水，又重新接满，道："最爱麦麦。"

路杭惊呆了。

原本向淮之为了小甜景逃课就够让他吃惊的了，居然还帮她杀了人？

他和向淮之一块儿玩游戏这么多年，只见向淮之杀过两个人，一个是仙萌萌，另一个就是最爱麦麦。两个都是为了小甜景杀的。

路杭表情复杂，半晌后恍然大悟地道："向向，原来你……真中意小景景这款啊？"

破案了，他的室友这么多年没谈过恋爱的原因找到了。

说实话，这年头像小甜景这类型的女孩子早已濒临灭绝，现在的女生比男生还凶猛，思想还特别难捉摸，这么嗲、这么黏人还这么喜欢撒娇的……路杭身边就只有小甜景一个。

　　他的室友的口味，还真特别。

　　向淮之不冷不热地扫了他一眼："你很闲？"

　　"不闲不闲。"路杭识趣地闭嘴，"我现在把最后这环任务跑完，明儿一早我们就打战神去！"

　　向淮之没搭理他，重新回到了电脑前。小狐仙还在他的队伍里没走，两人身影重叠，异常亲密。

　　向淮之脸上的镇定之色微微松垮，感觉有些头疼。

　　他怎么就喊了？

　　叫出口的那一瞬间，向淮之都不知道自己的脑子在想些什么。

　　晚上，路杭终于跑完了战神任务，回到了下本队伍。

　　"这任务真不是人做的，"路杭在队伍里吐槽，"我都快跑吐了，一环任务要跑十来个NPC……希望GM长眼，给我爆个好属性的东西出来，我实在不想做第二回了。"

　　爱是分你吃："那估计挺难的，好像还没人一发入魂过？"

　　景欢问："哥哥杀了多少次战神，才刷出神器的？"

　　向淮之："三次。"

　　景欢酸了。三次跟一次有什么区别？不知道有多少个区开服十年都爆不出神器。

　　路杭想想也是，说："那我收敛点儿，不求一发入魂了，三次也成吧。一会儿我就去澜山寺拜拜。"

　　澜山寺是《九侠》里的一处游戏场景，就是个寺庙，里面有几个任务NPC。

　　向淮之嗤笑道："拜一堆数据叠起来的佛像？"

　　"心诚则灵懂不懂？"路杭说，"我听很多人说，在那场景拜拜真的有效果。"

　　他说完，闲着无聊，点开个人中心随便逛了逛。

　　《九侠》的个人中心类似于QQ空间和朋友圈，能发文字图片，也能刷到好友们发的动态,路杭的女性好友们就经常在这儿发照片。路杭一一点赞过去,不小心滑过某张游戏截图。他皱了皱眉,觉得自己好像看到了什么不得了的东西,又缓缓地滑了回去。

半晌,路杭幽幽地叫了句:"向向。"

"说。"

"你还和小景景亲了?"

向淮之手一快,攻击位置偏了,长剑堪堪从 Boss 的脸边擦过。他沉声道:"那叫人物动作。"

路杭更正:"你居然和小景景做亲吻的人物动作。"

向淮之放弃纠正,皱眉道:"你怎么知道?"

"小景景都放个人主页上了,你没看见?"

向淮之还真没看见,他的游戏好友很少,也从来不发游戏动态,个人主页的按钮在他这里形同虚设。

他打开个人主页,刷新了一下,小甜景的那条动态就在最上方。

小甜景:"永远跟哥哥在一起[图片]!"

图片正是他们下午在月宫亲吻的照片。

下面好几条评论和赞,向淮之往下滑了滑。

莫问归期:"完了,我秋枫堂主这下是彻底没希望了。啧,我还跟人下注,赌你会回心转意呢,亏了亏了。"

本命芝芝桃桃:"归期,怎么哪儿都有你?你迟早要被向神追杀。"

秋枫:"小景,快回我密聊。"

向淮之关掉小甜景的主页,随手点开了自己的。

他的自然是一条动态都没,评论区倒有不少留言,全是仙萌萌以前留的一些打情骂俏的话,向淮之眼都不眨,点击全选,删除。

Chapter **14**

第十四章
朋友

翌日一早，闹钟还没响，路杭就兴冲冲地起了床。

他不敢把向淮之叫醒，又急着想杀战神，于是磨蹭一阵后，借着杯碗桌椅，在寝室开了场不大不小的演奏会。

向淮之被吵醒，眉头都皱成了"川"字，说道："你再往桌子上砸杯子，我就把你从窗户扔下去。"

路杭清了清嗓子，唱了起来："爸爸！爸爸！爸爸！好爸爸，好爸爸，我有一个好爸爸！"

路杭："爸爸，起床帮我杀个神器吧，儿子收了几个月的材料了，就盼着这一日呢。"

"我没你这儿子。"向淮之抬手遮住眼，"现在几点？"

"九点了，爸爸。"

"这么早，你现在上去也没人。"

"有的爸爸，"路杭笑嘻嘻地道，"我用微信把他们都叫醒了。"

向淮之睁眼，道："全叫醒了？"

"是的，爸爸。"

向淮之由衷地说："你真缺德。"

"以后他们出了事，不论早晚我都会第一个赶到现场的！"

向淮之懒得跟他啰唆，手摸到枕头旁，点开手机一看，果然，上面有两条信息。

小景呀："哥哥，醒了吗？"

向淮之随便回了一句，顶着困意掀被起身，下床洗漱。

他上号时，其他四个人已经组好队在等他了。

既然是找人帮忙，药品自然是路杭出，他道："向向，你说一下大家分别带哪些药，我丢给他们。"

分配好药后，向淮之问："秋枫用的什么属性？"

"耐性和封印命中率。"秋枫应。

"嗯，"向淮之说，"开杀，听我指挥，早点儿杀完休息。"

下午一点，《九侠》论坛上出现了一个帖子，没几分钟就被玩家们顶出了"hot（火）"的标志。

"镜花水月心向往之队伍，六十二分钟击败战神，再创新纪录，内附视频。"

网吧包间。

景欢趴在桌上，边打哈欠边听陆文浩和高自翔的双人解说。

陆文浩惊叹道："向神这连招……七连招，他怎么打出来的？"

高自翔："这俩术士也很厉害，能看出封印命中率堆得很高，小怪都被他们控得死死的。"

"可我觉得还是这狐仙洞最猛，你看她才吃了几下伤害啊？这种反应能撑六十分钟，太强了。"陆文浩说着说着，皱眉道，"就是她的血池怎么只给向神？剩下的人都靠普陀在奶。"

"狐仙洞本来就不算奶妈，她封印也很准，每一轮刷出来的特殊小怪都是她控着的，估计给她分配的任务就是封特殊小怪，奶向神只是顺便。"高自翔"啧"了一声，"别看了，把这狐仙洞的血池技能键抠掉，她都比你强一百倍。"

"你又趁机内涵我？"

景欢不悦地皱眉，从胳膊肘里抬起脸问："你们能不能安静一会儿？"

高自翔纳闷地看着他，问："欢欢，你今天怎么了？来网吧都能犯困？"

景欢杀完战神才想起来，他答应了室友今天一块儿出来开黑"吃鸡"。担心睡回笼觉会导致晚上睡不着，所以他想了想，还是出来了。

结果没用，该困他还是困。

"没睡好。"他没好气地应，"你们到底玩不玩？不玩我回去了。"

陆文浩说："玩、玩、玩，欢欢你再等等，这视频还有最后十分钟了……你要不跟我们一起看？"

"不看。"景欢又打了个哈欠，干脆起身。

"别走啊，"高自翔伸手拦他，"我在开加速器了。"

景欢推开包间的门，道："我去厕所洗把脸。"

就他现在这状态，一会儿不被人打成筛子才怪。

他们来的是学校附近最好的一家网吧。

但他们学校的地理位置偏僻,这里说是最好,实际上规模也就跟市里的小网吧一样。

别的景欢都不挑,就是厕所太小——两间厕所,男女各一间。通往厕所的过道也非常狭窄,两个大男人没法并肩过,还得让让身子。

景欢穿过狭小的过道,走到男厕里的盥洗台前,看到水龙头旁放着被人用过的纸巾,忍不住皱了皱眉,连碰水龙头开关的勇气都没有了。

洗完手,他正打算离开,余光一瞥,看到自己鞋边多了四个小小的黑块,仿佛还在动。因为处在阴影里,景欢看不清,下意识地微微弯下了腰。

向淮之走进网吧,前台见到他,眼前一亮,问:"你好,上机吗?"

向淮之:"能借厕所吗?"

方才身边的路人不小心把冰激凌蹭在了他的衣袖和手臂上,触感黏腻,不洗掉不舒服。

前台忙点头:"没问题,直走左拐,小道最里面左边就是。"

"谢谢。"

向淮之走进过道,忍不住低头看了眼自己的衣袖,冰激凌是巧克力味的,已经把他的白袖糟蹋得惨不忍睹了。

男厕的门是关着的。

向淮之站在门外等候,正犹豫回去后要不要把这件衣服丢掉,就听见厕所里传来几道急促紧迫的脚步声。他还没反应过来,面前的厕所门突然被打开,男生满脸惊慌地从里面冲了出来。

看清奔出来的人,向淮之愣了愣:"你……"

厕所门前的人挡住了他逃跑的路,身后又是超级大怪兽,景欢几乎没有一丝犹豫,直接扑到了对方身上——

"哥!蟑螂!蟑螂!"景欢崩溃了,直接箍住向淮之的脖子,脚不讲道理地踩上了对方的鞋,语无伦次地道,"四只!四只啊!超大的蟑螂!会、会飞!"

向淮之先是被撞到了脸,然后被勒住脖子,最后还被结结实实地踩了两脚。

而现在,对方的脚仍踩在他的鞋上。

向淮之没遇到过这种情况,男生冰冰凉凉的胳膊贴在他的脖子上,触感强烈。他看着厕所地面上四只飞速挪动的黑色虫子,眼皮跳了两下,说:"嗯,看见了,是四只。"

景欢全身起了鸡皮疙瘩,闻言把人勒得更紧了!

向淮之闻着他身上的肥皂味,轻声说:"你下来,我关门。"

景欢:"不行哥,我下来会死,真的会死,原地死亡。"

向淮之听出他的声音在颤。

他真就这么怕?

"那你站我脚上,我往前走两步,关个门,然后我们就走。"

景欢没动。

"保证不让它们碰到你。"

景欢没说话,许久后,才在他肩上慢吞吞地点了点头。

门关上了。

向淮之能明显感觉到勒着他的人松了口气,然后便开始大口喘息。

他迟疑片刻,手掌覆在景欢的背上轻拍了两下,问:"你没事吧?"

景欢头皮发麻,问:"它们跑出来了?"

"没有,都在里面,我看着的。"

两分钟后,景欢蹲在小道外,好久才回过神来。

"那什么,"他调节好情绪后,抬起头抱歉地道,"哥,对不起啊,又撞到你了。"

他眼圈发红,鼻尖也是红的。

向淮之愣了愣:"你……很怕蟑螂?"

"是啊。"

反正不是什么大事,景欢如实地道:"小时候回老家,不小心被关在废屋里,关了一整天,从那以后就很怕虫子了……是不是挺不符合我猛男的人设的?"

说到这里,他吸了吸鼻子,抬手用指头比了个大小,笑着说:"刚刚那蟑螂离我的鞋这么近,还往我脸上飞,我离去世就差那么一点点……"

向淮之看着他泛红的眼眶,心里不知怎么的,轻轻抽了一下。

景欢这才仿佛想起什么,目光往下一看,登时愣了愣,说:"哥,你的鞋都被我踩成这样了？"

向淮之的白球鞋上全是他的鞋印，一看就知道踩得不轻。景欢瞬间被内疚淹没："完了，不会被我踩坏了吧？哥，你的脚痛不痛？还有知觉没？"

"不痛，你很轻。"向淮之回神。

"我一百三十多斤，哥。"景欢蹲着往他脚边挪了挪，目光全盯在向淮之的鞋上，"不然我们去医院看看？"

"不用。"

"那你脱鞋，我给你揉一揉？"

向淮之道："不用……真没事。"

几分钟后，景欢才终于放弃。

"那你要是不舒服，一定要告诉我，我会负责的。"

"好。"

景欢站起身来，问："哥，你也来上网？"

不等向淮之回答，景欢便左右张望："你一个人吗？我们包间还有个空位，要不要一块儿来？我请你上机，包间里还有陆文浩和高自翔，都是你认识的。"

向淮之没打算去，他们的关系还没到能一起开黑的地步。

"下午打游戏，然后一起去吃饭，晚上还能打会儿夜球。"景欢期盼地看着他，"怎么样，哥？"

向淮之顿了顿，转身道："几号包间，我去开机。"

"三号，我陪你去，说好了我请你上机。"景欢忙跟上去。

他走了两步，突然凑到向淮之身边嗅了嗅，说："哥，你闻起来好甜。"

向淮之道："沾上冰激凌了。"

"怪不得。"景欢看了看自己的衣服，上面果然也沾上了一些巧克力。他笑着道，"还挺好闻。"

向淮之没回头，轻轻地"嗯"了一声。

衣服还是不丢了，洗洗应该还能穿，他想。

说是视频还剩十分钟，景欢回到包间时，这俩人却还开着网页在看。听见开门声，只戴着一边耳机的高自翔头也不回地说："欢欢，最后两分钟了,真的!你先上号,我们马上来!"

向淮之扫了一眼陆文浩的电脑屏幕,上面放着他们中午杀战神的视频。

向淮之下意识地看了一眼身前的人。这两个室友知道他就是小甜景吗?

"滚,你们别来了,我跟别人玩。"景欢嫌弃地道。

听出身后是两道脚步声,高自翔回过头,看清来人后愣了愣,问:"向学长,你怎么来了?也出来上网?"

"嗯,"向淮之收回视线,"方便多坐个人吗?"

没等他们回答,景欢已经坐到了座位上,并顺手帮他拉开了旁边的椅子:"向哥,坐这里,别搭理他们。"

"当然方便,"陆文浩说,"学长,你一个人?路哥没出来?"

向淮之点头:"他有事。"

大周末的,路杭屁事没有,只是在被窝里自闭罢了。

战斗视频播放完,陆文浩感慨道:"别人杀战神只需要六十分钟,我们杀战神,六十分钟灭队。"

"等你什么时候能像这狐仙洞一样强,咱就不用灭队了。"高自翔凉凉地说,"别人的血池是CD(冷却时间)技能,你的血池叫幸运礼物,吃到就是中大奖。"

陆文浩冷笑,反击道:"你连心向往之一半的输出都没,就想获得小甜景那样的专属血池?您配吗?"

向淮之看了眼身边的人,景欢表情散漫,整个人瘫在椅子上,仿佛他们说的事与自己无关。

"老子不跟你吵,"陆文浩关掉网页,才突然想起什么似的说,"哎,坏了,忘记看那术士最后爆出什么装备了。"

"垃圾货,"高自翔道,"我上论坛看了,说是最普通的属性,那光还没紫装亮。"

陆文浩点头:"那我就放心了。"

景欢打开"吃鸡",转头催道:"哥,你上号。"

这款大逃杀游戏这么火,向淮之自然也接触过。他凭着记忆输入账号密码,登录游戏。

"等等，向学长。"陆文浩想起什么，探着身子笑眯眯地道，"我听路哥说你的《九侠》账号特牛，能不能趁这次机会让我开开眼啊？"

向淮之语气自然地道："账号已经卖掉了。"

陆文浩满脸遗憾："这样啊，好吧。"

很快，四人进入了"吃鸡"的组队界面，景欢和向淮之都穿着游戏的初始衣服，身边两个人倒是花里胡哨，墨镜、口罩、围巾一股脑地往自己身上套。

向淮之："我很久没玩了，有些手生。"

"没事，"景欢说，"我们都菜。"

向淮之原本还以为他是在谦虚，很快他就发现这学弟是实诚。刚落地半分钟，队里其他三人便在隔壁大厂被同一个玩家击倒了。

菜得真实。

向淮之无言，默默地装弹，把游戏切换成第一视角。

景欢气结："我打了好几枪！你们两个就在旁边观战吗？！"

陆文浩立刻反驳："屁，那几枪明明是我打的！"

"是我好不好？"高自翔也不服，"我的一管子弹都用完了，不可能一枪没中！"

三个人争执了半天，还是没说明白那几枪到底是谁打中的。

自己已经成了盒子，景欢忍不住往向淮之那头靠了靠。见向淮之还在他们被击杀的区域里晃悠，景欢忙说："哥，你赶紧走，他们一整个队都落在这里了。"

向淮之"嗯"了一声，却没要走的意思，问道："杀你们的人穿什么衣服？"

"白色！"

"浅灰色！"

"紫色！"

三人齐声应道。

景欢原本以为这局游戏已经结束了，心里盘算着下一局要挑人少的区域，起码不会"落地成盒"，却见向淮之抱着一把 M762 冲进大厂，半分钟内清掉了对方一整个队伍。

景欢：这就是你说的手生？

这局游戏结束，向淮之单枪匹马灭了两个队，加上遇到的散队，一人击杀了十二个人，虽然最后没"吃鸡"，但完全不妨碍他成为312寝室全体人员心目中的大神。

陆文浩回过神来，连称呼都变了："向大神，你这也太牛了……比那些主播还牛！"

高自翔忙不迭地点头："就是，你刚刚还那么谦虚！"

向淮之点开他们的资料看了一眼，果然，分段很低。向淮之委婉地说："看你们的衣服，我还以为是高分局。"

景欢接他的话："没想到只是两个花里胡哨的小菜鸡。"

陆文浩："你也没好到哪里去！"

景欢扬起眉道："我不一样，我表里如一。"

语气还挺自豪，向淮之忍不住挑起嘴角笑了一下。

四个人在网吧打了一下午游戏，就连晚饭都是订的外卖。一直打到晚上九点，他们才意犹未尽地下机。

这么晚了，夜球自然也泡汤了。秋天已经过去了一半，天气渐渐变凉，陆文浩刚推开网吧的门，就被迎面拂来的凉风吹得激灵了一下。

他们四个除了景欢之外都穿的短袖，陆文浩冻得起了一身鸡皮疙瘩。

"太冷了，我俩打算去吃点儿热的东西暖和暖和，"高自翔说，"你们去吗？"

景欢不大想去，看了眼向淮之，对方也摇了摇头。

"那我和向哥走了。"景欢也觉得有些冷，耸了耸肩膀，"我顺便回家。"

待他们离开，向淮之才问："你没住寝室？"

景欢摇头道："没，我在外面租房子。"

生活这么拮据，他还租房子？

"学校老停水停电，不想住。"景欢说完，开玩笑地补了句，"而且陆文浩的袜子太臭，我没法待。"

向淮之想了想，明白了。他们学校的寝室环境虽说不错，但男生大多随意散漫，一星期清理一次寝室都算勤快的，蟑螂老鼠都是寝室常客了。

今天是周末，加上晚上天凉，通往后门的小路上没什么人，连小商贩都少了许多。

两个男生并肩走在路边，被路灯拖出两条长长的影子。

又一阵凉风袭来，景欢下意识地缩了缩脖子，转头笑道："没想到你'吃鸡'这么厉害，比陪玩还强。"

向淮之皱眉道："陪玩？"

"对，"景欢解释，"就是收费陪打游戏的。"

向淮之当然知道陪玩是什么，只是疑惑："你找过陪玩？"

"对啊，我经常找。"景欢说得坦荡，"因为我菜嘛！"

走了几步，向淮之才出声，不咸不淡地问："你找男陪玩还是女陪玩？"

景欢想也没想地便应道："肯定点男陪玩啊。"

意料之中的答案，向淮之转头看了他一眼，风把景欢前额的头发吹开，露出干净饱满的额头，整个人看上去更清爽了一些。

"不过我现在也不怎么找陪玩了，"景欢目视前方，"找陪玩不如直接上小延的车队，又稳又刺激。"

"小延？"

"对，一位男主播……他挺火的，你没听说过？"

"没有。"向淮之甚少看直播。

"他的操作跟你一样牛。"景欢话里不自觉地抬高向淮之，"而且他长得挺帅的，就比你差一点儿。"

向淮之微微垂下眼，道："是吗？"

"嗯，我给他刷过礼物，虽然就几千块，在他那些'土豪'老板里压根儿排不上号，但他经常主动找我打游戏。"景欢朝向淮之眨了眨眼，"人缘好，没办法。"

就连对心向往之，他也只是做了个价值三位数的烟花而已，却给那个男主播刷了几千块的礼物？

半晌，向淮之才淡淡地问："几千块，不心疼？"

景欢闲得慌，两只手不自觉地前后瞎晃，边晃边说："还好，我挺喜欢那主播的。"

身边静了片刻，才传来一句："现在还喜欢？"

景欢脱口道:"喜欢啊。"就连平时下本无聊,他都会跑去看几眼打发时间。

向淮之眼皮轻轻跳了跳,神色微变。

好,这人居然"脚踏两条船"。那他为什么不去缠着那个男主播,而选择来找自己?

景欢感慨:"不过小延自从谈了恋爱后,就很少开播了。"

原来是别人名草有主了,他才会盯上自己。向淮之后知后觉地想着。

他们在现实中碰过这么多次面,景欢从来没在自己面前主动提过"心向往之"这四个字,唯一一次提起他,也只是一句"不怎么样的人"。

景欢说了半天也没得到回应,微微仰头看他:"哥?"

向淮之垂眼,敛住情绪:"嗯。"

"你刚刚在听我说话吗?"

"在听。"

"那怎么不理人?"

"没有,我在想那个主播到底有多强。"强到能让你念念不忘。

"其实还好,他比较安静,没其他陪玩那么啰唆。"景欢随意地道,"但我还是更喜欢跟你一块儿玩,你要是个陪玩,我一定天天点你。"

向淮之说:"我不当陪玩。"

景欢点头:"我知道,我就随口一说……"

"不过你要是想打,可以随时找我。"向淮之接道。

景欢笑了。他掰扯这么久,可不就是为了这一句吗!

"真的?可我这么菜,你跟我玩会不会不痛快?"

"不会,"向淮之停顿了一下,又道,"不过有一点。"

"嗯?"

"跟我玩的时候,不能叫陪玩,主播也不行。"向淮之语气如常,"我不喜欢和陌生人玩游戏。"

景欢的笑容愈大:"有你在,我还找什么陪玩啊!"

又来了,花言巧语。

这时,景欢胡乱晃动的右手不小心蹭到了他的手,向淮之刚想把手往回收,手就被身边的人抓了过去。

"哥,你的手好冰啊。"景欢特别自然地把他的手夹在腋下,说,"我给你焐一下。"

感觉到他的手掌心的热度,向淮之想把手抽回来,道:"不用。"

"没事,我体质好,冬天身上是热的,陆文浩他们经常来我这里取暖。"

景欢焐了他的手一会儿,抬眼,得意扬扬地问:"暖和吧?"

暖意从手指头一路蔓延,遍布五脏六腑,向淮之看着他,一张嘴,声音比平时要沉得多。

"嗯。"他说。

周一,景欢刚醒来,就发现寝室讨论组里有人一直在@他。他半眯着眼,开始慢吞吞地翻聊天记录。

陆文浩:"有人吗?"

陆文浩:"急急急,快出来人!"

高自翔:"你能不能好好上课,别打扰室友睡觉?老子被你活活振醒了。"

陆文浩:"终于来人了,憋死我了。"

高自翔:"有屁快放。"

陆文浩:"[分享链接-校园BBS-《我拍到了向淮之和景欢!》]。"

看到自己的名字,景欢皱眉,一脸莫名地点了进去。

照片就放在一楼,照片里他和向淮之并肩站着,自己夹着向淮之的左手,笑得很开心。

所以呢?这照片怎么了?景欢茫然地往下滑。

3L:"他们是怎么回事?"

7L:"有没有知情人啊?具体说说呗。"

10L:"我就说他们不对劲!"

等会儿……景欢仿佛明白了什么,缓缓坐起身。

37L:"我想问楼主是不是摄影社的?拍得太美了……"

155L:"我还听说向淮之在篮球场帮景欢出气,原来他们的关系这么好啊?"

不是……是他帮向淮之出气好不好!发现自己的关注点不对,景欢继续往下翻。

小景呀:"这是什么情况？我只是给向淮之焐了下手啊。"

陆文浩:"我也没看懂，焐个手而已……我去年冬天也天天找你焐手，怎么没人说我俩？"

高自翔:"废话，大家又不是没脑子。还不是你颜值太低。"

陆文浩:"你别说了。"

高自翔:"丑的焐手，那就叫扶贫，叫兄弟情谊，叫友谊万岁万岁万万岁。"

陆文浩:"我今天一定要跟你一决胜负，等着吧，老子提把刀回去。"

景欢原本还挺郁闷的，看这俩傻子聊天，心情轻松了不少。

他打开和向淮之的聊天框。

小景呀:"哥，那晚我给你焐手被人拍下来了，还被发到了学校BBS 上……"

向淮之:"看见了。你介意？"

景欢愣了愣，是他主动给别人焐手，他有什么好介意的？

小景呀:"不介意啊……只是害你被误会了。要不我去论坛解释一下吧？"

向淮之:"我也不介意。"

向淮之:"我这里有事，下次说。"

聊天匆匆结束，景欢捧着手机，有些茫然——所以他到底要不要去解释？

没等他多想，手机忽然振了振。

向:"醒了没？"

小景呀:"醒了哥哥！"

向:"上游戏。"

景欢看了眼时间，还没到十点，这么早就开始下本了？

被这帖子一搅，他的睡意早消磨没了，他回了句"好"就乖乖地掀被起床。

洗漱完，他登录游戏，挂在主城想先点份早餐填填肚子，谁想他连外卖软件都还没打开，一个对话框便率先弹了出来。

"心向往之"邀请您加入他的队伍。同意，拒绝。

景欢点下同意，心想他是不是该把好友信息里的坐标显示给关了？不然成天暴露自己的位置，一点儿隐私都没有。想到这里，他将鼠标挪到心向往之的信息上，果然，看不见坐标。

"哥哥，早。"景欢看见好友列表里一片灰色，爱是分你吃和路迢迢都不在线，"好像就我们俩在线？"

"早。"向淮之应了一句，带着他往城外走。

景欢刚睡醒，浑身懒懒的，没说话也没打字，想看他带自己去哪里。

场景切换了几次后，他们到了落花谷。

景欢终于忍不住问："哥哥，你这是要带小狐仙约会吗？"

"不是，"向淮之说，"把状态补满。"

景欢愣了愣，抬手把自己的血条加满，心里隐隐猜到了什么。

他们刚走到落花谷最美的瀑布旁，景欢还没看见人，聊天频道先弹出消息来——

[附近] 纪小年："我也爱你，生生世世，不离不弃。"

纪小年就站在樱花树下，旁边是位儒雅书生，两人像是在约会。他们穿着情侣时装，角色还紧紧抱在一起，你侬我侬。

这书生的名字景欢似乎在区里的排行榜上见过，但印象不深。不过这不重要，景欢不觉得心向往之特地把自己带来这里，是为了让他吃"狗粮"的。

果然，他还没开口问，一行黄字先弹了出来。

请注意！队长"心向往之"对玩家"纪小年"发起了强制PK！

纪小年显然也发现他们了，可惜心向往之手速太快，她没来得及逃走。

[附近] 纪小年："有病？偷袭我？"

向淮之没应，直接丢出缚仙绳，不给纪小年逃跑的机会。

[附近] 纪小年："那事跟我有什么关系，你天天蹲我？就知道欺负

女人，真不要脸！"

纪小年最擅长的就是阴阳怪气、冷嘲热讽，没一会儿就刷满了整个聊天频道，景欢看得肝疼，噼里啪啦地敲了一堆字想反击。

向淮之道："不用跟她吵。"

景欢动作一顿，说："你怎么知道……"

"键盘声很大。"向淮之声音平平，完全没被纪小年的话影响到。

景欢回神，默默地把对话框里的话删掉了。

不是，他是疯了吗？他刚刚居然想帮心向往之说话？！

[附近]纪小年："怎么，被我说中，不敢吭声了？"

这时，刚刚在跟纪小年约会的书生终于开口了。

[附近]月色与你："心向往之，你们两个人杀一个女人，有点儿欺负人了吧？"

[附近]心向往之："你可以组队。"

这话一出，月色与你立刻闭嘴了。

强制PK是可以临时组队的，月色与你要真觉得他们以多欺少，大可以跟纪小年组队反击。

这话倒是提醒了纪小年，她立刻打开密聊。

[密聊]纪小年："宝贝，你进我的队！我们把小甜景带走，爆她的装备！"

[密聊]月色与你："不太好吧。"

[密聊]纪小年："她都带人来杀我了，还有什么不太好的？！"

[密聊]月色与你："不是，亲爱的……我为了冲富豪榜，身上放了很多游戏币，如果没打过他们，我会掉很多钱……"

[密聊]月色与你："年年，你看小甜景身上的装备，随便哪件都没我身上的钱多，何苦去跟他们拼呢？"

[密聊]纪小年："你的意思就是不管我了？"

[密聊]月色与你："不是，我怎么可能不管你？我去重生点等你，一会儿带你去买时装，好不好？"

见纪小年没再说话，景欢忍不住问："他们会组队吗？"

向淮之说："应该不会。"

景欢愣了愣，问道："为什么？"

"今天是富豪榜刷新的日子,月色与你身上放了很多金币。"

"就因为这?"景欢皱眉,"因为一点儿钱,连侠缘被杀他都不管了?"

向淮之顿了顿,问道:"换作你,你管吗?"

"当然啦,"景欢想也不想地说,"如果哪天哥哥被杀了,我也要陪哥哥一块儿回重生点。我们生同衾、死同穴!死亡也不能将我们拆散!"

"不用陪我去重生点,"向淮之慢条斯理地说,"我不会死。"

景欢心里吐槽:这人一点儿都不浪漫。

这时,沉默了大半天的人突然说话了。

[附近]纪小年:"要杀要剐快一点儿。"

景欢这才发现月色与你不知何时已经消失了,这一片区域只剩下他们三人。

再后来,纪小年再没开过口,她被击倒在地的时候,景欢甚至觉得她怪可怜的。

战斗结束,场景里只剩下他和心向往之。

"最爱麦麦出安全区了。"向淮之忽然开口,"上次杀消气没?"

"啊……算了,他后来也没再找我麻烦。"景欢这才想起什么,"哥哥,你怎么知道纪小年出安全区了?"

"做日常任务的时候看见了。"

"这样,"景欢感慨道,"她也挺可怜的,被人追杀,她的侠缘都不管。"

"嗯。"

"算了,我为什么去同情别人?"景欢冷静下来,"我当初被追杀的时候可是连侠缘都没有!

"现在也没有!"

向淮之牵着他往回走,试图结束这个话题。

景欢并不打算放过他,张嘴便是:"哥哥跟我结成侠缘吧!"

"不。"

"为什么?"

向淮之陷入沉默,下意识地看了眼自己的手背。

"因为，"向淮之顿了顿，才道，"我只把你当游戏朋友。"

景欢已经处于崩溃边缘了，好歹我缠了你几个月，撒娇装哒忽略不计，光是"哥哥"两个字都快喊吐了，你告诉我你把我当朋友？那想当你的朋友还挺难哪！

景欢在肚子里面骂了一通脏话——要不他还是把心向往之真人的地址骗出来，现实 PK 得了，总比天天在这里光脚追火车来得痛快。

心里是这么想的，只是……

[队伍] 小甜景："我连妹妹都不是……呜呜呜！"

被气到没法说话，景欢只能打字。

[队伍] 心向往之："你想当妹妹也行。"

我想当你的祖宗行不行。

景欢做了几个深呼吸，在心里安慰自己，妹妹就妹妹，起码比朋友有发展空间不是？

[队伍] 心向往之："我去做日常任务，你自己去玩。"

这听起来跟安抚自家小朋友似的。

[队伍] 小甜景："不，我要挂在哥哥的队里！正好我在等外卖，还没吃早餐，饿得不想动……"

向淮之看了眼时间，然后召出了自己的马匹坐骑。

"随你，"他朝景欢发送共骑邀请，"上来。"

景欢还是第一次见心向往之骑坐骑。

在《九侠》中，坐骑这玩意儿跟时装差不多，没什么加成属性，也不会增加移动速度，移动速度的加成 Buff 要另行购买。这制度刚出的时候，策划被玩家追着骂了一个月，全家上下无一幸免。

而且骑坐骑会隐藏玩家的武器，所以到了现在，会骑坐骑的玩家越来越少。

外卖很快来了，景欢咬了一口油条，想着要不要找部电影打发时间，好友消息便亮了起来。

[密聊] 春肖："马上要刷新副本进度了，你再不回帮，心向往之就会跟其他女玩家去下帮派副本了。"

[密聊] 春肖："你退帮这几天，可是很多人来找我，说想进心向往之的队伍。"

[密聊] 小甜景："我申请入帮了！麻烦通过一下！"

帮派公告：欢迎"小甜景"加入闲人阁帮派！

[帮派] 莫问归期："欢迎回归！"
[帮派] 爱是分你吃："欢迎撒花！"
[帮派] 秋枫："欢迎，么一口。"
[帮派] 路迢迢："小景景回来啦。"
[帮派] 小甜景："嗯，再不回来，哥哥就要跟其他女人下帮派副本了！"
[帮派] 秋枫："没事，我可以带你呀。"
[帮派] 春肖："既然人回来了，我要特别说明一下。我们闲人阁身为区内第一大帮，不惹事，也不怕事。大家为帮派积极贡献，我身为副帮主也会对大家负责，以后出了事请及时找我商量沟通，别意气用事，遇事就退帮不仅对自己不利，也会影响帮派形象。"

景欢瞬间觉得自己像是个挨训的小学生。不过春肖话糙理不糙，他当初退帮，确实有些冲动了。

[帮派] 小甜景："好的，我下次一定不退帮了[抹泪]。"
[帮派] 莫问归期："不过我还挺好奇的⋯⋯最爱麦麦怎么到现在还没动静啊？换作以前，你这会儿该被全区的杀手团追杀了吧？"
[帮派] 脉脉不语："你疯了吗？哪个杀手团敢切心向往之的队伍？"
[帮派] 小甜景："有哥哥在，我才不怕他！"

向淮之默默看着帮派频道，没有要参与聊天的打算。

桌上的手机忽然响了起来，向淮之看了眼来电显示，动作一顿。他在游戏里发了句"接个电话"，然后摘了耳机，按下接通键。

电话里，女生气势汹汹地叫了他一声："向淮之！"

声音嘹亮，连路杭都隐隐约约听见了。

向淮之一听见她的声音就头疼，把手机拿远，语气无奈地道："说了多少遍，不准叫我的全名。"

景欢丢完垃圾回来，就见密聊消息正闪个不停。

[密聊] 路迢迢："小景景，出事了！"
[密聊] 路迢迢："向向正在和其他女生打电话呢！"

[密聊]小甜景:"跟谁?"

[密聊]路迢迢:"不知道,只听见是女声,向向还让她叫自己的小名!"

[密聊]小甜景:"难道是……女朋友?"

[密聊]路迢迢:"那不会,向向没女朋友,我天天跟他住一块儿我还不知道?"

景欢下意识地咬了咬大拇指。

心向往之居然会开口让别人叫他的小名?!

危机!大危机!

纳闷的同时心里又有点儿不爽,他怎么觉得不论是电话里的女生还是仙萌萌,在心向往之那里的待遇都比自己好上百千倍?而且在今天之前,他一直以为自己和心向往之已经顺利到达了新阶段,距离结成侠缘就差么临门一脚——结果心向往之说他把自己当朋友。

他虽然没谈过恋爱,但也知道男生但凡对女生有一点点隐秘心思,都不会说出"把你当朋友"这种话。

景欢不得不开始反思自己的办法是不是真的对心向往之管用。

[密聊]小甜景:"路哥,你能不能帮我探探口风啊?"

[密聊]路迢迢:"什么口风?这女生的身份吗?OK。"

[密聊]小甜景:"不是,我想知道哥哥喜欢什么类型的女生。"

没关系,从哪里跌倒他就从哪里站起来,心向往之喜欢的人设他都有。

[密聊]路迢迢:"不用怀疑,他就喜欢你这类型的。"

[密聊]小甜景:"啊?真的吗?可刚才哥哥说,他只是把我当朋友。"

[密聊]路迢迢:"真的假的?他亲口跟你说的?你们进展这么快?"

景欢缓缓打出了一个问号。

[密聊]小甜景:"快?"

[密聊]路迢迢:"是啊。你看他现在在游戏里除了我,还有别的朋友吗?"

还能这么想?

[密聊]路迢迢:"真的,你就这么保持下去,不用多久肯定能拿下向向。"

Chapter *15*

第十五章
新队友

次日下课，景欢拒绝陆文浩他们的打球邀约，一个人走在通往后门的路上，打算直接回出租屋。他跟他妈约好了今天要视频。

他刚给妈妈发完消息，抬头正好看见一个熟悉的身影从男生宿舍楼里走出来。

向淮之穿着宽大的黑色T恤，休闲随意，像是平时在寝室才会穿的装扮，饶是如此，他仍旧比身边的人都要惹眼。他拎着鞋子的鞋带，正朝楼门口右侧的垃圾桶走去，球鞋在他身侧一晃一晃的。

景欢一眼便认出了那双鞋——他前几天留下的鞋印还清晰地躺在鞋身上。

"哥，这是要把它丢了？"

向淮之脚步一顿，回头看到了身后的学弟。

景欢表情愧疚，正盯着他拎着的鞋子。

都走到垃圾桶旁边了，也没法否认，向淮之"嗯"了一声："穿久了，早想丢了。"

"去掉鞋印，我看着还挺新的……"景欢是什么人？他家里的球鞋一间房都放不下，别的他不敢乱说，但自认对鞋还是很有鉴赏力的。这双鞋的款式有点儿眼熟，他具体想不起来，但一定不便宜。

他把视线从鞋子上挪开，对上向淮之的眼，说："哥，我赔你一双吧。这是什么款？你的脚多大码？"

"不用，"向淮之拒绝，"限量款，买不到了。"

他这么一提景欢才想起来，这鞋是某牌去年十月出的限量。

把限量款鞋子踩成这样，他自己想想都心疼，更别说向淮之了。

景欢想说赔钱，但限量款这玩意儿没法赔，市价要比原售价贵多了，向哥也肯定不会收他的钱。

景欢发呆的模样有些傻，向淮之看了他一眼，不禁挑唇，抬手想把球鞋扔到垃圾桶里去，省得他在这儿纠结。

景欢见状，立刻往前走了两步想拦下他。

怕他蹭到垃圾桶，向淮之下意识地伸手抵上他的额头。他五指微拢，跟捏篮球似的捏着景欢的脑袋，没用力。

两人皆是一愣。

景欢先回神，说："哥，别丢，我帮你洗，我刷鞋特别厉害，一定帮你洗干净。"

向淮之干脆利落地把鞋丢到垃圾桶里，垃圾桶是空的，鞋子在里面撞得哐啷闷响。

"说了不用，"他就着这姿势在景欢的头上随意地揉了两下，然后收回手道，"是真想换了，跟你没关系。刚下课？"

忽然被人揉了头，景欢怔住了："嗯。"

向淮之觉得自己的行为挺正常的。长辈揉揉小辈的头发，有什么问题？

"那回去吧，天气不好，马上要下雨了。"

"好吧，"景欢舔了舔唇，掩饰地笑了声，"哥，你才拎完鞋，手干不干净啊？"

"按你的手是干净的。"

"我不信，"景欢开玩笑道，"你报复我呢……"

他话还没说完，向淮之便抬起左手，张开手掌伸到了他的面前，淡淡的肥皂味蹿进鼻腔，清新好闻。

待景欢确认过后，向淮之收起手道："信了？"

景欢蒙了下，这哥今天怎么了？动不动就上手？

他抿唇，眨了眨眼："信了，哥。"

回到家，和景妈妈聊视频时，景欢才发现自己的好几根头发都翘了起来。

视频接通，屏幕里的女人穿着一身精简的小西装，头发一根不落地盘到了脑后，脸上妆容精致，眉眼跟景欢的有几分相似。看到景欢的动作，女人轻挑嘴角道："你们学校那风这么大？"

"还好。"景欢看了看她周围的环境，"妈，这么晚了，你还在上班？"

"嗯，最后一点儿工作，忙完就回去。"景妈妈把文件合上，问，"最近过得怎么样？新房子住得惯吗？"

母子俩每次聊天，一来一去，都是问答形式。

"我过段时间有几天假期，想跟你爸去看看你。"片刻后，景妈妈进入正题，"你也是，上个月明明有假，为什么不回家？"

"还不是高自翔他们非拽着我去温泉酒店。"景欢推锅。

"你自己不想去，自翔叫得动你？"景妈妈转着笔，挑眉道，"你老实说，最近是不是谈恋爱了。"

景欢想也不想地道："没，怎么可能？"

景妈妈开始算账："那你最近在忙什么？以前你每周都会给我打一次电话，这学期开学多久了，你才打了几回？"

他在忙着收拾渣男呢。

景欢："是有事在忙，以后一定天天给你打。"

"天天倒不用，太烦了。"景妈妈看了眼桌上的日历，说，"下个月八号，我跟你爸去看你。"

"好，你们想什么时候来都行。"景欢问，"要我去车站接你们吗？"

"不用，我们开车去，顺便去附近旅游几天。你爸已经订好酒店房间了。"

其实探望我才是顺便的事吧。

挂了电话，景欢慢悠悠地打开电脑，刚登录微信就看见帮派群聊塞满了消息。

他已经习以为常，这帮派里二百来号大活人，一个比一个能聊，一节课的时间他们都能聊几百条。

景欢登上游戏，点开好友列表第一位的聊天框，发送消息。

[密聊]小甜景："哥哥我来了。"

这一流程已经成了他的习惯。

《九侠》的好友列表按亲密度排序，亲密度越高位置就越高。在游戏中组队战斗一场，亲密度就会+1，与景欢亲密度最高的是心向往之，他们的亲密度已经三千三百多了，都够结成侠缘了。

景欢靠在椅子上，懒洋洋地打字。

[密聊]小甜景："哥哥，我们的亲密度都三千三百多了，你什么时候带我回家啊？"

[密聊]心向往之："我和路迢迢的亲密度九千九百九十九。"

九千九百九十九是普通好友里的亲密度上限，除非是结成侠缘，否则战斗再多场也只能卡在九千九百九十九。

[密聊]小甜景："他又不会和你结成侠缘，就算按排队，那也该轮到我了！"

[密聊]心向往之："来下本。"

[密聊]小甜景："来结成侠缘。"

[密聊]心向往之："主城传送人。"

[密聊]小甜景："凤凰祠凤凰。"

[密聊]心向往之："听话。"

半分钟后，小狐仙不情不愿地走到了主城传送人身边。

一进队，他就听见爱是分你吃在跟路迢迢聊天。

"最近怎么没见你收战神材料了？"爱是分你吃问。

"姑奶奶行行好，这段时间别跟我提战神。"路迢迢说，"再提我就要去落花谷跳崖自杀了。"

景欢体贴地道："跳崖其实去无涯峰更好，你在落花谷跳崖得跳两次才能死，无涯峰一次就够。"

路迢迢控诉道："我天天给你通风报信，你还这么对我，小景景你好狠的心。"

景欢忙解释："我只是提个建议，这不是不忍心看你跳两回嘛……"

"通风报信？"向淮之重复。

察觉说漏嘴，路杭咳了一声，转移话题："那什么，还缺一个人，我去叫一个吧。我们得赶紧再找个固定队友来，总带个野人不舒服。"

向淮之知道他报的信十有八九是关于自己的，也懒得计较："嗯。"

他打开装备栏，刚想检查一下装备的剩余耐久，一行提示弹了出来。

"亲吻鱼鱼"把您添加为好友。

向淮之没在意，加好友是单方面的事，只要他不加对方，就不会占用他的好友位。他几乎每天都能收到几十条添加好友的消息，早已习以为常。

结果没过几秒，对方就发了私聊申请，向淮之想了一下还是同意了申请。

[私聊]亲吻鱼鱼："向淮之！"

[私聊]心向往之："……"

向淮之打开亲吻鱼鱼的资料，满级女战士，帮派称谓一片空白，就连时装都是空的，一看就是刚从交易所买来的号。

他用脚都能猜到这是谁。

路迢迢在世界上吼了一嗓子，有不少玩家加他，他在临时好友里看了大半天，问："我们叫个什么门派？奶妈、输出还是封印？"

"别叫了，"向淮之说，"我这里有人要来。"

这话一出，大家都愣了愣。

景欢原本靠在腰垫上玩手机，听见这话后立刻绷紧神经，坐直了身子。

心向往之能叫谁来？他不是没朋友吗？

路杭也是一怔，问道："谁啊？"

向淮之没应，只说："队长给我。"

路杭把队长职位给他，心向往之拉着队伍，往野外走去。

他们一路走到了《九侠》场景中的高级地图之一，森罗殿。

森罗殿是一百五十级的野图，野怪凶猛，奖励只比另一个满级图的好一点点，玩家们很少会选择在这里刷经验，所以地图里遍地野怪，走两步路都要触发一次战斗。

景欢忍不住问："哥哥，我们这是要去哪里？"

"接个人。"

五分钟后，景欢终于在该地图见到了除他们以外的玩家。

是个女战士，两手空空，身上一件装备都没戴，穿的是游戏中最原始的衣服，腰上挂着女战士特有的标识——刀鞘。她站在几只野怪中间，一动不动。

队里其他人也看到了她，路迢迢嘀咕道："在这个野图裸奔，是来找死的吗？那还不如我跳落花谷来得痛快……"

"亲吻鱼鱼"加入队伍。

"向……哥哥！"亲吻鱼鱼想起向淮之刚才的威胁，名字叫到一半，临时改了口，嗔怪道，"你怎么来得这么慢啊？我差点儿被这些乌鸦啄死！再不来你就只能去重生点接我了！"

哥哥……队里两个围观群众都忍不住看了眼小甜景。

向淮之道："谁让你站在这里的？"

景欢心头一沉。

怎么回事啊？你怎么就任她喊你哥哥啊？

"那我能怎么办嘛！我一上号就在这里了啊，这号的原号主是不是故意的？"亲吻鱼鱼气道，"身上没有飞行旗，我根本走不掉。太过分了！"

向淮之带着队伍返回传送口，问："你来这区干什么？"

"找你玩啊，那个区的帮派解散了，没意思。"

"我没空带你玩。"

"你有，我不管，我反正跟定你了！"

亲吻鱼鱼"哼"了一声，然后才跟队里的人打招呼："各位好呀，谢谢你们平时照顾我哥哥，以后可以一起玩！"

什么啊？这"正宫"般的发言是什么啊？

景欢盯着心向往之的人物形象，都快把人盯穿了，对方也没有说出任何反驳亲吻鱼鱼那声"哥哥"的话。

路杭那边安静了好一会儿才出声："好啊，以后一起玩。"

"哥哥，我这号没装备，你给我买几件。"很快，亲吻鱼鱼再次开口。

向淮之语气冷漠："自己买。"

"我这个月卡刷爆了，你给我买嘛！"亲吻鱼鱼撒娇道，"买以后我什么都听你的！"

景欢冷笑了一声，省省吧妹子，这已经是我用烂的招数了，心向往之要是吃这套，老子的复仇之路早就成功了。

"什么都听我的？"心向往之语气迟疑，重复了一遍。

"都听你的！"亲吻鱼鱼说，"你说一我不说二！你说往左我不往右！你说……"

"加进购物车，"向淮之不想听她拍马屁，凉凉地打断她道，"然后发链接给我。"

景欢瞬间觉得手边的奶茶不甜了。

爱是分你吃很快发了密聊给小甜景,问这个亲吻鱼鱼是何方神圣,之前有没有听说过。

景欢没回,因为他也有点儿蒙。

怎么就故友重逢了?

怎么就哥哥妹妹了?

怎么就清空购物车了?!

"哥哥,我挑好了,你快买,买了我才能和你下本!"亲吻鱼鱼很快就回来了,这时间根本不够她看装备的,应该是早就准备好了。

心向往之:"好了,取。"

几秒钟后,队里的女战士多了一身装备,浑身散发着紫色光芒,一身紫装,少说也要五位数。

景欢彻底不平静了,火速打开心向往之的聊天框。

[密聊]小甜景:"哥哥,她是谁啊?"

[密聊]心向往之:"妹妹。"

对方没有一丝犹豫,回复时间不到三秒钟。

景欢瞬间就炸毛了。

什么妹妹?!为什么又是妹妹?!你为什么有这么多妹妹?!还说得这么理直气壮!

你这个渣男!死!给我死!

景欢噼里啪啦地敲着键盘,把他这辈子会的脏话全打到了对话框里。凑齐一百个字后,他深吸一口气,冷静删除。

不行,他不能功亏一篑。

但是他真的好气啊!景欢觉得自己从来没这么生气过,感觉胸口像被什么堵上了,一口郁气在里面横冲直撞。

队里的小狐仙忽然站着不动了,向淮之挑眉,想提醒他操作。

[密聊]小甜景:"一个成功男人的背后只能有一个妹妹——某位哲人。"

[密聊]心向往之:"什么意思?"

[密聊]心向往之:"没有哲人说过这句话。"

消息石沉大海,向淮之皱眉,他这是挂机去忙了?他刚要打字,路杭先开了口："大家准备一下，马上 Boss。"

向淮之说："等会儿，狐仙洞不在。"

这声"狐仙洞"像往景欢脑袋上灌了一百桶油。

景欢憋着气，瓮声应道："我在。"

向淮之蹙眉："既然在，为什么不回消息？"

"我……刚回来，"景欢说完，下意识地叫了一声，"哥哥。"

他叫完就后悔了，还叫什么哥哥！

"哥哥？"亲吻鱼鱼愣了愣，然后问，"你这声哥哥，是在叫我哥哥吗？"

"是啊。"景欢顿了顿，问道，"不行吗？"

亲吻鱼鱼："你为什么叫他哥哥？"

我还想问你呢！景欢不咸不淡地笑了声，反问："你又为什么叫他哥哥？"

"我为什么不能叫他哥哥？"亲吻鱼鱼说，"他就是我哥哥呀。"

"巧了，"景欢道，"他也是我哥哥。"

亲吻鱼鱼疑惑地道："可他只有我一个妹妹啊……"

景欢气笑了："怎么，你在他脸上刻字了？写着'亲吻鱼鱼的专属哥哥'？别人还不能叫了？"

队里的人都被这哥哥妹妹的话绕晕了，一时间谁也插不上话。

亲吻鱼鱼震惊地问："哥，这人是谁啊？"

向淮之似乎有点儿明白过来了，但又不太确定。半晌，他犹豫地开口道："亲吻鱼鱼是我妹……"

景欢暴躁地打断他道："我知道她是你妹！"

"堂妹。"

"堂妹又怎么样？行了，你妹妹这么多……"声音到这里戛然而止。

语音里沉默了十秒钟。

向淮之知道自己猜对了，先是觉得好笑，而后慢条斯理地跟他解释。

"是我爸的亲弟弟的亲女儿。"

景欢在心里狂喊：要你解释了吗？我上幼儿园没学过吗？！

景欢涨红了脸，回想着自己刚刚跟亲吻鱼鱼的对话，恨不得钻进地缝,再把缝堵上,在里面安度余生。他尴尬得要命,下意识地用手捂脸,道:"哦、哦……堂妹好。"

向淮之愣住了。

亲吻鱼鱼先是一愣,回想这女生刚刚对自己说话的语气,登时明白过来了。

她和向淮之从小一起玩到大,她知道自己这位堂哥多有魅力,也知道他平日的性格有多冷淡,尤其是对女生。而现在,向淮之留了一个叫他哥哥的女生在固定队伍里,两人的关系似乎还不错。

亲吻鱼鱼一下就来了兴致:"你叫我什么?"

景欢怔了怔,更尴尬了。他抬手揉了揉自己的头发,往椅子上一靠。

不是,他刚刚怎么就跟小姑娘杠上了……

"我……叫错了,"他讷讷地道,"不好意思。"

"没事,"亲吻鱼鱼问,"你和我哥是现实朋友还是游戏好友?"

"女战士绕后用连招。"向淮之打断他们的对话,"你给我血池。"

亲吻鱼鱼小声地"啧"了一声:"好啦好啦,知道了。"

景欢没再开口,上前放了口血池,等 CD 好了之后,又绕到 Boss 身后,把女战士也奶满了血。

五分钟后,Boss 倒地,几人被传送回主城,向淮之没在原地多停留,继续前往副本使者处冲下一个本。

"啊,又下本?"亲吻鱼鱼撇撇嘴,道,"去干点儿有意思的事情嘛!"

向淮之:"你自己去。"

"你这人怎么这样……"

"堂妹,你想去干吗?"路杭开口了,"哥哥带你去。"

路杭跟亲吻鱼鱼见过,不过就两面,也没说上话,所以他那晚压根儿没听出来那声音是她的。

"别乱叫,"亲吻鱼鱼说,"除了下本其他都行,玩擂台、开机缘石……找人打万元局也成。"

万元局,在游戏中叫生死之战,是两队玩家在系统公证的情况下进行 PK,有赌金设置。游戏中的赌金上限很低,玩家们一般会私底下增加筹码,通常一万起步,所以玩家们都称这种战斗为"万元局"。景欢以前所在的老区的玩家喜欢骂战,所以天天有万元局看,镜花水月里倒是没怎么见过,这区的人都喜欢野图偷袭。

看来这位堂妹也是个氪金玩家,爱好只有 PK 和花钱。

"那不行,和谐社会,不能打架。"路杭道,"不然下完这个本,我带你去看风景?"

"你一个大男人看什么风景啊?"亲吻鱼鱼嫌弃地道,"哥哥,不然一会儿你跟我去打竞技场吧。"

向淮之想也不想地道:"不打。"

"为什么?"

"我有队友了。"

"谁啊?"

"狐仙洞。"

狐仙洞忽然被 cue,立刻大度地表示:"没关系,不用管我,你们去吧。"

亲吻鱼鱼想了想,没再说话,而是直接打开了好友私聊。

[密聊] 亲吻鱼鱼:"哥,你跟这个叫小甜景的是什么关系啊?"

[密聊] 心向往之:"小孩子别管这么多。"

[密聊] 亲吻鱼鱼:"你们结成侠缘了吗?应该没有,连称谓都没挂……那就是暧昧对象?"

向淮之知道他这个堂妹不是个安分的主儿,等她压不住好奇心的时候肯定会去问景欢。

[密聊] 心向往之:"只是普通朋友。"

[密聊] 亲吻鱼鱼:"普通朋友她叫你哥哥?"

[密聊] 心向往之:"你什么时候变这么八卦了?"

[密聊] 亲吻鱼鱼:"我一直都很八卦。"

[密聊] 心向往之:"新的一年马上就要到了。"

[密聊] 心向往之:"还想回家好好过年,就别去烦她。"

亲吻鱼鱼震惊了。他们自小就在一块儿,向淮之手里不知道捏了多少她的把柄,但他从来没拿这些威胁过她,这次是头一回,还是为了一个网友。

亲吻鱼鱼更加笃定了,他们俩肯定有问题!

景欢不知道自己已经成了兄妹俩的话题,一回想起刚才的对话就尴尬,偏偏还无法控制地不去想。

最后是微信提示声把他救了出来。他如获大赦,立刻拿起手机,心想现在不论找他的人是谁,他都要逮住对方聊上几个小时。

辅导员:"在吗?"

算了,他还是继续尴尬着吧。景欢木然地关掉了对话框。

辅导员:"我知道你在,你这头像怎么回事?"

辅导员:"出来,有点儿事跟你商量。"

小景呀:"才看到,什么事啊老师?"

辅导员:"这星期有没有好好上课?"

小景呀:"您看您说的,我逃过课吗?"

辅导员:"呵呵。行了,跟你说正事。我们学校下月初有晚会,知道吧?"

小景呀:"不知道。"

辅导员:"我抽签没抽好,我们班得出个节目,舞台剧,你也一块儿来。"

自己的事情自己做,自己抽的签自己演,这么简单的道理您都不懂吗?!

小景呀:"我从没演过舞台剧,您去问问别人吧老师。"

辅导员:"你是我第一个定下的演员,不用你会,你就在旁边戳着不动就行。不过我听文浩说你唱歌挺好的啊?"

小景呀:"您信他的鬼话,他还天天说自己瘦了呢。"

辅导员:"别攻击同学。你是我们班的门面,必须上去,而且你在,班里同学的积极性也会高一些。周六来教室集合,看看给你分个什么角色。"

两人就这件事聊了半个多小时,最后辅导员忍无可忍地开始细数他前几周的逃课事迹,景欢无奈之下只能松口。

一想到自己要在校友们面前演舞台剧,景欢就觉得丢人。舞台剧演员上台叫表演,他上台叫搞笑。

惦记着要去找陆文浩算账,刚下完本,他便丢出一句"那我先下了"并退出了队伍。

他还没来得及下号，好友消息先闪了起来。

[密聊]心向往之："晚上不打竞技场了？"

[密聊]小甜景："你不是要带堂妹吗？"

[密聊]心向往之："不带她。"

[密聊]小甜景："那会不会不太好呀……"

[密聊]心向往之："不会，来竞技场入口。"

景欢犹豫了一下，还是去了。

没办法，"舔狗"就是这么卑微。

打到半途，向淮之隐约发觉他有些不对劲，问："你怎么了？"

"嗯？"景欢愣住了，"我操作失误了吗？"

向淮之："你不说话。"

景欢叹了口气，道："也没什么，刚刚辅导员来找我……"

"逃课被抓了？"

"怎么可能！"景欢道，"只是让我下个月校庆时上台表演。"

校庆？向淮之想了想，好像确实有这么一回事。

"这有什么好烦的？"

"我不想去。我又不会演戏，也没兴趣唱歌。"景欢顺口道，"我只想唱给哥哥听。"

"那你唱。"

"我……啊？"景欢愣住了。

向淮之问："你不是想唱给我听吗？"

那就是个"彩虹屁"啊！吹过就算完了！没有售后的好吗？！

景欢干笑了一声："我们在打竞技场呢哥哥，不方便吧……"

"这局马上结束了，你挂机也可以。"

景欢现在就想穿越回两分钟前，把电脑前的自己打晕拖走。

说出去的话泼出去的水，景欢硬着头皮打开自己的音乐软件，看了眼歌单——《水手》《平凡之路》《曹操》……总之怎么看都不像是女生爱唱的歌。

"哥哥想听什么？"

向淮之挑眉："还有点歌服务？"

那可不，还有打死入殓送葬的服务，一条龙不收你的钱要不要？

他委婉地表示:"你说的我也不一定会唱。"

景欢不知道他自己现在的语气听起来有多勉强。

向淮之听得一笑。他不是真的要听他用变声器唱歌,只是觉得他这张嘴就是甜言蜜语的毛病不能惯着。仰慕一个人不是非得处处取悦,对着自己还好,换成别人,他岂不是要被欺负死?

想到这里,向淮之不自觉地敛下嘴角,把笑意收回。

"算了,"补完身上的药品,向淮之继续匹配对手,"下次吧,下一场要开始了。"

景欢正在百度搜索"男生喜欢听女生唱什么歌",闻言一愣,呆呆地应:"哦……"

这男的变脸好快,上辈子一定是唱戏的。

翌日,教室里。

"欢欢我错了,真错了。"陆文浩双手合十,在拜身边的人,手臂上的肉跟着颤动,"我真没想到他是想叫你去演舞台剧。"

"你没想到啥!"景欢没好气地白了他一眼,"你完了,下课别跑。"

"我真不知道!他问我你唱歌跳舞怎么样,我说你唱歌还行,跳舞就是要人命……"

景欢狐疑地看他:"那他给你安排了什么位置?"

"啊?"陆文浩无辜地眨眼,"我和翔儿都在道具组。"

高自翔还算有良心,点头道:"实话,他们聊天的时候我就在旁边。"

得,景欢这股闷气没处撒,只得自己咽下去。

课上到一半,景欢犯困听不进去,干脆掏出手机来玩。打开游戏之前,他先给心向往之发了条消息,然后五局俄罗斯方块都结束了,他还没收到回复。

景欢切回对话框,用食指在对方的头像那里狠狠地戳了几下。

你又不回我的消息!

下课后,他们一块儿走出教室,商量着周末要不要去趟市区。

"陆文浩?"

三人一齐回头,看到了身后站着的路杭和向淮之,向淮之正低着头看手机,闻言稍稍抬眼。

路杭笑了:"我远远地看着就像是你们,这是要去哪儿?"

"准备去吃饭,"陆文浩问,"路哥,你们怎么在这里啊?"

"我们有堂课的教室被换到这栋教学楼来了,刚下课,"路杭手里还拿着个篮球,"怎么样,要不要打一会儿?"

"好啊。"高自翔应完,顿了顿,"不过这时间了,球场没位置了吧?"

路杭冲他眨了眨眼,道:"我让人留了,走。"

向淮之把手机丢到兜里,说:"你们打吧,我就不去了。"

景欢立刻表示:"我也不去。"

于是下了楼后,五个人再次分成两批离开。

跟向淮之走在一块儿,景欢就老忍不住低头看他的鞋。

"怎么,又想踩一脚?"向淮之问。

景欢猛烈地摇头:"不想。"

景欢走了几步就觉得不太对劲,环视了一遍。

"怎么了?"察觉他的动作,向淮之问。

景欢表情复杂:"那什么,哥,你觉不觉得很多人在看我们?"

向淮之是没感觉到,他平时也能收到许多注视,根本分不清今天和以往有什么不同,说:"不觉得。"

景欢纳闷地说:"那可能是我的错觉吧。"

走到男寝,景欢刚想跟身边的人道别,就见男生脚步未停,走到了他的前头。

他愣了愣,说:"哥?"

向淮之停下脚步,道:"嗯。"

"你不回寝室?"

"都走到这里了,"向淮之语气自然地道,"一起去吃午饭。"

两人又去了那家黄焖鸡店。

吃饭途中,景欢拿出手机,才发现心向往之已经回复他了。他看了眼时间,是在他刚下课那会儿,应该是在走路,所以没听见提示音。

吃饱后,景欢刚想付账,向淮之就已经先一步扫码付款了。

"走吧。"向淮之说。

景欢捧着手机,眨了眨眼:"哦……哦。"

两人走出餐馆门口,还是那家奶茶店。

向淮之问:"喝不喝奶茶?"

"喝吧……"景欢忙说,"我自己去买!"

向淮之走到队列最末,说:"我也要买咖啡。"

十分钟后,景欢再次拎着三杯奶茶从奶茶店里出来。

他站在路边,一脸茫然。他怎么觉得……这一幕似曾相识呢?

向淮之拎着咖啡,走到他身边,说:"那我先回去了。"

"哦,好……哎,等等!"景欢腾出手拽他的衣服。

向淮之回头,疑惑地看着他。

景欢回神,问他:"我们能不能去旁边说两句?"

两人坐到了奶茶店门外的座位上。

景欢把奶茶放桌上,开门见山地问:"哥,你是不是有什么事要找我帮忙?"

向淮之没听明白,问:"什么?"

"我是说,"景欢坐直身子,"你要有事需要找我帮忙,直接说就好,不需要……走这么多流程。"

向淮之发现景欢的脑回路似乎跟常人的不太一样。他失笑,刚要回答,景欢却凑上前来,小声问他:"你是喜欢我们班哪个女生吗?"

向淮之无语了。

"哥你别害羞,这事我遇见好几回了,我一定帮你。"景欢问,"是哪个女生?但我和班里的女生不是太熟,估计只能帮你要个联系方式。"

景欢似是想到了什么,笑道:"不过我没想到,你这个条件也会为追人操心啊。"

男生笑着吸了口奶茶,向淮之皱眉盯着他,眼神微妙,不知道在想什么。半晌,他才找回声音:"我不是要追人。"

景欢"啊"了一声。

"也不需要谁的联系方式。"向淮之拎着咖啡起身,垂眼看他,语气平平地道,"我只是单纯地想请你吃饭,没有别的意思,也没有任何企图,你不用多想。"

景欢跟向淮之吃完饭的当晚,陆文浩再次往群里分享了校园BBS

的帖子，说是他们又被拍了。也许是早有心理准备，景欢看到帖子的时候已经没有第一回那么惊讶了，看到三位数的评论量，不禁"啧"了一声。

现在的大学生一天天不好好学习，脑子里都在想些什么？

景欢又看了眼照片。

小景呀："我哥比我高这么多吗？她们是不是给他拉了腿，没给我拉啊。"

高自翔："那倒没，向学长确实比你高点儿。"

陆文浩："你怎么哥哥哥哥的叫得这么顺口，我也比你大，你也叫我声哥。"

小景呀："滚。"

周六，景欢虽然不情愿，但还是去了操场。教室桌椅搬不动，没空间让他们排练，大家只好换成别的地方。

景欢的角色很快就定下来了，一位保镖，是多余的角色，几乎零台词，在舞台角落站着就行。辅导员说让他露个面就成，还真就是露个面。排练开始，其他人都有活干，就连陆文浩他们俩都去准备道具了，只有景欢一个人闲着无聊，坐在观众台上玩手机。

向淮之拎着刚买的扫把往寝室走，手里捏着的手机振个不停。

小景呀："十点了，哥哥再睡就要成猪头了。"

小景呀："[今天也把小心心放这里]。"

这人的表情包越来越多了。

向："在。"

小景呀："在干什么？"

向："刚吃完早餐，准备回寝室。"

小景呀："噢，我在看同学排练。"

景欢还发了张照片来，向淮之点开看了一眼，是学校操场。

向："你不练？"

小景呀："我没台词，是上去当吉祥物的，辅导员还不让我走，坐在这里好无聊啊，一无聊就想到了哥哥。"

景欢发完这句就忍不住笑了。

太肉麻、太嗲了，哪个男的顶得住啊。不愧是我！

果然，心向往之发了一串省略号过来。

听见前面的女生在聊天，他顺手把她们的聊天内容抄了来。

小景呀："而且操场好晒啊，我没涂防晒，要变黑黑了……"

在这之后，心向往之没再回复。景欢边玩消消乐，边想自己是不是又嗲过头了？

"景欢。"

听见自己的名字，景欢下意识地抬眼，看见向淮之就站在观众席的栏杆前，手里还拎着一把扫把。

他先是一愣，然后把即将通关的消消乐给关了，三两步走上前，跟向淮之隔着栏杆对望。

"哥，"景欢靠在栏杆上，问，"你怎么在这里？"

"买扫把，寝室的坏了。"向淮之明知故问，"你呢？"

"在看排练，那边是我们班的人。"

向淮之颔首，道："你坐在这里，不晒？"

景欢无所谓地道："还好，大男人怕什么晒。"

向淮之微微挑了挑眉。

景欢没发现眼前的人的微妙表情，问："哥，你们班出什么节目啊？"

"不出，当观众。"

景欢立刻抛出了羡慕的眼神，看了眼向淮之手里的扫把，说："不过哥，你怎么把它拎来操场了？你的寝室楼不是在另一边吗？"

"我，"向淮之顿了顿，"顺路去找一趟导师。"

两人刚聊了一会儿，就听见景欢的辅导员在远处喊了两声，让他过去。

跟景欢道别后，向淮之拎着扫把走出操场，然后从操场外围的小道折回寝室。他才走出一段路，手机便响了起来，来电显示是向语，他堂妹。

"哥！"向语兴冲冲地说，"听说下周末是你们学校的校庆！"

向淮之眼都不眨地说："不是。"

"我要去！"向语说，"你接待接待我嘛。"

向淮之刚要拒绝,向语便开始装可怜:"你看我,一直把满大当作目标在努力,最后还是没考上……我现在就想去看它一眼!逛一逛、摸一摸!这都不行吗?!"

向淮之冷酷地道:"是你高中时不好好读书。"

"呜呜呜——哥哥,让我去啦!"

向淮之的眼皮跳了跳,问:"谁教你这样说话的?"

"路杭啊,他说学小甜景包管用。"

"既然你们这么熟,就让路杭带你。"说完,向淮之直接挂了电话。

酷威文化

图书 影视

翻车指南

酱子贝 —— 著

下册

江苏凤凰文艺出版社
JIANGSU PHOENIX LITERATURE AND ART PUBLISHING

目录
Contents

第十六章	校庆	001
第十七章	合区	019
第十八章	结侠	039
第十九章	乌龙	059
第二十章	死期	081
第二十一章	"有身"系统	097
第二十二章	倒霉小寿星	113
第二十三章	发烧	133
第二十四章	电影	155

第二十五章	开心就好	175
第二十六章	圣诞节	201
第二十七章	解侠申请	223
第二十八章	生日	261
第二十九章	变声器 Off	289
第 三 十 章	闯荡	311
番 外 一	室友没了	323
番 外 二	黑名单	327
小 剧 场		333

Chapter *16*

第十六章
校庆

说是这么说，校庆当天，向语还是来了。路杭的社团有演出，自然是没空陪她的。向淮之虽然嘴上嫌弃着，却还是带她去学校附近逛了逛，顺带吃了顿饭。

向语性格比较活泼，一路上蹦蹦跳跳地说个没完。

从超市出来，向语捏着冰激凌棍儿说："向淮之，我听说晚上小礼堂有演出，你带我去看看嘛。"

"再说。"向淮之瞥了一眼她手中的冰激凌，道，"吃完感冒了，可别在我耳边哭。"

其实，路杭知道向语要来，早早就给向淮之准备了两张小礼堂的入场券。虽然说着再说，向淮之还是带着向语朝小礼堂走去，走到中途，向淮之口袋里的手机嗡嗡振个不停。

他拿出手机看消息。

向语瞥了屏幕一眼，问："小甜景？"

向淮之边敲字边应："嗯。"

向语舔了口冰激凌，嘀咕道："你居然会喜欢这类型的。"

向淮之收起手机，回头看她："你觉得小甜景是什么类型？"

"就……"向语说话一向直白，"'绿茶'？做作？喜欢装嗲？"

她说完，立刻表示："我是说表面上，相处一段时间就会发现人还不错。不过她给人的第一印象就不好，也怪不得区里很多女玩家不喜欢她。"

"很多女玩家？"向淮之垂下眼，"哪个女玩家跟你吐槽了？"

"还挺多的……你是不知道，别人见我跟她组队，经常私聊给我说小甜景的坏话，而且来找我的基本是小号。"

向淮之："以后关闭陌生人的消息申请。"

刚到小礼堂，向语说要去厕所，向淮之便站在礼堂外的大厅等她。

"欢欢，你这身衣服也太带劲了吧。"

"这头发，得用多少发蜡啊？"

"这你别管，夸我帅就完事了。"

一阵杂乱的脚步声从大门外传来，向淮之听见熟悉的声音，下意识地回头看了一眼。

陆文浩和高自翔一人手里拿着一条木凳，正在和中间的男生说话。

景欢今天穿了件黑色西装，西装修身，把平时掩在宽松衣裤下的身形勾勒了出来，尤其是一双腿，修长笔直。平日看上去阳光开朗的男孩，今天身上多了几分成熟味，但不违和。

"这衣服还是我自己准备的，辅导员给我的那件太小了，勒……"景欢说到一半，跟向淮之对上了视线。

陆文浩："我估计辅导员给你的是他自个儿的。"

"我觉得也是，"景欢拍了拍他的肩，"我见到熟人了，你们先进去。"

景欢走到向淮之面前，先是双手插兜，然后沉着脸，朝向淮之挑了挑眉。他这冷漠脸没坚持到三秒钟，自己先笑了。

"哥，"他说，"我帅不帅？"

向淮之垂下眼，景欢没系西装扣子，白色衬衫没入黑裤里，干净利落。

向淮之"嗯"了一声："帅。"

景欢很满意他的回答，先是笑了两声，然后看了看他周围："那女生呢？"

"什么女生。"

"不是说你带着个女生在参观学校吗？"

"是我妹，"向淮之顿了顿道，"你怎么知道？"

"陆文浩看见了。"

景欢还要说什么，兜里的手机忽然响了起来，他拿出来看了眼来电显示，没接。他"啧"了声，说道："哥，我先进去了，辅导员找我呢。你也是来看演出的？"

向淮之："嗯。"

"那你记得找我，我第七个出场，站在最角落。"景欢边转身边说，"不过，不能笑话我。"

校庆晚会分为两个组别，一个是艺术生组，另一个是班级组。二十个节目，艺术生占了十五个，另外五个从全校其他班级里抽。所以总体来说，晚会还是很有看点的。

满大校风开放，上来便是几位漂亮帅气的舞蹈生跳热舞，直接把全场气氛带起来了。向语一个女生都看得口水直流，拿起手机疯狂录像。

而她的堂哥稳当地坐在她身边，头也不抬地玩手机，仿佛活在自己的世界中。

前六个节目结束，班级组的第一个节目终于出来了。

向语见是舞台剧，兴致缺缺地靠到背垫上，正准备把刚才拍的视频分享给朋友，就见身边一直亮着的手机屏幕忽然灭掉了。

向淮之收起手机，双手随意地交错放在身前，开始认真看节目。

她忍不住发消息跟朋友吐槽。

"我哥真的好无趣一个男的，美女热舞他不看，别人搬了几张桌椅上来演舞台剧，他倒是坐直了。"

向语吐槽得正欢，忽然发现坐在自己前后左右的女生都开始隐隐躁动。身为女性，她太明白这种氛围了——要么是看见了偶像，要么是看见了帅哥。

果然，她一抬头，就捕捉到了站在舞台角落的西装小哥哥。向语迅速从包里摸出眼镜戴上，看清后激动地抓住向淮之的衣袖，轻声地尖叫道："那个穿西装的男生！他好帅！"

向淮之把自己的衣袖拉回来，没理她。

景欢演的是没有感情的保镖，仅有的台词是"是"和"好的"，戳在那里确实像个吉祥物。精彩不够，帅哥来凑，辅导员深谙此道。

舞台剧很短，不到十分钟，谢幕的时候，景欢板着的脸终于有了变化。他勾唇笑了一下，目光终于从主演身上挪开，看向了观众席。不知看到谁，他笑容渐大，还眨了眨左眼。

待景欢下台，向语才回过神来。

"哥！"她再次抓住向淮之的衣袖，"那个西装小哥哥，他、他刚刚好像在朝我抛媚眼！"

向淮之这次没收回衣袖了。他转过头，感受着口袋里手机振动时的振感，语气平静地道："不用激动，不是给你的。"

不管是不是给自己的，向语都照单收了，飘飘然了一晚上。

晚会结束，兄妹俩并肩走出小礼堂。

"向淮之，"刚走到大门，向语忽然停下脚步说，"我决定了！"

她红着脸说："我要去后台找那个男生要电话号码。"

向淮之脚步慢了一些，想也没想地道："不行。"

"为什么？"向语追上去，"他有女朋友了？"

"没有。"

"那为什么不行！"

向淮之蹙起眉，一时竟也想不到理由。

向语："难道他人品不好？或者很花心？还是……"

向淮之胡扯了一个理由，打断她道："他最近没有心思谈恋爱。"

景欢老早就演完了，只是辅导员不放人，非要他们几个在后台帮忙。

帮忙搬完道具，景欢坐在窗户边吹风，他伸手扯了扯领带，解开衬衫的前两颗扣子，终于觉得凉快了一些。

陆文浩搬着桌子走进来，道："终于搬完了……你坐那里勾搭谁呢？"

景欢热得要死，连带着脾气也不好，说："勾搭鬼。"

陆文浩笑了两声，干脆把凳子搬到他身边坐下，说："我怀疑辅导员就是抓我们来当苦力的，连乐器都要我们帮忙搬上去，真不是人。"

景欢深有同感地点头，道："改天坑他一顿夜宵，翔儿呢？"

"女朋友查岗时间。"陆文浩舒展着手臂，"外面散了，我们也赶紧走吧，省得一会儿又被抓去清理会场……走，吃顿烧烤再回去。"

景欢刚要应，又忽然想起什么，拿出手机来，说："等会儿。"

"干啥？"

"我哥也来了，"景欢说，"我问问他吃不吃烧烤。"

"你哥……"陆文浩顿了顿，"向淮之啊？不是，你真和他这么熟？连吃顿夜宵都要叫上？"

"这话你问两遍了，"景欢头也没抬地道，"反正他就在小礼堂，又不让你请客。"

"我是在乎钱的人吗？"陆文浩说，"不过我还以为你俩会保持距离呢。"

景欢莫名其妙地看着他，问："为什么要保持距离？"

"这不是论坛都在瞎传嘛……"

景欢散漫地说:"那有什么,又不是真的,随便他们说吧,我还能穿过屏幕揍他们不成?"

他要有这本事,心向往之早死八千回了。

向淮之过了好一会儿才回消息,说要送妹妹回去,不来了。

三人去了学校附近的烧烤店,陆文浩一伸手就点了几十串烤串。

高自翔喝了口酒,忽然道:"对了,刚刚帮派群里有人说,我们区要合区了。"

身边的两人顿了顿,一下没反应过来。

"合区是什么?"陆文浩问。

"两个区,"高自翔跟他碰了碰杯,"合并在一起啊。"

陆文浩愣住了:"为什么啊?咱区不是挺火的吗?"

高自翔说:"那是你觉得,别区的状态条都是爆红状态,我们区好久没红了吧?这年头大家都玩手游去了,《九侠》的流量确实在降,据说官方已经在研究新资料片了。"

景欢也是第一次听说合区的消息。

陆文浩睁大眼问:"《九侠》之前有过这种操作?"

"没有,所以我们区是头一个,也算是试验品了。"高自翔说,"我看这消息挺真的,只是不知道会跟哪个区合。"

陆文浩想了想,忽然激动了:"等会儿,合区的话,不是要重新画地盘吗?区战队伍得争吧?帮派排名得争吧?还有那几大榜单……"他越说越亢奋,"那岂不是热闹了?"

两人在旁边聊得很欢,景欢听了几句便低头专心吃夜宵。

合区在别的游戏都是常规操作,服务器一个个开,老区的人总会离开,新人又优先选择新区,鬼区的出现只是早晚而已。《九侠》运营了十年才开启合区机制,已经非常牛了。

吃完夜宵,景欢回家洗了个澡,才慢吞吞地打开游戏。

[密聊]心向往之:"这么晚?"

[密聊]小甜景:"哥哥晚上好,刚刚跟姐妹们去吃了甜点。"

[密聊]心向往之:"嗯,演出怎么样?"

[密聊]小甜景:"艳压群芳!可惜哥哥看不到……"

[密聊]心向往之:"想象到了。在哪里?带你去做日常任务。"

进队伍后,景欢喝了口热牛奶,把嘴里的烧烤味冲淡了些。

他刚要说话,便被屏幕下方的动静吸引了注意力。

[喇叭]纪小年:"看透了,爱情不过如此。"

[喇叭]纪小年:"算我爱错了人。"

[喇叭]纪小年:"如果早知道是这个结局,我宁愿从未和你相遇。"

这姐们儿在说什么?景欢舔了舔嘴唇上的牛奶,茫然地看向世界频道。

[世界]哥哥大不大:"什么乱七八糟的?"

[世界]如霜:"盲猜解侠!"

[世界]本命芝芝桃桃:"来了!我最期待的环节!"

[喇叭]纪小年:"我曾以为你会给我全世界的温柔,没想到你甚至连从恶人手中拯救我的勇气都没有。"

景欢盘起腿正准备"吃瓜",看到后面这句便郁闷了,表情有些复杂。

[密聊]小甜景:"哥哥,你看纪小年发的喇叭,最后那句话……像不像是在说我们?"

[密聊]心向往之:"不是。"

[喇叭]纪小年:"不过是一个富豪榜而已……钱和面子对你而言就这么重要?"

队里的两位"恶人"瞬间陷入了沉默。

纪小年还在不断刷喇叭,恨不得把自己的所有心情告诉全世界。

每个区都有这样的人,景欢也不是第一次见,除去自己被提到时的郁闷,还是看得挺欢乐的。

"你在做什么?"心向往之忽然开麦,"为什么不说话?"

"我在看喇叭呢哥哥。"

向淮之不怎么爱看这些,偏偏喇叭是不能屏蔽的,所以他多少看到了几句。

[喇叭]纪小年:"网络上的爱情都太假了,希望姐妹们擦亮眼睛,不要随便动心。要知道,你喜欢的人未必是你心目中的模样。"

向淮之轻轻蹙起眉,然后问:"嗯,看完有什么想法?"

景欢只觉得无语：我只是看个喇叭而已，这也要讲观后感吗？

"想法是，"景欢义正词严地道，"全世界的人都没哥哥好！"

向淮之喝水的动作一顿。这种话不论听多少次，他都没办法习惯。

"是吗？"

"是！"景欢语气坚定地道，"我哥哥天下第一好！"

向淮之沉默半晌，忽然就释然了，这能习惯才有鬼了。

《九侠》合区的消息出来后，玩家们在论坛闹了好几天，大部分玩家在反对合区机制，毕竟合区不仅代表着所有榜单都要合并，区里的物价也会被全部打乱。

景欢已经听陆文浩他们念叨一星期了。

陆文浩："你说会是哪个倒霉区和我们合并啊？"

高自翔撑着下巴："我怎么知道，不过只有我们区收到消息吗？其他区没有动静？"

"还真没有，我那天还特地看了一下，我们区真是全服人流量最低的。"

景欢没兴趣参与这个话题，捏着手机在和心向往之聊天。

小景呀："哥哥，听说《九侠》要出合区机制啦。"

向："迟早的事。"

小景呀："嘻嘻。我还有二十分钟下课，哥哥什么时候回寝室？想和哥哥一块儿刷日常任务。"

向："今天有事，不上号。竞技场也去不了了。"

小景呀："好吧，那我等哥哥回来。"

下课回家，景欢打开游戏，花半个小时做完日常任务，然后传送回主城。他在某个酱油 NPC 身边站了好一会儿，猛然发现——他竟然不知道要去做什么。

景欢不禁皱起眉回想，他平时都做什么来着？

和心向往之做日常任务，和心向往之下本，和心向往之打竞技场，偶尔缠着心向往之带他去看风景拍照。

景欢，你已经活得没有自我了。

不行，他还想着教心向往之做人后，要买个输出号回归本心，大杀四方呢!

景欢决定找一点儿事做,正在组队人附近徘徊,好友消息闪了起来。

[密聊]秋枫:"小景景,干吗呢?"

[密聊]小甜景:"在组队人这里找任务车。"

[密聊]秋枫:"你的心真大,还敢混野车。"

景欢本来不觉得有什么,被他这么一提,反倒真有些犹豫了。

[密聊]小甜景:"哈哈,你找我有事?"

[密聊]秋枫:"既然你的队友不在,不如我们一起打竞技场?我的队友今晚也不来。"

[密聊]小甜景:"你怎么知道哥哥不在?"

[密聊]秋枫:"竞技场还有两分钟就开始了,他还没在线。"

[密聊]小甜景:"呃。"

[密聊]秋枫:"只是一起打个竞技场而已,你总不可能一辈子都只跟心向往之打竞技场吧?而且你跟他组队,是没法提升实力的。"

景欢被他说得一怔。

秋风说得其实并非全无道理,心向往之的个人能力太强了,跟他组队,自己偶尔操作失误都没有太大关系。长此下去,他不仅会懈怠,还会依赖。

[密聊]小甜景:"好吧,在哪儿?"

[密聊]秋枫:"来竞技场门口。"

今天是向妈妈的生日,向淮之特地回家吃晚饭。向妈妈不喜欢看他整天对着电脑,所以他没把电脑带回来。

吃饱喝足,向妈妈便和好姐妹们去麻将房开搓了,向淮之坐到沙发上,掏出手机看了一眼,上面一条消息都没有。他打开微信,闲人阁帮派群跳到了最顶端。

莫问归期:"这俩人在小黑屋里干吗呢?!"

向淮之平常基本不看群消息,这次不知怎么的,看到这条消息预览后,顺手就点开了帮派群。

莫问归期前面截了一张图,是帮派YY里某个上锁的房间,里面只有两个人。一个是披着橙马的秋枫,另一个,则是前几天还在他耳边乖乖说着"我哥哥天下第一好"的小甜景。

景欢发现了,人果然不能一直活在舒适圈里。连跪了两把之后,他看着自己掉的分,心疼得要命。

倒不是秋枫菜,只是两个封系凑在一起,确实比一辅助一输出要难打得多,首先输出就跟不上。景欢虽然装备齐全了,但魂兽品质不高,九尾仙狐的品阶没有跟上来,两下就会被对面弄死。

被春肖和相思一顾送出PK场景,秋枫正想安慰一下队里的人,好友消息就亮了。

[密聊]春肖:"你俩今晚组队送分呢?做慈善家?"

[密聊]秋枫:"你怎么不给我放放水呢!"

[密聊]春肖:"我在冲4000分。你怎么又和小甜景在一起?"

[密聊]秋枫:"我的队友今晚不在啊,本来不想打的,突然发现心向往之也不在线,就把她叫来了,嘿嘿。"

[密聊]春肖:"建议你原地解散。她跟在心向往之身后是上分,跟着你是反向冲分,你们打的场数越多,她就越觉得心向往之好。"

秋枫气笑了,发了个鄙视的表情过去。

景欢对着麦克风说了大半天的话,才想起自己没按说话键,秋枫听不见。他YY用得少,不习惯这软件的默认说话按键。他慢吞吞地按下F2,道:"秋枫,不然你找其他队友吧?"

秋枫:"别啊,前两把是我发挥失常,后面一定带你上分。"

"不是,"景欢说,"是我太菜了,而且你的分这么高,跟我排不划算。"

提倡多人组队竞技后,竞技场前段时间新增一项规则:高分玩家带低分玩家打排位,获胜时得到的积分会减少20%,失败时减少的积分也会增加20%。

"不会,我就想和你排。"秋枫顿了顿,又道,"而且你之前不也一直跟着心向往之吗?他可是区里分最高的了。"

景欢动作一滞。确实是这样没错,但因为他们输的场次少,他从没想过这一点,心向往之也没跟他提过。

"准备吧。"担心她离开,秋枫开口催她。

"好吧。"

进入匹配界面，秋枫咳了一声，说："对了小景，马上要出天下有情人的活动了，要不要一起啊？我带你。"

景欢茫然地重复："天下有情人？"

秋枫这才想起小甜景是个《九侠》新手，只是她的操作，总让他有种老玩家的错觉。"是《九侠》的年末活动，跟上元节、端午节的活动有点儿像，不过这个活动是专门用来刷好友亲密度的，做满一百环还能得到有效期一年的锦囊时装，挂在衣服上很好看。"

秋枫这么一提，景欢倒想起来了。

这活动其实挺受玩家欢迎的，毕竟，哪个游戏玩家不想和自己的侠缘拥有高亲密度？

游戏中，侠缘之间的亲密度越高，专属的侠缘技能也就越强。虽然再怎么强也强不过门派专属技能，但在花里胡哨这一方面，是相当好用。

"不过这任务耗时间，经验值又少，向神应该不会做吧？"秋枫笑了声，"我没记错的话，前几年他都没做。"

景欢也觉得心向往之不会做，毕竟他自己以前就从来不做。会期待这种活动的，恐怕只有陆文浩。

他刚拒绝掉秋枫的邀请，面前的手机忽然响了起来，是路迢迢之前拉的讨论组，现在里面已经有五个人了。

小路小路永不迷路："小景景我爱死你了！快出来哥哥亲你一口！"

小景呀："啊？"

小路小路永不迷路："我看到你为组织做出的贡献了，我会永远记得你的。你以后别和向向打竞技场了，就跟着秋枫！把他的分给我坑光光！有你在，他一辈子都超不过我！"

景欢觉得自己被羞辱了。

曾经，他在老区也是个叱咤风云的人物，当时全帮上下一百多号人，谁见了他不叫声哥？现在，他却成了一个特大号的拖油瓶。

都怪心向往之！要不是他，自己怎么会堕落成这样！

小景呀："我不，你就是想把我骗走，好让哥哥带你上分！"

见心向往之一直没冒泡，景欢打开私聊窗口，习惯性地刷刷存在感。

小景呀:"想哥哥了。"

发完这句,他又熟练地点了几个卖萌表情包,一股脑发了过去。

向:"嗯。"

景欢锁屏的动作一顿。

小景呀:"哥哥!我还以为你不在呢。"

向淮之一双长腿随意地挂在沙发扶手上,手撑着脑袋,眼底无波无澜,心里却忍不住想:以为自己不在,那他为什么还要给自己发消息?

向:"刚吃完晚饭。"

小景呀:"我也吃啦,正在打竞技场呢。"

向:"我知道。"

小景呀:"嗯?你怎么知道?"

向:"随便看了下帮派群。"

"小景,给我的魂兽奶一口,"耳机里传来队友的声音,"你在干吗呢,怎么不动了?"

景欢抬起头,才发现他们已经切进了战斗。他下意识地锁屏:"来了。"

向淮之捏着手机,安安静静地等了几分钟。那头陷入了沉默,平时秒回消息的人,这会儿连个表情包都没再发来。

向爸爸拿着报纸坐到他身边的沙发上,问:"怎么拉着张脸,晚饭不好吃?"说完,向爸爸压低声音道,"你妈也就下厨和打麻将这俩爱好了,再难吃你也得忍忍,别让她看出来。"

向淮之垂下眼,把手机丢到一边:"没有。"

这时,向妈妈的声音从麻将房里传来:"老公!"

向爸爸立刻撑着大腿站起来,跑到麻将房门口问:"怎么了?"

"去小吃街给我们买点儿鸡爪嘛。"

"我去吧。"向淮之站起身,顺手拿起沙发上的外套。他犹豫了一下,最终还是把手机也拿起来,放到了口袋里。他问"要几份?"

向淮之出门后,向妈妈看向自己的老公,说:"你又唠叨他了?"

毕竟是从小带到大的,她一眼就能看出儿子情绪不高。

向爸爸道:"我可什么也没说。"

向淮之拎着两袋鸡爪走在路上，口袋里的手机已经振了一路，他笔直地朝前走着，没有要看的意思。

路过超市，他想了想，决定进去买个面包，当作明天的早餐。

结账时，他前面排着的女生正在打电话。他们距离不近，但向淮之还是能听见通话内容。

"哼哼，他又给我发了二十多条消息，还打了好几通电话。

"我才不理他。

"谁让他和别的女生走这么近啊！明明说好了只跟我打游戏的，转头就带别的辅助妹子上分！不行，这次我一定要吊着他，让他意识到自己的错误！"

刚从超市出来，向淮之便掏出了手机，开始翻阅刚刚收到的消息。仿佛这样，他就跟刚才的女生有所不同似的。

小景呀："我刚刚切进战斗了……"

小景呀："呜呜呜，哥哥我今晚掉了好多分……"

小景呀："我现在就是全世界最可怜的人。打架打不赢，哥哥也不见了……"

消息最末，景欢还发了一张图片。截图里的小狐仙正做着哭泣的动作，小狐仙身后的场景是某个野图，向淮之皱眉，抬眼看了看时间，才刚过八点半，竞技场还没结束。

景欢坐在电脑前，撑着下巴垂着头，无聊地刷着视频软件。

屏幕上方弹出微信提示，他立刻停下刷视频的手，点开。

向："不是在打竞技场？"

小景呀："我找找借口溜啦。分是哥哥辛辛苦苦带我刷上去的，我可不舍得让它们掉光。"

他说得好听，仿佛刚刚在竞技场散财的不是他。

向："现在多少分？"

小景呀："2422……"

向："掉了60。"

不说还好，一说景欢就心疼，他发了一句"呜呜呜"过去。

片刻后，他察觉出不对。

小景呀:"嗯?哥哥,你怎么知道我之前有多少分?"

他并不在高手榜上,想要知道他的积分,只能在NPC处输入ID查看。

向淮之脚步慢了点儿,半响才敲字。

向:"想看你离3000分还有多远。不过现在看来,你也不是特别想要3000分的奖励。"

小景呀:"啊?"

向:"不然怎么会跟秋枫去送分?"

小景呀:"是他邀请我的……"

向:"邀请你就去了?"

景欢愣了一下,眨了眨眼,先是慢吞吞地敲了个"我"字,又忽然停手,快速地上下滑动屏幕,把他们这段对话来来回回地看了几遍。

是他的错觉吗?他怎么觉得……怪酸的?

路迢迢以前不也经常干送分这事?他也没见心向往之说过什么啊!

这个念头突兀又离谱,景欢直觉不可能,但又忍不住去逗逗心向往之。

小景呀:"哥哥。"

向:"嗯?"

小景呀:"你难道是在吃柠檬吗?"

果然,这消息刚发出去,对话框顶端立刻变成了"对方正在输入……"

景欢隔着屏幕都能想象到对方急切想否认的模样,莫名觉得有些好笑。他盯着屏幕,想看看心向往之会说什么。

一分钟过去。

"对方正在输入……"

五分钟过去。

"对方正在输入……"

十分钟过去。

"对方正在输入……"

景欢:不是吧大哥?我就逗逗你,你该会要写篇八百字的作文骂我自作多情吧?

十二分钟过去，景欢咬了咬下唇，决定打破这个僵局。他打开键盘，慢吞吞地敲字。

"哥哥，我就随口一说……"

向："没有。"

向："只是以后你再跟别人打竞技场，就不要找我组队了，我没有帮人擦屁股的习惯。"

景欢眨巴着眼，看着手机屏幕上这两行字，语气凶巴巴的，还有些不留情面。

看着看着，他的嘴角忽然往上翘了翘，紧跟着弧度越来越大，最后他笑出声来。十二分钟，这人就只憋出了这点儿字?

景欢乐颠颠地拿起手机，屈起食指，在心向往之的头像上敲了两下。

渣男啊渣男，刚刚你心里要是没那么一点点波动，老子跟你姓。

向淮之回到家，把鸡爪放到麻将桌旁边的茶几上。

"谢谢向宝贝，怎么这么慢?"向妈妈打牌之余不忘给自己的儿子抛媚眼。

向淮之瞬间便想到了景欢穿着一身西装，朝他眨眼的场景。

男生那双眼睛里毫无杂质，干净又漂亮，姿态优雅从容，全场女生仿佛都在看他。

向淮之收回思绪，低低地"嗯"了一声，跟向妈妈的姐妹们打完招呼后，转身回了自己的房间。

向淮之回到房间，换了身衣服躺到床上。他刚刚在路上站了十分钟，深秋的夜晚寒风凛冽，到现在他的手指头都还是凉的。

手机振了一下，他举起手机抬到脸前。

小景呀："呜呜呜，以后我绝不和哥哥以外的男人乱玩游戏了，哥哥不要凶我啦。"

向淮之蹙着眉，表情微妙。

他正出着神，手机又轻轻地响了两声。

小景呀："哥哥活着时，我是哥哥的人。"

小景呀："哥哥去世后，我就是哥哥的小孤狐！"

向淮之皱了皱眉。

原话好像不是这样的。

向淮之怎么想也不明白平时看起来挺乖挺正经的男生，在网上怎么这么放浪形骸。

向："没凶你，你平时在现实里也这么说话？"

小景呀："怎么可能，不论在哪里，我都只对哥哥一个人这么说话呀。"

向："很晚了，睡觉吧。"

小景呀："才九点哎哥哥，我们这就睡了吗，不再聊一会儿吗？"

景欢早早就登上了电脑版微信，正准备趁热打铁，多撒撒娇什么的。

向："聊什么？"

景欢心底一喜，立马敲字。

"不然我们开语音……"

向："开视频？"

景欢震惊了。

什么？你有胆再对你爸爸说一遍？深更半夜！孤男寡女！你要我跟你开视频？！

你这渣男！其心可诛！

景欢深吸一口气，告诉自己千万要冷静。

心向往之开始对他的长相感兴趣了，从某个角度看，这也算是一大进步……才怪！他去哪里弄个女的来跟这渣男视频啊？！

景欢下意识地看了一眼自己的腿，加个瘦腿特效，好像也能装装女生。可是……景欢视线往上，看到了自己的黑色运动短裤。

不妥不妥。万一他不小心暴露了，岂不是又要收获一张追杀体验卡？

向淮之拿起水杯喝了一口，看对话框顶端疯狂出现的"对方正在输入"，心想也逗够了，准备打住这个话题。

小景呀："啊……人家也好想跟哥哥视频，但人家现在不是很方便……"

"噗……咳咳……"

向淮之面无表情地抽出纸,把身上的水擦干净。他怎么忘了,跟这人聊天不能喝水。

景欢熟练地发出"讨厌厌""哥哥坏蛋"这两条消息,笑到方圆十里声控灯全亮。

景欢洗漱完后钻进被子,捧着手机等心向往之回复,甚至在心里琢磨,要是心向往之真要跟他视频,自己该怎么接腔。

他正准备去找陆文浩取经,对话框就先弹出了新消息,是两段语音。

景欢点开播放,将手机凑到耳边听——

向:"知道了,我睡了。"

向:"你盖好被子。"

Chapter *17*

第十七章

合区

翌日,景欢又回到了心向往之的队伍,两人站在传送人身边,等待竞技场开放。

路迢迢和亲吻鱼鱼组着队,就站在他们身边。

[附近]路迢迢:"鱼鱼,你哥今天这时装挺好看。"

[附近]亲吻鱼鱼:"嗯?跟平时有啥不同吗?"

[附近]路迢迢:"这不多了顶大绿帽子吗?"

[附近]亲吻鱼鱼:"哦哦,看见了,好惨一个男的。"

[附近]心向往之:"……"

[附近]小甜景:"路迢迢你不要挑拨离间!我才没有'绿'我哥哥!"

[附近]路迢迢:"嗯嗯,不就是跟别的男人打了几把竞技场,掉了点分吗?没关系的,向向跟我说了,他选择原谅。"

向淮之抄起拖鞋扔了过去。

路杭很快就为自己的言论付出了代价,一晚上竞技场,他连着遇到了向淮之三次。

"亲爹啊——"路杭声嘶力竭地道,"千错万错都是儿子的错,您高抬贵手,让我一局,求求您了!"

向淮之不理他,冷酷地把人击倒在地。

[附近]亲吻鱼鱼:"嫂子[哭泣],手下留情。"

小狐仙立刻站在原地不动了。

[附近]小甜景:"[乖巧点头]。"

向淮之顿了顿,开麦说道:"放什么水,还想不想上3000分了?"

"想,"景欢可怜兮兮地说,"但更想当鱼鱼的嫂子。"

向淮之:"随便一句嫂子就能收买你了?"

"嗯嗯,"景欢温柔地表示,"你叫我一声好听的,人家把号送给你都可以。"

向淮之手刃堂妹,干脆利落地结束了这场对话。

路杭连输好几把,气得直嚷嚷:"我一晚上掉了56分!都快赶上小景景'绿'你那晚掉的分了！"

向淮之把另一只鞋也丢了过去。

路杭熟练地躲开鞋,越想越气:"不行,你害我掉了这么多分,必须陪我去'吃鸡'里泄愤！"

反正他们这周的副本已经刷完了,没什么事做。

"是你自己技不如人。"

"那又怎么样！我弱我有理！"路杭打开讨论组,"我去群里喊一声,再叫两个队友来。"

"等等。"向淮之叫住他,语气如常,"叫一个就行,我这里两个人。"

"啊？那刚好,吃吃也说要来。"路杭迅速打开"吃鸡"客户端,"你叫了谁啊？把名字发给我,我邀请他。"

向淮之"嗯"了一声,开加速器的时候又突然想起什么,问:"你那里有没有多余的'吃鸡'账号？"

景欢得知消息后,十万火急地打开"吃鸡",冲向商城,"唰唰"买下一套浮夸的小裙子。

付账的时候,他都被自己感动了。

做最敬业的骗子,骗最渣的男人。

半分钟后,穿着白衬衣、灰短裙的清纯女学生出现在游戏界面中。

向淮之一怔,抬眼把 ID 确认了一遍,是"kaixinjiuhao"没错。

"开心就好。"路杭下意识地拼了一遍景欢的游戏名,"小景景,你还挺乐观的嘛！"

景欢害羞地笑笑,暗暗庆幸自己当初没起个"nijingdad",否则今天还得重新创个小号。

"哥哥,"刚进入候机场,景欢便撒腿跑到心向往之身边,对着他左右晃动人物脑袋,"我好菜的……你要保护我,呜呜呜。"

陆文浩曰过,男人通常都不喜欢太过强势的女生,你越弱,男人的保护欲就越旺盛。

果然,向淮之"嗯"了一声:"一会儿别离我太远。"

"没事,随便打打,"路杭说,"带着俩妹子,八成也吃不到'鸡'。"

三分钟后,爱是分你吃扛着喷子灭掉一整个队伍,走到被敌人击倒的路杭面前,边装弹边问他:"你刚刚说什么来着？"

"说我和向向就指望着你们俩带我们'吃鸡'了。"路杭面不改色地道,"姐姐救我一下。"

向淮之落在另一栋楼,击倒对手,回头看了眼一直跟在自己身后的人。他好笑地道:"你也不用……跟得这么紧。"

你以为老子想吗!

景欢委屈地表示:"哥哥,我没枪。"

向淮之顿了顿,把肩上另一把枪丢下来给他。

清完城里的敌人,四人坐在车上往安全区里进发。

爱是分你吃看了眼景欢身后的枪,笑了:"景景,你怎么还背着这把枪啊,这枪到后期很垃圾的。刚刚那么多把好枪你怎么不捡?"

景欢道:"这枪是哥哥送我的,我不舍得换。"

到达另一座城,景欢刚跳下车,就听见耳机里传来一句。

"过来。"

向淮之没指名道姓,但大家都知道他在叫谁。

景欢屁颠屁颠地跑到他身边:"怎么啦哥哥?"

向淮之往地上丢了一把满配件的好枪。

"你用这把。"

景欢没想到他会把枪给自己,愣了一下。

游戏里没有兄弟情,以往他和室友们打"吃鸡",想要配件都得靠手速,必要的时候还得要骗,给配件送枪这种操作,他只在陆文浩哄小妹妹时见到过。

"怎么不捡?"向淮之又把另一把枪也丢了下来,"还是喜欢这把?"

这渣男怎么比陆文浩还熟练!

景欢回过神,随便拿起一把枪,说:"谢谢哥哥。"

打完游戏,路杭洗漱完上床,突然问:"你和小甜景什么时候结侠?"

向淮之滑动手机屏幕的指尖一顿,反问道:"我们为什么要结侠?"

路杭愣了愣,才说:"你们关系都这么好了,为什么不结侠?干吗,不舍得那一百金结侠钱?我帮你们出啊。"

向淮之的声音毫无波澜:"没到那一步。"

"你们都这样了,还没到那一步?!"

向淮之刚要应他,就见熟悉的粉色头像出现在帮派的微信群里。

小甜景:"问一下大家,天下有情人活动大概什么时候开呀?"

相思不顾:"据说月底。"

"天下有情人活动是什么?"向淮之问。

"啊?"路杭愣了愣,"你不是吧,这都不知道?就是可以刷侠缘亲密度的那个活动啊。"

向淮之听说过活动内容,只是不知道它叫什么名字。

他"哦"了一声,继续看帮派群消息。

景欢已经跟帮里的人聊起来了,他其实不常在帮派群里冒泡,但每次一说话,就总能把潜水的帮众炸出来。他就是这样,只要他想,随时能跟任何人打得火热。

莫问归期:"小景景,听说秋枫带你去竞技场送了一晚上的分,你没跟他绝交?"

小甜景:"你怎么什么都知道……"

秋枫:"春肖帮我把这个归期给踢了,八卦就算了,还挑拨我和小景景的关系。"

莫问归期:"别啊,你俩啥关系?"

小甜景:"朋友关系啊。"

秋枫:"现在是朋友关系,以后说不准。"

莫问归期:"话说那晚你们为什么单独在 YY 里?《九侠》的语音频道已经不能满足你们了?"

小甜景:"他说游戏识别不了他的麦克风。"

爱是分你吃:"这你也信……"

路杭也在看群聊,忍不住道:"秋枫真骚。"

向淮之已经关掉了帮派群,打开了那个粉红色头像的对话框。

向:"明天没课?"

小景呀:"有,上午有两节。"

向:"那睡觉。"

小景呀:"好的哥哥,我们一起睡!"

向淮之回了句没有标点的"晚安"。

周末，景欢跟陆文浩和高自翔去下馆子。

景欢明显能感觉到饭桌气氛凝重，两个大男生坐在他对面，低着头猛吃饭。

在陆文浩举手要第四碗饭时，景欢终于放下了筷子，说："怎么，今晚要吃空店家的大米是吗？"

"你不懂，"陆文浩从服务员那里接过饭，道，"我们要增强体力。"

"你的体力满得都要溢出来了。"景欢说，"到底怎么了？"

高自翔用纸巾擦了擦嘴，说："今晚出合区公告。"

"今晚？确定了？"景欢挑眉，"你们和哪个区合并？"

"还不知道。"高自翔看了眼表，"八点出公告，还有十分钟。"

陆文浩嘴里嚼着饭菜，含混不清地说："十二点准时关区，明早八点开放，到时候肯定是一场恶战，估计我俩未来几天都没空出来吃饭了。"

景欢倒觉得还好，说："合区不是挺好的吗？人多才好玩。"

他们区也不是大红区，竞技场排来排去都是那些人，有时也会觉得没意思。

"是啊。"高自翔感慨道，"估计合区后野图遍地是尸体，不是杀手团抢生意，就是帮派在争第一。"

七点五十九分，一台手机静静地躺在饭桌上，陆文浩和高自翔两人满脸严肃，紧张地不断刷新《九侠》官网。

景欢失笑："至于吗？"

"你不懂，我们帮主说了，主城的药材开发权我们帮一定要抢到。"高自翔说，"万一合的区来个大强帮……那岂不是要大战三天三夜？"

陆文浩刷出一条新的游戏公告，激动地紧紧拽住高自翔的衣角，喊："翔儿，出来了出来了！"

"你别把我的衣服扯坏了。"高自翔说。

没见过世面，景欢嗤笑一声，低头喝茶解腻。

"为了加强玩家们的游戏体验，正式推出合区系统……《九侠》第一次合区内容如下，合并服务器为天赐良缘……真是我们区，"陆文浩继续往下念，"和镜花水月？"

景欢差点儿被茶呛死。

陆文浩念着念着也觉得不对,皱眉道:"镜花水月?我怎么觉得这区名这么耳熟呢?"

他和高自翔对视了一眼,然后齐齐往对面看去。

景欢捂着嘴巴,咳得脖子都红了。

老天故意搞我?

高自翔立刻坐过来给他拍背顺气,表情复杂地道:"只是听个区名,你至于气成这样?"

景欢红着耳朵摇头道:"不是,我……"

"欢欢,你放心。"陆文浩彻底想起来了,一拍桌子道,"你的姐姐就是我们的姐姐!之前不在一个区没法帮你做什么,现在有机会了,我一定帮你把向神……心向往之安排得明明白白!"

景欢:"倒也不必……"

"浩儿说得对!"高自翔连连点头,"必须让他知道,欺负女生是要付出代价的,欺负咱姐姐,他就得死!"

景欢:"其实也没那么严重……"

"还有那个刷喇叭骂你姐姐的,要不要一并杀了?"陆文浩一扬手道,"你一句话的事!"

景欢:"真的不用……"

"没错!"高自翔激动地道,"欢欢,你要是还不解气,到时候我给你借个号来,你开着号跟我们一起去杀,怎么样?!"

"我可能没空……"景欢缓过气来,委婉地提醒道,"你们的心意我领了,但你们杀得过心向往之吗?"

"不是,你咋还看不起人呢?"陆文浩说,"单挑是挑不过,我们组一队去,总可以了吧?"

景欢原本想说这样不太合适,话到嘴边又咽了回去。

不是,这有什么不合适的?杀人本来就不讲公平,要不是操作不过来,他当初早买五个号把心向往之给围了。

可是吧……他现在就是觉得,五打一不体面,太欺负人了。

一定是他被追杀多了,才会有这种想法。

景欢语重心长地说:"那你们也就只能杀他一回,被杀之后,心向往之一定会防范着，到时他组个队伍反击怎么办？"

"没事，我们好歹也是区战队，哪就能任他杀了？"陆文浩冷哼了一声，"他追杀我们最好，十次里我们总能赢一次吧？到时把他的神器给爆掉，那不是更爽？！"

景欢心说，别说十次，二十次你们恐怕都反杀不了他。

两个好友平时没白疼，一顿饭间就已经把心向往之的七十二种死亡方式给商量好了。景欢这个当事人坐在对面，一句话也插不上。

分别前，高自翔拍了拍他的肩，语重心长地道："欢欢，你尽管放心，我们是兄弟，我必帮你报仇，等我的好消息。"

景欢心不在焉地回了家。

他瘫倒在沙发上，慢吞吞地打开微信，帮派群因为合区的事已经炸开了锅。

春肖："我找人查探过，天赐良缘排名第一的帮派叫无极，他们的帮主已经安排好了队伍，准备随时偷袭我们，所以明天开服之后，单人不要随便出安全区！日常任务也要组队做！同时我们帮派也不能坐以待毙，主城药材开发权我们不可能让，第一帮派的名号也不能让人拿走！杀人队伍我已经安排好了，名单发在群里，大家都看看。这是紧急时刻，希望大家能齐心协力，帮助帮派度过这次难关@全体成员！"

春肖也是个狠人，合区消息刚出来没一小时，杀人队伍就已经安排好了。只能说这次合区，两个区的人都不打算和谈。

下面还有许多条消息，景欢懒得再一一翻看。

破《九侠》，开服十年不合区，偏偏这个时候合区。

他在沙发上躺了一会儿，回过神来时，才发现自己已经点开了与心向往之的对话框。

他们最后的聊天记录是在晚饭前，心向往之说要去打球，景欢回了一个点头的表情包。

既然打开了，他当然得说点儿什么，

小景呀："哥哥，我们区要和天赐良缘合区了……看副帮主的意思，我们帮好像要跟那个区的第一帮派打起来了，我好怕怕啊。"

消息发出去的一瞬间，上面便出现了"对方正在讲话"的提示。

十来秒后，语音传了过来。

"我知道了。"男生的声音有点儿喘，一如既往地低沉有力，在喧嚣声中尤为清晰，"怕什么，我在这儿，没人能杀你。"

臭渣男，你自身都难保了，还管我呢。

景欢在心里嘲讽一通，然后点开这段语音又听了一遍。

次日，景欢醒来的时候，微信已经被各个群聊给占满了。他特地看了眼时间，八点刚过几分钟，他们区应该刚维护好。

帮派群不出意外又是 99+ 的消息，就连寝室群都有四十多条消息。

他实在想不明白，那俩人住在一块儿，抬头不见低头见的，为什么还能天天在群里尬聊。

景欢睡眼惺忪，眼皮子来来回回睁开数次，才逐渐清醒过来，慢腾腾地点开群聊。

然后他才发现这俩人原来不是在聊天，四十多条消息，全是游戏截图。

[哥哥大不大，坐标蓬莱仙境（19，41）]
[莫问归期，坐标主城（129，18）]
[落落 sweet，坐标不明异域（99，83）]

小景呀："你们在干吗？"

陆文浩："杀人啊，小号已经安排上了，就等他们出安全区呢。你怎么醒这么早？"

小景呀："楼下不知道什么店在放歌，吵。"

高自翔："真羡慕你，我俩六点半就起床了。"

高自翔："怕《九侠》搞事提前开服，占不到先机。还是我俩有远见，赶在了开服的第一时间上线，其他人到现在还在排队。"

小景呀："为什么进不去？就两个区的人流量而已，不至于吧？"

陆文浩："你想多了，其他区一堆来看热闹的。既然你醒了，不然来帮我们开号吧，我侠缘的号正好没人操作。"

小景呀:"不要,我继续睡了。"

发完这句,景欢立刻打开了帮派群,里面也是一水的坐标截图。

春肖:"今天大家暂时别做日常任务了,有队伍的组队保护我们帮的商人,没队伍的待在安全区!辛苦大家!这周每天我都会发帮派奖金作为弥补!"

春肖一呼百应,大家斗志昂扬,随时准备战斗。玩游戏图的就是个刺激,现在刺激自己找上门来了,帮众们都兴奋得要命。

景欢也喜欢刺激,合区抢地盘什么的,想想就令人亢奋。前提是他那两位室友不在敌对帮派……

想起两人昨晚的豪言壮语,景欢就觉得头疼。

他昨天也考虑过干脆跟他们坦白,让他们不要插手自己和心向往之的事,可他一回想自己这几个月的所作所为,那个念头便立刻烟消云散,连个影都不剩了。

他装女人发嗲,拍大腿照骗男网友这个秘密,这辈子只能跟着他一起入土。如果被第二个人知道,那这个人就得同他一起入土。

手机轻轻振了一下,把他拽回了神。

向:"醒了找我。"

小景呀:"我在呢!哥哥早。"

向:"早,今天上不上游戏?"

小景呀:"不知道,帮派群消息看起来好恐怖啊……哥哥上吗?"

向:"嗯。我答应春肖,帮他们抢主城药田。"

《九侠》中的每一个大地图都有专属的药田,每个药田只有一个帮派能采摘,其中主城的药材品质最高,而在合区之前,主城的采药权一直在闲人阁手里。

采药权两月一换,只有在评选周内帮派资金最高的帮派才能获得主城的药田,帮派资金不能直接充值,只能靠帮里的商人用银票去跟各个地图的 NPC 进行交易赚取,而一个帮派同一时间内只能有十个商人职位。

简而言之,想抢主城药田,需要在评选周中保护己方商人,追杀敌帮商人。

向:"你不想上游戏也没关系,我跟春肖打过招呼,你可以不来。"

小景呀："不、不、不，我要跟哥哥共进退。哥哥等我，我洗漱完就上号。"

"小景景来不来啊？"路杭正在取药，"她不来的话，我们得重新找个队友。"

向淮之敲着键盘，说："来。"

"行。"路杭又抬头看了眼游戏顶端的合区公告，喃喃道，"天赐良缘……这区名听起来有点儿熟啊。"

向淮之没在意，路杭在来镜花水月之前就在别的服务器待过，加上他经常参加线下活动，认识不少其他区的人，会觉得熟悉也不奇怪。直到游戏里弹出一个喇叭——

［喇叭］半生："闲人阁的人呢？都躲安全区里了？"

半生？这名字……有点儿熟悉。

向淮之皱起眉头，点开对方的资料看了一眼，上面显示：半生，150 级，狐仙洞。

这名字太耳熟了，向淮之刚隐约想起一些，就听见身后的人大骂了一声。

路杭一拍桌子，乐了："这不是陆文浩他们吗？"

怕向淮之想不起来，他还转身提醒道："就那次我们在度假村遇见的那几个学弟啊！你不是还看他们下本来着？半生是陆文浩……就是有点儿胖的那个！"

向淮之微怔，下意识地看了一眼旁边的微信界面。

"怎么就这么巧！"路杭笑着点开半生的个人资料，把对方添加为好友，"啧，我得去跟他说说，居然敢对学长叫嚣……"

"别。"向淮之立刻叫住他。

看着路杭疑惑的目光，向淮之抿唇，好半天才编出一个借口："我们现在是敌对帮派，你这么说，也只是为难他们。"

一旦他们知道路杭就是路迢迢，那他估计也瞒不住，毕竟名字和 ID 重合了两个字，声音又相似，实在太明显了。他暂时还不想让景欢知道自己的身份。

"这有什么为难的，我们可以化干戈为玉帛嘛！"

向淮之淡淡地问："那主城的药田归谁？"

路杭愣了愣:"那当然是归我们啊!"

说完,他也反应过来了,这事还确实不好和解,毕竟两个帮派加起来四百来号人,每个帮派都要为各自的帮众负责,不可能说让就让。他们都是帮里的强队,一会儿没准儿还要干架呢。

路杭:"那咋办,就当不认识啊?不好吧,人家还收留过咱俩呢。"

向淮之沉吟片刻道:"等事情结束了再说,这架打不了多久,最多一个月。"

"这……行吗?"路杭没多想,一下就被向淮之套进去了,"好像也可以,到时候我就当才发现这事,应该不会露馅……那一会儿干架的时候我们躲着他们点儿,不相认就算了,总不能还杀别人吧。"

向淮之敷衍地"嗯"了一声。

怪不得昨天提到合区,景欢一个劲儿地在发哭泣表情,他的室友应该不知道他在玩女号。

景欢连早餐都没吃就开了电脑。

帮派 YY 此时足足有一百八十多号人,今天是周末,帮里的人基本都在里面,正在讨论一会儿的战略部署。

"为什么只来了一百八十多个人?"秋枫问,"我看帮派在线人数是两百个啊。"

"挺好,这次刚好能抓出那几个帮派匿在我们帮里的小号,我一会儿就踢了。"春肖语气冷静地道,"九点开市,还剩最后二十分钟,大家先组好队。他们帮有两个强队,ID 我发在公屏上,你们看到了别点,留给我和心向往之的队伍解决。"

景欢边听边登游戏,刚进入界面,队伍邀请就弹了出来。

"哥哥,"景欢刚起床,说话有些哑,"一上号就能看见你,看来今天是我的幸运日。"

向淮之把他直接牵引到主城,往他身上丢了一堆高阶药品,说:"昨天我看着你下号的。"

景欢的脑子慢了半拍:"嗯?"

"是我在等你。"向淮之解释道。

景欢昨天是在野图下的号,现在还没开市,两个帮派的刺客都在野图找落单帮众,担心他被开红,向淮之才会来这里接人。

心向往之居然在专程等他上线？景欢眨了眨眼，默默消化这个信息。

待语音陷入沉默，向淮之才察觉失言，补充道："只是来接队友，就算现在是路迢迢落在野区，我也会来接。"

说完，他没给景欢思考的时间，把其他人也拽进了队伍。

"好刺激，我已经等不及了。"亲吻鱼鱼激动地道，"还有多久开市啊？"

爱是分你吃："最后几分钟。"

"我们先去占点吧。"路杭说，"去丝绸之路，那是商人必经地。"

丝绸之路人山人海，闲人阁和无极两个帮的帮众全挤在地图里，其中还掺杂着其他帮派的观战小号和别区来看热闹的人。

景欢玩游戏这么久，也是第一次见到这种场面，忍不住坐直了些。

[喇叭]半生："闲人阁，你们还有三分钟时间可以投降[得意]。"

景欢无奈地想：这陆文浩怎么像个憨憨。

大战前说这种话的人在小说里都活不过两章，他很想劝室友收敛一点儿，又怕露馅，只得作罢。

九点整，激战开始，丝绸之路彻底沦为战场。

向淮之正准备去找敌帮的商人，就见半生带着他的队伍，浩浩荡荡地朝这边走来。

向语都已经做好战斗准备了，她哥却一个扭头，跑开了半生的攻击范围。

她茫然地道："哥，那个半生不是他们的主队之一吗？你怎么不点啊？"

向淮之："看到他们帮的商人了，优先杀商人。"

景欢刚松了一口气，微信消息便响了起来。

陆文浩："欢欢，我刚刚眼见就要走到心向往之面前了，结果他见了我拔腿就跑！真够尿的！"

小景呀："既然这样，那不如就算了吧。"

陆文浩："不，你放心，我绝不可能让他逃走。你等着，兄弟今天一定帮你教育他！"

教育什么，离老子远点儿，我谢谢你。

可惜上天并没有听见景欢的祈祷，三个小时后，两个队伍还是撞上了。

"他们怎么还追着我们跑啊？"路杭蒙了，闭着麦问向淮之，"战斗是谁发起的？"

向淮之抿唇："他们。"

路杭沉默了。如果他们反杀掉对面，那陆文浩他们有很大概率会掉装备。

向淮之看了眼身边的小狐仙，自切进战斗后，景欢就没再说话，操作也明显慌乱了许多。

而对面的人秉持着杀人先杀奶的原则，上来就对着普陀山和狐仙洞疯狂输出，丝毫不手软。

"这都什么事啊。"路杭抓了抓头发，"现在怎么办？要不然我还是报上名字，让他们跑吧？"

向淮之躲着对方的技能，并迅速给小狐仙丢了个血药。

"不，"他犹豫片刻，很快做出决定，"你按我说的做。"

陆文浩再次被对面的狐仙洞封住行动，忍不住骂了句脏话。

"你看看，你要有她一半准，我们都不至于打得这么难。"高自翔说着，就被心向往之一剑戳掉了一大截血，立刻后退，"啧，我觉得我们打不过。"

"这个狐仙洞绝对开了外挂！我一会儿就举报她！"陆文浩气道，"打不过也得试试，万一呢？而且我觉得心向往之今天的操作也不是特别好，吃了你很多伤害。"

二十分钟后，他们的血量见底，血药也快嗑完了。

"操作再不好，照样装备碾压。"高自翔叹了口气，"算了，先想想掉装备怎么办。"

"我无所谓，"陆文浩说，"要是其他三人被爆装备，我赔就是。"

很快，陆文浩他们这边的奶妈的蓝量耗尽，对面的人显然也发现了这点，只见心向往之迅速把剑切换成刀，朝奶妈冲了过去。

就在大家以为胜负将定时，意想不到的一幕出现了。

只见黑袍男子举着大刀，气势十足地冲向敌后方的奶妈，加速冲刺了一段时间后，猛地在地图中央停了下来。

这个暂停太突兀，大家都没反应过来。高自翔愣怔一瞬，立刻把握时机，对着心向往之便是一套连招，心向往之竟然躲也不躲，生生吃下了所有伤害。

景欢回神，立刻奶了他一口，试探地叫了声："哥哥？"

"我晕，"亲吻鱼鱼忽然开麦，"路迢迢给我发消息，说他们寝室停电了。"

景欢这才发现队里的术士也很久没动了。

在《九侠》游戏中，玩家突然掉线是不会立刻下线的，其中有大概十分钟的延迟，而战斗中的玩家则是战斗结束后的十分钟才会下线，所以就算心向往之掉线了，也还是得等这场战斗结束了角色才会离开游戏。

"那怎么办啊？"爱是分你吃给两人续上血灯，问。

"没事，"亲吻鱼鱼很镇定，"对面大半天没补状态，估计是没药了，我一个人输出就够。"

话刚说完，就见对面的奶妈忽然给自己加了一口补魔药剂，再次勤勤恳恳地给队友补起了血条。

亲吻鱼鱼震惊地道："我记错了？"

景欢皱眉。他也一直在留心对面的用药数量，每个人身上只有二十个空位能放药，奶妈的药应该早就用完了才对。

"哈哈哈，没想到吧？"陆文浩开启全屏麦克风，贱兮兮地嘲讽道，"我们让人送药来了，你们就等死吧！"

景欢忍不住想，他室友的声音一直都这么欠揍吗？

亲吻鱼鱼立刻反击："呸！还好意思说？要不要脸？"

"没人规定野图 PK 不能送药吧？"陆文浩说，"女孩子怎么能骂人呢？话说你们的队长和术士怎么不动了？"

亲吻鱼鱼："看你们菜得可怜，让让你们。"

景欢叹气，很想让亲吻鱼鱼别浪费力气了，这些话别的男人听了可能会生气，但陆文浩不会。

果然，陆文浩笑嘻嘻地说："掉线了？啧，要么怎么说老天有眼呢，这就叫恶有恶报！"

微信忽然振了一下，景欢抽空看了眼。

向:"跑。"

景欢还没来得及回复,耳机里先传来了秋枫的声音。

"哈喽妹子们,"秋枫道,"心向往之让我来接人,你们离队进我的队伍,我身上有免死金牌,可以先带你们回主城。"

免死金牌是特殊物品,做任务会获得,使用后五分钟内无法被他人攻击。

亲吻鱼鱼还有些不服,说:"我们能杀过。"

"你们不能。"秋枫镇定地道,"他们帮派的人一直在开小号送药,你们三打五,不可能打得过。"

爱是分你吃问:"那向神和路迢迢怎么办?"

秋枫委婉地说:"死两个总比死五个好。你们退队往我这里靠,没必要跟他们耗,总有机会能报仇的。"

亲吻鱼鱼犹豫了大半天,才闷闷地道:"知道了。"

见她们不断后退,陆文浩乐了:"怎么?刚刚那么凶悍,现在就要跑了?"

"要不是我们的队友掉线,你早完蛋了!"亲吻鱼鱼气结。

陆文浩:"运气也是实力的一部分,你这个小屁货。"

"你记着!"丢下这句话,亲吻鱼鱼迅速进了秋枫的队伍。

景欢看着站在中间挨打的男人,手上放血池的动作没停。

"秋枫,"他忽然问,"你怎么知道我哥哥掉线了呀?"

"他微信我,让我来救人。"把两人拉进队里后,秋枫催她,"你快出来,我带你回去。"

景欢犹豫了半分钟,手上操作未停,躲开高自翔的攻击。

"我不去了,"他很快做出决定,"你带她们两个回去吧。"

秋枫愣了愣,问:"为什么?"

还能为什么,他要亲眼看着心向往之死!

景欢语气认真地道:"万一哥哥上线了呢?"

秋枫哑然:"这概率也太小了吧,等他们到了网吧,战斗早该结束了。"

秋枫劝了几分钟,还是没把人劝上车,最后只能掐着免死金牌的时限把其他两人带回了主城。

景欢正准备原地挂机等死，就听见陆文浩温柔地叫了一声："是小甜景妹妹吗？"

景欢面无表情地发送了一个微笑的表情。

高自翔边操作边说："你赶紧封人，骚什么呢？趁你侠缘不在就乱来？"

"别着急啊，我跟她聊两句。"

陆文浩继续按下全屏说话键，问："小甜景妹妹，你怎么不跑？"

[附近] 小甜景："不想跑。"

陆文浩："有骨气！哥欣赏你！"

这人为什么杀个人都有这么多废话要说啊！

[附近] 小甜景："呵呵。"

"小甜景妹妹，我可是你的粉丝啊。"陆文浩说，"真的，你的《精忠报国》，我可是循环听了一整天。"

[附近] 小甜景："呵呵，谢谢。"

"不客气，"陆文浩打了个响指，"妹妹，不如这样吧，你现场给我唱一遍，我不杀你，怎么样？"

[附近] 小甜景："……"

陆文浩嘿嘿一笑道："当然，你想唱别的也行，《学猫叫》《小蛮腰》啥的都OK……"

景欢现在就想买个唢呐回宿舍，对着陆文浩吹上三天三夜。

陆文浩瞎掰扯了几分钟，高自翔不想让他浪费时间，很快就把掉线的两个人给击倒在地。

"小甜景妹妹，抱歉了，要怪只能怪你自己跟错了男人。"

不，只怪我有两个傻子室友。

景欢眼睁睁地看着小狐仙被对面的法系角色用天雷轰死，游戏画面一转，他回到了重生点。

景欢一瞬间有些恍惚，自从他和心向往之组队后，已经很久没来过这里了。

重生点此时站满了人，一眼望去不是他们帮的就是无极的人，心向往之提着黑色长剑，成了地图中最亮眼的一道风景线。

景欢还没来得及看自己掉了多少金币和经验值，手机先响了起来。

陆文浩激动地道："欢欢，兄弟帮你报仇了！我把心向往之杀了！牛不牛？！"

景欢："牛。"

"你这情绪，不热烈啊！"陆文浩说，"你听清楚我说的没？我把心向往之杀了！虐杀！"

景欢："虐……杀？"

"是啊。唉，你不在场真的是太可惜了，"陆文浩摇头"啧啧"地道，"他们队那个狐仙洞被我追得满图跑，根本没有还手之力。"

毫无还手之力的狐仙洞："呵呵。"

陆文浩粗神经，没察觉他语气不对，乐呵呵地问："要不要看图？"

景欢："图？什么图？"

"游戏截图啊，我截了十多张呢！"陆文浩笑道，"心向往之倒地三百六十度无死角的照片我都有，发你几张，让你也乐一乐。"

景欢表情复杂，一时间不知道说什么好。

挂了电话后，心向往之躺尸的截图发来了。截图中，黑袍男人倒在地上，长剑落在手边，光芒暗淡了许多。

景欢来来回回把图看了几遍，终于确认一件事——他并没有因为心向往之被杀而感到开心。

这很奇怪，明明他把游戏安装回来的最初目的就是想看心向往之一遍遍地倒在地上。难道因为不是自己亲手杀的，所以他才这么不得劲？景欢心不在焉地想着，余光瞥向游戏里的聊天频道。

[世界]或许有一天："闲人阁和无极的人能不能看清楚啊！老子只是个路人啊！杀我干什么啊？！"

[世界]机缘石害人："我居然在重生点看到了心向往之？是我通宵产生的幻觉吗？"

[世界]蓦然回首："你没看错，他被无极的人杀了。"

[世界]安不安："心向往之居然打不过无极的人？那这次闲人阁悬了！"

[世界]小号888："正常，心向往之的操作本来就一般般，我刚刚全程观战，那走位简直惨不忍睹……他也就是凭着有神器才这么横罢了。"

[世界]莫问归期:"总比开小号阴阳怪气地说别人的人好。心向往之和路迢迢掉线了才被杀的,黑子都散了吧。"

[世界]小号888:"哟,玩个游戏都玩出黑粉那一套了?我看是输了怕丢人,才说自己掉线了吧。"

小号888凭一己之力,成功地把整个聊天频道搅得乌烟瘴气。

景欢随便看了几条,就抬手把世界频道给屏蔽了。这些人平时就是太闲,才会专程开小号来搅浑水。

他动了动鼠标,小狐仙依着他的操控,在心向往之身边转了一个圈圈。

等转完了圈,景欢才回过神来——不是,渣男又不在,我这是在讨好个什么劲啊?习惯真可怕!

景欢刚转身打算离开,一条系统提示突然弹了出来。

您的好友"心向往之"上线了。

景欢蒙了一下,小狐仙走了两步忽然掉了个头,重新回到了心向往之身边。

"心向往之"邀请您加入他的队伍。同意,拒绝。

景欢点下同意,两人在重生点组了个队,却迟迟没有飞走。

"哥哥,"景欢顿了下,"是本人吗?"

向淮之"嗯"了声:"刚来电。"

景欢张嘴,却不知道说什么,最后只干巴巴地应了一声:"哦……"

向淮之沉默片刻,忽然说:"刚刚怎么没走?"

景欢正要回答,就听见他又问:"不是要当我的小孤狐吗,怎么跟我一块儿死了?"

你的小孤狐?老子说过吗?

老子没说过。

这渣男真是厚颜无耻,死都死了还惦记着让别人给他上坟。

他在心里骂得正爽,耳机那头的人又出声烦他:"嗯?"

"我……临时改变主意了。"景欢慢吞吞地解释,"当狐狸有什么好的?还是跟哥哥做一对亡命鬼来得舒服。"

景欢看了眼系统公告。他因为死亡掉了几十金和三千多万经验值。钱倒是小事,就是经验值让他有点儿心疼,三千多万经验,他得刷一个星期才能刷回来。

"掉了多少钱?"向淮之问。

"钱没掉多少,就八十来金。"景欢蔫蔫地道,"经验掉了三千多万。"

"心向往之"给了您一百金。

景欢愣了愣,立刻把钱丢了回去。"你干什么?"

向淮之再次把钱扔给他,这次变成了三百金。"我掉线了,不然刚刚不会输。"

一瞬间,景欢有些心虚,要不是因为自己,陆文浩压根儿不会追着心向往之打。

这点儿心虚很快被他抹掉,景欢想了想,给自己留了八十金,剩下的丢了回去。"多的我不要,哥哥。"

向淮之没再执着,说:"经验以后再带你刷回来。"

景欢沉默了下,半晌才应道:"好。"

Chapter 18

第十八章
结侠

闲人阁和无极的这场战斗连续打了三天都没有要平息的苗头,丝绸之路仍然热闹,两边门派的杀手团也在各个野图严阵以待。

不过战况已经没头天那么夸张了,毕竟大家在现实生活中都有事要忙,做不到二十四小时在线。为此,春肖还特地把全帮人员的在线时间统计了一下,并按时段安排了不同的队伍。

景欢他们负责晚上七点到十点。

这天一下课,景欢就被陆文浩勾住脖子往怀里一扯,是个锁喉的姿势。

"欢欢,你这小没良心的,"他骂道,"你都多少天没跟我俩玩了?每天下课赶着回去干什么呢?"

我赶着杀你们帮派的人啊。

"赶着看《英雄联盟》的比赛,新赛季开始了不知道吗?"景欢觉得喉咙痒,咳了一声,懒洋洋地问,"你们不是合区了吗,一天天怎么这么闲?"

"我们帮安排了值班时段,我俩是中午的班。"说到这里,陆文浩得意地一笑,"听说心向往之为了躲我们,排晚上去了,我正琢磨着让帮主给我们换一换。"

不提还好,一提景欢又开始心疼他那三千多万经验。

"帮派这么多人,哪是说换就能换的?别折腾了。"景欢拍了拍他的手,"松开,我要回去。"

陆文浩没动:"别啊……"

"景欢。"

听见有人叫自己,景欢挣扎着转了个身,看见身后站着的向淮之,笑着叫了声:"哥?"

向淮之皱起眉,紧紧盯着他俩的姿势,半晌才问:"你们在干什么?"

陆文浩乐呵呵地跟他打招呼:"学长好。"

向淮之没看他,只是冷淡地应了声:"嗯。"

"没干什么,我们刚下课。"景欢又拍了拍陆文浩的胖手,这回他带了点儿力气,"你赶紧放开。"

陆文浩把人松开,佯装受伤地道:"你变了,以前你都随便让我揽着的。"

景欢笑骂:"滚,我什么时候让你揽过?你俩赶紧走吧,再晚餐厅没位置了。"

"景欢。"向淮之又叫了他一声。

"嗯?"

向淮之原本想约他吃饭,又想起他们一会儿还要去丝绸之路值班,话到嘴边变成了:"一起回去?"

两个男生肩并肩地朝后门方向走去,陆文浩摸了摸肚子,道:"翔儿,咱也走吧,再晚真吃不上了……你看啥呢?"

高自翔看着他们的背影,蹙着眉道:"没,只是有点儿奇怪。"

陆文浩茫然:"哪里奇怪?"

"向学长好像对我们挺冷淡的?"

陆文浩笑了:"他不是出了名的性子冷吗?"

"可他对欢欢就很好啊。"

陆文浩噎了一下:"好像是……不过欢欢一直都挺讨喜的,可能向学长也喜欢他,就对他好呗。"

高自翔回头,眼神复杂。他原本还不觉得有什么,陆文浩这么一说,反倒让他的想象范围更宽广了。

"干吗这么看我?"陆文浩莫名其妙地道,"我们还吃不吃饭了?"

高自翔放弃跟他沟通,说:"吃,吃死你,走吧。"

景欢上线的时候,队友们都已经在等着了。

[队伍]小甜景:"呜呜呜——抱歉,来晚了。"

"没事,向向也刚回来。"路杭伸了个懒腰,"你怎么不开麦?"

[队伍]小甜景:"今天嗓子有点儿不舒服。"

可能是这几天掐着嗓子说话多了,他的喉咙出了点儿问题,不过没什么大事,只是喉间发痒,偶尔咳两声。

不开麦也是因为他懒得装嗲,不想营业。

向淮之顿了下,他刚刚并没有听出景欢的嗓音和平时有什么不同。

"吃药没?"向淮之问。

[队伍]小甜景:"没呢哥哥,只是换季有点儿感冒,没什么大事。"

"那你是得注意点儿,最近我们这里特冷,我平时在寝室都要盖被子。"路杭顺口问,"你是哪里人啊小景景……"

"东西都带好了?"向淮之牵着他们往丝绸之路走去,不露痕迹地打断了他的话,"一会儿注意血量,别想着省药,缺什么药材直接找我拿。"

路杭不放过任何占室友便宜的机会,说:"回神香你那里也有多的?"

向淮之丢给他五个回神香,终于成功地让他闭上了嘴。

陆文浩的队伍被无极安排在了中午,实际上是无极帮主怕心向往之报仇,专门盯着陆文浩杀,才特意做的安排。

没了顾忌,向淮之神挡杀神,佛挡杀佛,所向披靡,再也没回过重生点。短短三天,论坛上就又多了十来个"向神精彩操作剪辑"。

"就只有向神精彩操作,没有路神精彩操作!"路杭气道,"这些网友怎么就没有一双会发现美的眼睛?"

爱是分你吃叹了口气:"这还要打多少天才能结束啊?我还想刷天下有情人活动呢,活动都出两天了。"

路杭好奇地道:"你和谁刷?"

"和我自己的小号……"爱是分你吃说,"我只是想刷那件限时时装。"

做天下有情人任务需要去野图找各路NPC,现在所有野图都有无极的杀手在蹲守,她根本没办法愉快地刷活动。

路杭:"应该快了吧,我们帮的帮派资金已经超他们很多了。"

十点,五人准时下班,一刻不多待。

今天清了七个队伍,待队伍回到主城,景欢忍不住左右扭动了一下脖子。好的不灵坏的灵,他好像真感冒了,整个人都有点儿疲惫。

向淮之原本打算带他去做日常任务,却见小狐仙第一个退了队伍。

他密聊发了一个问号过去。

[密聊]小甜景:"怎么啦哥哥?"

［密聊］心向往之："做不做日常任务？"

［密聊］小甜景："好啊，不过能等等吗？我想下楼一趟。"

［密聊］心向往之："干什么去？"

［密聊］小甜景："买药。"

向淮之指尖微微一顿，然后打字。

［密聊］心向往之："去吧。"

"春肖在群里说了，"路杭站起身舒展了下筋骨，"无极那边好像快不行了，在跟其他帮派的人商量着合伙搞我们呢，你觉得会有帮派和他们合作吗？"

半天没得到回答，路杭回头问："向向？"

向淮之敷衍道："不知道。"

路杭看了眼时间，拿起外套随便一披，说："还早，我去隔壁打会儿牌，别锁门啊。"

路杭走后，寝室里只剩下向淮之一个人。他挺直背脊，几秒后松开鼠标，往椅子上靠去。

他们学校的位置偏，周围只有两家药店，一家在前门一家在后门。

桌上的手机轻轻振了一下。

小景呀："楼下药店关门了……前门药店具体位置在哪里来着？"

"小景呀"撤回了一条消息。

向："……"

小景呀："我发错人了哥哥。"

景欢拎着药慢吞吞地从药店里走出来，冷风往脸上一吹，他立刻打了个喷嚏。揉了揉鼻子，一抬头就看见站在车站旁的向淮之。

向淮之双手揣兜，静静地看着他，有那么一瞬间，景欢甚至觉得对方是在等自己。

"哥，"景欢回过神来，下意识地往向淮之那边走去，"你怎么在这里？在等人？"

向淮之摇头，道："夜跑。"

这么冷的天还夜跑？他一到冬天就想在被窝里扎个营，这辈子不出来。

"怪不得你体格这么好。"景欢由衷地称赞道，"那我先回去了，你加油。"

"一起。"向淮之面色如常地跟在他身边，"我跑完了。"

可您这看起来也不像刚跑完步的样子啊。

景欢有些疑惑，不过没问："好。"

"你感冒了？"向淮之看了眼他手上的药店袋子。

景欢笑了笑："是啊，不慎中招。"

"最近降温，注意保暖。"

"好，哥你也是。"

景欢说话时，一直在左右张望。

向淮之也发现了，问他："你在找什么？"

"不是，我在看有没有人拍我们。"景欢收回视线，虽然病了，语气还是痞痞的。

上次他们的照片被发到论坛的事景欢还记得，他说："抓到了我一定揍他一顿。"

向淮之侧头，垂着眼睛扫了他一眼。从他的角度能看到景欢的后脖颈，景欢连条围巾都没戴，修长白皙的脖颈全露了出来。

"你很在意吗？"

景欢闻言一愣，转过头去："嗯？"

"照片，"向淮之问，"很在意？"

"也不是……"景欢抿了抿嘴，"我就是不怎么喜欢被拍，很奇怪。"

向淮之颔首，想起什么似的道："对了，你和你喜欢的人……怎么样了？"

景欢愣住了，好半天才想起来是怎么回事。说出去的谎泼出去的水，事到如今他只能继续圆："没怎么样，没追上呢。"

从某种程度上来说，他说的也算是实话。

向淮之又问："你很喜欢那个人？"

景欢转过头，盯着他看了一会儿。

向淮之被看得有些慌乱，不过面上仍旧很镇定地问："怎么了？"

景欢笑了起来，眼睛弯弯的，说："没，只是发现你好像对我喜欢的人很感兴趣。"

向淮之说："想到了就问问，你不想说也没关系。"

"喜欢啊。"景欢语气随意，"不喜欢怎么会追？"

街上人影寥寥，两个男生并肩走着，说的话题就像是朋友之间的闲聊。

"不过，"景欢呼出一口热气，抱怨道，"最近追得有点儿累。"

向淮之怔了怔，转头看他："嗯？"

"怎么追都得不到回应，有些烦了。"景欢半真半假地说，"不想追了。"

他还不如买五个号杀人来得干脆痛快。

向淮之问道："你要放弃？"

景欢没答，反问道："哥，你追过别人吗？"

男生的眸子在昏暗的环境中显得尤其明亮，向淮之跟他对视片刻，才收回视线，答："没有。"

景欢点了点头。他估计是被风吹糊涂了，向淮之这种男生怎么可能追别人？

向淮之抿着唇，刚想继续追问，才发现他们已经走到后门了。

"哥，我租的房子就在这里，那我先回去了。"景欢朝他挥了挥手，"晚安。"

待男生的背影消失在楼里，向淮之才回过神来。

景欢回到家，倒了杯热水把药吃了，然后抱着笔记本电脑爬上床，把被子盖到肩膀。

调好舒适的姿势后抬头，他才发现游戏界面中的人物一动不动，他们俩停在青玄台附近，一前一后静静地站着。

景欢解除跟随，在他身边转了两圈。

[队伍] 小甜景："哥哥？"

无人应答。

可能对方是有什么事去忙了，景欢没在意，翻了个身躺着玩手机。

向淮之回到宿舍的时候，路杭正坐在床上找东西。

"大晚上的你去哪儿了？"听见声响，路杭回过头一脸蒙地看着他。

向淮之懒得再找其他借口，直接说："夜跑。"

路杭更蒙了："十点半，你穿厚外套去夜跑？"

"不行？"

路杭皱着脸说："行，你就是想夜飞都行。"他找出钱包，往口袋里一塞，"向向，我今晚住隔壁，我跟他们约好了通宵打牌，你别太想我。"

向淮之点头道："最好打上一星期。"

"我怎么舍得你呢？"路杭打开门，半边身子走出去，还不忘留一句，"等我赢了钱，明天请你吃顿好的。"

向淮之刚戴上耳机，没听清他在说什么，只说："关上门。"

向淮之看见队里的人已经解除了跟随，就站在自己旁边。他打开聊天频道，里面有一条对方叫他哥哥的记录，时间是十分钟前。

景欢是被手机落地的声音吵醒的。他倏地睁眼，眼底一片茫然，眼角因为困意而隐隐发红。头顶灯光强烈，他忍不住眯起眼，好一会儿才清醒过来。他翻身垂下手，摸了几下才摸到掉在地上的手机，拿到后第一反应就是看微信。

小景呀："哥哥，我睡着了……"

向："我知道。"

小景呀："凌晨四点半了，哥哥怎么还没睡觉？"

向淮之也不明白自己为什么失眠，不过睡不着他也不会勉强自己入睡。明天没课，他干脆把电脑带上床，随便点开一部电影来看。

向："在看电影，你怎么醒了？"

小景呀："手机掉地上了，吓醒的。"

向淮之脑补了一下那场景，紧绷的嘴角终于松动了些。

这几天气温降得厉害，半夜开始下雨，向淮之在酝酿睡意一直没开灯，电脑和手机的光就是这个房间里仅有的光亮。

向："嗯，继续睡吧。"

小景呀："好，哥哥也早点儿睡啊，晚安。"

这是今晚的第二次晚安了。

向淮之打出一个"嗯"字，又想起景欢今晚说的话。

半晌，他垂下眼，把"嗯"字删掉。

向："晚安。"

向："手机放好，明天见。"

向淮之没有刻意对谁改变过态度，一下有些拿不准，手指在表情包上晃来晃去的。

小景呀："好，蹭蹭。"

向："嗯。"

景欢看着这个"嗯"字，有些怀疑自己在做梦。

心向往之知道蹭蹭是什么意思吗？以前他可是连个亲亲表情都不准自己发的！

可能是手机坠地的动静太大，也可能是外面的雨声有点儿吵，景欢忽然觉得睡不着了，于是翻了个身。枕头前的电脑还开着，心向往之把他带进了蓬莱仙境，两人站在地图最上方的桥上，明明是很偏僻的地方，周围却站满了人。

看到莫问归期也在他们身边，景欢下意识地打开了帮派微信群。

果然，没翻几页他就看到了自己的名字。

莫问归期："这俩人已经是在蓬莱仙境挂经验都要组队的关系了吗？"

脉脉不语："他们在的位置这么偏，你怎么知道他们在这里挂机的？"

莫问归期："刷论坛看见的，就一张截图都能让那些人聊到两百多楼，向神真牛。"

景欢眯着眼睛，顺手打开了游戏论坛。

莫问归期说得没错，那栋楼的楼主确实只发了一张图，还给自己的人物形象打上了马赛克。

他滑动鼠标，快速爬楼。

11L："这有什么奇怪的？我们区蓬莱仙境一堆侠缘组队挂机呢！"

12L："关键就是这两个人不是侠缘啊。"

33L："有啥好发帖的，小甜景倒贴心向往之不是众人皆知的事情吗？"

38L："可是队长是心向往之啊，怎么看都是心向往之把小甜景带进蓬莱仙境的吧？"

47L:"回 38L,谁知道小甜景私底下怎么发嗲缠人的……估计心向往之也是被她逼烦了吧。"

景欢看到这里就把帖子关了。虽然他以前一直对自己进行催眠,说小甜景这个 ID 跟他不是同一个人,但显然并不成功,至少他看到这种帖子还是会恼怒,气到睡不着的程度。

几秒后,他打开游戏界面,出气般按下了"离开队伍"。

明天就说是掉线好了。想好借口,他操控着小狐仙往蓬莱仙境的出口走去。

下一秒,心向往之密聊发了个问号过来。

[密聊]小甜景:"……"

所以您老人家为什么还没睡觉,甚至在盯着游戏界面?

[密聊]心向往之:"不是要去睡觉?"

[密聊]小甜景:"外面雨声太吵了,睡不着。"

[密聊]心向往之:"那打算去干什么?"

[密聊]小甜景:"不知道,去逛逛街吧。"

[密聊]心向往之:"十二点过了,做今天的日常任务吗?"

日常任务日常任务,除了做日常任务你还会干什么?无趣的男人!

[密聊]小甜景:"不想做,这几天除了打架就是做日常任务,已经不想见到门派师父了!"

[密聊]心向往之:"那你想见谁?"

[密聊]小甜景:"想见哥哥。"

这话刚发出去,就见桥上的黑袍男人动了。

"心向往之"邀请您加入队伍。同意,拒绝。

老子只是客套一句,并不是真的想见你啊!

小甜景逃脱不过两分钟,又被人逮到了队伍里。

景欢真想把弹窗截图给那群喷子看看,是你们的向神天天在邀请我好吗!我才没有想要跟他组队挂机!

因为长久未出声,向淮之的声音有些哑:"不睡了?"

"嗯,真睡不着。"景欢顿了顿道,"哥哥不是在看电影吗?"

"已经关了。"向淮之没再回桥上,而是牵着他往出口走。

景欢问:"我们去哪儿?"

"做任务。"

所以你刚刚压根儿没把我的拒绝听进去是吗?

算了,景欢撑着下巴想,大半夜的也确实没什么能做的。

心向往之带着他回到主城,一路往传送人那里走去。景欢刚准备开部电影打发时间,就见游戏场景忽然一变,他们到了一个特殊场景。

《九侠》的策划还算用心,每个特殊活动都会增加一个活动场景,他们所在的侠缘树便是其中之一,在侠缘树下的 NPC 处,可以领取天下有情人的任务。

景欢还没反应过来,任务就先跳了出来。

  侠缘仙子:听闻茹墨(落花谷 12,111)一直仰慕书生(主城书店 12,22),请帮她送一根桃枝给书生吧。

心向往之带着他去杂货店买桃枝,景欢忍不住叫了声:"哥哥……"

"嗯。"

"你知道这是什么活动吗?"

"天下有情人。"

景欢觉得他可能有什么误会,委婉地说:"这活动经验奖励很低的。"

"我知道。"向淮之问,"你不想做?"

景欢眨了眨眼,他确实……不太想做来着。流程这么烦琐,奖励低得可怕的任务谁会想做啊?这完全就是浪费时间!

"想。"他转了转眼珠子,笑了声,"想跟哥哥做。"

向淮之没再说话,牵着他出发去野图找书生。

  书生:茹墨姑娘有心了,请帮我将这封信转交给她。

  茹墨:啊,这确实是他的亲笔(脸红),原来我的心愿被侠缘仙子听见了?谢谢你们,请你们转告他,信我收到了。

  书生:辛苦二位少侠,我方才在长街上买到了一根发簪,觉得非常适合茹墨姑娘，请二位代我转交。

　　茹墨：好漂亮的发簪！他的信我已经看完了，这是回信，劳烦二位送信之余，再帮我送一根桃枝给书生哥哥。

景欢：叫我们送，你倒是给我们桃枝钱啊！还有，我们是信鸽吗？你们俩没长腿还是怎么的？

景欢无力吐槽，两个人来来回回跑了几趟，终于到了最后的环节。

　　茹墨：这是我的一缕头发，请少侠将此物和信一同交到书生手中。

景欢松了口气，心想这任务终于要跑完了。

　　书生：（惊讶）什、什么？茹墨姑娘对我竟然是这种心思？

不然人家给你送什么桃枝？跟你传什么信？景欢觉得好笑，也真笑出了声，完了还不忘乱撩一句："我对哥哥也是这种心思。"

　　书生：这可怎么办才好，我对茹墨姑娘并没有男女之情。

景欢又满头问号了，你对人家没心思，回什么信？送什么发簪？

　　书生：是这样的……茹墨姑娘的样貌与我的亡妻十分相似，所以她在我心中比常人都要特殊几分，着实没想到会闹出这种乌龙来……这是她送给我的桃枝和信，请你们帮我送回去吧，她的心意我实在不能接受。

得，天下有情人活动都打出个 BE（悲剧）结局来，不愧是《九侠》。

做完任务，景欢看了眼经验值。他们来来回回地跑了近十分钟，才得到几千点经验，这也太浪费时间了。于是交完任务后，景欢试探着开口："哥哥，这活动的经验值好少啊。"

"嗯,"向淮之看了一眼资料,"不过亲密度涨得很快。"

他们只做了一环任务,就涨了二十点亲密度。

"那有什么用?"景欢语气随意地道,"你又不跟我结侠,我们的亲密度最高也就只能刷到九千九百九十九。"

向淮之操作鼠标的动作一停。他眼皮轻抬,盯着小狐仙身后的尾巴,半晌后问:"你想什么时候?"

"你和路迢迢的亲密度也是九千九百九十九,就算刷到了,我和他在哥哥那里也没什么区别……嗯?"景欢倏地睁大眼,怀疑是外面的雨声影响了他的听觉。他慢吞吞地去牵耳机线,把耳机上的麦克风拉到自己嘴边,不确定地问,"你刚刚,说什么了?"

"我说,你想什么时候结侠?"

景欢坐在球场旁边的长椅上,差点儿被篮球砸到。

好在高自翔速度快,先一步帮他把球截住了,然后转头对陆文浩说:"你小心点儿,真砸到他以后寝室就只有我一个人住了。"

陆文浩喘着气说:"你放心,我就是被欢欢杀了变成鬼,也会记得回寝室的路。"

景欢回过神,一脸平静地道:"今天是个大好日子,你们别满嘴神啊鬼啊的。"

"大好日子?"高自翔皱着眉想了半天,确定今天不是什么节日后才问,"什么日子?"

"农历十月十七,忌动土,宜交友。"景欢说完,从长椅上起身,拍了拍掌心里的灰尘,"我回去了。"

"别啊,我还想跟隔壁约篮球赛呢!"高自翔赶紧叫住他,"打完再回去,反正今天又没作业要做。"

景欢摇头:"有事。"

陆文浩已经习惯了,问:"怎么,你又赶着回去看比赛?"

景欢皱了下眉,诚实地回答:"今天不是。"

回家的路上,景欢又忍不住想起昨晚的事。

在心向往之问他什么时候结侠时,他足足愣了十来秒没说话,然后……心向往之就直接把他拖到了凤凰祠。

看到游戏界面上弹出"你愿意和心向往之结为侠缘吗"这一行字,他吓得差点儿把桌上的水杯打翻。

他点下了"不愿意"。

开玩笑,他拼死拼活追了几个月,脸都不要了,为的就是让心向往之颜面尽失自闭一生。好不容易把人骗到手,你让我凌晨五点跟你结侠?宾客都不在,结给空气看吗?!

于是他委婉地表示,这是自己第一次在游戏里结侠,不想这么草草了事,语气要多委屈有多委屈。

心向往之听完后沉默片刻,应了句"知道了"。

景欢现在想想,还是觉得不太真实,他昨晚那句话真就是无心一说,心向往之却答应了。

心向往之怎么就答应了?心向往之为什么答应了?!

景欢百思不得其解,难道是自己昨晚说了什么话,触动了渣男的心?

许久没想出个结论来,景欢果断放弃,拿出手机发消息。

向淮之正在洗澡,听见手机的振动声,动作轻顿,转过身拿毛巾擦了擦手,然后点亮屏幕。

小景呀:"哥哥,你的侠缘下课了哟。"

向淮之将目光放在那两个字上,半晌才回复。

向:"嗯。"

小景呀:"你在干什么呢?"

向:"洗澡。"

小景呀:"那你先洗!我马上到家啦。"

向淮之洗完澡出来,毛巾松松垮垮地搭在肩上,发尾还不断在滴水。他随手撩起一边毛巾擦头发,另一只手回消息,抬眼时,刚好看见路杭慌里慌张地缩小了在看的网页。

在他缩小的前一秒,向淮之看到了熟悉的游戏场景。他走到路杭身边问:"在看什么?"

路杭立刻道:"没什么,在论坛看八卦呢!"

向淮之轻轻挑眉:"关于我的八卦?"

路杭咳了声:"哪儿能呢?"

向淮之了然地道:"打开我看看。"

路杭犹豫了一下,最后还是把网页打开了。

向淮之没看错,帖子主楼放的正是他和景欢昨晚的游戏截图,他们两个人组队站在凤凰跟前,一前一后挨得很近。

向淮之滑动鼠标往下翻,越翻脸色越沉。

路杭没撒谎,确实没人八卦他,因为这一整个帖子里的评论都是在嘲讽小甜景的。

4L:"这两个人怎么在凤凰祠?该不会是打算结侠吧?小甜景终于攻略心向往之了?"

5L:"攻略啥,没结侠,小甜景日常任务倒贴罢了,习惯了。"

11L:"不是我说,一个小姑娘这么没下限,一看就是家教不好。"

诸如此类的发言,足足堆了六十多层楼。

路杭能明显感觉到身边的人在生气,忙安慰他:"哎呀,论坛就是这样的,你又不是不知道,真没必要较真。"

向淮之站直身子,搓头发的力道重了些,问:"论坛一直都这么说他的?"

路杭愣了愣,半晌才反应过来向淮之指的是谁,说:"也不全是,当然还有说其他的。"

向淮之问:"还说了什么?"

"说了……"路杭支支吾吾的。

向淮之瞬间了然,没再追问,转身回了电脑前。

他今早在交易所秒了不少金币,此时号上银钱爆满,这个数字不论放到哪个区,都能原地冲上富豪榜首位。

"路杭。"他叫了声。

路杭边跟好友聊天边应了一声:"嗯?"

"结侠除了宴席、红轿、烟花,"向淮之语气如常,"还有什么流程能安排的?"

"这你就问对人了!"路杭一撸袖子,准备给他好好掰扯掰扯,话到嘴边又忽然觉得不对。他缓缓转过头,满脸惊诧地道:"等会儿……你、你问这个干什么?!"

景欢刚上号,好友消息便闪了起来。

[密聊]心向往之:"原地等我。"

很快,心向往之便出现在他身边,景欢进了他的队伍后,刚想娇羞地打声招呼。

"心向往之"给了您碧玉发簪×1。

景欢打开一看,惊了。

紫装,而且是爆属性的紫装,市价最低也得五位数。

"哥哥?"他茫然地问,"这是干什么啊?"

向淮之言简意赅地道:"结侠礼。"

景欢瞬间有些无措,一是这装备确实很贵,二是他并没有准备回礼。

向淮之仿佛猜到了他的想法,说:"逛街时买到的便宜货,走个过场。"

景欢那点儿可怜巴巴的连个小指头都不到的愧疚感瞬间消失无踪。

在游戏中摆摊,最高只能摆九百九十九金,更高价的物品只能走交易所,乖乖给《九侠》交手续费,如果这玩意儿是逛街买到的,那还真是捡了大便宜。

"谢谢哥哥,但是……我还没来得及准备礼物。"觉得自己的语气没掌控好,景欢又在游戏里发了一堆哭泣的表情。

向淮之:"不用,你点愿意就行。"

说话间,两个人已经走到了凤凰祠。

重新站到凤凰跟前,景欢还是有种不真实感。他无意识地屏住呼吸,心里已经做好了准备,凤凰的对话框却迟迟没有弹出来,语音里也安安静静的。

景欢心里"咯噔"一下——完了,渣男不会是突然反悔了吧?

他忍不住抿了抿嘴,正要开口询问,右下角便闪起了微信提示。

心向往之:"五点我结侠,大家有空的都过来捧个场,谢谢。"

这条消息一出,原本热闹的帮派群瞬间陷入了沉默。

也不知道过了多久,大家才终于有了反应。

莫问归期:"那什么……我就随口一问啊……向神你结侠的对象

是谁？"

　　小甜景："好像是小甜景。"

　　只争朝夕："你不要抢答！"

　　心向往之："确实是小甜景。"

　　爱是分你吃："……"

　　本命芝芝桃桃："……"

　　小甜景发了个卖萌的表情包。

　　几分钟后，帮派里的人冷静下来了。说实话，自从小甜景加入他们帮，大家对事物的接受能力都提高了许多。

　　没多久，凤凰祠就站满了人。

　　[世界] 落落："凤凰祠站了好多人啊！怎么回事？"

　　[世界] 给你买橘子："我也看见了，好像还都是闲人阁的人，是哪个帮众要结侠吧？"

　　[世界] 我有猫哦："密密麻麻的根本看不清人，所以是谁要结侠？阵仗这么大，连春肖和相思不顾都在。"

　　每一对新人结侠，凤凰都会在凤凰祠撒糖庆祝，打开糖能得到经验和游戏币，虽然数量很少，但聊胜于无。加上世界上讨论得热热闹闹的，没一会儿，没事干的玩家们便赶了过来，凤凰祠瞬间人山人海，连 NPC 凤凰都被遮得严严实实。

　　景欢是第一次见到这种盛况，也许是人太多了，他竟然觉得有些紧张。

　　五点整，对话框弹了出来。

　　　　您愿意和"心向往之"结为侠缘吗？愿意，不愿意。

　　景欢咬了咬牙，心想：这可是你自己把这场结侠典礼闹这么大的，等以后你在全区人面前丢人，可不能怪我。

　　[附近] 莫问归期："谁踩我的脚！"

　　[附近] 本命芝芝桃桃："你别演了 OK？"

　　[附近] 纪小年："是谁要结侠？为什么都围在这里？"

　　[附近] 策划今晚必 X："秋枫吧？我现场征个侠缘！来个满级的绑

定奶一起玩游戏！"

　　凤凰：恭喜"心向往之"和"小甜景"喜结良缘，成为本服务器第九千一百九十九对侠缘！

当前频道先是诡异地安静了几秒钟，然后瞬间被无数个问号淹没！

　　凤凰：结侠典礼开始——侠缘二人拜见八方贵客——
　　凤凰：拜天地！拜亲友！拜侠缘！

景欢看着自己和心向往之被系统送上了行礼台，他们身上都穿着红袍，在行礼完毕之前无法走动或发送消息。

凤凰的话已经完全被玩家们的对话框掩盖，密密麻麻的什么都看不清。

这是他第一次在游戏中结侠，虽然所结非人，但仍然感到紧张，手冒汗，心直跳的那种紧张。

"结侠典礼结束后，先别离队。"心向往之的声音从耳机中传来，语气与平时无异，不知道的人还以为他们是在下本，而不是结侠。

果然有经验的渣男就是要比他冷静一些吗？那至少表面上不能输，景欢边想边镇定地应了一声："好呢。"

在场的玩家刚从震惊中回神，正准备恭喜二人，一条刺眼的喇叭就弹了出来。

［喇叭］就是小号怎样："渣男贱女，绝配哈哈哈！"
［喇叭］就是小号怎样："连这种渣男你都要疯狂倒贴，小甜景你的口味真不挑！恭喜镜花水月第一无耻侠缘诞生！"

号如其名，这是个 10 级小号。

好在这两条喇叭并没有持续多久就被顶了下去了。

［喇叭］春肖："恭喜结侠，情比金坚。"
［喇叭］秋枫："恭喜结侠，情比金坚。"
［喇叭］路迢迢："恭喜结侠，情比金坚，小人退散！"

闲人阁众人纷纷刷起喇叭，这个小号出现一次就被顶掉一次，很快便没了声音。

景欢被感动到了，感动的同时，还洋洋洒洒地在聊天框里打了一百来字，准备等结侠典礼一结束立刻教那小号做人。

两分钟后，结侠典礼结束，景欢刚要点下回车键——

[喇叭]心向往之："郑重声明——因为本人身体不适，心向往之这个账号于今年三月曾交给代打管理，直到八月底才正式取回账号，其间发生的事情与我无关，我愿意并已承诺赔偿此号在代打期间给其他玩家带来的经济损失。和代打的具体聊天记录我都有备份，晚一些我会发到论坛上。"

[喇叭]心向往之："还有，结侠是我向小甜景提的。"

喇叭一出，全区震惊。世界立刻沸腾，聊天频道被刷得连字都看不清楚了。

景欢呆坐在电脑前，仿若凝固，茫然地把这条喇叭一字又一字，来来回回反反复复地看了十来遍。

字都认识……意思他却不明白。

见好友消息亮起来，他条件反射地打开。

[密聊]爱是分你吃："哇哇哇！我就说向神和之前判若两人吧！恭喜你啊！这次是真心恭喜你！"

景欢关掉对话框，嘴唇发麻，头脑空白。

凤凰：礼成！
您获得了"心向往之的侠缘"称谓。

看着这行称谓，景欢僵着表情，缓缓抬手——掐了一把自己的人中。

Chapter *19*

第十九章
乌龙

结侠典礼结束，两个游戏人物站回原来的位置，周围的人自觉地给他们留了个空位。两个人姿势亲密，正在深情对视，一片岁月静好的模样。

　　可惜这只是表面，现在光是世界频道就已经翻天了。

　　[世界]海王哥哥："我就知道事情没那么简单！"

　　[世界]爱粥粥："不太信，如果之前真的不是本人，为什么号找回来了他也不澄清？"

　　[世界]不明洞主："说不信的应该都是合区过来的吧？向神在这区里待了这么多年，一直都很低调，就是从今年三月突然变了画风，我当时就猜账号不是本人上的了。"

　　[世界]小草莓："这么说来还真是，但他为什么不澄清？仙萌萌之前还到处卖惨装可怜，向神却说早就和受害者沟通好并愿意赔偿……所以仙萌萌在想什么？她居然还去追杀小甜景？"

　　[世界]我前侠缘死啦："哈哈哈，仙萌萌和一个代打谈了几个月网恋？！"

　　[世界]纪小年："不管怎样仙仙也是受害者OK？一句代打上的就能撇清了？自己的号出了事不是该负责任吗？"

　　[世界]落落呀："所以要向神怎么负责？赔钱都不行，难道赔你一条命？"

　　[世界]非你杯茶："别说了，最惨的难道不是小甜景吗？"

　　[世界]墨墨："小甜景哪里惨了？她刚跟心向往之结侠，这会儿正跟心向往之在凤凰跟前说悄悄话呢！"

　　也不知过了多久，景欢才把他出窍了一半的灵魂拽回来，刚回神就看到这么一句话。

　　悄悄话当然是没说的，结侠典礼结束之后，队伍频道一片静谧。

　　景欢艰难地挪动鼠标，把频道聊天全部屏蔽掉，然后埋头继续消化心向往之刚刚发的喇叭。

　　三月到八月不是本人，而他姐姐的事……就是发生在这几个月中。

他的第一反应就是心向往之在撒谎，刚才那人说得没错，如果这几个月内账号真不是本人在用，那心向往之为什么要背这个黑锅？！他又不是傻子！

景欢迟疑不定，还是决定问清楚，道："哥哥……"

等等，他为什么还在叫这人哥哥啊！

听见这个称呼，向淮之轻轻地拧了下眉，然后问他："看见喇叭了？"

景欢心里一沉，道："看见了，是……什么意思啊？"

他的声音都在抖，好在不明显，要不是握不稳鼠标，他自己恐怕都察觉不到。

想起景欢之前对仙萌萌说的豪言壮语，向淮之问："如果我不是渣男，你还想跟我结侠吗？"

景欢觉得自己身处地狱。他能说不吗？

"当然。"景欢一字一顿，说得很艰难。

向淮之"嗯"了一声，轻描淡写地道："这号之前给代打了，我没和其他人在一起过。"

景欢眼前一黑，如遭雷击。

几秒钟后，他强迫自己冷静下来——心向往之说的也不一定是真的，万一他就是心血来潮，突然想洗白自己呢？

"不过你看的那些操作视频都是我本人上号时的。"向淮之忽然又开口。

景欢的思绪被打断了："啊？"

向淮之解释："所以你不用担心仰慕错人。"

他这才想起自己勾搭心向往之时，用的第一个借口便是被他的战斗视频吸引了。景欢觉得自己的一只脚已经踏进了棺材。

不行！他绝不轻易认输！

好友消息已经被撑爆，每一条内容都是恭喜、恭喜、恭喜，景欢把这些消息全部关掉，终于找到了他要找的人。

［密聊］路迢迢："小景景恭喜啊，守得云开见月明了！"

［密聊］小甜景："嗯呢，但是喇叭上的事情是真的吗？"

［密聊］小甜景："那什么，我不是不信任哥哥，只是有点儿……"

惊讶。"

　　［密聊］路迢迢："哈哈哈——我明白，你放心，绝对是真事。那代打的住址和电话我们都有，不过那人跑路了，连家都不回，向向才一直没抓到人。"

　　［密聊］路迢迢："仙萌萌也知道这些事，只是那女人脑子缺根筋，估计是不甘心吧，才会一直缠着你们。"

　　［密聊］小甜景："我记得好像还有个叫冉心的？她也被骗了吗？"

　　［密聊］路迢迢："你连这个都知道？是啊，向向也联系过她，本来准备赔钱补偿她的，结果那姑娘很硬气，说算自己倒霉，当晚就删号走人了。"

　　好，非常好，景欢已经在棺材里躺平了。

　　他捏着鼠标，心想自己如果开视频以头抢地给心向往之老老实实地道个歉，能不能争取留具全尸？

　　景欢目光呆滞，正在脑补自己的一百零一种死法，就见游戏场景忽然一亮。

　　"心向往之"为您燃放了一束世间唯你烟花。

　　系统公告："心向往之"在凤凰祠为"小甜景"燃放了世间唯你烟花，两人亲密度增加九百九十九点。

　　一束烟花升天绽放，照亮了凤凰祠旁的侠缘树，也炸傻了侠缘树下的景欢。

　　世间唯你烟花只有当天结侠的玩家可以购买，不贵，也就九千九百九十九金！这个价格足够让这束烟花照亮整个主城并附带全区通报。

　　景欢告诉自己要冷静，九千九百九十九金，他还赔得起。

　　"哥……"

　　"心向往之"为您燃放了一束世间唯你烟花 ×9。

　　景欢蒙了，眼睁睁地看着他们的亲密度"噌噌"往上涨，心都在滴血。他好不容易才找回声音:"你别放了!"

再放老子就赔不起了!

"嗯,"向淮之说,"放完了。"

景欢声音虚弱地道:"哥,我、我有事想跟你说……"

"等会儿再说。"烟花声太吵,向淮之只模糊听到了最后一句。

不行,我等不及了!让我说!让我早死早超生!

景欢一狠心,打开变声器控制面板,刚想把这玩意儿关了。

凤凰:"心向往之"和"小甜景"为宾客们准备了流水席,期限为二十四小时。

[附近]莫问归期:"……"

[附近]本命芝芝桃桃:"[跪了]。"

[附近]春肖:"[大拇指]。"

流水席,一小时九百九十九金,共三十桌,只要有空位,全区任何人都能坐下吃。每人半分钟,有较小的增益 Buff。

景欢又蒙了。他缓缓打开手机短信,看了一眼自己的银行卡余额,眼底满是绝望。他再一抬头,才发现自己被心向往之牵到了轿夫跟前。

隐约猜到他要干什么,景欢心里一紧,张嘴道:"哥……"

红轿轿夫:贺"心向往之"与"小甜景"结侠之喜,"小甜景"上轿。

景欢被强制塞进了红轿。

红轿富丽堂皇,前面跟着的迎宾队伍也声势浩大,心向往之坐在白马上,黑袍上还系着一个红色的大腰带,这是《九侠》中最贵一档的红轿,每走两步就有银两或物品掉落,价格景欢不清楚,总之不便宜。

这是景欢玩《九侠》这么多年以来,见过的最贵的一场结侠仪式。

正当景欢抓耳挠腮之际,耳机里终于有了声音。

"我查了很多攻略帖,还问了一些人。"

景欢愣了愣,慢吞吞地挤出一句:"什么?"

向淮之说:"结侠好像就这几个流程,不知道你想要什么样的,就全做了。"

景欢无言以对。

"本来还想拼你上次送我的名字烟花,但是时间上来不及,下次我再补上。"

景欢噎住了。他现在脑子乱糟糟的,内疚羞愧等许多情绪纷纷涌至喉咙,憋得他说不出话。

"你……也不用办得这么大。"

景欢敢打包票,不过半小时,这场仪式就会被《九侠》全服务器的人知晓,没准儿还会有黑子说心向往之炫富。论坛里的人,披着件马甲什么话都敢说。

向淮之倒不在意这些,只是很纯粹地想给景欢一个完美的仪式。但他从没在游戏中结过侠缘,不知道怎么做才能让另一方开心,所以只能把最好的全部堆起来,再一起送给他。

向淮之看着身后的红轿,问他:"你喜欢吗?"

景欢羞愧难当,无地自容,心脏跳得厉害,他不知道该怎么办。

如果他跟心向往之摊牌,那这场盛大的仪式就变成了笑话,心向往之很可能会立刻拖他去解侠,然后删好友,再全服追杀他。

景欢不怕被追杀,是自己认错了人、做错了事,心向往之就是要杀他一百次也不为过,但是……

"怎么不说话?"向淮之问。

就算要摊牌,也不能是在红轿里,景欢硬着头皮说:"喜欢,谢谢你。"

红轿逛了一圈主城,回到原点。两人从红轿上下来,身边站满了人,都在发恭喜他们的话。

向淮之说:"还有件事。"

景欢一滞,说道:"不用了!我已经很满意了!真的!"

向淮之怔了怔,然后短促地笑了声:"不是关于仪式的。"

景欢:"那是什么?"他今晚已经不能承受更多了。

心向往之把他带到了家园里。

"结侠后只能住同一个家园。"向淮之问,"你想住大一点儿的,还是我跟你去住你的小房子?"

景欢脑子一片空白,顺着问:"你想住哪里?"

"你过来吧。"

景欢伸手捋了一把自己的头发,长吁一口气,道:"哥哥……不是,哥……唉,算了。我只是有点儿好奇……你为什么突然答应跟我结侠?"

景欢此时此刻就等着心向往之说一句"被你缠烦了",那他就可以立刻摊牌道歉并送上自己的项上人头。

可是心向往之沉默了很久,然后沉着声,平静地在他耳边陈述道:"因为想让你高兴。"

翌日,景欢醒来的时候,脑子里还是主城夜空中的烟花和那场红轿行。

他闭上眼,在被子里翻了个身。看来是前几天感冒的缘故,他连噩梦都做得这么逼真。

他刚要睡个回笼觉,枕头下的手机忽然响了一声,景欢磨磨蹭蹭地把手机拿出来。

高自翔:"欢欢,我跟你说件事,你别太激动……心向往之前几个月账号都不是本人在上,我们好像杀错人了。"

他不是做梦。

景欢把手机往旁边一丢,整张脸埋在枕头里,直到有了窒息感才慢吞吞地撑起身子来。

早晨的阳光透过玻璃窗打在他的额头上,温暖不烫人。

没关系。天没塌,地球还在转,偶尔做错事也没什么大不了的,他努力弥补就是了。

自我宽慰完后,景欢进浴室打开水龙头准备洗漱,手机又接到一条消息。

向:"我收拾好了,等你来了搬新家。"

景欢面如死灰,心想还是算了,世界再美好,跟他都没有关系。

昨晚心向往之说完之后,队伍频道足足安静了两分钟。

景欢一度觉得自己是被什么神奇物种控制了，才会让他说出那句"我还是想住在自己家"。

然后心向往之笑了一声，那声笑他记得很清楚，昨晚的心向往之……似乎很喜欢笑。然后对方顺从地对自己说："好，我收拾一下东西，明天搬过去。"

牙膏里的薄荷把他辣回了神，景欢把烫手的手机放到盥洗台的架子上，闷头吐牙膏沫。

去教室的途中，景欢一度想掉头回家。毕竟就他那两位室友的尿性，一会儿指不定要拽着他讨论多久心向往之的事。可惜这门课不能挂，那老教授还特别喜欢点名，景欢硬着头皮踩着上课时间进了教室。

没想到，今天身处地狱的不止他一人。

高自翔坐在这俩人中间，左看一眼，右看一眼，纳闷地道："你俩能不能行了？不知道的还以为老子今天出殡。"

前面的女同学听见，"扑哧"一声笑了出来。

景欢跷着二郎腿，懒懒地应："你要是想，也不是不行。"

高自翔："今天谁招惹你了？"

"感冒不舒服。"景欢扯上前几天的借口，仰了仰下巴指着陆文浩，"那位怎么了？"

"和他的游戏侠缘解侠了。"

景欢不意外地点头："就这？对方提出的？"

高自翔小幅度地摇头："不是，是他跟别人提的。"

景欢纳闷地问："他好好的，为什么突然提这个？"

高自翔抿了抿嘴，怕刺激到陆文浩，侧着身子小声道："他的游戏主页里一直放着他和他前侠缘的游戏合照，没删。昨天他的现任侠缘跟他发脾气，让他删掉，他死活不肯……最后那女生还没生气，他自己先炸了。"

景欢听完，脸蛋都皱到了一起，半晌才感慨道："他可真渣啊……"

陆文浩声音闷闷地道："你们不用故意调小音量，我都听得到。"

听见景欢这么说，陆文浩并没有生气，毕竟连他自己都觉得自己挺不是个男人的。

景欢身子前倾，单手撑着下巴看他，问："所以你到底怎么想的？"

陆文浩："我就是忘不了我前侠缘。"

景欢骂人的话都到嘴边了，又忽然觉得不对。

半晌，他表情复杂地道："等等，你的前侠缘……不是……"

不是个男人吗？！

景欢用难以理解的眼神看着陆文浩。

"是个男的没错。"陆文浩烦躁地搓了把脸，"但我就是忘不了，我们在游戏里一起玩了这么久……"

高自翔提醒他："也就几个月。"

"足足几个月！"陆文浩捶胸顿足地道，"你们不知道，这几天我每次和若若在一起，都会想起他……他为什么要让我发现他是个男的啊？这么大的人了，做事就不能仔细一点儿吗？！"

景欢本来还想骂他渣，听他这么一说，反而骂不出口了。

因为仔细说来，他也没比陆文浩好多少。他哑然片刻，道："发现早了还不好？等你越陷越深……"

"我宁愿他继续骗我！"陆文浩痛苦地捂脸，"等我不玩《九侠》这游戏了再让我知道这事多好啊，那大家一拍两散各自欢喜！"

景欢觉得心里被轻轻地扎了一下，心想你这是什么逻辑。

但最可怕的是，他竟然觉得有道理。

一直到快下课，陆文浩都没能振作起来。他拿着手机，把之前拉黑的微信号拖了出来，手贱地发了一个标点符号过去，然后收到了对方把他拉黑的提示。

陆文浩说："我觉得我这辈子都不可能好好找侠缘了。"

景欢本来就沉浸在陆文浩方才的疯言疯语里，听到这话后激灵了一下，说："不，你可以。"

景欢还真不担心陆文浩，陆文浩这人神经大条，经常想一出是一出，可能今天在思念前侠缘，明天就跪着键盘给现任侠缘道歉去了。

但心向往之呢？景欢甩甩脑袋，不敢再想。

下课后，景欢回到家，难得没有开游戏。他盘腿坐在电脑椅上，没精打采地看着屏幕里的搞笑动漫，手里捏着手机转来转去。

微信提示音响起来，景欢用手捂着屏幕，开奖似的去看发信人。

小路小路绝不迷路："小景你干吗呢？下午你不是没课吗，怎么还不上号？你和向向都不在，我都快无聊死了。快上号领我送你的结侠礼物。"

景欢习惯性地敲出"哥哥"二字，又立刻删除。

小景呀："他不在？"

小路小路绝不迷路："向向吗？他被导师叫去安排校运会的事了。"

小景呀："我现在上。"

两分钟后，小狐仙出现在古香古色的木亭子中。他昨天是在心向往之的家园里下的线，上线时自然还留在原地。

小甜景三个字上方还挂着"心向往之的侠缘"。

景欢光看一眼就觉得心虚，赶紧抬手把称谓给隐藏掉了。

好友消息不断闪动，景欢一一点开查阅，都是系统发来的礼物提示，不少好友在游戏里给他寄了礼物，寄语都是系统默认的"结侠快乐"。

他飞去主城礼物使者那里，一口气领了八份礼物。大多是染色道具和机缘石，只有路迢迢送的东西最贵——他送了颗十四级的宝石。

[密聊] 小甜景："你送的这东西太贵了，快来礼物使者这里，我还给你。"

[密聊] 路迢迢："不贵啊，本来我是想送你们一人一份的，但向向要我都送给你，所以这是两人份的礼物。"

[密聊] 路迢迢："我以前坑过他很多个结侠礼物，这还是第一次回他礼，你放心，就这一个还不够他回本的 [得意]。"

心向往之居然真的没跟别人结侠过。

景欢沉默，又突然想到一件事，敲字。

[密聊] 小甜景："对了，之前你说哥哥不喜欢在游戏里交朋友，到底是什么原因啊，能跟我说说吗？"

路杭咬着冰棍，凉意伴随着从窗缝吹进来的凉风，爽得很。以前他没告诉小甜景是因为还不算熟，现在两个人都结侠了，那就无所谓了。

[密聊] 路迢迢："也没什么大事，以前向向有个帮派，他和帮里的副帮主关系很铁，是认识一年多快两年的好兄弟，算得上是同袍。谁知道那家伙不是人……用向向的名义骗了帮里元老们大几万块钱。"

[密聊]路迢迢:"后来向向自己把钱赔了,估计还是不忍心吧,就没报警。从那以后,他就埋头玩游戏,不搞什么游戏社交了。"

[密聊]路迢迢:"但你也知道,他的名气这么大,每天多的是人找他,也就前段时间被挂之后清静了点儿,我寻思也就是因为这事,他才不想澄清的吧,是不是挺傻的?"

是傻。

不过这也说明几年前那件事确实给心向往之带来了不小的影响。

景欢将手放在键盘上,还没来得及敲字,又多了一条回复。

[密聊]路迢迢:"也就是遇到你之后,他才好一点儿了,所以他会跟你结侠,我一点儿都不意外。"

景欢实在不知道要回什么,只能呆滞地看着这行字。他怎么觉得……这件事比他想象的还要严重?他本来已经打算好了,好好认错,好好道歉,大不了现实里让对方揍一顿,但就现在来看,他好像再怎么道歉,都没法让心向往之原谅自己。

原不原谅倒无所谓,就怕心向往之又跟几年前一样自闭了……

不,景欢面无表情地想,几年前那是同袍,这次好像更严重一点儿。

他仿佛穿越回了昨晚,脑子里再次一团乱麻,正一筹莫展时,一行突兀的黄色大字出现在提示栏中——

您的侠缘"心向往之"上线了。

景欢火速点下游戏右上角的红 X,刚要退出游戏,好友消息却先一步弹了出来——

[侠缘]心向往之:"在哪儿?"

景欢的鼠标在"离开游戏"上晃悠了十来秒钟,因为磨蹭太久,心向往之已经从好友信息里找到了他的位置,并飞到了他身边。

您的侠缘"心向往之"邀请您加入队伍。同意,拒绝。

景欢一咬牙,一狠心,用力点下了同意,小狐仙跟往日一样,轻快地跳到了黑袍男子的身后,没人知道小狐仙内心挣扎了多久。

也不知道是心虚还是怎么的，刚进入队伍，景欢的心脏就怦怦跳个不停。他斟酌了一会儿，然后小心翼翼地开口："那个……"

向淮之打断他的话道："把称谓挂上。"

景欢叹了口气，几秒钟后，"噔"的一下，小狐仙头顶上再次多出"心向往之的侠缘"这个称谓。

［附近］路迢迢："哎？不让我进队是什么意思？"

［附近］心向往之："搬新家，你也要跟来？"

［附近］路迢迢："……"

［附近］小甜景："……"

心向往之不是这样的，心向往之以前不是这样的！

景欢盯着"搬新家"这三个字，觉得此刻自己脸上左边写着渣男，右边刻着人渣。

不论是人渣还是渣男，木已成舟，景欢现在唯一庆幸的是没要求心向往之跟自己结永久侠缘，不然他就是有十条命都没法赔。

景欢再次被带回上线时所在的场景，之前走得急没仔细看，现在进了屋子才发现，里面的家具都已经没了。

其实让心向往之跟他一块儿住进那个小破屋实在没有道理，众所周知，《九侠》不会放过任何能坑玩家的钱的机会，就连家园系统也有相应的属性。

譬如心向往之这所大豪宅，风水是紫气东来，在家中休息打坐获得的经验比其他风水房屋要高30%，据说曾经还有玩家在家里触发奇遇，挖到了一颗珍稀魂兽蛋。总之好处数都数不过来，偶尔还会有惊喜。

而他那小破民宅，风水也是四个大字——风凶火异，光听这几个字就知道不吉利。

不过在家打坐休息时获得的经验本身就少，那30%的加成并不诱人，景欢也不喜欢《九侠》的家园系统，所以买号之后也一直懒得换。这小破屋对他唯一的用处就是仓库能供他放一些杂物。

心向往之是去过他家的，却还是答应跟他一块儿搬过去。

他刚想说"要不我们不搬了吧"，就见黑袍男子突然一弯腰，背起了一个大布袋，是《九侠》里的搬家动作。

向淮之点开与车夫的对话框，问景欢："家里门牌号是多少？"

景欢："1219。"

场景切换，两个人来到了那间小破屋，木柴房，破栅栏，门前杂草丛生，还掺着朵白色小野花，在风中孤零零地飘摇。

没有对比就没有伤害，明明这小破房不是第一次见人，此刻景欢却觉得特别难为情。

他轻咳一声道："其实房子的风水和大小没那么重要，能住就好啦……"

很不幸！您刚打开家门便遭遇埋伏已久的山贼头头！家里损失存银七两、踏春图一幅、木凳子一条。

景欢目瞪口呆地想：堂堂山贼头头，连木凳子都偷？你们山寨难道没有凳子吗？全天下山贼都会为你们的所作所为感到羞耻！

景欢迅速关掉系统提示，说："这种事我第一次见，以前都没有的……真的。"

"嗯，"向淮之忍笑道，"没事，习惯了。"

回到小破房子里，向淮之打开自己的行李，把家具一件件摆出来。这小民宅容量小，装不下那么多东西，所以他只带了几样家具，其余的全塞到了仓库里。

景欢看着自己的木板床和破布帘全部被心向往之拆除，紧跟着换上的是红木方桌、红杏春意帘、紫檀贵妃卧……最后是一张拉着大红帐子、描金的床榻。

景欢想了大半天，都不记得心向往之家里有这么一张榻，在他的印象中，应该是张紫檀雕花的小榻来着。

向淮之："这是我刚买的。"

景欢火速捧场："哇，真好看。"

向淮之接着说："是结侠后的礼物。"

景欢心道：我刚刚在"哇"什么呢？

向淮之说："昨天结侠的时候有人密我，问我要不要，说这张榻是结侠专用的。"

景欢心想：这位卖家您有事吗？

他这么一说，景欢也想起来了，他还真听说过这张床。这张床叫龙飞凤舞榻，他第一次听见这名字时，觉得花里胡哨的。据说这张榻不光能增长侠缘之间的亲密度，女性玩家角色还有"怀子Buff"。

在《九侠》中想有这个Buff，需要去求子观音那里拜一拜，只是概率不高，有的玩家拜一整年都没动静。有了这张榻，获得Buff的概率就会翻倍上升。

景欢问："这床多少钱？"

向淮之报了个数字，景欢听完后震惊了。这床是金子做的？竟然比他这小破房子要贵一百倍！

向淮之问："要不要试试？"

"要！"钱都花了，不用的人是傻子！

您的侠缘"心向往之"邀请您入榻。

景欢点下同意，然后拉动椅子，往电脑前靠了靠。他倒要看看，是怎样一个惊天地泣鬼神的龙飞凤舞榻，竟然值这么多钱！

界面倏然一变，景欢的整个游戏屏幕变成了类似皮影戏用的台子，四周是红色剪纸，还有一个大大的"缘"字。

与皮影戏不同的是，他俩的游戏人物并没正面显示在上面。他只看到了两个剪影，从轮廓中能隐约认出，一个是小甜景，另一个是心向往之。只见两个人在白布后面深情对望了几秒，心向往之缓缓地把小狐仙拥进了怀里。

景欢皱着脸，表情复杂。

"有些粗糙。"向淮之把这段动画看完，给了评价。

景欢半天才找回声音："嗯……你买之前没查过特效吗？"

虽然这玩意儿稀少，但在百度上一搜，肯定有效果图或者视频的。很多玩意儿玩家们买之前通常会先查一下，免得浪费钱。

向淮之安静了一会儿才道："没，觉得你会喜欢。"

景欢抬手摸了摸自己的脸，已经羞愧到想找地缝了。

要不是声音没变，他都要怀疑心向往之的号又不是本人在上了。

平时对方对人冷冷淡淡爱答不理的，怎么结侠后就仿佛变了个人？！

也不是变了个人，只是好像对他太好了，可他仔细想了想，以前心向往之对自己好像也不差。景欢脑袋一片混乱，原本想要坦白的心思一下又缩回了壳里。

没得到回答，向淮之问："你不喜欢？"

景欢忙道："喜欢！就是太贵了。"

"不贵。"向淮之把家具全部放置好，忽然道，"我之前没有结过侠缘。"

景欢愣了愣，道："我知道。"

"不知道你会喜欢什么，"向淮之语气自然，"但是别人有的，我都会给你。"

景欢深吸了一口气。

不是，向神你有这本事，想追谁追不到啊！为什么非跟我一个萝莉音嗲嗲女结侠啊？！我配吗？！

景欢已经彻底忘了刚刚打好的摊牌腹稿，现在满脑子都是陆文浩的话。他甚至有一个大胆的念头——要不继续演着？像陆文浩说的，等到心向往之不玩《九侠》这游戏了，再一拍两散各自欢喜……

不，景欢面无表情地想，我不配欢喜，能让心向往之欢喜就好了。

而且这样做，他不仅有充足的时间去还心向往之花在自己身上的钱，还不会摧毁心向往之脆弱幼小的心灵。

简直完美。

搬完新家后，五个人去下本，最近无极帮派的主力似乎累了，战斗力衰弱不少，杀手团也撤了大半，闲人阁强一些的队伍已经可以随意刷经验，不用再担心被好几个队伍轮了。

亲吻鱼鱼这两天忙着考试，一上号就发现队友变成了"嫂子"，斥资万金的结侠典礼她也没能参加，此刻队伍频道里都是她的辱骂和哀号声。

路杭聊着聊着，发现不对，闭上麦后问身后的人："哎，你有没有发现小景景今天好像不大爱说话啊。"

向淮之头也没回，道："结侠了，矜持一点儿，有问题？"

路杭心道：铁树开花就是要比别人猛烈一点儿，随随便便说句话都能秀起来。

"我哪里敢有什么问题……"路杭嘀咕一句，又问，"对了，校运会几号啊？"

"下周一。"

路杭立刻激动地握拳："Yes！又有三天假！不然到时我们去市里玩玩？"

"不去，"向淮之言简意赅地道，"我报了项目。"

"你怎么突然想不开……"

"不只是我。"向淮之回过头，通知他，"你下周一下午有篮球比赛，周二上午要参加男子跳高。"

路杭愣住了说："我平时连个矮墩都跳不过去，你让我去比跳高？"

向淮之说："班级轮流，你前两年没参加，今年就必须上去凑数。"

路杭仔细一想，辅导员好像还真说过这事。

大学不比高中，大家的班级荣誉感很低，至少他们班是这样的，平时上课都不一定能见上面的人就甭谈什么同学情了，而且他们学校的校运会是玩票性质的，他们班也就是去露个脸，所以辅导员才想了这么个办法。

路杭挣扎道："我换个项目行不行？你前两年也没参加，今年也该上了吧，我俩换换？"

"可以，"向淮之说，"我跑男子一千五百米。"

"我觉得跳高挺好的，有着不屈不挠和勇攀高峰的精神，适合我。"路杭绝望地微笑着道。

周四，向淮之下课后顺路去了趟辅导员办公室，打算登记项目时顺便问问月底考试的事，结果刚好遇见从办公室出来的景欢。

景欢脸上带着笑，眼底发光，看起来还挺高兴的。

景欢一抬头就对上了向淮之的目光，笑容更大，问："哥，你怎么在这里？"

"报名运动会。"向淮之问，"你呢？"

"巧了，我也是。"景欢把手机丢兜里，说，"我本来想参加一百米比赛的，结果比赛期间我妈他们正好要来学校看我，就只能改项目了，改成了男子一千五百米。"

景欢虽然天天在球场上跑，但那跟跑男子一千五百米的感觉完全不一样，还得跟人比速度。

"你家人要来？"向淮之不动声色地问，"为什么？"

景欢愣了一下，这……还需要原因？父母来学校看望孩子，不是很正常的事吗？景欢眨了眨眼，说："不知道，可能是他们心血来潮？"

向淮之稍稍拧眉，眼神不悦。

他还记得，景欢说自己的父母早早离异，已经各自有了家庭和孩子，和景欢的关系并不好，这会儿怎么突然要来学校看他了？而且……景欢为什么会答应见他们？

向淮之皱眉想了一会儿，很快得出了初步结论。

跟向淮之道别后，景欢难得回了一趟寝室。他进屋时发现隔壁宿舍的人也在，几个大老爷们儿正围在桌前玩牌。

景欢坐到高自翔身旁，看了眼他的牌，嘲笑道："你这还打什么玩意儿，明牌摊桌上认输得了……"

他话还没说完，就听见手机轻轻响了一声，景欢毫不在意地拿起来一瞧。

向给你转账五千元。

只听"哐啷"一声，手机坠地，景欢双手保持着拿手机的姿势，一脸崩溃。

高自翔被这动静吓了一跳，问："干吗？"

景欢哭丧着脸道："老子也想知道……"

干吗啊！我干了什么啊？这哥们儿为什么又给我打钱啊？

向淮之从办公室出来时，才看到退款提示。

小景呀："退还了五千元。"

小景呀："转错了吗？"

向淮之猜到了他不会收，不过还是想转过去试试。他猜测，景欢可能是缺钱花了才会向他的父母服软。这很正常，景欢现在还是个学生，可能前段时间因为被杀，冲动地买了装备，所以花超了钱。

不过既然他不想收，那就算了。

向："嗯。"

小景呀："吓我一跳！"

向淮之回到宿舍，路杭正在和爱是分你吃激情连连看。

"又差几块！"屏幕骤然灰掉，路杭连输几把，气得一砸鼠标，"这吃吃是不是开挂，我要举报她！"

不管你开没开挂，反正我打不过就点举报，菜得很真实。

向淮之轻嗤一声，坐到电脑前。

这声笑被路杭精准地捕捉到，他大喊："你居然嘲笑你的室友？"

向淮之无情地道："我没有室友。"

路杭点头道："是，你现在只有侠缘。"

还没等他点举报，吃吃就先一步退了游戏，吃饭去了。

他直接把连连看客户端关掉，习惯性地拿起手机逛社交软件，嘀咕道："这傻瓜游戏真没意思，一点儿挑战性都没有。"

向淮之"嗯"了声："你怎么连傻瓜游戏都赢不过别人？"

"术业有专攻懂不？我连连看不行，但对对碰牛啊！"路杭随手打开论坛，看到首页飘着的标题后，震惊地道，"《九侠》论坛怎么全是你和小景景的帖子？"

向淮之刚准备去做日常任务，闻言顿了顿，说："什么帖子？"

"还能是什么帖子，说你们的结侠典礼呢。"说到这里，路杭也忍不住想采访他，"不过你到底是怎么想的？第一次结侠就搞这么大阵仗，这不是给我们这些男玩家增加游戏难度吗？"

上一次结侠典礼办得这么轰动的还是最爱麦麦，一场结侠典礼花了八万多金，不过最爱麦麦在结侠前三天就在论坛发了预告，还特地开了直播，结侠当天更是狂刷几百条喇叭，生怕哪个《九侠》玩家不知道。

不像向淮之，向淮之不声不响地就结侠了，并且一砸就是六位数。

虽然他们结侠典礼当天不比最爱麦麦的结侠典礼热闹，但是后劲比最爱麦麦的强得多，现下这场结侠典礼已经成了所有《九侠》玩家的话题，当然，关键还是向淮之在当天澄清了几个月前发生的闹剧。

向淮之却没觉得有多夸张，结侠是大事，花钱是应该的。

他把角色拖到家里挂机，边听路杭碎碎念边打开论坛，果然跟路杭说的一样，首页全是关于他们的帖子。

"让我来算算这场结侠典礼心向往之一共花了多少钱！"

"心向往之的号前几个月都是代打在上，之前那些骂他的人脸疼不疼？"

"所以这几个月仙萌萌又是在发什么疯……"

"代发：心向往之和代打的聊天记录。"

最后一个帖子是路杭发的。

向淮之随手点进一个留言数最高的帖子。

2L："哈哈哈，楼主别 cue 仙萌萌了，据可靠消息，昨天心向往之的结侠典礼刚开始，她就立刻退本下线了，哈哈哈！"

5L："既然她没反驳，就说明心向往之说的是真的，私底下确实跟她协商了并愿意赔偿，结果仙萌萌还在装可怜并追杀小甜景？"

10L："别说，说就是小甜景实惨。"

32L："怎么楼上都在帮小甜景洗白？我听过她的声音，嗲得要死，叫心向往之都是叫哥哥的……吐了。而且她的号到底换没换人也存疑好吗？没准儿换汤不换药，还是著名女骗子你别皱眉。"

33L："楼上 +1，可能几个月后心向往之的号就被洗了哈哈哈！"

88L："小甜景很'绿茶'的，追心向往之的同时还跟我们区一个叫秋枫的术士搞暧昧，两人还一块儿放烟花呢。直接上图 [图片]。"

时隔多日，向淮之再次看到了秋枫做的爱心图，停顿几秒后继续往下翻。

从这层楼开始，风向就变了，大家开始细数小甜景和秋枫的暧昧细节，从烟花到竞技场手牵手掉分，聊了一百多层楼，反倒是心向往之这个 ID 的出现频率变低了。

向淮之看了几页后，终于没了耐心，直接跳到了最后一页。

288L："这么说来，秋枫和小甜景更像一对啊。"

289L："秋枫估计就输在没心向往之有钱吧，小甜景野心也挺大的，一来就搞全游戏中最难搞的人，关键是还真让她给搞到了。"

290L："说不准，心向往之一看就是个现充玩家，十几万在他眼里估计都不算钱。我看了一下,小甜景的游戏主页全是和心向往之的合照,就连签名都和心向往之有关。反观心向往之,啥也没弄,一看就没上心。赌一百块,他们没几天就得解侠!"

看到这里,向淮之彻底失去了兴趣,直接把论坛关了。

景欢刚打开电脑,微信就弹出一条消息提示。

爱是分你吃:"论坛好多人在讨论你和向神的结侠典礼啊。"

景欢看不来这些,越看就越觉得心虚。他发了个微笑的表情敷衍过去,慢吞吞地上了游戏。

他原本想着随便找个借口不上号了,可一到家,还是习惯性地开了电脑,甚至刚进入游戏,就下意识地点开了和心向往之的对话框。

这是个坏毛病,得改。

好在他还没来得及发什么话过去,就收到了路迢迢的消息,叫他去主城传送人那儿集合。

他到时,心向往之已经在队伍里了。进了队伍后,他发了个表情算是打招呼,就再没吭声。

这时,右下角忽然弹出一个系统提示。

> 您的好友"爱是分你吃"在"心向往之"的个人空间里@了您!点击查看……

景欢眼皮一跳,火速点开这条推送,直接进入了心向往之的游戏主页。

原本空荡荡的界面突然多了好几张照片,发布时间是一小时前,图片都是他们俩的游戏合照,还有结侠当日的侠缘对拜,唯一一张单人照,是心向往之蹲在一间小破民宅门外,握着黑色发光的大刀在……除草。

景欢蒙了,您拿神器去除草?耐久度不是钱啊!

"小景景,你把那颗宝石上到哪个装备上了?"路杭在队伍语音里问。

[队伍]小甜景:"戒指。"

路杭:"哦,向向给你的结侠信物?"

[队伍]小甜景:"……"

路杭看着这串省略号,边笑边说:"我怎么觉得小景景最近都没什么精神啊,这两天连卖萌表情都很少发了,以前一句话里都要带两三个表情来着。"

　　向淮之敷衍地"嗯"了一声,盯着刚加入队伍的人,默默看了眼时间。

　　小甜景已经上线十分钟了,十分钟了,都还没给他发消息。

　　[侠缘]心向往之:"吃饭没?"

　　[侠缘]小甜景:"吃了,你呢?"

　　[侠缘]心向往之:"刚吃完。"

　　[侠缘]小甜景:"嗯嗯。"

　　[侠缘]心向往之:"怎么不叫我那个了?"

　　[侠缘]小甜景:"啊?哪个?"

　　[侠缘]心向往之:"哥哥。"

　　[侠缘]小甜景:"……"

　　景欢的确在刻意改口。这很难,天知道他在对话框里删了多少次"哥哥"二字,但他已经想好了,不能干等着心向往之对他的热情消退,他也得付诸行动才行。

　　比如说……改变小甜景的人设。

　　心向往之不就是喜欢自己卖嗲装萝莉音甜甜地叫他的模样吗?那他以后就不这样了!

　　拒绝卖萌!拒绝撒娇!拒绝亲亲抱抱!

　　[侠缘]小甜景:"你好像不喜欢我叫这个,所以就不叫了。"

　　[侠缘]心向往之:"继续叫。"

　　[侠缘]小甜景:"……"

　　[侠缘]心向往之:"嗯?"

　　[侠缘]小甜景:"哥哥。"

　　[侠缘]心向往之:"嗯,乖。"

Chapter *20*

第二十章

死期

翌日，景欢下午没课，特地换了运动服去操场跑步。他虽然不妄想获奖，但起码别落后太多，难看。

陆文浩和高自翔也出来了，说是来陪他，实际上就景欢一个人跑，这俩人坐在看台上帮他看管手机和计算时间。

才跑了两圈景欢就有些喘，不过还在承受范围内。他稍稍加快速度，想看看自己能跑多少秒，小腿却忽然轻轻抽了一下——是抽筋的征兆。

他吓了一跳，立刻想刹车，可因为小腿发麻没刹稳，一个趔趄往前，眼见就要摔倒。

一只结实有力的手臂及时出现，硬生生地把他拽了回来。

"没热身？"

景欢惊魂未定地回头，对上向淮之的眼睛，半晌才道："我忘了……你怎么在这里？"

向淮之其实已经跟在他身后跑了大半圈了。

"练习。"向淮之看了眼他的小腿，"站得住吗？"

景欢这才想起向淮之还拽着自己，他这身运动装不厚，能感觉到对方的温度，手臂隐约带些力道。

"可以，"景欢忙说，"我没抽筋，只是刚刚没站稳。"

向淮之这才把人松开，说："先别跑了。"

景欢点头道："好……那哥你继续，我不耽误你。"

"一起。"向淮之说，"我也跑完了。"

看台上，两个寝室的人已经碰了头，路杭和高自翔他们坐在一块儿，三个人聊得正开心。

见另外两人并肩回来，路杭笑了，说："正好，我们商量着一块儿去吃烤全羊呢。"

景欢不喜欢吃那玩意儿，膻味重。他犹豫了下，转头问："你去吗？"

向淮之垂着眼道："嗯，一起？"

十分钟后，几个人围坐在烤全羊店内。

陆文浩他们叫了几瓶酒，几个大男人全部满上了。

"等会儿，"路杭说，"景欢别喝了吧，你上次几杯就倒了。"

景欢："啤的我不会醉，没事。羊肉味道太重，没酒我吃不下。"

向淮之问："吃不来羊肉？"

景欢摇头："也不是，就是里面那味儿我受不了。"

路杭这才发现情况怪怪的，按理说，饭桌旁有两张长椅，怎么看也该是自己和向淮之坐一张，景欢他们寝室的人坐一张，怎么他坐到陆文浩和高自翔这边来了？

烤全羊上桌，打断了他的疑惑。

景欢吃一口皱一次眉，看起来是真不喜欢吃。

没多久他的酒杯就空了，他想再倒一杯，才发现地上只剩下一堆空瓶子了。

"还想喝？"高自翔发现他的动作，问，"不然再给你叫一瓶？"

景欢放下筷子，说："算了，不吃了。"

他刚说完，一个酒杯被推到他手边。

"我这里还有。"向淮之语气如常。

杯里的酒喝了两口，还剩许多。

见景欢没动，向淮之说："可以倒进你的杯子。"

路杭看得目瞪口呆。他和向淮之认识这么久，从来没见他和谁喝过同一瓶水，打完球再渴他也不会碰别人的水杯。他原本还以为向淮之有洁癖呢。

景欢一愣，然后笑了声："如果你不嫌弃，我直接喝吧。"嘴里残留的味道确实让他觉得不舒服。

向淮之道："不嫌弃。"

景欢一口把杯子里的酒喝光了。

酒足饭饱，大家开始天南地北地聊。

"还让我去跳高……"路杭苦笑道，"我刚刚试了一下，差点儿没把我的腰折了。"

陆文浩乐了，说："你还好，我从初中到现在年年都被分去丢铅球……谁规定的胖子就非得去丢铅球？"

高自翔说:"你们算幸运的,老子今年去当裁判,这天气不得把我冻死。"

景欢跷着二郎腿听他们聊天,嘴边总带着笑,不说话也能让人觉得他身处其中。

听了一阵,景欢有点儿渴,又不想再碰酒,于是打算去买瓶水,结果刚起身就被隔壁桌的女生拦住了去路,女生大冬天的还穿着短裙和长袜,自信地秀着大长腿。

"小哥哥。"女生笑着问,"能要你的联系方式吗?"

景欢怔了怔,然后扯出笑道:"不了。"

景欢买了水回来,高自翔撑着下巴说:"不愧是你,打球有妹妹找,吃顿饭也有妹妹找。"

景欢似笑非笑地道:"瞎说什么。"

路杭:"正常,我要是妹子,我也找你。"

"我如果有欢欢这张脸,还搞啥网恋啊!"陆文浩羡慕地说,目光游移到景欢身旁的人脸上,脱口道,"给我向学长的脸,全天下都是我的鱼塘。"

景欢听笑了:"做梦吧你就。"

高自翔说:"向学长平时也有不少女生找吧。"

向淮之垂着眼还没说话,路杭先代他答了:"以前是有,后来他把一个女生弄哭了,就没人敢找他了。"

景欢惊讶地道:"哭了?"

向淮之解释:"只是拒绝了。"

路杭点头:"还真是,他也没说什么,顶多就是脸冷了一点儿,谁知道那女生脸皮比较薄,回去就哭了。从那之后就没几个人敢跟他告白了。"

今天春肖在帮派群里说了,无极已经是半放弃的状态,取消中午和晚上的队伍值班。所以他们也不急着回去,几人聊到九点,才起身回寝室。

最近正儿八经地入冬了,从饭店出来,里外温差明显,大家都忍不住裹紧了大衣。

回去的路上,景欢将两只手揣在兜里,转头问身边的人:"哥,你下次什么时候练男子一千五百米啊？"

向淮之说："不知道。"

景欢"哦"了声："下次能叫上我吗？我们两个一起跑。"

向淮之问："为什么？"

"啊？"景欢眨了下眼睛，"就想跟你一块儿跑，多个人，不会太无聊。"

"知道了。"向淮之说。

景欢回到家，觉得身上凉意重，难得地给浴缸添了水泡热水澡。洗完澡，他拿浴巾有一下没一下地擦着头发，盘腿坐在沙发上逛论坛。

吃吃之前给他分享的帖子，他因为心虚一直没打开，现在空下来了，就忍不住想看看。

没想到帖子里一整页都是自己的游戏ID。讲道理……几年前他叱咤老区的时候，都没现在这阵仗。

他看了几个帖子，最后还是点进了带着仙萌萌ID的热帖。这帖子前三百楼要么在嘲仙萌萌戏精不讲道理，要么就嘲小甜景无脑倒贴不要脸。

景欢已经习惯了，虽然还是恼火，但也不至于上去跟人掰扯。

他看得糟心，也没仔细阅读，"唰唰唰"地往后翻，正打算关帖走人，突然就被某层楼给吸引了目光。

342L："最新消息，心向往之把和小甜景的游戏截图贴上个人主页了！而且留言板只对小甜景一个人开放！"

345L："心向往之不会看帖子了吧？不然怎么前面刚说，回头他就把照片贴上去了？"

355L："是不是小甜景死缠烂打让他挂的？"

景欢皱眉，前面说什么了？他怎么没看见？他往前面翻了一下，半天才找到这群人说的楼层。

看完之后，景欢自己也疑惑了。他当然没有缠着心向往之放他们的合照，他现在巴不得心向往之立刻跟他解除关系。所以……心向往之为什么突然就把他们的游戏合照放上去了？难不成他真看过这帖子，为了不让自己被论坛的人嘲笑，才这么做的？

景欢不敢细想，一边默念"我有罪"一边把帖子关了，页面刚消失，屏幕上就弹出一条微信消息来。

向淮之:"明天下午有课吗？"

小景呀:"没呢，怎么啦？"

发出去几秒后，他才发现发信息来的人是向淮之，不是心向往之。

他看着自己的"呢"和"啦"，心想现在撤回还来不来得及？

向淮之:"跑步。"

小景呀:"好，大概几点啊哥？"

向淮之:"三点，方不方便？"

小景呀:"方便！"

定好时间，景欢把浴巾挂到阳台上，门窗锁紧，回到电脑前登录游戏，上号后第一件事就是点进心向往之的个人主页，在他的最新一张照片下面，已经有两千多个赞了。

景欢扫了两眼，便点开了留言板，跟帖子里说的一样，留言板上方是一行明晃晃的红字——心向往之的评论区只对侠缘小甜景开放。

景欢都不知道《九侠》还有这么无聊的设置，心向往之又是怎么知道的？

他犹豫了下，最终还是在留言板里留了一个猫咪脚印，想让这儿不要显得太冷清。

[密聊]爱是分你吃:"景景！来吃仙萌萌的'瓜'！"

[密聊]小甜景:"什么瓜？"

[密聊]爱是分你吃:"你之前不是被相思不顾追杀过吗？原来当时有个小号三天两头密她，一直给春肖泼脏水发洗脑言论，所以她才会觉得你勾搭春肖。结果你猜那小号是谁的？"

[密聊]小甜景:"仙萌萌？"

[密聊]爱是分你吃:"这你都能猜中！"

傻子才猜不中吧！

[密聊]爱是分你吃:"仙萌萌想取代春肖当副帮主，而且她还挺讨厌你别皱眉的，所以才搞了这么一出。结果今天她让人帮她上号做日常任务，发错了账号密码，就露馅了。"

景欢对这事不感兴趣，刚要应付两句，突然发现了一处"华点"。

[密聊]小甜景:"只是一个小号说的话而已……相思不顾就

信了？"

［密聊］爱是分你吃："信倒不至于，只是总会起疑心的。这年头哪还有毫无猜忌的感情？更何况是摸不到看不着的网络关系……那段时间相思不顾和春肖确实吵了很久，好在她们认识的时间长，没闹掰，要换作感情脆弱一点的人，还真不好说。"

景欢哪知道这些，不过爱是分你吃说的话，却给了他一些别的提示。一个模模糊糊的计划在他的脑袋中萌芽成形，所有过程不到半分钟。

［密聊］爱是分你吃："当然我也不是说网友不好的意思……"

景欢回神，眼底微微发着亮光，敲字回复。

［密聊］小甜景："嗯嗯我懂，主要还是看人啦！谁敢开小号来跟我说哥哥的坏话，我第一个不答应！我一定冲到新手村把他杀了！"

"向向，来帮我杀个任务 Boss，"路杭跷着腿，对身后的人说，"得三个人才能切进战斗，反正小甜景还没上线呢，你先来帮我把这玩意儿过了。"

向淮之问："哪里？"

"主城传送人等我，马上来，"手机响了一声，路杭挂着自动寻路解锁手机，看完消息便笑了，"你和景欢又上我们学校论坛了。"

向淮之毫不在意地道："到了，你快点儿。"

路杭实在好奇，把人组上后忍不住问："你可是被偷拍了哎，不生气啊？"

向淮之懒懒地道："无所谓。"

进入战斗页面，向淮之正要操作，就见一行黄字跳了出来。

"你欢哥哥"对您发起了"私聊"申请。同意，拒绝。

因为之前在世界收东西，他拒绝陌生人消息的设置没来得及关。向淮之看到这行提示后，打开系统设置，准备把消息屏蔽掉，却手滑按到了同意上。

［私聊］你欢哥哥："向神！我要举报！小甜景就是一个爱慕虚荣、

心怀不轨、三心二意的坏女人!"

向淮之手指一顿,打开这个人的个人资料看了一眼。

你欢哥哥,0级狐仙洞,一看就知道是个小号,连杀的价值都没有。

他正打算把人拉黑,就瞥到了对方的个性签名。每个玩家创号之前,《九侠》都会强制要求玩家填满个人资料,其中就包括个性签名。你欢哥哥的个性签名是"Kobe824"。

一个猜测飘上心头,向淮之皱起眉,脸上难得出现了茫然与不解之色。

[私聊]你欢哥哥:"向神你怎么不回我?!"

[私聊]心向往之:"为什么这么说?"

[私聊]你欢哥哥:"你觉得一见面就缠着你不放,还故意对你装嗲卖萌的会是好女人吗?!"

[私聊]你欢哥哥:"而且你们在一起这么久,你送了她这么多东西,她又给过你什么?没有!你只有付出,没有收获!"

景欢坐在电脑前激情敲字,把一桶桶脏水往自己头上泼。

[私聊]你欢哥哥:"她在网上声音这么嗲,现实指不定长什么样呢!没准儿是个超级无敌大丑女!你看她的游戏主页连一张自拍都没有,肯定是丑得不敢见人!"

[私聊]你欢哥哥:"她如果是真心喜欢你,又怎么会跟秋枫去放烟花、打竞技场?她分明就是想吊着你们,泡不到你就拿秋枫当下家!"

[私聊]你欢哥哥:"你品,你仔细品品!"

向淮之看笑了,这又是演的哪一出?

这人一看就是初犯,漏洞百出,每句话里都透露着自己的身份,生怕自己信了似的。

景欢发的大多是从论坛抄来的"黑"人语录,他昨晚连夜记录,共抄了三十八句金句,现在只用上了其中五句。目光在笔记本上流连,他正考虑着下一句该说什么,就收到了对方的回复。

[私聊]心向往之:"品完了。"

[私聊]你欢哥哥:"怎么样?"

[私聊]心向往之:"我觉得你说得挺有道理的。"

[私聊]心向往之:"那你觉得她是图我的名声,还是图我的钱?"

景欢捧着笔记本，在电脑前愣住了。

不是……老子这才发了几条消息啊。你也太容易被说动了吧？！

景欢看着面前的"黑"人金句，一下不知道该从何下手了。

这人怎么这样啊？他们不是刚结侠吗？你能不能对你的侠缘多一点儿信任？

［私聊］心向往之："说话。"

［私聊］你欢哥哥："你觉得呢？"

［私聊］心向往之："我觉得，各掺一半吧。"

我才没有！就算是最初，我也只是想骗感情而已啊！谁图你的名声和钱！

景欢忍不住敲出"那应该也不至于"这几个字，打出来后恍然回神，又赶紧删掉。他差点儿忘了，自己这回就是来摧毁小甜景的形象的。

景欢低着头，拧着眉看着本子，决定启用第二十八条金句。

［私聊］你欢哥哥："而且隔着电脑屏幕，谁知道对面坐的是人是狗……向神你这么有钱，本人一定也是个大帅哥，何必在意这虚无缥缈的网络侠缘！难道现实中的姑娘不够可爱、不够甜吗？"

［私聊］心向往之："还真不够。"

［私聊］心向往之："你认识我的侠缘吗？"

景欢吓到不会打字。

［私聊］心向往之："我没见过比她可爱、比她甜的人。"

景欢目瞪口呆，脸颊爆红。

兄弟，你见过的女生是不是也太少了啊？！要实在不行，我给你介绍几位啊！

他粗略地扫了一眼心向往之的话，不敢细看，立刻点了清屏。对着这些话，他压根儿没法好好聊。

［私聊］你欢哥哥："说话可爱不代表真人可爱啊……她肯定特别丑，不然怎么连张自拍都不给你发？！"

［私聊］心向往之："你怎么知道她没给我发过？"

［私聊］你欢哥哥："我猜的。"

［私聊］心向往之："确实没发过，不过没关系，我不在意她的外貌。"

那您介意他的性别吗？

景欢抓着头发，低头看金句本本。

下一条金句便是：我觉得小甜景给心向往之下了蛊，不然我实在想不通心向往之为什么会看上她。

他看到这句话时还在心里骂了这层主好半天，现在一看，还真有点儿道理。当初他会装萝莉音，是因为梁冉和仙萌萌都是这音色，他以为萝莉音是心向往之的取向，才会这么做的。

可谁能告诉他，为什么连心向往之这种低调高冷的超级大神也喜欢萝莉音啊？！

你娶个英姿飒爽的女高手，两人手牵手地潇洒同游、笑傲江湖不好吗？！

［私聊］你欢哥哥："可你不也说了，她另有所图，没准儿是想骗你的钱呢？"

［私聊］心向往之："那正好，她要的我都有，她就不会跟我解除侠缘关系了。"

什么意思？景欢怀疑自己在做梦。

［私聊］你欢哥哥："我就问一下，号是本人在上？"

［私聊］心向往之："［语音］。"

景欢颤颤巍巍地点开。

"虽然不知道你是谁，但你应该听过我的声音。"

是本人没错。

［私聊］心向往之："还有什么要说的吗？"

景欢垂头丧气地坐在电脑前，麻木地敲字。

［私聊］你欢哥哥："有。"

［私聊］心向往之："你说。"

［私聊］你欢哥哥："你真就不打算跟她拜拜了？"

［私聊］心向往之："你好像很关心我和我侠缘的事。"

［私聊］你欢哥哥："我有个朋友想跟你结侠，托我来离间你们。"

景欢心想，他应该是世界上最菜的黑子了。

［私聊］心向往之："不解。"

［私聊］你欢哥哥："好嘞。"

景欢无计可施，决定下号，下号之前忽然想到什么，重新打开了他们俩的对话框。

［私聊］你欢哥哥："［分享歌曲－歌手S翼乐团-QQ爱］。"

看到这条分享，向淮之轻轻挑了下眉，手上干脆利落地把Boss摁倒在地。

路杭美滋滋地把奖励收入囊中，说："还有时间，我们去做个江湖任务吧……哎，你怎么离队了？"

向淮之操控着人物飞到新手村，淡淡地丢出一句："有事。"

陪着那人演够了，他总得去弄清楚这出戏的意思。

新手村人烟稀少，这年头就算是新手入坑，大多也会选择直接买号，方便又省事，会从头开始练号的人少之又少，基本是工作室养号。向淮之很快就从一堆"××一号""××二号"里找出了自己想找的人。

"你欢哥哥"选的形象是正太狐狸，尾巴比女狐仙要小，狐耳肥了一圈，脑袋也圆乎乎的，就站在新手村的小溪边。

他组起队伍走上前，邀请对方入队。在他发出邀请的那一刹那，小狐狸消失了。

玩家没升到10级是不能出新手村的，所以不存在飞走的情况，向淮之拧着眉打开你欢哥哥的资料，刷新了一下，果然，系统提示该玩家不在线。

向淮之正准备离开，却见"唰"的一下，小狐狸再次出现在场景中。

景欢看着站在自己身边的黑袍男人，心里不禁爆了句脏话。他下线之前恍惚看见了个入队邀请，"心向往之"这四个字明晃晃地挂在对话框上。他怀疑自己看错了，但还是忍不住上来再看一眼。

［附近］你欢哥哥："……"
［附近］心向往之："……"
［附近］你欢哥哥："你是来杀我的吗？"

"心向往之"邀请您加入队伍。同意，拒绝。

景欢犹豫半晌点了同意，反正只是个小号，杀一百遍都随你。

只是对方杀人为什么还要组队？难不成对方想把他拖到人多的地

方杀？景欢想了想，决定说几句话为自己求求情，好歹装个样子。

耳机里传来的声音打断了他的动作。

"今天又在玩什么？"

景欢愣了一下。

[队伍]你欢哥哥："啊？"

心向往之把他带到了新手村的右侧，那里有一片竹林，他们在竹林深处的棋盘前停了下来。

"为什么要开小号？"向淮之问。

[队伍]你欢哥哥："用大号说这些话，你会追杀我吧？我又不傻。"

向淮之觉得好笑："我为什么会追杀你？"

景欢听出了他的笑意，有些云里雾里。心向往之是被他气昏了头？这有什么好笑的？

向淮之提醒他："《九侠》不允许侠缘之间发起PK。"

向淮之说："所以你放心，我杀不了你。"

无数个问号在景欢头上呼啸而过——心向往之在说什么？他为什么一句都听不懂？

我是谁？我在哪儿？我要干什么？

"解释一下，"向淮之松开鼠标，往后一倚，"为什么要开个小号来我这儿骂自己？"

景欢想：现在下线还来得及吗？

不对啊。景欢紧张地舔了舔嘴唇。他掩饰得这么好，心向往之是怎么看出来的？

"以后注册小号，别再用微信号当个性签名了。"向淮之建议道，"很容易被认出来。"

[队伍]你欢哥哥："如果我说这是个巧合，你信吗？"

向淮之嗤笑了声："你觉得呢？"

景欢沉默了。

向淮之似有所感，沉声道："不准下号。"

刚把鼠标挪到"关闭游戏"四个字上的景欢此刻是崩溃的。

[队伍]你欢哥哥："我没有要下号！"

因为是新号，小狐狸身上穿的是0级装备，看上去寒碜得很，跟身边拎着神器的男人格格不入。

向淮之卸下游戏装备，身上的光芒瞬间退去，说："开麦。"

景欢现在就想一头撞死在显示屏上。过了好一会儿，他才慢吞吞地打开麦克风，叫了声："哥哥。"

向淮之无声地牵了牵嘴角，语气一如既往地闷："今天演的哪一出？"

"演的……"景欢咬了咬嘴唇，急中生智道，"是侠……侠缘测试。"

向淮之挑眉，重复道："侠缘测试？"

"对……"景欢脑子转得飞快，很快就想好了一套说辞。

他把春肖和相思不顾被小号挑拨的事情说了一遍。

"所以啊，我就想看看……如果有人开小号在你面前恶意中伤我，你会不会相信我。"耳机里没有动静，景欢不安地叫了声，"哥哥？"

"所以，我过关了吗？"向淮之淡淡地问。

景欢一愣，忙说："当然……你不是马上就认出我了吗？"

因为紧张和尴尬，景欢总觉得手上特别闲，于是脱离跟随，跟往常一样，在心向往之的身边转来转去，小狐狸的尾巴很短，跑起来一抖一抖的，憨得可爱。

向淮之盯着他的尾巴说："以后不要再开小号了。"

景欢哪里敢说不，忙说"不开了！绝对不开了！"

向淮之说："如果有人在我这里说你的坏话，是小号拉黑，是大号追杀。"

"嗯嗯……嗯？"景欢愣住了。

"我不会听，也不会信。"向淮之把话说完，"以后还有什么问题，直接来问我，不用测试。"

景欢看着心向往之朴实无华的游戏人物，一时间恍了神，好久才憋出一句："哦……"

半晌，他又心虚地小声补充："我是被那件事吓到了，春肖她们感情这么好，都会被挑拨……毕竟是网络上的关系嘛！"

所以我没安全感是正常的！你不能怪我！

这句话说完，耳机里再没了声，景欢松了口气，以为已经通过了这一关。

也不知过了多久，心向往之才终于开口，低沉的声音像一记重拳，把景欢的镇定打得粉碎。

"你想见面吗？"

景欢这回是真被吓到了，受惊吓程度还不轻，具体表现在他的脚丫子本来因为尴尬而动来动去，看到这句话后直接一脚把电源给踹了。电脑屏幕骤然黑掉，景欢盯着黑色屏幕中的自己，脸上仿佛写着一个"蒙"字。

他记得，他好像是为了哄心向往之跟自己解侠才特地开的小号。

最初的走向明明是对的，金句他也用上了，然后呢？然后他们说了些什么？为什么突然就要见面了？

向淮之看着人物消失的地方，轻轻地皱了下眉。他摘下耳机，刚拿起手机准备询问，身后就传来一阵尖锐的摩擦声。

路杭听了全部，搬着椅子过来，一脸八卦地看着向淮之，问："你要和小甜景见面了？"

向淮之看着陌生人列表中灰掉的小狐狸头像，说："没有。"

路杭瞬间明白了："被拒绝啦？不过也正常。"

向淮之原本想赶人，闻言拧眉道："为什么？"

路杭愣了下道："你们不是才刚结侠吗？都没一星期呢……谁会结侠不到一星期就跟你见面啊？"

向淮之想想也对。他知道小甜景是谁，也知道他们随时能见面，所以没把这件事看得太重，但在景欢眼里，就不是这么一回事了。

"而且……"路杭朝他挤眉弄眼，笑着说，"你好好的约人见面是想干什么？也太心急了吧。"

向淮之懒得跟他说，拿起手机就往外走。

路杭还没说完话呢，赶紧喊他："你去哪里？"

"找清净。"

门打开，冷风从缝隙中穿进来，又很快消失。

路杭反着身子坐在椅子上，抱着椅背乐呵呵地笑，完了还嫌不够，忍不住拿出手机给小甜景发消息。

小路小路绝不迷路："小景景，你知不知道你错过了什么？"

景欢发了个问号过去。

小路小路绝不迷路:"你错过了和我校校草见面深入交流的机会。"

小景呀:"……"

景欢差点儿就信了,谁家校草会跑来网上网恋啊?早被身边的女生哄走了好不好?

不对,也不是,他们学校的校草好像就没有对象。

虽然校草这个词早就过时了,不过一提到这两个字,景欢就忍不住想起向淮之,而且向淮之以前好像也玩《九侠》来着,不知道他会不会在游戏里结侠。

越想越远,景欢赶紧收回思绪,专心苦恼自己的事。

也不知道苦恼了多久,手机的振动把他拽回了神,是他之前发出去的消息终于收到了回复。

小景呀:"哥哥,我不小心踹了下电源,电脑直接关机了……"

向:"嗯,见面的事,再等等吧。"

小景呀:"啊?"

心向往之发了条语音过来,景欢翻了个身,趴在床上,把手机音量调大。

"等以后你想见面,我们再见。"

景欢捧着手机出神,不知过了多久,手机又轻轻振了振。

向:"别想了。"

小景呀:"我不是不想见哥哥,我就是有点儿害羞……"

向:"嗯。"

景欢对着手机屏幕,不知道该回什么。他发现自己虽然蒙混过关了,心里却并不好受。自从知道心向往之这号之前是代打在上号,他这颗心脏就一直悬在半空中,从没放下来过。

他倒也不是不能一直演下去,只是心向往之对他太好了,准确来说,是对小甜景太好了。但那是对小甜景,不是对景欢。小甜景只不过是他装腔作势假扮出来的人物,性格是假的,声音是假的,连性别都是假的。

景欢烦躁地揉了揉头发,整个人呈大字形躺着。

向:"我睡了。"

小景呀:"等等!"

向:"嗯?"

景欢一咬牙,敲字。

小景呀:"我们圣诞节见面吧。"

小景呀:"可以吗?"

向:"可以。不过,为什么?"

小景呀:"啊,因为那时候也快结侠一个月啦,我觉得可以见面了!"

向:"好。"

小景呀:"哥哥是哪里人啊?我提前看看机票。"

向:"你是哪里的?"

小景呀:"满城。"

向:"知道了,那天我去找你。"

景欢就这么给自己定下了死期。

他想好了,他和心向往之之间不能一直这么拖下去,如果圣诞节之前心向往之还没对他厌烦,他就干脆破罐子破摔,当面把事情戳破,大不了让对方揍一顿,自己一个皮糙肉厚的大老爷们儿,挨一顿打不妨事。

如果不够,就揍两顿。

Chapter 21

第二十一章

"有身"系统

运动会将至，学校操场的人流量也大了起来。

景欢来回跑了两趟男子一千五百米后，终于受不了了，就近在草地上坐下。

"刚跑完别坐。"向淮之垂着眼说。

"我起不来了。"景欢喘着气，抬头看他，"哥，你怎么都不喘啊？体力太好了吧。"

"男子一千五百米而已，"向淮之坚持道，"起来站一会儿。"

景欢撇嘴，朝他伸出手。

向淮之盯着他的手，没反应过来。

"拉我一把，哥，"景欢说，"是真起不来。"

向淮之犹豫着伸手，手臂都还没伸直，就被景欢拽住了，借着他的力站了起来。两个人的距离很近，向淮之见他舔了舔干涩的唇。

"水呢？"向淮之问。

景欢说："放在看台上了，懒得去拿。"

景欢说着说着，下意识地瞥了眼向淮之手上的矿泉水。

向淮之顺着他的目光，也低头看了看。

向淮之把水瓶递给了他。

"谢谢哥。"景欢笑着接过水瓶，开了瓶盖就往嘴里倒。

跑完步，两人并肩往回走。

"哥，"走到半途，景欢忽然转头问他，"你为什么不玩《九侠》了？"

向淮之愣了下，然后道："没时间。"

"是挺费时间……"景欢顿了顿，又问，"你在游戏里结过侠缘吗？"

自从那晚冒出这个想法之后，他就一直挺好奇的。

向淮之"嗯"了一声。

景欢怔住了，脚步慢了一些，很快就落在了向淮之后面。他回神，加速追了上去，问："真的啊哥？"

"骗你做什么？"

"网恋吗？"

向淮之睨了他一眼，道："你很感兴趣？"

景欢干笑了一声，道："嗯……就是有点儿好奇。"

"是，"向淮之说，"还有什么想问的？"

原来还真的有校草会搞网恋。

景欢其实还有挺多问题想问的，但转念一想，如果向淮之和他的网恋对象还好好的，那肯定不会卖号，更不会弃游了。怕提起他的伤心事，景欢摇了摇头，说："没了，不问了。"

二个人两天约一回跑步，直到运动会当天，景欢一次都没跑赢向淮之。大学运动会不比高中，同学们上网的上网，回家的回家，没几个人来加油助威，陆文浩和高自翔下午没项目，也都宅在寝室里了。

景欢一个人去了操场，检录时遇见了向淮之。

"哥，"他半开玩笑地道，"一会儿你等等我。"

向淮之闻言，难得地扯了扯嘴角："嗯。"

后来景欢知道了，校草不仅会谈网恋，还会骗人。

他距离终点还有几百米时，向淮之就先冲过了终点。

登记完成绩，景欢手握成拳，轻轻捶了一下向淮之的手臂，说："骗人啊，说好了等我。"

"现在不是在等你？"向淮之看了眼时间，问，"一起去吃饭？"

景欢刚想应好，手机忽然响了起来，他接起来说了两句，脸上的笑容越来越大。挂了电话，他说："我爸妈来找我了，已经快到校门口了。"

向淮之很轻地拧了下眉，正想道别，话到嘴边又转了个弯："在前门？"

景欢点头："对。"

"一起，"向淮之道，"正好要去前门买东西。"

在前往校门的路上，向淮之脑中一直盘旋着景欢说过的话。他想看看，到底是怎样的父母才会在拥有新家庭后对景欢不闻不问，甚至舍得让自己的孩子每晚去打工，每个星期就靠两百块钱生活费过活。

刚到前门，景欢便站在路边四处张望，眼里都是期待。

向淮之悄悄地打量着他，莫名有些心疼，刚想说什么，就见景欢眼底一亮。

"哥，我看见我爸妈了……先走了！下次见！"丢完这句话，景欢朝他摆了摆手，往右边的车站跑去。

向淮之目送着他一路小跑，跑到了……一辆黑色迈巴赫旁。

车上下来一对夫妇，女人盘着头发，挽着身旁丈夫的胳膊，姿势亲密。

车子很快被司机开走，三人站在车站旁，女人正笑着和景欢说话，男人则揽着景欢的肩，温和地听着。

景欢更是满脸春风，乖巧地站在那儿，看不出一丝的别扭和不悦，一家三口其乐融融，毫无嫌隙，无比亲密。

景欢的父母都是工作狂，母亲要更严重一些，不过俩人工作之余，对孩子的关心也没落下，甚至每年都能抽出几个假期的时间去家庭旅行。景欢上大学后，一家人聚在一块儿的时间少了许多，这学期更是只在视频中见过面，所以连一向淡定的景妈妈都忍不住多唠叨了两句。

景妈妈皱着眉打量他，问："怎么穿这么少？"

"三件，够了。"景欢说，"走，我请你们吃饭。"

景爸爸听笑了，点头道："行。"

"想吃什么？"景欢问。

景妈妈道："就吃你最常吃的馆子。"

景欢当然不会带他爸妈去吃那十多块一份的黄焖鸡，想了想，决定去附近的粤菜馆。

转过身后，他再次撞上向淮之的目光，景欢意外地挑眉，嘴上仍笑着，甚至往回走时还在他身边停了下来。

"哥，你不是要去买东西吗？"

向淮之静静站着，目光在他们三人之间流连了几秒。

"嗯，马上去。"他朝身后两人颔首，"叔叔阿姨好。"

景妈妈扬起微笑，道："你好，你是景欢的同学吗？"

"妈，这是我的学长，向淮之。"景欢不喜欢听这些客气话，赶紧打断他们，"哥，这是我妈……"

"亲妈？"向淮之问。

空气沉默了一瞬。

向淮之这才意识到自己的问题有些奇怪，抿了抿唇，刚想道歉，景妈妈就掩着嘴，"扑哧"一声笑了出来。

"是亲妈……"景欢也笑了，"这是我爸，亲爸！"

向淮之垂眼看着这对夫妇牵着的手，半晌才开口："抱歉，因为两位看起来都很年轻。"

简单聊了几句，景欢便带着人走了，向淮之不动声色地告别，视线却一直黏在景欢身上。

向淮之也猜测过，景欢的父母应该都有不错的身家，不然他也不会花那么多钱买一个游戏账号。只是这段时间和父母吵架，他才会没钱花。

但他完全忽略了，这几次他们见面时，景欢脚上穿的都是不同款式的限量款球鞋。譬如今天穿的这一款，是前两个月出的，在国外买都要靠抢，而这段时间景欢正在和家里冷战，凭他那一星期两百块的生活费，根本不可能买得起。

上次被最爱麦麦追杀，景欢一气之下甚至买了好几件紫装，加起来起码有五位数，哪个在便利店打夜工的人会舍得一口气花这么多钱买游戏装备？

这些细节向淮之不是没注意到，甚至能清晰地回想起来，只是从来没往别的方面想，更没想过景欢会骗他。

直到现在，他都想不出景欢骗他的理由。

片刻后，向淮之收回视线，转身往学校走去。

跟父母吃完饭，景欢带着杯奶茶回了家，然后往沙发上一躺，拿出手机往寝室讨论组发消息。

小景呀："翔儿，你妈托我妈带了腌菜给你，一大罐，你什么时候有空过来拿？"

高自翔："啥？阿姨来了？你怎么不跟我说，我请他们吃饭啊。"

小景呀："得了吧，就这小破地有什么好请的。"

高自翔："他们怎么挑这时候过来了？"

景欢嗤笑一声，躺在沙发上跷起二郎腿，把刚拿到手的物件拍下来，发到了群里。

小景呀："也没什么，就是来给我送个生日礼物［照片］。"

照片中是把车钥匙,蓝白标志。

高自翔和陆文浩刷问号刷了整整两页。

景欢乐不可支地捧着手机,收礼物的时候都没这么开心。

高自翔:"那车呢?!放哪儿了?"

小景呀:"家里车库。"

陆文浩:"车都不在这里,光有钥匙有什么用?"

小景呀:"别腰上装一装不行?"

陆文浩:"滚吧你,你会把这钥匙带出门我跟你姓。"

小景呀:"你就是趁机想跟我姓,我不可能给你这个机会。"

发完这句话,景欢把钥匙随意地丢到了桌上。他确实不可能把这东西带出门,会在寝室群这么说也只是逗个趣。

他们寝室三个人的家境都不错,没人缺这一辆小宝马,刚才表现得这么夸张,只是给他捧个场。

高自翔:"今年生日想怎么过?"

小景呀:"不过,二十多岁的人了还过什么生日?"

高自翔:"二十多岁不过生日,是想留到七十岁直接过大寿?"

景欢懒洋洋地敲字。

小景呀:"那你提点儿建议。"

陆文浩:"我听说临北开了家农家乐,特好吃,那店主还有艘船,白天在海边钓钓鱼、田里摘摘菜,晚上还能坐在船上吹海风吃饭。怎么样?"

小景呀:"花钱去钓鱼摘菜?"

高自翔:"你摘过吗?"

小景呀:"没。"

高自翔:"那当然得去试试,你这辈子估计也就下这一次田了。"

他竟然觉得有点儿道理。景欢脑袋靠着沙发垫,犹豫了半晌,才回了个"好"字。

陆文浩:"那我现在打电话订位置,这店还挺热闹的,不提前预订,都上不了船。就我们仨对吧?"

景欢敲出个"嗯"字,忽然想到什么,又把字给删了。

小景呀:"等会儿,我问个人。"

收到景欢的消息时向淮之正在除草,小民房长久失修,门外的杂草多得除不完,今天除了,明天还有。

小景呀:"哥,你周二有空吗?"

向淮之:"有。"

小景呀:"一起去趟农家乐?"

向淮之:"好。"

小景呀:"顺便问问路哥来不来,我请客。"

向淮之:"不用,AA制。"

小景呀:"别,我生日,当然我请,你们人来就好了。"

向淮之:"知道了。"

景欢坐在电脑前,上下滑动着看了看聊天内容,心里生出一股异样的感觉。他发现,自从有了心向往之和向淮之很相似这个念头之后,他就总忍不住拿这俩人对比。然后他发现,他们声音像、名字像,就连说话的语气都是很像的。

微信提示音打断了他的思绪。

春肖:"@全体成员,我们赢了,后面两个月主城的采药权依旧归我们闲人阁。无极帮主也已经表示接下来不会跟我们竞争,我们拿下了这一战!辛苦大家!今晚发奖金!这段时间值班的队伍也会有相应的奖励!"

看到这条消息,景欢松了口气,终于不用每晚都守在丝绸之路了。

他刚登录游戏,就连着收到了好几条系统提示,提醒他去帮派内部领取奖金。

帮派金库此时站满了人,都是来领钱的,小狐仙穿过人群挤上前,点开了帮派总管的对话框。

[帮派]小甜景因"队长奖励"获得五百金。

[帮派]小甜景因"闲人阁牛"获得一百金。

[帮派]小甜景因"闲人阁牛"获得一百金。

…………

"小甜景"三个字占满了帮派聊天频道。

[帮派]本命芝芝桃桃:"为什么你有这么多奖励?每人三份啊,你……竟然有八份?!"

景欢愣了下，滑上去一看，其他人还真是三份。

［帮派］小甜景："可能是春肖发错了？我去问问。"

［帮派］春肖："没发错，心向往之的份也在里面。"

［帮派］小甜景："那什么，虽然我们结侠了，但财产还是分开的！我退给你，麻烦你单独发给他吧。"

［帮派］春肖："他之前跟我说的，让我全给你。你们俩协调一下吧。"

聊天框瞬间塞满了"柠檬"。

心向往之似是把帮派聊天给屏蔽了，一直没冒泡，景欢把鼠标移到对方的头像上，看到了对方的坐标。

他飞回家园时，心向往之刚好砍下一棵杂草，正往身后的背篓里丢。

景欢觉得堂堂战神能做到这个程度，大神您是真的很喜欢萝莉音呢。

［附近］小甜景："哥哥，这草别除了，反正我们也不怎么玩家园系统。"

向淮之也不是真的喜欢收拾庭院，只是暂时需要思考，而除草这事不用费脑子。见到小甜景，他把背篓丢到原地，没说话。

［附近］小甜景："帮派的钱我帮你领了，你把接收银钱的开关开一下，我丢给你。"

［附近］心向往之："拿着。"

之前向淮之是担心他没钱花，所以才让春肖全部发到他的账号里，现在就当是生日礼物了。

［附近］小甜景："不行，这是你的钱呀！"

［附近］心向往之："去下本。"

这话题是不是跳得太快了？

五人在主城组好队伍，准备去下《九侠》难度最高的副本，准备好高级药材和卡片，几个人浩浩荡荡地向副本使者走去。

景欢撑着下巴，心不在焉地发呆。从家园里出来后，心向往之就没再开过口，上次自己为了掩饰小号而随口胡编的谎话，也不知道他到底信了没有……

> 副本使者：队伍成员"小甜景"已大任有身，进行激烈的战斗可能会对该玩家的身体造成损害！是否继续？是，否。

景欢的思绪发散到了天边，以至于他盯着对话框看了半天，都没看明白其中的意思。直到心向往之离开队伍，他才忽然回神，猛地坐直身子。

他还没来得及说话，好友消息就先亮了起来。

[侠缘]心向往之："离队，不做了。"

景欢愣在电脑桌前，呆滞地看着和心向往之的对话框。

[队伍]亲吻鱼鱼："……"

[队伍]爱是分你吃："是好事啊。"

[队伍]路迢迢："有身了还来下本？！"

[队伍]小甜景："我不知道……"

[队伍]爱是分你吃："向神在外面等你呢。"

景欢回神，跟他们道了别后跳到了心向往之的车上。

队伍频道安安静静的，没人吭声。景欢咬了下嘴唇，打开客户端内嵌的游戏助手，输入"有身"二字，游戏助手立刻给他发了一大串科普，文字密密麻麻的，跟副本攻略帖有的一拼，景欢忍不住往前凑了凑，仔细看了起来。

玩家"有身"期间不能参与三星以上的副本，"有身"期间侠缘技能有额外40%的加成，"有身"期间庭院打坐休息有100%的经验加成，"有身"期间无法食用低阶药品……

连低级药都不给吃？垃圾游戏！景欢边看边骂。

"孩子从文还是从武？"心向往之问。

"不知道，看是男孩还是女孩吧……"景欢下意识地回答，完了又惊道，"什、什么？要生吗？"

心向往之顿了下，道："你不想要？"

景欢觉得，对方这个语气，不像是在征求他的意见，像在质问。

景欢："当然不是……可是'有身'了不能下本啊。"

向淮之滑动攻略："能打三星以下的副本。"

景欢挣扎着道："那我们的队伍怎么办？"

"副本而已，他们能找别人打。"心向往之低着声音问他，"生吗？"

他敢说不吗？景欢挠了挠头发，从牙缝里挤出一句："生！"

向淮之闻言垂眸，继续看官网内容。跟景欢不同，他看的不是"有身"攻略，是"育儿"攻略。

孩子系统是《九侠》的老玩法，不过今年年初更新换代，新资料片发布后，孩子不再只是玩家的装饰品，不仅有各类新奇养法，还出了拜师系统，成年之后的孩子甚至能参与玩家亲属的战斗。

景欢嘀咕了句："这破游戏，怎么没早提醒我。"

"家园里的管家和用人会提醒你。"向淮之镇定地道，"你这几天跟他们对话了吗？"

"没有……"

点击管家和用人能使唤他们打扫房子，不过仅限于室内。景欢连门外的杂草都不想管，更别说其他的了。

向淮之把队伍拖回家园，点了一下用人。

　　用人：恭喜主人！您的侠缘"小甜景"已经身有一位小宝宝！七天之后小宝宝就会诞生呢！（在此期间，小甜景的饮食生活将影响宝宝的健康。）

系统反复强调要注重女方的饮食，说白了就是四个字——请您充钱。

景欢虽然第一次体验《九侠》的孩子系统，但曾经在商店里看到其他玩家卖补品，最便宜的也要十金，并且那玩意儿只能增加一点儿健康值。

景欢说："哥哥，我觉得我什么玩意儿都不吃，照样能生出健康宝宝。"

心向往之却说："你不行。"

[喇叭]心向往之："收补品燕窝，多少品质都要，满品加钱。收所有种类的孩子用品，带价来，批发高价。"

[世界]鹿鹿啊："小甜景'有身'了？"

[世界]箬铭："小甜景这几天别打竞技场了，我侠缘上次打竞技场，

差点儿把宝宝打没。"

[世界]挥墨道别:"小甜景好好养着!这可是战神的儿子!"

[世界]戒赌先锋:"啧,这娃会投胎,投到了镜花水月第一豪门。向神这架势,是打算天天燕窝龙珠养着吧。"

孩子的命是好,可惜一出生就没了妈妈,毕竟圣诞节他和心向之就要解除关系了。而且……你们是不是入戏太深了?

景欢正想着,屏幕上忽然跳出一条消息。

"半生"对您发起了"私聊"申请。同意,拒绝。

景欢眼皮一跳,这陆文浩又想干什么?

[私聊]半生:"在吗女神?"

[私聊]小甜景:"我不是本人。"

[私聊]半生:"是吗?那我去找本人的侠缘好了。"

[私聊]小甜景:"我来了,刚才我室友在玩我的电脑,现在已经被我打死了。有事吗?"

[私聊]半生:"女神你别这么冷淡,我们两个帮派已经和解了啊,你们帮主没告诉你吗?"

[私聊]半生:"也没啥事,我听过你的《精忠报国》,特别好听。之前帮派战争时不小心把你杀了,心里过意不去,我现在想补偿一下。我这里有燕窝补品,你加我好友,我免费送你,怎么样?"

景欢抬手就把人加上了。免费,谁不要是傻子。再说,他之前掉了那么多经验,是该让陆文浩"孝敬"回来。

[密聊]小甜景:"谢谢你。"

陆文浩看着这三个字,总觉得里面包含的情绪不大对。

[密聊]半生:"你在哪儿,我丢你。"

[密聊]小甜景:"你先拿着,我有空了再去拿。"

[密聊]半生:"好的。"

向淮之的游戏界面都快被好友提示撑爆了。补品虽然贵,但也不算太稀少,他牵着队里的人飞去主城交易点,一个个交易。

向淮之收了几仓库的补品,"唰唰唰"全丢给了用人,景欢想拦都拦不住。

晚上,景欢早早便洗了澡,准备去竞技场上分。因为帮派战争,他们已经很久没打竞技场了,心向往之还好,分高,停几个月都不一定掉榜,路迢迢就不同了,已经在语音里哀号好几天了。

"哥哥!我洗好啦!"景欢擦着头发,开麦道,"我们去打竞技场吧!"

"不打。"

"为什么啊?"景欢愣了愣,"你有事吗?"

心向往之说:"你不能打,伤宝宝。"

景欢震惊地道:"谁说的?"

"世界频道上的人说的。"

你居然会看世界频道?这不是大神的作风啊,大神不都屏蔽全频道的吗?!

景欢气绝,还小声地说:"不会的,那人肯定是骗我们呢,就是故意不让你去竞技场虐他们。"

向淮之"嗯"了声:"那他成功了。"

景欢松开鼠标,往后一瘫。

这不是游戏人物"有身"吗?怎么搞得跟真事似的,这里去不了那里动不得,难道要他挂机一星期不成?

见他沉默,向淮之犹豫了一下,道:"你很想玩?"

半响,景欢道:"也不是很想……"

向淮之听出他的意思了。

景欢起身去把头上的毛巾洗干净挂好,再回来时,发现微信多了一条信息。

向:"xiang1999,xiang1999xiang。"

景欢愣了一下:"你给我发了什么?"

"前面是账号,后面是密码。"向淮之说,"你上我的号去打。"

景欢微怔:"那你呢?"

向淮之说:"我开你的号去家里除草。"

景欢无语。

"想组什么门派?我给你联系队友。"

景欢已经好久没玩过物理攻击门派了,心向往之的竞技分这么高,他可不敢乱来。

"算了,"他道,"我只想和你打,你不在就不打啦。"

向淮之闻言一顿。不知道是不是错觉,他总觉得景欢最近已经很少向他撒娇了。

见他没吭声,景欢打开视频软件挑了部电影,打算用来打发时间。

不知过了多久,心向往之的麦克风再次亮起:"你上我的号。"

景欢:"啊?"

"我把路迢迢的小号拿来了,"向淮之说,"我们组队去。"

路杭的小号是个满级奶妈,装备勉强能用,技能也是满的,别的都好,就是名字有点儿问题。

看着"路宝宝"三个字,向淮之拧眉道:"没有别的号?"

路杭想了想,道:"还有个,叫杭宝宝,你喜欢哪个?"

景欢上了心向往之的账号,第一件事就是去看他的神器。

观赏完后,景欢用心疼的眼神看着身边的心向往之。

他爸说过,人这一辈子的运气是有限的。景欢严重怀疑,心向往之的好运全折在这把武器上了,才会倒霉催地遇上自己这个无良"骗子"。

百因必有果,你的厄运就是我。

竞技场还有几分钟开始,景欢站在竞技场传送人身边,正在一个个的仔细看奇牙山的门派技能。奇牙山的固定技能很少,多靠预判和意识,跟狐仙洞有些类似,所以玩的人不多,景欢以前也从来没接触过。

光看不够,他还把技能在原地用了个遍,想看看具体攻击范围是多大。

于是众玩家看着他们区的战神就站在竞技场外,拎着神器疯狂乱舞。

向语带着爱是分你吃过来,也看到了这一幕。

[附近]亲吻鱼鱼:"这是在干吗?示威?"

[附近]莫问归期:"谁知道呢,敢怒不敢言。"

［附近］本命芝芝桃桃："我没看出你哪儿不敢言了。"

向语看了眼她哥队伍里的人，居然不是小甜景，而是个扑闪着透明翅膀的小奶妈。

［附近］亲吻鱼鱼："好，趁小甜景'有身'，立马跟别的女人打竞技场［抱拳］。"

［附近］秋枫："［抱拳］。"

［附近］心向往之："不是的！你们误会我哥哥了！"

心向往之只说了一句话，大家就把情况搞清楚了。

［附近］莫问归期："或许这就是辨识度吧。"

景欢继续敲字想解释，结果画面一转，自己已经被带到了竞技场里。

"技能有看不懂的吗？"向淮之关上奶妈的技能介绍界面，问。

"看是看懂了，"景欢说，"只是可能不大会用……要不我们还是回去除草吧。"

"没事。"向淮之点击匹配，"分多，随便掉。"

出乎意料的是，景欢的操作非常熟练，甚至比最初自己带他的狐仙洞打竞技场时还要干脆利落。能看出他知道物理系职业该处于地图战场的哪个位置，只是对切换神器的时机把握不好，导致神器没办法发挥最佳效果。

看了几场PK下来，向淮之心里冒出了一些疑问。

《九侠》的战斗模式虽然跟景欢之前说玩过的那款游戏十分类似，但《九侠》的竞技场战斗地图是别的游戏没有的。

某几款战斗地图中，还有隔几分钟就会冒出来的治疗池，双方都能使用，只供一人，先到先得。在PK中，治疗池基本上都是输出系职业专属，治疗和封系职业不会抢——小甜景就从来没有误抢过治疗池。而输出系玩家想吃到免费治疗，就必须得牢记刷新时间和地点，才能先对手一步把治疗池吃掉。

这几场战斗中，治疗池都被景欢纳入囊中，连相思不顾都没能抢过他，这不像是一个新手玩家能做到的。

放在以前，向淮之或许会觉得是景欢天赋异禀，但自从知道景欢有些事在骗他后，他就不得不多想了。

路杭买了夜宵回来,看到自己的室友拧着眉头,问:"怎么了,吃不吃麻辣烫?"

"不吃。"

向淮之操控着屏幕里的萝莉奶妈,给景欢喂了口治疗,这门派操作很简单,技能CD又长,跟在玩连连看没什么区别。

路杭边打开包装袋边问:"怎么样,奶妈好玩吧?是不是比物理系职业要轻松多了?"

向淮之没应他,也不知过了多久,才开口道:"一个人在什么样的情况下才会故意对另一个人示弱?"

向淮之这话说得很笼统,换了别人不一定听得懂,但路杭跟他认识这么久,一下就明白了。他拿纸擦了擦嘴巴,问:"你说的是小景景?"

向淮之挑眉道:"你怎么知道?"

"这不是很明显吗?她的操作挺好的,一到你面前就撒娇。"路杭说,"想挑起你的保护欲呗。"

向淮之依旧不明白,垂着眼没出声。

"算了,反正你只要知道你已经中计了就行,"路杭笑嘻嘻的,一字一顿地叫他,"小甜景的侠缘。"

打了一晚上竞技场,只输了两场,结束时景欢松了口气,还好,至少没掉分。

"哥哥,那我先把你的号下了?"景欢看了眼时间,"然后我就去睡觉啦,明早有课。"

向淮之"嗯"了一声,又忽然想起什么,说:"你没有什么要跟我说的?"

景欢退出游戏的动作一顿,心想他还有什么要说的?他眨了眨眼,想了很久,然后憋出一句:"晚安?"

向淮之很轻地皱了下眉。他们好歹是游戏侠缘,这人却连生日都不告诉自己?难道他不想趁生日的时候撒个娇,要个礼物……或者别的?

耳机里安安静静的,景欢犹豫着叫了一声:"哥哥?"

不知过了多久,那头才终于有了点儿声响。

"睡吧。"

Chapter 22

第二十二章

倒霉小寿星

生日这天，景欢一觉睡到中午，醒来时才发现手机被微信消息给占满了。

他点红包点到手软，再加上回复消息，转眼又耗了一个小时，最后还是陆文浩打电话来催他，他才磨磨蹭蹭地从被窝中出来。

路虎就停在楼下，里面的人一见到他就拉开了车门，景欢弯腰蹿了上去。

"你也太慢了吧，化了两小时的妆？"陆文浩问。

"老子已经很快了，你给我打电话的时候，我还没起床。"景欢说完，探头对驾驶座上的人说，"路哥，麻烦你了。"

他们本来打算包辆车去，路杭却表示自己可以开车，路虎车内宽敞，坐五个大男人绰绰有余。

路杭爽朗地笑了声："小事，我还要谢谢你邀请我呢，在学校待着一天天的太无聊了。"

景欢莞尔，转头叫了声副驾驶座上的人："哥。"

向淮之闻见他身上的香水味，清冽好闻，还混着牙膏的清凉。

"嗯。"他转头，对上景欢的眼睛，说，"生日快乐。"

景欢也不知为什么，原本下楼的时候还挺困的，跟向淮之说了句话后，就没那么困了。

他还想说什么，却被陆文浩先一步搂住了脖子往后拖。

一个礼物盒被递到他面前，"欢欢，生日礼物，快拆开看看。"

景欢哼笑一声，慢悠悠地拆开盒子，是个钱包，棕色的，质感好。

景欢看了一眼便合上："谢了。"

高自翔说："我给你准备的礼物还没送回来，等到了给你。"

"多大了，还送什么礼物啊。"景欢撑着脑袋说，"你们叫我声爸爸，比什么都强。"

高自翔笑着骂："滚。"

路杭听他们插科打诨都觉得心情好，摇头"啧啧"道："向向，你看看，别人的寝室多团结友爱。"

向淮之眼都没抬地说:"怎么,你也想叫我爸爸?"

这次出门,景欢除了手机什么也没带。

陆文浩打量了他一眼,问:"你没带电脑?"

景欢低头玩手机:"又没作业,带电脑干什么?"

"那你上次去度假村怎么带了?"

上次他是为了下本,这次小甜景"有身"了,什么事都不能干。想到这事景欢就头疼,没好气地道:"我乐意,你闭嘴。"

不过陆文浩倒是提醒他了,景欢拿出手机,打开微信置顶聊天框。

小景呀:"哥哥,我今天要出门,恐怕不能上线刷健康值了。"

想增加健康值,除了服用补品,还有其他比较省钱的方式,其中一项就是侠缘的陪伴,两人在一起组队超过六个小时,能加 3 点健康值,一天只能刷一次。

向淮之不露声色地拿出手机,垂眸看消息。

向:"知道了。"

车刚开出二十分钟,陆文浩就换了好几种姿势,最后实在忍不住了,白着嘴唇说:"路哥,咱能不能开慢点儿,我有点儿晕车。"

路杭一愣,忙放慢车速,说:"好。"

向淮之通过后视镜看了一眼,然后道:"找个地方停车,你来坐前面。"

陆文浩感动了:"向学长,你人真好。"

车子在路边停下,两人交换了座位,向淮之换到了后座上,跟景欢肩抵着肩,鼻腔里的香水味越发浓烈。

陆文浩难受得睡不着,落下一点儿车窗,呼吸着新鲜空气,没话找话地聊:"欢欢,你捧着手机跟谁聊天呢?"

高自翔瞥了一眼,说:"在和我们班花聊呢!"

向淮之比他高点儿,低下头就能看到屏幕上的内容。他没有偷窥的习惯,却不受控制地垂下了眸子。

高自翔没胡说,景欢给这人的备注就是"班花"。

班花先是祝他生日快乐,然后表示自己准备了礼物,明天上课时拿给他。

景欢说："去去去，别瞎说。"

高自翔乐了："你自己给人起的备注就是班花，我可没乱说。"

"我不知道她的名字，是你们一直班花班花地叫她，我才改的备注。"景欢动动指头，婉拒了对方的礼物。

路杭好奇地道："班花？很漂亮吗？给哥介绍介绍。"

"长得还行，"陆文浩坏笑着说，"介绍就算了，芳心有主了，搁后面坐着呢。"

景欢也听笑了，懒得搭理他们。

陆文浩却越说越起劲："唉，一到冬天我就头疼。去年冬天，我替欢欢收了五条围巾，最后欢欢一条没收，我还得全部帮他退回去，那些小姑娘的表情……真可怜。你说她们怎么就不送给我呢？我五条全围脖子上都行。"

路杭哈哈大笑，通过后视镜对景欢说："怎么不谈一个？"

"没喜欢的。"景欢拽其他人下水，说，"向哥也没谈啊。"

路杭说："谁说他没谈？"

景欢愣了，下意识地看了身边的人一眼。向淮之低着头在刷微博，意外地没反驳。

"真的假的？"陆文浩猛地坐直身子。

"真的，"路杭想到什么，抬唇一笑，"还把人家的肚子都'搞大'了。"

车内安静了十来秒。

景欢震惊地转过头，半晌才找回声音："真、真的啊？"

向淮之抬眼看他，也不知在想什么，几秒之后才应："嗯。"

这人……还挺会玩。

路杭看了眼景欢的脸色，"扑哧"一声笑了："不是，开玩笑的，不是你们想的那个搞大肚子。"

景欢眨了几下眼，心想那还有哪种搞大肚子？这是向淮之的隐私，他也不好追问，只能点头："哦……"

"不过向向确实不算单身。"路杭补充道。

向淮之终于露出一丝不耐烦的神色，说："你毕业打算去当狗仔？"

"暂时还没那个计划。"路杭笑嘻嘻地道，"我要回家继承我的亿万家产。"

陆文浩乐了:"巧了,我也是。"

然后两个人就开始你来我往地装,到达目的地时,他们已经互相吹捧到了毕业典礼要开什么款式的直升机来才显得高档又低调。

景欢没参与他们的话题,但一直竖耳朵听着,乐了一路。

农家乐建在荒郊野外,旁边是不知名的湖,湖面上停了艘大船,应该就是商家宣传的"轮船晚宴"。船看起来有些旧,不过收拾得还算干净,景欢挺满意的。

站在大门口的中年女人老远就瞧见他们了,见车子停下,忙上前来迎接他们。女人就是这家店的老板娘,热情朴实,还强行帮他们几个大男人分担了一个小背包。

陆文浩订了大包间,中午就在这里吃点儿家常菜应付应付,晚饭再去船上看夜景。不过这四周人烟稀少,到了晚上估计也是黑漆漆一片,没什么好看的,吹吹夜风倒还行。

午饭吃了个半饱,陆文浩率先起身,说:"来,咱们分配分配任务。钓鱼、摘菜和摘水果,想干哪个?我先说,我去摘水果!"

路杭说:"我去钓鱼吧,我有经验,等着晚上我给你们安排一顿全鱼宴。"

高自翔立刻表示自己也要去钓鱼,三人的目光转到了景欢这儿。

向淮之偏过头问:"你想做什么?"

景欢本来想摘水果,但要去果园得坐老板的小车,那车看起来比之前还锅的寝室还脏,于是说道:"我摘菜吧。"

陆文浩愣了愣,道:"哎不是,我就随口一说,你还真要下田啊?"

"钓鱼太无聊了。"

向淮之收回视线,道:"那我也摘菜。"

老板家的田地就在大门对面,一整片都是,种类繁多。

陆文浩坐着老板的小三轮逐渐远去,声音还回荡在田野里:"欢——欢!多摘点儿辣椒!要超辣的那种!能把我的屁股辣红的!"

景欢两手抱着竹筐,所有食欲瞬间消失,恨不得追上去把竹筐套这人头上。他正要张嘴骂人,后脖颈上忽然覆上一阵温热。

向淮之拿手摁在他的脖子上,带着力气轻轻地推了他一下,说:"发什么呆？走了。"

因为两个人是在湖边，空气中都弥漫着湖水的味道，虽然没海风那么清新好闻，但也没有那种被污染过的腥臭味。

到了田里，景欢蹲下来，仔细地看地里的菜。

向淮之脚步微顿，然后跟他一块儿蹲下。向淮之问："看什么？"

景欢诚实地道："看有没有虫子。"

向淮之看了眼菜叶上的污泥："一般都有，用水冲一下就好了。"

景欢听完，脸都皱到一块儿去了。道理他都懂，毕竟是种在地里的东西，不可能干干净净，不知道被多少虫子爬过。如果洗干净了送桌上还好，让他这么直面这些……他今晚是绝对不会碰菜了。

景欢把手套往上拉了拉，然后才动手摘菜。边倒腾，他边开玩笑道："哥，我是不是矫情过头了？"

"不会。"向淮之否认道。

景欢猜到向淮之会这么说，笑容变大。

到了辣椒田，向淮之问："辣椒摘多少？"

景欢不愿直视："不摘不摘，今晚吃清淡的。"

向淮之好笑地看了他一眼，还是弯下腰摘了一些。

景欢刚好看到这个笑容，顿足片刻，忽然问："哥，你和谁在谈恋爱啊？我们学校的人吗？"

向淮之动作轻微一顿，继续掰辣椒，道："你很好奇？"

"当然好奇，"景欢看着他的手指，"还有就是……如果她是我们学校的人，那我得跟学校的论坛管理员联系一下，让他把关于我们俩的帖子删了。"

那论坛算是学校的半官方网站，想找管理员删帖并不难，之前是觉得无所谓，他才一直没去管这件事。

向淮之皱眉，抬眼望着他，问："为什么要删？"

景欢被问得怔住。他"啊"了声："哥，你是不是没看过帖子？那些人都在里面说些乱七八糟的……"

"说什么了？"

景欢眨眨眼，委婉地道："反正几百楼下来，都是些你女朋友不爱听的。"

向淮之挑眉:"你还把帖子看完了?"

景欢咳了一声:"也不是,陆文浩他们闲着没事就总在我耳边说这些。"

向淮之收回目光,把辣椒丢到筐中,道:"不用,那个人不会介意那些。"

景欢点了点头:"哦。"

原来对方真谈恋爱了啊,什么时候的事?他记得运动会的时候也没见哪个女生敢给向淮之送水啊。

摘菜用不了多少时间,把菜交给后厨,两个人在农家乐周围转了一圈,然后从员工口中得知,农家乐后面这几栋大房子全是老板家的,老板嫌住得无聊,才开了这么一家店,就图热闹,不赚钱。

景欢感慨道:"有钱人隐居深林,穷人却在考虑自己毕业要买哪架直升机。"

向淮之低着头笑出了声。

景欢耳朵一麻,下意识地停住脚步,转头看着身边的人。

向淮之笑意淡然,问:"看什么?"

"不是,"景欢回神,抬手揉了揉鼻子,说,"哥,我有没有跟你说过,你的声音和我一个朋友很像?"

向淮之收起笑,呢喃着重复:"朋友?"

景欢毫无察觉地点头:"特别像。"

向淮之望着他,半响才问:"是关系很好的朋友吗?"

景欢皱眉想了许久:"也不算……"

"欢欢!"陆文浩咬着桃子打断他的话,站在门口朝他们挥手:"走!上船!"

船上只有三张饭桌,他们是其中一批客人。

已是黄昏,晚霞在天边染红一片,宛如泼了染料。景欢把手肘随意地搭在船沿栏杆上,跷着二郎腿意兴阑珊地观赏着。他对这些山山水水兴致不高,逛一两个小时就乏了,现在他就指望着厨师的手艺不要太差。

陆文浩拿着菜单碎碎念:"你们是没跟着我去,老板家的果园特大,水果也新鲜,我觉得都能单独营业了。现在不就有些人闲着无聊喜欢摘水果嘛……鱼要清蒸还是红烧?"

路杭吐出一口烟:"都要,咱钓了这么多,蒸焖炖煮全给来一道。"

说完,他把烟盒递到景欢面前,食指在盒底轻轻一顶,一根香烟弹了出来,"欢欢,来一根?"

向淮之就坐在两人中间,抬手就把烟盒合上了:"他不抽。"

众人皆怔住。

景欢回神,笑着说:"谢谢,不过我真不抽。"

"一直不抽,还是现在不敢抽?"路杭还以为他是碍于向淮之在,说,"你别怕他,大不了咱俩上边上抽去。"

"一直不抽。"景欢说,"不喜欢这味儿。"

"看不出来,你还挺乖。"路杭把烟盒收了起来。

点好菜,桌上几个人开始瞎聊,有陆文浩在,走到哪儿都不会冷场。向淮之安静地听着,余光一瞥,看见身边的人正在低头玩手机。几秒后,他口袋里的手机振了振,他置若罔闻,拿起桌上的茶抿了一口。

"欢欢,你现在又在拒绝哪个女生的生日礼物?"陆文浩故意打趣他。

景欢笑了声,又敲了几个字,这才把手机锁屏丢桌上,说:"没在和女生聊天……一天不黑你爸爸会死?"

"跟男的能聊这么久?"陆文浩怀疑道。

"我就爱跟这男的聊,我跟他聊三天三夜你都管不着。"景欢朝他丢了粒花生,"桌上这么多小菜,怎么都堵不住你的嘴?"

向淮之轻轻吐出一口气。他忽然觉得好笑,自己刚刚想听见景欢应什么?难道要他说"你的声音和我游戏中的侠缘的声音很像"?想想也不可能。

他拿出手机,翻阅消息。

小景呀:"[分享-《九侠》育儿攻略之魔族宝宝怎么养]。"

小景呀:"哥哥,你看这个帖子!宝宝出生一个月后就能拜师了,到时候给他挑个什么门派?"

向:"随便,你带去,喜欢什么门派就让他拜什么。"

看到这条消息,景欢挠了挠头,心说宝宝出生一个月后我俩估计早解除关系了,哪还轮得到我带去……

他正想着要怎么回复，老板娘就端来了两份菜。

路杭把烟摁灭，起身道："我去上个厕所。"

景欢锁上手机，说："我也去。"

厕所正好两间，收拾得很干净，景欢松了口气，对这家店的印象又"噌噌"上升几分。

他出来时，路杭正好在洗手。回去的路黑，路杭想着等等他，擦干手后就在旁边候着。

他看了眼景欢的手，笑了："你这手怎么比小姑娘的还白？"

景欢说："遗传的吧，我妈就白。"

路杭看了两眼，忽然想起什么，从口袋里掏出手机，说："对了欢欢，咱俩加个微信好友。"

"好啊。"景欢擦干净手，"我扫你吧。"

"行。"路杭打开二维码，递到了他面前。

景欢举起手机，笑容在看到对方的手机屏幕之后便僵住了，手机轻轻"嘀"了一声，他的手机屏幕上出现了对方的微信资料。

路杭在原地站了一会儿，半分钟过去，面前的人还举着手机，一动不动。他皱着眉偏过头问："怎么，没扫上？"

景欢打了一个激灵，立刻把手机屏幕捂到自己胸口，屏幕被遮得严严实实。

"不、不是，我……对，没扫上。"他连一句完整的话都说不出来。

景欢头皮发麻，甚至觉得呼吸都不顺畅。谁能告诉他——为什么路杭的微信名会叫"小路小路永不迷路"？！

路杭点头："那再扫一次，不然我扫你吧。"

"不，等等……我……"一个匪夷所思的念头出现在了景欢的脑子里，他咽了咽口水，说，"你有向哥的微信吗？我、我也想加向哥……"

路杭莫名其妙地看着他："你不是有他的微信吗？"

说是这么说，但路杭还是从好友列表里翻出了室友的微信，递到了景欢面前。

景欢盯着那个熟悉的夜景头像，整个人如遭雷击，脚底下仿佛长出了无数枝丫，跟这片大地紧紧连在了一起。脑子里半秒钟内飘过千言万语，到最后只剩一句——他现在去死还来不来得及？

"他的微信，不是一个水果头像吗？"良久，景欢听见自己这么问。

"啊？"路杭想了想，"哦，对，他是有个小号，之前大号被盗了才建的，你加那个号也行。"

景欢陷入了沉默。

见他没吭声，路杭打开自己的微信扫一扫，说："算了，我俩先加上吧，你把二维码打开，我加你。"

景欢目光空洞，无助地看着路杭。

怎么办？怎么办怎么办怎么办怎么办？

路杭挑起眉，问："怎么了……"

"砰"——手机从景欢手中滑落，重重坠地，砸到了石头边缘，发出一道清脆的撞击声。

景欢看都不看地上的手机，面无表情地说："我的手机坏了，可能加不上了。"

"没事，可能没坏，捡起来看看。"说完，路杭半弯下腰去。

结果还没等他碰到手机，景欢突然抬脚，狠狠地踩在了手机上。

景欢："啊，不小心踩到了。"

路杭眼神复杂地问："欢欢，你没事吧？"

"没事啊，我能有什么事？"景欢低头看了眼手机，声音毫无感情，"你先回去吧，我收拾收拾。"

路杭的视线在手机和景欢脸上来来回回转了几遍，说："行……那我先回去，你也快点儿啊。"

路杭的脚步声在这条小道中尤为清晰，直到听不见声音后，景欢才慢慢地抬起脚，弯腰去捡遍体鳞伤的手机。他低头看了一眼，还好，只是膜坏了。

景欢抽出纸，用水浸湿后，在手机上轻轻擦拭，擦了一遍、两遍、三遍……无数遍，直到手机亮起，消息自动显示在屏幕上。

向："或者宝宝随你，一起拜狐仙洞，好吗？"

啊啊啊！景欢拿起手机，对着额头就来了几下，前一秒的镇定消失得无影无踪，心里忍不住咆哮。怎么可能？！向淮之怎么可能是心向往之？！老子不信！一定是路杭搞错了，一定是他盗了路迢迢的微信号！

向淮之和心向往之不可能是一个人。

也就是名字有点儿像，声音也有点儿像，说话语气也有点儿像……这能说明什么？这什么都说明不了！

两分钟后，景欢彻底陷入了自闭状态。

以前就算再怎么觉得像，他也从来没想过向淮之和心向往之是同一个人。

网上结侠的人就是你身边的学长，《九侠》又不是按地域分的区，怎么可能有这么巧的事？！而且向淮之这么冷淡的一个人，竟然喜欢萝莉音？这像话吗？说出去谁会信啊？！

景欢在脑子里把这件事否认了成百上千回，最后才开始面对现实——如果向淮之和心向往之真是一个人，该怎么办？

景欢把整张脸埋在手臂里，心想：我果然还是只能去死了。

路杭回到船上，向淮之往他身后看了眼："他呢？"

"还在那儿，"路杭坐下道，"他不小心把手机给摔了。"

"那正好，他前段时间一直念叨着想换新手机，"陆文浩抬手对船下的服务员喊道，"这儿来两打酒！"

酒上来时，锅里的鱼汤味儿已经飘到了三里地外。

向淮之看了眼身边依旧空着的座位，起身："我去找他。"

"哎，"陆文浩忙蹿起来，抬手示意他坐下，"我去吧，我正好去洗个手，不小心蹭了一手的酱油。"

陆文浩哼着小曲儿往厕所走，小路上只有一盏路灯，勉强能照亮路。

"路边的野花，你不要……我去！"路边的野花没见着，倒是被路边的黑影吓了一跳，陆文浩感觉自己全身的肥肉都轻轻地颤了一下。

景欢还是蹲着，慢吞吞地抬头，表情不耐地说："鬼叫什么？"

"怎么是你？"看清人，陆文浩顺了顺气，"老子以为撞鬼了。"

"鬼都要被你吓跑了。"景欢说完，继续埋下头。

陆文浩一脸蒙地问："不是……你蹲这儿干吗啊？"

"我乐意，别管我，上你的厕所去。"

"我来洗个手，酱油沾手上了。"陆文浩说，"你还不回去？饭菜都上来了。"

景欢："不回、不吃，没胃口。"

他今晚见不了人，尤其是向淮之。

"哦，那你蹲着吧，我反正叫不动你。"陆文浩往里走，"一会儿向哥等急了，亲自来找你。他刚刚就要过来，被我拦着了。"

景欢现在听见"向"这个字就紧张："他找我干吗？！"

"你是寿星啊，你不在，谁敢先动筷？"

陆文浩洗干净手回来，景欢就站在路边，正在用拳头捶蹲麻了的腿。

陆文浩乐了，说："我怎么觉得你还挺怕向哥的？一说他你就蹦起来了。"

景欢心说何止是怕，老子现在都想把命赔给他了。但是他不可能一直躲着，饭得吃，一会儿回去还要和向淮之坐同一辆车。

景欢有气无力地说："你一会儿多吃点儿，少说话。"

"我偏不。"陆文浩偏偏哪壶不开提哪壶，一脸八卦地问，"对了，向淮之刚才说他女朋友的事，真的假的啊？你俩下午一直在一块儿，他跟你说什么没……"

话说到一半，陆文浩忽然闭嘴了，因为他感觉到了一股杀气。

景欢目视前方，在心里不断地劝自己，生日不宜杀生。而且他现在也没空搭理陆文浩，他们已经走到了船下，他现在只要一抬头，就能看到向淮之的肩。

陆文浩前脚刚迈上楼梯，后脚就被景欢抓住了衣摆。

"你有点儿眼力见儿，一会儿别再提什么女朋友不女朋友的。"

陆文浩伸手比了个 OK 的手势："明白。"

景欢原以为自己已经缓过来了，但在跟向淮之对上视线的那一秒，他觉得自己就像是被点燃了引线的鞭炮，立刻就要原地爆炸。

他火速收回视线，眼神飘忽地回到了座位上。

向淮之看着他通红的耳朵，问："手机摔坏了？"

景欢头也不回，哑着声音说："只是屏幕裂了……没事。"

求求你别跟我说话了，不然我立刻给你表演一个男子跳水。

陆文浩往他碗里放了只螃蟹，说："欢欢，这螃蟹特肥，里头都是膏，你尝尝。"

这是陆文浩今天干的第一件人事。

只要我埋头吃饭，就没有人能和我搭话！向淮之也不行！

景欢立刻埋头专攻螃蟹，试图逃避现实，结果刚开了个头，就被螃蟹壳上的刺扎到了手指，疼得他倒吸一口凉气。

今天不是他的生日吗？为什么他做什么都这么倒霉？！

景欢像是已经濒临爆裂的气球，就这么被蟹壳戳了个洞。他刚想叹气，食指就被旁边的人牵了过去。

向淮之捏着他的手，伸到自己面前仔细看了几眼，还用拇指轻轻压了一下，确定没流血，才把人松开。他拿过景欢碗里的螃蟹，说："别剥了。"

景欢张着嘴却说不出话。

"那你吃鱼，不用剥……"陆文浩一转头就愣住了，"欢欢，你的脸怎么这么红？"

所有人都看了过来，包括向淮之。

明明看不到身边的人，景欢却觉得自己被向淮之的视线包围了。夜风徐徐，却没能吹散他脸上的热度，反而愈演愈烈。

景欢含混地道："醉了，上头。"

陆文浩眨了眨眼，说："你没喝酒啊。"

景欢随手拿起面前的酒杯，一饮而尽，说："现在喝了！"

陆文浩眼神微妙，半晌才说："你喝就喝吧，面前这么多杯子不拿，干吗非抢人家向哥的？"

向淮之很轻地笑了一声："没事。"

景欢想：我有事，给我打个120吧，能救就救，不能救就算了。

景欢盯着地上未开启的酒瓶，想着干脆把自己灌醉，没准儿一睁眼就回到学校了。可他又怕自己醉后说漏嘴，白白送命，纠结了半天，还是作罢。

向淮之散漫地听着桌上的聊天，垂眼看身边的人。自从从厕所回来，景欢就显得没什么精神，现在正在玩螃蟹壳。他拿着两根筷子，有一下没一下地戳着刚刚扎到他的蟹壳，灵魂不知道在哪处神游。

向淮之拿起碗放到他面前，就见景欢小幅度地抖了一下，抬头惊惧地看着他。

向淮之皱起眉头,开始回想自己今天做了什么才让他露出这种表情。他把碗往前推,说:"吃了。"

景欢骤然回神,低头看见碗里满满当当,都是洁白细嫩的蟹肉。

陆文浩干啥啥不行,吃饭第一名。他一眼就瞥中了这碗螃蟹肉,筷子伸得贼快:"这么多,来,让我快活一口。"

景欢手疾眼快,用筷柄敲他的手:"松开。"

"干吗啊,别小气。"

"人家送我的,没说给你吃。"

"我知道,向学长剥的嘛,他肯定让我吃。"

"是老子不让你吃。"景欢又敲了敲他,"谁准你动寿星的食物的?"

景欢满脸忧郁地吃完了那一碗螃蟹肉。

酒足饭饱,高自翔起身举杯:"来、来,临走之时我们敬欢欢一杯,祝你年年有今日,岁岁有今朝!"

陆文浩说:"福如东海!寿比南山!"

景欢虚弱地跟他们碰了碰杯,道:"我谢谢你们。"

他刚要收回杯子,向淮之却伸出手,单独又跟他碰了一下,然后仰头饮尽。他天生气质不凡,连喉结线条都要比其他人的好看一些。

陆文浩撞他的肩膀,说:"看什么?想蒙混过关?"

景欢没法再和陆文浩说话,再说他手上的刀都快忍不住了。他仓皇地收回视线,在向淮之瞥过来之前,把酒喝了。

付完账,几个人走出农家乐,路杭因为要开车,所以没喝酒。现在他去取车,陆文浩和高自翔也跟了过去,景欢脚步刚动,就被高自翔摁在了原地。

"寿星站着别动,站这儿等我们来接你。"高自翔说,"向学长,你在这里等会儿,我们马上来。"

向淮之颔首:"嗯。"

寿星有一万句脏话想说,但是寿星不敢说,寿星现在连大气都不敢喘。

夜晚的乡野格外宁静,景欢局促不安,在心里数秒。二十秒过去了,路杭为什么还没有来?

"景欢。"向淮之的声音划破了这片平静。

景欢低头踢石子:"嗯……嗯?"

一个盒子被递到了他面前,向淮之说:"生日快乐。"

景欢看着盒子,哑声问:"这……哪里来的?"

"你上厕所的时候,回车里拿的。"

景欢接过来,咽了咽口水,说:"谢谢。"

两个人傻站着太尴尬,于是他问:"能拆吗?"

"嗯。"

景欢打开盒子,里面是条围巾,黑灰交错,简约百搭。

"之前不知道你不喜欢围巾,就买了。"向淮之说,"不想系也行。"

他什么时候说过不喜欢围巾了?景欢一瞬间有些愣怔,然后才慢半拍地想起是陆文浩在车上说了自己拒绝女生送围巾的事。他说:"不是,你这跟她们的性质不一样……我挺喜欢的。谢谢哥。"

向淮之刚想开口,手心里的手机忽然振了一下,打开一看,是他刚刚托人查的孩子攻略。换作平时,他肯定一声不响地转发给身边的人,但此时此刻,也不知是酒精作祟或是别的,他按转发的同时,忽然对身边的人说:"我给我的侠缘发条消息。"

景欢脑子一下有些跟不上,你给你侠缘发消息,跟我说干什么?

"叮——"景欢口袋里响起一道清脆的微信提示音,这提示音仿佛一把火力十足的轻机枪,在原本就不平静的湖面疯狂扫射。

啊?等等?他的侠缘不就是我吗?!

这声提示音让两个人之间的尴尬气氛骤然飙至最高点——反正景欢已经想好了一百种遁地方法。

向淮之问:"不看消息?"

景欢硬着头皮,声音从牙缝中一字一字蹦出来:"可能是生日祝福,我回去再看。"

说完这句,远处照射来一道车灯,犹如圣光。

车子停下,景欢逃命似的蹿了上去。

陆文浩在副驾驶座上发出感慨:"唉,夜晚的乡村真舒服,要是可以,还挺想在这里住一晚的。"

景欢虚弱地望向窗外,心说:我看这湖也不错,干脆我就地投湖,在此长眠,一了百了,没有烦恼。

景欢原本以为,在人多的场合或许就没那么尴尬了,可他万万没想到,唠叨了近十个小时的陆文浩现在却没了声,之前说自己晕车想吐,此刻在副驾驶座上睡得像头猪。就连身边的高自翔,也靠着车窗睡着了。

景欢抱着礼物盒,坐在座位中间,小心翼翼地缩着肩膀,觉得自己像个傻子。

"怪安静的,"路杭忽然道,"不然放首歌来听听?"

景欢沉着嗓子说:"好啊。"

路杭点开手机音乐,连上蓝牙,纳闷地道:"你的声音怎么了?"

虽然他在游戏中开了变声器,但知道路杭就是路迢迢后,他还是有点儿慌,到了安静的场景,就开始不自觉地掩饰自己。景欢咳了一声:"可能是刚刚夜风吹多了,喉咙有点儿不舒服。"

向淮之转头看了他一眼,只见景欢目视前方,坐姿端正笔直,不知道的还以为他在上课。向淮之问:"坐得不舒服?"

景欢身子一僵,摇头:"没有。"

感觉到他的紧绷,向淮之以为是他不好意思说。

向淮之沉吟几秒,没有给他让出多余的空间,而是说:"你可以靠着我这边。"

担心吵着车里的人睡觉,路杭开的音乐声很小,景欢胡乱点了下头,头也不敢回。

他们原本就肩抵着肩了,还要怎么样才算是靠着啊?这一路景欢过得很难,车子开到学校时腿都酸了。

陆文浩恍惚地醒来,觉得有些头晕,落了点车窗,结果刚开出一条缝,外面的冷风便争先恐后地涌了进来,直接把他给吹清醒了。他一激灵,赶紧把窗户合上,说:"怎么这么冷?降温了?"

路杭看了眼温度显示,说:"嗯,外头才十二摄氏度,这鬼天气。"

高自翔也被冻醒了,拉紧外套,道:"谁准你开窗的?我还以为自己因为打呼噜被景欢丢下车了。"

景欢吸了吸鼻子,没搭理他。

车子不能开进学校,停车场离学校还有段距离。路杭琢磨了下,道:

"不然我把你们先送到学校吧,我自己去停车就行。"

"那怎么好。"陆文浩忙说,"直接开去停车场,几个大男人,不怕冻。"

"你们是不怕,车上不是还有位寿星嘛!"路杭笑道,"没事,先把你们送回去。"

陆文浩见他这么说,也不矫情反驳。他打了个哈欠,转头一瞥:"欢欢,你手上的是啥?"

景欢说:"围巾,向哥送的。"

陆文浩眼神羡慕:"那敢情好,一会儿直接就能围着下车,抗冻。"

景欢想也不想地道:"不了,就这么一段路,不至于。"

"还是戴着吧,你一到冬天就老感冒。"陆文浩问,"还是你不喜欢这围巾款式?"

"怎么可能,我只是……觉得没必要。"他打开包装盒,拿出围巾,咬牙切齿地说,"算了,好像是挺冷的,我戴着吧。"

"欢欢,"路杭叫他,"你租的房子在哪儿?"

"离后门不远,我跟他们一块儿下车就行,谢谢路哥。"景欢忙说。

下了车,景欢两手揣兜里,目光无处安放,只能黏在陆文浩的脸上,说:"那我先回去了。"

景欢逃似的进了小区,直到拐弯走进楼道,确定向淮之看不见后,才长长地松了口气。

到家后,他把围巾挂到了衣柜里,然后脱掉衣服直奔浴室。

躺进浴缸,景欢往后一仰,任凭热水浸湿后脖颈,终于有了片刻放松。他安安静静地躺了一会儿,然后被手机提示音拽回了神。

小路小路永不迷路:"小景景,干吗呢?上来打本不?"

景欢心一颤,方才那股紧张感又回来了。

小景呀:"我有点儿事,今晚上不了啦。"

小路小路永不迷路:"OK,那明天来。"

看着和路杭的对话框,景欢不得不重新面对现实。

他在回来的路上冷静地想了一下,其实很多事都有迹可循。心向往之的号丢给代打的那几个月正好就是向淮之腿伤回家休养的时间,他们在度假村相遇时,心向往之刚巧也去爬山,甚至连校运会都是同时举办的。这么多巧合凑在一起,就不是巧合了,一切清晰明朗,他早该察觉……个啥!

这让他怎么察觉?!这谁能察觉?!

景欢做了个深呼吸,算了,现在不是计较这些的时候,他要想想接下来怎么办,要怎么做才能完美地解决这件事。

景欢开始回想,前几个月自己都做了些什么。

他也就是大张旗鼓地以女玩家身份追了心向往之几个月,然后还叫了对方几百声哥哥,顺手"骗"了对方几件装备和"一点儿"游戏金币,好像还发了一张 PS 过度的大腿照……所以他当时是疯了吗?他为什么要给一个男人发大腿照?!

景欢被这几个月中的自己深深地震撼到了。

也不知道是泡久了还是被自己气的,有那么一瞬间,景欢都觉得自己要晕在浴缸里了。他赶紧收回思绪,离开浴缸,回床上继续自我检讨。

半小时后,他检讨完毕,心里想的已经不是"我要怎么跟哥解释他才愿意原谅我"了,而是"我要怎么求饶才能保住这条小命"。景欢换位思考了一下,如果有人敢这么对他……他不把那人剥一层皮,他都不姓景。

手机再次响起,把景欢实实在在地吓了一跳,他烦躁地拿起手机,才看了一眼,就猛地翻了个身。

向:"到家了?"

小景呀:"到了!"

因为心虚,景欢光是看到"向"这个字都会心跳加速。

向:"明天中午下本。"

小景呀:"好!"

回复完,景欢把手机随手一丢,对着天花板叹气。好在向淮之现在还不知道他是谁,他还有时间考虑。

景欢,乐观一点儿!要坚强!

景欢缓缓闭眼,却没有睡意,总觉得有什么地方不对劲。

十秒后,他骤然睁眼,一个鲤鱼打挺就从床上坐了起来!他惊惧地拿起手机,因为手指颤抖,点了好久才点开微信。

只见微信上方,"向"和"向淮之"两个账号的头像紧紧挨在一起,仿佛在嘲笑他。

他之前嫌重新创个小号太麻烦,所以直接用大号加的心向往之,而他的大号也加了向淮之,向淮之如果不傻的话,应该能认出来,自己的侠缘和学弟用的是同一个微信。

向淮之当然不傻。

这信息量直接把景欢的大脑给淹没了,他一下就不知道该从哪处开始梳理了。

向淮之既然知道他是谁,为什么不戳穿他?为什么还跟他结侠,甚至办了这么大一场宴席?

景欢整个人都蒙了。

如果对方是想反过来要自己,根本没必要花这么多钱,而且他不觉得向淮之是会拿这种事情开玩笑的人。

景欢想了无数种原因,不论哪一种……都挺要命的。

Chapter 23

第二十三章

发烧

二十岁的生日过得兵荒马乱，景欢第二天醒来时，整个人都晕乎乎的。

他不记得自己昨晚是几点睡的，身上没盖被子，凉风从窗外吹进来，十来秒后，他才后知后觉地感觉到冷。

他手上还握着手机，昨晚他本来想跟向淮之坦白，但是想了一晚上，都不知道要怎么开口。

景欢举起手机想看看时间，才发现手机早就自动关机了。连上充电线，他慢吞吞地挪动身子，好不容易从床上起来，给自己加了件衣服。回来时手机正好开机，时间显示十三点十一分。

他愣了一下，微信紧跟着跳出消息来。

向："醒了吗？"

景欢懊恼地挠了挠头发，赶紧回复。

小景呀："醒了，睡过头了，对不起……"

向："今天上号吗？"

小景呀："上。"

向："嗯，等你。"

景欢咬咬嘴唇，在心里下定决心，转头去厕所洗漱，路上因为没走稳，撞到了床角，疼得他直抽气。他知道自己的状态不太对，洗漱完后顺便量了下体温，三十八点七摄氏度。

景欢打开电脑，先让陆文浩他们帮忙请个假，才紧赶慢赶地上了游戏，谁知刚登录就收到了孩子系统的趣味提示。

哇，小宝宝轻轻踹了一下您的肚子呢！

这才几天啊，小宝宝能动才有鬼了！

景欢吐槽完便收到了向淮之的消息。

[侠缘] 心向往之："来家园。"

景欢传送回家，被庭院装潢吓了一跳。

庭院里的杂草已经全部消失了,破木栅栏换成了结实的围墙,窄小的院子里多了一棵桃树和几盆不知名的花,庭院中间放着竹木秋千和一个小木马,虽然不奢华,却简单温馨,比向淮之以前住的大豪宅更像个家。

[侠缘] 心向往之:"我随便买了几件。"

[侠缘] 小甜景:"……"

[侠缘] 心向往之:"不喜欢?"

[侠缘] 小甜景:"喜欢。"

景欢抿了抿嘴,开始敲字打草稿,早死早解脱,他要坦白!可摊牌的话他反反复复琢磨了十来遍,写写删删,却一次也没发出。去景欢觉得高中作文都没这么难写,直到他们进了下本队伍,景欢都没能发出去一个字。

"小景景,"路杭打趣地问,"怎么样,对新庭院满不满意?"

[队伍] 小甜景:"满意……但你怎么知道我们换了新庭院?"

"我当然知道,向向刚刚一直在逛论坛找装修方案呢。"路杭"啧啧"道,"比上课还认真。"

景欢感觉喉咙发干,拿起鼠标旁边的水杯喝了一大口水。

这时,屏幕下方弹出几条喇叭。

[喇叭] 最爱麦麦:"挑战不喜欢麦麦的第一天。"

[喇叭] 最爱麦麦:"挑战失败,侠缘三周年快乐。"

"哎,这最爱麦麦怎么模仿你啊?"路杭乐了,"不过最近怎么没见你挑战不喜欢你哥哥了?"

[队伍] 心向往之:"不用挑战了,侠缘称谓看不见?"

景欢觉得自己的体温又升高了,他抬手捂脸,心跳得厉害。

要不……等自己病好了再说?他发着烧,向淮之没准儿也揍得不痛快不是?

坦白很难,退缩却很容易,头一低一抬,景欢便重新下了决定。

不管对方由着自己撒谎的目的是什么……让他再当两天乌龟,病好后,他就自己卸掉龟壳,任向淮之宰杀。

因为"有身"限制,他们最高只能刷三星副本,难度低,不需要刻意操作,让景欢刷副本之余还有闲心想些别的——比如向淮之什么时候知道他就是小甜景的。

景欢皱着眉。他知道向淮之的性格比较冷,但不至于被人骗了还无动于衷吧。更何况骗他的还是自己……他们俩离得这么近,怎么看都像是自己另有所图。

景欢撑着下巴回想了半天,还真让他想起一件事来。

前段时间,他下楼买药,正好遇到向淮之在夜跑,现在想想,当时向淮之根本没流汗,也没同伴,不像夜跑,倒像是在蹲他。

景欢恍然,向淮之肯定是在蹲他!他果然想揍他!但后来他为什么没动手?因为自己病了?

景欢胡思乱想了很久,绕来绕去都只能得出一个结论——向淮之真是个好人。

副本刷到下午,景欢实在有些撑不住,起身去拿了些药。他家里没退烧药,不过上回他买的感冒药还剩下不少。

勉强吃着吧,万一他就吃好了呢?

他原本就头疼得难受,吃了药后就更困了,以至于刷完低星副本后,迟迟没离开队伍。

"小景景,"路杭说,"我是很愿意带你去刷高级本啦,但向向好像不是很高兴。"

景欢这才恍然回神,赶紧离队,进了向淮之的队伍。

"干什么去了?"向淮之问。

[队伍] 小甜景:"倒了杯水。"

向淮之:"喝热的。"

景欢刚想发个点头的表情,又忽然想起什么。

[队伍] 小甜景:"你怎么不跟他们去下高级本?"

向淮之:"不去,不缺经验。"

景欢要真是个《九侠》菜鸟也就信了。

可在《九侠》中,对经验的需求是永远没有尽头的,升级、点技能,甚至给装备镶嵌宝石,都要消耗玩家自身的经验值,全服没有一个玩家敢说自己不缺经验。

[队伍] 小甜景:"没关系,你不用管我,我自己玩一会儿也行。"

"我不管你谁管你？"向淮之皱着眉问。

[队伍]小甜景："……"

向淮之回头看了一眼，刚好跟路杭对上目光。

路杭："干吗？"

向淮之："把耳机戴上。"

路杭："为啥？"

向淮之："不要偷听。"

路杭："我是那样的人吗？我还嫌你吵呢！"

虽然他确实是在偷听，但理不直气得壮。

路杭是真觉得稀罕，向淮之平时对旁人连个眼神都不爱多给，现在却天天跟小甜景聊这些……

再看小甜景，平时在他们面前都奔放成那样了，私底下岂不是更……

路杭倒吸一口气，目光又微妙了几分。

向淮之眯了眯眼，问："你在想什么？"

"想……"路杭乖乖地戴上耳机，"副本应该快开始了，我去一趟帮派YY，方便跟他们打配合。"

景欢喝了第三杯热水，整个人都像浸在热水里，憋得难受，喘不过气，可他一点儿也不想去休息。

向淮之牵着他去做侠缘任务，做到第八环，队里的人还一声都没吭。

向淮之问："不想做这个？"

[队伍]小甜景："想。"

侠缘任务第九环，是NPC出的侠缘选择题，测试侠缘对彼此的了解程度，一般这个环节，玩家们会用语音沟通。

向淮之看了眼题目，问："你喜欢什么颜色？"

队伍频道安安静静，无人应答。

景欢反应过来时，答题时间只剩下四秒了。他猛地回神，下意识地开麦，由于太久没出声，他的声音哑得吓人："啊，白色。"

时间终了，挑战失败。

[队伍]小甜景："对不起啊，我刚刚发了会儿呆，再点一次吧。"

侠缘任务要求不严格，失败可以重新挑战，向淮之却没再点NPC。他问："你是不是发烧了？"

[队伍]小甜景："嗯，不过就一点点。"

向淮之问："多少摄氏度？"

[队伍]小甜景："低烧，三十七点七摄氏度。"

向淮之说："拍温度计给我看。"

景欢被这一招打得猝不及防，实际上，他这一天只测了一次体温，并且高达三十八点七摄氏度。

景欢拿起温度计重新测了一下，"嘀"的一声，体温计显露出数字，三十八点九摄氏度。

向淮之："拍了没？"

[队伍]小甜景："体温计好像坏了，突然测不出来了！真的！"

路杭这边正在激情下本，肩膀忽然被人拍了拍，他抽空转头道："又干吗？我这次真没偷听！"意思是他前几次都在偷听。

向淮之懒得计较，问："你给景欢准备的礼物在哪儿？"

"床上呢，今早快递刚送来……"路杭愣了愣，"哎，你拿我的礼物干吗？"

向淮之："我帮你送去。"

"啊？"路杭有些蒙，"我没手还是没腿，干吗要你帮我送去？"

向淮之把礼物揣进兜里，说："有没有什么话要帮你带？"

路杭下意识地说："补一句生日快乐吧……"

路杭打完副本时，向淮之刚套上大衣准备出门。

路杭纳闷地问："你去找景欢干啥？"

"有事。"向淮之把电脑合上。

"行吧，别怪兄弟我没提醒你，我这礼物可比你那条小破围巾牛多了，你到时可别拉不下脸啊。"路杭笑了一声，"对了，景欢加你的微信没？"

向淮之刚要拉开寝室门，闻言停下脚步，问："什么微信？"

"微信号啊，"路杭好笑地道，"他昨晚找我要你的微信号来着……话说回来，你那微信小号不是早就弃用了吗？怎么又拿出来用了？"

向淮之目光沉沉地看着他，没说话。

路杭被盯得后背发毛，笑容逐渐凝固："怎、怎么了？"

"你把我的微信给他了？"向淮之问。

"是啊，不能给吗？"路杭蒙了。

向淮之立在原地："他当时说什么了？"

"没说什么，"路杭说，"原本我俩想加微信来着，结果他把手机摔了，也没加成。"

向淮之沉默几秒后，点头道："知道了。"

路杭见他语气不对，刚想再问两句，就听见"嘭"的一声，他室友头也不回地关门走了。

外面飘了点儿毛毛雨，向淮之把外套帽子随便扣着，边往前门走，边垂眼看手机。

怪不得小朋友昨晚的表现这么奇怪，从厕所回来之后，都不敢多看他一眼。

手机轻轻响了一声，向淮之刚刚扔下句有事就走了，对面的人到现在才磨磨蹭蹭地回复他。

小景呀："好，那我去做一下日常任务。"

向："去躺着。"

小景呀："可我躺着就会睡着。"

景欢头昏脑涨地躺在电脑椅上，一双长腿十分不雅观地挂在床沿。

他今天请假了，其实睡着了也没关系。但是他可能一睡醒就得挨向淮之的揍，一想到这里，他就觉得该珍惜生病的时光。

手机振了一下，景欢低头瞥了一眼，看到消息不是向淮之发的，连点都懒得点开，偏偏讨论组里的人不愿意放过他，还@了他一下。

陆文浩："你病得怎么样了？需不需要室友上门送温暖？天气太冷了，我和翔儿准备打个火锅吃，刚好征用你家厨房。"

陆文浩："欢欢人呢？哎，我们寝室今天是不是走霉运啊？我刚刚下楼梯摔了一跤，差点儿没把我摔死。"

高自翔："死是没死，就是前面的同学以为地震了，跑得贼快。"

陆文浩口吐芬芳几百字，又@了景欢，问他火锅想涮什么。

景欢没力气打字，按下说话键："你爸爸我病成这样，还想给我灌火锅，想我早点儿死？"

陆文浩很快回了条语音："你这嗓子，不知道的以为你喊了一晚上。"

之后两秒，他还听到高自翔"扑哧"一声笑了。

景欢言简意赅地道："滚。"

陆文浩说："我还以为你装病逃课呢，还真病了啊？不然我顺便给你带点儿药去？我现在正好在医务室上药。"

景欢哑声说："别来，你太吵。你摔哪儿了？"

陆文浩立刻给他发了张照片，照片后面还跟着几个大哭的表情。

景欢随便扫了一眼，顿时无语，然后冷笑着说："那是得赶紧看医生，不然都快愈合了。"

陆文浩愤怒地用表情包刷了屏。

景欢没再跟他废话，看到向淮之还没回复，打开某团软件叫了个买药跑腿，然后把手机丢到了床上，操控着游戏人物往某个野图跑。

他已经想好了，不仅要道歉，还得赔偿向淮之的损失，直接赔钱向淮之或许不会收，所以他打算给向淮之打造一件好腰带。他那天上号时看过了，向淮之的装备几乎都是极品，唯一有进步空间的也就是那件腰带了。

而玩家击杀这个野图的野怪有概率掉落锻造腰带的小材料。

但他很快发现，这个野图的野怪，他基本抢不到。

在老区，景欢人称野图小霸王，抢怪手速一流。但今天小霸王的脑子有点儿昏，连带着反应也比别人慢几秒，一只野怪都没抢着过。

他低低骂了一声，刚要去别的地方，界面弹出一条消息。

"秋枫"邀请您加入他的队伍。同意，拒绝。

[密聊] 秋枫："我们队伍也在刷，刚好缺个人，来，一起。"

景欢犹豫了下，点了同意，总比他一个人漫无目的地瞎按好。

他拉出召唤兽，刚挂好机，就听见门铃响了一声。

[队伍] 小甜景："我挂机拿个外卖，马上。"

他起身往门外走去，连猫眼都懒得看便拉开了门。

门外，向淮之笔直地站着，帽子遮住了他的大半头发，额前露出的几缕发丝已经被雨水淋湿，此时正轻轻翘着。

男生眼眸漆黑，直勾勾地看着他。有那么一瞬间，景欢还以为自己出现了幻觉。

"路杭让我帮他把礼物送来。"向淮之说。

景欢下意识地低头，看到他手里捏着一个小礼盒，还有一个塑料袋，里面隐隐约约是几个药盒。

"你的脸色不太好。"

景欢张嘴刚想说什么，面前的男生忽然抬起另一只手，撩起他的头发，将手背贴到了他的额头上。

向淮之的手冰冰凉凉的，还带着一些湿意。

"发烧了？"他听见向淮之问。

察觉到自己手上的雨水把他的头发弄湿了，向淮之收起手，垂眼静静地等他回答。

景欢握着门把，好不容易找回自己的声音，用他那破锣嗓子问："哥？你怎么知道我住这里？"

向淮之说："路杭说的。"

其实是之前两个人一起回来时，向淮之特地观察过。景欢走进这栋大楼后，没过几分钟，这层楼的灯就会亮起来。

不过，这件事说出来似乎有些变态，所以他干脆全推给路杭。

景欢"哦"了一声。

向淮之把礼物盒递给他。

景欢慌乱地接过来，一眼都没多看，仓皇地说："谢谢。"

等等，这是干吗啊！说好我病好了再去自首的！为什么现在对方就上门来抓人了？！

景欢咽了咽口水，喉间传来的刺痛让他彻底清醒。

向淮之睨了眼微微拉开的门缝，然后晃了晃手上的袋子。

不知道这人为什么察觉了也不跟他摊牌，向淮之索性陪他一起演。他说："路杭发烧了，我顺路给他买了点儿退烧药。既然你也病了，先给你。"

发烧个鬼，刚刚路杭还跟我一起快乐地下本呢！

知道这是向淮之特地给他送来的药，景欢硬着头皮接了过来，说："那怎么好意思，谢谢。"

景欢，你千万要镇定，你现在什么都不知道。只要你演技够好，向淮之的拳头就够不着你。

向淮之穿着深绿色的外套，因为淋了雨，颜色变深了一些。

知道自己病了后，景欢就把窗给关了，又拉着窗帘，压根儿不知道外面下了雨。

"你淋雨了？"景欢说，"没带伞吗？"

他的本意是想借向淮之一把伞，可他还没说完话，就被人打断了。

"嗯，"向淮之说，"地方借我躲躲雨？"

有那么一瞬间，景欢的鸡皮疙瘩都冒了出来——怎么办？他的电脑上开着的游戏客户端怎么办？这要他怎么演？这就是奥斯卡影帝来了也没法演啊！

拒绝吧，直接把人赶走，就说自己现在病得不舒服；说房间脏得不能见人；说自己跟别人在同居不方便……

向淮之问："行吗？"

景欢的心脏怦怦直跳，但他脸上仍保持着镇定，然后像给自己搬开棺材盖似的，缓缓地拉开房门，"行，当然行。"

向淮之一踏进去，就看到了高至他半腰的鞋架子，里面每一层都装满了球鞋，每一双都价格不菲。

男人天生比女孩子要邋遢，玄关前的地面上还有几双放不下的，歪歪扭扭地放在一边。虽然看起来杂乱，空气中却并没有异味。

景欢想给向淮之拿双拖鞋，低头找了半天，才想起自己家里就一双拖鞋。于是他把鞋脱了："我这里就一双鞋，你勉强穿着吧。"

"不用，你自己穿好。"向淮之仍将目光放在鞋柜上，状似不经意地问，"你很喜欢球鞋？"

回答的话涌至嘴边，又被景欢硬生生地吞了回去。

等会儿……他之前是不是还立过父母离异、生活贫困的可怜少女人设？

向淮之打量了一会儿，看明白了，摆在鞋柜最上方的鞋最贵，便宜的就在最下面，放在外面的也贵，是常穿的。

景欢只觉得自己的体温又飙升了好几度，硬着头皮挤出一句："这些都是高仿货。"

向淮之问："叔叔阿姨也舍得让你穿高仿？"

他忘了，向淮之见过他爸妈。想圆谎，却越说越离谱，景欢觉得自己又凉了几分。

向淮之微不可见地扯了扯嘴角，没再继续逗他，说："先去吃药。"

景欢之前烧的一壶热水都快见底了，他给向淮之也倒了一杯热水，走出厨房一看，向淮之坐在沙发上，视线放在他的电脑屏幕上。

景欢差点儿拿不稳杯子，面无表情地站着，在心里把自己骂了千千万万遍——他当初为什么要图方便，租了这个没有卧室的房子？！

景欢租的房子只隔开了厕所和厨房，床、沙发、桌子都在客厅，看起来大气又舒服，是他喜欢的户型，独居正好。

现在他就后悔了，非常后悔。

他强迫自己若无其事地把杯子放到向淮之面前，说："你刚淋了雨，喝点儿热的……"

"你还在玩《九侠》？"

空气安静下来，景欢的呼吸不自觉地快了几拍。

"就是随便玩玩。"景欢猛地咳了几声，胡乱拿起桌上的药，强行扯开话题，"这些分别吃几片？"

向淮之收回视线，从塑料袋中拿出一个长方形的小盒子，拆开后露出个耳温枪。

景欢伸手拦他："不用拆，这个……"我有。

等等，景欢你在干什么？你的体温计量不出体温！

向淮之抬眼："嗯？"

"这个……"想起自己撒的谎，景欢深呼吸，然后道，"我不会用。"

向淮之没说话，把说明书丢到一边，拿着套好耳套的耳温枪转过头来，抬手捏住了景欢的耳郭。

景欢下意识地想躲。

向淮之伸手按住了他的脖子。

"别动。"他拿着耳温枪,确定能使用后,把前端塞进了景欢的耳中。

景欢呆坐在沙发上,突然不知道手脚该往哪里放了。他从小到大,虽说不是什么大哥大,但也算是位小霸王。叛逆期那会儿,他不惹别人,别人也不敢招惹他。不论是打架还是大考试,他都没怎么慌过。

此时此刻,他觉得自己的脸都能拿去煎鸡蛋了。

这就是撒谎的代价吗?老子错了,老子以后再也不敢了。

耳温针可能只在他耳朵里放了十秒,甚至更短,景欢却觉得比高考那一百来分钟还要漫长。

然后,他就听见身边的人沉着声音,没什么语气地念:"三十八点九摄氏度。"

景欢惊讶地道:"这么高?"

向淮之垂下眼。

两人对上视线,景欢瞳孔一缩,心里慌得不行。

"我睡醒的时候量,还没到三十八摄氏度呢,"景欢别开眼,"真的。"

向淮之把耳套丢进垃圾桶,拆开药盒。

"这个一次两片,发烧的时候吃。"向淮之手指修长,边说边把药从包装中挤到小盒子里,"这个一天两次,一次一粒,每天吃。"

景欢盯着他的手指,向淮之的手是真的很好看,又长又直。

"还有这个……"向淮之睨他,"你在听吗?"

景欢回神:"当然!"

直到把药吃了,景欢才觉得自己刚才的表现有点儿矫情。他懂事以来,从没让谁伺候过他吃药。

看着他吃完药,向淮之抽出张纸,随便在前额的碎发上擦了两下。

景欢这才反应过来:"我去给你拿条毛巾。"

"不用,已经干得差不多了。"

外面雨势渐大,雨滴打在玻璃上,发出细碎的脆响。景欢刚想说什么,桌上的手机忽然响了起来。他解锁一看,是一通语音电话,秋枫打来的。

两人一怔，景欢这次反应极快，以迅雷不及掩耳之势把电话给挂了。

秋枫："外卖拿到了吗？挂机时间到了，你回来重新挂一遍吧。"

《九侠》中的挂机是有回合限制的，超过四十回合，就得重新点一遍挂机按钮，否则人物就会原地不动。

"外卖？"向淮之挑眉，看得非常自然。

"嗯，我叫了买药跑腿，到现在还没来……"

景欢顶着右侧的灼热目光敲字。

小景呀："你把我踢了吧！"

秋枫："啊，没事，你还要多久？我挂着等你，反正这十分钟的野怪也清完了，还没刷新。"

小景呀："你别等我！直接把我踢了！"老子今天回不去了！

秋枫："怎么了？"

秋枫："别担心，我刚刚看了一眼，心向往之在蓬莱挂机呢，抓不到咱们，嘿嘿。"

啊？等等？我们之间有什么事是需要向淮之来抓的吗？我跟你什么仇什么怨你要这样报复我？

景欢连回都不想回对方了，直接锁了屏幕。

向淮之把内容尽收眼底，然后问："在做什么任务？"

景欢把手机调成静音，极小声地说："在刷野图。"说完，他又补了一句，"是一队人在刷，我抢不到怪，正好看到帮里的人，就顺便蹭了下车。"

向淮之问："不去重新挂自动吗？"

景欢摇头："挂机只管四十回合，太麻烦了……而且我一会儿要休息，先不刷了。"

手机屏幕一直亮，上面全是秋枫的消息。

秋枫："开玩笑的，哈哈，要不你把号丢给我，我帮你打吧。"

秋枫："你要什么材料？我看看我有没有多的。"

老子什么都不要，滚！

景欢实在忍不住了，伸手把手机反扣在桌面上。他刚要开口，身边的人倏地站了起来。

"虽然我很久没玩了,但是挂机还是会的,"向淮之说,"没事,你去睡,我帮你刷。"

景欢睁大眼,下意识地想抓他的衣袖将人拦下来,但没拦住。向淮之腿长,两步就走到了电脑前,晃了晃鼠标,电脑待机界面瞬间消失。

向淮之握住他的鼠标,熟练地打开挂机模式,问:"你玩的女号?"

景欢悲壮地说:"男号装备贵,玩女号比较省钱……"

向淮之视线往下,忽然轻轻地"哦"了一声:"还结侠了。"

景欢皱着眉头:"嗯,就……"他卡壳半天,都想不出一个合理的借口。于是他挣扎着起身,走到向淮之身后,说:"我自己来吧,不麻烦你了。"

这时,音箱里传来秋枫的声音。

秋枫"咦"了一声:"小景景回来了?"

秋枫用了声卡,是标准的渣男音。从他嘴里说出来的"小景景"和从路迢迢嘴里说出来的,完全是两回事。尤其景欢今天嫌戴耳机不舒服,特地连的音箱,效果就更加明显了。

景欢感觉眼皮很轻地跳了一下,刚想说什么,就见向淮之突然按下了 F5——游戏中的说话键。

景欢只觉头皮发麻,想也不想就弯下腰,死死地捂住了自己的麦克风,脱口道:"别,哥哥……"

我开了 100% 的变声器!我已经不要脸了,不能让你也跟着丢人!

向淮之动作一滞,抬头看他。

见他松开 F5,景欢也跟着吐了口气,道:"哥哥,我这个麦……"

向淮之问:"知道叫哥哥了?"

景欢瞬间呆滞,开始缓慢地回想,他刚刚叫哥哥了吗?

"我说我突然有些结巴,"他眨了一下眼,"你信吗?"

向淮之无声地朝他挑了挑眉。

"那行吧。"景欢垂死挣扎不过两秒就放弃了,实在演不下去了。

"继续说,"向淮之捏着麦克风的支架,问,"这个麦怎么了?"

"就,开了,那什么。"

"哪什么?"

景欢艰难地一字一顿地道:"变……声器。"

屋内陷入沉默,只剩下电脑的散热声,呜呜作响。

景欢要尴尬爆了,但这是他自己作的死,怪不得谁。他咽了咽口水,攥紧衣角,大喊:"对不起,你……你揍我吧!"

向淮之被他这副视死如归的模样逗乐了,但面上没表现出来。他沉吟片刻,把麦克风挪远,起身说:"嗯,你闭眼。"

景欢心一沉,然后认命地把眼睛闭上了。

他咬着牙等拳头,眼前一片漆黑时,所有情绪一拥而上,尴尬、慌张、害怕,还有难过。

他也不知道自己在难过什么,也不是怕挨打,只是想想要揍他的人是向淮之……就挺不是滋味的。

等了十来秒还没动静,景欢等得有些烦躁,就像一把刀在自己的脑袋上要落不落的,很难受。他忍不住想睁眼看看,眼皮还没来得及抬起,一股温热就覆上了他的脸颊。

男生的手掌心很轻很轻地拂过了他的脸,这力道别说是打了,就连拍都算不上。

"行了,睁眼。"向淮之说。

景欢慢吞吞地睁开眼,眼底一片茫然。

就这样?就完了?

景欢难以置信地站在原地,有些怀疑自己是在做梦。

向淮之坐回椅子上,游戏里,秋枫还在聊天框里发消息,问景欢是不是闭麦了,为什么一直不说话。

向淮之扫了眼聊天内容,问身边的人:"能离队吗?不想看他废话。"

景欢被拽回神,想也不想就应道:"能。"

只要你高兴,你让我朝他开红都行。景欢看着向淮之退掉队伍,说:"随便找个地方挂着就好了。"

向淮之却没动,而是问他:"不去休息?"

景欢愣了一下,道:"我还要拿外卖。"

"我帮你拿,"向淮之看了眼角色在的地图,很快猜出他的目的,"你是想刷青龙牙?"

青龙牙是景欢想刷的锻造材料。

景欢"嗯"了一声:"这东西不太好收,我就想着边收边刷。"

向淮之点了点头:"我帮你刷。"

他闹了个大乌龙就算了,现在还要向淮之开着他的女号去刷材料?景欢想想都觉得头皮发麻。他看了看自己的游戏人物,又看了看向淮之的侧脸。

景欢心里是真不想睡,但他现在浑身无力,眼皮阵阵发酸,尤其是吃完药后,困意像潮水似的涌上来。他摇头道:"我还不困。"说完,他忍不住打了个哈欠。

知道他在顾忌什么,向淮之说:"我只是帮你刷青龙牙,不会看你的隐私。"

景欢表情复杂。他的电脑里哪有什么隐私?《九侠》就是他最大的隐私。

要换作平时,景欢肯定搬个小凳子坐到向淮之身边,目不转睛地看他玩游戏,但他今天是真的烧得厉害,连最简单的吞咽动作都能疼得他皱眉。

向淮之抬起眼皮道:"午安。"

景欢:"午安。"

景欢拿着手机,带着破罐子破摔的心态爬上了床。他原以为自己会紧张得睡不着,但事实是,他刚碰到枕头的那一刹那,睡意就像外头的雨,密密麻麻地把他笼罩住了。

片刻后,手机从他手中滑落,随意地滚到了枕边。

向淮之挪动鼠标,轻而易举地抢到了一个刚刷出来的野区大Boss。所有野图每六小时会刷出一个场景大Boss,掉落特殊奖励的概率很高,这个野图的Boss尤其难抢。不过战斗难度低,向淮之操作之余,还有时间瞥一眼床上的人。

景欢的床单上印的是火影忍者,被褥鼓起的那一块正好是鸣人图案,正平稳地起伏着。

向淮之看了几秒便收回视线,游戏中,九尾狐仙晃晃尾巴,把大Boss摁倒在地。

您获得了 2 铜、1011 点经验值、青龙牙 ×1。

向淮之打开行囊看了一眼，青龙牙被景欢单独拖到了道具栏右下角，孤零零的，目前只有两个。他犹豫了下，决定开自己的号，发几个喇叭收货。

他还没来得及重新开一个客户端，好友消息便亮了起来。

[密聊] 秋枫："小景景，你竟然抛下我，自己去抢 Boss……"

秋枫说这话其实也没有别的意思。他对所有女生基本都是这个态度，亲密、暧昧，在朋友和恋人的边界疯狂试探。这让他顺利地成了很多女生的"好朋友"。

[密聊] 秋枫："怎么不回我？怎么样，Boss 掉青龙牙了吗？"

[密聊] 小甜景："不是本人。"

[密聊] 秋枫："啊？噗，难道是外卖小哥哥？"

[密聊] 小甜景："是他的侠缘。"

秋枫觉得这八成是室友的恶作剧。

[密聊] 秋枫："哈哈，她的哪个侠缘？"

[密聊] 小甜景："称谓上的侠缘。"

秋枫脑子一抽，还真打开小甜景的资料刷新了一下，称谓上是"心向往之的侠缘"没错。

秋枫反应过来，蓦地睁大眼睛……等等？

[密聊] 秋枫："向神？"

[密聊] 小甜景："嗯。"

[密聊] 秋枫："没事，您继续。"

秋枫原本还半信半疑，直到他在野图逛了一圈回来，看到心向往之出现在野图中，正组着小甜景刷青龙牙。

"我说小甜景怎么刷着刷着走了，"莫问归期在队伍里开麦道，"原来是向神来了。"

秋枫说："不是向神来了……"是向神一直在。

秋枫开始回想自己刚刚说过的话，再想想心向往之回复他的态度……他沉默了一下，带着队伍往野图另一端走去，生怕心向往之一个不高兴，直接朝他开红。

莫问归期:"哎,别走啊,我还想逗逗小甜景呢。"

"别逗了,活着不快乐吗?"秋枫问。

莫问归期愣了愣:"啥意思?"

秋枫言简意赅地道:"小甜景的号现在是向神在用。"

莫问归期笑了声:"怎么可能,她刚刚不是还在跟我们聊天吗?"

队伍频道安静了几秒钟。

莫问归期:"等会儿,是我想的那个意思吗?不可能吧……"

秋枫:"嘘。"

向淮之组队刷了十分钟,两个号只爆了一个青龙牙。他想了想,打开好友列表,准备找路杭拿小号,多一个号,就多一些机会。

景欢的好友列表分组很简单,只有三个组别,一个叫"朋友",里面几十个人,大多是帮派成员;一个叫"队友",路杭他们都在里面;最后一个叫"呵呵",里面只有向淮之一个人。

向淮之看着单独的分组,眼底的光温和了许多。

[密聊]小甜景:"把你的小号丢我。"

[密聊]小甜景:"我刷青龙牙,缺三个号。"

路杭看了眼发件人,确定自己没眼花后,才打字回复。

[密聊]路迢迢:"小号我开着呢,在哪儿,我直接进队,刷出来了丢你。"

向淮之直接发了个坐标过去。

路杭一进队伍就开始叽叽喳喳:"你刷青龙牙干吗啊?要打装备?咦,向向的号怎么也在,是你开的吗?小景景,你顺便看看他的号里有没有多的药材,帮我偷点儿出来。"

床上的人被吵得翻了个身,向淮之把音箱音量调低,开着变声器,他也不怕路杭认出来,直接按下说话键说:"没有,滚。"

路杭瞬间被成熟又强势的御姐音击中了心脏。

几秒钟后,路杭回过神来:"嗯?是哪个小姐姐?小景景的室友吗?你也玩《九侠》?你在哪个区啊,要不要来我们区玩?我们刚合并,现在是大红区,来了我天天带你玩啊……"

向淮之深吸一口气,然后动动手指头,在队伍设置里把路杭的麦克风给屏蔽了。

刷了一会儿，手机铃声猛地响了起来。向淮之立刻起身，两步走到了床边，拿起正在狂响的手机。

"你好，我是美团跑腿的，现在已经在门外了。"

药店挑的药和向淮之买来的一模一样。他把这些放到餐桌上，刚准备回去刷材料，才发现自己手上还握着景欢的手机。

他走到床前，把手机放回枕边，目光移到了景欢的脸上。男生像是被电话铃声吵到了，眉毛轻轻皱着，半张脸没在枕头里，瘦白的手屈着搭在枕头上，脸蛋还泛着不太正常的红，不过相较之前，已经褪了许多。

向淮之伸手，指背贴上景欢的脸颊，滚烫感从手指上传过来，向淮之的手往上，又摸了摸他的额头。

景欢做了个梦，梦见自己走在沙漠里，烈日就挂在头顶，暑气蒸腾，口干舌燥。这时，眼前凭空出现一个冰袋，他还没来得及去抓，冰袋就自己贴到了他的额头上，清凉舒服，让人忍不住长叹一口气。但是还不够，于是他伸手去拿那个冰袋，痛快地往自己的脖子里塞。

还是有点儿烧，向淮之抬眼看了看钟，正在心里估算着下一次吃药的时间，胳膊就忽然被人抓住了。

景欢的掌心也是热的，轻轻抓着他，几乎没用什么力道。

向淮之刚想看他要做什么，手就被人拉了过去，然后塞到了他的脖颈旁。

向淮之怔了怔，脸上难得出现几分不知所措的神色。半晌，向淮之试探性地喊了一声："景欢？"

景欢迷迷糊糊地发出一声嘟囔，没松手，也没回应。

向淮之这才发现他还在睡。他静站片刻，缓慢地把自己的手抽了出来，轻轻揉了揉景欢的头发。

景欢醒来的时候，整个房间黑漆漆的，只剩下电脑待机时屏幕发出的微光。他的脑子有片刻的空白，不知过了多久，他才"腾"地从床上坐起来，紧张地扫视四周。

向淮之呢？

扫视了一圈没找着人,景欢甚至转过头,拉开了被子——空空如也。

一觉起来,他明显感觉到身上有力气多了,伸手一摸,额头果然不烫了。他拉开身边的窗帘看了一眼,只有路灯的光孤零零地打在玻璃上,旁边的楼房灯几乎全灭,看来还是半夜。

喉间干涩,景欢正想下床倒杯水喝,就看到自己的床头柜上放了杯水。他拿起来喝了大半杯,然后一倒头,重新躺回了床上。

景欢盯着天花板发了会儿呆,才慢吞吞地伸手去枕头底下找手机。屏幕被消息提示占据,手机光线刺眼,景欢眯着眼睛打开微信。看到向淮之的消息提示,他心头一跳,本能地点了进去。

向:"我回去了,烧退了,退烧药不用吃。"

向:"买了两盒速食粥放在厨房,半夜没有外卖就煮着吃,有外卖吃外卖。"

就两条消息,景欢来来回回地看了两分钟,不是他做梦。向淮之真的来了,他也确实摊了牌,而向淮之没骂他。

景欢打开键盘想回复向淮之,看了一眼时间,凌晨四点。景欢默默地收回了准备敲字的手指头,切出去看其他消息。

陆文浩:"欢欢,干吗呢,病好点儿没有?[图片]快看我和翔儿的双人火锅。"

火锅汤底红红的,景欢光看一眼都觉得胃疼。

小景呀:"拉肚子没?"

陆文浩:"没,这时间点回复我?你是醒了?"

小景呀:"嗯。"

陆文浩:"吓我一跳,我正在看你的八卦呢,你的消息就发来了。"

小景呀:"我的什么八卦?"

陆文浩:"还能有什么,不还是学校论坛那些小破事。不过他们这群人真的是越说越离谱,我要是不认识你,都快信了。"

景欢翻了个身,兴致缺缺。

小景呀:"哦,说什么了?"

陆文浩:"说看到向学长晚上十二点从你租房的楼里走出来。"

陆文浩:"还说你俩在里面待了很久,连窗帘都拉上了。"

陆文浩:"你说好不好笑?不知道的还以为这群校友就住你隔壁呢,还拉窗帘……这造谣的人,放在明星那里可是要被告的。"

景欢想起住在自己隔壁的校友,缓慢敲字。

小景呀:"确实。"

Chapter 24

第二十四章

电影

翌日，向淮之是被路杭吵醒的。

"这事我一个人做不了主……他在睡呢。我建议你直接找杀手团吧，我们帮不了你……"

向淮之看着白白的天花板，整个人还沉浸在几分钟前的梦境里，片刻后，他才从床上坐了起来。他没着急下床，而是抬手捋了下头发，然后拿起手机按亮。

小景呀："谢谢哥……我已经退烧了[跪拜]。"

消息是几分钟前才发来的。

向："刚醒？"

小景呀："不是，我早醒了，现在在球场。"

向淮之看了眼时间，把手机丢到一边，翻身下床。

路杭这才听到动静，立刻摘掉耳机，说："向向，你可终于醒了，我都快被烦死了……"

向淮之穿上鞋，把手机轻轻丢到桌上，没理他。

"你知道谁来找我了吗？"路杭丝毫不受影响，自顾自地说，"仙萌萌！"

路杭转过头来说："她找我们帮她杀人，开价还挺高，比我们区杀手团的最高价还要高几倍！不过她为什么不直接去找你啊？非让我帮忙传话。"

向淮之说："拉黑了。"

路杭毫不意外地点了点头："那我们接吗？五千块一个人头，要杀的还是个小菜鸟……等于捡钱。"

这价格高得离谱，连路杭都心动了，不过他知道，仙萌萌找他们也不完全是为了杀人。自从向淮之用喇叭澄清之后，仙萌萌的名声就挺差的，如果现在他们的队伍帮她杀人，这在别人眼里就是双方关系破冰了。

向淮之拿着毛巾往盥洗台走去，丢下一句："我还不想解侠。"

已经正式入冬，昨天下了一场雨后，气温又直线下降。中午的篮球场反倒成了热闹地方。

景欢高高跃起，漂亮地投了个两分球，才转身下场休息。

"你都打多久了，还不累啊？"陆文浩坐在座位上喘着气，"怎么，你昨晚不是病了，是渡劫去了？"

景欢舔了舔嘴唇，目光移到陆文浩的腿上，扯开话题道："你不是腿伤？还能打球？"

"皮外伤，昨天就是想弄个假条。"陆文浩说，"怎么样，走了？"

"我再打一会儿。"景欢说。他昨天吃了药后，睡了十多个小时，现在只觉得精力充沛，浑身的力气都没地方使。

向淮之跟路杭一块儿去吃了午饭，从饭店出来，路杭摸了摸肚子，转头就见身边的人在低头看手机。

"你最近怎么走哪儿都握着手机？"路杭道，"走，买杯咖啡再回寝室。"

向淮之头也没抬地道："你先回去。"

路杭问："你要去哪儿？"

"有事。"

已经接近上课时间，寝室楼陆陆续续地走出来一批又一批人。

向淮之双手插兜，右手在口袋里轻轻握着手机，经过学校的小超市时，想了想，转身走了进去。

景欢稍稍弯着腰，手里运着球，正在考虑自己是突破还是原地抛三分。

因为不是比赛，球友们都显得很放松，来防他的男生站得笔直，不像是打球，更像是在看戏。男生笑道："景欢，你今天打这么久？"

景欢喘着气，说："再打一会儿走了。"

"哎，你和大三那个学长怎么回事啊？"

景欢手上一顿，转眼看他。

那男生语气随意，开玩笑道："今天早上上课，坐我后面的女生一直在说你们俩，我听了一整节大课。"

景欢别开眼，说："朋友啊，还能是什么？"

说完，他从左侧突破，跃起来投篮，篮球在篮筐周围转了几圈，没进。他"啧"了一声，转身回去防守，刚刚那个小插曲让他分了神，回防跟散步似的。

这天气流汗也不好受,风一吹,脸上凉飕飕的。景欢抿了抿唇,有点儿后悔刚刚没去买瓶水。他抓起衣角,刚想擦擦额头上的汗,就看到了球场围网外站着的人。

景欢心头一跳,鬼使神差地放下了衣角。

他还没来得及跟向淮之打招呼,篮球就被队友截下,丢到了他手上,景欢猛地回神,差点儿被球砸脸。他回身投篮,篮筐底下没人,他都没能把这球丢进去。

"景欢,这球都不进?"队友笑着问他。

"失误,"景欢拨了下头发,说,"我不打了。"

说完,他无视队友的挽留匆匆下了场,再回头,刚才那个位置此时已经空了。

景欢盯着那处看了半天,疑惑地蹙起眉,难道他眼花了?

"欢欢,看什么呢?"陆文浩叫他。

景欢收回视线:"没,可能看错了……你那儿有纸吗?"

陆文浩抬头,奇怪地看着他:"纸?你要干啥?"

"擦汗。"

陆文浩笑道:"你是没衣服还是怎么的,哪儿就这么讲究了?"

景欢觉得自己八成是脑子抽了,才会问陆文浩。

不远处,几个女生在小声聊天。

"景欢打完了,你快去啊。"

"我不敢……"

"送个水而已,有什么不敢的!"

"之前有个女生给他送水,他没收。"

"那女的肯定不好看,你可以的,快去,再磨蹭一会儿人都要走了……"

女生刚说完,就觉得身边刮过一阵风,她下意识地抬头,看到了一个肩宽腿长的背影。她愣了几秒,立刻认出人来,惊讶地道:"向淮之怎么会来这个球场……"话还没说完,她就闭了嘴。

只见向淮之一路走到了景欢身边,把手中的矿泉水递给了他。

两个女生傻了,陆文浩傻了,景欢自己也傻了。

向淮之举了一会儿,挑起眉道:"不要?"

要,当然要,向淮之现在就是给他递瓶毒药,景欢都能接。

"谢谢。"景欢打开瓶盖,一口气喝了半瓶,因为喝得太急,水从他的嘴角流了出来,一路滑到了喉结。

陆文浩问:"向哥,你怎么在这儿?"

"找他。"向淮之说。

景欢心里"咯噔"一下,完了,向淮之该不会是回去想了一晚上,越想越亏,反悔了吧?

景欢脑子里还是昨天那个尴尬场面,喝了半瓶水才停下来,他抬手擦了擦嘴角,说:"什么事啊……哥?"

向淮之皱了一下眉,问:"下午有没有课?"

景欢有些慌,下意识地又想撒个谎,好在他的憨憨室友把他从歧途中拽了回来。

"没啊,我们今天一天都没课。"陆文浩说。

景欢吞回那个"有"字,点头道:"没课……"

向淮之重新将手放回兜里,在拿什么东西。

景欢眼睛一眨不眨地盯着他的口袋。这大小,应该放不下棍子,也放不下刀,最多……最多就小刀什么的……小刀也很吓人啊!短短两秒,景欢脑中的弹幕都快把世界遮住了。

向淮之掏出手机,低着头,拿在手里按了几下,然后递到景欢面前。

景欢垂眼,看到了一整排的电影列表。

"那去看电影吗?"向淮之问。

陆文浩坐在一旁,看了看景欢,又看了看向淮之,小小的眼睛里充满着大大的疑惑。陆文浩探身看了一眼,说:"最近的电影好像没什么好看的。"

向淮之问:"都不喜欢?"

陆文浩:"啊,我……"

景欢扫了眼电影封面,连名字都没仔细看,试探地说:"第二个还行吧,你想看哪个?"

向淮之"嗯"了一声:"那我订票。"

陆文浩:"第二个?那不是部文艺片吗?"

向淮之点进选座界面:"坐前面还是后面?"

"后面,"景欢说,"前面看得脖子疼。"

向淮之说:"那三点半,电影院见?"

景欢说:"好……"

向淮之走后好一会儿,陆文浩都还一脸茫然地坐着。

景欢休息完了,拿起外套,说:"我走了。"

"等会儿,"陆文浩抓住他的外套,问,"你不是不喜欢去电影院看电影吗?"

他们学校附近只有一家电影院,景欢嫌那破影院座位小,没去过第二次。

景欢说:"跟你坐挤,跟向淮之坐又不挤。"

陆文浩愣了一下,立刻追上去从后面勾住他的脖子,"看拳!"

向淮之到影院的时候,景欢已经取好票在门口等着了。男生穿着黑色的工装外套,脖子上系着他送的围巾。

"等久了?"向淮之走上去问道。

景欢从影院宣传单中收回视线,说:"没,我也刚到。"

他把宣传单合上,左右看了看,往前走了一步,小声地说:"不过我怎么觉得……我们俩不太合群啊?"

向淮之看了看周围,今天不是周末,影院里的人却不少,一眼望去都是情侣,连个落单的人都没有。

"哪里不合群?"向淮之收回视线,道,"我们也是两个人。"

这能一样吗?景欢看了眼时间,问:"我去买零食,你喜欢吃什么?"

向淮之说:"我去买。"

"别,"景欢说,"你买电影票,我买吃的。"

向淮之顿了下,道:"那你随便买。"

景欢刚走到柜台前,工作人员便笑着问:"您好,请问需要买什么?"

景欢说:"我看看你们这里的套餐。"

工作人员立刻指着旁边的广告牌说:"今天我们影院有'情人节'

活动呢！新推出了一款节日限定双人套餐，一份爆米花、两杯可乐，还送一支玫瑰，只要三十五元。"

景欢蒙了一下："'情人节'活动？"这不是十二月吗？七夕都排不上号了，哪里来的节？

工作人员解释："每月的十四号都是'情人节'，今天是'拥抱情人节'，所以我们有特别的优惠。"

景欢心道：花里胡哨的。

人家这是限定套餐，他和向淮之凑什么热闹。

"那普通的双人套餐多少钱？"他问。

工作人员说："五十八。"

景欢："你们平时卖得未免太黑了吧？"

向淮之坐在等候区，正在看景欢刚刚随手递给他的宣传单，手机忽然振了一下。

小路小路永不迷路："向向，今天班长过生日，约我们晚上去吃烤肉。"

向："有事。"

小路小路永不迷路："班长过生日你都不来？你出门干啥去了？"

向："看电影。"

路杭愣住了，一股莫名的直觉冲上心头。

小路小路永不迷路："跟谁？你劈腿了？你真劈腿了？我们学校的？大几的？学姐还是学妹啊？我认识吗？"

向："帮我跟班长说句生日快乐。"

手机嗡嗡振个不停，向淮之嫌烦，直接开了消息免打扰模式。

一束红色玫瑰出现在他的视线中，向淮之怔了怔，抬起头来。

景欢艰难地抱着爆米花，说："今天影院办活动，我就买了优惠套餐……"

他还没说完，向淮之就接过了爆米花和赠品玫瑰，道："谢谢。"

景欢只是拿不住了，想让向淮之帮他分担一下，"谢谢"是什么意思？景欢不敢说，也不敢问，默默地坐了下来。

离电影开场还有十来分钟，景欢刚抿了口可乐，手机就响了起来。景欢拿出来一看，表情微僵地道："是……路哥。"

今早起床,他就收到了路杭的留言,问他要"御姐音室友"的联系方式,虽然不知道发生了什么,但很显然,向淮之没戳穿他。

这种丢脸的事翻一次车就算了,要是让路杭或者陆文浩他们知道了……他可能会想休学。

要不怎么说向淮之是个大好人呢。

向淮之拿着玫瑰花把玩,没说话。

片刻后,景欢看着路杭发来的消息,睁大了眼问:"哥,你怎么没答应仙萌萌啊,一个人头五千块呢!"

虽然对他来说不是什么大钱,但好歹也是白给,傻子才不要。

"杀一次五千,两次就是一万,我们队五个人,一个人能分两千!

"她开到七千块了!

"哥,你是嫌麻烦吗?其实我一个人双开去操作也可以的,当然钱归你,我的钱也归你……哥?"

没得到回应,景欢疑惑地抬起头来。

向淮之眼皮一抬,懒懒地看了他一眼,眼神不太友好。

他说错什么了吗?景欢开始回想自己刚刚说的话,没觉得有哪里不对。

难道向淮之嫌少?可这个价格玩过《九侠》的人都知道,已经算是天价了。正琢磨着,一个很离谱的念头忽然冒了出来,景欢自己都被自己的想法惊着了,甚至有些想笑。

景欢边在心里嘲笑自己胡思乱想,边往前坐了坐。半晌,他试探性地、极小声地叫了一句:"哥哥?"

然后他就看见向淮之仰起头,目光微动,用类似满意的语气轻轻地应了声:"嗯?"

这时影院的语音播报响起,提醒他们入场。向淮之拿着爆米花和玫瑰站起身,道:"不缺钱,也不想跟她扯上关系。进去了。"

景欢"哦"了一声,忙跟上他。

他们俩聊过了时间,排在检票队伍最末端,景欢拿着两杯可乐走进放映厅,抬头一看,放映厅人数稀少,两两落座,几乎每个女生手上都拿着一支玫瑰。

这时,向淮之转过身,手上的玫瑰也随着他的动作露出了半片花瓣:"几座?"

景欢说:"最后一排,七座和八座。"

最后一排只有他们两个人,景欢把可乐放好,一抬头就看见向淮之跟场内其他人一样,把玫瑰插到了可乐旁边。

景欢默然,怎么觉得哪里不太对?

影片开始,景欢正襟危坐,准备认真看电影。

电影前面先是一段引子,景欢耐心地看完后,荧幕上出现几个大字——别惹我的机器人女友。

景欢有点儿蒙,拿起手上的电影票认认真真地确认了一遍。他今天在球场上时没仔细看,只觉得电影封面很有科幻感,就随便选了这一部,电影院更是敷衍,电影票不是打印出来的,而是手写,上面只写着《机器人》。

结果,这竟然不是一部科幻片吗?!

换作以前,景欢肯定会起身走人,但今天他的耐心已经扩到了最大限度,他不仅没走,还给自己挑了个舒服的姿势坐着。

景欢看到荧幕中的男主拆开快递,发现里面躺了一位女性机器人时,表情十分微妙。

景欢觉得好笑,转过头想吐槽,却对上了向淮之的视线。

向淮之垂眼看着他,问:"怎么了?"

景欢把自己要吐槽的话都丢到了脑后。他收回视线,抓起爆米花往自己嘴里丢,一嘴的甜味,"你……吃爆米花吗?"

向淮之问:"好吃?"

"有点儿甜。"景欢顿了一下道,"算了,太甜了,你还是别吃了,腻。"

黑暗中,向淮之很轻地笑了一声:"嗯。"

景欢在心里疯狂地吐槽自己:我在胡言乱语些什么?!我疯了吗?我闲着没事为什么要买爆米花?!为什么要买优惠套餐?!单点两杯可乐难道不快乐吗?!

景欢不自在地换了个坐姿,兜里的手机忽然振了一下。

陆文浩:"不是……我突然想到个问题。"

景欢回了个问号过去。

陆文浩:"难道不该是三个人的电影吗,我为什么没有姓名?"

陆文浩:"你和向学长怎么没叫上我啊?"

景欢愣住,别说,他还真没想过要带陆文浩一块儿来……

小景呀:"好不容易有一天没课,哪能剥夺你休息的时间呢?"

小景呀:"好好休息,多喝热水,早点儿睡。"

景欢锁上手机,一抬眼,前面那两位情侣已经开始充分利用电影院昏暗的场景开始你侬我侬了。

景欢僵着脖子,不敢再乱动。

向淮之看没看见这两个人在做什么?景欢也不知道自己怎么回事,浑身都觉得尴尬。他现在就想冲上去,让这男生别在公共场合干这档子事。

影片放映结束,景欢心力交瘁,根本不知道这电影讲了些什么,急匆匆地起身道:"我们走吧。"

向淮之"嗯"了一声,伸手拿起了可乐旁边的玫瑰花,往外走去。

景欢百感交集地走出电影院,心中第二次把这破地方拉黑。冷风刮在他的脸上,景欢总算清醒了,没话找话地道:"这电影还挺长。"

向淮之说:"只有八十多分钟。"

景欢怎么觉得过了一个世纪?

向淮之看了眼时间,道:"去吃饭?"

"好啊,"景欢说,"我请你,想吃什么?"

"向淮之?"身后突然有人叫了一声。

景欢回头,看到几个高个子男生站在他们身后,看起来都挺眼生的。

向淮之挑眉,打了声招呼:"班长。"

班长是个东北男孩,热情亲切,帮过班里的人不少忙,和向淮之的关系不错。

"真是你,你不是说有事吗?"班长看着景欢,"这是谁?"

"景欢,大二的!"没等他们回答,班长身后的人就给出了答案,"你之前还说要跟他约一场篮球赛呢!"

班长恍然大悟:"哦,学弟好、学弟好。"

景欢也笑:"学长好,我们刚看完电影。"

"最近哪有什么好看的电影?"班长问,"那你们现在打算去哪儿?"

向淮之说:"吃饭。"

"那正好,走,今儿我过生日,请你吃烤肉。"班长二话不说就上来拉人。

班长人高马大的,却没拉动向淮之。向淮之说:"下次吧,我带着人。"

班长气笑了:"下次?意思我明年过生日时再请你呗?"

景欢忙说:"啊,没事,那我先回去吧……"

他还没退两步,就被向淮之拉住了,同一时间,班长也抓住了他的另一边手臂。

"别,一块儿去。"班长说,"多一双筷子的事!我订的大桌,能坐!"

烤肉店是新开的,有开业酬宾活动,班长边说自己跟店长是熟人,边抬手叫了几打啤酒和两瓶白酒。

路杭到时,看到座位上的人,瞪大眼道:"你不是……那啥去了吗?景欢?你怎么也在?"

"那啥啊?"班长拿着杯子站起身来,"刚好,人齐了,快一起敬我一杯,祝我生日快乐!"

大家一边笑他脸皮厚,一边站起身来把酒敬了。

位置原本就挤,是个圆形的大沙发,路杭加入后就更拥挤了,大家基本都贴着。

景欢刚坐下来,向淮之就往他这边靠了靠。

"一会儿要是他们敬你白酒,不要喝。"

景欢小幅度地点头道:"嗯。"

景欢跟桌上的人基本不认识,他原以为是向淮之多虑了,没想到酒过三巡,话题还真转到了他身上来。

"学弟,"班长朝他举起酒杯,"百闻不如一见,你长得是真好看啊!"

景欢跟对方碰了碰杯:"不好看,就是帅而已。"

班长笑了:"可以,够自信。你是不知道,我老早就听说过你了,上次我们跟隔壁班打比赛,淮之不在,我们班的女生一个没来。"他举起食指,"是真的一个没来,我还寻思着什么玩意儿……后来才知道,那天你们班也跟其他班打比赛,女生全看你去了。"

向淮之侧目,见身边的男生单手握着酒杯,笑得特开心。

聊着聊着,景欢就不自觉地陪着班长喝了几杯酒,好在这酒杯小,其实也就两口的事。景欢说:"那下次约你打球,哥。"

班长点头:"那你得让我几球,不然那些女生都看不到我的好。"

"哪用我让?"景欢说,"你这个子,不是随便盖我?"

班长足足一米九的个子,听到后笑得特欢,说:"啧,淮之,你这小学弟真会说话。"

向淮之闻言笑了笑:"嗯。"

"其实也不用这么麻烦,你要真想给广大同胞分一分桃枝,还有个最简单的办法,"班长说,"你赶紧找个小姑娘谈恋爱,断了那帮人的念想,妥了。"

景欢晒笑道:"那算了,谁看得上我啊。只看皮囊的感情注定没法长久。"

班长:"别啊,你考虑考虑,或者你喜欢什么类型的小姑娘?哥介绍给你。"

"算了算了。"景欢摆手,往后一仰,撞到了向淮之的肩膀。

景欢赶紧转过头,紧张地问:"撞疼你没?"

向淮之垂着眸子,只是看着他,没吭声。

"你们干啥呢?"班长出声道,"景欢,来,继续喝。"

景欢回神,拿起自己的空杯,说:"行,等我倒杯酒。"

"哎,等会儿,别喝啤酒了,啤酒有什么好喝的?"班长拿起手边的白酒,"来,喝这个,好东西,贵着呢。"

班长边说边站起身,弯下腰来想往景欢的杯里倒酒,白酒瓶子刚伸过来,就被人拦住了。向淮之伸手挡着酒瓶,说:"他喝不了。"

桌上的人都愣了愣,路杭最先反应过来,也站起身道:"他是真喝不了,上回在KTV喝了几瓶啤酒,最后横着出去的。"

景欢一窘,嘴硬地道:"没那么夸张,我当时其实醒着……"

"没事,就一杯,这白酒不烈,就是喝来玩的。"班长说,"或者半杯?"

景欢也觉得半杯醉不了,稍稍举起了杯子。

"别了,小朋友不经灌。"向淮之说,"知道得晚,没来得及给你准备礼物,陪你喝两杯,班长。"

桌上的人都惊了惊,班长更是觉得稀罕。

他们班男生的酒桌脾气都不怎么好,喜欢劝酒,向淮之是他们最劝不动的人。

坐在班长旁边的男生立刻道:"那帮人喝,得算三杯啊!"

景欢觉得这就有点儿过分了。他忙开口:"那还是……"

"行。"向淮之眉也不皱地应了。

虽说中途聊得开心,但景欢怎么说也不是他们班里的人,到了后面,他们的话题景欢都掺和不进去,于是他忍不住转头看向淮之。

向淮之正在和他身边的同学聊天,脸色如常,就是脸颊泛起几分不明显的粉色。

"景欢。"不知过了多久,班长又叫了他一声。

景欢回神道:"啊?"

班长脸颊爆红,看来已经喝得有些上头了。他说:"你妈为什么给你起这个名儿啊,听起来像个小姑娘似的。"

这话景欢也不是第一次听了,他说:"哦,他们说人活在世上开心就好,景开和景心都不好听,就取了个欢字。"

一桌的人都笑了。班长边笑边给他竖拇指:"阿姨说得有道理。"

这顿烤肉吃到九点半,大家却都还没尽兴。于是班长一挥手,决定临时加局,约他们去附近的酒吧,大家自然说好。

向淮之起身,拿起外套,道:"我和他就不去了,你们慢慢玩。"

知道向淮之难请,班长也没在意,说:"没事,你自己回去吧,景欢跟我们一块儿去呗。"

景欢才病了一场,还不想被宿醉缠身,摆手道:"我也不去了。"

班长:"为啥?"

景欢耸了耸肩:"最近手头紧,没钱泡吧。"

众人走到门口，才发现外面下起了雨，雨势比昨天的还要猛烈。

一帮大男人没一个带伞的，好在班长和店家是真认识，店家借了好几把大伞给他们，景欢他们也分到了一把黑色的老人伞。

两个人走在伞下，谁也没说话，景欢目光乱转，最后定在了向淮之握着伞柄的手上。

"头晕不晕？"向淮之忽然开口问。

景欢像干坏事被抓到似的，立刻挪开视线，道："啊？不晕，我没喝多少。"

"他们人不错，"向淮之说，"只是喝酒习惯不好。"

景欢点头道："理解。"

雨水打在屋檐上，发出阵阵闷响，因为暴雨，街上几乎没什么人，路灯的昏黄光线打在积水上，染亮一片。

兜内的手机振了好几下，景欢拿出来一看，是帮派消息，帮里的人也不知在庆祝什么，一直在发红包。景欢一个没点，把手机揣回去，突然想到了另一件重要的事——他还没来得及把那个乌龙跟向淮之解释清楚。

昨天病了，他没找到机会，现在只剩他和向淮之，可以说是最佳时机。

景欢张开嘴巴又闭上，半天都没能憋出一句话。

"今天吃补品了吗？"向淮之问。

景欢愣了一下，好一会儿才反应过来，道："吃了，我每天一过十二点就吃，用人会发消息提醒。"

"还需要几天？"

"不出意外的话，周日？"

向淮之"嗯"了一声："辛苦。"

向淮之说："等'有身'这个任务完了，再带你把经验补回来。"

其实这话也没什么毛病，可景欢却觉得莫名有点儿上头。景欢做了个深呼吸，然后说："哥哥，其实我还有件事要跟你说。"

"什么事？"

"关于……"景欢声音渐小，"关于我为什么开变声器……骗你……的事。"

说到最后，景欢都想找个地缝钻进去了。

向淮之步履如常，说："我知道。"

"事情是这样的，几个月前……"景欢傻住了，意识到向淮之说了什么，惊讶地转过头去，"啊？"

"我说，我知道。"向淮之说。

你怎么知道的？

看着他震惊的表情，向淮之有点儿想笑。

"看前面，好好走路。"他说。

景欢都不知道自己是怎么回到公寓楼下的，他满脑子都是疑问，偏偏又不敢问出来，只能自己消化。他憋了这么久，担惊受怕了半天，向淮之居然全知道？

最令人难以置信的是，向淮之在知道的情况下，竟然愿意继续跟他做朋友，还给他送水，请他看电影，帮他挡酒……

景欢从乱七八糟的思绪中抽身，抬起头时，满脸感动。

向淮之真是个好人，大好人。

"哥哥，"没了心理负担，景欢这声哥哥叫得特别真诚，"我以后一定对你好。"

向淮之原本想道别，闻言顿住，道："对我好？"

"嗯，"景欢余光扫到了向淮之口袋里的玫瑰，脱口道，"你这么喜欢玫瑰？我下次送你一大束。"

向淮之沉默了下，才道："嗯，上去吧。"

景欢说："要不一起上去？我给你热杯牛奶，暖暖胃。你刚刚喝了这么多酒，难不难受啊？"

向淮之长叶了一口气。他的酒量不差，但也没到千杯不醉的地步，班长刚刚给他灌了不少白酒，他现在整个脑子都有些热。

"今天先不去了。"他说。

景欢"哦"了声："那我先上去了？"

"嗯。"

景欢往里走了两步，忽然想到什么，又掉头返回，然后解开自己的围巾，套到了向淮之脖子上。他的动作挺随意的，一米多长的围巾在向淮之的脖子上随意地套了一圈，有些松垮。他看了一眼，又重新抬手多裹了一圈，最后扯了一下尾巴收拢。

"晚上冷，你围这个回去吧，"景欢说，"暖和一点儿。下雨天学校都不爱开后门，鬼知道那大爷今天关门没……"

围巾被人戴久了，上面都沾上了那人的温度。

系好后，景欢满意地道："我上去了，你到寝室了给我发条消息。"

他转身刚要走，就被人拽住了手臂，往一边拖了一下。

景欢因为惯性走了两步，撞上了向淮之，闻见了对方身上沾染的淡淡酒味。

向淮之撑着伞，抬起另一只手，用力地在景欢的头上胡乱揉了几下。

"今天很开心。"良久，向淮之收回手，伞面往下压了一些，然后说，"还有，谢谢玫瑰。"

景欢呆站在原地许久，直到向淮之走远才回过神来，磨磨蹭蹭地转身进了电梯。他站在电梯里发呆，终于意识到一件事——虽然他们已经把游戏上的事说开了，但他每次跟向淮之在一块儿还是会觉得紧张。

手机铃声突然响起，吓了景欢一跳。

"欢欢，你竟然背着我们俩出去吃独食！"电话中，陆文浩怒斥道。

景欢："我吃什么独食了？"

"你居然和向学长他们去吃烤肉！"

景欢倒吸一口气，从喉咙里挤出声音："老子没吃。"

"屁，路哥都在朋友圈发照片了！你坐向哥旁边，两个人还在说悄悄话！"

景欢身上带了些外面带进来的寒意，没了围巾，脖子空荡荡的。"少胡说八道，挂了。"

回到家里，景欢把门关上，连灯都没开，"扑通"一下坐到了小台阶上，慢吞吞地脱着鞋。

片刻后，他"腾"地从地上起来，把灯打开后去了浴室。凉水浇在脸上，脸上的燥热却不减反增，景欢抬头一看，自己把自己吓了一跳。

他刚才脸也是这么红的吗？！

既然都到浴室里了，景欢决定顺势洗个澡，正好清醒清醒。他把衣服全脱了扔到脏衣篓里，走进淋浴房，水从淋浴头涌出，因为温度没调好，还有些冰凉。

景欢转身拿沐浴露，沐浴露的瓶身是黑色的，跟他们从烤肉店借来的伞是同款色号。

洗完澡，景欢拿过毛巾，看着他妈特地给他买的大红色毛巾，想到了向淮之口袋中的玫瑰。

景欢洗完澡出来时，手机正好响起。

向："我到寝室了。"

明明是他让向淮之回到宿舍给自己发条消息的，但他现在怎么看这消息怎么不对味。

景欢一敲脑袋，觉得自己可能还是喝糊涂了。

小景呀："我才看到消息。"

向："嗯，能打电话吗？"

不能，两个大男生大半夜的打什么电话？景欢犹犹豫豫地打出一个"不"字，微信电话就弹出来了。

向淮之那边有些杂音，他问："刚才干什么去了？"

"洗了个澡。"景欢说，"你今天喝了那么多酒，还是早点儿休息吧。"

向淮之说道："我没喝多。"

景欢胡乱地"嗯"了两声："这都十点多了，路哥应该回来了吧？那我先挂了，不吵你们。"

"没，他不在。"向淮之又问道，"你用的什么洗发露？"

他的语气太过平静，景欢毫无防备。"啊，怎么了？"

向淮之道："头发很软。"

景欢缓缓地抬手摸了一下自己的头发。

"明天下午有课吗？"向淮之问。

"没有。"景欢说完就后悔了，向淮之该不会是要约他打球什么的吧？他觉得自己现在不太对劲，想着这几天先不见向淮之了，于是急忙补充了一句，"没课，但是有事！"

向淮之问："什么事？"

"我……"景欢随便找了个借口，"要回寝室一趟，陆文浩他们找我吃火锅。"

向淮之"哦"了一声:"那正好。"向淮之顿了顿,把话说完,"吃完火锅,上来找我?"

景欢忘了,向淮之住陆文浩他们楼上。

话都说到这里了,再找借口就显得有些假了,景欢捋了捋头发,半晌才说:"好。"

向淮之满意了,嘴角翘了翘,顺手打开电脑,问:"困吗?"

景欢:"不困。"

"那上游戏做侠缘任务?"

为什么他们还要做侠缘任务?按理来说,向淮之不该立刻跟他解除关系吗?就算因为"有身"状态暂时不解除,那他们也不用继续刷什么侠缘任务吧?

景欢终于忍不住了。他其实一直不是扭捏的性子,但不知道怎么的,一到向淮之这里,就成天抓耳挠腮,半天憋不出个屁。他一咬牙,硬着头皮道:"哥哥,我问你件事。"

向淮之打开《九侠》,应道:"嗯。"

"我们……"景欢冥思苦想,找了个合适的问法,"现在是什么关系啊?"

语音里安静了几秒,然后传来了鼠标按键的声音。向淮之操控着人物往门派走去,说:"一起玩游戏的朋友?游戏侠缘关系?"

景欢感觉心脏都要被吓停了。

路杭回来的时候,向淮之刚挂掉电话。

听见声响,向淮之动也没动,拿着手机在敲字。

路杭打了个酒嗝,把门一关,就拉来凳子坐到向淮之身边,轻咳了两声:"升堂——"

向淮之用看智障的眼神看着他。

"我们是兄弟,兄弟之间不能有秘密。你老实说,"路杭说,"你下午和谁看电影去了?我们学校的人?"

"你不是看见了?"向淮之说。

"我看见什么……"路杭顿了顿,道,"不是,你真和景欢去的?你们两个大男人去看电影?"

向淮之没解释，说："走开点儿，你的酒味很臭。"

"我没喝多少，"路杭磨磨蹭蹭地站起身，还是不死心地问，"真和景欢去看的啊？"

"嗯。"

路杭盯着桌上的玫瑰，怀疑地道："那这花哪里来的？"

向淮之说："电影院买套餐送的。"

路杭熊熊燃烧了一晚上的八卦之火瞬间熄灭，他"啧"了一声，把椅子拖回原位，动动鼠标，电脑待机界面消失，"也是，你每天不是上课就是上网，哪里来的时间跟女生发展感情……哦，除非小甜景来找你见面，那你今晚不回来我都不意外。"

向淮之冷冷地看了他一眼，问："你有病？"

路杭喝醉了也不怕他，撑着下巴笑道："开个玩笑嘛！我发现你对景欢挺好的，咱俩都没有一起去看过电影。话说你怎么专挑名字带'景'的下手啊？"

向淮之戴上耳机："我乐意。"

路杭醉得上头，也没仔细听向淮之说了什么，转头就找好友列表里刚加的妹妹聊天去了。

景欢找借口躲过了侠缘任务。他现在哪有心思做侠缘任务，脑子里全是"哥哥你还没原谅我吗？还要继续折磨我吗？"。

他当时握着手机，反驳的话都要说出口了，临到头又因为心虚闭上了嘴。景欢觉得自己不能再想了，拿起手机，给他的室友打电话。

陆文浩接起来，冷哼了一声："怎么，知道错了？"

"知道了。"

他承认得这么干脆，陆文浩反倒不知道说什么了。

景欢说："所以为了弥补你们，明天请你们吃火锅。"

头疼完了，他就得开始圆刚刚撒的谎。景欢觉得自己这段时间说的谎比之前那些年加起来都多。

虽然不明所以，但有吃的总没错，陆文浩说："好啊，去哪家店吃？"

"宿舍。"

"啊？"

"食材、火锅底料、锅我带。"景欢说，"你们洗碗。"

Chapter 25

第二十五章

开心就好

景欢有一段时间没回宿舍了，最近天气冷，下课就往公寓跑。

他抱着锅和食材走进寝室，陆文浩和高自翔正在下本，好在餐桌什么的两人都收拾好了。景欢把电磁炉打开，然后坐到小凳子上，两手撑着下巴，一脸惆怅地盯着锅。

陆文浩转头看到的就是这一幕。他坐下来看看锅，又看看景欢："怎么了你？锅里有虫啊？"

景欢瞪了他一眼："滚，能不能说点儿好的？"

"那你这么苦大仇深地看什么呢？"

番茄锅开始沸腾，景欢把牛肉放进去："没什么，饿了，我不等你们了。"

香味一出来，高自翔也忍不住了，连日常任务都没做完就捧着碗坐了过来。

"你怎么买了这么多？"高自翔看着桌上的食物，"我们三个人吃不完吧。"

"没关系，"景欢说，"吃不完我再拿去楼上给向哥。"

高自翔舀出虾滑："我怎么觉得你和向学长的关系都快超过和我俩的了。"

陆文浩："那可不，昨儿还一块儿去吃烤肉呢。"

"还好吧……"想到昨天的事，景欢就头皮发麻，喝了口水，犹犹豫豫地说，"浩儿，我问你件事。"

陆文浩："你说。"

景欢转头，满脸认真地问："如果哪天，之前骗你那男的出现在你面前，你会怎么做？"

陆文浩顿时觉得嘴里的鸭肠都不香了，震惊地看着景欢："他为什么会出现在我面前？他终于活腻了？想结束他这三十年的悲惨人生了？"

景欢咬着筷子问："可你之前不是还挺怀念他吗？"

景欢懒得再跟他兜圈子，直白地问："如果见了面，你会不会想揉他的头发之类的？"

陆文浩脑补了一下景欢说的画面，几秒内就疯了。他说："揉……老子不把他的头发拔光，老子不姓陆。"

桌上其他两人表情复杂，胃口尽失。

"算了，说正经的，我喜欢的是他装出来的女人，"陆文浩说，"他一个大男人，我怎么可能对他上手啊！"

景欢觉得陆文浩说得非常有道理，就算是报复，也不可能……这样吧？

景欢心事重重，一顿火锅吃得没滋没味。吃完火锅，景欢拿出手机拍下还没下锅的食材。

小景呀："还剩这些，够你和路哥吃吗？"

向："不用，我吃了点儿面包，路杭不在宿舍。"

路杭不在，就他和向淮之在，简称独处。

"欢欢，"陆文浩从口袋里掏出一个小玩意儿来，在自己脸上涂涂抹抹，一路抹到了耳根，说，"你不是没吃辣锅吗？耳朵怎么红了？"

景欢转头看他，迅速回神："吃这玩意儿太热了。"

景欢站到窗边吹了会儿风，良久，还是决定去面对。"我回去了。"

"不给向学长带吃的了？"陆文浩问。

"他吃过了，你们一会儿问问隔壁寝室的人要不要吧。"

景欢离开的背影犹如战士上沙场，十分悲壮，可惜他的两位室友正在专心下本，无一人察觉。

景欢走到522门口，抬手想敲门，却发现大门留了一条缝。

过了晚饭时间，天色已暗，男生寝室的走廊只亮了一盏黄灯泡。怎么说呢，景欢忽然觉得自己在玩恐怖游戏，还是全息的那种，打开这扇门，马上就会有鬼跳出来把他生吞活剥。

景欢打断自己的胡思乱想，敲了两下门，然后推开。

房间里响着水声，他还没反应过来，身边的浴室门就打开了，向淮之手握着门把手，拉开一道门缝，热气从浴室里钻了出来。

向淮之露出的半边手臂、眼睫上都沾着水，他说："我的床在左边，坐着等我。"

景欢下意识地望了过去,看到了床铺下面开着机的电脑。

察觉到景欢的视线,向淮之说:"电脑你可以用。"

看清角色所在的地图,景欢脱口而出道:"那我帮你刷日常任务。"

向淮之的号挂在门派师父面前,右上角还有没做完的任务提示,心向往之的游戏人物顶上还带着"小甜景的侠缘"这个称谓,景欢操控着人物,总觉得有种说不清楚的差耻感。

向淮之的电脑、鼠标、键盘无一不是好货,景欢用得很顺手。

日常任务难度都不高,景欢领到了低级野图的清怪任务,他打开地图,用了自动寻路。

"小甜果"对您发起了"私聊"申请。同意,拒绝。

景欢随意地扫了一眼,无所谓地点了同意,心向往之这号被人私聊实在是太正常了。

几秒后,好友消息亮了起来。

[私聊]小甜果:"哥哥在吗?"

这不是自己的号,景欢本来没打算理,但看着眼前的对话框,总觉得哪里怪怪的。他想了想,回复了一个问号,然后打开这个人的游戏资料看了一眼:小甜果,女,狐仙洞,61级。

景欢一眼就认出,这应该是个游戏小号。

[私聊]小甜果:"哥哥可以带我出这个图吗?我迷路了,呜呜呜。"

[私聊]心向往之:"传送口左下角,坐标(11,19)。"

[私聊]小甜果:"出口不是在右上方吗?"

[私聊]小甜果:"……"

景欢冷笑一声,都是千年的狐狸,搁这儿玩什么聊斋,你这套是我玩剩下的了。

[私聊]小甜果:"好吧哥哥,我承认,我就是想跟你说说话,我崇拜你好久了……"

野图中,小甜果走到他身边,景欢定睛一看,差点儿炸了——这个叫小甜果的妹子,人物五官跟小甜景的几乎一模一样!

景欢这才发现,"小甜果"这个账号从名字到角色,从角色到说话方式……几乎就是小甜景的翻版。

景欢忍不住在心里骂了句脏话。你模仿我就算了，为什么连我的脸都要偷走啊！这可是我花钱买的数据！你这是不劳而获！而且你没看见心向往之脑门儿上写着什么吗？当我是死的啊？模仿我来勾引心向往之，看把你能的！

景欢内心一阵咆哮，直接把人拖到了黑名单里。

"什么玩意儿……"他忍不住嘀咕了一句。

"拉黑谁了？"身后的人问。

"一个女的。"景欢头也不回地说。

几秒后，他的手指尖猛地顿住。

向淮之问："哪个女的？"

景欢僵硬地转过头，看到身后的人后更僵硬了。

向淮之手里拿着正要套头的衣服，慢条斯理地整理。

向淮之身形高挑，肌肉不夸张，正正好好。

景欢突然就想起以前在篮球场时，他还刻意秀过腹肌，这么一对比，自己简直啥也不是。

他当时脑子丢海里去了吗？他为什么会秀腹肌？他好丢人。

向淮之三两下把衣服套好，然后垂眼问："发什么呆，拉黑谁了？"

景欢咽了咽口水："小甜果。"

听见这名字，向淮之扯起嘴角笑了一下，问："为什么拉黑？"

"她……学我。"景欢说出来就后悔了。

不是，他跟女生计较什么……而且别人模仿就模仿了，也不是什么大事。

"这么过分？"向淮之挑眉，"还有呢？"

这话隐隐约约鼓舞了景欢。他下意识地说："还喊你哥哥。"

这是景欢这个月第八次想给自己一个了断。

他是傻子吗？别人怎么叫向淮之，他好像管不着。

他回神，转回身子，打开好友列表，说："我现在就把她从黑名单里拖出来……"

他还没说完，手就被人摁住了。

向淮之弯下腰，凑到景欢身边，拿过他手里的鼠标，点击右下角的攻击图标,然后指向了身边的小甜果。

　　　　您对"小甜果"发起了强制PK。

　　[附近]小甜果:"什么意思哥哥?"
　　向淮之这才松开他的手,景欢手背一凉,猛地回神。
　　"我,"看清面前的情况后,景欢愣住了,"我该怎么说啊?"
　　"随你,想骂人还是沉默都行,或者,"向淮之提出建议,"让她别再骚扰你的侠缘。"
　　景欢故作镇定,挺直背脊,问:"真杀了吗?"
　　"嗯。"向淮之擦着头发说。
　　小甜果是个小号,根本没什么杀伤力,换个萌新来玩心向往之的号都能两招把人秒掉,景欢却慢吞吞地操作,四招都没把人杀死。
　　小甜果见景欢迟迟没杀自己,心底一喜,以为心向往之朝她开红是一种无声的回应。
　　[附近]小甜果:"哥哥,你心情不好吗?我可以陪你语音呀!"
　　"用斩杀。"向淮之看他半天没结束战斗,挑起眉道,"上次打竞技场时不是玩得挺好吗?"
　　向淮之话音刚落,景欢便手起刀落,把小甜果杀回了重生点。
　　"这鼠标我用得不是很惯。"景欢咳了一声。
　　景欢现在心里有点儿慌,他胡思乱想着,下意识地抬起眼。向淮之用的灰色床单铺的很整齐,简单干净。几秒后,景欢猛地回神——他在看什么呢?!
　　向淮之不知道他在想什么,说:"你坐着,我吹个头发。"
　　景欢如获大赦,点头说:"吹干点儿,天气凉,容易感冒。"
　　电插座在空调下面,和向淮之的床铺有点儿距离,向淮之刚走远一些,景欢就长长地吐了口气。他怀疑自己迟早得憋死。
　　景欢肩颈微微放松,继续闷头做日常任务,途中,他习惯性地点开了好友列表——平时做日常任务时,他都会看一眼心向往之在做什么。
　　看到陌生的好友列表名字后,他才反应过来这不是自己的号。

他看到了向淮之的好友分组。分组就两个,一个是系统默认分组,叫"好友";另一个单独分组叫"嗯",里面只放了一个人。景欢鬼使神差地打开"嗯",只见小甜景静静地躺在里面。

他目光往下,看到了自己不知道什么时候设置的个性签名:哥哥的小跟班。

自己看不见,所以不觉得,现在一看,这签名实在太嗲了。景欢被曾经的自己惊出一身鸡皮疙瘩,赶紧把分组关上,心想回去就把这个性签名改了,跟向淮之一样,改成一个句号就挺酷。

这么想着,他下意识地点开了向淮之的个性签名:开心就好。

吹好头发,向淮之把吹风机放好,回来时就见景欢把任务挂在主城,整个人靠在椅子上坐着,两手攥在一起。

"刷完了?"向淮之问。

景欢"嗯"了一声:"只刷了日常任务,刚刚有人叫你去下本,我没回……你自己回吧。"

"那就不回了。"向淮之随手拉过路杭的椅子,坐到景欢身边。

景欢努力控制着面部表情,在心里疯狂告诉自己——"开心就好"是人人都会说的一句话,肯定跟他那天在烤肉店说过的名字含义一点儿关系都没有!

两个男生安安静静地坐着,气氛逐渐往尴尬的境地走。景欢正想着说点儿什么,向淮之的手机铃声先打破了平静。

向淮之看了一眼,是春肖打来的微信电话。他接通后,直接点下免提,春肖的声音从里面传了出来。

"向神,"春肖问,"你和小甜景真来不了?"

景欢怔了怔,疑惑地看着向淮之。

"嗯,"向淮之说,"他没带电脑。"

春肖愣了愣:"没带电脑……是什么意思?他在外面?"

"在我旁边。"向淮之说。

春肖沉默了。

景欢也沉默了。

"周末吧,抱歉,到时候我出大家的修理费。"向淮之说。

"没事,我明天考试,正好空出时间去复习。"春肖顿了一下,委婉地说,"那我不打扰你们了。"

挂了电话,景欢尴尬又茫然地问:"你们约了下本?"

"没,"向淮之说,"约的妖气之战。"

妖气之战也是大型战斗,不过因为出得比较晚,所以还没来得及被系统归纳到"伤身运动"里。

景欢讷讷地道:"哦,我还以为……"

原来向淮之是要约他开黑下本,怪不得他进屋时,向淮之第一眼就往他的手上看,敢情是在找电脑。

"以为什么?"向淮之正在敲字,给之前约好的帮众解释,说完一抬眼,失笑地问,"以为我叫你来,就是帮我刷个日常任务?"

景欢含混地道:"嗯。"

"不会这么使唤你的。"向淮之说完,把手机放到了桌上。

敲门声响起,路杭在门外等了一会儿,抬手还想继续敲,门就"吱呀"一声开了。他笑着刚想说什么,才发现他的室友看起来似乎不是很欢迎他。

向淮之堵着门,问:"不是要去KTV?"

路杭说:"听说没妹子,就不想去了,跟一帮大老爷们儿唱歌没意思。当然,我主要还是想回来陪陪你。"

向淮之沉默了几秒,才拉开门让他进来。

路杭一脸蒙,怎么有种刚刚要是回答不好,就进不了宿舍门的错觉?

路杭推门而入,看到宿舍多了个人,愣了愣。

"景欢?"看清椅子上的人,他问,"你怎么在这儿?"

"我,"景欢慌了一下,脱口说道,"来帮我哥做个日常任务。"

路杭:"啊?"

向淮之面不改色道:"嗯。"

"你不是不玩《九侠》了吗?"路杭把外套脱了。

景欢下意识地看向身边的人。

向淮之说:"只是不玩了,操作又没忘。"

"你也真行,特地让他从外面进来给你刷日常任务?"路杭说。

"不是,我今天回寝室吃火锅,顺便而已,"景欢趁机从椅子上起来,

"正好刷完了,那我先回去,不打扰你们休息。"

"别、别、别,"路杭赶紧叫住他,笑嘻嘻地道,"来都来了,顺便帮我也刷一下?"

向淮之问:"你自己没手?"

"你不也让景欢帮你刷了?别双标啊,"路杭说,"行吗欢欢?我的手冻得要死,都不想摘手套。"

人都在这里了,景欢自然无所谓。

他刷任务的时候,路杭就靠在桌子上,背对着他喝酸奶。

"欢欢,你人真好。"路杭说,"对了,我送你的礼物喜不喜欢?"

景欢说:"挺喜欢的。"

"是不是比向向送的要好多了?"路杭问。

景欢:"差不多,我都挺喜欢的。"

他操控着术士往门派走去,好友消息忽然亮了起来,他下意识地就打开了。

心向往之发了个问号过来。

[密聊]路迢迢:"……"

向淮之坐姿懒散,敲键盘的声音一声不落地传进了景欢的耳朵。

"刷好了,"景欢把本次聊天记录清空,站起身后松了一口气,"那我回去了。"

"辛苦辛苦,"路杭给他锤了两下肩,"下次哥请你吃市里那家超贵的日料。"

景欢笑了声:"好。"

"对了,班长他们都让我给你道个歉,说上次不是故意灌你的。"路杭说。

景欢摇了摇头,道:"没事,我也没喝多。"

"他们今天还在商量呢,说圣诞节一起去市里玩,让我叫上你,"路杭丢掉酸奶盒子,问他,"怎么样?有没有兴趣?人来就行,有人请客。"

景欢莞尔,刚要应下来,围巾便被人搭到了他的脖子上。

向淮之说:"再不回去,后门要关了。"

路杭看了眼围巾,愣道:"这……不是你送给欢欢的礼物吗,怎么又回到你这儿了?"

向淮之没理他,而是问旁边的人:"走吗?"

景欢三两下把围巾系好,说:"那我走了。"

向淮之也套上了外套,说:"我送你下去。"

两人走出寝室门,路杭回到自己的位置上,乐呵呵地自言自语道:"两个大男人还要送,奇奇怪怪的。"

十二月,满市正式入冬,雪花飘了一夜,景欢一觉醒来,外面已经覆上了厚厚的白雪。

临近期末,课堂上的人都多了一批,那些以往不常来上课的人都来了,想垂死挣扎博一博教授的好感。

下午,景欢趴在桌上,只露出一双眼睛。教室里的暖气似乎坏了,一点儿都不暖和,同学们进进出出的,教室门就没怎么关过,冷风呼呼往里刮,景欢冻得连围巾都没摘。

又有个男生进后门时跟景欢打了声招呼,景欢眨了下眼睛,闷闷地"嗯"了一声。

等人走后,陆文浩才问他:"你认识这人?"

"记得脸,名字忘了。"景欢懒懒地应道。

陆文浩说:"那你怎么还应得这么自然?"

"那不然呢?"景欢说,"这样省事。"

门又被推开,陆文浩打了个哆嗦,撞了撞高自翔的肩膀:"你干吗呢?老捏着个手机。"

"你们这种单身狗不懂,"高自翔乐呵呵地道,"跟我女朋友聊天。"

"滚,老子不是单身狗。"陆文浩气哼哼地反驳他。

高自翔说:"怎么不是了?"

陆文浩一仰头道:"我和我的侠缘复合了!放假我就去找她见面。"

景欢把脑袋转到他们那边去,姿势没变,问:"你的哪个侠缘?"

"还哪个侠缘……"陆文浩说到一半,又想起那件惨不忍睹的往事,气到笑了,"我的新侠缘!新侠缘!欢欢,我最近没招惹你吧,你怎么隔三岔五地提起那骗子?"

景欢说:"你不能因为被人骗过,就连提都不让提了,你这是没有面对现实。"

陆文浩点头："是，我就不想再提那骗子，最好这辈子都别让我抓到他。"

景欢盯着陆文浩，冷冷地笑了一声。

"真见面？"高自翔说，"你该不会上次遇到骗子，这次直接来场'仙人跳'吧？到时候别叫兄弟去救你，我们可不会去。"

"滚蛋，就知道咒我。我上辈子是杀了人还是放了火，才遇到你们？"

陆文浩说完，忽然想起什么，贼兮兮地凑到高自翔身边，低声说了句话。

高自翔听完先是一愣，然后乐了，骂了句："神经病……"

景欢皱眉："你们在说什么？"

"算了，小孩子别听。"高自翔摇了摇头。

景欢笑了声："欠揍啊？快说。"

高自翔高深莫测地装了一会儿，然后越过陆文浩凑上来说："浩儿找我要'资料'，这男的真坏。"

陆文浩气死了，想拦没拦住，被戳穿后只能装作云淡风轻地咳了一声："我这不是提前做好准备吗？"

"不是吧你，"高自翔说，"网恋这么多回了，居然这么纯情？"

"我以前又没和网友见过面。"陆文浩被踩着了痛脚，直接把身边人也拖下水，"你怎么不说欢欢？"

景欢莫名其妙地扫他一眼："关我什么事？"

"他长得这么帅，"陆文浩说，"别说恋爱了，甚至连网恋都没谈过。"

不断听见自己的名字，景欢忍无可忍："谁跟你们说我没谈过？"

身边终于安静下来了。几秒钟后，陆文浩一把圈住他的脖子，问："什么？！你和谁谈过？！"

景欢愣了愣，这才反应过来自己说了什么，故作嫌弃地把人推开："这你不用管。"

"刚入学的时候翔儿说你没谈过恋爱，那肯定就是大学的事……"陆文浩问，"我们是好兄弟，这点儿事不准瞒着。说！是哪个小姑娘？"

陆文浩好奇得要命，刚想追问，忽然瞥见了什么，然后就像发现了新大陆似的：“欢欢，你的耳朵都红了！”

景欢："闭嘴。"

两人追问了景欢一整节课，景欢一个字都没再多说，他觉得自己是脑子抽了，才会反驳那么一句。

快到下课时间，兜里的手机轻轻振了一下。

向："看门口。"

景欢莫名其妙地看了眼门上的小窗户。

向淮之垂着脑袋站在外面，几秒后，他收起手机抬头，跟景欢对上视线。男生像是刚在课上睡了一觉，眼皮耷拉着，穿了一件黑色外套，周身的温度比今天的气温都低。

"看什么呢你？"陆文浩顺着他的视线往外看了一眼，然后"嚯"了一声，"向哥？他这是在我们教室外等人？你们约好了？"

景欢说："没约。"

"那他在等谁……"陆文浩抬手跟向淮之打了个招呼，对方漫不经心地点头回应，陆文浩"啧啧"道，"向哥真帅。"

在等我。

景欢收回视线，低下头欲盖弥彰地咳了一声。

"马上下课了，又要出去挨冻。"陆文浩说着，伸出手来想探进景欢的口袋，"给我暖暖手，欢欢。"

景欢一个激灵，轻轻地在他的手背上拍了下，两人皆是一愣。

"不提供这项业务了。"景欢双手插兜，恢复往日的表情，镇定地说。

下课后，景欢往嘴里丢了颗口香糖，把课本一合，刚要起身，却见有人比他还快。

就算是冬天，教室里还是有许多女生穿着裙子，虽然下面都裹着丝袜，但轻薄飘逸的裙摆依旧会让人眼前一亮。那个女生的裙摆随着发尾一晃一晃，小碎步期待又紧张，嘴角含笑地朝门外的向淮之跑去。

景欢顿了顿，嘴唇微张，最后还是忍不住问："那是谁？"

陆文浩正在和游戏侠缘聊天，闻言一愣："啊？哪个……哦，她啊，叫梁梦佳，好像是个挺出名的模特，听说以后还要出道呢。这学期她没来上课就是因为找了个专业课老师。"

景欢只是下意识地一问，没想到陆文浩居然知道这么多。

高自翔说："梁梦佳好像追过向淮之。"

景欢脚下一顿，说："这你都知道？"

"闹得挺大的，据说是在KTV包间里告的白。"高自翔说，"我们要不要去跟向哥打个招呼啊？会不会打扰别人……"

他话还没说完，景欢就已经双手插兜，一边手臂松垮地夹着课本往门口走去了。

听见里面的动静，向淮之把手机丢进口袋，稍稍往后退了一步，以免挡住其他人的路。

女生跑到他面前时，他还准备往后让让，就听见女生轻轻叫了他一声："向学长。"

景欢走到门后，嚼口香糖的频率慢了几拍。

这女生还是个萝莉音，纯的，没变声器，听起来也没刻意修饰。

向淮之微微一顿，然后说："什么事？"

"好久不见了。"女生抬眼看他，虽然想刻意掩饰，但是眸子里那些难以自抑的情绪还是出卖了她。

向淮之其实不太记得她了。

"去年年初，我们在KTV见过。"女生递给他一个小小的牛皮纸袋，上面还画着一个可爱的圣诞老人，"圣诞节要到了，这个……圣诞礼物。"

向淮之想起来了，当时包间里的灯光太暗，他根本没看清女生的五官。他扫了一眼纸袋，再抬起头来，就看到了站在女生身后的景欢。景欢头上有两根头发轻轻翘着，看起来是趴着时不小心压到的，口香糖被他吹起一个泡泡，对上视线的那一刹，泡泡破裂，然后被主人慢吞吞地含了回去。

景欢的脑门上仿佛写着"不爽"两个字。

向淮之收回视线，说："谢谢。"

女生心底一喜。

"不过抱歉，"为了永绝后患，向淮之随口道，"礼物就不用了，收了女朋友会生气。"

向淮之的声音不大不小，景欢正好能听见。

女生愣了一下，然后窘迫地缩回手，道："啊，不是……我只是想送礼物给你，没别的意思。"

向淮之拒绝道："不了。"

梁梦佳是怎么走的，景欢不知道，他回过神来时，向淮之已经朝他走了过来，然后抬手压了压他翘起来的头发。

"上课睡觉了？"向淮之问。

"趴了一会儿，"景欢慢吞吞地重新嚼起口香糖，然后说，"你不也睡了？"

向淮之"嗯"了一声："昨晚没睡好。"

景欢心说，这不巧了嘛，他也没睡好，而且这种情况已经连着好几天了。

"向哥，"高自翔戴着耳机走出来，"你今天在我们楼有课？"

向淮之收回手："嗯。"

"路哥怎么不在啊？"陆文浩左右看了看。

"他翘课了。"向淮之看了眼表，状似无意地问，"你们要去吃饭？"

"是啊，今天食堂有剁椒鱼头卖。"陆文浩就像排练过似的，自然而然地问，"向哥，你要不要一块儿去？"

去食堂的路上，景欢担忧了一路，生怕陆文浩他们瞎聊什么八卦。后来他才发现自己多虑了，他这两位室友都挺忙的，一个忙着跟女朋友聊天，一个忙着和网恋对象聊天，连头都没抬一下。

几个人吃到一半，食堂某个小窗口悄然打开，陆文浩吃着吃着忽然一抖，紧跟着猛拍高自翔的肩膀。

"你想谋杀老子？"高自翔被一口饭给卡住了。

"12号窗口开了！"陆文浩说。

12号窗口是他们食堂的特殊窗口，卖的是关东煮，酱料好吃，价格便宜，就是开门时间不定，有的时候一周开两天，有时一个月都不开一次。最近的频率就是后者，所以陆文浩看到时才会这么激动。

半分钟后，桌上只剩景欢和向淮之，那两个人排队买关东煮去了。

景欢戳着米饭，余光瞥了眼身边的人的饭盘。

"你们什么时候考试？"一直少言的人忽然放下筷子，问。

景欢愣了一下，说："一月七号考完。"

这么早？向淮之很轻地皱了下眉，又问："你什么时候回去？"

"还没定,"景欢说,"怎么了?"

"寒假能不能见面?"

其实寒假见朋友是很正常的事,他每年寒假都会跟朋友聚一聚。这么一想,景欢就没那么别扭了,转过头说:"可以是可以,但今年春节早,我可能没法去外地……"

"我去找你。"向淮之说。

景欢说:"那多麻烦啊。"

"你家在哪儿?"

"就在满市,来学校几个小时的车程。"

向淮之笑了一下,说:"我也是。"

于是就这么定了。在那之后向淮之什么也没说,离开前,在食堂的小超市里买了点儿东西。

"我还有事,要去一趟校外,你们回去吧。"他说。

陆文浩愣了愣,说:"既然要去校外,那你还吃什么食堂……外面的小吃街它不香吗?"

"不香。"向淮之说。

临走前,他趁那两个人不注意,从口袋里拿出一盒酸奶塞到了景欢手里。

回去的路上,景欢戴着帽子低着头,看了一路的地面。

陆文浩凑上来问他:"欢欢,你想什么呢?"

景欢头也没抬地道:"不知道。"

不知走了多远,景欢忽然转头叫了声:"翔儿。"

高自翔放下手机:"啊?"

"寒假见面吗?"

高自翔蒙了一下,说:"我不是年年都去你家拜年吗?"

景欢盯着他看了好一会儿,然后丢下一句"没事了",就转身走了。

高自翔:"他干吗呢?"

陆文浩耸了耸肩:"欢欢的心思你别猜。"

景欢走在前头,满脸费解。

明明都是朋友,明明寒假都要见面……怎么对方换成向淮之,就这么奇怪呢?他说不上来这种感觉,就是觉得这个寒假好像跟以往的十来个寒假都不一样了。

回到家,景欢吸了口酸奶,坐到了电脑前。

景欢登录上游戏,心向往之自然没在。他想了想,决定先去家园把今天的补品吃了。

> 用人:喝下这份冰糖燕窝,小主人动了动,似乎很开心的样子。

废话,几十块钱一份,他能不开心吗?他老子都不舍得吃。

景欢腹诽完,打开日历看了眼,发现明天"有身"就能卸货结束任务了。

他平躺在床上找出自己收藏的网页,关键字全是"奇牙山宝宝养育攻略"。

他随意翻了翻,没多久睡意就逐渐漫上来。景欢忍不住打了个哈欠,刚想着要不睡一会儿,手机就响了。

向:"我到寝室了。"

景欢"噌"的一下从床上坐了起来。

小景呀:"哦。"

向:"要睡了?"

小景呀:"没有。"

向:"玩游戏吗?"

小景呀:"哦。"

小景呀:"好吧。"

小景呀:"我起床。"

景欢连发三条消息,让自己尽量不要显得太急躁,然后匆匆忙忙地从床上爬了起来。

心向往之已经出现在家园里,此时正站在用人身边,看起来像在对话。

"你干吗呢?"景欢问。

"放补品。"

"别放了,我明天就……"景欢说完才觉得这句话不对,纠正道,"小甜景明天就完成任务了。"

向淮之顿了顿,回头看了一眼在浴室里唱歌的人,半晌才说:"把变声器关了。"

"为什么?"

"没别人在。"

"算了,我懒得关。"景欢说。

你不就喜欢变声器吗?装给你听,你还不乐意了?

向淮之说:"我要听你的声音。"

半分钟后,男生清亮干净的声音传入耳中:"关了。"

向淮之很轻地扯了一下嘴角,然后动动指头,把身上的儿童书丢给小甜景。

景欢愣了愣,问:"这是什么?"

"养狐仙洞宝宝用的。"向淮之说,"计划书我都写好了,你按着喂。"

景欢还没来得及说什么,向淮之就传了份文档来。

是他没见过的攻略,这段时间他找了很多攻略,出名的大多存了,这份应该是向淮之自己拟的。

按自己的计划养出来的孩子,那肯定更讨人喜欢一点儿。

景欢想了想,把攻略给存了下来。

小甜景在"有身"期间,很多活动不能做。向淮之组队带着他,在主城附近乱逛,像是在看摊位。

虽然什么也没做,但景欢也没再觉得无聊了。他盯着游戏看了大半天,直到微信界面弹出一个好友申请,才回过神来。

"梁梦佳"请求添加您为好友,附加消息:"景欢你好,我是班里的梁梦佳。"

景欢指尖一顿,半晌才点下通过。

梁梦佳:"打扰了……我应该没加错人吧?"

这头像、这名字,除了那个"景"字以外,其余的跟班里阳光帅气的男生完全搭不上边。梁梦佳最初都怀疑是好友给错微信了。

小景呀:"没加错。"

梁梦佳:"哦哦,那就好。"

几分钟后。

梁梦佳:"你还在吗?"

小景呀:"在。"

梁梦佳:"其实我是想找你帮个忙。"

小景呀:"说。"

梁梦佳:"我今天看到了你跟向淮之聊天,你们很熟吗?"

小景呀:"还行。"

梁梦佳:"哦哦,其实也没什么大事,我就想要一下他的微信,可以吗?"

梁梦佳:"你还在吗?"

景欢将手搭在键盘上,没回复。

此时,他的屏幕左边是梁梦佳的聊天框,右边是向淮之发来的宝宝养育计划。

景欢刚要敲字,忽然看到了表格上某行小字,字体很小,在养育计划的最后一行,写着:小向景养育书。

梁梦佳又发了个问号过来。

小景呀:"在,没经过他的同意,我也不好给你。"

梁梦佳:"我知道这样不好……只要我加上他,我请你吃饭,可以吗?"

小景呀:"不了,你自己去找他吧,我这里还有事,再见。"

回复完,他把梁梦佳的对话框关了,顺手把人也给删了。

切回游戏,他才发现向淮之带着他正在做圣诞节的双人活动,想切进活动战斗,必须所有队友点下同意。景欢一怔,赶紧点击同意,进入战斗页面后,问:"我刚刚在看别的……你怎么不叫我?"

"怕你睡着了。"向淮之说。

因为他们区是测试服,所以圣诞节活动提前一周放了出来,向淮之随手录了个战斗视频。

"我明天满课。"向淮之说。

那头的人安静了一会儿,才有回应:"啊,我明天没课。"

"我知道,"向淮之说,"圣诞活动有称谓奖励,想不想拿?"

"我都行……这称谓好像有经验加成?"

向淮之"嗯"了一声:"等我晚上回来带你做。"

把侠缘任务和日常任务都做完,向淮之摘掉耳机,稍稍活动了下筋骨。

路杭回头,羡慕地看了他一眼,说:"这就是学霸的快乐吗?"

马上要期末考了,路杭趁等待副本开启的空当,抓紧时间看了几眼书。他死都不想重修。光想到这两个字,路杭心里都发怵,他双手合十,对着向淮之拜了拜:"学霸保佑我不挂科……"

"拜我没用,临近期末考都翘课,没人救得了你。"向淮之毫不留情地说。

路杭:"这能怪我?还不是被窝的错。对了,你跟梁梦佳说你有女朋友了是怎么回事?"

向淮之说:"少打听。"

路杭知道向淮之如果不想说,没人能从他嘴里撬出任何事。他想起小甜景那一声比一声甜的"哥哥",忍不住皱着眉盯着向淮之,小声地骂了句:"渣男。"

景欢关掉电脑回到床上,才发现寝室讨论组有@他的消息。

是陆文浩终于意识到自己还有半个月不到就要期末考了,正在疯狂地约人去图书馆,景欢就是他的目标之一。

去年景欢没怎么复习,可他学习能力很强,高中弃游之后就脱离了吊车尾的行列。但这次不一样,他这段时间玩游戏,松懈得过了头,今天发下来的大纲他扫了一眼,都看不懂,于是答应陆文浩,周末陪他泡图书馆。

他刚聊完,手机在他的掌心里轻轻振了一下。

向:"'有身'明天结束?"

小景呀:"嗯,大概晚上七点。"

向:"好,等我下课。"

翌日,景欢睡到中午才起床,醒来时肚子饿得难受,赶紧点了份外卖救命。他起床登上游戏,想把号拖去蓬莱仙境挂机,然后再复习,结果刚上号,聊天频道里就弹出一条私聊申请,景欢点了同意。

［私聊］仙萌萌："本人？"

［私聊］小甜景："不是。"

［私聊］仙萌萌："我知道是你，我有些话想跟你说。"

景欢翻了个白眼，刚想发个卖萌的表情，可转念一想——自己已经不勾引心向往之了，为什么还要继续装嗲？

［私聊］小甜景："不聊，滚。"

［私聊］仙萌萌："我要说的，你可能不太爱听。"

［私聊］小甜景："知道我不爱听还要说，你是不是欠？"

景欢鼠标往下，正准备屏蔽私聊频道。

［私聊］仙萌萌："心向往之在现实中有女朋友了！"

景欢指尖一顿。

［私聊］仙萌萌："我说的是实话。昨天我朋友和路迢迢一起下本，路迢迢聊天时没关麦，她都听见了。"

景欢抿了口刚泡的咖啡。

［私聊］小甜景："哦？你以为我会信？"

［私聊］仙萌萌："我这儿有录音，你可以加我的微信听。"

［私聊］小甜景："［震惊］［悲伤］［流泪］……"

［私聊］小甜景："不可能，我不信！"

仙萌萌嘴角一勾。她特地来说这事，就是想给小甜景添堵的。

［私聊］仙萌萌："唉，游戏里的感情就是这样，你别以为他花这么多钱办结侠典礼就是在乎你，其实只是拿你打发时间而已。"

［私聊］小甜景："［掩嘴痛哭］。"

［私聊］仙萌萌："没事，你们又没有绑定永久侠缘，现在看清他的为人，及时止损，跟他解侠就好了。"

［私聊］小甜景："啊？我怎么可能跟他解侠？！"

［私聊］仙萌萌："……"

［私聊］小甜景："我愿意等他。"

［私聊］仙萌萌："你们只是游戏关系啊！你怎么可能比得过他现实里的女朋友？！"

［私聊］小甜景："那又如何？我愿意为了他背上所有骂名。"

［私聊］仙萌萌："妹妹，你这是何苦……"

［私聊］小甜景："姐姐你别说了，我心已决。"

跟仙萌萌聊了会儿天，景欢的瞌睡都跑没了。丢下这句话后，他直接屏蔽了私聊频道，一想到仙萌萌在电脑屏幕前目瞪口呆的模样，他就止不住地想笑。

景欢边想着下午要不要出一趟门，边点出主城传送人的对话，选择了自己要飞去的区域，谁知几秒过去，游戏画面仍一动不动——传送人拒绝了他的传送请求。

景欢愣了一下，仔细看系统弹出来的提示，努力想理解NPC对话中的意思。

几秒后，他倏地睁大眼睛，手忙脚乱地抓起手机。

课堂上，向淮之垂下眼皮，手指随意地转着笔，两条长腿松松地搭在地面上，整个人看起来心不在焉的。

"你是来上课的，还是来看我的？"他忍无可忍，问身边的人。

路杭被抓包，也根本没在意，说："我就是想问问你……"

"别问。"

"你女朋友会来等你放学吗？还是你们一会儿要去吃饭？带我一个？"

向淮之没理他，心里却随着路杭的话冒出几个想法来。要不他约小学弟出来吃顿午饭？下午的课一点半开始，他也不是没时间。

他将手伸进口袋，正在犹豫，手机就嗡嗡振了两下，是帮派微信群里的某个人@了他，还发了几张新鲜出炉的游戏聊天截图，上面全是小甜景的豪言壮语。跟之前一样，图中另一个人的名字被打上了马赛克，只留了小甜景说的话。

向淮之粗略地扫了一眼，颇为无奈地想：这人为什么还是这么爱演？

他因为起床气而绷了一上午的嘴角终于有了一点儿松动的痕迹，向淮之动了动指头，把图存了下来，然后@了那个发图的帮众。

心向往之："告诉图里被打上马赛克的人，这段时间别出安全区。"

发完这句，他打开景欢的聊天框，把图发了过去。

向："你心有多决？"

在他发出这句话的同时，对面也发来了一条消息。

小景呀:"宝宝提前出来了!"

路杭握着手机,正在看帮派群里的聊天记录。他心里一慌,说道:"我昨天真没注意自己有没有开麦……谁录的音啊?这么缺德?"

他转头想解释,却见向淮之闷不作声地合上课本,摞到了一起。

路杭愣了愣,说:"不是,你该不是要揍我吧?你听我说……"

话还没说完,路杭就觉得身边刮起一道凉风,只见他的室友拎起课本起身,头也不回地出了教室。

景欢刚发出这条消息就有点儿后悔了,毕竟只是游戏里的宝宝,他这样发消息……是不是有点儿小题大做了?

他刚刚想传送至别图,系统却提示他宝宝即将降生,让他立刻回家园候着,意思是除了家园,他现在哪儿也不能去。

景欢以前从来没接触过"有身"系统,这期间查来查去也都是孩子的养育攻略,还真没研究过孩子是怎么出生的。

他回到家园,用人和管家立在门边,毫无动静。想起之前结侠时曾经遭遇的滑稽特效,景欢一挑眉,心想这破游戏不会又做了那些无意义的动画吧……

等了一会儿还是没动静,景欢把号挂在家门口,拿起手机看了看,对面的人仍然没回复。他犹豫了下,长按自己发出的消息,已经过了两分钟,无法撤回了。

小景呀:"我就是跟你说一声,你上课吧。"

几分钟后还是没收到回复,景欢第七次低头看手机,终于忍不住"啧"了一声。

就算是小事,你好歹也回我一啊!

这时,好友消息亮了亮。

[密聊]秋枫:"小景景!"

[密聊]小甜景:"没空。"

[密聊]秋枫:"我看你在家里呢啊,没什么别的事,就是叫你刷个二星本。"

[密聊]小甜景:"真没空,忙着卸货。"

[密聊]秋枫:"哦哦,我能去围观吗?"

［密聊］小甜景："你有病吗？"

［密聊］秋枫："噗，这不是在游戏里吗，我就是有点儿好奇。"

景欢顿了一下。也是，《九侠》再傻，也不可能真出个生宝宝的动画，他这么较真干什么？

［密聊］小甜景："随你。"

发完这句，他操控着小狐仙走到小民房中间，狐狸尾巴一卷，妖娆地坐了下去。

您的侠缘"心向往之"上线了。

景欢手指尖一抖，就见小狐仙从地上站了起来，然后拍了拍尾巴，走到了他不小心按到的区域。

没到二十秒，黑袍男子便提着黑色长剑出现在了家园门口。

向淮之声音清朗，带着着微不可闻的喘。

"我只是去上了会儿课，"他说，"你就把别的男人带回家园了？"

啊？景欢还没听明白，好友消息就亮了起来。

［密聊］秋枫："啊啊啊，我一去你家就跟向神撞了个正着！他二话不说就朝我开了红！我先跑了啊，小景景你加油！"

景欢问："你不是有课吗？"

"翘了，"向淮之言简意赅地道，"宝宝在哪儿？"

临近期末，谁都想在教授面前博好感，向淮之却因为一个游戏任务把课翘了？景欢无语的同时，又有点儿想笑。他说："不知道，可能还在小甜景肚子里吧。"

向淮之沉默了会儿，然后说："哦。"

"秋枫说他没见过《九侠》里生孩子的场面，我就想让他来开开眼。"景欢说完又突然觉得不对，这有什么好解释的⋯⋯

"那他要是说自己没在《九侠》中结过侠缘，"向淮之问，"你也要帮他体验一下？"

景欢抿着唇，嘴角有些不受控制地上扬："哦⋯⋯那我以后少跟他接触。"

"也不用，"向淮之说，"我杀得过他。"

景欢无奈地说:"你这是区霸行为。"

"嗯,"向淮之坦然地道,"刚刚体验了一下,感觉还不错。"

景欢还想说什么,界面突然弹出一个对话框。

　　用人:恭喜玩家"小甜景"!您拥有了一个健健康康的宝宝!

景欢怔了怔,脱口道:"生了。"

向淮之问:"在哪儿?"

"不知道……"

两个人把整个家翻遍了,都没找到宝宝。景欢还去问了游戏助手,可惜他的问题似乎没有触发任何关键词,游戏助手没办法给出提示。

"破游戏……"景欢忍不住骂了一句,"我去百度一下。"

[喇叭]心向往之:"刚出生的宝宝在哪里?"

景欢愣住了。

其他人跟景欢反应一样,等大家反应过来,世界频道又被刷屏了。

[世界]秋枫:"应该在景景身上,记得让她点宝宝对话,能得到两颗红鸡蛋!"

[世界]小甜景:"你为什么了解得这么清楚?你不是说没见过这个任务吗?"

[世界]秋枫:"不是本人。"

景欢翻了个大白眼,在自己身上找了找,终于在召唤兽的界面里找到了宝宝。

女娃娃头大身小,红色头发中间还有两根长长的触角,眼睛眯成一条缝,手里还攥着一团小火焰,是个魔族小宝宝。

"我找到了,"景欢顿了顿,道,"好丑啊。"

向淮之说:"放出来看看。"

景欢把宝宝放了出来。

　　小妖魔:啵呜——什么条件啊敢生我!看我一把火烧了这个小破房子!

景欢无语,这么欠揍的台词是谁写的?觉得自己的小民房有被内涵到,他皮笑肉不笑地道:"不然我们把她丢了吧。"

"不丢。"向淮之动了动手指头,当场给新女儿买了一件三百大洋的时装——粉花兜肚。

景欢目瞪口呆地道:"这没必要吧,好丑。"

"你觉不觉得,"向淮之说,"她有点儿像你?"

景欢被气笑了:"哥……你趁机骂我呢?"

向淮之也笑了,五官是不像,但那两根触角像极了景欢那天翘起来的两撮呆毛。他动动手指,把所有兜肚都买了下来。

"要起什么名字?"过了一会儿,向淮之问。

"小向景啊。"景欢说,"计划书上不是写了吗?"

向淮之买买买的动作一顿,说:"那是我乱写的,你要想起别的也行。"

景欢说:"为什么要起别的?这个就挺好,简单粗暴,直接明了。"

起好名,穿上新衣,两个人就按照系统提示带着小向景去狐仙洞拜了师。

然后,问题来了——宝宝只能挂在一个人的神兽栏里,只能跟着一个人。

"跟我吧。"向淮之说。

景欢愣住了,狐仙洞宝宝的核心技能就是加血,他原本就打算让向淮之带着,只是没想到对方会主动开口。

当天,镜花水月的不少玩家纷纷发现,一向连超稀有坐骑都不爱放出来的向淮之,一整天都牵着他那眯眯眼女娃娃,几乎把《九侠》的所有地图逛了个遍。

Chapter **26**

第二十六章
圣诞节

周末，景欢和陆文浩去泡图书馆。

"唉，这天气太适合睡懒觉了。"陆文浩说，"要不是怕挂科，我能在床上躺三天三夜。"

景欢打了个哈欠，默默低头背书，没理他。

向："坐在哪儿？"

小景呀："什么？"

向淮之发起了位置共享，景欢下意识地点进去，凑近一看，才发现他和向淮之的距离就那么点儿。他正要细看，对方的头像就"嗖"的一下消失在了界面中。

景欢捧着手机敲字，一句话还没打完，身边的位置就多了本书，紧跟着，他的后脑勺被人轻轻地拍了一下。

向淮之的动作很自然，像朋友之间最简单的打招呼。

陆文浩也是一愣，抬头看了看，问："路哥、向哥……你俩怎么也跑来图书馆了？"

路杭坐到陆文浩身边，指了指自己对面的人："我一个人在寝室无聊，跟他出来的。"

向淮之落座时，景欢听见细微的摩擦声——向淮之面不改色地把自己的椅子往他这边挪了一点儿。

"在背书？"向淮之垂眸，扫了眼他手上的书。

景欢嘟囔道："嗯，好难背。"

音量都低了不少，看来确实被折磨得够呛，但没办法，大学考试就是这样，就得死命背书，背老师发下来的重点。

向淮之"嗯"了声："好好背，别挂科。"

一开始，景欢还以为向淮之来图书馆只是为了找自己，但他很快就知道是自己自作多情了。

他不知第几次侧过头去看身边的人。

向淮之戴着耳机，稍稍垂着头在看书，从侧面望去，男生下颌线条紧致流畅，修长白皙的脖颈更加出挑。这人帅是帅的，只是看起来冷冰冰的，不怎么爱理人。

忽然，他的膝盖被轻轻地碰了一下，景欢愣了愣，再看向向淮之的时候，总觉得这人冷冰冰的脸上挂了点儿笑意。

四个人在图书馆待到晚饭时间，自然而然地商量着一块儿吃顿饭。

学了一天，景欢整个人都是乏的，菜一上来就闷头汲取能量。向淮之也没怎么吭声，倒是陆文浩和路杭聊得很欢。

吃饱后，景欢往后一靠，懒洋洋地倚在饭馆的石墙上，边听他们聊天边笑，正聊到今年的寒假计划，他的手机忽然振了一下。

姐姐："欢欢，什么时候期末考试？"

景欢眼睛一亮，坐直身回复。

小景呀："一月初才考［捶桌］！"

姐姐："哈哈，你最近聊天怎么这么可爱，谈女朋友了？"

景欢心一跳，因为心虚，字敲得飞快。

小景呀："没有，怎么可能。"

姐姐："这么晚才考试，那你圣诞和元旦岂不是要在学校过？"

小景呀："对啊，怎么了，你要回国了？"

姐姐："嗯，要回国过年。"

小景呀："好，那到时候见。"

姐姐："嘻嘻，你想要什么圣诞礼物？我到时候补给你！"

小景呀："我又不是小孩子了，还要什么圣诞礼物啊。"

姐弟俩有段时间没说话了，一说就刹不住车，直到吃完晚饭，走到学校后门，景欢都还在捧着手机和梁冉聊天。

"那我先回去了，欢欢，明天还泡图书馆不？"陆文浩问，"你和谁聊天呢？聊了大半天。"

"我姐，"景欢说，"不了，我明天有事，你自个儿泡去吧。"

听见他的回答，向淮之眉间松了松。

路杭说："那我和向向也走了……"

"你自己回去。"向淮之说，"我还要去买点儿东西。"

景欢闻言，眼皮轻轻跳了一下。他回复完最后一条消息，把手机揣回了兜里。那两个人走后，他问："你要去买什么？我陪你去。"

向淮之很淡地瞥了他一眼,不声不响地带着景欢走到他住的楼下,随后冲着房子的方向扬了扬下巴,说道:"上去吧,不早了。"

景欢"哦"了一声,却站在原地没走。过了会儿,他又说:"其实我还不是很困,我陪你去买东西吧。"

向淮之看了他半晌,很沉地笑了一下,说:"没什么要买。"

哦,那对方就是单纯想送他回家而已。景欢咽了咽口水,

他突然就想邀请向淮之上楼坐一坐,但话到嘴边,又被他使劲儿按了回去。

"你在想什么?"向淮之说。

"没……在想考试要是挂了怎么办。"景欢胡扯道,"我妈挺凶的。"

向淮之笑了一下:"看不出来。"

景欢说:"那是她伪装得好,我上高中那会儿,她简直就是母夜叉,不让玩电脑,不让抽烟打架,不让早恋……"

"你现在上大学了。"向淮之忽然打断他道。

景欢愣住:"啊?"

"阿姨还管这些吗?"向淮之问。

景欢轻眨眼睫,跟向淮之对视片刻,才小声地应:"应该……不了吧。"

向淮之垂下眼眸,眼里带了点儿笑意,良久,伸出手来又揉了揉他的头发,说:"上去吧,我回去了。"

景欢呆了一下。

向淮之说:"早点儿睡。"

景欢这才骤然回神,怔怔地跟身前的人对视半晌,才挤出一句:"你也是。"

向淮之转身走出一段路,就被身后的人叫住了。

"向淮之,"景欢脱口而出,下意识地喊了他的名字。

待向淮之回头后,景欢才意识到自己的声音大了些。他抿了抿唇,说话时吐出一口白雾,尽量让自己的语气正常一点儿,"圣诞节……能见面吗?"

今年的圣诞节不是周末,又临近期末考试,以至于平安夜这天,

班级群里全被教授发的文件刷了屏。景欢扫了几眼,把这些文档全下到了手机里,才打开了面前的衣柜门。

他再看手机时,寝室的讨论组有十来条消息。

高自翔:"这么多文档,我怎么背得过来啊?浩儿,你还在图书馆吗?"

陆文浩:"嗯,干啥?别再想让我给你打包麻辣烫,我昨天给你排了半小时的队。"

高自翔:"哦,不是,我是想让你今天晚点儿再回来,我一会儿要和女朋友视频。"

陆文浩:"滚。老子找欢欢吃饭去,你就自己在寝室当饿死鬼吧!"

景欢几眼扫完消息,想了想,举起手机对着镜子里的自己随手拍了一张照片。

小景呀:"这套衣服怎么样?"

陆文浩:"……"

高自翔:"……"

陆文浩:"你干吗?"

小景呀:"你就说帅不帅就完事了。"

陆文浩:"哦,一般般吧,你的正常水平。"

小景呀:"这套呢?"

景欢换了三套,群友们都表示一般般。

他沉吟片刻,走到玄关穿上自己那双款式最酷、价格最贵的鞋子。

小景呀:"[图片]。"

陆文浩:"[大拇指]宇宙第一帅。"

高自翔:"[鲜花]建议出道。"

景欢懂了,这俩人就是俗。他两下把鞋脱了,躺沙发上准备刷会儿微博。

陆文浩:"欢欢帅哥在吗?今年圣诞节怎么安排?"

小景呀:"不知道,你有什么好建议?"

陆文浩:"我听说附近有家 Hello Kitty 主题餐厅,主题不重要,重要的是包间不错,我看了图片,还挺浪漫的。"

高自翔:"你没事吧,又不是跟女朋友去,要什么浪漫啊?我们去吃烤全羊吧,我又馋了。"

景欢没回复,用 App 搜了一下陆文浩说的主题餐厅,包间确实不错,装修花里胡哨的,是绝佳的聚餐地点。

好,算你得逞。他动动指头,给店家发送了预订邀请。

陆文浩:"欢欢呢?怎么说,明天圣诞节了,再不搞快点儿哪儿都没位置了。"

小景呀:"什么怎么说?"

陆文浩:"烤全羊还是 Hello Kitty?"

小景呀:"随便你们啊,反正我又不跟你们一块儿过。"

一语激起千层浪,景欢把衣服换下来的工夫,讨论组已经聊到了九十九条。

景欢笑了声,没回也没看。他就是闲的,非要在群里说一嘴,不过更具体的他肯定不会说,所以干脆就装人不在。

把衣服塞进衣柜最外层,景欢坐到电脑前,慢慢品味这种久违的情绪,就像是他五六岁那会儿,每逢过年最期待的就是穿新衣服见人。

手机响了一声,景欢重新拿起手机。

向:"刚下课。"

小景呀:"我也刚睡醒。"

向:"嗯,你喜欢吃什么菜系?"

向:"除了黄焖鸡。"

小景呀:"都可以,我不怎么挑食。怎么了?"

向:"想提前订餐厅。"

景欢挑起嘴角笑了。

小景呀:"我已经订了,不过我现在有点儿后悔。"

向:"嗯?"

小景呀:"那餐厅的装修有点儿花,好像不适合两个大男人去。"

向:"好,你喜欢就行。"

景欢把面前的考试重点复印件丢到一边,拿起手机拍电脑屏幕。

小景呀:"小向景我今天喂了,营养值是满的,你晚上回来别喂了。"

向:"那你呢?"

小景呀:"啊?"

向:"你的日常任务做了没?"

小景呀:"没,等你回来带我做。"

向淮之的视频通话打过来的时候,景欢脸上的傻笑都还没来得及收回。

视频接通,向淮之微微垂着头,身后是光秃秃的枝丫和堆积在上面的白雪。

上次陆文浩被拍了张这个角度的照片,高自翔还用来当作自己的微信头像,当时场面激烈得景欢差点儿没能拦住。

看着向淮之的脸,景欢忽然就觉得自己不是宇宙第一帅了。

"书背得怎么样了?"向淮之问。

景欢笑容尽收,说:"为什么要提这个!"

向淮之说:"怕你挂科。"

"大不了重修。"景欢撇嘴道,"你打视频来就是要跟我说这个啊?"

"不是。"向淮之说。

向淮之抬眼又低头,来回几次后,很轻地笑了一声:"就是看看。"

圣诞节当天没下雪。

景欢在镜子面前盯着看了半天,临出门前,还重新系了一遍围巾。他上次这么臭屁地照镜子,已经是小学上台演讲那会儿了。

景欢的父母虽然总是各自忙碌,但对生活还是颇有仪式感的,任何一个小节日都要凑在一起,互送礼物。景欢觉得自己也是受了他们的影响,认为圣诞节是应该准备礼物的,景欢想起上次优惠套餐里的玫瑰,鬼使神差地走进花店,店内香气馥郁,闻得他鼻子有些发痒。

"您好,请问需要什么?"店主是个男人,戴着金丝边眼镜,气质优雅。

景欢以前从来没进过花店,有点儿不好意思地说:"你好,给我包一捧玫瑰。"

"您想要什么颜色的呢?"店主一口气报了无数个颜色出来。

景欢听得头疼,干脆地道:"都可以,给我包最简单的那种就行了。"

说完，他又想到什么，"算了，不要一捧，太大了，要……"

见他犹豫半天，店主笑了笑道："九朵吧，寓意好，客人一般都选择九朵。"

片刻后，景欢拎着装有九朵玫瑰的纸袋离开了花店，店家帮他包装得很好，光从外面看，根本看不出里面放了什么。

景欢到达约定地点时还早，一抬眼就看见向淮之穿着黑色短款外套站在后门，正在低头玩手机。

向淮之拒绝掉同学发来的圣诞节邀约，返回去看刚刚收到的消息。

小景呀："你在哪儿？"

向："怎么了？"

小景呀："我可能晚点儿才能到。"

向："嗯，不急。"

小景呀："你不会已经到了吧？"

向淮之打出"没有"，还没来得及发出去，身边就凑过来一个脑袋。

"你怎么骗人啊？"景欢忍着笑问。

向淮之指尖一顿，然后把手机锁屏，说："谁先骗的？"

"我。"景欢站直身，理直气壮地应。

跟餐厅订的是六点整，现在两个人都来早了，只得在附近晃悠一阵再进去。

向淮之垂下眼，问："手上是什么？"

"还不能说，"景欢换了只手，把袋子挪出向淮之的视线，"反正是好东西。"

天色渐暗，不知是哪家店放起了《铃儿响叮当》，街上行人渐多，节日氛围浓厚，他们走在人群中间，一点儿都不违和。

两人刚走出一段，就见前面某家店铺里站满了人，店铺贴着粉色的墙纸，上面还画着表情各异的小兔子。两人走近一看，是家刚开的娃娃机店。

这家店去年装修的时候陆文浩就说过，在这偏僻的地方开娃娃机店，过半年肯定得倒闭，现在看来，陆文浩或许没什么经商头脑。

察觉到他的视线，向淮之用余光扫了一眼那家店，沉吟片刻，才问他："你想玩？"

景欢对娃娃根本不感兴趣……才怪。

这店里居然有《九侠》的周边娃娃机,机子里还躺着长着两根触角的小向景娃娃。

两分钟后,景欢换了二十块的硬币,在娃娃机后面排起了队。

娃娃机店铺面积不大,排队的人都挤成了一团,每个人手里都攥着一袋子硬币,前面的女生因为钓了好几次上不来,表情沮丧,正在跟男朋友撒娇。男生赶紧把她搂在怀里哄道:"没事宝宝,我再去给你买五十个币,你等我。"

景欢立刻变成了"地铁老人"脸。

向淮之问:"想钓哪个娃娃?"

"小向景。"景欢说。

向淮之微不可见地抬了下嘴角:"嗯。"

景欢只用十二个币就钓上了小向景,剩下八个币,送给了之前那个跟男朋友撒娇的女生。

两人走出店面,凉风吹过来,方才的闷热感消了一些。景欢把小向景举起来,刚想送给向淮之,兜里的手机就忽然响了起来。景欢看了眼来电人,微微一怔,手上的玩偶不自觉地往下落了几分。

他还没来得及接电话,就听见面前传来一道急促的脚步声。一个披着长鬈发的漂亮女人朝他小跑过来,她穿着米色风衣,底下露出的半边裙摆随着她的动作轻轻摇晃。

女人径直扑到景欢怀里,跟他来了个大大的拥抱,她身上好闻的香水味儿钻进了两人的鼻腔。

"欢欢!"女人环着他的脖子,娇笑着说,"Surprise(惊喜)!"

女人扑上来的力道并不重,却把景欢撞傻在了原地,他左手拎着装着玫瑰花的袋子,右手拎着小向景玩偶,好久好久才反应过来。

他呆滞片刻,才终于找回自己的声音,低低地叫了一声:"姐。"

手机里,景妈妈不咸不淡地说:"小冉非说要给你个惊喜,不让我告诉你。但你也知道她这孩子做事挺大条的,我怕她走丢……你接到她了?"

怕梁冉摔跤,景欢下意识地伸手去扶她,娃娃也连带着抵到了她的背上:"嗯,她在我旁边。"

景妈妈这才放心:"那就好。"

梁冉察觉不对,问:"欢欢,你跟谁打电话呢?"

"我妈。"景欢把电话挂了。

"啊?"梁冉噘嘴,"我说了不让姨妈告诉你……那你早就知道我要来了?"

景欢还没来得及说什么,梁冉的手便往后绕,抓住了景欢手上的小向景玩偶。

"所以这是给我的圣诞礼物吗?"她失望的表情还没维持到两秒,又甜甜地笑了,"《九侠》的魔族宝宝玩偶?"

景欢下意识地看向身边的人,他总不能说这是想送给身边这位男同学的吧?

相较于他,向淮之就显得十分镇定,他垂眼看了看梁冉手中的娃娃,只一眼就挪开,连嘴角的弧度都没变过。

梁冉抱了一会儿才把景欢松开,看见景欢身边的人,笑容变得客气了些,"你好,我是景欢的姐姐。"

"你好。"向淮之颔首,"向淮之,是他的学长。"

听见熟悉的字眼,梁冉眉心微不可见地皱了一下,又很快松开,她看向景欢,问:"你一个人来接我就行了,干吗还麻烦朋友陪你来?"

景欢抿了抿嘴,虽然向淮之一早就知道梁冉的事,但现在他们站在一块儿,他还是有种微妙的尴尬感。

但显然,只有他自己这么觉得。

"没事,"向淮之说,"我正好有空。"

嘴唇张了又合,最后景欢还是没说什么。

就这样,圣诞节的聚会变成了接风。景欢甚至怀疑,向淮之也以为自己约他出来就是为了接梁冉。

"那我们现在去哪儿?"梁冉眨了眨眼。

景欢自然不可能把他姐撇下,看了女人手中的小向景一眼,心想她也算是小向景的半个姨,拿就拿了吧。他叹了口气,说:"去吃晚饭。"

路上,景欢一直想找机会给向淮之发信息,解释一下梁冉的到来只是个突发事件。

但梁冉和他太久没见，激动地挽着他的胳膊聊了一路。

"我还是喜欢我们国内的饭菜，国外全是快餐，"梁冉捏了捏自己的脸，娇嫩的肌肤被她捏出一道弧度来，"你看，我都胖了。"

景欢说："不胖。"

三个人就这么一路到了餐厅，梁冉一进包间就笑了，说："Hello Kitty已经是我高中时候的爱好了，你怎么到现在还记得？"

这真的是意外，景欢虽然跟梁冉关系好，但还真没到注意她高中喜欢什么物什的地步。他看了眼向淮之，对方已经敛去了笑意，垂着眼皮不知道在想什么。

三人落座，梁冉就坐在景欢身边，他更没机会给向淮之发消息了。

梁冉的性格非常小女人，不论长相还是说话都温温软软的，这家店的菜单上画了许多可爱的动画人物，粉嫩可爱，她爱不释手地看了半天，要不是景欢拦着，她甚至想把店家的菜单买下来。买不了就疯狂拍，她拍完菜单拍餐厅，拍完餐厅拍菜品，到最后，她双手捧着手机，一脸乞求地看着坐在对面的向淮之。

"那个……"她问，"能帮我和欢欢拍张合照吗？"

向淮之放下筷子，说："好。"

梁冉笑了，正准备把自己的手机递过去，就见对面的人先一步举起了自己的手机。

梁冉连忙放下手机，把头轻轻一歪，靠到了景欢的肩上，景欢像是已经习惯了这样的动作，一躲不躲，轻轻抿着唇。

"欢欢，你笑一笑，别又抿嘴唇。"梁冉头也没抬便说。

景欢："我在笑……没抿嘴。"

向淮之拍了几张照片，然后放下手机，边发送照片边说："你们姐弟关系很好。"

"是呀，"梁冉喝了口柠檬水，笑吟吟地说，"有家里这群人惯着，我都嫁不出去了。"

景欢说："不想嫁就不嫁，大姨和姨夫又不是养不起你。"

"那还是算了。"梁冉莞尔，"虽然被骗过一次，但我还是相信爱情的。"

景欢的表情一瞬间有些僵硬,他立刻抬头看对面的人。只见向淮之很浅地笑了一下,反应极淡。

景欢悄悄松了口气,但背脊仍是僵直的。

"照片我发到你的微信了。"向淮之收起手机,说。

景欢"哦"了一声,放下水杯,解锁手机打算将照片转发给梁冉。

梁冉早就捧好手机在旁边等着了,手机解锁的那一瞬间,她在屏幕上看到了某个特别熟悉的App图标。梁冉柳眉一挑,脱口问:"欢欢,你又回去玩《九侠》了?"

桌上其他两个人明显一顿。

景欢愣了下,快速打开微信,含混地道:"什么?"

"《九侠》啊。"梁冉说,"我看到你下载了九侠交易所的App。"

景欢本能地不想提关于游戏的事,打开照片递到梁冉面前,问:"你看看要哪张,还是都发给你?"

梁冉眼里立刻只剩下照片了,她笑着拿过手机,一张一张往下看,越看笑容越淡。

讲道理,她的证件照都要比这几张照片好看。而且……这位弟弟是怎么做到在把她拍得这么丑的情况下,还能保持住欢欢的颜值的?

半晌,梁冉才问:"欢欢……你觉得我哪张好看一点儿?"她不好意思提出重拍的请求,只能委婉地求助身边的人。

谁想景欢垂眸扫了一眼,把手机接了回去,说:"都好看,我都发给你吧。"

梁冉说:"好吧……"

景欢动动指头把照片转发过去,刚要锁屏,手机就轻轻地振了一下。景欢本能地歪了歪手机屏幕,不让他姐看见。

向:"[雪人]。"

一个不会被看出端倪,像是不小心按错的表情。

景欢盯着雪人看了一会儿,然后才慢吞吞地点了一个表情包。

小景呀:"[圣诞老人]。"

饭菜上来,景欢盛汤的时候习惯性地给梁冉盛了一碗。

"谢谢。"梁冉接过汤,忽然道,"其实我这段时间越想越后悔。"

景欢低头喝了一口汤,问:"后悔什么?"

"当初不应该销号的。"梁冉说。

景欢一口汤差点儿喷出来。

"也不是舍不得,其实那号也没花多少钱,就是觉得因为一个……不值得。"梁冉用湿毛巾擦了下手,然后开始整理头发,没注意到身边人的表情,"而且我其实挺喜欢玩《九侠》的。"

向淮之正捏着手机找表情,听见他们的对话,动作稍稍顿了一下。

景欢眼睛眨得飞快,胡乱"嗯"了两声:"菜点得够吗?要不要再加一点儿?"

"我吃不下了。"梁冉小声道,"你问问你朋友,不够就加。"

声音虽小,但向淮之听得仔细,道:"我也够了。"

于是梁冉用小指轻轻撩起耳边的碎发,问:"欢欢,不然我们一起回去玩《九侠》吧?"

景欢没说话。

"我都想好了,我玩个女侠客,"梁冉笑着说,"可以跟你一起打PK。"

服务员把咖啡端上来,向淮之试了一口,苦得厉害,他拿起杯子旁的奶油球。

景欢说:"算了吧,你太容易被骗了。"

他就不明白了,不都说一朝被蛇咬,十年怕井绳吗?怎么他姐跟别人不太一样?

"所以才要你陪我嘛!"梁冉说,"我俩重新创号,去别的区玩,我不待镜花水月了。"

向淮之撕开包装的动作一顿,说:"镜花水月?"

"是啊,我之前在镜花水月玩过,"梁冉看向他,"怎么了,你也玩《九侠》吗?"

向淮之沉默了几秒,然后道:"嗯,不过不在那个区。你刚刚说销号了?为什么?"

景欢一下有点儿蒙,向淮之为什么……要主动提这件事?

梁冉也愣了愣,不过自己当时被论坛的人骂得那么惨,也不愿意说得太明白。她笑了笑,语气随意地说:"没什么,只是遇到渣男了。"

众所周知,《九侠》算是半个大型交互类网游,光是官方论坛一星期就能产出四五个"818"帖子,可见里面的渣男渣女比比皆是。向淮之在前言里就猜到了一些,对此并不意外,但不知怎么的,他心里总有种说不上来的怪异感。

梁冉微笑着道:"说起来,那人的网名跟你的名字还有点儿像。"

向淮之手上力度失控,奶油球倒了大半。

景欢忙说:"那不是代打吗……跟那号的主人有什么关系?"

"我知道,但我又不知道那代打要怎么称呼。"梁冉问向淮之,"你不介意吧?"

向淮之放下奶油球,看着咖啡里直往上泛的奶油,忽然就没了胃口。半晌,他才道:"不介意。"

景欢看到空了的奶油球,没怎么犹豫就把自己的咖啡推了出去,说:"哥哥,你喝我的吧?"

向淮之抬头看他,表情未变。

景欢跟他对视了几秒,不知怎么的,之前那股心虚感又从脚底往上蔓延,令他背脊发麻。

"怎么了?"他问。

向淮之摇了摇头:"没。"

他端起咖啡抿了一口,果然太甜。

在那之后,向淮之就没再仔细听对面两个人的聊天内容了。他面上无波无澜,指尖一直无意识地摩挲着咖啡杯,但直到结账,都没再喝第二口。

这家店结账要去前台,景欢站起身道:"那我先去结账。"

这是小钱,梁冉也不跟他抢着结。

景欢起身的时候,手臂不小心带到了身后的纸袋,纸袋掉落在地,发出一道很小的闷响。他下意识地弯腰去捡,却不小心扯到了纸制开口,袋子在吃饭途中就被他压了一些,这么一扯,开口失去控制,袋子"啪"的一声打开了,娇艳欲滴的玫瑰露了出来。

三个人安静了几秒,景欢把袋子合拢,在梁冉疑惑的目光投射过来时,景欢的第一反应就是把花递了出去。

梁冉很轻地皱了下眉,也没细看便把袋子接过来放到了身后,说:

"准备了这么多礼物？"

景欢刚将花递出去就后悔了，却又不好意思再要回来。他低低地"嗯"了一声，鬼使神差地看了向淮之一眼。向淮之耷拉着眼皮，扫了眼玫瑰花，然后收回视线，抬起手把杯子旁的奶油球包装给丢了。

景欢去结账，桌边只剩下两个人。

正当梁冉给自拍加滤镜时，对面的人忽然开口说话了。

"冒昧问一下，"向淮之抬眼看着她，嘴边带笑，"能告诉我你在镜花水月的 ID 吗？"

结完账，景欢回到餐桌前，顺手帮梁冉背了包，问她："订酒店了吗？"

"订了，就对街那家，"梁冉说，"包包给我吧，我自己过去就行了。"

"我送你。"景欢说。

梁冉："我又不是小孩子了！"

三个人走出餐厅时已经接近十点，这段时间天气冷，一般晚上到了这个点，街上就没什么人了。但今天不同，今天是节日，这个点才是最热闹的，一整条小吃街都还开着门在营业。

梁冉离开后，景欢把围巾往上扯了一下，心想他现在再去花店买束花还来不来得及？

兜里的手机嗡嗡振个不停，景欢拿出来看了眼，是各大讨论组的@。他看着看着就笑了，说："陆文浩喝醉了，在撒酒疯。十点就醉，真没用。"

向淮之说："你的酒量也很差。"

"也没有……"景欢说。

"以后少喝点儿，"向淮之说，"能不喝就不碰。"

景欢没再反驳，把手机丢回口袋，双手插兜，小声地说："那……反正你会帮我挡酒。"

向淮之动了动嘴唇，没说话。

景欢说："我开玩笑的。"

两人之间又陷入了沉默。

越往学校走，景欢就越觉得不对劲，片刻后，他小幅度地转头，偷偷看了一眼向淮之，男生面色如常，除了不说话，看不出其他的情绪。

是他的错觉吗？他怎么觉得向淮之好像不太高兴？

这段沉默直接把景欢再去一趟花店的计划摁死在了摇篮中。接近学校后门时，景欢的脚步不自觉地变慢了很多。

他看着正在保安亭里坐着的大爷，说的却是："今天难得没下雪。"

向淮之："嗯。"

"这家餐厅味道一般般，下次不来了。"景欢说。

"好。"

景欢叹气，总觉得今天这顿饭……吃得不太尽如人意。

"那你进去吧。"景欢说。

向淮之脚步未停，说："先去你那儿。"

景欢愣了愣，很快应道："好。"

两人一走到公寓区域就没了节日的氛围，周围一如既往地没什么人，只有公寓大门上贴了个圣诞老人，图案还特丑。

到了上次道别的地方，两人极有默契地停了下来。

他要不要邀请向淮之上楼坐一坐？景欢想。他买了个投影仪，他们或许可以躺着看一会儿电影，最近有部欧美大片在各大 App 上映了，他还没有看过。

"你姐姐是冉心。"向淮之打断了他的思绪。

这句话就像一阵凉风，直接把景欢仅剩的热情吹凉了。他愣怔地抬头，对上向淮之的视线："啊……对。"

向淮之的手垂在身侧，被风刮得有些冷。不知过了多久，他才问："你什么时候知道我的号不是本人的？"

景欢心底滋生出一股不安感。他这是什么意思？是要重新算账？

"就，"景欢的声音小了点儿，"结侠的时候。"

向淮之垂下眼，陈述道："所以，你之前一直以为我是骗你姐的渣男。"

景欢彻底蒙了，说："我……是，我之前的确以为……"

一整个晚上，向淮之只喝了半杯柠檬水。咖啡的奶加多了，太甜，他喝不下去，以至于现在觉得嗓子有些干涩。"然后你就买了个女号来找我，为了你姐姐。"

景欢心一沉，他有种不好的预感。他咬了咬牙道："对，可是我之前跟你坦白过，你说你早就知道……"

景欢没说下去，向淮之也没接话。

不知过了多久，向淮之才说："是我误会了，我以为……"

景欢隐约有些猜到了，脸色渐渐变白，这才发现自己这段时间有多乐观，乐观到觉得自己隐瞒性别、欺骗别人的感情，是一件很容易被原谅的事。

其实在听到梁冉报出自己的 ID 时，向淮之就彻底明白过来了。他忽然觉得有些滑稽，不论是他还是景欢。

景欢脑袋里一片空白，回来的路上打的腹稿早已经忘得一干二净，他翕动着嘴唇："哥哥……"

"嗯。"向淮之再次打断他的话。

随后就是死一样的沉默，久到景欢觉得自己呼吸都有些不顺畅。

"回去吧，"最后，他听见向淮之说，"圣诞快乐。"

景欢回过神时，向淮之已经走远了。

不知过了多久，景欢做了几个深呼吸，白雾从他的嘴鼻间飘出来，很快在空气中消散不见。景欢在公寓门口站了良久，久到保安出来询问时，他才慢吞吞地摇了摇头，转身回家。

走进电梯，景欢看着电梯门上映出的自己，才发现自己还有很多话没说。比如圣诞快乐，比如 Hello Kitty 餐厅是为向淮之订的，小向景玩偶是钓给向淮之的，花也是要给向淮之的圣诞礼物。

可他没有立场说这些，因为他从头到尾都是个骗子。

景欢静静地站了一会儿，直到对讲机里再次传来保安的关心，他才抬起手来，狠狠地抹了下眼睛。

景欢回到家，才发现手机里有不少条信息。他连鞋都没脱就点开了微信，里面三十多条信息，没一条是向淮之发来的。于是他放下手机，去浴室冲个澡，晾好了衣服，才躺到床上慢吞吞地看微信，一页下来，几乎全都是"圣诞快乐"。

景欢恹恹地回复完祝福信息，点进向淮之的朋友圈，看到没有最新动态后才退出来看其他的朋友圈。然后,他看到了梁冉新发的朋友圈。

"［圣诞树］来找景欢欢了,他还是那么帅,他的学长也是……我以前上学时怎么没有这种帅哥!［流泪］!"

景欢愣了愣,点开下面的照片一看,不仅有他们的合照,甚至还有向淮之的照片。他立刻从床上坐起来,打开键盘回复——
小景呀:"姐,你干吗发他的照片啊?"
谁知梁冉也回得很快。
姐姐:"啊?我问过小向了,他同意的。"
哦,那没事了。景欢缓缓地躺了回去,点开照片又看了一眼。
是向淮之的单人照,他脱了外套,里面是一件灰色毛衣,一只手撑着下巴,还漫不经心地对镜头比了个"V"。
他自己都没有向淮之的照片。
景欢盯着照片看了一会儿,长按点击保存。
关掉朋友圈,他才发现梁冉又给他发了消息。
姐姐:"我忘了把圣诞礼物给你了!我千里迢迢地来就是为了给你这个,居然忘了!"
小景呀:"没事,明天再给也一样。"
姐姐:"那还叫什么圣诞节礼物?"
可以叫绝交礼物,景欢默默地想。
姐姐:"对了,我还有事要问你。"
小景呀:"嗯?"
姐姐:"你今天是不是还约了别人啊?"
小景呀:"嗯?"
姐姐:"你这花,不是要送我的吧?"
景欢再次从床上坐了起来,挠了挠头发,捧着手机想了半天。
小景呀:"你怎么知道?"
姐姐:"我又不傻!我回来才发现,里面正好九朵,还包装得这么好……"
小景呀:"哦……"

姐姐:"你在哪儿?我现在拿过去给你。"

小景呀:"不用了。"

姐姐:"为什么?"

姐姐:"你今天有约怎么不告诉我?我自己也可以去吃饭啊。不会害人家误会了吧?"

景欢心里泛酸,要真是误会就好了。但他很清楚,这事跟误会压根儿不沾边,他的的确确骗了向淮之,这才是他开不了口的原因。他曾经换位想了想,如果有个人玩女号骗他结侠,目的就是报复他……

向淮之刚刚没揍他,足以证明向淮之的素质有多好。

小景呀:"你给我买了什么礼物?"

姐姐:"别转移话题。"

小景呀:"又是鞋?"

姐姐:"才不是呢!好东西,我托人弄了好久才弄到,你生日那天东西还没到我手上,不然这就是你的生日礼物了。"

梁冉还是好骗,两三句话就揭过这事了,没再继续戳景欢的心。

景欢跟梁冉聊完,他们寝室的讨论组也开始发疯,陆文浩喝醉后一连发了好几条二十多秒的语音过来。知道他在发酒疯,换作平时景欢点都不会点开,但今天他不仅点开了,还全听完了。

陆文浩啰啰唆唆地说了一堆有的没的,然后开始唱歌,调子一路飞到了西班牙。景欢原先以为他唱的是圣诞歌,结果仔细一听,才发现是陈奕迅的《圣诞结》。

小景呀:"今天是节日,你能不能唱点儿喜庆的歌?"

然后,陆文浩就唱起了《好日子》。

景欢把讨论组关了,点开置顶聊天,最下面是一个雪人和一个圣诞老人。

当时发的时候他没想过,这表情可能会是他给向淮之发的最后一个表情。如果他早知道,就不发圣诞老人了。

景欢发现他现在不能想这件事,一想眼睛就发胀。要不怎么说恶有恶报呢,坏事干得少,就以为上天能对他睁一只眼闭一只眼,结果在这儿等着他。

胡思乱想半天没睡着,凌晨两点,景欢从被窝里爬出来,打开了电脑。

他登录《九侠》，到了角色选择页面，心脏立刻怦怦乱跳起来，他不会……一上号就收到侠缘强制解除关系的系统提示吧？

他在这界面停留得太久，直到超过游戏的限定时间，直接卡在登录界面掉线了。

两分钟后，他一狠心一闭眼，迅速进入游戏，好友消息那里闪个不停，提示他有两条未读消息。景欢没急着打开，先从车夫处回了家，放出小向景来，把吃的和玩具都塞给她后，触发了小向景的对话系统。

小向景：我长大后也要玉貌花容，名扬天下。

景欢心想，名扬天下不重要，善良才重要。
一切做完后，他才认命般的打开消息。

系统提示："小甜景"大侠，您已经三日没有进行竞技场切磋了，七日内不进行切磋，竞技积分将被冻结，二十四日内不进行切磋，积分将每周减少二十点。

景欢点击下一条。
[密聊] 爱是分你吃："景景，你怎么大半夜的上游戏了？"
[密聊] 小甜景："睡不着，就上来看看。"
[密聊] 爱是分你吃："你们怎么连上号的时间都差不多。"
[密聊] 小甜景："嗯？"
[密聊] 爱是分你吃："向神刚刚也上来了啊。"
景欢赶紧看了那个单独分组一眼，分组名字是（0/1），说明里面的人没在线。
[密聊] 小甜景："他上来干什么了？"
[密聊] 爱是分你吃："这我怎么知道……不过我当时看了下他的资料，是在你们家园，再看的时候他已经下线了。"
[密聊] 小甜景："哦哦。"

景欢抿着唇，点开了好友分组，看见向淮之的个性签名变了，从"开心就好"变回了原来的句号。

　　景欢盯着这个句号看了许久，才发现自己好像高估自己了。向淮之甚至不用提交解侠申请，只要改一个标点符号，就能让他难受得要命。

Chapter **27**

第二十七章

解侠申请

翌日，景欢有一节早课，导师放了话，最后这两节课谁不来谁挂科。

景欢总不能再给自己的人生添一份堵，因为起晚了，连早餐都没吃就赶去了教室。

陆文浩看到他时吓了一跳，问："你昨晚喝酒去了？"

景欢头疼欲裂，声音哑得吓人："没有。"

"那你看起来怎么比我这个宿醉的人还惨？"陆文浩说，"我现在把你丢去动物园，别人都能把你当作熊猫围起来。"

景欢没说话，朝他摊开手。

"干吗？"陆文浩问。

"门票钱，"景欢说，"想白看国宝？"

陆文浩笑了，刚想说什么，话头就被高自翔抢了去。

"欢欢，"高自翔边给朋友圈点赞边问，"你姐姐来了？"

景欢"嗯"了一声。

"那怎么不告诉我？我请她吃饭啊。"高自翔说。

"我也不知道她要来。"景欢说。

"她啥时候走？"

"下午。"

高自翔"哦"了一声："那我跟她约顿午饭吧。"

景欢握着手机，头也没抬地说："随你。"

下了课，三个人往校外走，梁冉已经在门口等他们了。

"冉姐。"高自翔熟络地打招呼。

梁冉回过头来，看到他们便笑了，说："嗯，好久不见了。"

"是啊，你还是这么漂亮。"高自翔说，"来，我帮你拎包……这是啥？"

梁冉手里不仅拎着包，还捏着一个纸袋。她没应，只是打开包包，从里面拿出一顶棒球帽，戴到了景欢的头上。

景欢愣了下，问："是什么？"

"圣诞礼物啊。"梁冉说，"看看帽檐。"

景欢拿下来一看，才发现上面有他最喜欢的球星的签名。

"谢谢姐。"他扯了扯嘴角，说。

"啧，不像你啊！"高自翔虚揽上他的肩膀，"你看清楚！这是谁的签名？"

梁冉被高自翔逗笑了，伸出手，把纸袋也递给了他。

景欢说："这么多？"

"什么呀，"梁冉说，"帽子是礼物，这个是还你的。"

景欢茫然地问："还我？"

"嗯，昨天我不是拿错东西了吗？物归原主。"梁冉顿了下，又道，"不过那些过了夜，已经不新鲜了，这是我刚去买的，品种和店家都一样。"

景欢接过袋子，闻见里面传来的淡淡花香，喉咙微哽，好久才出声："姐。"

"嗯？"

"昨天那个娃娃……"景欢低下头，说，"也是我要送人的，你一起还我吧。"

高自翔请梁冉去吃了牛扒，景欢和陆文浩也沾了光。

吃饭途中，陆文浩总想看袋子里是什么，一直没能成功。

"你别看了，那是他的秘密。"梁冉说完，撑着下巴小声问弟弟，"你要不把那姑娘叫来，我跟她解释清楚？"

景欢摇头，道："不用了。"

叫不来不说，他现在也不敢给向淮之发消息，倒不是怕被骂，是怕收到被拉黑的提示。

吃完午饭，梁冉叫来的司机已经到校门附近了，她回酒店拿行李，顺便拿娃娃。

景欢就在车前等着，陆文浩和高自翔还在复盘昨晚的酒局。

"他喝不过别人，还非要跟人家比，最后还装作要吐躲酒……你说他过不过分？"高自翔嫌弃地道。

陆文浩气死了："你才装呢，老子是真吐了！"

高自翔："被人灌吐了还好意思说，丢人。"

陆文浩气急败坏地抬手，准备现场跟他打一场。

景欢有一句没一句地听着，也没怎么搭腔，他的手机一直在振，是帮派里的人在玩红包接龙。他一个都没领，不过每振一次，他还是会低头看一眼。

"哎？那不是向哥吗？"

听见陆文浩这一句，景欢差点儿没拿稳手机。

"哪儿啊？"高自翔问。

"便利店，准备进校门那个，是不是？"陆文浩顿了顿，道，"肯定是，背影这么帅的人我们学校没几个。"

高自翔听笑了："人不在这儿你都能拍马屁？"

"那可不，"陆文浩伸手便叫，"向哥！"

景欢下意识地回头，刚巧跟向淮之撞上了目光。他们或许只对视了一秒，甚至不到一秒，景欢就被这一眼钉在了原地。

向淮之挪开视线，朝着陆文浩他们点了点头，便转身走了。

"点个头都这么帅。"陆文浩嫉妒地道。

景欢："嗯。"

陆文浩拍了拍他的肩，雨露均沾般说道："当然，你也帅。"

"浩儿。"景欢沉默了片刻，叫他。

"啊？"

"如果之前那个骗你的人还想找你做朋友，你会觉得恶心吗？"

"没完了还？"陆文浩说，"他应该没这么没脸没皮吧？"

"是有点儿没脸没皮。"景欢说。

陆文浩想了想，又觉得这词可能有点儿过分，皱眉考虑了一下，刚打算换个说法，身边的人忽然拍了拍他的肩。

"等我姐来了，你帮我把娃娃拿回来。"

陆文浩愣住："啊？你要去哪儿……"

陆文浩还没说完，身边的人就抬腿往学校跑去。

没脸没皮就没脸没皮，脸皮又不能当饭吃。景欢想。

车站离校门有一段距离，景欢都不知道陆文浩是怎么发现向淮之的。他跑男子一千五百米时都没这么拼命过，攥住向淮之的衣服时，他一口气差点儿都没能喘上来。

向淮之脚步一顿，回过头来。

景欢气喘吁吁，头微微垂着，叫了他一声："哥哥……"

向淮之站着没动，问："有事？"

声音比身边的风还凉，景欢却毫不在意，抿了抿嘴，把手中的纸袋递出去。

"这个，昨天就想给你。"他顿了一下，呼吸渐渐平复，"虽然昨天已经过去了，但我……还是想给你。"

向淮之垂下眸子，看了他手上的袋子一眼。

景欢觉得自己的手可能在抖，还想说什么，就听见头上飘落一句："不用了，谢谢。"

景欢手一紧，半晌才松了劲儿："哦……哦。"

向淮之问："还有事吗？"

"有，"景欢的喉结滚了滚，"之前我开女号找你，的确是……因为我姐的事，我当时不知道你的号是代打在上。"

向淮之睨着他，静静地听着。

"也是结侠之后，我才知道这事的，我当时就想跟你坦白，但是我听说了点儿……以前的事，就犹豫了。"景欢硬着头皮，继续解释，"总之，这件事是我做得不对，你要打要骂都可以，揍一顿不舒服，你就揍两顿，我一定不还手，还有之前你给我送紫装的那些钱，我都会还给你。"

觉得这样不够诚心，他又补了一句，"我双倍还你。"

他们站在学校的小道上，周围不时地路过三两学生，中间几个字眼难免被人听了去，众人纷纷朝他们投来好奇又八卦的目光。

"不用，"向淮之说完，顿了一下，又道，"不用双倍。"

景欢点了点头，说："那你想什么时候揍我？"

向淮之还是第一次听到这样的话。他盯着男生的头发看了一会儿，然后说："我没打算动手。"

景欢偷偷地松了口气，倒不是怕被揍。他从小就抗疼，挨顿打不是什么大事，只是揍他的人如果是向淮之……就另当别论了。

"你今天什么时候上线？我们提交一下解侠申请。"

景欢想，或许是他松懈得太早，又想得太美，才让向淮之的这句话攻击力加倍,像座大山一样压了过来。

车站。

陆文浩正在和高自翔商量下午做什么,就见刚刚飞奔离开的人慢吞吞地回到了他们身边。

陆文浩转头道:"你干什么去了?"

景欢说:"没干什么。"

"你姐都走了,"陆文浩把手里的娃娃递给他,"还有,这不是魔族宝宝的娃娃吗?你刚刚就是找你姐要这个?"

景欢把娃娃拿过来,箍在手臂里:"嗯,我回去了。"

"回去干吗?"陆文浩看了眼手机,"别啊,去图书馆呗,我在群里问了,图书馆今天没什么人。"

景欢有气无力地说:"改天吧。"

他刚要走,就被高自翔抓住了手臂。

"你真没事?"高自翔打量了他一眼,"我怎么看你今天怪怪的?"

陆文浩立刻道:"我也这么觉得,你昨晚是不是打游戏连跪了二十把?"

景欢说:"比那要严重。"

陆文浩沉默了下,道:"还有比这更严重的事?"

"有,"景欢边转身边喃喃,"严重一万倍,走了。"

向淮之回寝室的时候,路杭还在睡觉。

他扫到路杭用着的向日葵鼠标垫,又想到了景欢刚刚递过来的袋子。他知道里面是什么,袋子的大小和包装都和昨天那个装玫瑰的袋子无异。他很想说,既然是道歉,那至少应该买一束郁金香,不过玫瑰对男生来说是万能的品种,景欢会挑它也不奇怪。

向淮之刚登录游戏,就收到了新的好友消息。

[密聊] 春肖:"在吗?"

[密聊] 心向往之:"嗯。"

[密聊] 春肖:"今晚的竞技场,你还跟小甜景打吗?"

[密聊] 心向往之:"不打。"

向淮之的本意是他今晚不想打竞技场，但春肖显然误会了。

[密聊]春肖："那你能不能来陪我练个新套路？奶妈和奇牙山的，我昨天才研究出来，准备打2vs2区战的时候用。当然，我不是要你跟我们一起打区战。我是想着如果套路好用，就去弄个奇牙山的号来。"

[密聊]心向往之："什么套路？"

春肖立刻发了条语音过来。她说的战术还算新鲜，但实不实用还得实战了才能知道。

[密聊]春肖："帮个忙，向神。而且你也好久没打竞技场了吧，再不打积分都要被冻结了，可别被天赐良缘的人超了。"

虽然天赐良缘和镜花水月合区已经有了一阵，但两区的玩家显然没有真正和谐，还是在私底下互相较劲。

向淮之扶额，想了想对方之前给自己提供的各种方便。

[密聊]心向往之："知道了。"

他刚回复过去，就看到了好友的上线提示。

您的侠缘"小甜景"上线了。

景欢把娃娃放到电脑桌顶，上个线像奔赴断头台似的。

他昨儿半夜还在庆幸自己没有收到强行解侠提示，原来只是向淮之想给他留个面子。毕竟侠缘之间如果是强制解契，系统就会提示"×××玩家独自在凤凰处隔断侠缘，结束了和×××玩家的关系"，僵硬又冷漠。

《九侠》就是这么唯恐天下不乱，生怕玩家们没有"瓜"吃。

他哥哥真好。景欢苦中作乐，边想边打开对话框，打完字后，又把顺手打出来的"哥哥"二字删了。

[侠缘]小甜景："我来了，回来路上遇到了辅导员……所以晚了一点儿。"

[侠缘]心向往之："嗯，凤凰。"

不知道是不是心情的缘故，小甜景走路的步伐都比平时要沉重许多。小甜景到凤凰祠时，心向往之已经在凤凰跟前等着了。

心向往之身上什么时装也没穿，原始的衣服被他染成了一身黑，再搭上神器，酷且冷漠，名字上面空空荡荡的，"小甜景的侠缘"已经被他隐藏掉了。

景欢是第一次这么不想接受心向往之的入队邀请。

  凤凰：解侠申请登记成功，请三天后再来剪断你们的红线，三天期间，你们任何一方都可以取消这次申请，取消上限为三次，取消后若再次申请，等待期将重置。

申请完，向淮之说："好了，你去玩吧。"
景欢脱口道："等等。"
向淮之解散队伍的动作一顿。
景欢也不知道自己叫住他要干吗，最后只能干巴巴地说了一句："不分一下家产吗？"
等等，我说了什么？景欢张着嘴巴，想一脑袋撞死在电脑屏幕上。
其实这是很正常的流程，毕竟侠缘住的是一间家园，用的是一个仓库，这些东西解侠之前都得分，解侠后房子里的一切都将默认为房子主人——也就是景欢的。
两人回了家园，正儿八经地分起了家产。
"仓库里的东西都给你，家具也都给你，庭院里的饰品也都是你的，"景欢看了眼身边的小女娃，咬了咬牙，"小向景……"
"宝宝归我，其他的你拿着，"向淮之言简意赅地道，"搬家麻烦。"
也是，向淮之一看就不像是有耐心用拆迁符一个个把家具拆掉的人。但就是这么一个人，在结侠那天把自己的豪宅拆了，将所有好家具都搬到了小甜景的家园里。
景欢抓了抓头发，瞬间觉得自己连"争夺抚养权"的资格都没有了："那……你带她走吧，家具和仓库里的东西你也拿走吧，我会帮你收好了放在门口的。"
因为解侠分家产而吵起来的侠缘不少，轮到他们，三言两语就解决完了。
下午，景欢一个字也没复习，一直耗在电脑前拆家具。
[密聊] 爱是分你吃："你干吗呢？一直在主城摊位这里晃悠。"

第二十七章 | 解侠申请

［密聊］小甜景："你看到了？"

［密聊］爱是分你吃："我刚好在摆摊，你在找什么东西？我看看我有没有。"

［密聊］小甜景："不用，我已经找齐了。"

［密聊］爱是分你吃："哦，那一起去下本吗？正好路迢迢上线了。"

［密聊］小甜景："我还有事呢，你们先做吧。"

［密聊］爱是分你吃："怎么你和向神都有事啊？"

景欢心里一跳，敷衍地回了一句，然后火速把鼠标挪到心向往之的头像上，想看看对方在哪个地图，结果对方连坐标显示都关上了。

景欢花了一下午，把富丽堂皇的民宅重新变回了之前的小破草屋。完事后，他泡了杯咖啡，坐在电脑前盯着游戏界面出神。其实他一点儿也不想和向淮之解侠，但他们之间的关系本身就是在欺骗中建立的，向淮之想断，他不可能说不。

景欢发了半天的呆，向淮之则是挂在蓬莱仙境，看了一下午的书。

路杭回头看他，说："噫，又趁我不注意偷偷学习，恶臭学霸。"

向淮之头也没抬地说："自己不努力，还不让别人努力？"

"不让，"路杭理直气壮地道，"别学了，竞技场快开始了，你最近为了陪小甜景积分都被冻结了吧？赶紧的。"

向淮之这才合上书，打开微信，刚想问春肖集合地点，就看到帮派群里的消息预览。

看清内容后，他皱了下眉，挪动鼠标点了进去。

秋枫："我的搭档今晚有事，谁有空来打 2vs2？春肖，今天相思是不是不在？我们俩打吧。"

春肖："不，我约了心向往之。"

秋枫："他答应了？"

春肖："嗯。"

秋枫："向神跟你一块儿打，那小甜景不是没人带了？"

莫问归期："这重点抓的……不愧是你。"

春肖："还想被开红？"

"秋枫"撤回了一条消息。

向淮之看着撤回提示，半晌才关掉微信。

他走到跟春肖约好的地点，也就是竞技场门口，一眼就看到了站在传送人附近的小甜景。小狐仙换了套白色的时装，比之前那套好看得多，顶着"心向往之的侠缘"静静地站在人群中，一动不动。

向淮之收回视线，镇定地在队伍频道里跟春肖商量药品怎么带。可几分钟后，他的视线又飘到了传送人那里。

终于，向淮之吁出一口气，忽然道："路杭。"

路杭回过头："啊？"

"你今晚跟谁打竞技场？"

"不知道啊，本来想叫吃吃的，可她那儿停电了。"路杭嘀咕道，"我去帮里找一个吧。"

向淮之说："你问问小甜景打不打。"

路杭下意识地应："哦。"

几秒钟后，他才意识到不对，慢吞吞地转过头，皱着眉确认："你让我问谁？"

景欢本来没打算打竞技场。他就是想撞撞运气，看看会不会遇见向淮之——《九侠》的地图太大了，他瞎逛了半小时都没找着人，只能守株待兔。

没想到还真让他看见了。

向淮之带着春肖，就站在地图的左下角。

景欢正想着一会儿要怎么样才能进入2vs2的竞技场地，两条好友消息就飞了过来。

[密聊]秋枫："小甜景，冲分吗？"

[密聊]路迢迢："小景景，走！哥带你手刃亲夫！"

景欢一点儿也没犹豫，路杭的入队邀请刚弹过来，他就点了同意，跳进了路杭的队伍，然后才打字回复秋枫。

[密聊]小甜景："不了，我跟路迢迢约好了。"

[密聊]秋枫："不，你没有，路迢迢刚刚还在群里找人打2vs2。"

[密聊]小甜景："好吧，那是我不想跟你一起反向冲分了。"

[密聊]秋枫："路迢迢也是个术士啊！"

[密聊]小甜景："我怕哥哥看到了，又对你开红。"

［密聊］秋枫："你这么为我着想，我好感动。但没关系，他不用缚仙索我就跑得掉，你不用太愧疚。"

［密聊］小甜景："开红很浪费哥哥的装备耐久，算啦。"

［密聊］秋枫："臣退了。"

景欢看着对话框笑了一下，心想：我瞎说的，现在就算我跟你打一个月的竞技场，心向往之也不会对你开红了。

笑着笑着又觉得挺心酸的，景欢把对话框关了，开始检查自己的装备耐久。

"小景景，我们一会儿玩什么套路啊？"路杭的声音从耳机里传来，"我们缺输出，开场就都带输出宝宝吧。"

路杭这段话刚说完，那头就传来一道模模糊糊的声音："知道了。"

景欢立刻屏息，却没再听到下一句话。

"小景景？"过了一会儿，路杭纳闷地道，"人呢？"

"我在。"景欢回神，"知道了，我带着呢。"

"好，虽然咱们输出不够，但我们可以控死对面，大多会跑的。"

封印和辅助双排就是来恶心人的，伤害不高或走位不好的队伍遇到了要么跑，要么浪费时间站在原地罚站，直到被磨死。只不过到了这个段位，没几个菜鸟，大多会选择慢慢磨，到最后谁输谁赢都不一定，之前的他和秋枫就是个例子。

景欢应了声"好"，又问，"路哥，平时跟你一起排的那个输出呢？"

"他出国玩去了，这段时间都没空，我都和吃吃排一个星期了……你能不能关注一下队友？"路杭开玩笑道，"吃吃今天刚好停电。怎么，你嫌弃我这个臭术士啊？"

"怎么会。"景欢说。

"放心，虽然我没向向那么强，但比起秋枫，我还是要厉害点儿的。"路杭信誓旦旦地说，"你今晚的分就交给我吧！"

恭喜"莫问归期""本命芝芝桃桃"击败了"路迢迢""小甜景"，达成了三连胜！

恭喜"风宿耳畔""云倚心间"击败了"路迢迢""小甜景"，达成了二连胜！

恭喜"与雾""雨声"击败了"路迢迢""小甜景"，达成了二连胜！

向淮之原本在听春肖解释战术的细节，看到系统又刷出新的战报后，终于忍不住摘下一边耳机，说："你被秋枫附体，今晚也开慈善宴？"

路杭也快气死了，说："你以为我想吗？！我的键盘大招键老是失灵，大招已经三四回按不出来了，现在换了个键位，操作很不顺手。"路杭抱怨完，打开麦克风说，"小景景，不好意思啊，我今晚键盘有问题，把你坑了。"

"没事。"景欢继续补药，"其实你可以试着不用连招，单封就行，封印没了再补，不用追求叠加时间的。"

这路杭也知道，但是一有机会就忍不住，说："算了，不然我们散了吧？我觉得再这么打下去也是输。"

"别……"景欢正好看到心向往之的连胜提示，问，"你不想打了吗？"

"我还好，就是怕坑你。"

"不会，"景欢顿了顿，道，"万一下一把就赢了呢？"

路杭笑了："得……那我们继续。"

话音刚落，他们就切进了新的战斗。

景欢原本输得已经有些困了，但看清对面站着的人后，所有困意瞬间飞到了三里地外。

［附近］路迢迢："……"

［附近］春肖："……"

春肖看着站在自己对面的小甜景，开麦问队里的人："跑吗？"

在竞技场遇到侠缘逃跑是挺正常的事，当然，需要在队友允许的情况下。不过区里高分段的人都这么熟了，也没什么同不同意的。

路杭也在宿舍吼："快快快！送我点儿分！我再输就要四连跪了！"

景欢还没回过神，就听见耳麦那头传来一句模糊又低沉的"不跑"。

向淮之说完，把剑切换成长刀，说："你这套打法不就是针对高移动速度的吗？给我上技能。"

春肖一愣，很快反应过来，给向淮之套了个保护。

景欢挨了两刀，被路杭提醒后才想起来要躲。

他也不知道心底是什么滋味，玩了几个月的门派都好像不熟练了，麻木地躲避技能，当然没能全躲掉，还没多久，就被心向往之砍去了一半血。

"景景，给他放个网！"路杭指挥道。

"好。"

蛛网没能网到心向往之，春肖立刻给心向往之头上添了一盏红莲，这是奶妈比较冷门的一个辅助技能，受益方平砍的次数越多，红莲提供的攻击力加成就越高。

心向往之提着刀，在小甜景身上打出了十三连击，其实第十二下时小狐仙就倒地了，可因为游戏设置，他仍旧空着血起身吃下了第十三刀。

景欢盯着小狐仙蜷起来的狐狸尾巴看了好久。

路杭忍不住了，问后面的人："这是你的侠缘，你也下得去手？不放水也就算了，还鞭尸……过分了啊！"

向淮之说："我只是在打竞技场。"

路杭无语了。

五分钟后，系统刷出提示。

　　恭喜"心向往之""春肖"击败了"路迢迢""小甜景"，达成了七连胜！

［竞技场］小章鱼："我疑惑地把这条提示又看了一遍。"

［竞技场］听雨声："这俩人应该是侠缘吧，向神竟然不送分？"

［竞技场］暴瘦二十斤："又不是谁都喜欢搞那套，而且谁规定的只能男人送女人分，不能女人送男人分啊？没准儿是小甜景给向神送分呢？"

战斗结束，界面切回竞技场内，向淮之垂下眸子，看了眼自己身边的队伍。只见小狐仙站在术士身后一动不动，不知道有没有在队伍里说话。

向淮之被骗了这么久,说没脾气是不可能的,动手不至于,但也不可能继续在游戏里跟人扮侠缘,没意思,他也没这么大度。

但现在把人杀了,他心里也没痛快到哪里去。准确来说,他是根本不痛快。

"套路试完了吧?"他问。

春肖说:"嗯,谢谢。"

"没事,走了。"

丢下这句话,向淮之离开队伍飞离竞技场,就挂在传送人附近,起身朝阳台走去。

"你不打啦?"路杭愣了愣,"去哪儿啊?阳台这么冷。"

"看风景。"

这几天没下雪,温度依旧很低,外面冷风阵阵,寒意刺骨。

向淮之在阳台上沉默地站了一会儿,拿着手机心不在焉地翻了半天,才带着一身凉意回来。

"好冷,快关门。"路杭只穿了件单衣,被冻得直哆嗦,"你想谋杀室友吗?"

向淮之把门关上,扫了一眼他的电脑屏幕,脚步顿了顿,说:"竞技场结束了?"

"没啊,还有半个小时呢。"路杭说,"小景景说他临时有事,要出门一趟,就先不打了。"

路杭在身后碎碎念,向淮之没再吭声,坐回电脑前,一眼就在人群中看到了小甜景。小甜景站在他的屏幕最右下角,挤在摊位中,连称谓都被摊名挡住了,不仔细看都看不见。

向淮之忽然有个很奇妙的念头,他挪动鼠标,操控人物往左侧跑了两步,跑出了小甜景的视野范围。

十秒后,小甜景晃着尾巴,小心翼翼地往前走了两步,他们就恢复到了刚才的距离。

这就是他说的"有事出门了"?

向淮之往后一倚,随手抓起手边的书翻了两页,却没看进几个字。直到路杭的声音在身后响起:"你挂在竞技场干吗呢?今天的日常任务做完了啊?"

然后向淮之才合上手里的书，丢下句"还没做"，用技能飞回了自己的门派。

他觉得自己可能是疯了，才会浪费时间在这里陪某人挂机。

次日，景欢坐在课堂上，用手机计算器在加加减减……不，没有减，只有加。

陆文浩靠在他的手臂上，看了大半天，终于忍不住好奇地问："你算什么呢？"

景欢头也没抬地道："债。"

陆文浩愣了一下，看了眼计算器上的数字，又看了看他："你不是吧……你借的啥？网贷？就这么点儿钱，不至于吧？"

景欢："不是，说不清。"

算好数字，他打开微信发消息。

小景呀："能把卡号给我吗？"

五分钟后，对面回了一条银行卡号，多余的话一句没说。

钱打过去后，景欢稍稍松了一口气，觉得自己欠向淮之的又少了一点儿。

下了课，陆文浩敲了敲自己的肩："埋头苦学这么久，我骨头都松了，要不我们去体育馆打打球？"

"行啊，"高自翔别过头，"欢欢，你去不去？"

景欢还没说话，手机就轻轻振了一下。

小路小路永不迷路："小景景，今天的副本你们自己做，我有课，向向去图书馆了。不用等我们。"

"欢欢？"见他不说话，陆文浩出声催他，"走啊，去拿球。"

景欢收起手机，道："我不去了。"

"那你干什么去，又复习？"

"不是，"景欢抿了抿嘴，道，"想去一趟图书馆。"

陆文浩无奈地说："那不还是复习？"

"算是吧……走了。"

景欢拎着书包往图书馆走去，心想：我就去看一眼，就一眼。

昨天起已经有几个系的班级停课复习了，今天的图书馆人满为患，景欢透过落地玻璃往里看，一楼满满当当都是人，一个空位都看不见，在这样的环境下想找个人，未免太难了。

他刚这么想，一抬头就看到了坐在二楼窗边的向淮之。

向淮之穿着白色毛衣，冬日暖阳在他身上覆了一层毛茸茸的光。

景欢抱着书走进图书馆，跟做贼似的上了二楼。

二楼的位置也几乎坐满了，好多人是站着看书的。向淮之周围就更没位置了，景欢往他身后的方向走，边找座位，边瞥前面的人。

他来来回回逛了五分钟后，终于有人看不下去了。

"学长，你是在找人吗？"坐在角落的女生拽住他的衣角，小声地问了一句。

景欢顿住脚步："不是，我找位置。"

"哦，那你来坐我这里吧，不过这里的灯光比较暗……"

景欢："谢谢！"

景欢坐的位置在最角落，和向淮之不仅隔了几张大桌，中间还有个书架挡着，不过还好，他稍微探个头就能看见向淮之。

景欢翻开书，然后才想起拿出手机回消息。

小景呀："好，我今天刚好也没空下本。"

小路小路永不迷路："哦，对，你应该也要期末考试了吧？"

小景呀："下个月初考。"

小路小路永不迷路："我们也差不多。啧，我这里太冷了，出门都需要勇气，你那里冷不冷？"

小景呀："冷的，前几天还在下雪。"

小路小路永不迷路："一样，那你注意保暖，别跟老向似的。"

景欢昨天就发现了，他们要解侠的事，向淮之似乎没跟任何人说过。

景欢捏着手机，想，反正他和路杭的聊天记录也不会被人看见。

小景呀："他怎么了？"

小路小路永不迷路："耍帅，穿得少，跑去阳台吹风看风景，喜提感冒呗。"

小景呀："啊？"

小路小路永不迷路："哈哈，不过男生感冒是小事，我先上课了啊。"

把手机丢到兜里,景欢垂着头看了两眼书,然后终于没忍住,往前探了下身子,正好看见向淮之的肩膀抖了抖,咳了两声。

虽然动静很小,但向淮之身边坐着的女生还是转过头看了他一眼,向淮之摘掉耳机,小声说了句:"抱歉。"

女生戴着眼镜,一副学霸模样,摇头道:"没事。"话虽如此,她还是从口袋里拿出耳机给自己戴上了。

景欢坐回身子,感受到了身边的人异样的目光。他毫不在意,单手撑着脑袋,努力想把字看进去。片刻后,他还是没忍住拿出手机,点开了外卖软件。

不到半小时,跑腿小哥就到了,景欢让身边的人帮他看着位置,跑下楼把外卖拿了。

跑腿小哥把塑料袋递给他,余光瞥见袋子上的药店标志,道:"这是您买的东西……注意保暖啊。"

景欢接过来,道:"谢谢。"

回到座位上,景欢盯着袋子里的药发愁了。

他怎么一时冲动就买了,而且没准儿向淮之已经吃过药了呢?再说……他要怎么给向淮之啊?

景欢捏着袋子想了一会儿,要不就直接给?向淮之收不收就……随便吧。

只是送个药,他表现得自然一点儿,这只是校友间的关心!

景欢自我催眠完,抓着袋子起身,结果还没走两步,就看见向淮之摘了耳机,随手放在翻开的书页上,然后拿起保温杯起身,迈着长腿往一楼去了。

图书馆一楼有热水,向淮之倒了半杯,再回到座位时,看到自己的书页上多了一个白色塑料袋。他很轻地皱了一下眉,用手指挑开袋子看了眼,里面放着几个药盒子。

"这是你的东西吗?"他没细看,松手把袋子合上,问身边的人。

女生起先没反应,几秒后才感觉到目光,摘了耳机疑惑地看着他。女生摇摇头,说道:"不是。"

她一直戴着耳机,复习得比谁都认真,压根儿没看见这玩意儿是谁放的。

向淮之点了点头，没再打扰她，随手把袋子放到了一边。

才坐下没多久，他的肩膀就忽然被人拍了一下，向淮之回过头，之前在景欢的教室前见到的女生就站在他身后。

梁梦佳弯着腰，双手合十，很小声地说："抱歉学长，打扰你了……能帮我个忙吗？"

景欢眼睁睁地看着那两个人低声说了一会儿话，向淮之就合起课本起身，跟在梁梦佳身后准备离开了。

这女生他还记得，是那天在教室门口跟向淮之搭讪被拒的那位，然而今天他们甚至没说上几句话，向淮之就放弃了复习，要跟她走。

向淮之走了两步，又突然想起什么，回过头把桌上的塑料袋拿上了。

景欢想：行吧，至少人家还收了你的药。

可这句话还没安慰到他几秒，他就见向淮之提着袋子，走到楼梯口时，把药放到了旁边的失物招领处。

有那么一瞬间，景欢觉得放在失物招领处的不是药袋子，而是他自己。

那两个人不知道走了多久之后，景欢才回过神来，往后一靠，忽然就后悔了。他又不是雷锋，为什么做好事不留名啊？他当着面把药送出去，是谢是骂好歹也能得到个回应，怎么都不至于沦落到现在这样，自己坐在角落里发堵。

景欢一言不发地在图书馆坐了一下午，书也没看进去多少，最后是陆文浩的消息发过来，问他吃不吃晚饭，他才发现外面的天色都暗了。

景欢回了句不吃，然后合上书起身，一步步慢吞吞地走到了失物招领处。他掏出手机，找出刚才的外卖订单递给管理员，把那个药袋子拿了回来。

景欢心不在焉地走在校外的小路上，决定回家点外卖。

这时，手机轻轻振了一声。

向："看到行李了，辛苦。"

他把家具行李都收拾好放在了家园门口，向淮之一拎就能离开。

景欢停在路边，盯着这条消息看了许久。这几天，景欢一直沉浸在愧疚中，满脑子都是要怎么弥补、道歉、认错，向淮之才能消点儿气。但此时此刻，他唯一的念头就是"我又不想跟你绝交，为什么还要帮你收拾行李"？

小景呀："你回寝室了？"

对方回了个问号。

小景呀："你在寝室吗？"

向："在。"

在就好，至少向淮之和梁梦佳还没单独相处超过三小时。

向："有事？"

小景呀："有。"

向："你说。"

小景呀："记得吃药。"

发完这句，景欢把手机丢到口袋里，拎着药袋转了个身，走进了旁边的娃娃机店。

娃娃机店今天十分冷清，店里只有一个男人在，就坐在椅子上，没玩。景欢没心思管别人，直接兑了一百块钱的币，就在娃娃机前扎了根。

圣诞节那晚可能是有向淮之 Buff，他用十多个币就把小向景钓起来了，而今天，三百块钱的币砸进去，小向景们还是躺在娃娃机里，嘲笑似的看着他。

"真不孝顺。"景欢嘀咕了一句，转头又兑了一百块钱的币。

十来分钟后，坐在他旁边的男人终于忍不住了。

"小伙子，你起来。"男人拍了拍景欢的肩。

景欢头也不回地说："干吗？想钓就排队。"

"我不钓，"男人一脸看不下去的神情，"我是店主，看你钓得这么辛苦，我开柜子送你两个吧。"

景欢最后也没让店主送，坚强地钓了一个出来。

从娃娃机店出来，他莫名地不太想回家，回去就要上号做日常任务，上了号就要收到系统提示的解侠申请倒计时。

景欢回过神来时，自己已经穿过学校后门，一路来到了男寝楼下。他在宿舍大门前站了半分钟，最后转身坐到了寝室楼对面的石椅上，怀里抱着药和娃娃，从口袋里拿出手机，上面有两条未读消息。

向："你在哪儿？"

景欢正犹豫着怎么回，就被打进来的电话打断了，是高自翔打来的，问他明天要不要去上课，帮忙点个到。

"都要期末考试了还逃课，你想死？"景欢问。

"没事，这门课挺松的，应该不会挂我。"高自翔说，"就靠你了啊兄弟。"

景欢应了句"知道"就把电话挂了，为了方便低头看手机，他把围巾解了，围巾两头松散地挂在他的脖子上，风往他的脖子里一钻，凉得他忍不住打了个喷嚏。

"你坐在这里干什么？"

男生的声音其实也不比这风暖和多少，可在听到的瞬间，景欢就觉得自己的心脏跟着了火似的热烈地跳了起来。

他抬起头，对上了向淮之冷淡的眸子。

景欢愣了愣，切换到微信看了一眼，确定自己还没有回复。他问："你怎么知道我在这里？"

"看到了。"向淮之说。

景欢瞥一眼正对着自己的五楼阳台，明白过来了。

"你不是感冒了吗？"景欢问，"怎么还去阳台吹风？"

向淮之沉默了下，道："晾衣服。"

景欢眨了眨眼："然后看到我，你就下来了？"

"丢垃圾。"瞥见对方怀里的东西，向淮之很轻地拧了下眉。

景欢顺着他的视线往下看，张了张嘴，半晌才说："啊，那什么……药你需要吗？"

向淮之问："你怎么知道我感冒了？"

"路杭说的。"景欢拉开袋子，"这些都是感冒药，你看说明书就知道，不是什么奇奇怪怪的药。"

向淮之目光一转，放到了玩偶身上。

景欢的眼睛眨得很快，他每次对着向淮之就这样，以前初中跟人打架时都没这么怂。

向淮之没问，他自己就先说了："还有这个小向景，我刚钓的，你还要吗？"

向淮之很久没说话，眉头都皱到了一起。

"不要，我就下次再问。"景欢说。

不知沉默了多久，向淮之才开口："你到底想干什么？"

景欢愣了一下，抬眼看他："嗯？"

"如果是之前的事，道歉还钱你都做了，到此为止。"向淮之看着他手上的东西，"不需要用这些向我表达你的愧疚。"

景欢挑眉，像是没听懂的样子，茫然地重复了一遍："愧疚？"

这两个字向淮之实在不爱听，他的喉结动了一下，最后说："算了，我回去了。"

他转身刚要走，就被景欢一把拽了回去，景欢攥得很紧，虽然比不过向淮之，但力气也不小。

"不是，"景欢顿了下，道，"你觉得我给你送花、送药、送小向景，是因为愧疚？"

向淮之反问："不然呢？"

景欢舔了舔嘴唇，说："我是挺愧疚的……"

向淮之的眼神暗了下来。

"所以我愿意双倍赔偿你，愿意让你骂我或者揍我，你想怎么样都行。"

景欢做了个深呼吸，路灯映在他眸子里，眼睛亮得厉害。

"但是这些……"他抬了抬手里的东西，一字一顿地道，"是我想送给自己仰慕的学长的，跟愧疚无关。"

这个时间段大家刚吃完晚饭，回寝室的人逐渐变多，别人经过他们身边时都忍不住瞅两眼，毕竟两个大男人面对面站着，其中一位手里还捧着个玩偶，是挺引人注目的。

景欢的示好，向淮之可听过太多遍了，但那些经过变声器的加工，永远都是一样的调子，此刻男生用清亮平静的口吻说出来，又是另一种感觉。

许久，向淮之才哑声道："算了……"

"好。"景欢点了点头，应得干脆。

向淮之喉头微哽，忽然觉得自己在这里就是在浪费时间。

他还没来得及把胳膊抽回来，就感觉到这人攥着自己的力度又重了几分。

景欢直视着他，一脸豁出去的模样，说："我跟你说这个，原本也没想过你能原谅我……但你别误会，我干这些真不是因为别的，圣诞节那晚也是想跟你一起过节，我不知道我姐会来。

"还有……刚刚那个女生找我要过你的微信，我没有给。如果你需要的话，我可以把她的联系方式给你。"

向淮之垂着眼："哪个女生？"

景欢说："梁梦佳。"

向淮之皱了皱眉，眼神疑惑。

景欢别开眼，"刚刚在图书馆，你还跟着她走了。"

向淮之明白过来了。他只记得女生的脸，并不记得她的名字。女生在图书馆找他帮忙，说是有两摞书要搬去寝室，她一个人搬不动，他只是帮着把书搬到了女寝楼下。

宿舍门顶上的灯被打开，比路灯还要强烈的光线打在景欢身上，他涨红的脸颊瞬间暴露无遗。

许久，向淮之忽然叹了口气，道："算了的意思是你不用再想着用什么补偿我了，我没那么小气。"

景欢怔了怔，问："那你还生我的气吗？"

向淮之问："这很重要？"

"当然重要……"景欢喃喃道，"你如果还生气，我就再努努力。"

这也是他现在正在做的事。

两个人已经在宿舍门口站了十多分钟，景欢怕向淮之掉头就走，一直攥着他，两个人挨得很近。

向淮之不动声色地看着他，看不出在想什么，景欢只跟他对视了一会儿就有点儿受不了，张嘴刚要说话，肩膀就被人轻轻拽了一下。

"你俩站在这里干啥呢？"

陆文浩刚吃完晚饭回来，就见到宿舍楼门口站着两个熟人。

景欢忽然被人打断，愣愣地转头看他，问："你怎么在这里？"

"这是我的寝室楼门口，我怎么不能在这里？"陆文浩纳闷地道，

"倒是你怎么在这里？还拽着向哥的衣服……"

景欢回过神，犹豫了一下，才把人家的衣服松开了。看着他踌躇的样子，向淮之莫名有些想笑。

"我下来丢垃圾，"他面上不显，风轻云淡地说，"正好遇见，聊了两句。"

"哦，"陆文浩笑了声，"你们这架势，我刚刚站得老远，还以为有女生来我们男寝找人呢。"

"你这是什么眼神？"景欢彻底回过神来了，"我的拳头比你的脑袋都大。"

"我近视，你又不是不知道。"陆文浩觉得很冤枉。他低头看了眼景欢手里的东西，"你是有多喜欢这娃娃？特地叫你姐还回来就算了，现在连出门都带着它？"

"这是新的，我乐意带着，你别问。"景欢赶他，"你赶紧上楼。"

"不着急，我等向哥一起呗。"陆文浩十分没有眼色。

景欢都要气死了。

陆文浩摸了摸刚吃饱的肚子，转头问："向哥，你们说完没，说完咱上去吧？"

景欢正想着要怎么把陆文浩赶走，就觉得手上一空，向淮之拿过他手里的玩偶，淡淡地道："那我上去了。"

陆文浩蒙了一下，茫然地左看看，右看看。

景欢也愣了愣，但很快反应过来，把药袋子也递了过去，说："这个你吃点儿吧。"

"我买了，在寝室。"向淮之说。

景欢脱口道："那下次感冒了还能用。"

向淮之无言以对。

景欢只想扒开自己的脑壳，看看里面是不是进水了，他在说什么，世界上还有刚求完和好就咒人生病的吗？

"我不是那意思，"景欢把袋子收了回来，"就……你多喝热水。"

向淮之笑了，很轻的一声，落在景欢耳中，跟嘲笑没什么区别。

景欢正窘迫着，向淮之就伸出手来，拿过了他的药袋子，淡淡地重复："那我上去了。"

向淮之回到寝室，把药丢进抽屉，想了想，把娃娃端端正正地放在了电脑边。

他开了电脑，拿起一本书随意地翻了翻，没看进几行字去。

寝室门被打开，路杭匆匆地挤进来，把围巾解了，说："这天怎么越来越冷了，明天周末，我们去吃顿火锅怎么样？"

向淮之翻了页书，说："随便。"

"就我俩去？"路杭洗了个脚便上了床，把自己裹得严严实实的，才打开腿上的电脑，"我问问班长他们吧。"

"别，"向淮之蹙眉道，"不想喝酒。"

"行吧。"路杭忽然想起什么，"那不然叫景欢他们？我刚刚还看见他了呢。"

向淮之用拇指轻轻摩挲了下书页，问："在哪儿看见的？"

说起这个，路杭就来了兴致，探出脑袋道："你猜猜，你肯定猜不到。"

"不说算了。"向淮之说。

路杭"啧"了一声，道："在娃娃机店！我看他手边放了一整袋的币，旁边还有俩空袋子，也不知道花了多少钱。当时我在跟人谈事情，就没叫他……看不出来，他这种男生还喜欢玩娃娃机？"

路杭刚要继续说，余光瞥到了向淮之电脑边的娃娃，脱口道："他想钓的好像就是你这娃娃。"

"嗯，"向淮之垂着头，漫不经心地应道，"可能想送给谁吧。"

景欢逃避了一天，洗完澡还是得乖乖上号做日常任务。日常任务倒是次要，他主要怕向淮之没空上游戏，小向景没人喂。宝宝出生前三十天是养育期，必须每天按时喂。这期间给宝宝的食物、书籍和玩具，都会影响宝宝成年后的属性。

景欢一上号就收到了系统的提示消息，他和向淮之的解侠申请只剩下最后二十四个小时，他剩余的那点儿激动立刻就被磨没了。解侠本身就是很扎心的事情，破系统还每天一提醒，垃圾《九侠》，没有人性！

景欢打开好友列表，发现心向往之正在线上，宝宝也已经被喂过了。

他反反复复地打开与向淮之的对话框，琢磨着想说点儿什么，手机就嗡嗡地振了起来。

陆文浩："欢欢，明天有空吗？出去吃火锅呗？"

小景呀："不去。"

陆文浩："为啥，大周末的你要干吗去？"

小景呀："有急事，去不了，你们吃吧。"

陆文浩："行吧，那我跟路哥说一声。"

小景呀："等等，跟路哥有什么关系？"

陆文浩："哦，路哥他们约的局啊，说是马上要放假了，走之前见一面，一起吃顿饭。"

小景呀："我突然又没事了。"

小景呀："我想了想，确实该聚一聚。"

小景呀："那就这么说定了，明天吃火锅，缺一不可，不见不散。"

小景呀："你把我上面这话复制给路哥。"

陆文浩："你和路哥没加好友吗？好麻烦呀，我直接拉个讨论组吧。"

景欢想想也行，捧着手机等了几秒，脑袋差点儿没炸开——他和路杭是好友！

他们上午还在讨论向淮之生病的事呢！

景欢头皮发麻，埋头一顿操作猛如虎……把自己的命救回来了。

半分钟后，陆文浩直接打了个电话过来："哎，不是，你什么毛病……你把我的微信拉黑干啥啊？！"

拉黑这件事，陆文浩一直说到了第二天。

他们约在后门见，景欢早早就下了楼，站在门边玩了会儿手机，耳机突然被人摘掉了。

"渣男？在？"陆文浩问。

"昨儿不是跟你道歉了嘛……"景欢失笑，"为什么还说这事？"

"道歉能解决事情，还要警察干吗？！"陆文浩把脖子往衣服里一缩，"聊得好好的，突然提示我被对方拉入黑名单了。"

"说了按错了。"景欢屈起手肘搭上他的肩，说，"你今晚好好吃，我买单，想点什么点什么，当我赔罪还不行？"

高自翔笑了声："你怎么来得这么早？"

景欢随口道："看错时间了。"

其实他是担心向淮之又跟圣诞节那晚一样早到，一个人等。

"我问问路哥他们啥时候来，"陆文浩拿起手机，"如果还有一段时间，我们就去火锅店等他们呗，这大冷天的。"

陆文浩话音刚落，人就来了。

景欢一眼就看到了向淮之，男生穿着黑色外套，神色慵懒，看起来像是刚睡醒。

向淮之的确是刚睡醒。他吃了几粒感冒药后就开始犯困，加上这几天总盯着书，眼睛疲劳，一觉就睡到了晚饭时间。

路杭看了眼表，说："我还以为我来晚了……你们宿舍这习惯挺好啊，准时。"

"路哥，"景欢打了声招呼，目光转到向淮之身上，叫了声，"哥哥。"

景欢的声音不大，周围的人听得不真切，但向淮之听清楚了。他抬起眼来，困意消散了一些："嗯。"

其他人没注意他俩这简单的互动，高自翔看了看手机，说："火锅店排号还有两桌就到我们了，走过去正正好。"

高自翔和路杭并肩走在前头，景欢余光瞥着向淮之，有意放慢步子，走在他旁边。

向淮之愿意和他一起吃饭，就说明对方至少还把他当朋友。

一切都很完美，如果身边没多一个陆文浩。

"欢欢，你寒假什么安排啊？"陆文浩有一搭没一搭地问他。

景欢吐出口白雾："在家过年。"

"这么无趣？"陆文浩说，"不然我们去国外玩一趟？国内太冷了，老子受不住了。"

景欢摇头道："不去。"

结果就是，到了火锅店，景欢都没能跟向淮之说上一句话。

高自翔订的中桌，统共六张椅子，景欢一到店里就去了趟厕所，回来时只剩一个位置了，就在高自翔和陆文浩中间，路杭的对面。向淮之坐在路杭身边，正慢条斯理地拆餐具上包裹着的塑料。

菜品他们在来的路上就点好了，才上座没五分钟，锅就沸了。几个人从学校聊到篮球，最后聊到了游戏。

之前被杀的事，路杭一直憋在心里呢，想了想还是没说。他咽下口中的毛肚，说："对了，你们听说最近那个女主播的事没？播到一半美颜滤镜没了，她榜上的那些老板原地自闭，都闹着要销号。"

"当然知道，都上两三天热搜了，"高自翔说，"还好，至少是个女的。"

路杭听笑了："怎么，听起来好像有故事？"

"我没故事，"高自翔挑起嘴角，用杯子指了指陆文浩，"他有。"

陆文浩气乐了，朝他比了个中指。

合区以后，路杭听说了陆文浩有个侠缘，忍不住问："你的侠缘是个男的？"

"前侠缘，"陆文浩被戳了太多次心，已经麻木了，"放心，这次开视频鉴定过了，真是女的，可爱缠人，还喜欢绑双马尾。"

高自翔"扑哧"一声笑了："万一寒假见了面，是个女装大佬……"

"那我就跟这侠缘同归于尽。"陆文浩冷笑着看了他一眼，"顺便拽上你。"

路杭乐不可支，下意识地戳了戳身边的人，问："向向，万一你的侠缘也是女装大佬，你怎么办？"

景欢咀嚼的动作一滞，险些被呛到。他匆匆地把嘴里的东西咽下去，拿起白开水喝了一大口，才抬起眼去看被话题波及的人。

他这几个动作都被向淮之看进眼底，在男生放下水杯抬头时，向淮之才不露痕迹地收回视线。

"不会。"向淮之说。

路杭说："你怎么知道不会？还是你俩开过视频？"

向淮之夹起虾滑，语气自然地道："我的意思是，不会穿女装。"

景欢这下没绷住，咳得脸都红了。

"欢欢，你吃慢点儿。"陆文浩说，"向哥，你不是不玩游戏了吗？怎么又冒出个侠缘来了？"

向淮之说："才买的号，回去养老。"

陆文浩"哦"了一声，笑道："那怎么不早说啊，来我们区一起玩啊，我罩你！"

景欢心想：你就别在关公面前耍大刀了。他清了清嗓子，说："叫点儿喝的吧？"

他本意是想点扎酸梅汁，谁知高自翔一扬手，叫了打酒上来。

景欢原本想打断他们刚才的话题，但桌上都是《九侠》的老玩家了，一聊到这就跟唠家常似的，有点儿停不下来。

"向哥居然也搞网恋，"高自翔有些惊讶，"我以为就浩儿……"

"滚。"陆文浩骂他，然后拿起一杯冰啤酒放到景欢面前。

"头一回，只能怪那小妹妹太迷人。"路杭开玩笑道，"你们是不知道向向被迷成了什么样……"

景欢有点儿食不知味，又瞥了眼向淮之，对方低头吃东西，竟然也没有要打住这个话题的意思。

陆文浩问："什么样啊？"

"帮她出气杀人，带她刷日常任务、打竞技场，还送了一堆小礼物，反正你们能想到的他都做过，"路杭喝了两口酒，说话更飘了，"腻歪得……我都怀疑他们私底下已约好见面的事了。"

向淮之也不明白自己为什么由着路杭说，看似不在意，实则一直在看对面那人的反应。景欢脸一阵红一阵白，不知道在想什么。

"没这打算。"半响，向淮之开口道，"要吃就吃，别扯我。"

听见这句话，景欢一直提着的心脏又沉沉地落了回去。

这个话题终于结束。桌上的人聊起了《九侠》下周即将推出的新版本，景欢捏着筷子，突然就觉得很没劲。他舔了舔嘴唇，顺手抓起前面的冰啤酒，猛地灌了一口。

后来大家聊了什么，景欢都没听进去，他不知喝了第几杯，向淮之才终于看向他，说："别喝了。"

"没关系，"他头也没抬地道，"没喝多少。"

大家聊得火热，直到散场，才发现景欢两手揣兜，端正地坐着，一脸醉态，眼睛都快合上了。

高自翔撞了撞他的肩膀，见他这副模样，抬头对陆文浩说："你给他递这么多酒做什么，不知道他酒量差啊？"

"我聊天聊忘了，他找我要我就顺手给了……"陆文浩道，"欢欢？你能站起来不？"

景欢睁开眼，看看他们，又看看桌上，问："吃完了？"

他这是真醉了。

"嗯。"陆文浩把他扶起来，"我送你回去吧，你家密码是多少？"

一行人走到火锅店外，冷风拂过，把啤酒带来的灼热感吹散了一些。

"你一个人扶得动吗？"路杭问，"要不要帮忙？"

陆文浩笑道："开玩笑，我好歹也是快两百斤的人……"

他话还没说完，身边的人忽然动了，只见景欢站直身，往前挪了两步——走到了向淮之面前，然后伸手随意扒了扒头发，抬起头问："哥哥，你能不能送我回去？"

向淮之原先以为景欢是在装醉，但他显然想多了，酒量差的人并不具备装醉这一技能。景欢在说完那句话后，身子往前一倾，就靠在他肩上闭上了眼。

到了公寓，向淮之手上一用力，把人带进了电梯。

电梯门关闭，两人的身影被映在门上。

向淮之想起他刚刚那一声哥哥，喉结滚了滚，抬手按下了楼层。

景欢醉后一如既往地安静。他其实一直没睡着，只是不说话，到了家门口，还能准确地告诉向淮之家里的密码。

把人放到沙发上后，向淮之倒了杯热水给他。他说："是不是说过让你别喝了？"

景欢捧着水，没有回答。

向淮之也没打算教育醉鬼，帮景欢把围巾解了，随手放在沙发上，转身正要走，大衣就被轻轻拽了一下。

"你缺代打吗？"景欢忽然问。

向淮之垂下眼："什么？"

"我只是太久没玩了，其实我刷经验挺厉害的，还能帮你刷修为点，刷召唤兽悟性……代打会的我都会。"景欢声音有点儿哑，"让我跟你一起玩游戏行不行？称谓就当是代打费。"

向淮之微微一怔。

没等他有什么反应，景欢又喃喃道："你到底要怎么样才能消气啊……"

向淮之静静地看着他。

景欢像是在对他说，又像是在自言自语，问完这句后就再没出声了。

良久，向淮之掰开他的手，去浴室拿毛巾浸热水。

景欢刚才那句呢喃在他脑子里循环，向淮之不禁垂下眼想，自己还在生气吗？

这不是向淮之第一次在游戏中被骗，好几年前，他的结拜兄弟以他的名义骗了不少钱，他当时其实并没怎么生气，只是觉得不值得，游戏也好，里面的人也好，都不值得他耗费太多心力。但这次不一样，向淮之玩游戏一向只注重PK，其余的都没怎么上过心，可他们协议解侠后，他隐去了称谓，关闭了坐标显示，改掉了个性签名。

他把签名改成"开心就好"是因为在意，把签名改回来，也是因为在意。

外面传来手机坠地的声音，打断了向淮之的思绪。他拧干毛巾，重新回到客厅，走到景欢身边，说："抬头擦脸。"

景欢乖乖地抬头。

怕弄疼他，向淮之动作很轻，一只手轻轻地摁在他的头上方便使力。

"哥哥，"景欢的声音透过毛巾传出来，有些闷，"装备的钱我还给你了。"

向淮之说："嗯。"

"那你……欠我的，什么时候还？"

向淮之问："我欠你什么？"

景欢抬起手，伸出五指："你揉了好几次我的头发。"

向淮之动作一顿。

"而且都是在我没同意的情况下揉的。"景欢抬眼看他。

向淮之哑然，给毛巾翻了个面，说："嗯，怎么还？还钱还是还装备……"

他话还没说完，手臂就被人抓住了，景欢的眼睛湿漉漉的，看着他的眼神莫名有些倔。

景欢醉了站不稳，拽着向淮之的手臂，借力起身，然后抬起双手胡乱地揉向淮之的头发，没用力，轻而易举地把黑发揉乱了。

景欢重新跌回沙发上，说："还剩一次。"

向淮之没喝酒，这一刻却觉得有些上头。

始作俑者躺在沙发上，身上还裹着大衣，双腿大咧咧地叉开，眼睛要合不合的，迷离地跟他对视。

"干吗？"景欢声音很低，"欠债还钱，天经地义，你不情愿也要憋着……"

向淮之说："没，就是想问你需不需要我一次还清。"

景欢沉默了。他看了向淮之很久，很努力地在思考，最后道："算了……还有一次先留着，我省着用。"

向淮之感觉心里有些发软，问："头疼不疼？"

"不疼，眼皮疼。"景欢说。

"那就睡觉。"

"不，"景欢转头看了眼电脑，想到什么说什么，"我今天的日常任务还没做。"

向淮之说："偶尔一天不做没关系。"

景欢安静下来，向淮之刚准备去把毛巾挂好，他又开了口："小向景还没喂。"

向淮之顿了下，道："我回去再喂。"

景欢震惊地看着他："你怎么这样啊？"

向淮之："我怎么了？"

"你都要带她走了，这两天还跟我抢着喂宝宝！"

向淮之终于明白了，景欢喝醉了不是闹，而是后劲大。

十分钟后，景欢坐在电脑前登录自己的账号，输错了几次密码才登上游戏，然后系统消息迎面而来。

凤凰：您和"心向往之"的解侠申请已生效，请在三日内组队前往凤凰祠处剪断你们的红线，过期申请作废。

向淮之听见坐着的人泄愤似的骂了一句："垃圾游戏。"

喂好孩子，向淮之说："行了，关电脑睡觉。"

"不，我要刷日常任务。"景欢说。

站在他身后的向淮之皱起眉，把手伸到他的头上，很轻地揉了两下："去睡觉。"

喝醉的人做什么都迟钝，向淮之帮他把外套脱了，才发现他里面只穿了一件很薄的长袖。

景欢睡觉不喜欢穿衣服，外套被脱了后，他下意识地就抬手脱裤子，向淮之只是转身去挂了件大衣，一回头，就看到男生已经处理好了自己身上的衣物。

向淮之默然。

景欢揉了揉眼睛，屈起一边长腿迈上床，被子一盖，就这么睡了过去。

向淮之帮他把被褥拉好，走到客厅拿起杯子，把里面剩余的水一口喝光了。

景欢睡醒时屋内一片漆黑，窗帘被拉得很紧。他睁着眼，脑袋一片空白，脑仁隐隐作痛。

手机在电脑桌上振了两下，景欢从被窝里伸手去拿，然后被手机亮光刺激得眯起了眼。他仔细一看，才看到手机屏幕上有几道裂痕。手机买了快一年了，景欢也没心疼，随便点开一条消息。

陆文浩："欢欢醒了没？去不去图书馆？"

景欢看了一眼，是两个小时前的消息了。

小景呀："@陆文浩，不孝子，趁我病要我命？"

陆文浩："……"

小景呀："你是不是把我的手机砸了？坦白从宽。"

高自翔："是，我做证。"

陆文浩："你做什么，滚！老子又没疯，砸你的手机还得赔你部新的，最后还是我吃亏。"

景欢笑了一声。

陆文浩："可我昨晚扶你从店里出来的时候，你的手机还好好的啊，不然你去问问向哥。"

景欢笑容一顿。

小景呀:"什么意思?"

陆文浩:"昨天是向哥送你回去的啊,可能路上不小心把手机摔了吧。"

小景呀:"……"

陆文浩:"你不会又忘了吧?"

景欢当然没忘,可他以为那只是自己在做梦,梦见向淮之扶他进门,给他擦脸……

陆文浩:"啧,你昨天还喊人家'哥哥',叫他送你回家……可以啊,解锁喝醉新姿势?"

小景呀:"然后呢,他揍我没?"

陆文浩:"没,他扶着你就走了。"

景欢松了口气,把手机丢到一边,掀起被子发现自己只穿了条内裤,那点儿瞌睡瞬间就跑了个干净。

景欢虽然酒量不好,但很少断片儿,洗个澡的工夫,他就把昨晚的事模模糊糊地记起来了,虽然没详细到每一句对话,但也算是还原了大部分现场。

半晌,景欢咬着牙刷,皱着眉对镜子里的自己说:"你也太不争气了……"

事已至此,景欢也没再觉得尴尬或者害臊。他摊牌了,就是想和向淮之继续做朋友。有错就改,只要向淮之没明确地拒绝他,他就还有机会。

洗完澡,景欢吹干头发,手脚麻利地打开了电脑。

单独的好友列表里无人在线,景欢动动手指头飞回门派,想做今天的日常任务,系统却提示他今日的任务已完成,让他明天再来。

景欢愣了一下,打开任务列表看了一眼,才发现他今天的日常任务确定已经做完了。

肯定不是他自己做的。

[密聊]爱是分你吃:"小景景早啊。元旦任务出了,还出了新时装,你看见没?"

[密聊]小甜景:"还没来得及看。"

[密聊]爱是分你吃:"快来不明异域帮我挑一挑,我只打算买一个

色，纠结死了。"

向淮之上线时，被系统消息刷了屏。

异域商人：恭喜少侠！"小甜景"赠送您一套"元旦娃娃（白）"，请移步至不明异域（118，29）领取您的新衣服！
异域商人：恭喜少侠！"小甜景"赠送您一套"元旦娃娃（红）"，请移步至不明异域（118，29）领取您的新衣服！
…………

同一套时装，七种颜色，景欢全给他送了过来。
[侠缘] 小甜景："哥哥早。"
向淮之恍惚感觉回到了半个月前。
[侠缘] 心向往之："嗯，时装买错了？"
[侠缘] 小甜景："没啊，你换着穿。"
[侠缘] 心向往之："……"
[侠缘] 小甜景："昨天谢谢你送我回来。"
[侠缘] 心向往之："没事。"
[侠缘] 小甜景："日常任务是你帮我做的吗？"
[侠缘] 心向往之："你说不做完日常任务就不睡觉。"
这景欢还真想不起来了，不过既然向淮之说了，那就是有这事。
[侠缘] 小甜景："能语音吗？"
两个人不习惯用YY，直接在游戏里连了语音，景欢没开变声器，胡乱晃着鼠标，故作镇定地说："昨晚我虽然喝醉了……但事情大概都还记得。"
男生干净的声音比用变声器要顺耳好听，向淮之抬手把另一边耳机也戴上了。
景欢停了一下，然后问："所以你昨晚回去，有没有好好考虑一下我说的事？"
向淮之挑了下眉，说："什么事？"
"就……代打的事。"景欢说。

向淮之昨晚什么也没考虑。他回到寝室，先是开电脑把两个号的日常任务做完，然后就翻身上了床。向淮之半晌才应："没有。"

景欢很长地"哦"了一声。

向淮之刚要说什么，景欢又道："不然你先试用看看？"

向淮之说："什么？"

"我的代打业务。"景欢自卖自夸道，"我服务很周到的。"

向淮之无声地笑了一下，问："有多周到？"

景欢："你不在线时，我就是你的贴心小管家，帮你刷经验、提升召唤兽悟性、修理房屋、喂养孩子、补充耐久。"

向淮之说："在线时呢？"

"在线时，"景欢清了清嗓子，"我就是你的小跟班，你指哪儿我奶哪儿，别家代打可没这服务。"

向淮之颔首："确实。"

景欢跷着腿打算点个早餐外卖，想给向淮之足够的考虑时间。可惜外卖还没挑好，他就忍不住了："哥哥，你想好没？我有点儿急。"

向淮之从书里抬头，神色很淡，问他："吃完早餐了？"

"没，我还没点单。"

"先点。"

"先说。"

向淮之叹了口气，按下鼠标，打开了自己的坐标显示，说："吃完来天坛接我，去下本。"

虽说是代打，但向淮之也没让他做什么。倒是景欢自己敬业爱岗，有一天凌晨偷偷上号，把向淮之的日常任务刷完了。

翌日，向淮之就把账号密码给改了。

向："重点背了几页？"

小景呀："两页……"

向："一共七页，后天考试，你就背两页？"

小景呀："太难背了。"

向："今天背三页。"

小景呀："我暂时只是你的代打，你不能管我学习的！"

向:"……"

小景呀:"我背。"

路杭正埋头啃书,听见身后传来轻笑声,忍不住回头。

"你笑什么?"路杭舒展了下筋骨,问,"对了,过年你要来我家拜年吗?我妈都问过我好几回了。"

向淮之放下手机,道:"不去了。"

"也是,今年过年早,跟你的生日挺近的,你想好怎么过了没?"

"就这么过,"向淮之淡淡地道,"跟家里人吃顿饭吧。"

"我就知道。"

路杭"啧"了一声,刚要说什么,他们宿舍的门就被敲响了。

一个男生站在外面,手里拎着几杯饮品,说:"你好,你们订的咖啡。"

他们学校勤工俭学的学生多,不少学生干跑腿的兼职。

路杭愣了愣,道:"我们没订外卖,你弄错了吧?"

"没弄错啊……"男生看了眼单子,"应该是别人给你们买的吧?"

路杭云里雾里地接下,关上门后,看着订单上的字念道:"哥哥加油?"

向淮之眼皮一跳,下意识地转过头。

路杭说:"嘿,说的哪位哥哥啊?这人还买了四杯……"

路杭还没说完话,他的室友就"腾"地起身,把咖啡拿走了,只给他剩了一杯。

路杭怔住了:"买给你的?"

咖啡是他喜欢喝的口味,向淮之应道:"嗯。"

"哪位妹妹这么体贴……"路杭失笑,晃着手里的那杯,"这里还有一杯。"

"给你的。"

向淮之把三杯咖啡放到桌上,以为只是景欢点外卖时心血来潮,给自己也点了一份,谁料第二天,他不仅收到了咖啡,还收到了几份甜品,订单上写着"哥哥快回我消息"。

无视掉跑腿业务员怪异的眼神,向淮之把东西放到一边,拿出手机来。

向:"不小心按了静音。"
向:"这是在做什么?"
小景呀:"嗯?"
向:"那些外卖。"
小景呀:"你说呢?"
向:"代打业务拓展了?"
小景呀:"这跟代打有什么关系?!"
景欢发了条语音来。向淮之连上耳机,才点开消息。
景欢像是在室外,背景带了点儿风声。他说:"我是在哄你啊,哥哥。"

Chapter 28

第二十八章
生日

"这天太冷了，去买杯热奶茶暖和暖和？"从图书馆出来，陆文浩打了个喷嚏。

没得到回应，他疑惑地转过头，刚好看见身边的人背过身走了几步，然后用手捂住嘴巴，对手机悄悄地说了句什么。

陆文浩："怎么，你在跟高自翔商量着怎么谋杀室友？"

景欢盯着手机，看到顶端来来回回地显示着"对方正在输入"，笑容半天都没收回来。

陆文浩看得心里发毛，问："你干吗啊？"

景欢瞥了他一眼，说："我笑两声怎么了？"

"你刚才在图书馆还打算跟复习大纲同归于尽来着，这情绪变化得也太快了吧。"陆文浩说，"看你这德行，不知道的还以为你在哄女朋友。"

陆文浩也就随口一说，没指望能听到回答，说完就拿起手机订奶茶了。

景欢风轻云淡地说："没，哄的别人。"

陆文浩步子一顿，停在了原地。

景欢还在看那行反复出现的输入提示，陆文浩突然拔腿狂奔，扑到了他身上，差点儿把景欢的手机都撞掉了。

"哄谁？我们学校的？哪个系的？是不是上次那个给你送水的妹子？"陆文浩瞪大眼，"你说！你仔细说说！"

景欢攥紧手机，点了锁屏："你想把我撞死？"

"说啊！"

景欢说："我们学校的，大我们一届，多的不告诉你。"

陆文浩震惊了，知道自己从景欢嘴里撬不出什么后，喃喃道："原来帅哥也要哄人啊？"

景欢一向不爱说自己的八卦，但今天不知道怎么的，就特别想多说点儿。所以他沉默了一会儿后，忽然道："哄人怎么了？况且我也不是第一次哄人了。"

陆文浩夸张地瞪大眼道:"什么……上一回是什么时候?哄的谁?"

"同一个人。"景欢说。

陆文浩:"啊?"

"两次哄的都是一个人。"

说完,景欢无视掉陆文浩呆住的表情,拿出手机继续等回复。

小景呀:"哥哥,你在给我写作文吗?"

向:"没有。"

小景呀:"可你来来回回打了十分钟的字了。"

小景呀:"当然,我不是不让你打,你给我发篇论文来我都愿意看。"

这字里行间的,太熟悉了。

向淮之一直觉得小甜景只是个伪装出来的人物,可现在看来,只是披上了变声器的皮。

向淮之嘁着笑,一板一眼地回复。

向:"好好复习。"

小景呀:"学着呢,刚从图书馆出来。"

景欢说完,发了张照片过来。

向淮之一怔,点开大图,男生剪了头发,清爽干净,对着镜头挑起一边嘴角,痞帅痞帅的,看角度,应该是身边的人帮他拍的。

向:"跟谁在一起?"

小景呀:"陆文浩。"

向:"嗯。"

就一个"嗯"?景欢纳闷了,转头问:"你确定这张照片好看?"

陆文浩:"好看,巨帅,帅到我都要沉迷了"

景欢立刻抬手拒绝:"那倒不必。"

陆文浩:"我也就跟你客套客套!"

这时,手机振了一下,向淮之回了他一张照片。

景欢心一跳,立刻点开照片。里面的向淮之轻垂着眼,角度有些歪,能看见他的下颌线和微微凸出的喉结。

好帅。

景欢盯着照片看了几秒,怕被陆文浩看见,赶忙关了图片,正好收到新消息。

向:"明天有没有空?"

景欢站在后门处,嘴里有一下没一下地嚼着口香糖,泡泡在空气中膨胀,然后"砰"的一声贴到他的嘴唇上。

温度很低,今晚估计要下雪,景欢被大衣裹着,心脏的跳动频率比平时都要快一些。

手里攥着的手机一直在响,景欢不用看都知道是寝室讨论组的消息。他昨天就不该多嘴,给陆文浩说了两句,被他缠着问了一晚上。

"等很久了?"

景欢食指一滑,熟练地把手机调成了静音模式,然后转过头道:"是啊,站这里十多分钟了。"

向淮之前额有碎发遮着,长度接近眼睛,裹着黑色的围巾,比那些杂志上的冬衣男模还要帅气。

他还没来得及开口,景欢又道:"真的,不信你戳戳我的脸,冰的。"

景欢就是想逗逗他,没想到向淮之愣了一下,然后真的抬起手来,用手背贴了一下他的脸。

"嗯,我以后出来早点儿。"向淮之说。

这下换景欢怔住了。

"你是不是太好了?"景欢沉默一会儿,突然道。

向淮之挑了下眉,道:"这时候发好人卡?"

"不是……"

两个男生并肩走进学校附近的饭店。

天气冷,麻辣烫和家常菜馆子成了最热闹的店面。一碗热汤进肚,整个人都暖和起来了。

"几号考完试?"向淮之问。

景欢低下头笑,报了个日期。

向淮之皱了下眉,问:"笑什么?"

景欢说:"你好像我爸啊,不是问我什么时候复习,就是问我什么时候考试。"

向淮之失笑,刚想说什么,景欢忽然探了探身子,小声叫他:"向爸爸。"

服务员端上菜品，打断了两人的对话。

服务员走后，向淮之刚想继续刚才的话题，就见景欢捏着筷子，视线越过他，看向了饭店大门的方向。

"景欢？好巧，你也来这里吃饭？"略微熟悉的女声从身后传来，"啊，向学长也在……"

梁梦佳的语气有些刻意，怎么看她都不像是刚发现向淮之的样子。

"巧。"景欢简单地应了一句。

"后天的考试加油呀，景欢。"梁梦佳站在他们桌旁，道，"向学长，上次的事谢谢你，正好，我请你吃顿饭吧，当作道谢。"

景欢立刻抬眼看向对面的人。

向淮之觉得他眼睛里写着"你敢答应她，老子就掀桌走人"。

他很轻地笑了一声，梁梦佳听得心头小鹿乱撞，手搭在椅子上就想坐下来。

可向淮之抬起头来时，脸上却一点儿笑容都不剩了，他冷淡地拒绝道："不用，我们有事要谈，不方便。"

梁梦佳尴尬地走了。

向淮之放下筷子，说："没让她坐下来，别发脾气。"

"我哪会发脾气，"景欢说，"我刚才是在想事情。"

向淮之又笑了。他用热毛巾擦了下手，缓缓地道："上次在图书馆，她找我帮忙搬书。几大摞，女孩子确实搬不了，我才去的。"

吃完晚饭，两个人从饭店走出来。

"回去吗？"向淮之问。

景欢原本想的也就是吃一顿饭。他转头看身边的人，话到嘴边拐了个弯："我吃得有点儿饱，回去了睡不着。"

向淮之勾了勾嘴角，问："那你想做什么？"

"不然去操场逛逛……"景欢很老实地看着他，"顺便消消食？"

晚上的高中操场是教导主任抓各种学生秘密的重点区域，大学操场就是学子们的密会圣地了。

大一那会儿，景欢每晚都能听见陆文浩的吐槽，但他一直没机会见识，而且他觉得陆文浩说的话有夸张的成分——在别人的眼皮子底下，能做什么出格的事？！

直到今晚。

前面那对儿是在接吻吗？！在操场上？！

景欢瞪大眼睛，满脑子想的都是要不要报警。

男生温热的手掌把他的脑袋掰了回来，向淮之说："别乱看。"

向淮之的动作带了些力，景欢一只腿抬在半空，一下没能站稳，撞到了向淮之身上。

"这些人……不怕被抓啊？"景欢回过神，小声地问。

"马上要放假了，管得不严。"向淮之说。

景欢点点头，表示明白了。

两个人兜了半圈，操场的灯忽然熄了一盏，光线本就不够，最亮的那盏灭掉后，整个操场就陷入了暧昧的昏暗中。

没过多久，立刻就有管理人员来操场赶人，不过管理人员就一位，大半天都没赶走几个人。

景欢走了两步，伸手拽了一下自己的围巾，忽然问："你是不是还差一次揉头发的债没还？"

向淮之步伐一顿："嗯。"

景欢问："那我现在让你还剩下那一次……方便吗？"

没了灯光，操场上那些正儿八经锻炼的人都走了，人瞬间少了大半。

主席台右侧幽暗的角落里，向淮之在黑暗里笑了一下，眼底像是盛满了月色："还揉上瘾了？"

景欢还没说话，向淮之就躬身低下了头。黑黑的头发顶端正对着景欢的胸前。

"随便你揉。"向淮之说，"我连本带利还。"

回到家，景欢把外套随便丢到一边，然后把自己扔到了沙发里，一双长腿随意叉开挂着。

向淮之这算不算是原谅他了？

他拿出手机，点开置顶的对话框。

小景呀："哥哥，到寝室没？"

向："到了。"

小景呀:"我先去洗个澡,你今天早睡吗?"

向淮之从衣柜里拿出衣服,低头回消息。

这时,路杭摘下耳机起身倒水,嘴里还念念叨叨的。

"刚才抽空跟帮里的人去做了个二十人大本,累死了,那几个输出好像都不怎么会玩,杀了快两个小时……"看清室友的模样,路杭愣了一下,"外面有这么冷吗?你的耳朵都冻红了。"

向淮之拿着衣服和手机朝浴室走去,说:"冷,洗澡去了。"

向:"要复习,还不睡。"

小景呀:"那等一下还能聊一会儿?"

向:"嗯。"

小景呀:"那我去洗澡了!"

向:"别这么一惊一乍的。"

小景呀:"哦。"

翌日,景欢大清早就去了图书馆。明天考试,他得在最后关头抱抱佛脚。

陆文浩和高自翔也来了,还给他带了早餐,景欢捧着碗在图书馆外吃完才进去。

他刚落座,高自翔就问:"你昨晚去操场了?"

景欢立刻转头看他:"你怎么知道?"

"你不是发了朋友圈吗?"高自翔怪异地看着他。

景欢怔了一下,想起来了。他昨晚发了张操场的照片,随便拍的,没什么美感,配文也只有一个戴墨镜的 emoji 表情。

高自翔戴上一边耳机,问:"跟向哥一块儿去的吧?"

景欢的语气更惊讶了:"你怎么又知道?!"

高自翔愣住了,莫名其妙地道:"因为向哥也发了跟你差不多的照片啊?你怎么了,一惊一乍的……"

景欢随便应了声没事,就立刻拿出手机翻朋友圈。

向淮之还真发了,发表时间是凌晨,图片是学校的跑道,整张照片跟他的一样,没什么美感。但向淮之要更酷一点儿,他连表情都没加,只是单独发了一张图片。

他们两个人一前一后,像是在打什么暗号。

一有这念头，景欢就有些回不了神，抬手给照片点了个赞。

学到中午，三个人一块儿去食堂吃了顿饭。

"我完了，我必挂。我刚刚打开复习大纲看了一眼，后面一堆没背就算了，前面背的还全忘了……"陆文浩满面愁容，"兄弟们如果还有良心，重修的时候记得来探望我。"

景欢笑了声："重修而已，别说得跟坐牢似的。"

"有差吗？"陆文浩抬头，见他正在玩手机，问，"你吃饱了？"

景欢："饱了。"

"那这牛肉我吃了啊，别浪费。"陆文浩夹过他的牛肉。

高自翔拍了拍陆文浩的肩，说："浩儿，这就是你和帅哥的差距。"

陆文浩朝他啐了一口。

景欢闻言笑笑，低头专心玩手机。

他哥昨晚好像复习得挺晚，现在都还没起床。

景欢又去看了那条朋友圈一眼，然后闲着无聊，打开了许久没看的帮派群。

春肖："[恭喜发财，大吉大利]。"

春肖经常在帮派群里发红包，景欢下意识地就点开了，十六块，运气王。

莫问归期："哈哈哈——小景景，好久没看见你了，一来就中招？"

爱是分你吃："太惨了。"

春肖："继续。"

景欢还在因为自己难得不臭手而高兴，看了他们的话，又蒙了。

小甜景："啊？什么意思？"

莫问归期："我们在玩红包接龙啊，运气王继续发。"

小甜景："……"

莫问归期："哈哈哈，娱乐而已，二十块十人分，这你都能抢到十六块……也真挺牛的。"

景欢无精打采地想：是的，在倒霉这一块，我就是这么牛。

他熟练地打开红包，刚要发送，手机突然跳出一行字来，提示他因未知错误，红包发放失败，连续试了几次都是这样。

现在正好是休息时间，群里几十个人在等着，见红包迟迟没出来，难免有一两个人催。

景欢"啧"了一声，刚想叫吃吃帮他发一下。

心向往之："［恭喜发财，大吉大利］。"

心向往之："帮她发的。"

景欢一怔，抬眼一看，左上角果然有未读提示。

他对红包接龙不感兴趣，但既然是向淮之发的红包……那他一定要摸一摸！

向淮之的红包瞬间被领完，景欢抢了十八块，二连运气王。

本命芝芝桃桃："……"

爱是分你吃："……"

小甜景："哥哥再帮我发一个，我今天不知道为什么，提示错误。"

心向往之："［恭喜发财，大吉大利］。"

心向往之："还玩吗？"

小甜景："不玩了……"

心向往之："嗯，那回我私聊。"

景欢立刻关掉帮派群，背了一上午书的郁闷瞬间跑得无影无踪。

向："刚睡醒，人呢。"

小景呀："被学习蹂躏了一上午，现在在食堂……钱我转你支付宝吧？"

向："不用，背得怎么样，能考过吗？"

小景呀："那谁知道……不过有个办法，或许能提高我考过的概率。"

向："什么？"

小景呀："我明早九点考试，你要不要跟我吃个早餐，顺便给我开个小小的动员大会？"

考试当天早晨，向淮之一手拎着早点，另一只手拎着一根油条和两个鸡蛋，敲响了景欢家的门。

景欢看看他，又低头看看鸡蛋，问："什么东西？"

向淮之举起早餐，说："一百分。"

为什么这么土的事，一放到向淮之身上，就变可爱了？

因为从这里到教室还有一段距离，两个人吃完早餐，就匆匆地往学校里赶。

"那我进去了。"到了考场前，景欢问，"你要回寝室吗？"

"去图书馆。"

景欢"哦"了一声，刚想转身，向淮之突然抬起手，按在了他的头发上。

"好好考，小学弟。"

景欢以前一直觉得考试期是最漫长的时光，每天掰着手指头过日子，就期盼着放假。但这次，直到考完最后一科，高自翔上来揽他的肩说回家见的时候，景欢整个人都还有些没回过神。

两个好友在旁边打打闹闹，高自翔调侃陆文浩见面的事，陆文浩说不过他，没一会儿就口吐芬芳地动了手，两个大男人你来我往，还没两只猫打得厉害。

景欢没掺和进去，拿出手机，第一时间找出了向淮之的微信。

小景呀："哥哥，我考完了。"

向："嗯，什么时候回家？"

小景呀："明天。"

景欢蔫头耷脑地打字。

这是老早就跟家里人定好的，因为明天正好是景欢的爷爷的生日，整岁大寿，家里要大办。要不是担心他累着，他爸今晚就想安排人来接他。

向："见面吗？"

向："请你吃饭。"

景欢回家后洗了个澡，换了自认为最帅的衣服，到了约定的路口，看见站在一块儿的四个人后，笑意瞬间跟着寒风一块儿飞走了。

"向向说约了你一块儿吃饭，我寻思着要不再聚一次吧，就跟着过来了，还顺便叫了浩儿和自翔，"路杭半开玩笑地说，"你俩不介意吧？"

景欢扯了下嘴角："当然不。"

他转头去看向淮之，对方同时瞥了他一眼，眼底隐约带着些无奈和懊悔，又把景欢看笑了。

这次去吃的家常菜，景欢走在最前头，抢到了向淮之身边的座位。

吃到一半，来了一帮向淮之班里的同学，一行人打完招呼就走了，坐到了他们隔壁桌。

陆文浩探头探脑地看隔壁桌，被高自翔发现了，问："你在偷窥谁呢？"

陆文浩吓了一跳，拍了他一下："知道老子在偷窥，不会小点儿声？"

路杭听笑了，压低声音说："怎么，有喜欢的姑娘吗？那几个女生都是单身，哥可以帮你要个微信。"

"那没有，我还是喜欢比自己小的，"陆文浩说，"我就想看看欢欢哄的姑娘在不在里头。"

景欢差点儿被米饭呛着，赶紧抽出张纸来，捂在嘴边咳了两声，刚想骂他一句，却听见身边的人先他一步开口。

向淮之用筷子搅动碗里的东西，状似不经意地问："为什么这么说？"

陆文浩这人没什么缺点，就是嘴巴大，而且男生之间没女孩子那么细腻，喜欢谁又不是什么难言的事。他大大咧咧地说："欢欢没跟你说吗？他最近跟一个学姐关系匪浅，又不肯告诉我具体是谁，搞得我最近看到学姐都忍不住多瞄两眼……"

景欢感觉到向淮之看了自己一眼。

"是吗？"向淮之语气镇定。

"是呗，据说还哄了人家两次。"陆文浩对景欢仰了仰下巴，"欢欢，说说，哄好没？"

景欢往后一倚，转头跟向淮之对上目光。他说："没呢啊，挺难的。"

向淮之笑了，什么也没说。

路杭："告诉我，我看我认不认识，帮你去探探口风。"

"算了，我自己努力吧。"景欢挑起嘴角，用手肘撞了下身边的人，"哥哥，你说我能哄好吗？"

向淮之拿起茶壶，把他的杯子添满，才说："能吧。"

吃饱喝足，一行人往学校里走。向淮之和路杭要去图书馆，半途就要跟他们道别。

景欢和向淮之并肩走在后面，陆文浩在前头跟高自翔吵吵闹闹，路杭则在看热闹。

"你明天好好考试。"景欢小声说，"万一重修，明年岂不是要来跟我一块儿上课？"

说完，他顿了一下，又嘀咕："好像也不错？"

向淮之哭笑不得地道："盼我点儿好。"

景欢含混地道："盼着呢。"

图书馆离寝室有段距离，走出一段路就要分道扬镳了。

景欢有点儿想跟着向淮之去，又怕打扰他复习，还在纠结，向淮之就抬手揉了一下他的头发。

"回去吧，"向淮之说，"寒假见。"

翌日，景欢早上八点就坐上了回家的车。

他爸说要大办爷爷的寿宴，还真就是大办，五湖四海的亲戚都赶了回来，花园搭上了棚子以免下雪，下面摆满了座位，光厨师就请了五六位。景爷爷一向疼景欢，导致他一整天都坐在大寿星身边，一掏出手机就要遭受他爸妈的眼神警告。

过完生日再回家，已经是晚上十一点了，他离开爷爷家的第一件事就是给向淮之发消息。

小景呀："玩手机被我爸妈制裁了。"

小景呀："哥哥你还在吗？"

向："在。"

小景呀："在干什么？"

向淮之直接打了视频过来。

景欢吓了一跳，景妈从副驾驶座转头问："这么晚了，谁还找你呢？"

景爸则是握着方向盘，从后视镜看了他一眼。

景欢说："一个学长。"

景妈"哦"了一声："之前那个？姓向的？"

景欢点头："嗯。"

"那你赶紧接吧,这么晚了,可能是有急事呢。"

景欢本来想回去再打,又担心向淮之那时候已经睡了,于是从口袋里掏出耳机,点了接听。

向淮之正在擦头发,下巴处还有点儿湿,镜头摆放的角度非常刁钻。他说"刚刚在洗澡。"

景欢拽着耳机线,声音有点儿小,问:"你才回寝室?"

向淮之"嗯"了一声,垂眸看了眼屏幕。

景欢整个人陷在黑暗中,灯光不足,只能勉强看到五官。

他蹙眉问:"你在哪儿?"

"车上,"景欢清了清嗓子,"跟我爸妈在一起。"

感觉到景妈关切的目光,景欢装模作样地道:"这么晚了,学长你有什么急事吗?"

向淮之笑了,牙齿整齐洁白。

"有,学校今天停网了,不知道什么时候能修好。"向淮之说,"你有空就喂喂小向景。"

"有,当然有。"景欢一本正经地说,"你好好复习,别担心这些事。"

向淮之说:"那回去还聊吗?"

"好啊,"景欢把手机捧到自己脸前,"你不休息吗?"

"看到两点吧,"向淮之莞尔,"不怕撞到鼻子?"

"不怕,我鼻子高。"

景妈纳闷地说:"怎么聊上鼻子了?"

"没,随便唠唠。"景欢咳了一声,"那我回去帮你查一下,再打给你?"

向淮之说:"好。"

挂了视频,路杭刚好从浴室里出来。

"你还跟谁聊呢?赶紧吹头发啊,我排着队呢,冻死了。"他把自己裹得厚厚的,转头又说,"话说,你的生日真不打算出来过吗?安阳街刚开了一家酒吧,听说气氛特别好,不去试试?"

向淮之擦头发的手一顿,打开日历看了一眼。他的生日在寒假,他妈喜欢热闹,所以他大多时候是跟家里人过。他接上吹风机,敷衍过去:"不去,醉了还要我伺候你。"

学期最后几天,学校莫名其妙地断了网,电信的人来看过几回,但直到大三开始考试,这网都没修好。

考完试,向淮之跟路杭道别,提着行李箱回家。家里的电脑已经许久没用过了,光是更新《九侠》就要等二十分钟。

向淮之把行李收拾好,拿出手机回消息。

向:"刚到家。"

小景呀:"[照片]在陪我妈逛街。"

照片里,景欢手里提着许多袋子,对着服装店的镜子拍照。他穿着工装外套和牛仔裤,手机遮了半边脸都高挑帅气。

向淮之还没打字,一条语音就过来了。

景欢压低声音,跟做贼似的,"我还偷偷给你买了几双袜子……你把你的地址给我呗。"

向淮之笑了,考试加返程的疲惫一扫而光,他按下语音键说:"挑个时间,亲手给我吧。"

景欢回得飞快:"什么时候?"

"星期天,有空吗?"向淮之问得很随意,仿佛是随便挑的日子。

那边安静了一会儿。

小景呀:"星期天家里要去泡温泉……"

小景呀:"[号啕大哭]。"

小景呀:"[满地打滚]。"

小景呀:"[以头抢地]。"

向淮之说:"那下星期吧。不着急,寒假这么长。"

景欢被他的最后一句话安抚了,一抬眼,他妈又在付账,还朝他招了招手,说:"欢欢,过来。"

景妈妈不是喜欢奢侈的人,这些大包小包里都是她要拿去送给合作对象和小姐妹的新年礼物,景欢陪她逛了一天,只觉得比参加运动会还累。逛完后,母子俩去商城楼下的必胜客吃晚饭。

点完单,景欢往后一靠,专心地玩起了手机。

向:"什么时候回来?"

小景呀:"吃完饭就回去了。"

向:"我开你的号做日常任务。"

小景呀:"哥哥真好。"

他刚想多聊一会儿,就被讨论组搅得烦不胜烦。

是陆文浩,他星期天要去和网友见面,现在正在讨论组里发疯,拽着他们讨论他那天该穿什么衣服,该定什么约会项目,该说什么话。

高自翔:"滚,在睡觉都被你吵醒了。"

小景呀:"自己的事情自己做,要学会独立行走,别@爸爸我了。"

陆文浩:"好,你们就是嫉妒我有甜甜的网恋。"

景欢冷嗤了一声,刚想冷嘲热讽两句,手机忽然振了一下。

秋枫:"你怎么不告诉我号不是你自己在上啊……"

小景呀:"怎么了?"

秋枫:"我点错好友了,把要发给竞技场搭档的话发给你了。"

小景呀:"然后呢?"

秋枫:"向神以为我又在约你。"

小景呀:"然后呢?"

秋枫:"然后我没了。"

景欢点开秋枫发来的图片,秋枫残血立在原地,脚下还有根缚仙绳紧紧缠着他。

心向往之站在他对面,头上还有一个冒泡框。

[附近]心向往之:"还私底下约小甜景吗?"

秋枫:"不过他最后还是让我跑了,好可怕啊。"

秋枫:"所以你今晚要打竞技场吗?一起?"

小景呀:"……"

景欢想:这人怎么见了棺材都不落泪啊?

"你不爱吃?"景妈妈捏起一块比萨,手套沙沙作响,疑惑地看着自己的儿子。

景欢把手机放到了桌底下玩,说:"嗯,你少吃点儿,到时候爸又要说你了。"

"你不说,他就不知道我吃这个。"景妈妈小声抱怨,"你爸就是太讲究,这不让吃那不让吃,麻烦死了。"

景欢没应,低头长按屏幕,把这张图保存到了手机里。

回到家,景欢就抱着刚买的袜子上了楼。他打开电脑,火速登上

《九侠》，自己的账号是开着的，上去的时候，他正在向淮之的队伍里，看样子是在做师门任务。

景欢看了看向淮之的游戏人物，身上穿的是自己给他买的黑色新时装，名字上面也挂着"小甜景的侠缘"。

称谓是他之前帮向淮之做日常任务的时候偷偷挂上去的，向淮之没摘。

"回来了？"向淮之打开麦克风。

"嗯，"景欢看了眼任务列表，问，"都刷完了？"

"担心你回得晚，来不及做。"

景欢"哦"了声，把耳机音量调高一些，"你那边怎么有麻将声？"

"我妈，"向淮之道，"她没什么爱好，除了我爸就是打麻将。你等等，我去关门。"

"你会打吗？"待他回来，景欢问。

向淮之如实道："耳濡目染。"

"厉不厉害？"

"还行。"

"那正好，"景欢顺口道，"高自翔每年过年都要拽我出去打麻将，我回回都是送钱的，下次你跟我一块儿去，赢光他们！"

向淮之听笑了，说："好。"

景欢看了眼副本列表的进度，问："那我们去下本吗？我带队。"

"可能不行。"

"为什么？"

向淮之瞥了一眼游戏旁边挂着的直播间界面，说："我们的队友正在直播打竞技场。"

景欢愣了愣："直播？"

向淮之"嗯"了一声："官方最近要推广自己的直播平台，给各大服务器排行榜上的玩家都发了邀请消息，播满两个小时有特殊时装奖励，路杭已经去了。"

向淮之刚说完，路杭的消息就发了过来。

［密聊］路迢迢："小景景！速来看我直播［点击进入路迢迢的直播间］！"

景欢毫无防备地点了进去，抬头一看，观看人数九十九人。

"欢迎小甜景进入我的直播间。"路杭美滋滋地说，"对、对、对，是心向往之的侠缘。没错，就是那个狐仙洞。是的，就是她唱的《精忠报国》……"

向淮之说："我忘了提醒你，开个小号进去。"

最后，景欢被骗了五百块的礼物，逃命似的溜出了直播间。再不走，他都怀疑自己会被路杭抱上麦去唱歌。

"游戏管理员怎么没找我开直播，看不起人？"景欢把直播平台关掉，嘀咕道，"应该也找你了吧？"

向淮之："找了。"

景欢看了眼路杭发在讨论组的奖励时装，喃喃道："不过这衣服还挺好看的。"

向淮之"嗯"了一声，问："温泉要泡几天？带电脑去吗？"

"三天两夜，带，"景欢顿了顿道，"我自己一个房间。"

向淮之牵了下嘴角，说："那正好。"

"什么？"

"那天陪我打竞技场？"向淮之说，"我答应官方那天晚上开直播了。"

景欢震惊了，问："为什么？"

"衣服好看。"向淮之说，"我跟他们商量好了，开播送我两套。你这号的限量时装是齐的，加上这件衣服，以后退游的时候价格能卖高一点儿。"

启程去温泉度假村的那天，景欢一觉睡到了中午，最后是被景妈妈叫醒的。

"你怎么天天醒这么晚，晚上都做什么去了？"景妈妈皱着眉问，"行李收拾了吗？我先让陈叔帮你放车上。"

景欢昨晚没做什么，只是跟向淮之下本、钓鱼到半夜两点。他换好衣服后便去客厅吃午饭，刚落座，手机就嗡嗡地振了好几下。

路哥："嗯？！"

景欢愣了一下，才反应过来是他昨晚给路杭改的新备注。

小景呀:"啊,怎么了?"

路哥:"[图片]这不是我们学校的操场吗?!"

看清照片后,景欢倏地清醒,瞬间头皮发麻——完了,他那天发的朋友圈忘记屏蔽路杭了!

路哥:"你们见面了?!"

路哥:"春肖跟我说了,你圣诞节那几天,人就在向向身边。"

路哥:"可我也在他身边啊?你们在我眼皮子底下见面了?!你什么时候来的?住的哪儿?"

事发突然,景欢一下不知道该怎么圆了。

小景呀:"是见了一面。"

路哥:"不敢相信,向向竟然是这种人。"

小景呀:"不是,没有,你误会了,你别胡说啊。"

路哥:"那你今天是不是也来满市了?跟我见一面啊,大家都这么熟,我请你吃饭。"

小景呀:"没有啊。"

路哥:"老向的生日你都不来?"

景欢愣住了。

景妈妈边下楼边戴耳环,道:"只是去泡个温泉,你带电脑做什么?网瘾不要这么大。"

她刚说完,就见自己的儿子从饭桌旁站起来,匆匆往车库跑去。

他再回来时,手里抱着自己的电脑包。

景妈妈愣了愣,道:"这么听话?"

景欢说:"我不去泡温泉了,你和我爸约会愉快。"

景妈妈停下脚步,一脸疑惑地看着他。

景欢往楼上走去,才上了两级台阶就停了下来,回头问:"妈,爸过生日的时候,你都送些什么啊?"

被景妈妈训了一顿,景欢背着包头也不回地跑出了家门。

直到出租车司机问自己要去哪儿,他才发觉自己目前没有任何计划。

人是肯定要见的,但不是现在,他至少得准备点儿生日礼物,而且他还不知道向淮之的住址。

景欢想了想，给司机报了个商圈的名字。

向："出发了吗？"

景欢靠在后座上，有些纳闷。他为什么没提前告诉自己呢？难道是觉得他们的关系没到能一块儿过生日的地步？

这些令人郁闷的想法只在他的脑子里存活了几秒就被他扫开了。

小景呀："出发了。"

向："好好玩。"

小景呀："你在做什么？"

向："健身房，陪我爸。"

小景呀："大概要多久啊？"

向："不知道，可能还要去游泳，怎么了？"

小景呀："没什么，你好好游。"

景欢在商圈转悠到下午两点，给向淮之发消息，对方没回复，应该是在游泳。他也着急，找路杭要了向淮之的住址后，在那附近找了个网吧。

下午四点多，向淮之才回复消息过来。

向："刚才在游泳，没看手机。"

向："还在吗？"

小景呀："在！"

向淮之发了张照片过来，看起来像是某家酒店的包间。

向："今天家庭聚餐，在等人。"

景欢怔了怔。

小景呀："这样……"

向："你到酒店了吗？"

景欢下了机，往网吧外走去。他在花店订了花，说好了五点去取。

一到冬天，天就暗得格外早，这个点就已经有夜宵商贩出来摆摊子了，景欢闻着那味道，随手给向淮之拍了张烧烤摊子的照片，慢吞吞地敲字。

小景呀："到了，酒店附近还有烧烤。"

向淮之挑了挑眉，温泉度假村基本都在山里，荒郊野外的，哪里来的烧烤摊？他随意地扫了一眼照片，刚想细问，包间的门被打开，是经理来确认菜单。向淮之看了一眼在阳台上打电话的父亲，只好起身接过了对方的单子。

五点正式上菜，这顿晚饭，说是过生日，其实更像是家庭聚餐，大家一年忙到头，也只有年末的假期有点儿空。

晚饭刚开始，话题就说到了向淮之身上，学习、恋爱一样不误，向淮之已经习惯了，三言两语就应付了过去。

手机振了几下，他立刻垂下眼，解锁了屏幕。

看到发件人后，他操作手机的速度慢了一点儿。

小路小路永不迷路："嘿，兄弟，生日快乐，礼物明天给你。"

向："谢谢。"

小路小路永不迷路："小景景到你那里了吧？明天带她出来跟我见一面呗，我请你们吃饭。"

向淮之先是一怔，然后很轻地皱了一下眉。

片刻后，他把手机放到兜里，站起身来，礼貌地道："我有事，出去打个电话。"

景欢坐在烧烤店里，左边椅子上放着礼物盒子，桌上放着一束花，觉得自己像个傻子。他应该找家餐厅才对，在这里坐上半个小时，岂不是得沾上一身味儿……

但是他刚刚路过时，看到这家烧烤摊的老板边往摊位上摆食材边抹眼泪，然后脑子一抽，问也没问就点了一百串羊肉串。

他看着眼前满满当当的烤串，面无表情地想，要不把高自翔叫出来撸个串儿吧，花和礼物可以先藏在老板的店里。

景欢拿出手机，刚想从通讯录里找出高自翔，一个微信视频就切进来了，景欢愣了一下，立刻接通。

向淮之垂着眼，问："在哪里？"

"在吃烤串。"景欢顿了一下，补充道，"就我今天跟你说的，酒店附近的烤串摊。"

向淮之抬起头没再看他，景欢只能看到对方的下巴和喉结。

景欢这才发现不对，看着对方背景里黑漆漆的天，问："你不是在酒店包间里吗？"

"嗯，"向淮之说，"现在在酒店附近的烧烤摊。"

景欢蒙了一下，好好吃着饭，你去烧烤摊做什么？

他还没来得及问，就见屏幕忽然一黑，紧跟着，另一幅画面呈现出来——向淮之切换到了后置摄像头。

景欢看见了一家熟悉的烧烤店，店门口坐着个人，左边放着礼物盒，右边还放着一束花，和整个店铺格格不入，像个傻子。

这傻子还挺眼熟。

景欢怔了下，瞳孔骤然一缩："你……"他话还没说完，就感觉到身后来了个人。

向淮之脱下手套，站在他背后。景欢下意识地转过身，抬起头一看，两个人一上一下，四目相对。

向淮之看了看他，又看了看桌上满满当当的羊肉串，说话时带出一口白雾："在这里干什么？"

景欢使劲儿眨了几下眼，半响才喃喃道："消费。"

向淮之看他一脸惊愕，有点儿想笑，问："消费了多少？"

"两百。"景欢缓过神来了，"你怎么知道我在这里？"

"看到照片了，这家店我认识。"向淮之问，"来了怎么不说？"

"本来打算说的，然后见你在家庭聚会……就打算等你那边结束了再告诉你。"

这时，烧烤店的老板把辣椒递了过来，说："小伙子，要是不够辣你就自个儿加啊，这辣椒很香的……这是你朋友吗？还要加点儿串儿不？"

"不用了。"向淮之应完，低头问他，"还要吃吗？"

景欢原本想邀请他坐下一块儿吃，但想想，向淮之今天过生日，他就请人家吃这个……是不是不太好？于是他摇头道："不吃了，但是会不会太浪费？"

"没事，"向淮之说，"老板，打包。"

景欢抱着花和礼物从烧烤店走出来，收获了不少路人的目光。

他们把羊肉串给了街边的流浪汉。

向淮之是开着车来的，就停在对面商城的停车场里。他上了车，打开暖风，刚想问什么，一束花就递到了他眼前。

"生日快乐，哥哥。"景欢把礼物盒搭在花上，说出了自己想了一晚上的祝福词，"祝你回回下本爆高材，次次打造出神装，天天日常任务触奇遇，场场PK出暴击……"

向淮之先是一怔，然后低头笑了，不知道的还以为他们是在《九侠》里聊天。

"能不能祝我点儿实际的？"他打断景欢的话道。

景欢顿了下，才说："这还不实际吗？怎么样才算实际？"

向淮之说："比如，天天开心？"

景欢愣了愣，说话都有点儿磕巴："嗯，嗯……祝你天天开心。"

向淮之接过礼物，下车放到了后座上，再上来时，问："想吃什么？"

"都可以。"景欢已经系好了安全带，余光瞥向身边的人。

向淮之握方向盘的姿势有些散漫，但其实把得很稳。

景欢盯着方向盘看了好久才收回视线，看向窗外，有些费解，有的人为什么连开车都这么帅？

向淮之感觉到了他的视线，压下眼底的笑意，随意地道："喜欢吃面条吗？"

"喜欢。"景欢想也没想，答得很快。

"可能味道不太好，面也不太有嚼劲。"

"没关系。"

向淮之牵了下嘴角，说："那好。"

景欢原本还想多说几句，兜里的手机却忽然响了，他低头聊了会儿天，再抬头时，面前的栏杆正好缓缓抬起。

他心一跳，立刻不动声色地打量起周围的环境。这里看起来是个小区，周围挺安静，绿化也不错……他这是到向淮之家里来了？

他稀里糊涂地下了车，跟着向淮之进了电梯，才不自在地开口："我这样上门，会不会打扰叔叔阿姨休息啊？"

向淮之按下楼层，说："不会，他们不在。"

景欢怔怔地转头看他。

"这是我高中时住的房子，离学校近，现在也偶尔回来住。"向淮之解释道，"只是家里没什么东西，只有面条，你如果不喜欢吃，可以点外卖。"

景欢今天出门就带了一个背包，里面装着电脑。他拽了一下背包的松紧带，说："喜欢，我不挑食。"

进了家门，景欢下意识地往里看了几眼，房子布置得很简洁，能看出定期在清扫，所有家具样样不落。

向淮之进屋后把桌上的花瓶洗了一下，然后把花放了进去。

"吃辣吗？"他打开冰箱问。

景欢把背包放到沙发上，凑到厨房去，说："不吃……我来煮吧？你过生日，我给你煮碗长寿面。"

向淮之问："你会吗？"

景欢一仰下巴，说："人称面条小王子。"

向淮之笑道："行，那我去洗个澡？吃饭时不小心，衣服沾了点儿东西。"

"好。"

向淮之家里的厨房不算小，但两个大男生并肩站着还是有点儿拥挤。经过他身边时，向淮之侧了侧身子，景欢闻见了他身上淡淡的古龙水香味，他起初还以为是车里的味道。

景欢下意识地抓住他，向淮之停下脚步回头，疑惑地看向他。

景欢也不知道自己为什么拽别人，但拽都拽了……

他低头嗅了嗅，问："哥哥，你喷香水了啊？"

"嗯，"向淮之说，"这种场合才会喷一点儿，呛鼻？"

景欢立刻摇头："好闻，不过好像有点儿淡，闻不清楚。"

他刚说完，向淮之就抬起手腕伸到了他面前，景欢觉得自己快被香水味道包围了。

"喷得不多，"向淮之道，"喜欢的话，一会儿送你一瓶。"

等水沸腾的过程中，景欢漫不经心地玩着手机，离开学校后，他们寝室的讨论组越来越热闹，有时游戏的事情也放到组里来说。景欢觉得他俩吵得很，索性退出了讨论组。

向淮之洗完澡出来，穿了一件很薄的T恤，衣摆几处被水打湿，颜色变深了些。

景欢把面端到桌上，说："正好，你来尝尝味道？"

两人吃完面，已经是晚上九点多。

把碗洗了，向淮之出来问："坐了多久的车来的？"

"不久，"景欢坐在沙发上，正在更新《九侠》，"打车来，一个多小时。"

向淮之看了眼时间，问："很晚了，那今晚还回去吗？"

景欢抱着电脑，回过头去，很诚实地问："能不回吗？"

向淮之失笑："能，不过你带衣服了？"

"没有，"景欢咬牙道，"我可以不换……"

向淮之说："我有多的衣服，你嫌不嫌弃？"

五分钟后，景欢抱着向淮之的衣服进了浴室。向淮之坐在沙发上，接管了景欢的电脑，继续帮他刷任务。

景欢从浴室里出来时，向淮之刚做完三界任务。景欢用毛巾把发尾的水擦干净，说："我刚刚不小心把花洒弄掉了，溅了我一脸……"

向淮之把电脑合上，问他："看电影吗？"

向淮之家里的电视机挺大的。

沙发也很大，两个大男人坐在一块儿也不觉得拥挤。电视里放了部欧美片，虽然关了灯，但仍旧营造不出电影院里的效果。景欢看得不专心，时不时就瞥向淮之一眼。

向淮之家里的沙发很软，景欢的姿势变来变去，最后整个人都半躺在了沙发上，一躺下就不想起来了。

看了一会儿，向淮之便失去了兴致。他没带手提电脑，家里又只有台式机，他不想自己回房间，干脆拿了景欢的电脑来用，上的也是景欢的号。

景欢的脑袋往他那头偏了偏，看见他正打开自己的好友列表，憋着笑问："检查我的好友呢？"

向淮之看到自己的分组被改了名，从"呵呵"变成了"哥哥"。

他只是想给春肖发条消息，让她下周开启帮派建设任务，闻言莞尔道："嗯，给不给查？"

景欢说："给，你随意。"

桌上的手机响个不停，因为景欢被重新拉回了讨论组，还没来得及开消息免打扰,每条消息都会提示一声,吵得他不得不拿起手机来看。

陆文浩:"我把衣服挑好了,你们看我这双鞋怎么样[照片]?"

陆文浩:"明天给你们直播,嘻嘻。"

高自翔:"大可不必,我们不感兴趣。"

小景呀:"我再次退组,后天再回来。"

向淮之正在和春肖商量药田分配,一个电话忽然打了进来,他接通,随手点了个免提。

"向向,你的事情办完了吗?"中年女人的声音响起,后面还有麻将的碰撞声,"最近天气冷,明天要不要让阿姨给你煲汤喝呀?"

向淮之说:"不用,我还不回去,在临山的房子住几天。"

向妈"哦"了一声,问:"具体住几天呀?"

向淮之沉默了一下,偏头看身边的人。

"叔叔阿姨去泡几天的温泉?"向淮之问。

景欢吓得不敢说话,慢吞吞地抬手比了个三。

向淮之忍笑道:"三天。"

麻将声停了一下,向妈问:"你身边有人?"

"嗯。"

"谁呀?"

不知道是不是景欢的错觉,他甚至觉得向妈妈的声音里有那么一丝丝的激动。

"学弟,来借住。"

挂了电话,景欢才终于敢出声:"你要在这里住三天?"

"看你,你想回去泡温泉吗?"向淮之垂着眼问。

景欢诚实地说:"不想。"

向淮之有一搭没一搭地跟景欢聊着天,过了一会儿,忽然听不到回话了,他侧头一看,就见景欢侧着脑袋闭着眼,已经睡着了。

清晨,天光大亮。

景欢醒来时看见向淮之抱着电脑靠睡在沙发的另一头,整个人瞬间清醒了。

怕吵醒向淮之,景欢慢吞吞地伸手,把手机拿了过来,一点开屏幕就被吓到了,竟然满屏都是微信消息提示,一页下来都滑不完,全是陆文浩在讨论组发的消息。

他还记得陆文浩今天要去和网友见面,这么着急……难道真的是又被人骗了?

景欢抱着坐飞机去警局捞人的想法点开了微信,结果翻了半天聊天记录都翻不到重点,陆文浩刷了十来页的哭泣表情包。

小景呀:"发这么多表情,流量不要钱?"

陆文浩:"呵,我都快死了,你还在意那点儿流量。"

小景呀:"有事就说。"

陆文浩声情并茂,连发了三条长达六十秒的语音过来。

小景呀:"听不了,你打字。"

高自翔:"你在哪儿呢?"

小景呀:"刚起。"

高自翔:"你刚起为什么听不了?"

景欢愣了愣,抿唇敲字。

小景呀:"好吧,是我懒得听,打字。"

陆文浩:"你没有心。我刚和网友见面回来,现在在车站准备回家。"

小景呀:"才上午十一点,你就见完了?难道又是个男的?"

陆文浩:"不是,女的,照片和真人长得一样。"

小景呀:"哦,那祝福你。"

陆文浩:"就是身份证上是三十四岁,离异,还带着儿子来的。"

景欢握着手机,久久不能回神。

陆文浩:"我上辈子是杀了人?还是放了火?"

景欢憋笑憋得肚子疼,实在忍不住,肩膀一颤一颤地抖。

小景呀:"没事兄弟,这次好歹是个女的……然后呢?你得问清楚,如果……别人还没离婚,你最好还是别乱来了。"

陆文浩:"我给她儿子买了个电动玩具车,还教他写了寒假作业,然后找准时机跑路了。"

陆文浩:"她跟我说她十八岁。"

陆文浩:"我质问她,她说每个女生都是永远十八岁,还说我不懂女人的心。"

景欢"哧哧"笑了两声，就听见身后传来一句："在笑什么？"

景欢停下打字的手，抬起头问："我吵醒你了？"

"没有。"向淮之困倦地闭了下眼，声音沙哑地问，"怎么了？"

景欢把手机递到了他面前，向淮之看完后"扑哧"笑了一声，又觉得不妥，收回笑，认真地问："那怎么办？"

"没事，他就是欠生活的毒打，这是第二顿了，事不过三，再来一次，总能把网恋戒掉。"景欢拿回手机，边说边安慰陆文浩。

小景呀："以后别网恋就好了。"

陆文浩："我恋什么！我现在已经疯了，我看哪个女的都觉得不正常。"

陆文浩："我陆文浩今天就要开一次'地图炮'了！但凡游戏里的嗲精，要么是男的，要么是老阿姨！"

陆文浩："［图片］比如这个。"

看清图片里的游戏人物，景欢笑容一僵。

图中正是挂在蓬莱仙境里的小甜景。

陆文浩："哦，你可能不认识，就之前那个唱《精忠报国》的，我给你听过。"

小景呀："她的声音不算嗲吧？"

陆文浩："打字嗲，还喜欢发颜表情，你是没看到过她跟心向往之说话……腻死人。我这双眼睛看透太多了，我告诉你们，小甜景99%是个男的！我现在越想越觉得他的声音像变声器！盲猜这人是三十四岁的中年大叔！"

陆文浩："心向往之还给这人花了不少钱！心向往之比我还惨！我找到安慰了！"

小景呀："什么安慰。"

小景呀："给老子滚。"

陆文浩挨骂挨得莫名其妙，抓着手机，愣怔了好久都没回过神。

陆文浩："你骂我干吗呀？我都这么惨了，你还骂我？"

景欢被说成了三十四岁的中年大叔，也是一脑门子火，但他又不能明说，于是咬牙切齿地敲字。

小景呀："突然看你的头像不爽。"
陆文浩："校霸行为。"
小景呀："讨论组能禁言吗？"
高自翔："不能，但能踢人。"
陆文浩："再见。"

向淮之站起身来，抬手随意地捋了把头发，问："想吃什么早餐，订外卖还是我给你做？"

景欢放下手机，问："你会做？"

"看不起人？"向淮之顿了下，拿起枕边的手机，"行吧，只会做个煎鸡蛋……订外卖吧。"

"别，"景欢按住他，"煎蛋吧，我喜欢吃蛋。"

向淮之："好，等着。"

吃完早餐，两个人又回到了沙发上，向淮之开着电脑在准备今晚竞技场要用的东西，景欢就坐在旁边看着他弄。

见他半天没说话，向淮之问："无聊吗？"

"不无聊。"

"那怎么不说话？"

"就是有点儿没睡够……"景欢打了个哈欠，吃完早餐后反而更困了。他怀疑自己上辈子是头熊，才会一到冬天就想冬眠。

Chapter 29

第二十九章

变声器 Off

傍晚，吃完外卖后，向淮之进浴室洗澡，景欢闲着没事，就去逛了一下《九侠》直播间。

官方下决心要推广，各大服务器的榜上玩家几乎都被招揽来了，景欢扫了一眼频道列表，好几个名字在他放弃游戏之前就听说过，房间人气都不低，春肖的频道足足有三万人在看。景欢随手点进去，才发现春肖竟然开了视频。

春肖剪着干净利落的短发，眉眼间满是英气，跟她在游戏里的形象完美贴合。她身边还坐着一个披着鬓发的女人，化着很淡的妆容，笑起来眉眼弯弯的，景欢猜她是相思不顾。

景欢继续滑动房间列表，找到了官方给向淮之安排的房间。

房间名极其浮夸——《九侠》神之玩家，第一位战神"心向往之"直播首秀。

景欢看了一眼人数，瞬间震惊了，距离开播还有半个小时，直播间里就已经蹲了两万多人。他甚至怀疑这其中有一半是官方为向淮之买的粉造的势……

景欢立刻从春肖的房间跳了下去。

"小甜景"进入该房间。

莫问归期："大神的侠缘来了！"

路迢迢："小景叫向向搞快点儿，礼物我都给他准备好了！"

弹幕里热热闹闹的，一眼望去有许多熟人。

景欢刚想打字解释，就听见"叮咚"一声，自己的马甲被房管抱上了麦克风，他还没反应过来，房管的消息就发过来了。

房管013："抱歉……我不小心点错了，提前把大神的直播间给全屏推送了！救命啊！大神还没来吗？"

小甜景："还没，那怎么办？"

房管013："你能帮忙说两句话暖暖场吗？救命……"

小甜景："我？"

房管013："对，大神说了这直播间是你们共用的……你随便说什么都行！不要担心被骂，我们安排了好多房管，会及时封人的。"

这要他说什么……景欢挠了挠头发，刚想拒绝，就看见评论里已经闹起来了。

游客062："人都不在就开全屏推送，心向往之是关系户啊？"

游客368："那可不，听说官方还给他调了打造爆率，不然你以为他哪里来的一身好装备？"

游戏578："《九侠》亲儿子。"

游客995："一股酸味……这明显是官方失误吧？"

见不得其他人议论向淮之，景欢咬了咬牙，把自己的游戏界面投影到了直播间里。

看清屏幕上的游戏人物，弹幕又炸了一波。

游客584："我是来看心向往之的，不是来看小甜景卖萌的。"

游客578："我就不一样了，我甚至想听一首《精忠报国》。"

游客062："心向往之真够大牌，架子也摆得太高了吧？故意浪费我们的时间？"

路迢迢："小景景，你家向向呢？"

景欢原本不想开麦，但弹幕里一堆人在骂向淮之，他看着看着就忍不住了。

而且只是在直播间里说个话而已，有什么好顾忌的？

景欢把游戏人物放到心向往之身边，开麦说："他还在洗澡。官方说的七点开播，现在才六点半，你们要骂骂官方去，骂我哥哥的，来一个封一个。"

弹幕安静了几秒，然后成千上万个问号扑面而来。

景欢愣了一下，电脑被这些问号刷得有些卡。他在众多弹幕中看到了一句——

仙萌萌："我晕，你是谁啊？"

景欢挑唇笑了下，那股气仙萌萌的劲儿又上来了，故意道："我是谁？我是心向往之的……"

他话还没说完，手机就"叮叮叮"地响了起来，声音此起彼伏，半晌没停歇。

景欢皱了下眉,低头一看,无数条微信消息出现在屏幕中。

陆文浩:"欢欢?!"

路哥:"怎么回事?!"

高自翔:"欢欢!我听到一个好像你的声音!"

秋枫:"什么情况?"

爱是分你吃:"小景景?!"

爱是分你吃:"虽然不知道发生了什么事,但我觉得……你可能……"

爱是分你吃:"忘记开变声器了?"

景欢愣住,随后呆滞。

他缓缓低头,看到自己的变声器上面写着三个巨大的字母——Off。

景欢只觉得脑子里"轰"的一声,第一反应就是"我用什么颜色的棺材比较合适"?

就在此时,身后传来一道开门声,向淮之从浴室出来,嗓子被热气蒸得发哑,问:"我洗完了,你要去吗?"

景欢没关麦克风,向淮之这句话由远至近,一字不漏地传到了直播间里。

向淮之低着头,很轻地甩了下头发,发尾的水珠子落在地上。没得到回答,他抬眼,跟电脑前的人对上了视线。看到景欢一脸震惊无措的样子,他挑了下眉,再次问:"怎么了?"

手机再次响起数道提示声,景欢猛地回神,很快地眨了几下眼睛,回头把麦克风给关了。

向淮之这才看向直播间里飘着的弹幕。

游客852:"小甜景是个男的?是你吗?你别皱眉?!"

游客669:"意思是他之前开了变声器?!心向往之太惨了吧?背景音里怎么还有个男的啊?"

游客003:"后面那是大神的声音啊,我在闲人阁里,我听过……"

游客068:"那好像更奇怪了?"

游戏998:"我火速赶到!主播在吗,再说句话啊!"

直播间里的人数瞬间从两万暴增至五万,并且还有急速上升的趋势。

"我……忘开变声器了。"景欢艰涩地道,"对不起啊。"

景欢到现在都还有些蒙。因为不想用女声跟向淮之聊天,他这段时间的变声器总是开开关关的,一开始还有点儿顾忌,说话之前都会特地看一眼,但今天……他没睡够,有些飘。

景欢总算是知道什么叫恶有恶报了,现在唯一的念头就是这件事不会耽误向淮之直播吧?

他正乱七八糟地想着,向淮之就抬手安抚似的揉了揉他的头发。

"道什么歉?"向淮之说,"没什么事,你先去洗澡。"

他的手上还带着几分潮意。

景欢坐着没动,胡乱地给他出主意,道:"要不你就说是被我骗了,现在是第一次见面……"

向淮之笑了,没说什么,只是催他:"去吧,一会儿还要打竞技场。"

景欢脑袋里乱糟糟的,留下来也不知道要说什么,只好起身给向淮之腾位置。

待人进了浴室,向淮之才把台式电脑前的笔记本电脑挪开,就这么一小会儿时间,他的直播间人数已经超过十万了。

游戏 998:"不说话了?到底什么情况?"

游客 758:"我来晚了,有没有事件回放啊?"

游客 852:"有一说一,小甜景的声音有点儿好听。我是指他的原声。"

游客 034:"我们区的喇叭都已经炸了……向神和小甜景正组队挂在天坛下面,一动不动,大家都在偷偷围观。"

游客 667:"论坛已经有人发帖了!前因后果和录音都在!兄弟们快去!"

游客 222:"小甜景死人妖出来说话!"

游客 222 被"心向往之"踢出 1118 频道。

这个系统提示一出,直播间的弹幕瞬间爆炸了。

向淮之睨了眼弹幕,声调平静地道:"还有二十分钟到七点,闲聊一会儿？看到哪条回哪条……骂人直接禁言，骂小甜景的都踢了。"

向淮之的态度在所有人的意料之外。大家先是愣了一会儿，然后成百上千个问题迎面而来，把直播界面遮了个严严实实。

频道管理员说过怎么开弹幕助手，但向淮之一嫌麻烦，二是只打算播一次，所以没有仔细听。于是他等了几秒，然后点了弹幕锁屏，开始慢悠悠地回答问题。

向淮之："小甜景去哪儿了……去洗澡了。"

"是不是男的，刚才大家不是都听见了吗？"

"是，我们俩现在在一起。为什么……朋友来家里借住，不是挺正常的吗？"向淮之看了一眼私信，"管理员催我播游戏内容，那我先去打会儿擂台吧。"

观众们忍不住开始骂娘。

游客062："现在谁想看《九侠》！谁想看打擂台！管理员给爷死！"

游客998："小甜景为什么装女人啊？你是不是被他男装女骗了？"

"没，我知道他是男的，他是我学弟。"向淮之跑上擂台，随手点了一个玩家。

心向往之平时几乎不上擂台，对面的玩家站着发了好久的呆，才小心翼翼地在当前频道打了个问号。

"为什么装女的……他这个账号便宜，买了划算，你们不都知道吗？"向淮之面不改色地说，语气十分镇定，大家一时间都分不出真假。

游客985："玩个女号骗人多没意思啊。"

向淮之问："他骗谁了？除了在我面前卖卖萌之外，他没仗着自己是女号做过任何出格的事，也没骗过任何一个男的。"

向淮之动了动手指头，干脆利落地把对面的玩家击飞，离开战斗场景后，发现擂台上一个人都没有了，就连围观的群众也只是站在擂台下。

于是他按下游戏指令，心向往之一挥黑袍，在擂台中央坐了下来。

"说到这儿……"他要笑不笑地道，"我们帮里倒是有个堂主一直密聊他，他拒绝了八百遍都没能把人赶走。这么一想，确实还是玩男号清净一些。"

游客051："这么厚颜无耻！"

游客001："杀他！大神！"

游客997："杀他！啊不是……我不是来看'818'的吗？怎么听起故事会了？"

秋枫："我……"

向淮之挪动鼠标，把秋枫禁言了，说："算了，玩游戏而已，没必要打打杀杀，名字也就不说了，破坏了帮派和谐也不好。"

此刻，路杭正坐在电脑前，紧紧地盯着面前的直播间，嘴巴张得能塞下一颗鸡蛋。

这声音，是他的室友没错。可他的室友居然会说出这种话？

不，重点是小甜景是个男的？而且还是他们的学弟，跟向淮之一起打过篮球，最近剪了头发……

等等，不会吧？

路杭火速点开微信，找出小甜景的朋友圈，随手点开底下某条几月前的朋友圈，下面赫然有两条评论。

陆文浩："你怎么偷老子的图！"

高自翔："我以为看错人了。"

只有共同好友才能看到彼此在朋友圈下的评论，这说明小甜景是他、陆文浩、高自翔的共同好友。

路杭彻底傻掉了。

手机"嗡"了一声，他被拉进了一个讨论组，里面就三个人。

陆文浩："[分享-心向往之的直播间]。"

陆文浩："哈哈，哥，你听这主播的声音，跟向哥好像啊。"

路杭竟然从这句"哈哈"中看出了一丝试探和几分苦涩。

小路小路永不迷路："就是一个人。"

陆文浩："……"

高自翔："……"

小路小路永不迷路："……"

三个人除了省略号，一时间竟然说不出一句其他的话。

与此同时，帮派里好几个人也来私聊路杭。毕竟大家都知道路迢逅和心向往之是现实中的好友。

莫问归期："你们这么熟，你应该早就知道这件事了吧？"

路杭咬着牙，苦笑着回复。

小路小路永不迷路："隐隐约约是有听说过啦。"

向淮之的手机倒清净得很，除了路杭的消息，没有别的了，毕竟游戏里的人都不敢来烦他。他看了一眼路杭的消息，随便回了两句，然后继续抬头看弹幕。

"不会开视频，也不会发照片，别刷这个了。"向淮之转移话题，"马上七点了，竞技场开始之前，给大家直播几组机缘石吧。"

听见浴室里的水声停了，向淮之又说："我让小甜景来开，对了，他手气不好，大家一会儿看个乐子就算了，别嘲笑他。谢谢。"说完，他打开直播间内和房管的聊天框。

心向往之："他马上出来了，一会儿你们辛苦点儿，看到骂的直接踢，骂得过分的，你帮我把 ID 和服务器记下来再踢，辛苦。"

这是《九侠》内部的直播平台，为了方便，大多数账号绑定了自己的游戏 ID。

房管 012："大神，你发这句话之前好歹把直播关一下吧？"

房管 013："我怎么觉得自己被威胁了……"

景欢一出来，正好听见向淮之在懒散地感谢礼物。

"谢谢祝你们友谊天长地久的礼物。"

"谢谢世人皆有爱的礼物。"

"谢谢仙萌萌的礼物。"

知道他开着麦，景欢没敢再发出声响，轻手轻脚地走到一边拿起手机，消息太多，景欢随便点开了一条。

爱是分你吃："你真是男的啊？我晕……"

面对这位天天找他谈心的姐妹，景欢十分愧疚。

小景呀："对不起啊，我没想骗你的。"

小景呀："实在抱歉。"

爱是分你吃："道歉有用？"

爱是分你吃："我对你太失望了。"

爱是分你吃："我是不可能原谅你的。"

爱是分你吃:"除非你把你和大神相识相知的过程一字不漏地告诉我。"

手机上还有无数条消息,其中属讨论组的最多,每个前面都有一个"有人@我"的提示。

景欢一眼扫下来,还是寝室讨论组的消息最多。他那两位室友虽然平时大大咧咧的,但也不是真的傻子,一细想就知道其中是怎么回事了。

看着这些消息,景欢倒是冷静下来了。他已经想好了,一人做事一人当,他现在唯一害怕的,就是这件事会影响到向淮之。

"收拾好了?"向淮之叫他,"过来。"

景欢硬着头皮走过去,越靠近电脑,就越觉得尴尬。

向淮之缩小了直播间界面,屏幕上只剩下《九侠》的游戏客户端。上面开着两个号,一个是心向往之,另一个就是小甜景,向淮之打开小甜景的账号的包裹,里面放了几十个机缘石。

"还有半个小时竞技场才开,"向淮之道,"你帮我把这些开了。"

景欢闻言立刻摇头,脱口说道:"我……"他刚说了一个字,就想起直播的事,立马又闭嘴了。

"没事,我闭麦了。"向淮之说。

景欢松了口气,说:"我不行啊,我的手气这么差。"

向淮之很轻地笑了一下,不过笑意很快被他敛去,表情如常地说:"没事,你随便点,没出好东西不怪你。"

向淮之从客厅搬了张椅子在旁边,景欢坐下后又往他那边挪了挪,椅脚响起细微的摩擦声。

景欢说:"竞技场时间虽然还没到,但你可以播点儿别的,我看别人连做副本都播。"

"就半小时,也做不了什么本。没事,你就开这一次。"向淮之说。

景欢也不是心疼钱,这点儿机缘石的钱,都不够他买半只鞋的,他就是不乐意给游戏方送钱。但买都买了,也不能退,他道:"行吧,放你号上开吧,万一出了绑定材料怎么办?"

向淮之说:"正好给你打装备,我的号不需要了。"

景欢说:"那我不能白收啊。"

"没关系,我乐意给你。"

景欢刚丢了人,心情其实还没缓过来,但他觉得自己不能影响向淮之,毕竟一会儿向淮之还要直播竞技场。所以景欢忍着不安和尴尬,尽量用平时的语气跟向淮之聊天。

为了方便开石头,他跟向淮之换了个位置,景欢刚坐下来,就见游戏中的世界频道上多了很多莫名其妙的话。

[世界]风比我自由:"包子、鬼切罗、狐狸眼、凤尾毛。"

[世界]乱花迷眼:"鳄鱼眼泪、魔鬃、熊毛。"

[世界]我是爱大神的小号:"兔尾巴、红水晶、碎翡翠。"

这些全是机缘石会开出来的垃圾物品。

景欢觉得这群人也太过分了吧?

向淮之抬手,直接把世界频道给屏蔽了。

"观众就是这样,只喜欢看主播翻车。"向淮之自然地道,"开吧。"

景欢"哦"了一声,开始打开机缘石。

二十分钟后,景欢看着自己行囊里的熊毛、狐狸眼、碎翡翠……

他忍不住小声地抱怨道:"我就想崩一次臭手人设,破游戏一次机会都不给我!"

把东西存到仓库,景欢问:"你不看看直播间吗?我看那些主播三两分钟就会看一眼直播界面,跟观众交流之类的。"

"不看。"向淮之看了眼右下角,道,"时间到了,去打竞技场,早点儿打完好下播。"

为了方便操作,景欢搬着自己的小笔记本电脑坐到了桌子的另一头。

他刚走,向淮之就打开了直播间,弹幕和礼物同时刷出来。弹幕里表达着对他闭麦的不满,还有很多玩家要求他展示一下神器属性。

向淮之的装备一直是个谜,以前流出的那两张装备截图已经在玩家之间传遍了。大家都以为是向淮之自己不愿意展示,其实不过是向淮之这几年缺乏游戏社交,没人敢问他要装备截图,他也不会自己主动往外发。

看见这条弹幕,他直接把鼠标挪到装备上,让大家看了个够。

看到景欢上线,向淮之操控着游戏人物飞到他身边,把他拉进了自己的队伍。

两个人组队进了竞技场,景欢纳闷地问:"你不觉得今天打竞技场的人特别多吗?"

他随手点开旁边的人的资料,说:"好多是没打过竞技场的任务号……竞技场改版了?"

向淮之语气随意地道:"或许吧。"

其实玩家们都是来围观的,对闭麦行为敢怒不敢言,毕竟都是披着大号在玩,就怕心向往之强制杀过来。

为了向淮之的直播效果,景欢今晚打得非常卖力,很多操作非常极限,最后还拉出小向景来,双狐仙洞打了一波小配合,把敌人控得死死的。

九点半,竞技场准时结束。

一晚上没输,景欢松了一口气,正好电话响了,他合上电脑起身,说:"夜宵到了,我下去拿外卖。"

向淮之"嗯"了一声,说:"穿大衣去。"

"好。"

"你的大衣我挂在衣帽间里了,你穿我的,"向淮之说,"就在外面的沙发上。"

景欢说:"好。"

景欢走后,向淮之打开了房管的聊天框。

心向往之:"时长够了吗?"

心向往之:"应该够了,我七点不到开的播。时装奖励你直接发到我和小甜景的号上,关直播了。"

景欢走进电梯,把手揣到了兜里。

到了大门没见着人,他打电话去问,才知道外卖员走错了大楼,现在马上赶过来。

挂了电话,景欢坐在一楼大厅里,边玩手机边等人。好几个讨论组的消息都已经99+了,他定睛一看,发现有个讨论组是新建的,之前没见过。

里面是他们寝室的人,还有向淮之和路杭。

路哥:"他们是什么时候捅破这层窗户纸的?"

高自翔:"我估计是圣诞节那几天，那会儿我们吃火锅，吃完了欢欢忽然说要上楼找向哥。"
　　陆文浩:"老子想起来了！"
　　小景呀:"……"
　　高自翔:"你舍得出来了？！"
　　路哥:"你们到底是什么情况啊？怎么还成侠缘了？大家这么熟了，又都是兄弟，瞒着藏着可就没意思了啊。"
　　这次的直播事故发生得太突然，景欢压根儿没想好要怎么跟兄弟们交代。他挠了下头发，闷头敲字：有些误会……
　　向:"游戏玩得开心就结侠缘了，还能为什么？"
　　其他几个人听出了向淮之这是不乐意说，顿时把嘴闭上，也不问了，只是还在阴阳怪气地聊天。
　　景欢把嘴巴闷在外套里，刚想反驳几句，外卖电话忽然打了进来。
　　从外卖员手中拿过夜宵，他小跑回电梯，打开手机却发现没信号了。
　　到达楼层，景欢刚走出电梯，就见向淮之家的大门开着，男生随便披了件外套站在门口，正低头看手机，屋内的光给他镀上了一层暖意。
　　景欢愣了下，问:"你怎么站在这里？"
　　"看你去这么久，以为你迷路了。"见到他，向淮之放下手机，"准备下去找你。"
　　"迷路……"景欢听笑了，"你学弟有这么不靠谱吗？"
　　夜宵买的烧烤。向淮之接过袋子，把客厅茶几上的杂物清理掉，然后放下快餐盒。
　　景欢坐在他旁边，悄悄地瞄了他一眼，然后偷偷拿出手机，想看讨论组里的聊天记录。
　　向:"你们刚刚看直播了？"
　　路哥:"看了，队伍里的人都去看了，连本都没做。"
　　陆文浩:"我也看了，竞技场都没专心打，送了一晚上的分。"
　　向:"给我刷礼物没？"
　　群里立刻刷满问号。

向："我刚刚抽的观众都是送了礼物的。你们连礼物都没送,有什么资格提问题?"

陆文浩:"那是不是送了礼物就什么都能问?"

路哥:"[恭喜发财,大吉大利]。"

向："晚了,不营业了,不说了,有事。"

后面向淮之没再说话,只有那三个人在"自嗨",景欢看了几行后没了耐心,把手机丢到了沙发上。

吃饱喝足,景欢蓦地想起了什么,从大门那边把自己的包抱了过来。

向淮之靠在椅子上用着景欢的笔记本电脑,正在查收官方发下来的时装。看景欢这样动作,问道："怎么了?"

景欢打开背包,翻了一阵,说："还有个礼物没给你。"

向淮之挑了下眉："这么多礼物?"

景欢送他的生日礼物是一款钱包,向淮之收到的当天,就把以前用的钱包丢进了柜子。

"也不算是礼物……就那天我陪我妈逛街,给你买的袜子。"景欢买了好几双,摊开在手里给他看。

很普通的男款短袜,除了牌子标志,没什么图案。但景欢还是问了一句："喜欢吗?"

向淮之看着他手里的袜子,失笑道："嗯。"

景欢满意了："那就好。我每款各买了两双,我们一人一双……我把袜子放去更衣间?"

"不用,"向淮之说,"放桌上,我后天带走,这里我不常住。"

两人清闲自在地过了几天,回家当日,景欢不愿意走,直到手机"叮"了一声。

妈："我和你爸傍晚到家,到时候回家接你,一块儿去餐厅吃饭。"

景欢更蔫了。

收拾好行李,向淮之带他去吃饭。说来惭愧,这是他们在这里这几天,除了拿外卖之外第一次出门。

向淮之能明显感觉到他情绪不高,男生垂着眼睛,切牛肉的动作都慢吞吞的。

向淮之放下刀叉,把切好的牛排换给他,自己拿了他那一份,问:"叔叔阿姨几点回来?"

景欢愣了下,道:"不知道,六七点吧?"

向淮之应了声"好"。

吃饱喝足,景欢拿起手机想叫车,身后的背包却忽然被人拿了起来。

向淮之拎着他的包,说:"走了。"

景欢说:"我还没叫车。"

"我送你。"

景欢眼睛一亮,很快又收起笑,说:"算了,开车来回得三四个小时,怪累的。"

"没事。"向淮之说,"我乐意送。"

今年的春节格外早,才放假没多久,各家各户就在漫天大雪里贴上了春联。

景欢刚跟父母买完年货回来,脱了鞋就冲进了房间。

他爸妈在客厅商量送礼的事,景欢一进屋便打开电脑,登录微信,酝酿半分钟后,郑重地打开了班级群的某个文件。

小景呀:"哥哥!我过啦!我没挂科!"

向:"我也没有,没法跟你做同学了。"

小景呀:"你还有过这种念头吗?"

发完这句,那头就没再回复过来。

向淮之家里的亲戚多,多到夸张的地步,年还没到他就开始走亲戚了,这几天经常没法及时回他的消息。

景欢也没在意,考试过了,他心情无比放松,直直地倒进了大床。

片刻后,景欢坐起来想换身衣服,弯下腰时忽然想起什么,抓起了身边的手机。

同一时间,向淮之正坐在椅子上,耐心地听长辈唠嗑,顾着礼貌,他一直忍着没看兜里的手机。十多分钟后,向淮之才终于从客厅抽身,边往走廊走,边拿出手机。

看到置顶好友陌生的头像和名字，他很轻地挑了下眉，才反应过来是对方更改了资料。

景欢把头像换成了小向景的玩偶，男生的手捏在玩偶的肚皮上，违和又可爱，微信名则改成了"天天开心"。

天天开心："［照片］我今天穿了同款袜子。"

应付长辈的那点儿疲倦飘散了一些，向淮之舒展开眉头，点开图片看了看，然后长按保存。

景欢洗了个澡出来，头发都没怎么擦就去看手机。

手机上面有几条未读信息，景欢略微忐忑地点开。

开心就好："嗯，我也穿了，不过在亲戚家，不好拍。"

开心就好："晚点儿开视频给你检查。"

景欢盯着向淮之的微信名看了大半天，直到未读消息的数量跳到10，他才退出去看其他人的消息。

陆文浩在讨论组里发了向淮之直播那天的录屏网址。

陆文浩："这视频的播放量才几天就蹿到第一了，把向哥之前的PK视频全压下去了。"

几天过去了，景欢一直没好意思去看录屏。

只要他不看，尴尬就追不上他。

十分钟后，景欢反锁房门，拉上窗帘，戴上耳机，慢吞吞地点开了陆文浩分享过来的视频网址，因为不记得具体时间，他只能硬着头皮从开头往后慢慢拖着进度条看。

"我是谁？我是心向往之的……"

一瞬间，景欢恍若置身刑场。

他当时说话的语气有这么欠揍吗？他沉默了十来秒才从尴尬中缓过神来，忍不住伸手捂住了眼睛，只留下一条缝，继续看直播间录屏。

听完这段录屏，景欢连灌了两杯冰水才冷静下来。

片刻后，景欢把录屏视频保存到自己的电脑上，然后镇定地点下了屏幕左上方的"举报"。

他其实早就做好了挨骂的准备，虽然他确实没用这个号对其他人干过什么坏事，但别人如果觉得硌硬，那骂两句他也可以接受，然而没有，这几天以来，他一句恶意的话都没听见过。

现在他才知道，原来是向淮之用轻飘飘的几句话，把所有人的关注点都带偏了。

景欢忍不住又看了眼自己的微信置顶。

刚认识向淮之的时候，他一直觉得向淮之是个挺冷淡的人，不论是说话还是做事。后来他才知道，这人有多温柔。

确定视频下载好后，景欢才把网页关了。他正打算去找点儿事做，寝室群忽然弹出语音请求来。

"那啥，我就是问一下。"陆文浩清了清嗓子，"你应该知道向哥的号之前是代打在上了吧？你姐的事……"

"知道。"景欢说。

陆文浩愣了愣："哦……意思是学长没怪你？"

"没有。"

高自翔说："也是，我看学长也不是那么小气的人。"

三个人又聊了一会儿成绩，只有陆文浩挂了一科，其余全都低空飘过了。

陆文浩叹了口气："为什么我每次都这么倒霉？考试挂科，游戏晋级失败，网恋都是骗子……"

向淮之回到家洗了个澡，然后才给景欢打视频。

景欢趴在床上，问："明天还要出门吗？"

向淮之"嗯"了一声，说："还要去两天。"

景欢打了个哈欠，看了眼时间，问："你要睡了吗？"

"没。"向淮之躺到床上，抬起眼，"今天去哪儿买的年货？"

景欢报了个超市地址，然后说："离你家还挺近的，可惜你今天不在家，不然我就去找你玩了。"

景欢是真想过，他们其实离得不算远，来回三四个小时的车程，随时能见。但这段时间刚好撞上过年，两个人都忙，自他从向淮之家里离开之后，他们就只在视频里见过。

聊了一会儿，景欢忍不住又打了个哈欠。他妈今天的兴致很高，一大早就把他叫醒贴对联，下午又拖着他和他爸逛了三个多小时的超市，排队排了近一个小时，他是真的有些累。

"哥哥，"景欢懒懒地叫了一声，"那我们什么时候能见面啊，想给你拜年。"

向淮之问："你想什么时候？"

"你这问的……"景欢随口道，"现在就想。"

挂了视频后，景欢合上眼刚要睡着，又忽然想起什么，重新摸出手机，给向淮之发了十张不重样的晚安卖萌表情包。

到了大年三十，景妈妈亲自下厨，做了一桌子菜。

一家三口其乐融融地吃了顿年夜饭，吃饱喝足后，景欢和他爸往沙发上一坐，腿都挂到了茶几上。

"你看你们，像什么样。"景妈妈笑着骂了一句，刚想说什么，手机便响了。

她接起来，脸上立刻换成了客套的笑，边说边往楼上走："李总，过年好……方便，稍等，我去拿文件。"

电视里放着春晚，音量不小，景欢光是听主持人的声音都觉得特别喜庆。

景欢正在埋头玩手机，看见新收到的消息后，转过头，无奈地道："爸，我就坐在你旁边，你那祝福消息能不能别群发到我这里来？"

景爸说："是吗？我没注意看。"

景欢盯着这祝福模板想了想，长按转发。

天天开心："新年伊始，喜迎佳节，新春祝福表问候；相隔千里，时常想念，牵挂期盼系心间；祝您生活美满，万事顺心，快乐逍遥新一年！祝新年快乐！友谊长存！"

向淮之秒回了一条语音，景欢立刻戴上耳机。

向淮之那头也有春晚的声音："你和谁友谊长存？"

景欢笑出了声。

天天开心："和哥哥。"

开心就好："在守岁？"

天天开心："没有，刚吃完年夜饭，跟我爸在客厅看春晚。我家没守岁的习惯。你呢？"

开心就好："有，不过我不守。我妈也就是在打麻将的时候顺便守一守，放个鞭炮。"

私聊了好久，景欢才切出去看未读消息，路杭在讨论组里发了红包，五人份的，没抢完。

路哥："@ 天天开心 @ 开心就好，出来领红包啊，钱都不要了你们？"

路哥："你们什么时候改的微信名？"

陆文浩："哕。"

"陆文浩"撤回了一条消息。

陆文浩："好有意境的名字。"

景欢轻嗤一声，警惕地问了一句。

天天开心："不是红包接龙吧？是我就不点了。"

路哥："当然不是，哥给你们的过年红包。"

大家就是图个吉利，没指望赚这红包钱，领完路杭的红包，陆文浩和高自翔也发了红包。

新的一年，景欢打开红包界面，发送之前想了想，给红包重新换了个名字。

天天开心："［我和哥哥祝大家新年快乐］。"

群里又是一堆问号袭来，景欢笑得肩膀直抖。

在讨论组瞎聊了半个小时，景爸爸回复完了好友消息，起身说："我去看看你妈在干什么，你早点儿睡。"

景欢应了声好，干脆躺到了沙发上。

聊了一会儿，陆文浩约他去打《九侠》的春节副本。

为了 PVE（Player VS Environment，指玩家对战环境，即在游戏中玩家挑战游戏程序所控制的 NPC 怪物和 Boss）玩家的游戏体验，节日副本的难度都不高，不过需要玩家之间的配合。

今年的春节副本是二十人大本，流程简单却烦琐，剧情热闹，难度低，奖励丰厚。玩家们纷纷表示游戏策划限定复活。反正闲着也是闲着，景欢答应下来，还让陆文浩给他多留了一个位置。

天天开心："哥哥，上来做春节副本？"

开心就好:"我这里临时有事,上不了,要不你帮我把号开上去?"

景欢乖乖地开了向淮之的号,进了副本后,打开成员列表一看。

天天开心:"哥哥!这副本里全是无极帮派的人!我不会被暗杀吧……"

副本做到一半,向淮之才回复过来,回了条语音:"不会,他们不敢。做完了吗?"

景欢按下语音键:"没呢,才做了一半。你还在忙吗?那边怎么这么安静?"

向淮之说:"快了,还有二十多分钟。"

景欢听着怪怪的,又一时间想不出哪里怪。陆文浩的声音从音箱里传来,打断了他的思绪。

副本做完,景欢喜提十几个新好友。

狐仙洞下本太麻烦了,景欢正琢磨着要不要再玩个输出号重出江湖,跟心向往之抢抢地位,手机就响了。

开心就好:"睡了?"

天天开心:"没呢,刚做完春节副本,你忙完了?"

开心就好:"出来。"

景欢愣了一下。

天天开心:"啊?"

向淮之站在车旁,嘴里吐出一口白雾。他看了一眼不远处的小别墅,深吸一口气,打字。

开心就好:"我在你家楼下,你上次下车的地方。出来见一面,小学弟。"

不到半分钟,小学弟就出现了。

景欢随便套了一件大衣,拉链都没来得及拉上,朝他跑来时,敞开的衣领在风中摇晃,晃得链头叮当响。

"哥,"景欢眼睛发亮,喘着气对他说,"新年快乐,大吉大利。"

上了车,景欢才想起来自己里面还穿着猫咪图案的睡衣,是他妈买的。景妈妈虽然看起来是位工作狂,实则少女心未死,连手机壁纸都是粉色的。景欢虽然内心抗拒,但这衣服的质感确实舒服,加上是穿在家里,就妥协了。

他默默地把自己的大衣裹紧,向淮之却从驾驶座伸出手来,从他的大衣的衣领里拽出了睡衣的帽子。

向淮之捏着帽子一角,扣在景欢的头上,然后拧着猫耳朵笑了一声:"你这……"

"我妈给我买的,"景欢自暴自弃地说,"穿两年了,睡觉时戴着还挺暖的。"

一上车,两个人的手机就"叮叮"响个不停,全是祝福消息。

景欢把手机调成静音,顺便看了眼时间,推测了一下向淮之出门的大概时间,道:"你这么晚出来,叔叔阿姨不会说什么吗?"

"不会,打过招呼了。"

"明天不用去拜年?"

"我爸临时有事要去一趟隔壁省,取消了。"

景欢"哦"了一声,刚想继续问,一个红包递了过来。

景欢看着红包上的"好好学习"图案,抽了抽嘴角:"嗯?"

"你刚刚不是给我拜年了?"向淮之顿了下,道,"临时决定过来,家里只能找到这种红包款式。"

景欢笑了下,说:"你又没工作,给什么红包?"

他们这里的规定,没工作的学生是不用发红包的。

"给学弟的。"

景欢接过红包,问:"那我不也得给你回一份?"

"不用,"向淮之揉了揉他的头发,"年纪大的给。"

向淮之其实也就比他大几个月。

景欢被他老成的口吻逗笑了,故意掐着声音说:"谢谢哥哥。"

向淮之几个月前就听过景欢这样说话,不过当时开了变声器,把他的一身鸡皮疙瘩都抖落了。他问:"你哪里学来的这样说话?"

景欢靠回座位上,说:"跟女主播学的啊。"

向淮之缓缓转过头。

景欢感慨道:"但是压根儿学不来,那些女生的声音都太好听了,天生优势,比不过比不过。"

向淮之问:"有多好听?"

"就,浑然天成的,跟我那变声器完全不一样。"景欢顿了下,又道,

"也有可能是我买变声器的时候被人坑了……但那卖家是一位男主播推荐给我的,应该不至于吧?"

向淮之深吸了一口气。自己大年三十晚上赶来陪他过年,他却左一句女主播,右一句男主播……

景欢:"不过这年头当主播也不容易,很多弹幕我看了都生气,不知道他们都是怎么忍的。"

"你很喜欢看直播?"

景欢正要吐槽,闻言一顿,后知后觉地转头看他:"也不是……"

"看我。"

景欢愣住了。

向淮之偏过头说:"我也是主播,看他们不如看我。"

景欢眨了下眼,反应过来,憋着笑道:"可别的主播都特会哄老板……"

"我也会哄。"向淮之说,"而且哄得比他们好。"

景欢无法反驳。

车里暖气开得很足,景欢躺着舒服,食困姗姗来迟。聊了一会儿,他就歪着脑袋,一脸疲倦。

向淮之看了眼时间,说:"回去吧。"

景欢"啊"了一声,问:"那你呢?"

"回家。"

景欢怔了怔:"你大老远开车过来,真就为了见我一面?"

"嗯。"

景欢没动,向淮之也不催他。

又磨蹭了一会儿,景欢才下车,向淮之没急着离开,想看着他进家门再走,谁料景欢下了车后绕着车头过来,敲响了他这边的车窗。

向淮之把车窗落下,景欢站在窗外,鼻尖被冻得有些红。他笑着说:"哥哥,明年换我去找你。"

向淮之微怔,随即笑了一下,道:"好。"

Chapter **30**

第三十章
闯荡

年初一，景欢登上游戏，顺手进了自己的帮派 YY。

看清 YY 频道里的人后，景欢疑惑地皱了下眉。为什么有好几个无极帮派的人在他们的 YY 里？难道两个帮又吵起来了？

景欢刚跳进房间，就听见里面的人正在聊天，意外的是，前段时间还在丝绸之路打打杀杀的两帮人，今天说话的语气却异常温和。

"好了，竞技场事件和向神开红事件说完，接下来我给大家讲讲世纪豪华结侠事件……"是莫问归期的声音，"那一日，秋高气爽，风和日丽，向神忽然出现在我们的帮派群里……"

景欢皱着眉听了一会儿，才明白过来——莫问归期居然在说心向往之和小甜景的故事。

景欢开麦道："可以啊，故事会主持人都没你会说。"

莫问归期自豪地笑了一声，说："那当然，观众们还给我刷了一千多枝玫瑰礼物呢！"

莫问归期正说得上头，游戏页面突然就死机了——有人给他发了个窗口振动，他这破电脑没挺住。

"电脑死机了，等我一下……你们怎么都不说话了？"莫问归期熟练地关闭游戏进程，这才想起来问，"对了，你是帮里的哪位啊？声音有点儿耳生，以前不经常来帮派 YY 吧？"

景欢把变声器关了，莫问归期自然认不出来，由于进程关闭，游戏界面骤然消失，YY 频道出现在莫问归期的眼前。他余光扫了一眼 YY 频道，然后立刻坐着不敢动了。

此时此刻，YY 频道里跑得只剩下两个人了，一个是他，一个是他上面的黄色马甲，旁边跟着三个字——小甜景。

"继续说啊，怎么停了？"小甜景马甲前面的绿色说话键亮了亮，和善地提出建议，"你这么会说，不如出本书吧？"

《九侠》策划为了让游戏更加生动有趣，暗自安排了不少变态且恶趣味的小设定。

譬如机缘石开出垃圾物品会上系统广播，譬如花重金打造出了垃圾装备也会上系统广播，再譬如……满级且修为点满的玩家会因为一些奇葩的死法，登上系统广播。

系统：“莫问归期”不小心在落花谷坠落悬崖，重伤倒地不起！

系统：“莫问归期”不小心在落花谷坠落悬崖，重伤倒地不起！

系统：“莫问归期”不小心在落花谷坠落悬崖，重伤倒地不起！

镜花水月的玩家们先是一怔，然后迅速反应过来，这是有情况啊！

片刻后，八卦的玩家们一窝蜂似的拥进了落花谷，正好看到莫问归期站在落花谷最高的悬崖边，头也不回地往下跳，游戏人物在落地的瞬间便空血倒地，可怜又悲壮。

而悬崖之上，还站着一个人。小狐仙穿着黑色时装，手里握着一条泛着金光的黑色长鞭，一动不动地站在山峰上。

可能是换了新时装的缘故，平时看上去软萌可爱的小狐仙今天如同大侠入世，站在高处睥睨众人，跟他称谓上那个人的气质莫名相似。

［附近］小甜景：“3/5。”

没头没尾的一句话，围观群众却一下就明白过来了——得死五次，还剩两次。

只见莫问归期在地上躺了三十秒，原地复活的 CD 条走完后，他又坚强地站了起来。

［附近］莫问归期：“小景景，大过年的搞这出，多不吉利啊！”

［附近］小甜景：“也是。不然跳八次，给你凑个吉利数字？”

［附近］莫问归期：“您等着，我这就上来了。”

莫问归期默默地爬了回去，重新往下跳。

"吃瓜"群众只敢站在传送口远观，不敢靠近。

镜花水月合区之后的第一位区霸诞生了！

景欢跷着二郎腿，正在逛朋友圈，偶尔才会抬眼检查进度。他没兴趣当区霸，只是不喜欢别人编造瞎传他的事，不给莫问归期一点儿教训，他以后还敢继续这么做。

第四条坠崖消息刷出来时，好友消息忽然亮了起来。

［侠缘］心向往之："区霸好。"

景欢愣住，向淮之是什么时候上线的？他竟然没注意到。

［侠缘］小甜景："哥哥吃饭没？"

［侠缘］心向往之："吃了，刚从亲戚家回来。原地等我。"

心向往之很快出现在落花谷，把景欢拉进了队里，头也不回地飞走了。只剩下莫问归期傻傻地站在悬崖边上，不知道还要不要往下跳。

这个年景欢过得不甚痛快，走完最后一户亲戚，景欢立刻原地复活，刚从亲戚家里出来便拿出手机给向淮之发消息。

天天开心："拜年任务完成啦！"

开心就好："在吃饭，一会儿给你打电话。"

天天开心："好。"

傍晚回到家，向淮之刚好打来电话，景欢听见那头有谈话声，问："你还没回家？"

"没，"向淮之说，"这边雪大，今晚回不去了。"

景欢往床上一躺："那今晚的竞技场你来不了了？"

向淮之"嗯"了一声，说："你去找陆文浩和高自翔他们打吧。"

景欢觉得好笑，说："现在谁还敢跟我一起打竞技场啊。"

秋枫那血淋淋的例子就摆在大家面前。

景欢找出睡衣，道："就连陆文浩都不敢和我一块儿去，你看看把别人吓得……"

向淮之戴着耳机站在阳台上，手里正在翻阅刚刚收到的短信，闻言一笑："不这样，怎么配当区霸的侠缘？"

向淮之刚说完，就听见身后传来了一阵脚步声，他点了静音，回头应了两句。

景欢也听见了，说："你先忙吧，等你有空了再说。"

向淮之："好。"

话音刚落，那头就把电话挂了。

景欢打开游戏,整理了一下包裹和宠物,正准备自己去打竞技场1vs1,手机忽然亮了起来。

开心就好:"刚刚急着抢票,才那么着急挂电话。"

天天开心:"什么票?"

开心就好:"《九侠》新资料片发布会的票,两张。就这周末,地点也在满城,有周边,有活动,一起去看?"

天天开心:"去去去!周末见哥哥!"

《九侠》发布会当日,景欢在会场大厅门口站了五分钟,终于有工作人员忍不住走上前来。

"小哥哥,你是《九侠》玩家吗?我带你进去吧?"

景欢今天穿着短款大衣,深色的牛仔裤裹着一双长腿,站在人群中尤为显眼,身边那几个穿着《九侠》cosplay(角色扮演)装的工作人员已经偷看他好久了。

景欢偏过头,对穿着《九侠》仙族服饰的女生说:"不用了,谢谢。"

"在等女朋友吗?"女生笑着递给他一个小巧的钥匙扣,上面是《九侠》游戏中玫瑰花的图案,说,"这是免费赠送的周边。"

景欢接过来,笑了一下,说:"谢谢。"

女生默默地走回工作台,立刻有同伴迎了上来。

"怎么样,拿到微信了吗?"

"是不是玩《九侠》的?有没有问他在哪个区?"

"应该是《九侠》玩家,他都接过我的钥匙扣了。"女生低头拨弄了一下身上的饰品,小声说,"别想了,人家好像在等女朋友呢。"

几人唏嘘。

"唉,看起来也就十几岁吧,怎么就谈恋爱了?都不给姐姐留点儿机会……"

"算了,看看也挺养眼的,趁人家的女朋友没来,我们多看几眼。"

"我就在这里等着了,我想看看帅哥的女朋友都长什么样。"

于是几名工作人员一边营业,一边实时关注会场门口的动静。

五分钟后,女生忍不住嘀咕:"他女朋友未免也迟到太久了!"

她身边的人刚想应和一句,余光瞥见刚从大门进来的男生后,下意识地就攥住了好友的裙子。

"天,谁说玩游戏的都是宅男?!你看大门口!"

女生循声望去,看清来人后,手上整理入场券的动作微微一顿。几秒钟后,她整理了一下头发,转身就要走。

好友抓住她问:"去哪儿啊?"

"问微信顺便送钥匙扣!"

"有福同享……,"好友忽然伸手拽住了她,说,"你看那边。"

刚走进来的人穿了一身黑衣服,周身似乎还带着室外沾染的凉意。只见他快步走到了大门处,然后……揉了揉在大门口等候了许久的男生的头发。

景欢从手机里收回视线,看清人后便笑了。

"抱歉,堵车。"向淮之说。

"没事,我也是刚到。"景欢抬手,晃了晃钩在指头上的钥匙扣,说,"这个给你。"

向淮之挑了下眉,问:"是什么?"

"钥匙扣,刚刚工作人员送我的。"景欢说。

向淮之接过来,直接将钥匙扣扣在了车钥匙上。

检了票,两个人并肩往里走,因为入场晚,他们刚落座,资料片发布会就正式开始了。

入场券上的座位在二排中间,景欢看着面前那几个大大的摄像头,说:"你这抽来的位置……是不是太好了?"

向淮之说:"没事,就算拍观众席,也只是一晃而过。"

景欢想了想,也是。

《九侠》是国内目前最火的一款mmorpg(一般指大型多人在线角色扮演)游戏,游戏公司底气足,不仅为这场发布会安排了豪华的会场,就连主持人都是电视里的常见面孔。两位主持人说了一阵,第一个节目就开始了,是《九侠》的cosplay演出。

《九侠》的人物时装有很多种,但是经典时装只有那么几件,为了轻盈飘逸,布料都不多。

景欢看着coser(角色扮演者)的穿着,忍不住缩了缩脖子。

向淮之转头问:"冷?"

景欢诚实地道:"替她们冷。"

表演就很快结束了,主持人在采访某位 coser。

景欢微微眯起眼,总觉得这位穿着仙族白裙的 coser 有些眼熟。他听主持人介绍了两句,原来这位 coser 是《九侠》玩家,还是一位很有名气的女主播。

"来,请你介绍一下自己。"主持人微笑着道。

女人举起麦克风,笑意盈盈地道:"大家好,我是镜花水月的仙萌萌。"

他就说怎么这么眼熟……

仙萌萌去掉滤镜和美颜,虽然也算是个小美女,但和直播间里的人还是有点儿差距的,景欢一时间没能认出来。

景欢偏过脑袋说:"她一会儿不会找我真人 PK 吧……"

向淮之无语又好笑:"不会,她又不知道我们是谁。"

景欢抿唇憋笑。他是真没想到看个发布会都能遇见仙萌萌。

coser 表演环节结束,在游戏里一天要挨无数人的骂的《九侠》策划代表,秃着头、顶着啤酒肚上了台。

台下的玩家们立刻发出嘘声,景欢被逗乐了,也跟着嘘策划。

策划连连摆手,道:"大家有话好好说。"

景欢笑得正开心,就见套了件厚大衣的仙萌萌弯着腰,急匆匆地从旁边蹿出来,坐到了他俩身前仅剩的那个空位上。

这次新资料片的发布会场面盛大,能看出主办方非常用心,不仅在场地和嘉宾阵容上花了大工夫,还在官方直播平台开启了现场直播。而且每十分钟都会在直播间里掉落奖励,策划再次限定复活,奖励非常丰厚,系统消息一刷能刷好几页。导致现在官方直播间人气爆炸,很多玩家的电脑撑不住,必须屏蔽礼物和弹幕才能正常观看。

cosplay 的环节刚结束,coser 或性感或帅气,是主办方用来带动气氛的环节,弹幕也顺了主办方的心意,快到根本看不过来。

可惜,大半玩家不是在讨论发布会。

"摄影师速度把镜头给台下那两位小哥哥!"

"我截屏了,看我的头像!"

景欢浑然不知在 coser 走秀的过程中,官方直播镜头在他和向淮之这边前前后后停留了将近二十秒。

在他听策划吹牛的同时,某个三人讨论组也正聊得热火朝天。

陆文浩:"我没眼花吧?那是欢欢和向学长?!"

路杭:"跟你们说个恐怖故事,他俩前面坐着的是仙萌萌。"

高自翔:"他们不会打起来吧……"

陆文浩:"不会,欢欢不可能打女人。"

发完这句,高自翔打开了前几天刚加入的新讨论组——"相亲相爱一家人"。

这是闲人阁和无极的合并聊天群,三日前,两位帮主说得到了某些游戏改动的风声,他们两个帮派已经结成了盟友。

群里此时全在刷景欢和向淮之的真人动图,讨论得十分热烈,好多人表示想知道这两位帅哥所在的服务器,要创小号去结识一下,殊不知这两个人已经在他们眼皮底下晃悠很久了。

发布会仍在继续。策划开了一会儿玩笑之后,终于开始发布新的资料片——开辟新地图、新召唤兽出没、新合区计划、帮派联盟以及区战奖励大幅提升、开启转区机制、跨服交易渠道开启等。

每一项单拉出来都足以让玩家们惊喜,越说到后面,现场的尖叫声就越大。

景欢也震惊了,跨服交易渠道开启,说明每个区的物价都会被打乱,装备价格也会受到影响,最关键的是可以跨服杀人……哦不,是跨服挑战了!

他都不敢想象会有多少玩家拥进镜花水月。

好在转区也有各种限制,比如新区只能转新区,老区亦然。而且想去的服务器玩家数量越多,跨服费就越贵……足以看出《九侠》多久以前就开始策划这次改革了。

信息量太大,景欢直到策划下了台,都没能把这些改动全部消化完。所以当追光灯打到他身上的时候,景欢整个人都是蒙的。

"21号座位……好,这位玩家,麻烦到我们台上来。"主持人和蔼地看着他。

在主持人催促的目光下,景欢缓缓起身,接过工作人员递来的话筒,茫然地问:"我中奖了?"

他这话一出，全场哄堂大笑。

主持人憋着笑，重复道："不是……但也差不多。我们今天邀请了两位特别嘉宾，他们是来自各大服务器的区战人员，你是我们抽到的幸运观众，能和他们打一场2vs2表演赛。比赛结束后，不管输赢，我们都会赠送您一个下周维护后推出的新坐骑。"

直播间里的弹幕纷纷刷了起来。

游客123："表演赛？表演区战人员血虐普通玩家吗？主办方脑子果然有病。"

游客846："但是抽到的小哥哥我可以，我单方面原谅主办方了，希望小哥哥撑住，别被秒杀。"

景欢原本想拒绝，但听见主持人最后说的那句话之后，又有些迟疑。新坐骑拿到就是赚到，拿到就是我赚《九侠》的钱！

"那剩下那位……不然就21号旁边那位先生吧，你们一块儿上来？"主持人不知道在耳麦里听到了什么，忽然出声道。

游客555："主办方过来接好评！"

游客789："这两个人的腿都好长……"

游客863："好帅啊！快给老娘问清他们的服务器和ID！"

主持人："请问你们来自哪个服务器呢？"

景欢胡编乱造道："锦绣山河。"

主持人把话筒递给另外一歌人，向淮之简洁地道："一样。"

这话一出，台下一直低着头在玩手机的仙萌萌蓦地抬起头来，表情震惊。这声音……别人有可能认不出来，但她绝对不会。心向往之给她发过一条七秒的语音，她来来回回听了不下五十遍……

几秒后，主持人缓缓看向另一个男生，恍然大悟："你们认识？"

景欢挑了下眉，道："嗯，很熟。"

向淮之嘴角上翘，笑意很浅。

景欢随便应付过采访，很快就有工作人员上来询问他们需要什么门派的游戏账号。2vs2当然不会让玩家提号上阵，官方会给出任意门派的满级满修为满装备的账号，起点相同，才显得公平。

向淮之问："想赢吗？"

景欢应："想赢。"

向淮之点了点头,转头道:"要奇牙山和狐仙洞,谢谢。"

工作人员愣了一下,道:"你们是新手吗?这两个门派比较难玩,不然我给你们换奶妈和牛头寨?"

向淮之:"不,就要那两个门派。"

三分钟后,他们坐到了主办方安排的电脑前,四个不同的游戏界面也被放到了大屏幕上。

游客985:"狐仙洞?!哥,这门派都快被剔除了啊!"

游客777:"奇牙山?看心向往之的视频看多了,鉴定完毕。"

游客533:"希望两位区战大神手下留情,让我们多看几眼小哥哥。"

陆文浩看到这些弹幕,实在没忍住,截图发到了讨论组里。

陆文浩:"这些人还是太年轻。"

果然,比赛开始之后,弹幕就热热闹闹地刷了起来。

游客777:"怎么回事,为什么这奇牙山的攻击能百分百命中?!"

游客123:"策马奔腾的人封中过狐仙洞一次吗?这是放水?看起来也不像啊?"

游客989:"这是虐杀……但是……普通玩家血虐区战玩家?"

"相亲相爱一家人"讨论组的成员们此时也有些蒙了。

秋枫:"这奇牙山的操作,跟向神有的一拼啊。"

落叶归根:"这狐仙洞的操作,和小甜景也有一点儿像。"

莫问归期:"这两个人的声音,其实也怪耳熟的。"

元气小蚊香:"那什么,我有个大胆的想法……"

风轻轻吹:"我也……"

顿时,讨论组里就只剩下满屏的省略号了。

八分钟后,比赛结束。景欢看着电脑屏幕上的"胜利"二字,随意地活动了一下手腕。

下了台,向淮之问:"手疼?"

"不是,手指有点儿酸,这几天手游玩多了……"

两个人正商量着官方送的那一大堆周边玩偶要怎么拿回去,坐在他们前面的仙萌萌紧张地屏着呼吸,悄悄地竖起了耳朵。

另一个确实是小甜景的声音没错,她之前还觉得这声音好听,没控制住……给他刷了几个礼物。

她就这么呆呆地坐着，直到九点，发布会准时结束。

身边立刻拥来许多男玩家想加她的微信，仙萌萌用余光瞥了一眼在工作台领礼物的男生，直到那两个人离开之后，她才猛地从座位上起来，匆匆丢下一句"抱歉我还有事"，转身紧紧地跟了上去。

她跟着他们走到了某个地下停车场。担心自己的高跟鞋声音太响，她走得很慢，找到心向往之时，他们已经把那一套《九侠》玩偶全丢到了车上。

车门开着，两个男生站在车门旁不知道在低声聊着什么，然后心向往之笑着抬起手，揉乱了小甜景的头发。

上了车，景欢捧着手机鼓捣了半天。

"在看什么？"向淮之问。

景欢纳闷地翻着讨论组的聊天记录，太长了，半天没翻到重点。他说"看微信，不是要出帮派联盟了嘛，想看看春肖有什么打算……这群人也太能聊了吧。"

说到这里，景欢抬起头问："哥哥，新资料片出了，你打算怎么办？"

"嗯？"

"区战得打吧？奖励都这么丰富了。"景欢想了想，道，"要不要去别的服务器玩一玩？不知道转服是个什么流程。"

向淮之说："都可以。"

景欢皱眉道："不知道会出个什么等级的召唤兽，如果是高等级的，那我们的召唤兽是不是得换一换……你觉得呢？"

向淮之发动车子，说："你高兴就好。"

正月初七这天，《九侠》新资料片正式推出。

服务器刚维护完毕，镜花水月服务器的玩家们卡点上线，世界频道瞬间恢复了原来的热闹。

［世界］本命芝芝桃桃："有没有一起去野图看风景的！私聊我！"

［世界］路迢迢："收高属性新召唤兽，抓到的直接私聊谈价格。"

［世界］相思不顾："我出的价格比路迢迢高，先私聊我。"

［世界］路迢迢："……"

〔世界〕半生:"春肖上线没?快点儿安排帮派联盟,我要和欢欢他们一起下新的帮派副本!"

〔世界〕春肖:"马上。"

〔世界〕秋枫:"队伍里有我的位置吗?"

〔世界〕半生:"没有了,我们两个寝室五个人正好,你别来插足我们。"

〔世界〕小甜景:"你们带秋枫刷吧,我和哥哥就不去了。"

〔世界〕半生:"为什么?你们要跟其他人下本?!"

〔世界〕莫问归期:"小甜景和向神一起退帮了?!"

世界频道吵闹了一阵,另一位当事人才终于出来说了句话。

〔世界〕心向往之:"带小朋友出去逛一逛,大家玩好。"

众人还没反应过来,就刷出了公告——

系统公告:本服务器玩家"心向往之"和他的侠缘"小甜景"已结伴前往"璀璨年华"服务器闯荡。"心向往之"的临别留言为:无。"小甜景"的临别留言为:大家吃好玩好,我先带哥哥闯荡去啦!勿念!

——正文完——

番外一

室友没了

短暂惬意的寒假即将过去,开学前几天,小部分学生提前返校。

男寝大门处,三个男生围成一个小圈站在楼下,中间围着两件小行李,场面滑稽。

陆文浩感慨道:"从没想过有朝一日,我也会在开学之前到学校。"

高自翔低头玩着手机,说:"你可以不用来。"

陆文浩:"那不行,我隔着网线,好奇心都快爆炸了……哪像你们,就住附近,随时能见他们。"

"得了吧,"高自翔无语,"这一整个寒假,我就见过欢欢一回,还是我去他家拜年的时候见的。"

路杭说:"行了,总比我好,我一个寒假都没能把向向约出来,现在更是连室友都没了。"

开学之前景欢就邀请向淮之搬到他新租的房子住,说是这样以后打PK方便,房租还能分摊,向淮之想也没想就答应了,路杭一大早接到电话,才知道自己的室友没了。

三人陷入了沉默。

景欢陪向淮之在舍管那里办了停宿手续,出来时听到陆文浩又在和高自翔拌嘴。

景欢拿起地上的小行李,上下打量了陆文浩两眼,疑惑地道:"浩儿,你是不是瘦了?"

陆文浩语气轻松地道:"是啊,瘦了二十来斤吧。"

景欢表情复杂,半晌才说:"看来那次和网友见面给你带来的打击挺大的啊。"

"啊?那倒没有,是我妈说太胖不健康,我想想也是,就顺便减了个肥。"

在春节这个长肉的节日,他顺便减了个肥?景欢感觉仿佛重新认识了陆文浩一次。

为了给向淮之搬寝室,景欢特地提早三天来了学校,没想到这事被路杭他们知道后,都纷纷提前回了学校。

他看着前面两手空空的三个人,又看了眼自己和向淮之手上的行李,问:"所以他们到底是来帮什么忙的?"

向淮之没说话,而是朝他伸出了手。

景欢愣了愣,四处张望了几眼,因为还没开学,街上只有附近的居民,连小吃摊子都没有。观察完环境,景欢向向淮之的方向疑惑地伸出手。

向淮之怔了一下,随即失笑。

景欢偏头看他,问:"笑什么?"

向淮之说:"我是让你把行李给我。"

景欢这才明白,象征性地尴尬了一下,然后道:"不要,我就喜欢给学长提行李。"

帮向淮之搬好家,自然得请其他人吃顿饭,饭间景欢被陆文浩他们逮着问了许多问题,景欢支支吾吾地招架了一晚上。

回到家,景欢给向淮之铺好床,待向淮之从浴室出来,景欢起身给他腾出位置。

"哥,你来试试。"景欢说,"搬得急,床垫什么的都是我随便挑的,你要觉得不好,咱们再换。"

向淮之坐下试了试,半晌后答:"不用,很舒服,我很喜欢。"

番外二

黑名单

四月回春，篮球落地、进框的声音响彻球场。

"这些大一、大二的学弟就是比较活泼。"从教学楼里出来，班长伸了个懒腰，对身边的好友们说，"怎么说？去下个馆子？"

"好啊，就去上次那家川菜馆吧，辣得够劲儿。"

"先说好别灌我啊，我晚上游戏里有个大本要做。"

"说得跟谁不下本似的。"

《九侠》推出新资料片，游戏热度暴增，不少老玩家纷纷回归，他们这群人也相约去新区开荒，还组了一个新帮派。

待他们聊完，向淮之才从篮球场那头收回视线，说："你们去吧，我就不去了。"

班长问："为啥？"

"景欢在打篮球。"向淮之在篮球场入口处停下脚步，说，"走了。"

球场已经被占满了，向淮之往最里面走去，找到景欢时，他刚起跳完成一个后仰投篮动作，球衣衣摆在风中摇曳。

球在篮框上晃了一圈，落入网中。

景欢得意地扬唇，用手背抹了一下嘴边的汗水，跟高自翔击个掌，然后回到自己的防守位置，弯下腰，双手顶在膝盖上，等对方开球。

他们这个球场是围观人数最多的。打累了的男生都坐在旁边的石椅上乘凉看球，景欢这个球刚投进，石椅最右侧跷二郎腿的男生便对他吹了声口哨。

景欢顺着声音瞥了一眼，过程甚至不到一秒，就收回了视线，接过了队友抛来的球。

男生被这眼神晃了晃，颇有兴致地笑了一下，拿出手机打开摄像头，刚对准球场里的人……

"不想换手机就收好。"

男生动作一顿，回头看到身后的人，悻悻地锁了屏，叫了声："学长。"

另一边，景欢又进了一个球，陆文浩经过他身边时，道："你那忠实球迷又来了?"

他指的是那个吹口哨的男生。

提到他景欢就有些不耐烦。那男生也不知道发什么神经,这段时间一直缠着他,说是想跟他交朋友。倒不是景欢高冷,实在是那人太烦人了,天天在微信里找他聊些有的没的,自己不回,对方还一直发。

"屁的球迷。"景欢说。

陆文浩:"我刚刚看他好像在拿手机拍你。"

景欢闻言,低低地骂了句脏话,把球丢给陆文浩。

陆文浩:"干啥?"

"揍人。"

景欢黑着脸转身,想去找那男生的麻烦,却看到石椅右侧已经空了,只剩向淮之站在石椅旁,似笑非笑地看着他。

景欢的表情瞬间就变了。

陆文浩吓了一跳,上来拽他,说:"别啊,你真要揍也得出了学校再揍啊,万一挨了处分怎么办……你笑什么?"

景欢清了清嗓子,道:"没,你们打吧。"

"真揍啊?"陆文浩说,"一起吧,就你这小身板,万一打不过呢……"

"什么打不过。"景欢说,"走了。"

陆文浩顺着他的视线望过去,顿时无语,在心里骂自己咸吃萝卜淡操心。

人刚走到自己身前,向淮之就把水递了上去。

景欢"咕噜咕噜"喝了两口,舒服了,问:"什么时候来的?"

"刚才,"向淮之说,"你后仰中投那会儿。"

景欢"哦"了一声,说:"后面那个三分球看见了?帅不帅?"

"帅。"

景欢满意了,拧上瓶盖,左右看了两眼。

向淮之问:"找什么?"

"没什么,"景欢捏着毛巾擦汗,言简意赅地道,"一个傻瓜。"

向淮之拿过他手里的毛巾,景欢立刻道:"脏……"

"烦你很久了?"向淮之把毛巾叠了个面儿,递给景欢后问道。

景欢愣了愣，问："你看到他了？"
"嗯。"
"也没有很久……一周吧。"
向淮之"嗯"了一声，丢下毛巾："去吃饭。"
吃完饭回家，景欢从电梯门上看见了向淮之的倒影。
向淮之垂着眼，眉毛很轻地皱着。
景欢这才后知后觉地偏过头说："你觉得他很烦吗？"
电梯门打开，向淮之迈了出去："嗯。"
景欢在原地怔了几秒，忙追了过去。
"不是，我一开始真以为他就是找我打篮球，"景欢说，"后来也不跟我说篮球的事，我就把他拉黑了，你看……"
向淮之沉默了一下。
景欢盯着他看了一会儿。
向淮之："我以后尽量……"
他还没说完话，景欢就笑出声来，很开怀的样子。

回到家，景欢才想起他们早早跟帮里人约好了打二十人大本。
向淮之搬进来的第二天，景欢就新买了电脑桌和电脑，两台电脑挨在一起，离得近，也不影响操作。
向淮之登录账号后，两个人组队前往副本使者，他眼尾一扫，看到景欢正在逛《九侠》论坛。
景欢滚动鼠标滑轮，喃喃道："这群人怎么这么奇怪。"
向淮之说："怎么了？"
"啊？没有，就是……"景欢皱起眉道，"以前论坛上的人不是整天骂我嘛。"
景欢顿了下，继续道："可是从那天直播完之后，就没人骂我了。"
何止是没人骂他，大家还说他可爱、勇敢。甚至有人发分析帖，分析他和向淮之是怎么认识的，他怎么骚扰向淮之的，向淮之又是什么时候心软的……
那帖子足足有十二页！这群人实在是太无聊了。
他更无聊，身为当事人，把那十二页帖子全看完了，末了还给楼主"asfnc123"上缴了自己所有的营养液。

景欢关掉网页,正准备专心下本,余光扫到了某个 hot 帖。

　　心向往之 × 小甜景 [同人] 之慢慢在意你　by-asfnc123

看到熟悉的楼主名,景欢没忍住动了动手指头,点了进去。

当晚,《九侠》的玩家们一如既往地在刷任务、花钱、满聊天频道地吹牛。

一条喇叭从屏幕下方弹了出来——

[全服喇叭] 心向往之:"叨扰。不知哪位玩家在论坛连载了我和我的侠缘的同人文,在此想说,发帖和创作是你的自由,但希望大家不要在文里杜撰太多我和其他玩家的片段。"

[全服喇叭] 心向往之:"侠缘生气了不好安慰,体谅一下,谢谢。"

小剧场

－1－

"璀璨年华"服务器迎来两位论坛传奇大佬,该区玩家们起初还挺兴奋的,他们以为自己的服务器马上就要成为下一个瓜田了。

谁知,半个月后,九侠论坛就被"璀璨年华"服务器的玩家们刷了屏。

主题帖:镜花水月你们是不是故意的!

内容:心向往之和小甜景这两个大佬转区过来啥也没干,光抢新双人副本首杀了!还哪个帮派都不愿意去,白白浪费副本奖励的帮派安定度……阴谋!这绝对是阴谋!

主题帖:我们竞技场 2v2 已经被打炸了。

内容:我和我侠缘这几天已经被心向往之和小甜景打掉了几百分,请问这俩大佬什么时候走?

主题帖:报——心向往之杀人啦!

内容:我亲眼看见的!起因似乎是璀璨年华著名的海王想撩小甜景,心向往之已经杀了他七次并且正在守尸……大神都这么暴躁的吗?

这个帖子下面倒是来了许多镜花水月的玩家。

1L:"小甜景都敢撩?那心向往之把他杀成八爪鱼不是很正常的吗?"

23L:"兄弟,别计数了,依我推断这人最少得被杀十回,最多……估计得被杀退服呢,建议他的好友提前跟他道别。"

55L:"虽然我以前也觉得这俩人家挺闹腾的,但他们离开镜花水月后，还觉得有点冷清了，甚至有点怀念小甜景的颜表情。"

91L："向神，小甜景，多玩一会儿，让我多上几百分，谢谢了。"

小甜景回复55L："冲你这句话，我们今天晚上就回镜花水月。

108L："尖叫！这人肯定不是镜花水月的！这绝对是璀璨年华的阴谋！"

111L："璀璨年华的兄弟在吗？速来主城集合放烟花。"

118L："恭送向神！"

124L："55楼的兄弟，以后有机会你来璀璨年华玩，我定好酒好肉热情接待[抱拳]。"

134L回复小甜景："对不起，55楼我已经删掉了，你在其他服务器玩得开心，玩得尽兴，千万不要因为我一句玩笑话而结束你们的浪漫旅行，我为我的莽撞自罚三巴掌。"

-2-

景欢和向淮之回镜花水月的第二周，《九侠》推出了全新侠缘活动——迷宫闯关。

策划说为了给玩家加强游戏体验，给玩家们的无聊生活增添一些欢乐，活动一共设置了九关，一关比一关难，一早上过去，论坛最厉害的攻略大神也只出到第三关攻略，偏偏奖励又好到让人眼红。

当天中午，九侠论坛的实名版块被玩家轰炸了。

莫问归期："你们不是人，你们真不是人，侠缘任务都出高难度活动，你们策划今年必光头。"

春肖："什么时候倒闭？"

秋枫："因为这个活动，侠缘要跟我分开了，她说我没用。"

爱是分你吃："找个侠缘，能过新侠缘活动就行，我养你也行。"

……

大家吐槽了一千多层楼，直到某条回复跳出来，戳瞎了玩家们的眼睛。

小甜景："[图片]哥哥一次就通关啦！谢谢官方这么用心地做活动，我和哥哥都很享受呢！听说在论坛分享通关截图和感想的侠缘有奖励，期待！活动不难，大家都要加油喔！"

心向往之回复了小甜景一句"嗯，感谢官方"。

相思不顾："……"

本命芝芝桃桃："……"

莫问归期："我真是……"

半生："……你们俩装啥呢？"

秋枫："活动有多简单你倒是说一说啊？"

爱是分你吃："在？你侠缘借我一下？"

本来玩家们都消停了，但因为小甜景这条回复又活跃了起来，楼层轰轰烈烈地盖到了五千多，这对侠缘都没再冒过泡。

直到晚上十一点。

小甜景："之前在忙，没看到大家的回复。攻略就不说啦，游戏要自己破解才有乐趣嘛！还有两天活动才结束呢。另外，官方的礼物收到了，是漂亮的侠缘时装！依官方的话来晒个时装图领金币[图片]，大家也要努力呀！对了，侠缘不外借啊，拜拜啦！"

秋枫："知道了，滚。"

爱是分你吃："滚。"

相思不顾："滚。"

春肖："滚。"

半生："滚。"

-3-

在官方再一次限量时装的利诱下，全服第一输出心向往之大神又开直播了。

依旧没有开视频。直播刚开启，向淮之甚至还没来得及说话，观众就听见了陶瓷落地的破碎声，然后是椅脚在地上摩擦的尖锐声响。

"怎么了？"心向往之的声音越来越远，像是走到了房间的另一端。

屏幕刷满了问号。

"没。"另一个男生的嗓音有些轻，"没拿好盘子，摔了。"

观众在视频回放里听了很多遍这个声音，一听就知道是小甜景。

心向往之:"流血了?"

小甜景:"一点点,就划了一下。"

心向往之:"家里有没有创可贴?"

"没有。"小甜景顿了几秒,说,"这种小伤口,自己含一下就好啦……哎?"

诡异的安静了几秒。

心向往之:"疼吗?"

"疼。"小甜景清了清嗓子,"你看,还在渗血呢。"

游客111:"新来的朋友,戴上耳机看直播,有惊喜。"

游客133:"开视频啊我缺你这点流量?"

"一会我去超市买创可贴。"心向往之停了两秒,问"衣服合不合身?"

"合身,我穿起来特别大,省了一件睡衣钱。"小甜景问,"这是你什么时候的衣服?"

心向往之:"高三。"

小甜景"哦"了一声,问:"我穿着帅吗?"

心向往之:"帅。"

很快,直播间观众就听见心向往之由远至近的脚步声。

对方落座后沉默了很久,像是在看弹幕,然后随便挑出一句答:"是住在一起。他的房子,我来合租。"

心向往之操控账号走上比武擂台,刚打了两局PK——

"哥。"小甜景的声音又在后面懒洋洋地响起,"我的背也被划破了,你来看看。"

心向往之问:"没砸到背,怎么破的?"

"我说破了就是破了。"小甜景问,"你来不来?"

心向往之一把对方秒杀了,走下擂台,关游戏,关社交软件,然后在满屏幕的问号中说:"舍友受伤了,我去看看。"

话音刚落,直播屏幕一暗,屏幕上就只剩下一行无情的大字——

主播现在不在,请下次再来吧!

图书在版编目（CIP）数据

翻车指南：全2册/酱子贝著.-- 南京：江苏凤凰文艺出版社，2021.1（2023.3 重印）
ISBN 978-7-5594-5174-3

Ⅰ.①翻… Ⅱ.①酱… Ⅲ.①长篇小说 – 中国 – 当代
Ⅳ.① I247.5

中国版本图书馆 CIP 数据核字 (2020) 第 179410 号

翻车指南：全 2 册

酱子贝 著

责任编辑　刘洲原
特约编辑　薛天舒　苗玉佳
装帧设计　苏　涛
责任印制　刘　巍
出版发行　江苏凤凰文艺出版社
　　　　　南京市中央路 165 号，邮编：210009

网　　址	http://www.jswenyi.com
印　　刷	天津旭丰源印刷有限公司
开　　本	880 毫米 × 1230 毫米 1/32
印　　张	21.5
字　　数	640 千字
版　　次	2021 年 1 月第 1 版
印　　次	2023 年 3 月第 8 次印刷
书　　号	ISBN 978-7-5594-5174-3
定　　价	68.00 元（全 2 册）

江苏凤凰文艺版图书凡印刷、装订错误，可向出版社调换，联系电话 025-83280257